太仓70年

文学作品精选

太仓市文学艺术界联合会 编

上海文艺出版社

《太仓 70 年文学作品精选》

江苏省太仓市文学艺术界联合会编

编委会主　任　龚　璇

编委会副主任　乐　琦　张　庆

编　　　委　袁国强　凌鼎年　姚国红　朱文新　凌君洋
　　　　　　邓全明　蒋喜桔　端木向宇

目 录

第一辑　小说

第二辑　诗歌

第三辑　散文

第四辑　报告文学

第五辑　评论

第一辑　小说

双 城 之 路

端木向宇

　　都市里的人们，在深夜拖着疲惫的身体，蜷缩于地铁车厢的一角，享受"事不关己"的一刻放松，纷纷带上耳机。大部分人还会打开手机，单手熟练地划动着屏幕，另一只手就撑着扶手，接着任由自己的身体跟随晃动的地铁车厢一起晃动着。越是在人群拥挤的地方，人们越是自律地紧闭双唇，就算被挤得无法喘息，也要屏住呼吸，生怕一松懈就有被挤出车厢的危险。

　　这一辆地铁从城市的中心出发，一直向着另一座城市的男人家的方向急驰而去。地铁每一次停顿都会挤进一波人潮，就在这上下班的高峰中，男人每天都要如此经历一番，每次他挤在无法呼吸的地铁上，他都不知不觉的昏睡过去。

　　男人住的新家，离他工作的地方接近 20 公里，需要花去一小时的时间在地铁上，还要加上 10 分钟的公交，这算是较快捷的回家之路了。每天晚上 6 点下班，他总能在 7 点半之前敲开家门，吃上老婆为他准备的晚餐。而每天早晨亦是如此，上午 9 点上班，男人会在 7 点半出门，乘上公交后又随着地铁的晃动，在迷迷噔噔中，准时到达上班的地点。

　　他如此往返于双城的生活已经有一年有余，自从告别单身生活后，男人的作息时间改变不大。唯一改变就是住房变了，他从原来的城市里搬出，但往返上下班所花的时间几乎相等，用男人的话来说，就是"无感"。而其他，对于这个步入新婚还没有孩子的男人来说，一如既往的平静。

　　未婚前男人与自己的父母同住一室，40 平方过一点的石库门里，这是"坊间"最后一批未拆迁需要文保的集体单元，那老式洋楼每间都住着一户人家，拥挤不堪，很难让人想象，男人从出生就一直住到长大，也可以说是被挤大的。这一间房内包括了餐厅、客厅与卧室，厨房和卫生间都是整楼共用，时间一久邻里间总有摩擦，不过几十年的邻居父母辈们又多少带亲连眷的互相熟络，知道争吵要丢掉脸面，也就客客气气，相约好错开时间使用。

　　在男人的童年生活里，几乎没有独立的生活空间。

　　很小的时候是与父母同床，等上学后父母的床边就用三只方凳竖排加出一个床位,再大一点上初中的时候,父母就花了一笔大钱,在 40 平方米房间的上方,搭出 20 平方米的阁楼,这个只有半人高的阁楼就一直陪着男人大学毕业,直到上班工作。

男人的父母家并不贫困,原来都是国营企业的职工,也有固定收入。母亲先退休后,就张罗着男人的婚姻大事,而头等大事就是解决住房。对于一年收入就可以买一辆车的男人来讲,买房真是件想到头就要裂开的事,依着现价他一年一部车的钱只能攒下这座城市一般房价的一个平方。以他父母所居住的 40 平方来说,就得他奋斗 40 年,而人的一生,才只有几十年的寿命。

他的父母也有一些存款,用其一辈子的积蓄也只能换个房子首付,往后贷款一些,还有一些钱还起来就吃力了。思前想后,男人决定搬出从小居住的这座城市,把结婚的新房安置在毗临的三线小城,那里的房价远远低于他工作的大城市,最终给他下这个决定的条件是,两城之间的公交互通。

两座城间的公交卡与地铁卡可以互通互用,他从工作的地方回其父母家,城市拥堵转换交通也要花一小时,而住在毗临小城上下班也只需要一个多小时,然而差不多的路程上,他的生活发生了质的改变。

小单元变成了大别墅,父母用他们为男人存的首付钱在三线小城里,买了一幢连体别墅,前带花园后带草坪,还有一个既能横着停,也可以竖着停的正方形停车场。

男人觉得自己交上了好运的同时,感叹父母怎么早点没有想到这一招,不然就不用守着一份死工资,看着那工资永远也跟不上物价,几乎让他一辈子住在 40 平方的蜗居之中。

在大城市赚钱而后到小城市买舒适,这是最近几年才火起来的事。

自从男人有了别墅后,他就交上了桃花运。女朋友谈来谈去,谈过几个后,发现都是奔着他家别墅去的,最后男人回归初心,与自己的同学发小结了婚。

这都结婚一年了,他俩都不想要孩子。况且他们觉得自己还是个未长大的孩子,怎能再添一个小宝抢去他们当"宝宝"的地位。可双方父母的心思,则不这么想,担心抱不到孙子,就开始耳边风慢慢吹了过来,什么今天东家生娃,明天西家添丁,整天对着小两口唠叨着,心烦是心烦,可又能怎么样。男人每天都要上下班往返于两座城市之间,而他的老婆一人独住在别墅也不放心,退休的母亲正好来陪住,再唠叨也得受着她。

陪住的母亲可不是来享福的,她每天的工作量从洗衣拖地板到买菜洗碗,这么一大箩筐的家务全包了。一直住在 40 平米小间的母亲,自是十分享受打理别墅的事,她能一口气从五楼地板一路拖到地下室,喘是有点小喘,可她就是不同意请钟点工帮忙,每当儿媳妇一提请"家政阿姨",她就来气,好像人家是来抢她别墅似的。

男人被夹在两个女人中间，一位是母亲"佛爷"，一位是老婆"大人"，而且老婆也可能是他未来儿子的母亲，所以在两位亲人之中，他只好装糊涂，要么都宠着，要么就自己洗洗先睡。好像这样的生活节奏，带了点"生气"，哦！不，那是生机。

他真想就此在别墅的花前月下，耳鬓厮磨一番，然后在暖阳里一起白头偕老。

如果都是这样的生活，那未免此生太过于完美。

可现实中画面却是相反的，花园里种的花，隔三差五就被不知是什么的野猫踩坏了，还有那沿着围墙修好的篱笆，也不知是被谁看中了，趁着夜色就搬走了。更别说刚装修时，为了好看而放在室外的遮阳伞了，也在一夜之间失踪，在遭遇几次失窃后，男人家不得不改装固定的遮阳棚。

这些失去的东西，还不是更要人命，晚上那一阵又一阵，不知从什么地方传来的响声，如同尖锐物划过牙齿的声音，又像木榔头敲击破铁钉的声音。到底是吵架的人声，还是一个人心中不平的愤怒，摔破东西的声音。

男人猜不出是什么在干扰他家生活，从外因来看，他家别墅可以说是远离城市的郊区，周围均为广阔的田野，而且别墅区的入住率较低。三线小城原本人口密度就低，在城区宽敞住宅里住着的人，鲜有人会选择远郊居住。

选择这里定居，男人是为了拥有大面积的独立宅基。他从大城市来，自是厌倦了城市的嘈杂，选择这里人烟稀少又能大口呼吸的广袤之地，他称其为"养生府"。

再目测一下男人家与前后宅邻居间，足足有20米的间距，隔音效果还算不错。可那要人命的半夜怪声，到底是何物？

不知道是个什么东西，但是每天晚上醒来后，他都心有余悸，好像一次次的噩梦，而一次比一次的惊险。

噪音无时无刻都在骚扰着男人，他想象着那个发出声音的东西到底是什么，每次半夜被惊醒的时候。他会不由自主地先看一下睡在自己身边的老婆，看着她安然入睡的样子，男人才会继续进入睡梦中。

然而最折磨他的，就是第二天他问母亲和老婆，前天晚上有什么异样声音的时候，她俩每次都是摇头，异口同声地回答什么声音也没有。那是只有男人才能听到那个声音？这真的很奇怪，这不仅是奇怪，更令他担忧的是还很惊悚。

如何来形容那种声音，就像是榔头损坏以后，没有敲准键盘的那个声音。就是有一点节奏，像是要告诉别人什么信息，但又不像某种编码可以破译的，因为男人根本就不懂密码的事。

这个声音继续存在着，每当半夜的时候，就悄悄在他耳边开始响起。那种破榔头敲击木键盘的声音，在空旷原野产生的回音，让人恍若隔世。但是如果天空正在下雨，那么就会冲淡声音。奇怪！为什么别人听不到？可男人每晚都会被这响彻耳边的声音给惊醒。

如果男人多次跟别人讲这件事，别人以为他是神经衰弱，导致的耳鸣。他的母亲就不耐烦地跟他讲："囡呀！晚上就别玩那'哆来咪'的电子游戏了，早点和媳妇睡觉吧！有了精神才不会听到那些乱七八糟的东西。"可能真的是睡好了觉，就不会出现浑浑噩噩的状态。

男人知道再努力跟别人解释，他听到的那个声音，别人都以为他的神经出了问题。男人就挖空心思想了一个办法，在晚上睡觉的时候打开录音机，以此来证明他听到是外面传来的声音！

为了能实施他的计划，事先男人没有告诉家里人。如果他的母亲或者是老婆知道，一定要把他当作疯子，半夜起床作梗，把他的录音关掉也是有可能的，所以避免出现"妖蛾子"，只得掩人耳目地进行。

他悄悄在网上买了一个录音笔，收货地址填的是工作单位。手机上的录音功能效果其实跟录音笔差不多，而且还能直接找到文件。可他万万不能把手机打开，特别是他睡觉的时候。如果手机有一秒钟不在他掌控的视线范围之内，男人就会惊慌，因为手机里面有一些秘密，他开机触屏，设置了指纹锁。

那秘密，是什么？只有他知道，但不能让第三者知道。就是他母亲说的"哆、来、咪"，那是一种看上去很"低幼"的音乐键盘游戏，听着游戏里放出来的曲调，按住等同的音乐键就能得分。每次男人的老婆看到他玩这个，都会生气得想将他手机扔出窗去，顺带骂上一句"弱智游戏"。

"你就不能像隔壁王家，用手机看 K 线图，炒个股票还能赚些钱。"老婆如此吼道，"玩个低级手游，啊！你也好意思的。"

在大城市里长大的女人都有些小"精明"。

所以男人也识趣，在老婆大人面前，立即关掉手机以免被嘲笑。

无形之中，男人养成了一个习惯，到要睡觉时，他必定把手机关闭，然后再插上充电器，不管他的手机是否有电，必须这么做。他将手机设置了指纹开锁，谁想监视他的手机也是没有办法。除非在他睡着的时候，按上他的手指才能打开手机。

那几乎不太可能，因为他的睡眠质量实在太差，如果有人做出这样的动作，必定会被他发现。为什么他特别害怕别人看他的手机？这其中的原因不用点明，就很明白，里面有不想让别人知道的东西，不管是什么。每个人手机里还不有些不能与别人分享的东西，也可能会引起误会，反正不看比好看。

经过一整天工作的劳累，这天又黑下来。他又从大城市赶了一个多小时的路程，从公交转到地铁，摸着黑才回到了三线小城的别墅内。潦草地吃了母亲做的剩饭，然后径直来到床边，准备休息。

今天他特别渴望睡觉，所以晚饭吃得很少且很快，休息时间比平时要早，但他就催促着老婆上床睡觉，一边说今天很累，一边又说第二天早上有事，要早起，想着办法哄骗老婆入睡。

因为只有等他老婆进入梦乡的时候，他才能拿出准备好的录音笔，实施计划。

整个晚上都在忐忑中度过的他，实在是太过于激动，以至于他一直在意的声音，那天晚上却没有听到。理所当然，第二天当他打开录音笔时，什么都没有录下。

"这可真是邪了门！"男人无力地叹着气，精神又处于恍惚之中。

第二天，早上 7 点，男人准时匆匆吃过早饭去搭地铁上班，这一天上班都是心不在焉，不是拿出手机看看，就是拿出录音笔来瞧瞧。然后翻遍了录音笔里的所有文件夹，想找出昨天录的内容，可是除了录下一些两人睡的深沉时发出呼噜声之外，什么都没有录到。

男人想兴许是自己真的神经衰弱，从而引起了耳鸣。房子周围并没有什么奇怪的声音。再看看他的家人，每晚都睡得很香，并没有被吵醒和惊吓的迹象。如果男人还要执意地跟她们说，自己听到奇怪的声音，势必给她们造成心理上的困扰。

可是找不出原因，让男人实在无法接受。

这天，晚上他再试一次，再一次检查了录音笔的录音效果，然后反复检查了笔上的几个功能键，并在心里默默给自己打气，一定要查个水落石出。为了能尽快查明原因，他归心似箭，尽管离下班还有很早的时间，他却向上级请了假。

推说老婆身体不好，他要回去给她带药。

他提前回家，由于避开了地铁的高峰，所以他第一次领略到车厢里的宁静。一直以为地铁是为上下班的人缩短路途而建设的，每个人不是赶忙回家，就是赶忙去上班，都没有好好领略到这条地铁线上的风景。

我们都知道，最容易忽略的，都是身边的东西。

人在地铁上，被看成是这个起点到达那个终点，就像一路被动着赶路，我们都受着时间的制约。而被掠夺的人生，除了奔波于生计以外，还剩下些什么？人们拥挤在一起，被赶着出生又向着死亡赶去……

当男人从窗外往外看的时候，在高高架起的地铁线上，往下鸟瞰着大城市，另有一番风景。以往他进入写字楼工作时，都是仰望着高楼与大厦，而如今却是俯瞰接近地平线上的那些屋顶，怎么看都有不一样的心情。

原来站在这座城市的上空往下欣赏，似乎将人生提升到了另一种境界。曾经他都是忙碌奔波于这座城市，过着所谓的生活。为了生计或者是为了家人。可这天的他确实有另外一种心情，一改以往上车就睡觉的习惯，观察着沿途的景致。

突然，男人似乎发现了什么，地铁的列车在每到一站的时候，列车都会刹车，而那个刹车与铁轨摩擦发出的声音，就是他每晚做噩梦听到的声音，也就像破木榔头敲击着琴键发出的声音。而且每一站的间隔，是差不多的时间。当一次声音停顿的时候，间隔一段时间还会发出来那个声音来。

男人在这个时候才恍然大悟，以前他每次上列车都是被拥挤的人群，挤得接近无法呼吸的状态。他只有闭上眼睛，假寐以打发一个多小时的时间。这使得他不仅错过了窗外美好的风景，也忽略了自己内心的感受。

此时，他想起自己童年的梦想是成为一名钢琴演奏家，由于蜗居的环境，致使他的梦想无法实现，而音乐的梦想就是从小在他的心里生好根了。长大后男人瞒着母亲偷偷到琴行里学琴，也是因为自己无法买个钢琴回家，而让练习逐渐荒废。

也许每天晚上，那个奇怪的噪音就是他心中的那个音乐梦，正在慢慢地被唤醒，而地铁里那个恍惚的噪音，仿佛是男人心底之下，那颗热爱音乐的种子觉醒了。

瞬间，男人的心结解开了。

一切又都变得阳光明媚起来。一小时的回家之路，瞬间缩短了时间，男人决定到家以后，立即订购一架钢琴，然后开始续上他的音乐之梦。他的夜晚，多了真正的音乐，少了那些惊悚的奇怪噪音。

如今这个男人已经改变了最初对小城镇的认识，并放弃大都市里的工作，选择留在小城生活，用他自己的话来说："每天都生活在花园里，这里有音乐相伴。"

不需要紧张的工作和高压力的生活状态。

这也是他理想中的生活，他的手机不再设置密码，而且24小时不关机，也鲜有人打他电话骚扰。往后的日子，他在这个世界上显得不那么重要了，但他开始在自己的花园里称"王"了。

继 爷 来 信

樊大为

我是个命中注定要常在外奔波的人。我满世界跑码头的时候有个嗜好：爱把鼓鼓的钱包揣在最惹眼的口袋里，这缘起于十五年前的一次山西之行。当时我在火车站刚买下一张回程车票，钱包便不翼而飞，所带二百三十元钱一文不剩。那是80年代初哟，230不是个小数。这倒也罢了，害苦我的是两夜一昼的归程那个饿呀。我对座的一个干瘦老头把压缩饼干嚼得嘎嘣嘎嘣满嘴喷香，直搅得我个饿鬼头晕眼花。其实我只需伸伸手，我敢说那老头准会递上整袋的尽我啃个够。然而我张了几次嘴就是发不出声，由此看来乞丐也自有他的伟大之处。那可爱的老家伙一定是看透了我的心思，越发将饼干嚼得嘎嘣嘎嘣脆响，恨得我巴不得他嚼岔了嘴嘎嘣下一颗老牙来……

我对偷儿贼伯的愤恨可想而知，我想得有个啥妙法儿来治治这满世界的贼儿。那天早上我一觉醒来突然地记忆深处电光一闪，照亮了一封继爷来信。于是我的满腔仇恨便化作了缕缕温情殷殷深意和天南海北那些迷途的羔羊通起信儿攀起亲眷来。

说起继爷来信，得追溯到更远些的年代。当年我下乡插队的队里有个社员姓胡名阿三，有次我与胡阿三一道开船进上海城里掏垃圾。胡阿三一个人逛大街的时候不慎被偷走了一只大皮夹，回到船上他却乐得嘿儿嘿儿的，笑得两道粗短眉一耸一耸如两条蠕动的毛毛虫，倒像拾到个大元宝。原来他那皮夹子里分文不名，塞得满满当当的全是粗草纸，另有一本小小的购货卡，算算上面还有一块肥皂、半斤火油、三两红糖的计划。胡阿三想想不免有点肉痛，不过摸摸揣在贴身布衫里的预支来的三元钱时，不禁那毛毛虫又嘿儿嘿儿蠕动起来。回到家后的第三天，胡阿三从邮差手中接过一封上海来信，这是他有生以来收到的第一封信。信封里装着那本小小的购货卡，另有一封劣质练习簿纸写就的短信。他激动得颠颠地跑来找我让我念念。只见上面歪七斜八写着一首打油诗：

乡下瘪三胡阿三
夹团草纸到上海

下次再敢不带钱

一脚拿你踢下海

上海继爷

听罢继爷来信,阿三非但不恼,反倒又嘿儿嘿儿乐开了,笑得两条毛毛虫一耸一耸的,说,操,怎么也勿留个地址,否则攀个亲眷倒也呒啥……

在胡阿三的笑脸后面,我能想象那"上海继爷"窃得一团草纸后的愤愤神情。这倒使我想起了那句伟人名言:凡是敌人反对的,我们就要拥护。于是,在那次倒霉的山西之行以后,每逢出门在外,我便仿胡阿三之法,将鼓鼓的钱包不经意地外露不藏。所不同的是里面塞满的不是草纸而是餐巾纸,含着金盆洗手之意。餐巾纸中还夹着一张小小的生日贺卡,上面以漂亮的行楷写道:愿这是你的最后一次。希不负我的热望,从今日起走向你的新生。祝你生日快乐!署名为:便衣大叔。每当我飞走了一只皮夹,下次一定买只新的来继续操练,十五年来乐此不疲。我将皮夹比做一只足球,我就是那冷面的前锋。当我不动声色地攻下一城的时候,便有一种快感袭上心头。如今皮夹已涨至几十元一只,可并不富裕的我添购起它来居然连眼都不眨一下。我想我或许真有点走火入魔了。

1996.6

三　界

青山依依,溪水潺潺,元兴寺倚山傍水坐落。寺主文偃禅师鹤发童颜,仙风道骨,令人肃然起敬。青山绿水故可人,却因宝刹更入胜。远近闻名的元兴寺是人们心中的圣地。

大雄宝殿内人身拥拥,香烟缭绕。求签问卜的,烧香拜佛的,善男信女们各怀心志喃喃祈祷。忽闻从内寺传出一阵不同寻常的咳嗽之声。这咳嗽虽声隔大墙,却如天边乍起的惊雷,像是遥远,又似近在咫尺,那样撕心裂肺,掀人魂魄。它充满了悲壮,夹裹着绝望,若隐若现地飘忽而来,一种不祥的预感笼罩在了人们的心头……

这遥远的惊雷发自方丈室。

元兴寺住持文偃禅师虽年逾古稀,仍身健骨朗。只因偶染小恙,竟一病不起,沉疴难复。于是,一个重大抉择化作烦躁殷殷袭上住持心头:寺主授予何人?

院中残阳如血。如血残阳不挠不挫折过走廊,映进方丈内室,给卧躺榻上的文偃禅师苍白的脸上镀上了些许生命之色。禅师喉间浊闷的呼吸极显疲惫,枯槁的脸上似梦似醒。似梦似醒中那抉择仍缠绕煎熬着他。寺不可一日无主,往日对此薄于思量,乃至今日迫在眉睫。禅师眼前反复晃荡着几个得意弟子的脸孔……

不知过了多久,文偃禅师终于启开沉重的双眼,只见榻前站立着众位弟子,恭守榻首的是一个好亲切的面容。昏朦中只觉有人给他喂药端汤,给他沐身添褥。梦中他觉得那应该是他,现在果然就是他。他的眼窝已因连日的侍奉而现出辛劳的黑晕,又因自己的苏醒而面放欣喜之色。住持心中自责:往日,我对他为何总是定夺不下?

"元照。"文偃禅师蠕动干裂的双唇,深情地唤着他的名字。

元照俯下身去,轻柔应声,温顺待嘱。禅师正待启齿。鬼使神差地,突觉气急胸闷,跟着爆出一阵大咳,咳得山崩地裂,咳得夕阳西沉。脸色煞白的文偃禅师眼见就要背过气去,众人慌作一团。在元照的抚助下,禅师于咳隙间努力运足一口气,"哈"地一声,一口裹着血腥的浓痰喷薄而出。元照眼疾手快,双手合捧急凑于禅师嘴边一丝不漏地接住。文偃禅师喘息甫定,枯井似的双目游移着不甘熄灭的光波。院中残阳的余晖将尽,摇曳的烛光越发增添了室内的凄凉。元照依然手掬污物,两眼噙泪,他痛楚地呼唤出声:"师父——"极力要挽留那将去的灵魂。蓦地,他一翻掌一仰脖,"咕咚"一声,将双手合捧中的那团腥臭活活吞了下去。

隐隐传来外寺尘世的嚣营。这嚣营衬得内寺愈显肃穆。方丈室内,众僧屏息敛气,肃穆如瓶,仿佛谁动一动它就会倒地玉碎。肃穆中交织着惊诧和惶惑。文偃禅师枯井似的双目中骤然电闪雷鸣。好似不能承受这情感的巨变,他无力地闭上了眼睛,许久,才睁开。这时,便有两滴浑浊的老泪溢眶而下。

透过浊泪,方丈一眼瞥见元照身后的一个黄脸和尚。只见他眉垂目低,面若冷石。和高大的元照相映,他显得那么瘦弱、渺小。他正是寺主曾记恨过的一个弟子。

文偃禅师胸中一阵轰鸣,眼前不禁又浮现出半年前那难忘的一幕——

那一天,文偃禅师因故迟于过堂。斋堂内,几十号僧人正默无声息地用膳,见住持身披袈裟到来,就像接到一道无声的号令,纷纷起坐躬身静迎。文偃禅师脸上漾过一丝不易觉察的微笑。突然,他发觉不远处的元照神色有些异常,似在切切期待着什么。顺着元照的目光寻去,住持的目光凝固了。他看见元照隔座有个瘦小的黄脸和尚依然端坐在位,不紧不慢地自管埋头进食。他那漠然的姿态和不卑不亢的神情显得那么突出,住持暗吃一惊,不由自主踱到了他的面前。元照倾过身躯,轻轻唤道:"封干——"这时,他仍然身不动头不抬,旁若无人地默默扒饭,夹菜,好像什么也没发生一样。文偃禅师在元兴寺享有至高无上的威望,这不犹如打在他的脸上?!住持努力克制着,然而,那微颤的胡须和诘问的眼神已将他内心的愠怒表露无遗。斋堂内掀起了一阵无声的飓风。一旁的元照终于忍不住眉梢一挑,厉声喝问:"封干,没见师父吗?"

封干这才站起身来,但依然头未抬,目勿扬,脸上毫无表情,好似飓风中的冷石,双手合掌胸前,轻轻出言:"善哉,阿弥陀佛……"

晚风微起,吹过寺后山林,山林呜呜低鸣,拽回了文偃禅师的回忆。他涩重的眼光在元照和封干的脸上扫过来扫过去,他颤巍巍地伸出手臂,像要召唤什么,摸索什么。元照忙又勾下身去,将脸面贴近方丈唇边。然而,文偃禅师却拂了拂衣袖,重又紧紧闭上了双眼。众弟子无言退出。

是夜,皓月当空。文偃禅师身若呆木,然其思艾艾,其意远远。恍惚中,佛主自太虚空悠悠飘临,来到他身边,走进他心中。

封干原为文偃禅师兄雪峰禅师弟子,一年前师兄极力举荐他来到元兴寺。封干貌不出众,文偃禅师便让他暂司堂达之职。封干身小面黄,不多言声,却执笔有力,字体遒劲飘逸,神韵欲流。更勤于功课,每每放弃午休,独自于僧堂坐禅。正当禅师对封干暗自赞许之际,却发生了那斋堂之异。事后,文偃禅师独坐生闷气,元照忿忿地来到面前,内心激动不亚于寺主。他说道:"封干之为,实属非道,若不严加训诫,岂不辱没门风!"元照代他吐出了胸中烦愤,文偃禅师顿觉心头一阵轻快,但他并不表露。一次,元照忍不住又在住持耳边进言:"师父,我听到大家在议论。"住持微启双目,吐音意味深长:"嗯?""都说封干午休坐禅,不是迷情之举,也可谓哗众取宠。师父,你可要……"住持心中一跳,忙以手止之。元照并未知此时封干正在帷幕之后。佛香袅袅。文偃禅师不动声色,待元照离去,便叫过封干,沉沉道:"元照师兄言激而意善,你不可乱心。"封干面若冷石,眉垂目低,说:"耳外之言,身外之物,师父教诲,正是弟子所求之境。"此后,他果然我行我素,好像什么事也没发生一样……

想到此,住持眼前不禁映出雪峰禅师的荐信:封干貌不惊人,行止怪异,然大智若愚,有净侣之兆,或可为宝刹之助。"净侣,净侣……"文偃禅师呢喃念叨着,眼前又化叠出元照吞痰和斋堂内自己怒对封干的场景,他分明感到鼻翼间涌上一阵腥臭。

月已西斜,清辉无声地溢进方丈室内,映在住持的脸上。他终于长长地舒出一口气,心珠如水月……

东方既白,执事惶急传众弟子入方丈室。只见文偃禅师身披袈裟,半卧床榻,倦容万端,却目光灼灼。他示意执事取过锡杖。锡杖乃圣人之表帜,贤士之明记,道法之正幢。杖头圆环铿锵有声,作警世之言。住持大智大悲的目光扫过众位弟子,于元照身上轻轻滑过,便停留在了封干脸上,久久凝望,仿佛在等待上苍的一声昭示。只见住持手臂一放，一叶黄绢自掌心飘落，执事俯身拾起，诵读出声：

> 授封干为元兴寺十四代住持
>
> 水葬吾身，使吾随水飘散

　　冷石般的封干失声惊呼："师父——!"无应。细瞅，文偃禅师已经圆寂，脸上极安详。

　　这时，一轮红日正在东天冉冉升高。大雄宝殿内，善男信女们匍匐在地，各怀心志，念念有词，祈祷神灵的喃喃声汇入了溪水的潺潺，汇入了山林的涛涛，飞向太空。依山傍水的元兴寺又开始了它新的一天。

1996.1

水 静 菊

龚金明

　　三塔湾可能有叫不出水静菊这个名字的,但讲到村小学堂里的水老师,没有人不晓得。

　　水静菊是水家的三女儿。水家是村里的外姓户,也说不上哪辈子起搬到这里。水家人善,与村里人和合。水家不富,但三个女儿个个长得水灵,是水家最大的财富。大女二女都已由父母做主嫁到不远的邻村,小女儿水静菊一晃也初中毕业了,做爹娘的没让她继续读书,他们要她留在自己脚跟边。

　　水静菊是个听话的细娘,就这样不去读书了,跟帮爹娘到田里做生活。但小细娘太嫩了,做不了重活,当爹娘的更是不舍得。莳秧季节,两条白嫩嫩的腿插在水田里,一行没莳到,就被蚂蟥叮得流很红很红的血。水静菊便拿秧儿去狠命抽打那蚂蟥,但蚂蟥不肯松口,做娘的就走过来帮她,一边说:"我的小姐,还是回转去烧饭吧。秧,明早大姐二姐会来帮忙的。"

　　不久,村里唯一的一个老教师退休了,年轻的师范生不肯到乡下来。有人就想到了水静菊,说这小细娘聪明,人又文静。一试,果真叫人满意。于是水静菊成了村小学堂又一个唯一的老师,教幼儿园和一年级两个班43个小囡。

　　水静菊似乎天生是个做老师的料。她把木匠锯下的小木块收集起来,涂上颜色给孩子们做积木;她教孩子们用麦秆编成各种各样的小动物;她将课本上的知识编成有趣的游戏,在游玩戏嬉中让孩子们理解、领悟……43个小囡,43张能说会道的小嘴巴,现在回家说的最多的一句就是:"我们水老师。"

　　如果没有了下面的事,水老师就一定会在好老师的路上走下去。

　　水静菊当代课老师的第三个春天,那天,一年级的陈天宝病了,是早上天宝的亲公来请的假。放学了,水静菊看看天还早,而且油菜花都开了,灿烂得让人心痒痒的、跳跳的,多好的春天!更主要的是,她知道陈天宝父母常年在上海做生意,小家伙从小跟着亲公亲婆过。他家是村上的最富,但小家伙是全村的最可怜。小家伙对她也很依恋,好几次她甚至把他带到自己家,傍晚了才送他回去。她决定到天宝家一趟。

　　轻快地走进铁栅栏围墙,踏进漂亮的小洋房,推开小家伙房间那扇熟悉的门,水静菊就感到了异样，小家伙的爸爸今天在家，小家伙并没有病！似乎是怕水老师责备，小家伙轻轻叫声"水老师"就躲在房里不动了。他爸则略显疲惫地站起来，努力热情地跟她打招呼，请她坐。水静菊难得见到天宝爸，她觉得这个比自己大10多岁的男人让自己感到陌生，稍站了片刻，说："难得回家，该让小宝陪陪。"便退了出来。外面是黄透天、香透天的油菜花，水静菊在弥漫的花香中骑车回家，很快将这事忘了。她想，明天可以穿裙子了。

水静菊是在晚上饭桌边爹娘的谈话中知道天宝的父母离婚了，天宝爸回家也就是为了这事。说那个女的，跟了个香港老板走了。善良的爹娘最后的结论是：乡下人，到什么上海，做什么生意啊！天下没有太平的横财。娘末了还感叹："只是苦了小囡。"

第二天水静菊没忘穿出村里第一条裙子，她的漂亮她的青春让她自信。她没料到天宝爸已送天宝比自己早到学校。他真诚地感谢她对孩子的关心和爱，说，他会好好地谢她的，现在他又要马上搭车回上海了。水静菊把孩子拉在身边，一边说着"你放心"，一边似乎还在等他说什么，到底没有什么话了，走了。水静菊想：你还是要去做生意啊？

以后的事情不太清楚了，只知道村里收到天宝爸寄自上海的一笔不小的捐款，说是帮助村里改善办学条件。村里本来对这所仅有40多个小囡的小学堂不够重视，现在有人捐款办学，自然当作好事，就拿捐款给孩子们换上了全新的桌椅，连同水静菊的办公室。天宝爸则开始每个月都要回三塔湾了。大家议论，说他还是有良心，放不下天宝，骂天宝娘是个妖精。据说天宝爸每次回来，第二天总要送天宝去小学堂，跟水老师在办公室里说说话，顺便将从上海带回来的一大堆玩具随便地放在她桌上，给孩子们。而水静菊似乎依然做着她的好老师，村里人也看惯了。

又过了一年，就在又一个开满油菜花的春天，水静菊带着天宝跟天宝爸突然到上海去了。三塔湾人才明白：他们早就好上了！只是水静菊这细娘文静，会肚皮里算计，天宝爸是过来人，有经验，一群小囡又不懂啥，事情才被掩住了，没有穿绷。也有的说，水静菊的爹娘是晓得的，只是晓得的时候细娘肚里已经有了小囡，没办法，才装聋作哑；况且天宝爸又多有钱啊，上海滩的洋房都买好了，还要买汽车。但不管三塔湾人怎样议论，水静菊的确跟天宝爸走了，走得三塔湾人瞠目结舌。一星期后小学堂来了位戴眼镜的老年男教师，接水老师的两个班。

新一届的孩子就不晓得水老师了。只是三塔湾的油菜花，年年春天还是开得那么灿烂，黄透天，香透天。

剃　头　蔡

剃头蔡一世只剃过半个活人头。

剃头蔡是三塔湾村出名的剃头匠,专剃死人头,手艺好。剃头蔡吃的这碗饭是祖上传下来的。他的阿爹临死还告诫他:"不准做坏门面。要传下去啊。记牢,有人活,就有我们的饭吃。"

要说,剃死人头确实不容易。剃头蔡 6 岁开始跟他爹出去学生意。常常是傍晚,在一片哭声中,看他爹将硬邦邦的死人头用倒置的簸箕抬起,然后是梳、剃、剪、修,完全是手腕里的功夫,因为死人是不会动弹来主动配合你的。完了,替死人揩把面,接过本家递来的一块白布,遮在死人面孔上,朝死人道一声"好了,去吧",然后入席喝上几盅老酒。罢了,在本家的道谢声中,接过白纸包好的白喜钿,踏着哭声和鬼灵灵的露珠回家。路上,幽幽地跟在他爹后头,小剃头蔡常想,那个亡灵,经了阿爹这番地道的手艺,定能干干净净、神神气气地去见阎王爷了,不至于蓬头垢面被打下地狱。

剃头蔡的胆子就这样一天天大了,手艺也一天天精了。直到有一天,完全接过他爹的那套家什,连同"剃头蔡"这个名字。

剃头蔡顺心了大半辈子,碰到不顺心的事了。他的唯一的儿子,死也不肯接过祖传的这个饭碗。

剃头蔡想,要怪最先还是怪他自己,心太软了,没有从小拖出去学生意,总想让他高中毕业后再学也不迟。谁知高中毕业后,儿子翅膀硬了。好话都讲尽,就差跪下了求他。可是他不听,头一犟,说:"要学也要学做活人的生意!"说完自说自话地跑了出去。跑出去做啥?一年后回来,租下镇上一间门面,开了镇上第一爿美容店。一张美容师证和营业执照并排排放着,耀耀照照地挂在墙上。

没想到,儿子的生意吓煞人的好。顾客都是些出手大方的年轻人。那次剃头蔡做完一个生意路过,看到辰光还早,弯进去坐了一会儿。里面软得没骨头的音乐,半光身子的洋女人的照片,让剃头蔡听不入耳看不入眼。而儿子的手艺,更让他觉得羞煞。这就是剃头蔡的儿子?剃不像剃,修不像修,就是这个胶那个丝地喷,这个露那个霜地擦。这就是剃头蔡的后代?丢人现眼,抹黑祖宗!什么美容师证,还不是拿钱换来的!

那天憋了气,一等儿子回家,剃头蔡走过去想教训他一番,"一分手艺一分钱"的话还没出口,儿子先开了腔:"阿爹,以后你最好少到我店里,人家都知道你是做啥生活的,会坏了我的生意。"气得剃头蔡脸像生铁。儿子居然还未觉察,说有把半新的电动推刀送他,让他把那把老掉牙的祖传手推刀退休算了。"电动个屁!"剃头蔡转身就走,一肚皮的火气烧得着茅柴。

几年后儿子拆了老屋,翻了楼房,装了电话,造了自己的门面,最后又买了摩托,自己对上了象。这些都没向剃头蔡伸手要钱。剃头蔡闷闷地想,这世道真是怪了,自己做了大半辈子也没赚进这么多铜钿。

剃头蔡的死人头生意相比儿子清淡多了,常常是半个月摊不到一趟。这段日子身体又不舒服,一直胃痛。到镇医院看看,医生说是胃炎,给了几包药,吃了一点也没用。剃头蔡的心情不好。儿子见了却笑嘻嘻地告诉他,如今有专门替死人整容的,谁还稀罕你这种老古董,以后生意有得不好呢!整容、美容,剃头蔡郁郁地想,都是骗人的一路货!

这以后的一个傍晚,剃头蔡被人叫去了,是邻村一个他很熟悉的老人过世了。剃头蔡一丝不苟地施展全部本事,全是手腕子里的功夫啊!老头子的头发整整齐齐,面孔干干净净。完了,向老头子道一声"走好"。临走,老人的儿子一边道谢,一边将一张50元的白喜钿塞在剃头蔡手里,不停夸他的手艺:"我家老头子就是信你,临要去了,还叮嘱我要叫你,说经了你的手,阎王爷也看得起三分。"

回家的路上,月光很白,露珠很亮。剃头蔡心里难得的轻松高兴,拿手捏捏那汗渍渍的50元钱,剃头蔡想,这才叫做生意赚铜钿呢!

心情一好,再加上多吃了几盅酒,胃痛病也忘了。一直走到家门口,却再也忍不住。剃头蔡蹲在地上,呕了一地。一摸,粘粘的腥腥的,是血。

剃头蔡得的是胃癌,晚期。

不知是第几天了。眼看吊瓶里的药水一滴滴地滴下来,越来越少,剃头蔡知道自己的日子跟这一样,剩下的也不多了。

那天早上剃头蔡来了精神,坐了起来,能吃能讲。他要儿子回家把那套做生意的家什拿来。儿子琢磨阿爹是想念他的宝贝了,便拿了来。看他精神好,抽空到关了很久的美容店去营业了。刚做了两个生意,有人急急地来叫:"快,你爹不行了。"

到医院一看,剃头蔡已咽了气。头自己剃了一半,胡须却已刮得干干净净。听医生说,他是倒在病房的镜子前头的。

儿子像像样样地操办了丧事。那套剃死人头的家什,一件不剩,装在一只新买的黑皮革包里,跟剃头蔡一起进了火葬场。儿子还请人专门给剃头蔡整容,开了三塔湾地头上的先例。

来看热闹的人议论纷纷。有的说,作孽啊,剃头蔡养了个不孝儿子;有的说,漂漂亮亮地走,是剃头蔡活着时修来的福分。

只有那些上了年纪的老人,木然无语。

唇 红 齿 白

何济麟

姚宇加入了一个微信群,群主邀请他参加一个聚会,一个必须参加的聚会。这年头,各种聚会层出不穷,战友、同学、同事、老乡、街坊邻居,甚至一段短暂关系,都可以成为举办聚会的由头。参加这次聚会的人,都有一个共同的身份:知青。虽然知青生涯都过去几十年了,而且当年在一起下乡的知青,后来都有了各自不同的人生,但是那段一起下乡的日子,还是很有号召力,群主一邀请,姚宇就答应了。

群主发了一份参加人员的名单,姚宇在名单中寻找自己熟悉的名字。很多人都多年不见了,有的甚至在离开乡下以后,就没有见过,连一点消息也没有。他们都还好吗?一种挂念油然而生。姚宇正在感慨着,突然,一个名字吸引了他:黎敏。

黎敏是姚宇读师范时的同班同学。那么多年了,姚宇还能清晰地想起她那白净姣好的面容。一是她的皮肤特别白,玉一般的细腻,二是她的眼睛,明亮清澈,湖水一般,晶亮晶亮的。在她面前,很少有男生有勇气与她对视,她的眼睛里仿佛有一把剑,不小心就把你的眼睛刺伤了。所以黎敏是许多男生暗恋的对象,却鲜有人有胆量向她表白。

姚宇不知道算不算黎敏的暗恋者,但他确实想走近她,跟她说话,听她说话。当时姚宇在班上也算是一个拔尖的学生,他的作文时常被老师作为范文,推荐给大家;历史老师最喜欢提问他,遇上有难度的问题,就会点名姚宇回答;学校的墙报上经常刊出他写的诗歌。而且他不像有些同学读死书,死读书。比如有一个叫李祥阳的同学,农村来的,每天拿着本字典逐字逐句地背,早自习晚自习一课不拉,可是功课却并不好。姚宇在同学中间小有名气,遇到学校搞联欢活动,就有人来找姚宇,要他编写节目,什么相声、快板之类的。姚宇的才华在老师中也引起了注意,有一个从北京分来的老师,是个什么专家,在学校墙报上看了他的诗歌后,连连点头称许,私下打听这个学生是谁。

后来不知怎么,就发生了一件不愉快的事。师范学校坐落在一个水库旁。水库叫娄家坡水库,又叫娄湖。群山在四周环绕,湖水碧波荡漾,湖光山色,景色宜人。课余的时候,老师和学生都喜欢去湖边走走,清风拂面,赏心悦目。姚宇有一次和同学张乐勇、邱庆生去爬山,在山上发现了一块墓碑。墓碑上许多字已经风蚀不清了,但有几个字模模糊糊的还能辨认:万历……丁未科……布政使。姚宇立刻发生了兴趣,站在碑前不肯走。邱庆生催促他快走,说这破石头有什么好看的。他指着碑文说,你看,有名堂呢,布政使是明清的官职,难道这看起来荒山野岭的地方,还有古代朝廷命官葬身在这里?邱庆生说,这没踪影的事,跟我们有什么关系。他却把这事放在了心上,有时间就去周边的山寨转悠,找人打听。没事的时候,同学喜欢聚在一起打牙祭,或者走亲访友,或者游山逛水,他却把时间花在这毫无意义的事情上。没想到有一天他回来,一身疲敝却满脸喜气。邱庆生问他,遇上什么好事了?他神秘地说,我终于弄清楚,娄家坡这个水库名字的来历了。他告诉邱庆生,这个地方明朝曾经出过一个人物,叫娄九德,万历三十五年考上进士,曾出任莱州府,后来做到云南布政使。他为官清廉,在莱州府任上,遇到饥荒年,他多方赈灾,救活了许多人。他死了以后,埋在这附近的山上。为了纪念他,这附近的山就叫娄家坡,修的水库,就叫娄家坡水库。邱庆生听了,觉得新鲜,又觉得没什么意思,跟他们无关,姚宇对这事过分热情,没必要。可是姚宇意犹未尽,他低声神秘兮兮地说,还有呢。我们这个学校是有来头的。你们知道我们师范的前身是什么?它建在1938年,是用了英国人的什么赔款,从江苏镇江师范迁来的,原来叫黔江中学……还是张乐勇感觉到了不对劲,他立刻喝住了姚宇说,你打听到的这些东西,哪里听到哪里丢,跟我们讲了,千万不要再跟别人讲。传出去可不好。姚宇笑笑说,好,好,我不讲了,我就跟你们两个讲。

可是姚宇究竟没忍住。有一天历史老师布置了一个作业:绘制明代官制图。这个作业有点难度,康健却得意地拿着不知谁替他绘的图,穿过大半个教室,跑到黎敏面前,假作关切地问:画好了吗?黎敏说,没画。康健露出一副笑脸,说你看,我画好了,拿去抄抄就可以了。黎敏说,是你画的吗?康健笑着说,那你就别管了。他的笑看起来总是嬉皮笑脸的。黎敏不接,却走到姚宇面前,递给他一张纸条,纸条上是一个问题:布政使和按察使,谁排前谁排后。姚宇读着纸条,有点激动,这是黎敏第一次在班上向男生求助,而这个男生是自己。黎敏的字写得很娟秀,姚宇把问题读了出来,然后讲了这两个官职的等级和管辖范围,这样排位先后的问题就一清二楚了。本来到此为止就好了,但是他不知怎么就发挥起来,从布政使讲起了他在娄家坡山上的发现,讲起了娄家坡水库名字的来由。大概是希望能把这一过程尽可能地延长?

黎敏侧身站着,眼睛似乎望着别处,但是姚宇却感到黎敏的眼睛就在望着自己。他鼓起勇气和她对视了一下,她的目光就像一束阳光,那么炫目,那么耀眼。他还想讲讲这所学校的历史起源,但是他看到张乐勇在不远处向他眨眼,做鬼脸,示意他住口,他立刻低声叮嘱说,我讲的这些,你不要跟别人讲。有时间我还有有趣的故事告诉你。

这天晚饭过后,姚宇走过黎敏的宿舍,鬼使神差地折了进去。他第一次来找她,他要把他的"发现"全部告诉她:这所学校建在哪一年,它的创办人是哪一位著名的教育家,它的第一任校长是谁,后来怎么到台湾去了……这些事情,都是姚宇从附近的山寨里打听来的,为了打听这些事情,他走了好多路,问了好多人,特别是那些见多识广的老人。而他打听到的这些事实,说明学校源远流长,非同一般,人们应该为能在这样一所学校就读而感到光荣和骄傲。不知为什么,学校对这些历史为什么从不提起,从不向学生讲述。他刚兴致勃勃开了头,康健就领着一伙人闯了进来,朝他起哄:走走走,晚上跑女生宿舍来干什么? 姚宇争辩:我来给她们讲故事。讲什么故事,宣传封资修……灯光昏暗,有人拉扯他,是谁用力推了他一下,他的头撞到床的铁栏杆上,一股液体在脸上爬,他一抹,流血了。有女生大叫了起来:打架了。有人惊慌地跑了出去,一会儿班主任老师带了人来,把他们带到了办公室。

这件事后没多久,他们就毕业分配了。许多同学从此山长水远,再无来往。

事情已经过去很久远了,工作、恋爱、结婚生子,中间隔了几十年的光阴。许多事情都记不得记不清了,唯独这件事,许多画面,许多印象,依然很清晰。现在,它又跑了出来,浮现在脑际。

聚会那一天,姚宇早早就到了集合的地点。很多人,来的比他更早。仿佛是赴一场重要的盛会。有的还能依稀辨认得出当年的轮廓,有的则相见不相识,一经提醒,才恍然大悟。几十年的光阴,此刻浓缩成一两句平静的问候。一上车,姚宇就注意搜寻当年他心中的女神。他没有找到黎敏,就问坐在身旁的车长。车长却指着隔着两排前面的一个后脑勺说,那不是? 原来她就在眼前,却是个平平常常的背影。车长悄悄对他评论说,黎敏这个人很高傲的,见人爱理不理,不好打交道。姚宇笑了笑,没有置评。

车半途停靠在一个服务区,大家纷纷下车加水和方便。姚宇也下了车。大家呼朋引伴,亲热地打招呼,热情地寒暄。姚宇一边应答者,眼睛却四处扫描,他在车门边发现了黎敏正要上车的身影,立即走过去,叫了声黎敏。黎敏回过头,一下叫出了他的名字:姚宇。她还记得我,姚宇很高兴,但是姚宇惊讶地发现,这个黎敏不是他印象中的黎敏。当年的黎敏,唇红齿白,眼睛像两颗黑葡萄,又大又亮。可是现在的黎敏,脸色暗淡发黄,几颗雀斑依稀可见,眼神昏黄无光,哪里还有一点当年的影子。他曾暗想过,几十年过去了,黎敏应该变了许多。但没想到黎敏会变成了一个姿容平常的老妪,这超出了他的想象。一时间,姚宇有点恍惚,怀疑自己的眼睛出了问题。他定了下神,微笑道,一晃几十年了,光阴跑得真快。黎敏说,是呀,几十年过去了,你变化不大,我可是变得快认不出了。姚宇说,还好,变化不大。黎敏笑说,你学会说假话了,过去你不是这样的。姚宇辩解说,真的,你的身材也保持的很好,一点不走样。这倒是真的,黎敏不胖不瘦,身材依然娇小,只是没有了曼妙的曲线。几句半真半假的寒暄拉近了两人的距离,可是停车的时间很短,一会车长就催促大家上车,车要开了。

中午的时候,车载着大家到达聚会的宾馆。宾馆位于太湖的一座岛上,风景宜人。拿到住房的钥匙后,姚宇放下行李,先给老婆打了个电话。这是他的习惯,每到一地,都要先向老婆报平安。姚宇另外告诉他,他已经录好一篇文章,发在她的手机里,让她晚上听。老婆睡眠不好,他每天晚上给她朗读文章,或者小说,或者散文,让她在聆听中集中注意力,然后安然入睡。他的朗读有催眠的作用。现在他出来了,他就提前朗读好,录在手机里,作为替身。打完电话,才去餐厅集合。

餐厅很大,临时搭了一个主席台,主持人拿着麦克风,宣布在餐前先进行一个联欢,节目有诗朗诵、曲艺、独唱和小组唱。第一个节目是诗朗诵,姚宇是诗作者。坐得满满的餐厅一下子静了下来。虽然朗诵的水平不怎么样,但是人人都听得很认真。看得出,有的诗句颇有感染力,引起了大家共鸣。姚宇一下成了聚光灯下的公众人物。写的不错,很真实;没有套话,很真诚。有人纷纷赞许道。也有熟悉姚宇的知青在底下嚷嚷:我们中间出人才了。有人揭"老底"说,不对,姚宇早就露苗头了,插队时,他曾经帮人写情书。姚宇没有飘飘然,他一边谦虚着,一边在人群中搜寻黎敏的身影。他希望能看到黎敏的反应,某种程度上,这首朗诵诗也是为她而写。当初在接受群主的这个任务时,他已经在聚会的名单里看到了黎敏的名字。想到能在黎敏面前朗诵他的诗作,这让他激动了一下,干劲一下上来了。没想到过去这么多年了,黎敏这个名字还是让他这么在乎。

中午的会餐结束后,有一个人跑到姚宇的面前叫道:老同学。然后快人快语,不等姚宇辨认,就自报家门:还记得吗? 温海蓉。姚宇一下想起了,对,对,温海蓉。温海蓉对姚宇说,刚才分享了你的诗作,写的很不错,我仔细听了,可以说专业水平。姚宇不好意思地摆摆手,哪里哪里。温海蓉说,当初,在师范,你就因为才华横溢,遭人嫉妒,才发生了那场在我们宿舍的打架事件。姚宇望着她的眼,说,你还记得? 温海蓉说,怎么不记得,事后是我替你辩护的。姚宇说,愿闻其详。温海蓉说起当年的事情,好像发生不久似的。那一次你来我们宿舍,讲师范学校的创办,我也在场。没说几句,康健一伙人就闯了进来,突然,就动起手来。为什么你一进来他们就跟着进来了? 因为他们暗中在监视你,不让你接近黎敏。为什么呢? 隔壁班的一个叫覃志丹的,看上了黎敏,多次向黎敏暗示,黎敏不理会,他便找康健帮忙。覃志丹这个人很会找关系,据说他跟教育局长有关系,答应康健只要帮上忙,毕业以后保证能分配好学校。康健以为妨碍覃志丹的就是你,所以在暗中监视你的一举一动。姚宇吃了一惊:啊,是吗。在姚宇印象中,康健是个愣头青,见书本就头痛,整天在篮球场冲冲杀杀;而覃志丹是个不太说话的人,没想到他这样有心计。温海蓉接着说,事情发生后,学校来调查,康健说你在女生宿舍是追求女生,动机不纯;你给女生讲什么布政使,是散布封资修毒素,学校一度对你很有看法。当时学校对学生恋爱看得很紧,因为刚发生过一场风波:一个农村来的女生跟一个男生好上了,而女生在农村是订了婚的,男方听到消息后纠集了一伙人来学校闹事,要追打那个男生。学校很头痛。学校来调查,我作为宿舍舍长,为你讲了两句话,当然都是虚构的:第一,你去附近山寨调查,是受我的委托。你知道我舅舅是省城一所大学的历史系教授,我把你在山上发现布政使石碑的事写信告诉了他,他委托我详细了解一下,有没有这回事,以后他好来考察。看看,我这个谎编的怎么样?温海蓉得意地笑笑,继续说:第二,你来宿舍就是来讲故事的,你把调查得到的结果来告诉我,这很正常。所以并无什么追求的问题。学校才改变了看法,只给了康建一个警告处分。

这些内容,竟然过了几十年,姚宇才知道。原来在事情背后,还这样错综复杂。更让人感动的是,竟然有人在暗中默默地卫护着他,而自己还不知晓,真该好好谢谢温海蓉。虽然都已是久违的青春往事,但还是在姚宇的心里激起了一阵阵涟漪。温海蓉的叙述,让姚宇弄清了许多问题。当初他也奇怪,事情发生得很突然,他根本不知道前因后果。康健为什么这么恨他?为什么没说上两句就动起手来。他们平时从没有过利害冲突,也没有任何过节。当然,他有点看不起康健,因为他不好好读书,却时时炫耀他有路子,毕业以后分个好学校,是十个指头捏田螺,十拿九稳的事。但他并没有说过康健的坏话,没有得罪过他。因为打架这件事情,康健的毕业分配没能如愿。他背了处分,被分到一所十分偏远的学校,交通很不方便,是雇了一辆马车凄凄凉凉地去任教的。后来他们再无交集。很久以前,听说康健患了什么病早早地离世了。覃志丹据说还混得不错,娶了一个地方官员的女儿,跟着混到官场上去了。

但是又一个问题被凸显出来了:黎敏的态度是怎么样的?假如没发生那件事,他会不会进一步走近黎敏?就好像一团乱麻即将被解开,却还剩下一个死结。要是能解开这个死结,他就能彻底轻松了。

下午是自由活动,可以去岛上观光,可以原地休息。有很多人来找姚宇聊天,因为参加聚会主要目的还是忆旧叙旧。他们来到姚宇的房间,姚宇却领他们来到大厅。这里能眼观八方。他们聊起了农村往事,点点滴滴,分外亲切。还有离开农村后的生活经历,成家立业,子女甚至孙辈,那么多的话题。可是姚宇却时不时有点分神,他还沉浸在刚才的那个"假如"里。那个"假如"如果成立,生活可能就会另一种样子,会更好还是更坏?有人见他有些心不在焉,纷纷告辞离开了,这才让他惊醒过来,不禁自嘲道:都当爷爷奶奶的人了,为什么还沉浸在那些年少往事里,想入非非不可自拔?难道一切能够推倒重来?不可能。况且生活是没有"假如"的,那又何必纠缠不放呢?被人知晓,只会成为笑料,贻笑大方。这样想着,姚宇才有些回过神来。他决定走出宾馆,去太湖边走一走。太湖烟波浩渺,湖水互相激荡着,拍打着,一波又一波。太阳被云层包裹,湖面上半明半暗。湖风习习,不时送来一股淡淡的水腥味。他想起娄湖,娄湖不似太湖的辽阔,一泓碧水,在群山环绕中,素面朝天,就像一个美丽的村姑,清纯而带些野气。不知为什么,离校之后,娄湖多次出现在他的梦中。娄湖岸边,清雅幽静,或读书沉思;或同学三三两两高谈阔论;当然更是谈情说爱的好去处。总之,娄湖是一个发生故事的地方。可是实际上,那时在学校的生活太苍白,他对娄湖的印象一片模糊。这是一种遗憾:美好的东西总是存在于想象之中。

远远地他看见黎敏了,她也在欣赏岛上风光。她不太合群,身边总是那几个固定的面孔。姚宇想起车长关于黎敏高傲的评价,心里说,也许她的个性就是如此,有些腼腆而已。而容易腼腆的人,内心是比较丰富的,外表的冷傲只是表面。姚宇朝黎敏走去。风景不错吧?姚宇说。不错,黎敏说。姚宇说,你还记得,当年我们师范的背后,有一个娄湖,又叫娄家坡水库,风景也是很好的。黎敏说,是的,可是现在想起来,几乎没有什么印象。姚宇惊讶:为什么?你也这样感觉?黎敏说,娄湖虽然很美,可是我们很少去。具体原因,现在想不起来了。也许隔得久了。不知道那时为什么放着那么美的风景,不去好好欣赏。姚宇说,原因可能很多,可是我觉得,忽略了美,是一种遗憾。黎敏说,那个时候,遗憾的事情太多了。一句话触动了姚宇的心思。是呀,人生有太多的遗憾。无论多么美好的东西,错过了就是错过了,再也没有可能回到过去。话题转到了旅游,姚宇国内国外天南海北走过不少地方,黎敏却很少这样的经历。问她为什么,是不喜欢旅游吗?黎敏似有苦衷,没有回答。姚宇不好深入探究,只是替她可惜。他有一种冲动,想问问当初,黎敏对发生在她们宿舍的那件事,是怎么想怎么看的。远处有人在呼唤黎敏。眼看黎敏要离开,不知怎么,姚宇无头无脑地冒出了一句话:黎敏,当年的你,唇红齿白。

怎么会脱口而出这样一句上不着天下不着地的话,对一个外婆奶奶级别的人说这样的话,是不是有点滑稽可笑,或者有点文不对题?黎敏半嗔半怒:人老珠黄了,你还这样说。说着走开了。

这句话是不是说晚了?在应该说的时候没说,在不应该说的时候却说了。说了也是白说,毫无意义,还有些突兀,有些荒唐。但他不后悔,却有一种轻松感,好像完成了一件使命。

第二天早餐后,姚宇有事要提前离开。他和熟悉的人一个个告别,互道珍重。他走到黎敏面前,伸出手与她握别。他带了几本自己的书,已经签好了名,打算送给黎敏。在题字的时候他颇费踌躇:抬头写女同学?女学友?太普通了。心中的女神?太肉麻了,还会造成误会。最后他在书的扉页上写道:献给青春的记忆。黎敏却拿出一张报纸,一张折得规规整整的旧报纸,说,我知道你成了作家,这上面有你的文章。姚宇一看,是他发表在某某市报上的一篇散文,他经常在这家报纸上发表文章。他问,你怎么有这张报纸? 黎敏说,我偶然看到的,就收藏起来了。后来我就订了这份报纸。你看,她从包里又掏出一叠折得整整齐齐的报纸,上面都有他署名的文章。

你真……费心……姚宇心里一热,仿佛有百千条溪流在奔腾和跳跃。

父 亲 与 山 歌

我父亲是一个普通得不能再普通的人,没想到,他退休以后,却风光起来了。

父亲退休前,在镇文化站工作。但他只是一个打杂的,做些看门烧水、打扫卫生之类的琐事。他喜欢结交文化人。每逢有作家、画家、音乐家等文化名人来文化站,他就跑前跑后忙得屁颠屁颠却不亦乐乎。虽然接待呀陪同呀都是领导的事,没有他的分,但是表现比谁都积极。

家里有一张照片,最能说明父亲这个附庸风雅的喜好。有一次,几位省市著名的音乐家来采风,在文化站和文化站长合影。在照相机按下快门的一刹那,本来不在合影人之列的父亲,突然跑进镜头。这样,照片上在合影的人群之外,就多了张脸,成了不伦不类的“不速之客”。文化站长发现时,照片已经印出来了,木已成舟。为此,文化站长狠狠地批评了父亲一顿,威胁他以后再如此自由主义,就要开除他。父亲端详着照片,只管嗨嗨地笑着。

父亲喜欢唱山歌。这个爱好来自于我的爷爷。爷爷是一位山歌好手,他嗓门大,声音洪亮,唱起山歌来,老远就能听见。那时兴唱山歌,田间、船上、集市、庭院里,处处可以听见人们拉起嗓子唱山歌。劳动累了,唱一嗓子,就解了乏。夏天的晚上,沏一壶凉茶,山歌从一家家院子里飞出,此起彼伏,响成一片。如果男女对起山歌来,更是高潮迭起,欢笑阵阵。年轻人唱着唱着,就唱到了一起,成了佳人。父亲那时还小,但也跟着爷爷学唱,走到哪唱到哪。

但是好景不长,“文革”来了,语录歌代替了山歌。后来,田里的耕作,都用上了机械,什么插秧机、割稻机呀,山歌手们也都老了,不下田了,山歌就渐渐销声匿迹了。代之而起的是各种流行歌曲。什么邓丽君,张学友,周杰伦等等。那些土腔土调的山歌,还有谁听呀。可是父亲就是喜欢。没人听,他就自顾自唱。年轻人见不得他,听他唱山歌就躲得远远的,说难听死了。连母亲也时不时挖苦他,还唱那些老掉牙的东西。

据说爷爷死的时候,留下一个存折和几个发黄的破破烂烂的小本本。小本本上记录的是山歌。父亲就拿了那几个破本本,把存折给了叔叔。他说自己每月拿工资,而叔叔在农村务农,经济更拮据。叔叔拿了爷爷留下的几千块钱,做起了小买卖,后来发了,在城里买了房安顿下来。为此我母亲说我父亲傻,差点把父亲逐出家门。

父亲退休了,母亲进城帮我带小孩,我想把父亲也接到城里来,可是父亲不干。他说城里哪有乡下好,乡下空气新鲜,环境也好。其实我知道,他想待在乡下,主要的原因是,可以去空旷的田间唱山歌,自由自在。在城里,只能窝在家里对着四面墙壁,多憋屈。

退休了的父亲,居然破天荒地参加了镇里举行的歌唱比赛。父亲嗓音不错,像爷爷,而且我也希望父亲退休以后多参加各类社会活动,这样有利于身心健康。为了支持父亲参加,我买了好些歌星的碟片给他,让他跟着学习歌唱技巧。可是父亲却不屑一顾。到了比赛那一天,台上流行歌曲民族歌曲美声歌曲还有戏曲歌曲百花齐放各呈异彩,父亲却唱的是山歌。山歌是草,不是花,父亲当然被淘汰了。我回家问他,得奖没?木讷的父亲居然说出了一句经典的话:得不得奖不重要,重要的是,山歌上了舞台。

我感觉对父亲要刮目相看了。

一天他突然打电话来,兴冲冲地告诉我,他当老师了。我一头雾水,他当什么老师?他没读过几年书,文化不高,怎么当老师?原来,他是被镇里的一所小学聘去教唱山歌了。他说,还有聘书呢。我在电话里,仿佛看见他,洋洋得意地朝我扬起手中大红的聘书。

还有我没想到的。一天晚上,我在电视新闻里,看到了父亲。我激动起来,几乎不相信自己的眼睛,他竟然和市里几位很有名的文化人坐在一起开会。我立刻打电话去问。他却淡淡地说,我把你爷爷留下的那几本破歌本,捐给了文化馆。文化馆说它们是什么宝贵的文化遗产,要进行抢救,出版什么山歌集。文化馆说我立了大功……还来了好些文化人,开山歌研讨会……

突然,不知为什么,父亲在电话那头,激动地啜泣了起来。

神童的符咒

何庆华

初冬的太阳,把我从梦中唤醒。一骨碌爬起来,缪泾水雾气氤氲,田野的尽头,太阳早已升起,缪泾的太阳,从苍白到橘红,一眨眼的工夫,它变得又大又圆,鲜红滴油。

太阳瞬间让枯槁的桑树变成了金黄,河边的柳树,变成了金柳。田野迅速收回它的珠宝,露珠不再闪耀。

一个高大的男人,静静地站在田埂上,张开的双臂光芒万丈,硕大的头颅,超长的头发,都让人误以为是一个稻草人。

良久,良久,他站在那里,纹丝不动。刹那,巨大的影子突然疯狂地舞动起来,一会儿如一只猿猴,一会儿又变成一只苍鹰。舞动的手臂,飘动的长发,似乎要带他飞离地面。瞬间,他撒开两腿疯狂地跑着,一直奔跑到太阳里面……

我的每根汗毛都竖了起来,胸腔里激荡着非洲之鼓的锵锵声,想随着那个影子奔跑。

突然一只白鹡鸰从桑树上呱的一声飞起,黑白的羽毛,黑白的眼珠,像黑无常白无常。

我收住脚步,深呼吸。

妈妈说,那不是鬼,是人,是冯老师,气功大师。

哪个冯老师,难道是缪泾的神童冯梦华?

还能有谁? 妈妈叹息:当年为了考大学,一口气背下一本成语词典,考取大学后,成为缪泾人的骄傲。走到那里,显到那里,好风光。你到缪泾,只要说神童,谁个不知。我也沾光,都说我是神童的老师。

他怎么成了气功大师?

妈妈直摇头,说,反正这几年,他过得挺不顺,儿子车祸身亡,老婆去世,他变得古怪,他们家就在我们前面一条港的东面。

接连几天,不管刮风下雨,都有这样一个人,在清晨的缪泾水边,或岿然不动,或手舞足蹈,那高大的身影,扭曲变形,又超然物外。

一天傍晚，好奇心驱使着我走到他们家一幢老式的三层楼前。这是一幢江南农村普通的楼房，黑瓦白墙，外墙有些斑驳，楼前就是田野，屋后是一小片竹园。

场上，有个烫卷发的女人，在井边汰青菜。初冬的井水，吊上来还冒点热气。

"冯老师在家吗？"我怯怯地问。

"他啊，不在，去学校图书馆了。"

"啊，礼拜天还要上课啊？"

"不是，他喜欢泡在那里，你是？"

"我是张老师家的，路过这里，顺便来看看冯老师，我在合肥十年，这次回来了！"

"哦，你不用看他，他，你看不懂的，一个不食人间烟火的书蠹头！"

黄发女人直言不讳，打开客堂门，拉亮电灯，里面挂着两张大照片，一张是一个七八岁的男孩子，硕大的头，大大的眼睛，头发浓密，调皮地笑。另外一张是个瘦弱的女子，眼睛直勾勾地看着我，眼神近乎绝望，嘴唇苍白，似乎有一肚子的话要说。

"喏，这是我姐，这是他们的孩子，都到另外一个世界去了！"

"怎么会这样？"

那女人凌厉的目光扫了我一眼，回答："天知道！"

走出客堂，还感觉墙上女子绝望的目光，穿透我的胸膛。

我坐到大伯家的长条凳上，猛喝了几杯热茶。

大伯说，你没事去他们家做啥？这个书蠹头，外号叫"缪泾水"，本来心窍蛮干净，像缪泾水那样清，又是神童，大家都喜欢他。后来，不知怎么撞上鬼了，一家三口好好的，书蠹头偏偏迷上了什么气功，成天价像猢狲出把戏——练功，在村里到处吹什么某某大师有特异功能，能把药片从封好口的药瓶里拿出来，还能起死回生，神神鬼鬼，大家都避他，说他中邪了。后来儿子被汽车撞死，一个礼拜后，他老婆又死掉了，作孽啊！

大伯边劈篾边擦着鼻涕。

"话讲回来，天有不测风云，这个书蠹头，千不该，万不该，在儿子死掉的当日，让他一个人躺在客堂的板门上，夫妻俩，门一关，出去一整天不转来！你讲讲看，天下哪能有这样的大人！"

大伯把手里的篾刀往地上一扔，掸掸皮围裙上的竹屑，站了起来，激愤地说："我快七十了，活到这把年纪，还不曾听说有这样的大人！"

"他们去哪里了？"

"听村里阿狗说，那天正巧他去苏州办事，书蠹头夫妻和他同乘一辆车去苏州，还打过招呼。"

"去打官司？"

"听说闯祸一家公司态度很好,没有说要打什么官司。"

独生儿子车祸死去,对一个家庭来说,天塌地陷。这个当口,他们夫妻俩,为什么突然消失?他们去了哪里?

我拐弯抹角,问了很多当时在场的村民。

村长高妹兰说,知道出了这样的大事,赶忙去吊唁,结果,家里铁将军把门,屋子外面围满了人。

孟凤花说,冯超是我同班同学,中午放学前还活蹦乱跳,我们还没吃完中饭,就听说他横穿马路被撞了。他躺在自家的客厅里,像是睡着了,胸口还有一张奇怪的纸,有人说,那是鬼画符。

陆阿三是知情人,他诡秘地眨眨小眼睛说,是异出怪样,这个孩子被抬回来时,身体外面没有太大的伤痕,手脚还是软的。神童就把他放在床上,锁了门就走,居然连哭都没哭一声。后来孩子的亲公亲婆赶来,等了很久,他们俩才失魂落魄地回来,鬼才知道他们去了哪里。

以后几次路过冯老师家,我都没有勇气再进去。直到有一天,我去冯老师所在的学校拍摄采访,在通往图书馆的林阴道上,突然看见一个穿着白衬衫、戴着高度近视眼镜的人,硕大的头颅,茂盛的长发,那不是缪泾水畔神秘的舞者嘛!

"冯老师!"

他突然停下来,盯住我不放。

我丢开摄像师,赶忙跑上前说,我是张老师的女儿,现在电视台工作。他朝我笑笑,招呼我去他办公室坐坐。

他说我像我妈,当年我妈教他语文,给他吃糯米饭拌白砂糖,就是这个模样,连发型都一样。

"我常常在缪泾水边看你打拳,哦,真的不一般啊!"我啧啧赞叹。

他的脸突然红了,嗫嚅道:"让你见笑了,在缪泾,我是神经病,他们都这样认为!其实,我练气功,是跟名师学的,不是瞎来的,当年闻名全国的气功大师严新老师在苏州开课,他的带功课,我一个礼拜都不拉,还有这本《气功》,我是一直带在身边的。"

他从口袋里掏出了一本已经卷边、发黄的小册子。

"严新,还有沈昌,都是名噪一时的气功大师啊,那时候,他们在苏州大学的礼堂、工人文化宫,一堂带功课是一票难求啊!成百上千人去听他们课,跟着他们练功。"

"啊,不是说气功大师是骗子吗?他们的本事是吹出来的吧!严大师不是还吹嘘大兴安岭的火灾,是他发功扑灭的吗?"

"一派胡言,那是你们这些传媒人的官方报道,事实不是你们所想象的,真正的气功大师真的有本事,气功不是伪科学,知道吗!我在苏州大学读书时的老师周幻海教授都相信气功,就是他的引见,我认识了沈昌。我的老婆身体不好,我们一起学气功,身体越来越好!"

"那您能告诉我一件事吗?"我瞪大眼睛问他,恨不得边上有摄像机,一字一句把它记录下来。"当年,您儿子遭遇车祸死后,你们为什么把他单独放在家里,你们去了哪里?!"

冯老师的嘴唇抖动了半天,一屁股坐到椅子上,手里紧紧攥着这本《气功》。

"谁说他死了,没有!他还有气,医院却说他死了,没救了!"他两眼发直,面色铁青,完全变了一个人,连连说:"你走吧。"

我为自己鲁莽后悔,我的职业病,总在关键时候发作。我连声道歉,惴惴地向他告别。

我们遭遇人生诸多的灾难和不幸,常常无法求证,无法更改,无能为力。

芸芸众生,都以他们的方式活着或者死去。

严新、沈昌这样的人物我无法采访到,苏大的周幻海教授,多少还能打听到。

事有凑巧,和周教授在同一个学校任教的文学院艾教授,在苏州图书馆作文学讲座。我收到了通知。

艾教授报告结束,我拦住了他。

我把神童的那些奇奇怪怪的事一口气说了,艾教授居然没有打断我,说天下竟有这样的事?

我说,是个谜,我解不开。

艾教授说,我和周教授关系很好,同住在一个院子里,他已经去世了,夫人健在,我和她联系一下,说不定能为你揭开谜底。

他拿起了手机,拨通了电话,对周太太说,太仓电视台的一位何记者想为那里的一个神童,姓冯,写篇文章。听说那个神童是周教授得意的学生,你还记得吗?

电话那头沉默了良久,传来一个苏州老太又糯又软的声音。

"艾教授啊,你还这样热心肠啊,你说的是那个书蠹头小冯是吧,唉,一言难尽,不说了,不说了,我先生走了那么多年,不提那些伤心事了,实在不好意思啊!"

我杵在了那里。

艾教授笑笑,说下次吧,我私下给你打听打听。

调查采访陷入僵局。

我有神童的QQ,他那个长发头像通常是黑的。我把和周教授夫人通电话的事说了一遍。他的头像突然亮了。

"周教授得胃癌死的,简直是莫大的讽刺,如果他一心一意闭关修炼,怎么会这样呢!告诉你,他们都是背叛了气功的人,我才是中华气功真正的衣钵传人!"

说完这句话,头像猛地暗了。

一段时间里,"气功大师"也消失在缪泾水边,日子过得行云流水。

一天下午,我刚采访结束,突然接到一个电话:"我约到周太太了!"

在苏州大公园一棵苍老的松树下,见到了满头银发的周太太,艾教授穿了件香云纱的短袖,戴一顶白色的礼帽。

周太太有些激动:这件事,我永远忘不了。我那先生当时患了胃癌,已经晚期了。医院说不能动手术了。当时气功盛行,沈昌在苏州红得不得了,就对先生说,辟谷,肯定能治好你的病。先生听从他的意见,辟谷了,几天不吃饭,有些好转。那时,小冯常来,他对沈昌崇拜得不得了,看到先生病情好转,更加觉得沈昌神。一天上午,小冯和他的妻子急匆匆到我家,一看到先生就说,先生,救我的儿子。原来他的儿子遇到车祸,先生看了他们随身带来的病历卡,死亡证明,直摇头,说你们真以为气功能起死回生?你们真以为他们那里有"仙草",可以让你孩子活过来?瞎胡闹,尊重事实,节哀顺变!严新已经去了香港,沈昌我找不到,你们赶紧回去办后事!他们夫妻俩根本听不进去,就是不肯走,站在门口,后来,天突然下起雨来,他们依然在雨中立着,用程门立雪的劲头感动先生,急得先生要朝他们下跪了,最后,他向学校要了一辆车,硬是把他们送回缪泾。哎,小冯,实心眼。

谜底揭开了,但又像没有揭开。

我请艾教授喝茶。上个世纪八十年代末,九十年代初的气功热,到底是怎么一回事?

艾教授说,在这个问题上,我也迷糊,一些事我至今也无法解开。这样吧,告诉你一点我经历的事实,或许对你的写作有帮助。

他为我讲了这样一个故事:

特异功能和气功热,大约是八十年代末兴起的,当时苏州一位科幻作家到我校作特异功能报告,给我一张票,我没有去。我记得这个热是北京刮过来的,说什么有特异功能的人在中央首长面前表演,可以把口封好的药瓶里的药片取出来,又是什么什么首长的病只要一发功就好了。吹得天花乱坠。我当时很忙,科研,行政一大堆,忙得脚要捆起来,哪有时间去轧这个闹猛。但是,一九九一年春天,我的妻子突然生病,腰椎间盘突出,发作时疼得惨叫,在地上打滚,恐怖极了。我和女儿把她扶到床上,叫来了救护车,送到医院治疗,医生说,没有特效的办法,只能牵引治疗,买了一个钢背心,把她的腰箍着。她瘫卧在床上,近三四个月,极为虚弱。那时,我受香港中文大学之邀,六月份去访学,合作研究,已经办好手续,看到妻子这样的情况,我怎么能走,想放弃访学。正在这时,就是那个神童的恩师周教授对我说,气功能治好你太太的病,你去找沈昌。我说,我不认识他。周教授说,他在南通一个农场,我也不知道确切地址。我当时也是病急乱投医,在南通市委任职的一位领导,是我的老同学,我立刻给他打了个电话,他在电话那头说,"老同学啊,你也相信气功啊,严新不久前,在我们这里带功讲演,死了一个人,我们对气功不宣传,不支持,不反对,三不政策,你还要来找沈昌吗?"我把要去香港访学的事和他说了,他很干脆,说,"那就试试吧,我来安排。你不要寄予太多的希望。"我向医院的医生求教,像我妻子这样的状况能去南通吗?医生摇头,如此虚弱,她怎么能远行?他看我焦急的目光,无奈说,你坚持去,就在车里座椅上放一块木板吧。我着手准备,先要她下床锻炼,我和女儿把她扶下床,走了几步,她大汗淋漓,人往下塌。我们吓得立刻把她扶上床。她有毅力,为了去南通,每天坚持下床,先是走几步,后是走几米。南通电话来了,我们启程了。

哇!我叫了起来,万一在路上发作,怎么办?太冒险了。

是啊,一路上,我真是把心捏在手里。谢天谢地,一路平安。老同学已经安排了人,在农场等我们。在农场的场部办公楼二楼会议室,我第一次见到沈昌:黑黑的,瘦瘦的,矮矮的。眼睛很特别,似乎很锐利,又似乎呆呆的。他听完了我妻子的讲述,走到她面前,命她站起来,我去扶她,他制止了我。沈又命她,把钢背心拿掉,我大惊失色,连呼,不可。沈又制止我。沈又命她,上楼!天那,我连连喊:不行不行!奇迹发生了,她咚咚直往三楼冲。沈昌又喊,下来。她又咚咚地下到二楼。沈又命她再上三楼,她兴奋地又向三楼冲。来回多次,沈对我说,她的病好了。我们一行人目瞪口呆,你不信也得信。同去的一位宣传部的干部见状,向沈说:我的头常常疼,请大师为我治一下,他冷冷地说,你不诚心,我不能治。

真有这样的事,我疑惑地看着艾教授,说,我学医,从来没有见到这样治病的,如果这样能治好病,世界就不需要医生了。您不是在编故事吧!

艾教授笑了。如果不是我亲身经历,我打死都不会相信。事实确实是这样,她的这个病从此再也没有发过。不过,那天后来我们要求他发功,他带我们到一空地上,遥指远方架着的电线,说,我在发功,你们看,电线在抖动。我们看了良久,有的附和,说在动,我没有作声,因为我看不到动。

这个沈昌,又给我抛下一个谜。

艾教授说后来,沈昌来我校作带功报告,他给我一张票。礼堂里挤满了人,连窗台上也趴满了人。他口若悬河,从古到今,讲了许多特异功能的事,接着说,现在我们练功。安静的会场,突然骚动起来,全体站了起来,有的立刻扭动起来。我还没有反应过来,刚刚站起,只见沈昌已经向上挥动手臂,忽而左手,忽而右手,交替地挥舞着,动作刚健有力,嘴里呼呼有声,下面听众跟随着,挥舞,呼叫,刹时,整个礼堂声震屋宇,山呼海啸,天摇地动,有一部分疯狂地扭动着身体,走上了舞台,近乎癫狂,把沈昌包围着,场面火爆。我被这个疯狂裹挟着,却立在那里,呆若木鸡,环顾左右,发现也有三四个人,如我那样,呆立着。疯狂持续了足足有半个多小时。会散,我问沈昌,很对不起,我怎么疯不起来呢? 他答:你头脑复杂,在胡思乱想。我哑然。

我陷入了新的迷魂阵,与艾教授作别。

回到太仓,我整理采访笔记,突然发现,还有一个重要人物漏掉了,他应该是谜底,就是那个第一时间赶到神童家里的孩子的亲公。

神童的父亲离开我的大伯不远,我决定专程去拜访他。论辈分,老人是我的伯伯辈。

门开了,一个高大的瘪嘴老汉开了门,黝黑清瘦,眉间的川字纹像刀刻。

我喊了一声伯伯。他愣住了。

我告诉他,我是你神童儿子的小学里的张老师的女儿,他客气说,是大华啊,我还是你拖着小辫子时见过你,现在路上碰见你,认不出来了。你妈好吗?

我说,你好福气,我妈妈只有七十岁,身体远不如你。

他咧嘴开心地笑了,露出孤零零的两颗牙齿。说,我那儿子,你不要看他呆的,可孝顺了,自从老太婆走了,他和媳妇隔三岔五来探望,把我服侍得好好的,还要带我去苏州装牙齿呢!

他一脸满足,自言自语:他们就是有一点不好,孙子死了,却死活不肯再生一个。

我说大概您的孙子太可爱了,没有其他人可以代替。听说,那天孩子遭难后,您去他们家,他们都不在?

关键时刻,老人翕动着嘴巴,啊,啊了半天,说,我记不起来了……

我觉着自己的执拗和残忍,为了一个谜,鬼使神差地去找这八十多岁的老人。每逢初一、月半,老人都会在自己的宅基地边烧纸钱。

我有一个血压计，经常给周围的老人量血压。我成了冯老伯的熟客，每个礼拜天，我都会去他那里量血压。一不留神，旧事重提，真怪，什么话都可以说，只要一涉及那天的事，他那两颗坚守阵地的牙齿，咬得嘎嘣响，他的嘴巴牢牢地闭上了。

天那！这个老伯。看来，他是要把这个秘密带到棺材里去。

一次我去给他量血压，刚到门前，听到里面有嗷嗷的叫喊声，推门进去，只见老人在床上打滚，见到我，说，大华，你赶快打电话给我的儿子，我要死了。我半天也打不通冯老师的手机，只好给他QQ留言，再一问老伯的症状，根据我的医疗经验，应该是阑尾炎，事不迟疑，必须马上送医院。

医生很快诊断是阑尾炎，要立即手术。这时，神童慌里慌张地来了。说，千万不能动刀子，给我半个小时发功。说罢，他神经质地舞动了起来，嘴里发出嗷嗷的怪声。

我不知所措，最后来了几个保安，把他强行架走。

老人动了手术，恢复得很快，一次，我去探望他，他要我坐下，叫陪伴的儿子离开。对我说，大华，对不起啊，家中的丑事，难对外人说啊。

我连连说，老伯，神童哥，我们尊敬他。

老伯打断我的话，不！这件事我不原谅他。那天，多少人拥到我家里，告诉我孙子出事了，我和老太婆，还有几个亲戚，匆匆忙忙跑过去。老太婆和几个女眷，一把眼泪一把鼻涕，哭到他的家，推开门一看，家里空空荡荡。我们摸到房间里，看到孙子躺在床上，穿得整整齐齐，老太婆想扑过去，突然停住了，拉着我的手，指着孙子的胸前，说，老头子，你看。我们一看，都吓呆了，只见孙子的胸上，端端正正放着一张纸，纸上画着一只鸟，又像凤凰又像大鹏，鸟身上坐着一个人，下面好像也站着两个人，像是符咒一类的东西。这时，突然天暗下来，又是风啊又是雨，那个雨大得吓人，我出世以来，从没有见到过，好像是天公直接把水倒下来。我们都吓得汗毛要竖起来。我胆大一点，摸摸孙子，没有气了，我想把那符咒拿开，突然天上一个炸天雷，大家胆战心惊，死死拉住我的手。我们不敢哭，不敢动，僵立着，憋得透不过气来。过了很久，儿子媳妇回来了，一进门，就扑到孙子身上，哭得死去活来。

我重重地叹了一口气。老人握着我的手说："他们说我儿子前世冤亲债主太多，他们讨命来了！我想不通啊，六十年前，刚解放，又是砸庙又是打菩萨，天下太平，世上没有什么神神鬼鬼的事。现在科学发达了，经济好了，那些肚子里有墨水的，还有一些大官，怎么就向神啊鬼啊低头，神神鬼鬼怎么多起来了。难道风水轮流转，又转到过去啦？"

面对老伯的诘问，我无言以对。

又是一个缪泾的早晨，依然是一个高大的影子在起舞，我站在他旁边良久，他停下来向我招手，神神秘秘地说，我告诉你，我已经开了天眼，能看到未来。再过几天，我就要去出游，等我回来，会把我所有的经历，都原原本本地告诉你，因为你是个诚实的缪泾娃！

一个寒假过去了，又一个暑假到来了，我依然没有等到神童的回答，我也不再忍心去打搅风烛残年的他的老父亲。有人在五台山看到了他，也有人说，他去九华山剃度了。

生活是谜，谜是生活。

盼 望 60 岁

洪砾漠

农历戊戌年十二月初二日（公元 2019 年 1 月 7 日），星期一

早晨 6 时 40 分许，我按照包工头俞国林昨晚和我预约的地点和方式，骑车到了东西向的建湖路第二个有红绿灯的 T 字型路口。俞国林见到我，又喜又生气，抱怨我说："你早晨几点钟起床出门的？你害得我在这里等你总有半个多钟点。我昨晚和你说好了，你必须在今天早晨 6 点 20 分左右到这儿，你也答应好好的。可是，你老是不来，我等了这么久。我站在路边冷死了，冻得手脚发麻……"

我微笑，反击他说："谁叫你将上班时间定得这样早！农民工自己整自己。国家公务员每天早晨 8 点钟上班，每个星期上五天班……"

俞国林一面骑车在前面带路（我骑车尾随他），一面生气地埋怨我："气罗屄！谁叫你有得狗卵子用！你又有得恒持（方言，即能耐和机会）当公务员！你还得老老实实跟我一起做建筑工地上的木工活……我今天早晨跟你讲好：你跟我做点工，大约有七到八天的事情。现在点工钱比原来涨了些，每天三百五十块……老李在前面工地上等着我和你……你好好跟我做几天工，搞点过年钱，今年开开心心地过个老历（指农历）年……"

我跟俞国林到了博沭（苏州）电气有限公司新建车间（厂房）工地门口。工地上有五六个钢筋工在扎一个大型多功能的蓄水池的墙壁方面的钢筋……木工同事老李（李爱学）和俞国林走出了工地，对我说："快走！去建业路那边的工地。这里今天钢筋工还没有扎好钢筋，木工师傅不能干活。"

我做过疝气方面的手术，遵医嘱休养了半年。今天是手术后第一次跟随老同事们到工地上干活。我想起 2014 年 6 月 25 日下午，我荣幸地到了舒乙老人家里访谈了大约 30 分钟。舒乙说："我做过脾脏手术……正在休养之中……"我想起我不久前为王安忆著长篇小说《考工记》写过一篇评论文章……我 1992 年冬天在湖北省仙桃市（原沔阳县）胡扬镇机械厂打工期间，曾经在镇上一个旧书店里花 2 元人民币购买了一册旧书——任光椿著长篇小说《戊戌喋血记》……农历今年春天，我又从网上购买了一本旧版（正规版本）《戊戌喋血记》，想重新看一遍，因为今年刚好是戊戌变法 120 周年；可惜，因为病，因为住院治疗（新农村合作医疗政策内可以报销百分之七十左右的

医疗费),因为种种无奈的经历,竟然没有利用病休期间的时间重新阅读《戊戌喋血记》……美国约翰霍普金斯大学历史系教授兼东亚研究中心主任罗威廉著,李里峰等译《红雨:一个中国县域七个世纪的暴力史》,中国人民大学出版社(北京中关村大街31号)2014年1月1版2016年12月7次印刷;这个中译本是我从网上购买到手的,浏览过后,觉得罗威廉这本历史著作存在不少错误(如将清朝中期镇压太平天国革命军的地方团练领导人余雅详和夏梧称作"东山二俊",还对中国大陆××市作过粉饰性描述等等),居然头版就印刷了七次,中国读者太盲目迷信外国学者了……

我的天! 俞国林带我骑车进入建业路南侧的一个高层住宅楼工地。主干道上尽是浑浊的黄色的泥水,大面积的厚约2cm的钢铁平板一块衔接一块地铺在路面上,泥泞极了,我骑的电动自行车的轮子在变形了的钢铁平板上的原有车辙上滚动。我真担心车轮打滑,我的身体被摔倒了……农民工的工作环境怎么这样糟糕? 毛泽东的词句浮上我的心扉:"人有病,天知否?"毛泽东这词句中的"人"一般认为指军阀混战时期的社会。现在农民工上班途中摔跤跌伤了身体算不算建筑公司的老板认账的工伤事故,尚且有争论。如果是骑车在工地上摔伤了,立即用手机打电话给建筑公司的老板,老板认定工伤,马上派人送去医院检查、治疗;如果上班途中30分钟之内,摔伤了身体,建筑公司老板则不认定为工伤……因为农民工一般不习惯与建筑公司的大老板签订务工(劳务)合同,而是习惯跟随包工头干活,干包活(劳务承包活)可以多拿工钱,平均每天有四到五百元人民币的报酬,直接从包工头手中领取;可是,农民工出了工伤事故就麻烦,包工头找大老板;大老板装聋作哑一般漠然对待……有的受工伤的农民工只有找法律工作者(如夏正阶、张兴华等)帮忙向大老板追要工伤赔偿费……总之,农民工出了工伤,只能自认倒霉。

我尾随俞国林到了数栋正在施工而没有封顶的住宅楼之间的一个广场似的场地,将车子停放在一栋楼房前面的进楼的安全防护通道出入口附近。没有充电的插板。俞国林对我说:"下午,我再牵一根电线过来为电动车充电。现在七点多钟了,我俩赶快上楼去干活……"随后,老李(李爱学)骑着电动车也来了。老李过去习惯骑摩托车上班和下班;大半年前,他在一次下班途中意外被一个女青年驾驶的白色小汽车迎面撞上了他的摩托车,将他的左腿连骨杆子撞断了。女青年的小汽车买了"保险"费;老李的治疗费经交通警察大队交通事故科受理让保险公司赔偿了……俞国林、我、老李、还有我不认识的瓦工(泥工)师傅鱼贯似的进入楼前的通道,步上楼梯……俞国林承包这栋楼房的大约三分之二建筑面积的木工劳务(另外有四川籍贯民工们承包去约三分之一的劳务),已经做到了第十一层,现浇面(平板、平台)模板已经制作了一部分……楼梯两旁的短钢管、半长的钢管、扣件、砖头、硬化了的水泥碴子、细碎的模板

（其上有尖端外露的钢钉）、木料头、有螺纹的拉杆、螺母、直径大约为2.5cm的白色塑料管等等，经常绊脚。俞国林熟练地从一处钢轨下面的矮小空间爬过去……钢轨是用来加固楼房周围的钢管脚手架的……我也照前头的人的样子从钢轨底下钻过去，爬行，再伸直腰而步上楼梯……

我感觉简直目不暇接，生怕一脚不慎而踩上一小块模板上的钢钉……如临深渊，如履薄冰，这是电影故事片《开国大典》中的1949年春天国民党赴北平与中共和平谈判的代表团团长张治中（字文白）在飞机舱梯上对追问他的记者讲的他当时的心情。

第九层的模板和架子基本拆完了（仅剩余少量模板没有拆）。一个小名叫作"药"的老熟人正在伸出楼房外面的钢管架子的料台上将钢丝绳穿过一堆梁底模板下方的小空间，以便塔吊机上的女起重工起吊到楼上第十一层。"药"正式姓名叫汪飞跃，黄市乡李家铺（村）人，原来和我在太仓市陆渡镇境内不少的建筑的工地上共事，同属于包工头阿龙（原来是福建省惠安县农民）手下的木工师傅……"药"见到我，惊讶地说："老余，好长时间没有见到你呀喂！你现在住在哪里？"我将我住处告诉他……我们原来有个木工同事叫×海能，经常喜欢谈论"药"的媳妇，说："如果说药的媳妇不折貌（方言，即美丽）的话，天底下再没有折貌的女人……"

我刚爬上第十一层的钢管脚手架子，来不及回答两个同事的问题。夏玉平（男）问我："余先生，最近去看你的师娘吗？"老徐问："老余，最近去板桥澡堂泡澡吗？那里有一个折貌的小姑娘，该是有几大（方言，极其大）一对奶子呀喂！？……"我只好笼统地回答各位同事："冇呀喂！早晨一架式（方言，即开始）上班，莫谈女人。我今天初来这个工地上班，要讨一个吉利的兆头……"

老徐开玩笑说："么罗兆头不兆头！头天夜晚摸一下女人的奶子，第二天做事保证顺利……我才没有那些古怪规矩、禁忌，天天夜晚摸一下女人的大胯和屁股，才是一个大男人活在世界上的意义。老余肯定三天两头找合势的女人去了……"

我赶快提醒老徐说："老徐！你莫尽谈女人。当心锒头、锤子砸了你的手指头！"

老徐回击我说："你嚼罗（方言，指男人的阴茎）经！我一年多以来，双脚没有踩上钉子，双手没有伤破过皮……"

正在做平板（平台）模板的同事沈建希问我："老余，最近回去没有？木榍河——我们老家那边据说下了好大一场雪……"

我回答："冇回去。拉长（方言，即经常）回去，哪里来那么多的路费钱？"

沈建希反驳我说："你气罗屄！来回一趟路费要几两个钱！千把块钱就可以满打满算地解决回家（乡）去的路费……"

我发现原来跟随俞国林干活的同事有好多现在与俞国林分道扬镳了。如四川巴中的符××、龙合宁;我们家乡的余树舟(诨名舟头)、屈国胜、文武、廖茂祥、程爱民、程远利、刘爱明、萧细黑等等都跟另外的包工头干活去了。还有的中年同事(如熊心法)已经病故了。岁月不饶人啊!人生苦短,去日苦多。

这天上午,我做平台(模板)一块多,感觉不生疏。我算得上熟练木工,但也说不上游刃有余,因为我毕竟做过疝气手术,要注意保养身体。

上午11时多,我骑车尾随同事们到迎春路东侧的龙腾中式快餐店吃午餐(客饭,每份8元-12元不等)。沈建希自己在店外花6元人民币购买一瓶双沟大曲(白酒)带到快餐店里饮用,叫我喝点酒。我婉拒了。

吃过午饭,我走出快餐店,发现天空在下微雨。骑车回建业路21号工地。我才注意到这工地是一个叫作新舟·新沪紫郡的居民住宅区。

刚回到工地,同事们就自觉地步上第11层楼,又开始干活(制作平台模板)。不到下午1点钟,天空的雨下得越来越密集了。俞国林仍在钢管架子上"定"(即固定)梁底模板,提醒大家说:"伙计们!小心点!天在下雨。不要踩持(方言,即滑)了脚,滚到架子下面达(方言即摔)伤了卵子蛋(指男人的睾丸)。尽管建筑公司可以承认工伤,但是我们伤了身体,自己吃亏,划不来!"

老李(李爱学)做好一小块平台(模板),就高声叫喊起来:"了了呀喂!快下到下面一层楼去躲一害(方言,即一下)!雨好大呀喂!一口气工夫,雨就将我背上的衣服打得透湿!"

老李正在爬下钢管架子。包工头俞国林埋怨他说:"老李!你真不成事!你最怕死!将来要是发动战争,全民皆兵,你要第一个当炮灰就好了!你看人家四个四川人在我们西边干活,一个都冇下楼去……"

老李淡笑无情地说:"嘿!嘿!嘿!人家四川人包工比我们好些,平均一天可以摊到工钱五百多块。我们包工紧,划不到几多钱,哪里能跟人家四川人相比?"

俞国林警告说:"老李!你莫提前跑回家去。如果你今天比大家提前跑了,我今天不给你记工夫账。等结算账的时候,你莫找我扯皮!你试试看!我不怕你狠(厉害)!"

过了大约15分钟,天空雨下得稀疏了一些,小了一些。老李又上到第11层楼的架子上来做另一块平台的模板……等到两点多钟,天空的雨下得又密集了,有的雨点比黄豆粒还大。我们同事的背部衣裳都被雨打湿了。西边的四个四川人已经下楼躲雨去了。俞国林才叫我们下楼去躲雨。

第10层的顶部(现浇面模板)还没有拆掉。楼层中部有一只旧搪瓷脸盆,盛得有半盆火灰和木炭。沈建希拣一些破旧的模板和木料的零头,用气体打火机点燃收集扰来的人们包过早点的塑料薄膜袋，引燃了模板和木料零头。火势旺了。同事们围着火盆烤火，烤被雨淋湿的衣服，聊天开始了。

老徐说："如果要是在火盆里煨一土罐羊肉萝卜，开一瓶金六福白酒，大家一面吃喝，一面谈女人该是几（极）好呀喂！"

俞国林说："姑爷（指老徐）！你莫吃五股（饭）想（要吃）六股！你看人家南边那一栋楼上的木工师傅还在雨中干活……"

沈建希说："我们莫吃五股想六股呀喂！莫说现在有羊肉萝卜燕酒（方言，下酒），就是有几个蔫究究的芋头放入火中烧熟，香喷喷的，吃起来也可以吧！"芋头指红薯。蔫究究，方言，指很蔫（软）的模样。

"药"（汪飞跃）说："你们真冇得出息！芋头有么吃头？街上经常有人骑三轮车卖烤芋头，五块钱1斤……"

夏玉平说："药！你想得美！现在烤芋头要十块钱一斤，你还像睏在棺材里抓痒死活不知！"

夏玉平又问我："老余！你最近去看你的师娘没有？"

我淡淡地回答："冇。师娘有什么看头！横眼睛、竖鼻子，嘴上搽红彤彤的口红，披头散发！现在的女人如老话说的一样，皇帝的女，状元的妻，叫化子的媳妇一样的屄……"

夏玉平说："老余的师娘该是几（方言，极、很）爱老余哎喂！前年我们在万鸿别墅院子内为冯伟源老板做房子。老余的师娘来了，叫老余去她家吃落巴生（方言，即落花生）……老余的师娘偏偏不叫我去家里吃落巴生！由此可见，老余和师娘有一手……"

夏玉平又想起我们家乡农村扶贫政策（如凡是六十岁以上的单身汉或女人都是属于五保户，每年有上万块钱的生活津贴），说："老余再过五六年就好了，有五保户照顾钱过日子……"

我低下头，将下颔搁在膝盖上，坐在一块木料上烤火，懒得接过夏玉平的话头聊天，一门心思想起周树人（鲁迅）1927年7月由北新书局出版了一本散文诗集《野草》，其中诗剧《过客》是周树人1925年3月2日写作的。《过客》既是戏剧作品，又是散文诗体，还有小说成分，其中有三个人物：约70岁的头发白了而身穿黑长袍的老翁，大约10岁的女孩，大约三四十岁的困顿而又倔强的过客。老翁看到前面（西边）是荒芜的坟头；女孩看到前面有许多许多很好看的野百合和野蔷薇；过客则听到"有声音常在前面催促我，叫唤我，使我息不下……"过客恨自己的脚早已经走破了，有许多伤，流了许多血……

我低头不语，一面回味夏玉平刚才的话，一面将自己和《过客》中的三个人进行对比：我比大约70岁的老翁有盼头，因为老翁即将走向坟墓（死亡），而我还可以再过五年享受一下国家"五保户"优惠政策的甜头;我比三四十岁的过客又要悲观一些,因为我想作奋勇向前的抨击社会黑暗的"过客"而又不可能;我比大约 10 岁的女孩又要有一些老成感觉,她的幼稚和无忧无虑的童年,我也曾经有过……然而,我比她要早一些走进坟墓(假如将来有人为我建坟墓的话)……周作人 1967 年 5 月 6 日在北京八道湾 11 号宅院内的陋室里无先兆地病死后,连骨灰盒都没有保存到他的后人可以有暇去领取的时候,被公墓管理人员当作无人认领的骨灰盒处理了。巴金老人身后不留骨灰,不建坟墓。巴金老人说:"我明明记得我曾经由人变兽,有人告诉我这不过是十年一梦。还会再做梦吗?为什么不会呢?我的心还在发痛,它还在出血。但是我不要再做梦了。我不会忘记自己是一个人,也下定决心不再变为兽,无论谁拿着鞭子在我背上鞭打,我也不再进入梦乡。当然我也不再相信梦话!没有神,也就没有兽,大家都是人。"

巴金老人 1990 年 7 月 3 日给李舒写如下一段话:

> 在我的心灵中有一个愿望:我愿每个人都有住房,每个口都有饱饭,每颗心都得到温暖。我要揩乾每个人的眼泪,不让任何人落掉别人的一根头发。

邓小平同志 1978 年 12 月 13 日在中共中央工作会议闭幕会上讲话时说:"为了保障人民民主,必须加强法制。必须使民主制度化、法律化,使这种制度和法律不因领导人的改变而改变,不因领导人的看法和注意力的改变而改变。"

邓小平同志 1979 年 3 月 30 日在中共理论工作务虚会议上讲话时有一段精辟的话:"资本主义无论如何不能摆脱百万富翁的超级利润,不能摆脱剥削和掠夺,不能摆脱经济危机,不能形成共同的理想和道德,不能避免各种极端严重的犯罪、堕落、绝望。"

……

天空下雨一径保持着小到中雨的态势。下午 3 时 20 分,俞国林发了话:"今天下午大家干脆下班,早点回家去休息。"

我们高兴地拍手叫好!呼唤着彼此的姓名,吆喝着"快跑!"……快步下着楼梯。我们离开第 10 层楼以前,纷纷将饮水杯里的茶水倒入火盆,将火种灭绝,才放心地走了。

我的电动车存放在工地南侧的建筑工人生活小区的雨棚下面(此处有一排电源插座,职工们的电动车可以在此为车上的电瓶充电)!我沿着有着浑浊的黄泥水,泥泞而又有些滑脚的铁板铺就的路往南走,走向生活小区。

我脑海里又想起巴金 1932 年 5 月 20 日完成初稿的长篇小说《家》开头四个自然段:

> 风刮得很紧,雪片像扯破了的棉絮一样在空中飞舞,没有目的地四处飘落。

左右两边墙脚各有一条白色的路,好像给中间满是水泥的石板路镶了两道宽边。

街上有行人和两人抬的轿子。他们斗不过风雪,显出了畏缩的样子。雪片愈落愈多,白茫茫地布满在天空中,向四处落下,落在伞上,落在轿顶上,落在轿夫的笠上,落在行人的脸上。

风玩弄着伞,把它吹得向四面偏倒,有一两次甚至吹得它离开了行人的手。风在空中怒吼,声音凄厉,跟雪地上的脚步声混合在一起,成了一种古怪的音乐,这音乐刺痛行人的耳朵,好像在警告他们:风雪会长久地管治着世界,明媚的春天不会回来了。

已经到了傍晚,路旁的灯火还没有燃起来。街上的一切逐渐消失在灰暗的暮色里。路上尽是水和泥。空气寒冷。一个希望鼓舞着在僻静的街上走得很吃力的行人——那就是温暖、明亮的家。

我心想:再过十年,即我 60 岁以后的岁月里,今天在一起干活的俞国林、老李(李爱学)、老徐、"药"(汪飞跃)、沈建希、夏玉平和我还会聚集在一个温暖而又明亮的家里谈笑风生么?……我现在比在人世上仅仅活过 31 岁的萧红(张廼莹)女士多活了二十多岁……我将来会写一部像萧红的小说《呼兰河传》那样可以留传后世的长篇小说么?……王蒙短篇小说《夜的眼》《深的湖》,长篇小说《活动变人形》,我还想细细研读几遍……

盼望 60 岁! 不过,人生七十古来稀! 正如《过客》中的老翁看到人生的后头是乱坟堆。

湖南省石门县夹山寺(灵泉禅院)内的大悲殿内的后门两边有一副对联:

生生世世康无病感恩诸佛慈悲愍
虽然人间无尽美青春难留白骨堆

胡适曾经为他的祖父母和父母合葬墓配了一副对联:

人心曲曲湾湾水
世事重重叠叠山

盼望! 人生在世总在期盼!

2019 年 1 月 9 日下午(小雨)起草于四桂居

笔　会

凌鼎年

一

《江南风》杂志举办的"金秋笔会"放在了沿江滨海的娄城召开。

报到的第一天,就出现了不和谐音。

最先到的是作家庄大运,他一看那张住宿安排表,牢骚就来了,他冲着正忙会务的余主编说:"凭什么方鼎甫单独房间,我们住双人间?"

余主编赔着小心说:"方教授是文学院的院长,级别高嘛……"

"屁话,到这笔会上摆什么资格,论什么级别,这儿又不是官场,这是笔会。笔会嘛,谁发得作品多,谁的名气响,谁的腕就大。不行,他姓方的能住单间,我为什么不能住单间?"

正这时,方鼎甫教授也来报到了,他一听有人对他住单间有意见,很大度地说:"一视同仁吧,标房以外的钱我自己掏。"说着摸出一千元说:"我先预付一千元,多退少补行吧。"签到后,他很傲然地上了楼,弄得庄大运老大没趣。

尴尬了一阵的庄大运又扫了一遍住宿安排表,他又发现了还有一个叫臧人凤的陌生名字也住单人间。庄大运像逮着什么了,冷着脸问:"这臧人凤又是什么长吧?"

余主编一看,压低嗓子说:"庄老师,你别嚷嚷行不行,这臧人凤是这次笔会的赞助单位,我们的财神老爷,他不住单间谁住单间,千万别让他听到了。"

庄大运到底是场面上走走的人,掂得出其中的分量,立即缄口不言,灰溜溜地去找自己的房间了。

这庄大运前脚走,何了了后脚到。他一看自己与庄大运住一屋,当即要求换一下。

余主编问他什么原因。

他倒快人快语,说:"我是写诗的,他是写小说的,我和庄大运尿不到一个壶里……"

二

当天晚上,东道主《江南风》杂志为到会的作家、评论家接风洗尘,设宴款待。

宴会上最出风头的是女作家童真。童真相貌并不出众,但一看就知道是个前卫时尚的女孩,她的头发染成了金黄色,有一缕还染成了红色。十月份的天,说热不热,说冷不冷,童真可不管是冷是热,穿了一套超短裙,上身整个肩膀都露在外面,很是性感。她还叼着根摩尔烟,优雅地吐着烟圈。不了解的人还以为是来了个陪客的小姐呢。不过,童真自我感觉良好,一点不在乎别人的眼神。她的注意力只在方鼎彝身上。她知道,方鼎彝评论写得虽不多,但他写了没有发不出的,因为不少刊物的编辑都曾是他学生。童真盘算好了,这次笔会上,一定把方鼎彝攻下,让他为自己写篇像像样样的评论。不能吃了喝了玩了,一无收获吧。

方鼎彝已注意到了童真一次次扫过来的眼波,作为过来人,他故意不动声色,他知道自己越稳坐钓鱼台,胜算的把握就越大。

晚宴的高潮是随着鲍小雅的出现而出现的。女诗人鲍小雅是最后一个来笔会报到的,她提着包直接上了饭厅,一副风尘仆仆的样子,但她的一到场,仍引起了一阵小小的波动。

庄大运脱口说道:"哇,好个美人坏子!"

何了了也是写诗的,故他认识鲍小雅,就招呼她说:"鲍小雅,来,坐这儿。"

庄大运则捷足先登,抢先上去提了鲍小雅的包,对她说:"鲍美人,这桌还有空位子,坐我们这桌吧。"

方鼎彝也算阅人无数,他也没想到这次笔会会来这么个靓丽的姑娘,心情大慰,几次忍不住瞟了鲍小雅一眼又一眼。

作为赞助人,臧人凤自然也要说几句,他倒简洁,只说道:"大家吃好喝好睡好玩好,缺钱花,找我。我嘛,穷得只剩下钱了。钱是什么?钱不花就是花花绿绿的废纸。"

大家报以热烈掌声,拍得最响的是童真。

三

童真一边抽烟一边想:今晚到底是去方鼎彝住的 208 房间呢,还是去臧人凤住的 303 房间?考虑再三,她掐灭了烟头,上了三楼。

臧人凤对童真的来到,一点也不感到吃惊,仿佛是意料中的事,一见童真,就很热情地说:"童作家,请坐。"

"你知道我姓童?那就不用我自己介绍了。"童真没想到臧人凤已叫得出她名字。

臧人凤盯了一眼童真说:"年轻就是资本,文化就是资本。我是生意人,喜欢直来直去,你是想出书还是要出国,直说无妨。"

"我想今晚留这儿。"童真半认真半玩笑地说。

"像自己家一样,爱怎样就怎样。要不要先洗个澡?"

臧人凤趁童真去卫生间洗澡的当儿,吃了一颗伟哥,并按亮了"不要打扰"的灯,他轻快地哼起了小调。

一切来得这么快,这倒是他没料到的。

鲍小雅因为旅途劳累,想洗个澡后早早睡下,没想到刚脱了外套,门铃就响了,来的是何了了。何了了曾在一次诗歌笔会上见过鲍小雅,又是诗友,他就以熟人兼同行的身份来拜访了,他还拿了一叠新写的诗歌,请鲍小雅批评指正。

此时的鲍小雅只想休息,对何了了根本没有任何兴趣,对他的诗自然也毫无兴趣,只希望他快点走,可又不好下逐客令。

何了了见鲍小雅爱理不理的,就没话找话,"是和童真一屋吧,童真人呢?"

"出去了。"

两人有一搭没一搭地磨着牙。

正很无趣时,庄大运又敲门进来了。

庄大运倒毫不掩饰,他对鲍小雅说:"我一见你,才真正明白什么叫美,我的脚不听话了,走着走着就走到你这儿来了。这样吧,我约你几首诗,只是我们市级刊物,你不嫌级别低,不嫌稿费低就赐几篇稿吧。"

大概鲍小雅话很少的缘故,结果何了了与庄大运你刺我一句,我还你一句地舌战了起来。

鲍小雅则在想着如何能不伤面子地叫这两位不识相者自己告辞。

这时,庄大运的手机响了,是余主编来的,叫庄大运和何了了出来一下,说有事,两人只好告辞。出来后,才知屁事没有,原来笔会上其他人早盯住了鲍小雅这间房间,见何了了、庄大运进去了迟迟不出来,嫉妒得眼睛快出血了。余主编说我是救你俩,你俩再不出来,今晚恐怕要挨黑棍了,笔会上一共才两朵花,你俩一人一朵,别人会饶了你。

余主编这话使何了了突然想起了什么,他对余主编说:"童真可不在房里。"

"什么,童真不在,那她上哪了?"余主编有点奇怪。因为这儿是长江入海口,前不巴店,后不挨村,唯有这一个宾馆,除了夏季热闹人多,下海游泳季节一过,这儿就人影寥寥了。

余主编是搞会务的,他刚才到各房间去看过,没见着童真,想来想去唯方鼎蔬是单独房间,十有八九是去他屋了,一个文学女青年向方教授请教也是正常的,所以余主编并未往心上去。

倒是庄大运阴阳怪气地说了一句:"道貌岸然,老牛想吃嫩草呢。"

"别乱说,别乱说,传出去不好。"余主编止住庄大运。

庄大运则认定了方鼎蔬有花头。第二天早饭时,庄大运直截了当地问鲍小雅:"童真昨晚几点回来的?"

鲍小雅脱口答道:"到现在还没回来呢。"

"好啊好啊,这老家伙果然在玩采阴补阳这一套,走,去敲他门,臊臊他教授的脸皮。"庄大运鼓动大家去敲方教授房门,出出他洋相。

何了了看不惯庄大运这做法,就说道:"一个情,一个愿,你管得这么宽干什么。你有本事,你也花一个,眼馋别人算什么好汉。"

余主编虽不想把事情闹大,可又怕出意外,所以他给方教授房间打了个电话,叫他出来吃早饭,谁知打了半天没人接,余主编急了,叫来宾馆服务员拿钥匙开了门,结果里面没人。

怪了,怪事嘛,怎么会没人呢? 他俩去哪儿了呢? 余主编正急得团团转时,方教授回来了,他说睡不着,早早一个人去江边转了转。

余主编见他压跟儿没提童真,忍不住问:"方教授,童真呢?"

"我咋知道,童真去哪儿,怎么来问我,莫名其妙。"

出事了,出事了,童真失踪一晚上,不出事那才见鬼呢。

就在大伙儿准备分头找时,童真一脸疲惫地出现在大家面前。

没人问她昨晚去了哪儿,一个人也没问,但一个个全用异样的目光看着童真,看着方教授。

余主编这一次很明确:神仙笔会,不给任何人压力。他深信,热络了关系,不愁好稿不来。

四

第一天上午的开幕式,下午的讨论发言,这些场面上的事,是少不了的。

用臧人凤的话:进入正题从第二天开始! ——说穿了,就是玩。他认为玩痛快了,就是最大的收获,他的赞助就算没白费。

这娄城玩的名胜其实很多,偏臧人凤提出去游龙凤山森林公园。他还说这地方最适合你们这些文人游,你们一游一写,这地方就出名了,所谓名山要靠名人捧,名人要靠名山传。

这龙凤山离笔会下榻的宾馆有两个多小时路程呢。路上,庄大运憋不住了,他说我出个题每人以"一"字打头,说个成语,不许重复。

这对舞文弄笔的作家来说不是小菜一碟吗。

童真抢着说:"一丝不挂。"

庄大运一听就乐了,笑道:"你就知道一丝不挂!"一车人都乐了。

大概童真的一丝不挂被庄大运嘲了一句,何了了说:"我就一针见血吧。"

庄大运自言自语:"这小子好福气。"

余主编为了活跃气氛也凑趣说:"一鸣惊人。"

臧人凤见余主编也说了,就抢着说:"我是个粗人,除了钱,没有别的,就一掷千金,这行吧。"

庄大运神秘一笑,说:"行不行,等大家全说了我再揭晓。"

鲍小雅想了想说:"一蟹不如一蟹。"

这后,有人说:"一刀两断";有人说:"一反常态";有人说:"一场春梦";有人说:"一言难尽";有人说:"一枕黄粱";有人说:"一命呜呼";有人说:"一棍子打死";有人说:"一念之差"……

一车子全说了,唯方鼎鼐没吭过声。庄大运岂能放过他,就催方教授说:"你不能搞特殊,皇帝还与民同乐呢,来来来,你也来一个,不见得一字成语也想不起来吧。"方教授被庄大运这样一说,有点不快,板着脸说道:"一蹶不振。"

庄大运见大伙儿全说了,高兴地说:"现在我宣布谜底……"

"不行,你自己还没说呢,也得说一个。"何了了盯住了庄大运。

庄大运没法,考虑了一下说:"一举两得。"

"你们看看,这家伙刁不刁,他想一举两得,想得美。"何了了也捞着了机会臭几声庄大运。

庄大运并不在乎何了了的讽刺。他站起来说:"开箱子揭谜底前,先要加个主语'新婚之夜',请各位再加上你刚才说的一字成语。"

"哇,这家伙毒。"马上有人叫起来了。

庄大运故意严肃着脸说:"童真的新婚之夜,一丝不挂!"

童真反舌相讥说:"你庄大运新婚之夜衣裤不脱,还想一举两得,你省省吧。我怀疑你是不是性无能……"

"打住打住!"余主编怕两人闹出不愉快,忙充当老娘舅。

虽然这个话题被打住了,但方教授心里是很不愉快的,他感觉被庄大运耍了。"新婚之夜,一蹶不振",这算哪门子事嘛,可他这身份,不便发作,就装着瞌睡,不再理任何人。

到了龙凤山森林公园,才知道这儿其实是新开发的,名不见经传,不过倒也有几分野趣。

走着走着,一块"渐入佳境"的石刻说出了大家的感受,确乎有这种倒吃甘蔗的味道,山阴道上,开始应接不暇了。

突然,山路一转弯,一石壁挡住去路,山壁上一个巨大的草书"情"字,写得龙飞凤舞,潇洒飘逸。

臧人凤不失时机地介绍:"这山,情是主基调,一石一谷,一树一木,无不围绕情字做文章,所谓情天情地情世界,一个情字了得……"臧人凤滔滔不绝地讲了开来,不像个生意人,倒像个职业导游,似乎早就精心准备好了的。庄大运一拍臧人凤肩膀,说:"臧老板,这龙凤山森林公园是你投资开发的吧?"

"庄大作家啊,好眼力,被你说对了,这龙凤山确确实实是我公司投资开发的,花了好几千万呢。我邀请诸位大驾光临,就是想借各位的嘴,各位的笔,给龙凤山森林公园吹一吹、炒一炒,弄点知名度出来。"臧人凤一看大家嗤之以鼻,毫无兴趣的样子,连忙跳到一块石头上,放开嗓门说:"我臧某人正式宣布,凡这次笔会上的朋友,只要谁写了龙凤山森林公园的文章,在市级报纸发表的,我每篇奖 500 元,在省级报刊发表的,我每篇奖 1000 元,在全国级报刊发表的,我每篇奖 2000 元,在海外报刊发表的,我每篇奖 3000 元,我说到做到,决不食言。"

臧人凤一说,好几个人的胃口给吊起来了。何了了当场问:"写诗呢?"

"照算照算,只要是赞美话一律算。"臧人凤兴奋了。

方教授想这臧人凤算盘鬼精鬼精,我想他为什么赞助这次笔会,原来醉翁之意不在酒。他盘算着跟臧人凤做笔交易,只要他肯赞助。方教授有办法请省电视台的来拍一拍。先看看再说,好戏放后头唱。方教授一副老谋深算的样子。

过了情字石壁,又转了两个弯,突然凹了下去,是两山之间的一个山谷,只见两块大石上有一块巨大的方石,正好形成品字,最上面的那块石头上,有隶书"情人谷"三个字。

臧人凤又充当起了导游。"各位作家、各位老师,照个相吧,情人谷留个纪念嘛,进了情人谷,年轻人,保证找到有情人;中年人,爱情翻新有新爱;老年人,因爱情滋润,越活越年轻。来吧来吧,沾沾情人谷的仙气。"

童真脑子一转,就对臧人凤说:"臧老板,这儿你是当方土地,每人与你照个相,你负责放大、寄达。这可都是你以后的宣传资本啊!"

"保证,保证,每人一张十寸的。"臧人凤感激地看了一眼童真,心想这回算是为我臧人凤做了件价廉物美的好事。

于是,童真大大方方与臧人凤第一个照了相。

臧人凤飘飘然有点当了明星的感觉。你想想,都是国内文坛当红的作家、诗人,都一个个与他来合影,这感觉不要太好呃。

这边刚照罢。鲍小雅走到方鼎萧面前说:"方教授,能与你合个影吗?"

方教授舒心啊,脸上立时溢出春意,他摸出牛角木梳,梳了梳头,整了整衣服,立到了"情人谷"三个字下面。

"亲热点,亲热点!"何了了一边举相机,一边喊道。

方教授朝鲍小雅看了看,不敢有过份亲昵的举动,鲍小雅很想勾住方教授的手臂,反正年龄相差一大把,也不怕别人误会,但这后面是"情人谷"三个字,还是有所顾忌,只脸上露出了点笑容。

"小雅,用手勾住方教授,这样才像情侣嘛。"童真开心地说道。

"我看像爷爷与孙女。"庄大运恨恨地说道。

鲍小雅刚拍好,童真走上去对方教授说:"借你当道具用一下。"一边说一边用手勾住了方教授的手臂。方教授大概想到了周旋与张铁林合影的教训。招呼鲍小雅说:"小雅,甬走甬走,三个人一起合影吧。"

"老家伙想享齐人之福呢。"庄大运见自己被冷落在一旁,心里好不是个滋味。他心里在想要是我现在是《人民文学》《小说选刊》的编辑,还不一个个巴结我,只可惜自己是个市级小刊物的编辑,尽管发的作品远比方教授多,可谁把自己当回事,越想心里越不平衡。

情人谷里有情侣树,有夫妻树,有连理枝树,有心字石,有爱字石,有求子石,名堂很多。大家一路拍照,一路玩笑,好不开心。

这龙凤山其实不高,但爬到山顶还是挺累的。方教授是最后一个登顶的,余主编一直陪在他左右。

山顶有个"真爱轩",其实是个茶室。余主编张罗着叫服务员把几张方桌排成一张长方形的大桌子,每人泡了一杯茶,又叫了些瓜子、开心果、花生等,意思叫大伙在此休息休息。

庄大运被冷落了半天,一直没唱到主角。心里耿耿于怀。这不,机会来了。他对鲍小雅说:"小雅,要不要我这个庄半仙给你看看手相,算算命。前看三百年,后测五百年,灵不灵验,一看便知,一说就晓。"

坐在庄大运边上的何了了手一伸说:"庄半仙,先看看我的怎么样。"

"女士优先,这叫与国际接轨,怎么连这点绅士风度也没有。"庄大运推开了何了了的手。

测鲍小雅的命自然比测何了了的命有意思,这正是大家感兴趣的,在众人的怂恿下,庄大运坐到了鲍小雅面前。庄大运把小雅的手掌摊开,像模像样地看了起来。半晌,他说:"按你的婚姻线,你一生中至少有三个男人追你,但真正与你生活发生密切联系,影响你人生的有两个,一个是你爱他,他不爱你;另一个是你不爱他,他却爱你。你永远生活在爱情的错位中……"

"一派胡言乱语,你这不是存心吓唬小雅,是不是想搅乱她心思,你好乘虚而入。"何了了不客气地说道。

"谁说我算得不准,小雅心里有数。你既然不信我的算命,你就免了。"庄大运与何了了鸡啄百脚似的。

童真正好坐在鲍小雅边上,她伸出手让庄大运也给她看看。庄大运故弄玄虚说:"你嘛,要看面相,再看手相就没意思了。"

庄大运在童真脸上横瞧竖瞧了半天说:"你面带桃花色,运交华盖,你一生虽无真爱,却永远不缺男人,也永远不缺钱。只是你的天庭略窄了点,地角也瘦了些,眉宇间有一隐隐的邪气,所谓成也萧何,败也萧何,你要好自为之。"

"嗨,你说的什么意思,我怎么听不明白。"童真有点不高兴的样子。

"天机不可泄露,回家慢慢去琢磨吧。"庄大运卖了个关子。

"臧老板,要不要我免费给你算个命。"庄大运把矛头指向了臧人凤。

臧人凤是久在商海里混的人,早混成了人精。庄大运的那点小九九自然逃不过他眼睛,但他不想与这批文人搞僵关系。他拱拱手说:"庄老师的相面算命术,我臧某佩服佩服,给我算命嘛,就免了。我自己命自己知道,一个字:穷!穷得只剩下钱,比不得你们这些文化人,满脑子锦绣文章,满口之乎者也,我羡慕啊!"

方教授把臧人凤拉到了一边,很客气地对臧人凤说:"你这龙凤山开发大有潜力,完全可以搞成品牌。我对风水很有兴趣,这风水西方叫经济地理学,大有学问啊。你如果觉得有必要,我下次专程来给你看一下,给你的开发出出点子。"

"行啊行啊,我聘请你为顾问,顾问费照付,此事笔会后单独洽谈,一言为定。"

臧人凤没想到师道尊严的方教授其实很有经济头脑,觉得又是个意外收获,他庆幸赞助这次笔会的钱没白花,事业上、感情上双丰收呢。

玩了一天,多少有些累了,回程的路上,有些人打起了瞌睡,不免有些死气沉沉。

此时，心情最好的要数臧人凤，他开心啊，恨不得朝车窗外吼几嗓子。他觉得该自己表现表现了。他站起来对大家说："各位老师，各位教授，你们都是喝了一肚子墨水，有学问有智商的文化人，我呢生意人一个，说得好听点，儒商，我可儒不起来，我粗人一个，俗人一个。所以，我只能给各位来段俗一点的段子，活跃活跃气氛。"一听有段子，一车人有一半来了劲。

庄大运最来劲，他说："这一车人中，个个有精彩段子，待臧老板说后，一人一个，谁不说，今晚的晚饭谁请客。"

"好！"大伙竟一致同意。

臧人凤笑笑说："刚才庄老师算命，这使我想起了一个卜卦的故事。有个女的怀孕后去问将来生男生女。卜卦的说：'是个夹卵的'。这女的一高兴，付了加倍的卦金。但最后生下来的却是个女的，她好不生气，就去卜卦者处兴师问罪。卜卦者说：'我只说夹卵的，没说是男是女呀。男的能夹卵，女的就不兴夹卵吗？'"

一车人笑翻了，笑罢，何了了抓住机会刺了庄大运一下，"听听，算命的都是狡猾狡猾的，进一句，出一句，鬼话连篇的。"

方教授很正人君子地说："下道了，下道了，来点雅的。"

余主编忙了几天，见笔会一直顺顺利利，心情放松了许多。另外，他也想把段子引到不那么黄的上，所以他说了一个。余主编说：有一醉鬼半夜回来叫醒老婆说：我家闹鬼了。刚才去厕所，门一拉亮光一片，还有一股阴风扑面而来，寒气逼气。他老婆一听，立时火了，骂道：好你个醉鬼，又尿到冰箱里了。"

"不精彩，不精彩，谁来个绝的。"庄大运一点面子也不给余主编。

何了了说绝的精彩的全在我这儿。他说道："三老鼠吹牛，第一只说我每天将老鼠药当饭吃；第二只说我常用鼠夹子锻炼身体；第三只满不在乎地说：看到旁边那只怀孕的猫了吗，那是我干的！"何了了见大家不笑，就冲着庄大运说："你倒来一个让大家捧腹的，我算服你。"

"我压轴戏，我先说了，其他人就没法说了。"庄大运很是自负。

鲍小雅心想既然每人要说一个，我先过过关吧。她说："余主编说醉鬼，我也说醉鬼吧。有两个醉鬼跑在铁路上，一个说这摩天大楼的楼梯真高，走也走不完。另一个醉鬼说：这也罢了，最气人的是扶手太低，手扶不住，走起来太累人了。"

鲍小雅故事刚讲完，童真说："这段子太平，只能三流杂志发表。我给你们说个真实的。大庆油田有对新人结婚，工友们给送了一副喜联，上联为'新人新井新钻头'；下联为'越钻越深越出油'横批嘛，大家猜，猜着了有奖。"

"到底是作家水平，说它黄，一点不黄，说它不黄，字字有色。童真，我服了你！"臧人凤不知是由衷赞叹，还是乘机讨好童真。

"丰产高产。"有人说道。

童真嘴一撇，表示否定。

"次次都喷。"何了了忍不住说道。

"何了了，你厉害啊，出于实践，深有体会吧。"童真没想到竟被何了了猜中了。

"喂喂喂，什么奖励，吻一个还是抱一下。"

何了了盯住童真问。

"欠着，先欠着，私下里还。"童真故意神秘地说道。

最后只剩下方教授与庄大运没说了。方教授说："我免了吧。"

"不行，谁也不能搞特殊化，段子面前人人平等。"庄大运逮着机会，又语中带刺说了一句。

方教授没办法，就说道："我不会段子，来个顺口溜。一等男人国外有家，二等男人家外有家，三等男人现用现抓，四等男人下班回家，五等男人下班回家看见太太的他。"

"哟，人老心不老嘛，咱方教授，大名人，再次也是三等以上的男人吧。"庄大运阴阳怪气地说道。

"好了，轮到你压台戏了。"余主编止住庄大运说下去，是怕他说出对方教授大不敬的话来。

庄大运说："古人说山不在高，有仙则灵。我说嘛，段子不在长，出彩则妙。"说到这儿，他突然道："不说了，不说了，有女性在，不方便，回宿舍再说。"庄大运的关子卖得恰到好处。

"你姓庄的性别歧视。告诉你，再黄的我也听过，谅你也说不出什么绝的。"童真咄咄逼人。

其实庄大运要的就是这效果。他故意一脸无辜地说道："各位，不要怪我，童真逼我讲的。据说有一座名不见经传的山上，有一座和尚庙与一座尼姑庵，因香客太少，和尚天天青灯黄卷打发日子，有一天，和尚在破庙门前贴出一副对子，上联是'白天没屌事'，下联为'晚上屌没事'，横批乃'无比痛苦'。第二天，尼姑庵门口也贴出一副对子，上联是'日里空洞洞'，下联为'夜来洞空空'，横批乃'有求必应'。"

有人跺脚，有人喊好。连一直与庄大运刺来刺去的何了了也脱口说道："绝，绝品，特别是横批之谐音，妙不可言。"突然，他又问道："是你原创还是二道贩子贩来的？"

这回，庄大运老老实实说："我若原创，非要他个几千元稿酬。"

余主编感慨地说:"民间藏龙卧虎,高人多啊!"

方教授到底是教授,要顾及脸面,他很煞风景地说:"今天车上的段子,到此为止,下了车一概不认账,不要再传了,免得被人家说精神污染。"

有人吹了声口哨,不知是表示对方教授言论的抗议还是算应和。

说实话,没人把方教授的话当回事。哪个笔会上不说段子的,这次笔会上的还算雅的呢。

五

三天的笔会眨眼就过去了,最后一天晚上,东道主设宴为大家送行。臧人凤这几天春风得意,他关照宾馆把五粮液等好酒拿了出来,叫大家敞开喝,一醉方休。

宴席上,方教授向鲍小雅敬酒,鲍小雅说:"我不会喝,饶了我。"

方教授那晚兴致特好,他说:"你白酒不行,红酒总行吧。只要喝掉这杯,我保证给你写篇评论,连喝三杯的话,你出书我写序。"

"说话算数?我豁出去喝三杯,喝趴下也值了。"

"君子一言,驷马难追。我先干为敬!"方教授很豪气地一口干了杯中之酒。他亲自为鲍小雅斟满了一杯红葡萄酒。

大伙儿见方教授在敬鲍小雅喝酒,都来了劲,一个个起哄着。鲍小雅知道今晚是逃不过了,她端起酒杯,喝毒药似的,眼一闭,一口干了。赢来喝彩声一片。

"好,这评论我回去就写。"方教授又给鲍小雅倒上了酒。

"鲍小雅加油,鲍小雅加油!"何了了好像比任何人更急。

鲍小雅微红着脸,又一口干了那杯红酒,不一会,鲍小雅脸色红润了起来。

方教授也有点进入角色了,他很爽气地说:"我陪一杯。"喝后,他给鲍小雅与自己的酒杯都倒满了,他端起酒杯递给鲍小雅说:"这杯喝下,我就算欠你一篇序,你随时要我随时写。"

已两杯下肚的鲍小雅,眼睛开始水润水润的,那种妩媚给人的感觉就算仙女下凡也不过如此。

"喝交杯酒,教授今晚不喝酒,要喝就喝交杯酒。"庄大运恶作剧般喊了一声。这一喊,提醒了大家。"对对对,喝交杯酒!""好,来一个交杯酒!"……宴席气氛迅速推向高潮。方教授其实并不是那种纯书斋的教授,加之今晚全是作家圈的,他并无什么忌讳,嘴里说:"只要鲍小雅给面子,我就放肆一回,大家乐一乐。"

鲍小雅一向尊重方教授,何况场面上逢场作戏而已,她终于举杯说:"交杯就交杯。"

方教授把端酒的右手穿过鲍小雅端酒杯的手,形成一个 X 形,很兴奋地一饮而尽。

有人敲桌子,有人敲酒杯,嘈杂一片。

鲍小雅三杯下肚后,说:"我不行了,我要上洗手间。"

方教授对童真说:"你陪小雅去。"

那晚真的喝得很尽兴,连方教授舌头也大了。

散席后,一大半人直接回房躺下了。

大约 11 点半时,童真对余主编说:"小雅不见了!"

余主编这才想起,小雅去洗手间后就再没出现过。"咦,小雅不是你陪着去洗手间的吗?"

"她不许我跟着,后来她去了哪我就不知道了。"童真很委屈的样子。

余主编是主办方,肩上担子分量不一样,他马上带着童真让她去女厕所再看一遍。"不用看了,没有,我早看过了。"

余主编马上叫上庄大运、何了了一间房一间房地查,没有,没有,还是没有,这回,余主编可不管你方教授、臧人凤睡了没,一律敲开门查了一遍,可还是没有。这就奇怪了,她能到哪儿呢?

余主编去大堂问值班的服务员,服务员说晚上没回城里的车,走不了的,肯定在,说不定跑错了房间跑到谁房里睡着了也保不准。

余主编只好告诉她所有房都查过了。女服务员突然想起,说在十点半时见一个喝得脸红红的姑娘在大堂与一中年男子讲话,后来就不见了。服务员还补了一句:"看样子,两个人像是认识的。"

余主编想:鲍小雅这样的靓妹,有两位数以上的男人追都是正常的,会不会追到了笔会上,乘她酒醉,开了房间,成其好事。这种可能不是没有。想到这儿,余主编要求女服务员查一下今晚的客人中有没有单身男人来开房间的,女服务员一查说有两个,一个是当地的,一个是外地的。

余主编不想把鲍小雅往坏里想,可人不见是事实,查不到不好交待,还得查,余主编提出能不能查一下这两位单身开房间的,女服务员有点为难,但最后还是答应了。

余主编叫庄大运、何了了拦住大家,只他一个人和女服务员去敲门,敲 104 房间,开始没任何动静,后来女服务员说没人的话我就开门进来了。这话一出口,余主编就听到里面传来杂乱的脚步声,但就是没人来开门,女服务员等得不耐烦了,用钥匙开了门,余主编跟进去一看,床上一个小年轻一脸的惊恐,没其他人,余主编发现卫生间门关着,就对那小年轻说:"你叫小雅出来,我们不怪她。"

"什么小雅,哪有小雅,她是我女朋友丽丽。"小年轻显然胆气壮了许多,他朝卫间里说:"丽丽,你出来,他们找的不是你。"

丽丽很不好意思地从卫生间走了出来。余主编一看不是鲍小雅,连忙向这对小情人道歉赔不是,慌慌地退了出来。

余主编听到那小年轻气恼地骂道:"神经病,吃饱了撑的,没事找事。"

另一个房间还查不查呢,万一再自讨没趣又得挨骂,不行,挨骂也得查,不查到人,闹不好要出大乱子。

余主编和女服务员又去敲响了208房间,这人倒干脆,"睡了,有事明天再说。"死活不肯开门,磨半天毫无进展,女服务员只好又用钥匙开了门。余主编进去一看,那中年男子身边是有一个女的,侧着睡,看那披散的长发很像鲍小雅。那女的见有人进来索性用被子蒙住了头。余主编气坏了,好你个鲍小雅,人长得这么漂亮,做出的事怎么一点不漂亮,居然与情人到这儿来逍遥了。可余主编知道今天这事已弄得她下不了台了,话再说重了,怕她受不了。想了想说:"鲍小雅,今晚的事,我只当没看见,你好自为之。"

"谁叫鲍小雅,你认错人了。"那女人突然掀开被子说道,当她发现自己只戴了个文胸,又连忙钻进了被窝。就这么一个照面,余主编已知道又搞错了,他一迭声:"对不起对不起。"退了出来。

惊了两对野鸳鸯仍一无所获,咋办呢?

方教授提出报警。余主编说:"不行,一报警事情就算闹大了,再找找。"他决定带几个人上山找,又叫庄大运和何了了带几个人去江边找。

这儿的江滩有沙滩,也有礁石,偏巧那天又是伸手不见五指,五节电池的手电也照不了十几米远,"小雅小雅"的喊声在江浪拍打礁石声中全淹没了。黑暗中,那大大小小的礁石就似蹲着趴着伏着耸着的各种各样怪兽,狰狞而可怕,想来鲍小雅胆子再大,也不敢跑到这儿来吧,庄大运与何了了一行,转了一大圈,无功而返。

再说余主编领着两个人上江边的穿山,一路爬一路叫魂似的喊着:"鲍小雅,鲍小雅回来!"那喊声惊了夜鸟,扑棱棱飞起,怪吓人的,爬到半山,那山路越来越难走了,余主编想想鲍小雅一个女孩,就是借她几个胆,独自一个她也决计不敢摸黑上山的,就心事重重地下了山。

两路人马一汇合,还是没找到,此时已是半夜一点半了,除了庄大运、何了了,其他人都哈欠连天,说声"困了",回房睡觉去了。

余主编此时真是急了,他去找方教授商量,方教授也乱了方寸,他想会不会因喝交杯酒,这鲍小雅有了想法……他不敢往下想,心里直打鼓,"报警吧,再不报警,万一真出了三长两短,你我都吃不了兜着走。"

余主编也一筹莫展,该找了都找遍了,就这么大一块地方,能到哪儿去呢。

何了了突然摸出手机说:"我手机里有鲍小雅家里电话,我来打个电话告诉她家里……"

"不行!"余主编大喝一声,吓得何了了差点把手机掉地上。

"你想把鲍小雅家里吓出病来,是不是。你现在告诉她家里,除了添乱,能管什么用。走,陪我去报案。"

余主编在何了了陪同下,借了自行车,骑了十多里地,到了古庙镇上的派出所报警,那已进入梦乡的值班警察很不情愿地穿衣起了床。他在值班日志上记了个大概,对余主编说:"行了,先给你备个案吧,今晚是没人查了,明天再说吧。"

余主编与何了了回到宾馆已近三点了,何了了也瞌得上下眼皮直打架,只有余主编一个人无论如何睡不着,他独自一个人坐在大堂沙发上发发愁。他知道,搞活动最怕出意外,对别人来说,都没多少责任的,而他就不同了,主办者、东道主,逃不脱干系的。他最担心的是鲍小雅喝了酒,会不会做出常人难以想象的事。他倒宁可鲍小雅和哪个情人开房间,因为这毕竟是她个人的私事,最多是她的道德品质问题。万一她酒醉失踪,或自杀之类,那就大麻烦。从不信佛的他,这时鬼使神差地双手合十,轻轻祷告道:"上帝保佑,鲍小雅快点回来,但愿平安无事。"

突然,有人惊叫道:"鲍小雅找到啦,鲍小雅找到啦!"余主编又喜又惊,可跑过去一看,鲍小雅已脸色惨白,秽物满身,一搭脉,已没了心跳,没了呼吸。庄大运翻了翻鲍小雅眼皮,说:"典型的酒精中毒,赶快人工呼吸,或许还有救。"

何了了一听,连忙用手帕纸擦了擦鲍小雅嘴边的呕吐物,俯下身去嘴对嘴地呼吸了起来……

"余主编、余主编,你怎么在这儿?"呀,这不是鲍小雅的声音吗,怎么,救活了? 余主编兴奋地跳了起来。他睁开眼一看,果然是鲍小雅站在他面前,他连忙睁了睁眼睛,千真万确,是鲍小雅。"你、你、你怎么在这儿?"余主编奇了怪了,原来,刚才他迷迷糊糊中睡着了,做了一个梦。余主编定了定神,自言自语道:"现在不是梦吧。"

果然不是梦。

余主编一问才闹清,原来小雅三杯红酒下去,胃里像火烧似的,去卫生间时,脚踩下去好似踩在棉花上,软软的,飘飘的,一种头重脚轻的感觉,人有点飘飘忽忽的,她怕自己吐,怕自己的丑态被大伙儿瞧见,就一个人往江边上走,心想兴许吹吹江风就酒醒了,谁知到了江边,终于支持不住,倒了下去,倒在了两块礁石中间。大概被礁石挡着,何了了与庄大运的手电也没照着她。

这会她被江风吹醒了，摇摇晃晃走了回来。

余主编默默地说道："谢天谢地。回来说好，回来就好。"一边扶着鲍小雅回房。回房一看，童真又不在。余主编想想第一天晚上的事，心里已明白了八九分，鼻子里哼出轻蔑的一声来，他把鲍小雅安置到床上后，仍不放心，就拉了一把椅子坐在了门口的走廊里。大约到四点钟时，鲍小雅起来后，直往卫生间冲，直吐了个昏天黑地。余主编连忙找出鲍小雅的毛巾，用热水瓶的热水倒在毛巾上，给鲍小雅擦了擦，再次扶她上床睡下。

他摸了摸小雅的额头，没热度。他为鲍小雅盖上了被子，就退出门口，依然坐在走廊里。出门时，他听到小雅含含糊糊说了一句："谢谢，余主编你是好人！"

天亮后，童真回来了，她见余主编坐在门口，忙问："小雅找到没有，是不是在哪个房间里，我知道丢不了。"

六

笔会终于结束了，有惊无险，虚惊一场。

回程各走各的路。

童真乘了臧人凤的小车走了，很是大方，一点不回避什么。

鲍小雅身体弱，何了了提出他陪她回去，执意要做护花使者。

方教授说："你和她又不同路，还是我来陪吧，我正好与她同路，顺便路上谈谈写评写序的事。"

庄大运故意自言自语说："看来我的小说有素材了。"说这话后，他用一种近乎仇视的目光瞟了方教授一眼。

出乎大家意外的是，鲍小雅说："我还有事，我要去A市。这样吧，我与余主编一路走。"

余主编有点不相信自己的耳朵。

他分明看到鲍小雅朝他嫣然一笑，笑得很甜。

书 记 吃 素

国庆长假一过，娄城调来了新的市委书记谈如泉。

谈如泉到任后，很低调，没有下车伊始就哇啦哇啦，也没有豪言壮语。谈书记的引而不发，使得娄城的那些头头脑脑一个个都静观不动。因为那些老于官场的都知道，不怕你左，不怕你右，就怕你不表态。对于谈如泉，几乎没有谁对他知根知底，只知道他是外地调来的。

还是宣传部部长金辅之争取了主动，他以汇报举办"螃蟹节"的名义，请谈书记去了娄城唯一的五星级饭店金娄城酒店。

金辅之充分发挥了宣传部长能说会道的特长。他很激昂地说："地处苏北的盱眙的小龙虾，能做出如此红红火火的场面，难道我们娄城的螃蟹反倒不行吗？……"说了一大通激动人心的话后，金辅之话锋一转说："娄城的螃蟹是不是天下至鲜至味，今天就请谈书记亲自打分，也好让我们心里有个底。"

金辅之见谈书记静静地听着，并不说啥，估计自己这着棋走对了，他不想错过这个机会，他不无自豪地对谈书记卖弄起来："这吃螃蟹的历史，至少可以追溯到周朝，古人曰：不到庐山辜负目，不食螃蟹辜负腹，持蟹品酒，历来是人生快事啊。"

谈如泉用一种很欣赏的口吻对金辅之说："嗯，你这宣传部长，肚子里有墨水，好！"受到谈书记表扬后的金辅之更得劲了，他很兴奋地说大诗人李白也对吃螃蟹情有独钟，曾在尝蟹后即兴写下过一首五言诗："蟹螯即金液，糟丘是蓬莱。且须饮美酒，乘月醉高台。"

这时，开始上菜了。

金辅之很得意地对谈如泉说："谈书记，江南一带，论吃，春食河豚，秋尝螃蟹，这都是美味中的美味，说是天下第一口福也不为过。通常，吃河豚就吃不到螃蟹，吃螃蟹就吃不到河豚，因为时令不对。但娄城美食之妙就妙在螃蟹上市时，照样也能吃到河豚。可见娄城是块风水宝地。"

谈如泉淡淡一笑说："我听说过拼死吃河豚，我免了免了。"

要说这河豚，其味之美更在螃蟹之上，古人认为其味如烤乳猪，所以俗称河豚。金辅之一听谈书记如此说，知道他对河豚的了解很皮毛，趁机显示自己满腹诗书，他说道：苏东坡当年诗云"甘美远胜西子乳，吴王当时未曾知"，所以河豚又叫"西施乳"，难怪娄城土话谓之：吃了打耳光不放。

一桌人都开心地笑了起来。

有位局长趁机凑趣说："好好好，待会儿让谈书记尝一尝，品一品西施乳，看看味道是不是好极了。"

热菜上来后，一直在观察谈书记的金辅之发现谈书记很少动筷，只偶尔夹几筷素菜。那些鸡鸭鱼肉他几乎碰都不碰。金辅之猜测谈书记对这些常见荤菜肯定不感兴趣,他借口方便,出包厢关照领班,赶快把螃蟹端上来。

不一会,螃蟹上桌了,大盆子里雌雄成双地排列着,壳红锃亮,只只半斤以上,看着就让人垂涎欲滴。

金辅之把最上面最弹眼落睛的一对螃蟹放到了谈如泉的面前。

要是平时,这些"长"字头,螃蟹一上手,就可能顾不得斯文了,但今天谈书记在场,谈书记不动手,其他人都不好意思露出老饕相,一个个都按兵不动。

谈书记大概也看出了其中的名堂,只好说:"你们尽管吃,甭管我。我是素食主义者,已多年不碰荤腥,抱歉抱歉,扫大家兴了。"

金辅之大吃一惊,那脸上的尴尬,画家难画、作家难形容。好在金辅之反应快,他立刻把领班叫来,关照她河豚不用上了,其他荤菜也都撤掉,账照算好了。

他一个电话打到海宁禅寺,让延藏法师速速准备一桌素斋,他派车子来取,越快越好。

金辅之要弥补自己的判断失误。

回到包厢,金辅之满脸堆笑说:"吃素好,吃素者寿,古时那些圣贤之人,得道高人,不少都是寿食者,我辈是凡夫俗子,所以我是基本吃素,还不能完全免俗。"

在座的几位马上附和说起了吃素的种种好处,都诉苦说吃荤吃酒吃怕了,如果真能长年吃素,那真是神仙过的日子。

这话题一开头,谈如泉算是真正打开了话匣子。他说:"吃素就是断荤腥。我还不算是真正的吃素之人,如果彻底吃素,荤腥皆不碰。"

说到这儿谈如泉饶有兴致地问:"在座的可知道什么叫荤腥吗?"

这岂不太少儿科了。金辅之刚想:荤腥嘛无非是鸡鸭鱼肉,但话到嘴边他又咽下了,他想既然谈书记如此问,肯定不会如此简单,就很虔诚地说道:"谈书记,你就给我们上上课吧,省得我们都从头到脚俗到了家。"

这话谈如泉自然听得舒服,他像老师似的说:"其实,荤是荤,腥是腥,荤是草字头的,系指小五荤,即葱、蒜、姜、洋葱、兴渠等,佛教徒则把韭菜、香椿等辛辣之菜也划为荤。腥,则是动物肉类。如果再分得细些,腥仅仅指鱼虾类。荤臊、腥膻才指牛羊肉乃至野味肉类。

金辅之很感慨地说:"以前听古人说听君一席话,胜读十年书,以为是文人的夸张,今天听了谈书记关于吃素的一番话,真正是胜读十年书啊。"一桌人都点着头、附和着。

幸好海天禅寺离金娄城酒店不算远,金辅之关照两部小车轮流送菜,出锅一只,急送一只。

第一只送来的素菜是豆腐，金辅之立时眉头皱了上来，这延藏怎能如此不懂事，我不是关照他是招待新来的谈书记，他怎可如此怠慢，万一谈书记认为我有意让他吃豆腐，岂不玩完，但菜已上桌，解释弄巧成拙，只好不响。

但没想到谈书记十分快慰，他指着金辅之说："你有高人指点，要不，你哪会先上豆腐。"

金辅之额头上的汗都渗出了，不知该怎么回答才好。

谈书记笑笑说："民间偏方谓'乍到异地，先食豆腐'，为何呢？据说可防水土不服，意在最快地融入此乡此土。"

金辅之松了一口气。他想找个关于豆腐的话题说一说，但搜肠刮肚，只依稀记得豆腐为汉时淮南王刘安所发明，其他的典故一时还真想不起来。他很懊恼自己信息不灵，要是早上知道谈书记吃素，预先翻一翻资料，准备准备，嗨，只能亡羊补牢了。

谈如泉尝了豆腐后，极力夸奖此菜烧得地道，他很有信心地说："如果我没有猜错，这豆腐绝不是金娄城这五星级酒店能烧得出来的，应该是寺院的菜肴。"

这下真把金辅之惊呆了，难道说谈书记能掐会算。

其实，谈如泉吃了几年素后，其肠胃对荤素已很敏感，寺庙的纯素与大饭店的所谓素菜味道是不一样的，只是一般人不注意，分辨不出而已，而且他叫得出此乃佛门的"闵公豆腐"。

谈如泉品尝过红烧豆腐后，随口吟道："莫将菽乳等闲尝，一片冰心六月凉。不日坚乎惟曰白，胜他什锦佐羹汤。"谈如泉问有谁知道这诗是谁写的吗？反应最快的是金辅之，他说是苏东坡吧？他想苏东坡是美食家，写过不少有关美食的诗，结果没猜对。其他人哪敢瞎猜，都说不要出我们洋相吧。

谈如泉说这是清代的林兰痴写的，这是一个名不见经传的诗人，如何猜得着。

此后，陆续上了素鸡、素鱼、素鸭等。留给谈如泉印象较深的有"法现金身"、"罗汉总汇"、"慈悲心肠"、"翠竹八珍"、"彩色大千"、"大鹏听经"、"玉井藏珍"、"慈船普度"等。

谈如泉吃得津津有味，散席时他说："有机会我见见这寺庙住持，这寺庙香火一定很旺，因为这菜有徽系、有粤系、有川系，有如此海纳百川之胸襟，肯定是接纳八方之善男信女，肯定是历史悠久，不同凡响。"

大约一个月后，娄城第一家素菜馆金娄城素菜馆开张，大堂里挂的一幅"食肉者鄙"条幅，竟是谈如泉的墨宝。据知内情人说，老板是金辅之的小舅子。这素菜馆开张后，生意之好，让其他饭店眼红得出血，开始都弄不懂一爿素菜馆怎么会有如此吸引力，没有不透风的墙，个中背景一透露，那些饭店老板恍然大悟，脑子活络的马上转向，改为素菜馆。仅半年时间,整个娄城竟先后冒出了七八家素菜馆。

金辅之自从知道谈如泉有吃素这习惯后,很是在素斋上下了些功夫,他查阅了不少古菜谱,抄录后叫金娄城菜馆的大厨试烧。他常常以此为借口请谈如泉吃饭。比如他一个电话打给谈如泉,告知新开发了"素醍醐",说是元代时的名菜;过几天又说,请书记去品尝正宗的纯菜羹,说是明代文学家李流芳欣赏的一道名菜,他还特地抄录了李流芳的诗:"琉璃碗成碧玉光,五味纷错生馨香。出盘四座已叹息,举箸不敢争先尝。"

虽然,其他部委办局也时有请谈书记去吃饭去吃素斋的,但谈如泉总觉得他们俗,不如金辅之品位高,他也就对金辅之刮目相看。

金辅之对谈如泉自认为越来越了解了。他专门请当地最有名的书法家闵雪村写了一副隶书字幅送给谈如泉。谈如泉展开一看,乃"疏笋自饶风味,佐颐养以清供"。谈如泉很是喜欢,对金辅之说:"还是你了解我呀。"

谈如泉到娄城任职前,娄城最热闹的是两个季节:清明节前,外地牌照的小车一辆接一辆,都是慕名来吃河豚的;到了十月份十一月份,又是一个高潮,那些省里的、兄弟县市的,以及条线上的头儿脑儿都会借着名目前往娄城,"九雌十雄",尝大闸蟹美味嘛。这成了娄城财政上,以及各部委办局经费开支上一笔不小的负担。历任书记对此感到棘手,但都没能刹住,甚至逐年来还有增无减。

谈书记来娄城后,一个"素"字了得,吓退了不少吃客,虽然素食价钱不菲,可感兴趣的人就是不多。

后来,省里有位领导在娄城的一次会议上说了这样耐人寻味的一段话:"欧洲人为什么冲劲足,耐力好,因为他们高脂肪、高蛋白吃得比我们多;和尚为什么能四大皆空,六欲全无,盖因长年吃素食也。吃素者,修身养性自然是一种境界,但要开拓,要敢闯,恐怕需要点虎劲,需要点牛气……"

金辅之据此得出结论:谈如泉在娄城时间不会太长了。

他已不再请谈如泉去金娄城馆吃饭,他关照小舅子把几大包猴头菌、牛肝菌、黑木耳等送去,有时还成箱成箱地送新鲜的口蘑,这些都是谈如泉最喜欢的。

谈如泉知道自己要调走时,向组织上极力推荐了金辅之。

金辅之被任命为娄城市的副书记。

谈如泉离开娄城时,不说灰溜溜,至少很低调,只金辅之不多几个人为他送行。

大家说些惜别的话,气氛似乎有些伤感。谈如泉反倒很大度,他指着金辅之说:我还会来娄城,我还想品尝金娄城素菜馆的素菜呢。

"随时欢迎,保证谈书记满意!"金辅之说得很真诚。

时间过得很快,一晃谈如泉离开娄城半年了。有次他去上海出差,回省城时,他突然想起了金辅之,想起了金娄城素菜馆,他对司机说:"走,去娄城!"

他没有给金辅之打电话,怕他太当回事不好。谈如泉熟门熟路,指挥着司机哪儿进,哪儿拐弯,可一进娄城,谈如泉发现原来的那些素菜馆全没了招牌,比如有一家改成了"王记肉骨头店";另一家改成了"洪泽湖龙虾餐馆";还有一家改成了"阿胡子羊肉面馆"……

谈如泉心里一沉,但想想自己离开娄城已半年多了,管天管地还能管得到这些生意人、小老板吗,也就释然了。

不一会,金娄城素菜馆到了,好家伙,重新装潢过了,改成了"金三角大酒店",门口晃着的红布宣传标语,老大老大的字写着"狗肉宴特价优惠期",门口另有一块大的招牌,上面写着"野生鮰鱼,新鲜上市,请君品尝,价格从优"。

谈如泉没想到金娄城会变得如此快,他气呼呼地拿出手机,拨了金辅之的电话,但拨到一半他又放下了电话,冲着司机说:"走,回省城!"

一路上,谈如泉一言不发,那脸色很是难看。

雪 韵 琴

娄城的吴燕山原本是种兰的高手。别人手里种不活种不好的兰草,到了他手里,一翻盆,一侍弄,奇迹往往出现了——蔫蔫黄黄的枝叶开始泛青了,精神了;稀稀疏疏的那可怜的一两株草会窜出新芽,逐渐茂盛起来。甚至原本几年不开花的那几盆睡兰,也会被他如施了魔法似的秀蕾绽花,放出幽香。

吴燕山救活别人的兰草并不收一分钱,唯有一个条件,即兰草救活长好后,取走时须给他分盆留一两株草。死马当活马医的兰痴兰迷,只要能让自己心爱的兰草名种起死回生,分一两株草哪有不答应的。就这样,仅十几年功夫,吴燕山的兰苑已达到两百盆的规模,且盆盆有名称,株株有出处,几乎无一不是名种,有几棵还是兰中孤品呢。

吴燕山从兰迷转为古琴迷,多少有些偶然。他有一女儿叫素琴,小名琴琴,乃吴燕山的掌上明珠。或许女儿名字中有了个琴字,她从小对琴感兴趣,小学时去少年宫报了乐器兴趣小组,老师叫她学古琴。不知是琴琴与古琴有缘,还是天生悟性,那一手古琴越弹越好,以致少年宫的老师说:我没法教你了,你得另请名师指导。

吴燕山见女儿弹古琴有天赋,索性托人拜了古琴大家林独鹤为师。

果然是名师出高徒,素琴高中时,古琴弹奏已小有名气,报纸、电台、电视台、网站都来采访过素琴与吴燕山。

　　吴燕山因女儿的关系,开始注意古琴,关心古琴,千方百计寻觅古琴资料,举凡古琴谱、古琴书,他无一不收。像《太古遗音》《琴苑要录》《琴学丛书》《五知斋琴谱》《与古斋琴谱》等他一一觅到。其中像明代琴学大家徐青山的《大还阁琴谱》是吴燕山花高价从香港藏家手中挖来的。到后来,吴燕山觅全了全套的《琴谱集成》,成了个远近闻名的古琴资料收藏家。

　　一次,有位琴友到他家拜访,看了吴燕山的收藏后坦率地说:"你这天籁斋里没一张明代以前的古琴,如何压得住,如何跻身一流?……"

　　吴燕山被触到了痛处,决心倾其积蓄觅一张有名有姓,为名人收藏过的古琴,以作镇斋之宝。

　　或许是文物贩子的嗅觉很灵,不久,即有人透来消息:扬州一官宦之家后人,有一张祖传明琴,正拟出手,但开价15万,少一分钱不卖。

　　吴燕山专程去了一趟扬州,亲眼目睹了这张古琴,为连珠式,名曰"清风天籁"琴。吴燕山一看就兴奋莫名,难道这是天意? 自己斋名为"天籁斋",竟然被自己发现了一张"清风天籁琴"岂非天缘巧合?!

　　吴燕山又仔细看了琴背的题刻,那一行楷书为"洪武三年赤城慎庵朱智远制"。吴燕山依稀记得元代有个制琴名家叫朱什么远的,洪武三年是明初,似乎是可以相信的,唯一不太满意的是琴身的蛇腹断纹太少。但琴之龙池内一行朱漆小字又使吴燕山欢喜不已,那行字写道:"踏破铁鞋无觅处,喜获唐代元亨古寺旧桐材,遂制成此琴。"

　　吴燕山不再犹豫,付了一万元定金,商定三天内携款前来,一手交钱,一手交琴。

　　回娄城后,依然沉浸在兴奋之中的吴燕山给他女儿素琴的老师林独鹤打了个电话,告诉了这个好消息,刚好第二天吴燕山要送女儿去林独鹤处面授,就专门找林独鹤谈了谈,想听听他的意见。谁知林独鹤看了吴燕山抄来的制琴款后,以不容置疑的口吻说:"此乃伪品!"

　　林独鹤分析说:"元代制琴名家为朱致远,现为'朱智远',虽一字之差,但哪有自己名字刻错的,估计是伪造者听说过朱致远这个人,但对其知其然,不知其所以然,因此同音不同字,搞错了姓名,此为疑点一;另,洪武三年亦即朱元璋的年号,古代讲究避讳,朱元璋刚上台,哪个匠人敢冒天下之大不韪,把'元亨'两字刻在古琴上,这不是自找杀身之祸吗? 这是疑点二。据此两点推断,必假无疑。"

　　吴燕山如梦初醒,原来此中学问大着呢。

　　吃一亏长一智,吴燕山开始细细研读有关的古琴资料,以充实自己,免得再上当受骗。

或许真是一个缘字了得,一次吴燕山与女儿携古琴去上海参加比赛回来,车上,吴燕山对女儿说:"要是能觅到一张好的古琴话,说不定名次还能往前挪……"

说者无意,听者有心,边上一位中年人说:"家父有张祖上传代的古琴,正在寻觅卖主呢。"

于是吴燕山与之攀谈了起来。中年人告知:家父很固执,定了个三不卖的原则。一、外国人不卖,此琴决不能流出国门;二、大款富婆不卖;三、文物贩子不卖。要出手,一定要卖给真正爱琴人手里。这样,琴归其主,方能善待其琴,也多少可告慰祖上。

吴燕山闻之,将信将疑,难道世上真会有这样的巧事吗?不过他还是把名片给了那中年人。

吴燕山回家第二天,即有一老者来电话,他自称乃古琴主人,并说一定要先见一见吴燕山,上他家看一看,方能决定那家藏之琴卖不卖?

吴燕山上过一回当,这次已不抱什么希望,他心里觉得,越是花头花脑,越有矫情之嫌。

第三天,一个不肯报姓名的老者摸到了吴燕山家,他一看"天籁斋"匾额乃沙曼翁所题,兀自点了点头。再看一副对联"朱弦古调,不改其乐;听其自然,破我寂寞"。那一手何绍基体写得龙飞凤舞,出神入化,落款为徐梦梅。老者虽不知徐梦梅为何人,但吃准乃书法高手。

他注意到这天籁斋里独多的是书,是画,是兰花,是案头清供盆栽小菖蒲,心里已几分欢喜,露出了不虚此行的笑容。

老者也不隐瞒,他老老实实告知,自己不懂琴,子女中也无一懂琴。琴乃祖上所传,已传几代不得而知,反正,仅知他爷爷的爷爷手里早有此琴,一直放在橱顶,从无人碰之,也从不敢动变钱之念头。最近因家中遭了一些变故,女儿患白血病,至今在医院抢救,万般无奈,才出此下策。

吴燕山听得甚为感动,但又一想会不会是编故事博他同情,因此,只静静地听着,不敢多插嘴。

老者临走时说:"我家所藏之琴乃宋琴,有近千年历史,海外有人出50万我都未卖。今一口价,30万。给你十天时间筹钱如何?"

吴燕山听得一愣一愣,他想我连琴的影子也未见一面,竟叫我十天内筹30万,我有印钞机啊。

老者见吴燕山那神色,想想笑了起来,他说:"明天你到我府上看琴,若有假,退一罚十。"

这次，吴燕山多了个心眼，他邀请了林独鹤同去，以帮他鉴定真伪。

这是一张仲尼式古琴，琴背轸池下刻篆书琴名"雪韵琴"三字，龙池内有阴刻文字"大中祥符戊申孟秋吉旦，雅音堂制"。琴为桐面杉底，鹿角灰胎漆，栗壳色，有蛇腹及冰纹断。林独鹤细细察看了那些漆的断纹，心里有了底，因为这些蛇腹断纹间冰纹断，没有数百年历史，是决计不可能出现的。

他又试着弹了一曲《雉朝飞》，那音色苍古沉雄。"好琴好琴！"林独鹤连连赞之，情不自禁又弹了明代时的琴曲《苏门长啸》与清代时的琴曲《梧叶舞秋》，弹罢，他唯觉神清气爽，悄悄对吴燕山说："值！"

30万啊，这可不是小数目。吴燕山知道，一下拿出30万，除非一家三口的嘴从此贴在墙上，除非计划中的新房不买了，除非……不行，素琴她妈能同意吗？就算同意，自己忍心吗，毕竟这古琴不能吃，不能穿，不能住，不是生活必需品、急需品。其实，吴燕山早有了盘算。

他认为只要货真价实，咬咬牙也要买下来。因为他手里有那么多让众兰友眼红的名贵兰花呢。他知道，只要自己松松手，出让几盆兰花，30万几天内完全可以筹到，只是那兰花也是他心头肉啊。

林独鹤见吴燕山有些犹犹豫豫，决断不下，他说："祥符戊申是北宋真宗赵恒时，距今994年，一张上千年的宋琴不要说30万，60万也值啊。这样的机会不是常有的，而音色又如此美妙，稀世珍品那。"

吴燕山终于下决心忍痛割爱那两盆蕙花名兰"冰心素"与"玉荷仙"，这两盆兰花都有两百多年栽培史，仅见兰谱记载，并无实物见之，属兰中孤品，故身价百倍，曾有多位兰痴兰迷欲购此兰，都被吴燕山一口回绝。

吴燕山像送心爱的女儿出嫁一样，那天他喝了酒，流了泪。

30万到手后，他急急携款前去老者家中，像迎新媳妇般把那张宋代古琴"雪韵琴"迎回了家。

吴燕山发现那老者送他出门时，也眼圈红红的，原来割心爱之物都如此伤感，他不敢多瞧一眼老者，叫了车，匆匆赶回了家。

吴燕山选了个风和日丽的好日子，请同邑的书法家马士达先生题写了"雪韵斋"匾额，取代了原来的"天籁斋"；又请画兰名家邢少兰先生画了《香祖》《兰魂》两幅幽兰图，以纪念"冰心素"与"玉荷仙"两盆名兰。

那天，他女儿素琴用雪韵琴一口气弹了《平沙落雁》《水仙》《幽兰》《龙翔操》等十来首。那音色沁人心肺，听得吴燕山如醉如痴。他情不自禁说："值了，值了！"

他妻子闻此苦笑了一下说："以前是兰痴，如今是琴痴。"

让儿子独立一回

儿子真是争气,以全县高考总分第三名的好成绩被上海财经大学录取。

史工程师比当年自己考取大学要高兴得多,满脸的阳光,满脸的春色。

望子成龙,是中国人的传统。这些年来,儿子他妈真是费尽了心血。真可谓儿子读一年级,她也读一年级,年年这样陪着读陪着复习。

如今儿子是如愿以偿考取了大学,他妈却病倒了。

病床上的她念念不忘的是儿子开学在即,自己将不能亲自送儿子去大学,这叫她如何放心得下? 她坚持叫丈夫无论如何要把儿子送到大学,安顿好了才回来。

史工程师更放心不下妻子,与妻子商量说:"让儿子独立一回吧?"

"不行! 没娶媳妇总是孩子。哪能让儿子一个人去大学。再说这孩子你也知道,他能行吗?"

妻子的担心不是没有一点道理的。儿子长这么大了,没买过一回菜,没烧过一顿饭,没洗过一件衣,没拖过一次地,就连床也都是他妈铺的。自小到现在,从未单独出过一回门,就像鸡雏似的从未离开过母鸡翅膀的保护。而现在,猛一下就叫儿子一个人去经风雨见世面,她一百个放心不下。

史工程师开导妻说:儿子是去上海读大学,又不是去非洲探险去神农架考察野人,不会有什么事的。想当年,我十七八岁时不去长征大串联吗,家里谁跟我了? 你在儿子那年纪时,不是报名去了黄海边的建设兵团,你爹妈送你到了海边? 没有吧。常言道,到啥山,砍啥柴。让儿子独立一回有好处……

几乎是磨破了嘴皮子,好说歹说,妻才十分勉强十分不愿意地不再投反对票,但她拖了一句:"就是我同意,儿子也不会同意的,人家父母都送,他父母不送,多没面子……"

简直是出乎意外,儿子很平静地说:"早该让我独立了。"

儿子去大学前一天,史工程师关照了又关照,诸如碰到意外情况立即找警察,安顿好后,先打电话回来,再写封详细的信……

儿子去了三天,没有电话,儿子去了七天,依然没有音信。史工程师夫妇急了,妻子要史工程师无论如何亲自去一趟学校。

正当史工程师准备去上海时,儿子的信来了。夫妇俩不啻接到福音书,迫不及待

地打开。不料随信纸带出的是一叠发票,共有:

> 娄城至上海中巴车票一张
>
> 上海出租车票一张
>
> 大三元酒家餐费发票一张
>
> 新华书店购书发票一张
>
> 另附纸一份,上注明:
>
> 付搬运费、服务费、冷饮费若干
>
> 买饭菜票若干……

乖乖,不连学杂费,光这些额外开支,就一千多。

看了儿子信才知道,儿子这回过了下独立的瘾。他去上海时,不坐公共汽车乘中巴;到了上海后,打的去学校;到了学校后,花钱请人搬行李,乃至挂蚊帐铺床他都未自己动手。为了搞好关系,他买了一箱冰淇淋,凡那天在他宿舍的,不管是同学教师,还是同学的父母、朋友,一概由他请了。第三天,他又请同宿舍的到大三元酒家聚了聚……

史工程师看了信和发票,愣在那里,不知说什么才好。他妻子看了,一颗十五个吊桶七上八下般的心总算放了下来。她很欣慰地说:"我这儿子,是做大事的料!"

史工程师没有接嘴,他大概正在为如何为儿子回信而伤脑筋呢。

狼 来 了

七丫村附近有座狼山,狼山之所以叫狼山,没有什么典故,也没有什么历史传说,仅仅因为这山上早年有狼,村民们就把这山称之为狼山,后来叫顺叫习惯了,狼山之名也就写进了《娄城志》里。

名不副实的是,这叫狼山的山,早就没有狼了,上世纪五六十年代,组织过多次搜山打狼,后来不要说狼,连猪獾、狗獾、果子狸、刺猬等野生动物也极少能见到。

狼山上没有庙宇,没有民居,没有名胜古迹,更没有人住,有的只是老树、灌木、荆棘、杂草,经济价值不大,一直没有开发。

"文革"时，有一位老干部，与一位老知识分子先后吊死在狼山的歪脖子树上，等发现时，已腐烂，生了蛆，不但臭不可闻，而且面目狰狞，这后，老百姓就不大敢随便上山了，父母更是不让孩子上山。不久，就流传起狼山有鬼出现的传闻，还传得有鼻子有眼。这一来，就更没有人敢轻易上山了。

去年中秋的一个晚上，突然从狼山上传来了："狼来了！狼来了!! 救命啊！救命啊!! …………"的呼声，凄厉而恐惧，但呼救者喊破嗓子，并不见有人上山去救。

第二天，山下七丫村的村民议论：这山哪有狼啊，几十年都没有狼迹了。假的，百分之百假的，肯定是谁吃饱了撑的，寻开心找乐子忽悠大家，谁上山谁傻子。

是啊，不救没有人怪；你上山去救了，去打了狼，万一狼没有见着，见着个受伤的，半死不活的，赖上了你，那不是大麻烦吗。再说了，狼如今是国家二级保护动物，就算有，谁敢打？你打了，打死了，打伤了，有关部门要你罚款，你罚不罚？别没事找事，自找麻烦。

对对对，村民都这么认为。

第二天，胆大的山旺说："走，上山上去看看，大白天去，我们几个人结伙去，还怕撞着鬼吗？"

山旺等几个在半山腰发现了一条死狼，看样子死了一段时间了，已有点腐烂。

难道狼山真的又有狼了？

山旺看了半天说：像狼，也像狗，可能是狼，也可能是狗。

其他几个反反复复看了，有说是狼，有说是狗，大家吃不准究竟是狼是狗。

关于狼山到底有没有狼，成了疑问。

但不知怎么回事，没几天狼山有狼的说法越传越远。

古庙镇镇政府决定组织人上山考察，看看到底有没有狼。

娄城电视台决定跟踪拍摄。

村民甲说：懂了吧，这是策划的，肯定早有人策划。

村民乙说：看来镇政府准备开发狼山了，要不如此兴师动众干嘛？

多位村民说：幸好那晚上没有上当受骗。

就在考察队出发的前一天晚上，村民们又听到狼山上有人喊："狼来了！狼来了!! ……"

这一次，连山旺也彻底不相信了，他搂紧了老婆说："我们管我们，别理他，肯定是为明天考察造舆论，假到底了。"

第二天，镇政府组织的考察队出发时，镇宣传委员带队，镇党委书记来送行，场面还不小,可惜只有看热闹的,并没有哪个跟着上山。七丫村的山旺等村民对电视台的不无调侃地说:"卖力点,好好拍几个狼咬人的画面,也让我们开开眼界……"

考察的结果说是发现了狼粪、狼毛、狼窝,这都有镜头的,最最出人意外地是拍到了昨晚被狼咬伤的一位中年人,腿上被咬了一口,据他自己讲:后来爬到树上才逃过一劫。电视画面是真真切切的,那中年人腿上的伤口也确确实实流着血,有牙齿印,很痛苦的面部表情给电视观众留下极深刻的印象。

这中年人村民都没有见过,电视台介绍说他叫赵宇纶,省里的地质工程师。村民们弄不懂的是他晚上跑到狼山干什么?难道勘察到了什么宝贝?村民们奇怪,关于这些,电视台语焉不详,会不会是出于保密?

至于狼山到底是真有狼,还是需要狼,村民们两派意见,山旺与村民甲、村民乙等说打死也不信狼山有狼。村书记认为电视台都播了有狼,那一定有狼,不相信镇政府,不相信电视台,难道相信你山旺?你山旺算个球。

不过,除七丫村部分村民以外,娄城全市上下,包括外地的都为狼山高兴,因为狼山终于又有狼了,名副其实了。至少到目前为止,没有听说谁在质疑狼山发现狼的报道。

很多人都想来狼山一游呢。

天 使 儿

上天真是不公,娄城大画家商未央的儿子葵葵竟是个低能儿。

葵葵今年 16 岁,智力水平最多小学三四年级。他一出门就兴奋,尤其看到大红大绿的色彩更是亢奋,会发出让人害怕的怪叫声。一回家他就沉寂不语,更多的时候作沉思状,似乎有什么重大问题要让他思考。

有次,商未央参加市文联组织的采风活动,要去皖南山区写生,时间大约半个月。临走前,他再三关照妻子别让葵葵外边乱跑,免得出了什么意外。妻子说:放心,葵葵这儿子智商是低了些,可从不闯祸,乖着呢。

商未央知道妻子上班不能迟到早退,不可能天天陪葵葵,就买了不少玩具与吃的,一股脑儿交给了葵葵。

商未央走的第三天,就接妻子电话,说葵葵用颜料在墙上画得一塌糊涂,劝也劝不住。商未央无奈地说:只要葵葵不吵着外面去,涂就让他涂吧,最多浪费点颜料罢了。

当商未央携着厚厚一叠写生稿回到家时,他惊呆了,整个家里的白墙上全涂满了,七彩斑斓,色泽耀眼。猛一看,商未央有一种被震慑的感觉,那是一种气势,一种无拘无束,自由奔放,扑面而来,逶迤远去的气势。那色块的突兀,那色彩的流动,让人匪夷所思,更耳目一新。细看那画面,似乎画了什么,又似乎什么也没画,完全没有具像。商未央作为一个专业画家,他立时有了一种莫名的激动,这些难道是葵葵画的,难道是他一个低能儿的杰作?

商未央进葵葵的房间时,葵葵已倒在沙发上睡着了,手里还握着画笔,衣服上斑斑点点,但脸上溢着无比的快乐。

妻子一见商未央就歉意地说:"我拿他一点办法也没有,家里被涂成这样,我真的很抱歉。"

"不不不,你没错,我得谢谢你呢。你的宽容发掘了葵葵潜在的绘画才能,你没看出这些画很有灵性很有个性吗?"商未央的兴奋溢于言表。

商未央把这些画仔仔细细地看了一天,研究了一天,最后定名为《无题》,他一一拍了照,寄给了报社的一位朋友。报社记者大感兴趣,据此写了篇《天使儿的处女作》。这篇报道的发表,使娄城的市民知道绝顶聪明的夫妇生下的低能儿谓之"天使儿",知道了大画家商未央家竟有个天使儿。

或许是那《无题》的照片太小,看不出名堂,娄城老百姓议论的很少是画的本身,更多的是商未央怎么会生出这么个弱智儿子。

有人说:老天就是公平,商未央他名声赫赫,才气逼人,可生了个傻儿子,这叫平衡,世上好事哪能全让他占了。

还有人说:你看看商未央画家老婆几岁,谁叫他老牛吃嫩草,活该他有个戆儿子!

报纸的记者一报道,也引起了电视台记者兴趣,电视台来了两位记者,原来他们只想拍一两分钟的新闻片的,可一见满屋满墙的那画,也激动了起来,立时改变了主意,拍起了专题片来,还专门采访了葵葵。葵葵说得颠三倒四,让记者摸不着头脑,不过他一拿起画笔,那种投入状、兴奋状,很是入镜呢。葵葵的当场作画,更有现场感,更有说服力。也是巧,不久就是国际助残日,电视台精心制作后不但娄城电视台播放了,还作为外宣片送到了省台,结果这名为《天使儿的杰作》专题片,造成了不小的轰动。

商未央甚至觉得比自己取得成功还激动、宽慰,他给报社写了篇《发现、鼓励、培养》的文章,他甚至预测葵葵的艺术成就有可能超过自己云云。

在一片叫好声、惊叹声中,也夹杂着若许不和谐音。诸如这商未央也不知作了什么孽,生了个傻儿子,如今又用傻儿子来作秀,来炒作,真不要脸……

商未央也不解释。

妻子忍不住对商未央说:"你为什么不解释呢?你不说我说,我有责任让大家知道,葵葵是我姐姐的孩儿,是因为他们双双车祸你才收养他的呀。葵葵不是天使儿,他是那次车祸大脑受了创伤落下的后遗症呀……"

商未央止住妻子的话头说:"算了,别人咋说是别人的事,只要自己问心无愧就成,再说这样的宣传报导对葵葵的艺术之路有利……"

妻子扑在商未央怀里说:"我真的没看错人,我代我姐姐谢你,谢谢你!"

茶　垢

史老爹喝茶大半辈子,喝出了独家怪论:"茶垢,茶之精华也!"

故而他那把紫砂茶壶是从不洗从不擦的。因常年在手里摩挲,壶身油腻腻而紫黑里透亮。揭开壶盖,但见壶壁发褐发赭,那厚厚的茶垢竟使壶内天地瘦了一大圈呢。

莫看此壶其貌不扬邋里邋遢,却是史老爹第一心爱之物。从不许他人碰一碰,更不要说让喝壶中之茶了。

据说此壶乃传之于史老爹祖上有位御笔亲点的状元之手。更有一说录此备考:即此壶较之一般茶壶有不可同日而语的两大特色。其一:任是大暑天气此壶所泡之茶,逾整日而原味,隔数夜而不馊;其二,这也是绝无仅有的——因茶垢厚实,若是茶叶断档,无妨,白开水冲下去,照样水色如茶,其味不改。

史老爹曾不无炫耀的说过:"如此丰厚之茶垢,非百年之积淀,焉能得之?! 壶,千金可购;垢,万金难求。此壶堪称壶之粹,国之宝……"

史老爹喜欢端坐在那把老式黄花梨太师椅上,微眯着眼,轻轻地呷上一口,让那苦中蕴甘的液体滋润着口腔,然后顺着喉道慢慢地滑下去。他悠悠然品着,仿佛在体会着国饮精华之韵味,简直到了物我两忘之境界。

去年夏天,史老爹在上海工作的小儿子带了放暑假的女儿清清回老家探望老人。

清清读二年级,长得天真可爱。史老爹一见这天使般的孙女,自是高兴不尽。大概他太喜欢这孙女了,竟破天荒地想让孙女喝一口紫砂壶中的茶。哪料到清清一见这脏兮兮的紫砂壶,直感恶心。她推开紫砂壶说:"爷爷,你不讲卫生,我不喝。"

"你不喝我喝。"史老爹有滋有味地呷着品着。

第二天一早起来,史老爹照例又去拿紫砂壶泡茶。谁知不看犹可,一看刹那间两眼发定发直,腮帮上的肉颤抖不已,嘴巴张得大大的,如同傻了似的——原来那把紫砂壶竟被清洗得干干净净,里面的百年茶垢荡然无存。

僵立半晌后,史老爹突然发出撕心裂肺般地叫喊:"还我茶垢!还我……"

随着这一声喊,史老爹血窜脑门,痰塞喉头,就此昏厥于地。

清清又惊又怕,委屈得直抹眼泪。

一阵忙乎后,清清父亲赶紧用紫砂壶泡了一壶茶,小心翼翼地捧到老人面前。

恍恍惚惚中回过气来的史老爹一见紫砂壶顿时如溺水者抓到了救命稻草,一把抢过紫砂壶,紧紧地贴在胸口。许久,他泪眼迷糊地呷了一口,哪晓得茶才入口,即刻乱吐不已,眼神一下子又黯然失色,手,无力地垂了下来,面如死灰似的。唯听得他声若游丝,喃喃地吐出:"不是这味!不……是……这……味,不……是……这……味……"

荷　香　茶

周家世居古庙镇好几代了,早先是镇上的大户人家。到周寒冰父亲这一代,已败落了。所幸的是周寒冰父亲留给了他一栋平房。房是老房子,不起眼,院子很大,院中还有个小水池,依稀能见旧时私家园林的轮廓。

周寒冰最喜欢的是周敦颐的《爱莲说》,认为这是周家的骄傲。虽说查了几次也未查到他是周敦颐一脉后裔的文字证据,但他自认为至少是周敦颐的精神后裔。

有了这种想法后,他把业余时间全放到了种荷上。他把淤塞的小池拓宽拓阔,把池中之泥堆成土坡。坡上植梅,池中种荷。开春,他欣赏"小荷才露尖尖角,早有蜻蜓立上头"的景色;入夏,他陶醉于"映日荷花别样红"的意境里;深秋,他体会"留得残荷听雨声"的趣味。

渐渐,周寒冰不满足于一般性地种一池荷花了,他开始搜寻荷花佳品,功夫不负有心人,他先后觅到了大洒锦、重台莲、并蒂莲、红千叶、寿星桃、千瓣莲、大碧莲、中日友谊莲等名贵品种,像大洒锦,花型大,香味浓,颜色奇,白底红边蓝镶条,宛如荷花中的皇后。周寒冰对这亭亭净植,香远益清的花中君子爱之日深,推而广之,他又爱上了碗莲,他种了一盆又一盆,其中有"白雪公主"、"娇客"、"娃娃莲"、"醉杯"等皆是名品名种。几年下来,他家里,院中有荷,池中有荷,窗台有荷,书桌上有荷,大大小小,一百多盆,每到夏秋之际,周寒冰观叶观花观莲,真所谓其乐无穷。

他客厅里挂的是《墨荷图》《菡萏图》《接天莲叶无穷碧》,书桌玻璃台板下压的是他自摄的荷花照片,他还请同邑的大书法家苏人望先生题写了"国香轩"的斋名,一看便知主人乃真正爱荷人。

常言道"物以类聚,人以群分",周寒冰交结了一帮荷友,荷花盛开期间,隔三差五小聚赏荷。偶尔还有外地光临小镇的文艺界朋友慕名前来赏荷呢。

凡有客至,周寒冰必以上好的碧螺春茶待客。若是稀客,又是性情中人,若他提前三天知道的话,周寒冰就以荷香茶来待客。

据说荷香茶乃元代大画家倪云林之发明。

周寒冰待夜色漫开,暑气消散后,取龙井一撮,用洁净的白纱布包之,然后选一朵晨来刚开的荷花,放在莲房之上。荷花特点,朝开暮合,夜晚放入,那茶叶即被荷花瓣包裹住了。待清晨荷花绽放时取出。吸收异味乃茶叶之特性,尤以龙井为最,这一小包龙井茶经一夜之吸收,荷香尽吸其中,花露也尽吸其中,可挂阴凉之处晾干,夜来再放入,晨来再取出,再晾干,如是三夜,此龙井茶叶既得荷花之馨香,又得天地之精华。再用洁净之水泡之,立时清香扑鼻,闻之荷香缕缕,呷之沁人心脾,即便最挑剔的老茶客也常常赞不绝口。

荷香茶有季节性,因此能在周寒冰家喝到荷香茶的并不多。

一日,娄城的摄影家裘一鸣打电话来说要拍些荷花照片。

裘一鸣以拍花鸟鱼虫照片见长,特别是拍静物,确实有自己独特的心得。

这次海内外数家单位联合举办"2009国际荷花摄影大赛",这是国际性大赛,裘一鸣自然看重,拍花本是他的强项,他一副志在必得的样子。据说不少参赛者都涌到苏州拙政园、南浔小莲庄去取景头了。裘一鸣寻思,园林里的荷不免大路货,且你能拍,他也能拍,缺乏与众不同的竞争力。如何发挥静物的特点,又在取景上避免雷同呢?裘一鸣想到了周寒冰家的荷花。说起来仅一面之交,交情不深。不过无妨,裘一鸣甚至认为有些事,浅交比深交好,君子之交淡如水嘛。

裘一鸣在娄城文艺界是有点知名度的。周寒冰对这位同道的拜访,很是高兴,已预先准备了荷香茶。如今古庙镇也用上了自来水,或许是水质污染的关系,用自来水烧开后泡出的荷香茶那味总逊色好几分。因此周寒冰都是用井水的。当然,按古人说法,最好是无根之水,即天落水。也是巧,前天一场雨,周寒冰收好一小缸夏雨水呢。

裘一鸣一到,好客的周寒冰就要泡荷香茶待之。裘一鸣摆摆手说:"先别忙喝茶,早晨的光线最柔和,最适合拍带露荷花。先拍摄,再喝茶,好不好?"

这种艺术家的敬业态度立时博得了周寒冰的好感。于是,两人来到院中,周寒冰如数家珍地一一告知这盆叫什么名,那盆叫什么名,这盆以花型大闻名,那盆以香气足传世……

裘一鸣心不在焉地听着,他的眼睛却如鹰隼般扫视着每片叶,每朵花,从不同的角度捕捉着别具一格的画面构图。"好花,太好了。"不一会儿,他就沉浸在自己的发现之中,似乎已忘了周寒冰的存在。

周寒冰倒并不在乎他这种态度,他反认为搞艺术的就该有这种痴迷劲头。

裘一鸣拍了几张后,发现周寒冰一直在身边陪着就对他说:"你忙你的,我一个人拍,静心些。"

周寒冰想想也是,怕干扰了裘一鸣的构思,就悄悄回了屋。他泡好了荷香茶,只待裘一鸣拍好,一起赏荷品茗,聊上一聊。

裘一鸣整整拍了两个小时才恋恋不舍地回到屋来,那脸上抑制不住兴奋。他望着那满院的荷花说:"如果我家有这么多荷花,每天早上来选景拍几张,不获奖我不姓裘。"

"随时欢迎你来拍。"周寒冰很真诚。

"我走了,荷香茶下次来喝。我得赶紧回去冲印出来,所谓先睹为快。"

周寒冰虽觉遗憾,却很理解他。一直把裘一鸣送到门口。

送走裘一鸣后,周寒冰才发现裘一鸣为拍摄到理想的荷花图,做了不少所谓的艺术加工,诸如这盆摘掉一柄荷叶,那盆剪掉一朵荷花插在这盆里,或者剪了几盆的莲子,集中插一盆中……

周寒冰对荷花感情之深,有如生命,他甚至连残荷都轻易不剪枝修叶,没想到裘一鸣他会如此对待神圣的荷花。周寒冰对他的好印象一下丧失殆尽。周寒冰气呼呼地回到屋里把为裘一鸣泡的荷香茶泼了。心里想,幸亏他没喝,他这种人不配喝荷香茶。

菊　　痴

菊花品种累千上百,黄白红紫,均有不胜枚举之品种。唯绿色菊花极为稀少罕见,而绿色品种中,又以"绿荷"为花朵最大,绿意最浓,一向被认为是菊之上上品。

大凡名贵品种都娇贵,"绿荷"也极难培植,只少数大公园才有此品种,因而其珍其贵显而易见。

据说私人有"绿荷"品种的不多见,但老菊头有。

说起老菊头这个人,可算一怪——他一辈子单身独居,仿宋代名士林逋"梅妻鹤子",自谓"菊妻菊子",爱菊爱到如醉如痴的地步。

他家屋里屋外全是菊。什么"帅旗""墨十八""绿刺""十丈珠帘""绿水长流""枫叶芦花""凤凰转翅""绿衣红裳""古铜钱""贵妃出浴"等等,简直就是一个小型菊展。

数百品种中,老菊头最宝贵的自然是"绿荷"。

也真有他的,那盆绿荷被他养得高不盈尺,枝不过三,棵壮叶大,底叶不焦,每枝一花,同时竞放;花绿如翡翠,花大似芙蓉。远观,花叶难辨,绿溢盆沿;细瞧,苍翠欲滴,绿意可掬——此乃老菊头命根子也。

据传闻:此绿荷品种出自清廷御花园,故老菊头一向以拥有御菊亲本、正宗绿荷而自傲。

老菊头最烦别人要他参加什么花卉协会,似乎一入会,绿荷名菊就难保了。

他脑子里只有菊花,别的,对不起,他每见报上登有菊展消息,必自费前往。一到菊展,必先寻觅有无绿荷品种展出。若有,他必赏看再三,临走必甩一句:"非正宗绿荷!"

于是,洋洋得意之情难抑。回家后愈发对那棵绿荷爱护备至。

老菊头为了保存这棵正宗绿荷,可谓煞费苦心。这绿荷品种他每年只种一盆,绝不多种。他年年插枝,成活后选取一棵最壮实的保留,其余的连同老根一起毁掉。以免谬种流传,正宗不正。

老菊头的这盆绿荷犹如邮票中的孤票、古籍中的善本,使得许多菊花爱好者垂涎欲滴,好多人千方百计想得之,但任是软的硬的,一概碰壁碰钉子。

多少年来,他家的菊花只准看不准要,谁若不识相,开口向他要一盆,或想动脑筋分个根,剪一枝什么的,那他必不给你好脸色看,随你是什么人,一律如此。

秋天的时候,老菊头的侄女带着一英俊潇洒的青年来看望他。老菊头向来把侄女当亲女儿待的,见侄女有如此一表人才的男朋友自然高兴万分,于是不免多看了几眼,这一多看,老菊头发现这青年有点面熟,想了很久,他终于记起来了,这青年就是曾劝他加入县花卉协会最起劲的一位,对了,好像记得他是公园的什么技术员,想到此,老菊头立即警觉起来,连神经末梢也像长了眼睛似的,如防贼似的注意起了这青年的一举一动。

好啊,耍手段耍到我侄女身上来了。看来和我侄女谈朋友是醉翁之意不在酒。有了这想法后,老菊头对侄女也有了三分戒心。

有天半夜,老菊头被风声雨声惊醒,他放心不下那盆绿荷,披衣到天井里把绿荷搬进屋,不料因地湿,脚下一滑,跌了一跤,老菊头怕跌坏绿荷,倒地时硬是护住了那盆绿荷,故而跌得好重,痛得爬都爬不起来。过后,检查下来是尾骨骨折,需仆床静卧。

于是,照顾老菊头,照顾菊花的责任,义不容辞地落到了他侄女身上。

老菊头对侄女少有的热心生出了几分怀疑,他怕有意外,索性叫侄女把绿荷搬到他床前。

慢慢地,这盆绿荷不如先前精神了。

第二年春上,虽然窜出了几个新芽,但嫩嫩的、弱弱的。他侄女几次提出搬到天井里照照阳光,老菊头终因放心不下,坚持不肯。等后来眼看这盆绿荷要活不成了,老菊头才无可奈何地同意搬到天井里。可他本能地感觉到侄女的那位男朋友也在天井里,急得大叫搬进来,慌慌地细数着那仅有的几根芽缺了没有。

终于,绿荷一缕芳魂去矣。老菊头倾注一生心血养之护之的所谓御菊亲本、正宗绿荷就此绝种。

法　　眼

近年,娄城的古玩市场开始热了起来。每到双休日,那文庙边上的古玩市场就摊连摊,人挤人了。

初秋的一天,来了一位外地口音的黑脸汉子,此人年纪约三十来岁,说城里人不像城里人,说乡下人不像乡下人,憨厚中带着点狡诈,精明中又透着几分死性,让人捉摸不透他。他摆出了宣德炉、墨盒、笔洗等几样古玩,开价都不算太高,很快就成交了,唯有一只斗彩莲

花盖罐他开价8·8万,并咬死说一口价,不能还价,还价免谈。

齐三元是古玩市场上的大户,他认准了的东西,如落入了他人手中,他会几天几夜睡不着觉。齐三元这几年在古玩市场上,药已吃过多次,还在不断付学费。不过,看得多了,也多少练出了点眼力,几年来,也确确实实收进了不少好货,让收藏界同行眼馋得很呢。

齐三元那天一瞄到那斗彩莲花盖罐,眼就一亮,凭他目前对瓷器的鉴别能力,他一看那造型,那图案,那色彩应该是明成化年间的官窑出品,这可是好东西呐。如果说真是成化年间的官窑产品,8·8万元这价太便宜了。如此看来,这黑脸汉子是个嫩头,是个涩货。从他刚才出手的宣德炉、墨盒、笔洗等,其价位都只是半价到七八成价。刘三元估摸着,要么都是旧仿,要么真是不识货。要是碰上个不识货的,那合该我捡漏发财喽。

齐三元上前把那盖罐看了一下,罐底"大明成化年制"六个字分两行竖排,字外有双圆圈套着,这可是标准的成化年间的落款。再看那莲花画得拙拙的、土土的,色彩有红有绿有蓝有黄,怎么看都有点俗,但齐三元知道,成化年间的斗彩瓷器就是这风格,与青花是不可同日而语的。齐三元掂着分量,用手指弹着听响,看了外面看里面,看了顶盖看罐底,又用手摩挲了一阵。反复看了一阵后,齐三元有点吃不准了,说是吧,似乎釉色太新了,用手摸没有那种润的感觉,说不是吧,又太像真的了。

齐三元拿 8·8 万元出来是绝对拿得出的,但毕竟也不是个小数目,不能再吃药了。他想到了娄城古玩鉴赏家楚诗儒,他可是法眼呐。齐三元一个电话打过去,楚诗儒倒也上路,一听是成化年间的瓷器,立马就打的赶了过来。

楚诗儒也不说话,先用手在罐内罐外顺时针转动摸了一遍,又逆时针转动摸了一遍,然后取出一只特大号放大镜,仔仔细细看了一遍。看罢,他说:"瓷是好瓷,仿得很到位,必是高手所仿,能仿到这个程度,无论怎么说,也算是精品中的精品了,应该也值个一万两万的。但恕我直言,以我的手感而言,这罐的仿制时间不会超过 10 年。"楚诗儒怕齐三元不信,让他通过放大镜看,果然,那毛刺都还在呢。楚诗儒说:"明成化距今 500 多年。500 多年啊,一件瓷器历经 500 多年,怎么说也火气全消了,手感决不应该有任何毛刺感,仅此一点,就足以证明这是赝品!"

楚诗儒在娄东古玩界的权威性是从没人怀疑的,他此话一出,谁还会去买这件假货呢。

齐三元连声说:"谢谢、谢谢,要不然我今天又要吃药了。"

黑脸汉子听楚诗儒这么一说,也蔫了,自言自语说:"我爹临终时告诉我,这是货真价实的成化瓷……"

他守着这盖罐整整一天,再没人来问津,眼见将收市了,黑脸汉子知道没戏唱了,咬咬牙降到了 4·8 万。

这时,有位拄拐杖的老者踱进古玩市场,他转了一圈后,来到了黑脸汉子摊前。他告诉黑脸汉子他是专收藏成化瓷的,所以价也不还,爽爽气气地付了 4·8 万现钞,开开心心地走了。

齐三元想,"冲头"总是有,连这古稀年纪的老资格也看走眼,保不准回去后要悔得吐血。他忍不住上前对老者说:"老先生,这是赝品,你上当了。"

老者见齐三元一脸真诚,很热情地说:"走,喝茶去,边喝边聊。"

老者自始至终没说他姓啥名甚,以前是吃什么饭的,但老者关于斗彩莲花盖罐的一番话,使齐三元吃惊得半天回不过神来。

老者说:"看来你也是古玩行当的票友,让你长长识见。这个罐绝对是真品,但为什么会给人仿制的感觉呢，因为这是库货。"老者见齐三元一脸的惘然，知道他还不懂何为库货。就解释给他听。原来这盖罐是当时官窑烧制的，其中有一批瓷器被送到了报国寺，因为是皇帝的御赐，除了部分用掉，剩余部分就封存在了寺庙的地下室里，后来战乱的关系，地下室的秘密就鲜为人知了。一直到1966年破四旧时，经卫兵扒庙时，才无意中发现了这地下室，结果就发现了好几箱没有拆封的瓷器，有瓷双耳三足香炉、有军持、有僧帽壶、有青花盆、碗、有斗彩瓶、罐等等，当时小将们乒乒乓乓一阵砸，这些价值连城的珍宝十毁八九。据说有人趁乱拿了几件回家。我是在收古董时无意中听当年参与过此事的红卫兵讲的，从此后我一直在寻觅是否有库货遗存，没想到会在这儿发现，天意、天意呐。"

老者还说这只罐自1966年被从地下室取出后，从没用过，很可能放在箱子里，换句话说这罐500多年来还第一次见阳光呢，所以依然像刚出窑的新货一样。

"如此说来，这铁定无疑是库货，是真家伙？那该值多少？"齐三元连问了三个不该问的问题。

"好，看你也不是坏人，真人面前不说假话，这件瓷器按目前行情，一百万应该是值的。"

老者说时掩饰不住满脸的神采。

"应该让楚诗儒来听听，应该让楚诗儒与老者见见面，对对话。"齐三元以一种极复杂的心情说道。

但老者说："免了免了。"

喝罢茶，老者飘然而去。

齐三元盯着老者的背影，叹服道："法眼，真正的法眼啊！"

了 悟 禅 师

自了悟禅师到海天禅寺后，海天禅寺的平静就打破了。

僧人们无论如何不明白，法眼方丈怎么会要求了悟禅师住下来，更不理解他为什么会容忍了悟的反常行为。

别的不说，这了悟自在海天禅寺住下后，竟从来没扫过一次地，从来没关过一次门。若轮到他值勤值夜，其他和尚总有些放心不下，为此，众僧都不甚喜欢这位新来的了悟禅师。俗话说"先进庙门三日大"，比了悟先进庙门的，自认为比他有资历，也就不把了悟放在眼里,时不时斥责他,骂他是懒和尚。了悟不气不恼,一笑了之。过了几天,众僧突然发现了悟在门口贴了一副对联,上联为"空门岂用关";下联为"净土何须扫"。

众僧看得呆了,一时竟无法驳斥了悟的这种奇谈怪论。有人去禀报了法眼方丈。法眼方丈闻听后,微微颔首,面露赞许之色。他传下话去:"了悟对禅的理解,已非你辈皮相之见,好好向他学道吧。"僧人们都认为法眼方丈在祖护了悟,甚至认为方丈有私,多少有些不服。

法眼方丈终于向众僧们说出了压在心底的一件事:那就是半年前的一个黄昏,他匆匆赶回海天禅寺时,因山雨刚止,河水暴涨,木桥已被冲毁,有一年轻山姑为无法过河正发愁呢。

法眼方丈见此,考虑再三,他卷起裤管,折一树枝,以树枝当手杖,一面探底,一边趟过了河。法眼方丈想:男女授受不亲,僧人戒色首要远离女色,自己这样做,既给她做了示范,又不犯寺规,也算尽到普度众生之责了。然而,那位山姑不知是没有领会法眼方丈的暗示,还是胆小,依然站在河对岸干着急。天渐渐暗下来了,一个山姑过不了河,那如何是好? 正这时,走来一其貌不扬的和尚,和尚上前向山姑施礼后,就抱着山姑过了河,和尚一过河即把山姑放下,此时满脸通红的山姑一脸羞涩地向和尚道了谢。和尚说了声:"阿弥陀佛,善哉善哉!"就一声不响地继续赶路了。

法眼方丈忍不住上前问:"这位和尚,出家人应不近女色,你怎可抱一个姑娘呢?"那和尚哈哈大笑说:"我早把那姑娘放下了。你怎么反而老放不下呢。"法眼闻之大惭,始悟遇到得道高僧了,就极力邀请了悟禅师到海天禅寺住下。

这件事对法眼方丈震动很大,他深感了悟禅师道行深厚,有心好好观察,让之熟悉海天禅寺后,再作打算。

不久,清兵南下,发生了"扬州十日"、"嘉定三屠"等惨烈之事,善男信女逃难的逃难,避灾的避灾,寺庙的香火一下冷落了许多。海天禅寺落入清兵之手是早晚的事,胆小的僧人离寺避到了乡下,了悟却天天在大殿念经打坐,仿佛不知大军压境之事。

一个阴霾之天,清军一位大胡子将军率军士冲进了寺庙,其他僧人全逃了避了,唯了悟禅师依然不慌不忙,不紧不慢地念他的经,对大胡子将军的到来熟视无睹。大胡子将军见这和尚竟敢如此蔑视自己,火不打一气来,厉声喝问:"好大的胆子,竟敢如此目无本将军,你知道不知道本将军杀人如刈草一般。"

了悟正眼也没瞧大胡子将军一眼,朗声回答说:"将军你大概还不知道寺庙中也有不惧死的和尚吧,既然死都不怕了,还有什么好怕的呢。"

本来大胡子将军想大开杀戒,一把火烧了寺庙,但听了了悟的回答,兀自一怔,却又不得不佩服这位僧人的豪气与胆识,考虑到佛门的影响,遂下令撤退。

海天禅寺就这样免了兵灾。

法眼方丈因此有了把方丈之位传给了悟的念头,了悟闻知后借口自己乃闲云野鹤,执意谢绝了法眼方丈的美意,终于又云游四海去了。临走时,他留下一偈语:"泥佛不渡水,金佛不渡炉,木佛不渡火,真佛内里坐。"遂头也不回地走了。

法眼方丈与众僧们都默默念着这偈语,各人参悟着。

秘　　密

退潮了,咆哮的大海收敛了它狂暴的脾气,悄悄地退了下去。长长的海滩被冲刷得光溜溜的,所有的脚印,所有昨天的痕迹全抹去了,只偶尔留下大海的某些馈赠以及某些遗弃。

几个渔家孩子在海滩上戏耍着。突然,他们闹嚷嚷起来。

海妹子凭她的第六感官,意识到孩子们得到了大海的馈赠。

哦,是一只造型古怪而别致的紫色玻璃瓶,玻璃很厚实,看不清里面有什么东西。

海妹子记不得在哪本杂志上读到过漂流瓶的故事。这瓶里装着什么呢——爱神?魔鬼?或者纯粹是一个大海的玩笑。

玻璃瓶盖得严严紧紧的,还用胶布封着,显然是有意如此的,也许正因为如此,倒愈发添了几分神秘感。

海妹子掏出口袋里的零钱,换下了这个装着问号的瓶子。

她怀着一种莫可名状的心情,匆匆回到了自己的小屋,小屋的门关了很长时间。

一个消息在渔村在海边暗暗地传播着:海妹子得到了一件宝贝!

有人来找海妹子,说希望见一见那稀罕物。

海妹子沉默不理。她认为瓶内的秘密是属于她的,属于一个十八岁的渔家少女。

于是,消息升级秘密升级宝贝升级——海妹子骗取了孩子们的宝贝!好些人这样说。

一说瓶内有一张巨额支票,是一外国佬海上遇难前抛下的;

一说瓶内有张百万英镑,是一个英国贵族青年海为媒的爱情聘礼;

一说瓶内有……

终于,惊动了渔村有头有脸的人物。他们把海妹子找了去,思想工作做得又仔细又认真。

"一定要交?"

"一定要交!"

海妹子厌烦了他们的车轮大战,在他们的陪同下,很不情愿地取来了漂流瓶。

喔唷!多美的瓶子!这样的瓶子理该装着宝贝呀。

啥,还没打开过?见着的人都傻眼了。

哦哦,宝贝还在里面、在里面呢!

打开!打开!!打开!!!

人们迫不及待。

人们期待着一饱眼福。

瓶子打开了,里面是一张粉红色的硬纸片,上面写着几行外文。

"快说,快说,是什么意思?"

海妹子摇摇头,她识不得这洋文。但这漂流瓶以及瓶内的东西给她带来过丰富的联想,带来过少女的憧憬。

海妹子原本是不舍得打开的,不舍得秘密过早曝光,她要慢慢享受这份大海的馈赠。

好不这容易请来了一个识得洋字码的中学生,当他艰难地译出来后,仿佛一瓢冷水浇在了人们头上。

海妹子也用极失望极哀怨的目光看着这识洋文的中学生,悻悻地说:"还不如不译出来好。"

谁会料到原来是这几个字呢。

算了,不说也罢。

药 膳 大 师

在娄城餐饮界,有个不成文的规矩:凡开张饭店的,你不请市里的头儿脑儿可以,不请场面上露脸的那些款爷富婆可以,但假如你不请戚梦箫光临,不请他说几句好听的,那我敢打赌,你这饭店的生意必好不到哪儿去。

为何?

难道说这戚梦箫比市长还市长,比书记还书记?

嗨,你还真的说对了一半,戚梦箫在餐饮界的知名度牛着呢,外号"美食家"。据说其祖父是清朝皇宫里的御厨,其父亲曾是上海国际饭店特聘掌厨。他本人呢,虽不是啥名厨,却整理出版过一本《娄城历代名菜谱》,还被《美食家》杂志特聘为刊物顾问。连省电视台摄像人员也专程到娄城为他拍摄了《娄城美食家》的专题片。

由于他有如此知名度,娄城的那些老饕们自然十分注意他的动向,如果他不肯捧场的饭店,他们自然也就极少光临。如果戚梦箫在哪个饭桌上哪个场合说了某某厨师,或某某菜味道不错,那必有不少人会慕名去尝一尝。影响最大的一招是戚梦箫闲来无事时还会写篇把千字文、或介绍一只传统名菜、或介绍一道特色名点,文中间或还会批评、表扬一两家饭店或起色了或滑坡了,这就使得戚梦箫的一言一行在一定程度上影响着娄城的餐饮界。因此,宾馆、饭店、酒家的老板谁不巴结他,只要他一到,"戚老、戚老"、"老法师"、"美食家"之称呼就不绝于耳,必上最好的菜,最靓的汤,让他品评,请他指点,唯恐怠慢了他,得罪了他。

却偏偏有不识相、不拎行情的。这不,刚开张的大学士街的"王记药膳菜馆",竟没有请戚梦箫。

据知内情人透露,开张前有人提议不请谁都可以,戚梦箫是非请不可的,谁知菜馆的总经理王一脉竟然大言不惭说:"酒香不怕巷子深。"似乎对戚梦箫不屑一顾。

"王记药膳菜馆"的反常举动引起了媒体的好奇,他们很想知道菜馆吸引顾客的绝招何在,就去采访王一脉。

王一脉告知记者:四百多年前李时珍来娄城拜访其先祖王世贞时,请王世贞为《本草纲目》写序,这本《本草纲目》在王世贞处一放就放了十年,直到1590年王世贞临死前才看完了全书,写出了序言。其实有一个细节外人不知,王世贞请人抄录了其中的药膳部分,共有400多个食疗医方呢,这个食疗医方成了他们王家的传家宝。现在传到了他手里,他正是根据这些食疗医方才开这爿药膳馆的——哇,来头还不小呢,老记者们一个个顿时来了兴趣,要请王总经理详谈一下有关药膳知识。

谁知这一问,问到了王一脉的脉上,他侃侃而谈起来,什么"虚者补之""实者泻之""寒者热之""热者寒之";什么"肺宜辛,心宜甘,脾宜苦,肝宜酸,肾宜咸";什么"春不食肝,夏不食心,秋不食肺,冬不食肾"……一套一套的,听得见多识广的老记者们也一愣一愣的。王一脉趁热打铁,邀请老记者们吃一顿便饭,尝一尝他的手艺,免得被人说"天桥的把式——光说不练"。

老记者们已被他说得口水都要滴出来了,都说:你不请我们吃,我们也不走了。

王一脉叫手下端来了玉米须炖龟、姜汁拌海螺、泥鳅钻豆腐、百合鲤鱼、天冬炖鸡、陈皮扒鸭掌、杜仲腰花、荸荠狮子头、枸杞汁熏麻雀,素菜类有琥珀莲子、冬菇萝卜球、口蘑椒油小白菜、酿煎青椒、韭菜炒胡桃、葵花豆腐,还有竹荪芙蓉汤与茯苓烙饼小点心,最后上了芡实粉与山药粥各一盆。

吃得老记者们一个个都说:"味道好极了!"

王一脉呢在边上介绍如何选料、用料、配料,如何掌握刀法、器具、火候,如何做到形、色、香、味俱全,还一口气说了要"不偏不倚,不过不离,不韧不糜,不老不嫩,不坚不滑,不燥不寒,不涩不腻,不咸不淡,不艳不暗,不大不小",听得老记者们个个目瞪口呆,其中一个专跑饮食条线的老记由衷地说道:你王总才是真正的美食家,今天我们算是开了眼界,享了口福,饱了耳福。

第二天,市报上一篇《访药膳大师王一脉》的专访登了将近半版,还配发了照片。

电视台则在《生活》栏播放了《别具一格的药膳菜》;电台则播了《真正的美食家王一脉访谈录》;网站还把"陈皮野兔肉""田七鸡杂炖鲫鱼""东坡童子甲鱼""绿豆汤西瓜盅""蟹黄鱼翅""当归枸杞鸡""壮阳乌龟汤"等多盆菜的照片也上了网。

这股宣传势头使得"王记药膳菜馆"一时名声大噪,食客盈门。

戚梦箫原本以为王记药膳菜馆早晚会请他的,但现在看来这种可能性很小很小,他有点坐不住了。他是个吃遍娄城皆上宾的美食家,现在如此美食品尝不到,他浑身难受。从另一方面讲,他也实在想去实地看一看、品一品,到底是名大于实呢,还是实大于名,可他又实在不好意思自己跑上门去吃。总算有人看出了道道,请了戚梦箫去品尝药膳菜。

戚梦箫去之前,特地翻了唐代孟洗的《食疗本草》、南唐陈士良的《食性本草》、明代汪颖的《食物本草》等,以防到时出洋相。

无论怎么说,戚梦箫乃老吃客了,嘴早吃得极刁极刁,但当他品尝了百花鱼肚、香酥飞龙、柳蒸羊羔、蝴蝶海参、卤猴头菌、燕窝人参羹等药膳菜后,一语不发。席散后,他突然大喊道:"你们把老板叫出来!"

请客者蓦然一惊,怕戚梦箫说出些不得体的话来,忙说:"戚老,你今天喝多了,走吧,走吧。"

哪能想到戚梦箫坚持不肯走,非要见王一脉不可。

王一脉见是戚梦箫,忙说:"失敬失敬!"

戚梦箫也不客套,直截了当说:"虚头话不说了,拿笔墨来!"

笔墨拿上来后,戚梦箫略一凝神,提笔写下了"良厨有如良医,诚药膳大师也"。落上款后,他笔一扔,头也不回地走了。

误　墨

娄城三老翰墨展上,少长咸集,群贤毕至。

开幕式上,应众人之求,三老联袂挥毫献艺。赵老不假思索泼墨画出水上水下几许荷叶,中有荷花含苞待放,煞是喜人;钱老成竹在胸,只寥寥几笔,三两游鱼跃然纸上,一条条栩栩如生;孙老略一凝神,一株岸边杨柳迎风摇曳,婀娜多姿。

孙老画罢,回头对赵老、钱老的高足说:"来,添一笔,助助兴。"

不知是不敢在班门前弄斧,还是中国文人固有的君子之风,几位门生都互相谦让着,谁也不肯轻易落墨。这时,一位名不见经传的后生毛遂自荐说:"我来献丑!"不待应允,他从从容容拿起斗笔,饱蘸浓墨,跃跃欲试。

三老都不认识这位不速之客,但对他的勇敢精神倒颇嘉许。市美协头头想阻止,三老见之,摇摇手,何必扫年轻人兴呢,且拭目以待吧。

或许众目睽睽之下,或许画面上已有荷有鱼有树,不好落笔,这位年轻人手执斗笔迟迟落笔不下。场上的气氛一时如凝住一般。突然,那饱蘸的浓墨滴了一滴下来,无情地落在画面上。"呀!"年轻人一声惊呼脱口而出。这轻轻地一声如冷水滴入沸油锅。

坏了坏了! 一幅好好的画眼看就此毁了。且场面上,大煞风景! 好几个人用愠怒的眼神瞅着这位不知天高地厚的年轻后生。

不期年轻人反倒镇定了,他审视误墨片刻,不慌不忙地在误墨上略作加工,好啊,那误墨竟化作一只半空振翅的翠鸟,简直补得天衣无缝,堪称大手笔。

画罢,年轻人轻轻地说:"惭愧,惭愧! 贻笑大方。"

赞叹声啧啧四起。三老也对年轻人刮目相看,谓之"后生可畏!"

翌日,市报上赫然登出这位年轻人的照片,有篇报道对他大加赞扬,似乎他是翰墨展主角。

市美协头头很欣喜也很自责,欣喜的是发现了这样一位新秀,自责的是对这位新秀一无所知。他决定去登门拜访这位新秀。不巧,唯有一位耄耋老人在家,老人不言不语,进屋捧出一大叠满纸涂鸦的毛边纸、宣纸来。市美协头头翻着翻着,怀疑是否自己的眼睛出了毛病——他简直不能相信,所有的这一叠纸,几乎都画着翠鸟——从误墨中化出的翠鸟。

剃 头 阿 六

常言道:"荒年饿不死手艺人。"这不,剃头阿六依然挑着剃头担走街串乡。是年民国三十一年。

那天,田爷突然想起明儿是自己六十大寿的日子,虽说年景不好,兵荒马乱的,但人生满一花甲毕竟是大事。祝寿是谈不上了,拾掇拾掇头发,光光表表,也算自己对得起自己。于是,田爷决定剃头修面。

正在这时,剃头阿六走进了这篇故事。

田爷对这位剃头匠的手艺打着问号。他试探性地问:"师傅会哪几种发式?"

剃头阿六一指剃头担,但见一方泛黄的白布上书有"童叟无欺,保君满意。"并自言自语云:"虽云毫末技术,却是顶上功夫。"

嗬,口气倒不少。田爷插上了一句:"倘若不满意呢?"

"砸我担!"剃头阿六干脆得一刮两响。

这年月,剃头的能混个肚子圆就上上大吉了。一个乡下剃头佬,如此大言不惭,莫非真有本事,能使人耳目一新?

剃头阿六很快进入角色,真正是一丝不苟。正理着,突然"喤、喤、喤"——的大锣声急骤响起。不好,小日本鬼子的飞机来了。不一会,哭爷的喊娘的,鸡飞狗跳,猪嚎驴叫,逃的逃躲的躲,整个村庄乱了套。

田爷急煞,顾不得半截子阴阳头,起身欲走。剃头阿六不由分说,一把按住,说:"慌啥,还没完。这模样,算出你自己丑还算我丑?"

天哪!炸弹跟屁股就来了,性命保不保都天知道,还剃甚么头,真是的。田爷死活不肯再剃,再三表示剃头钱决不少一个子。

剃头阿六仿佛受了极大侮辱似的,拿起一把磨得锃光锃亮的剃须刀在田爷面前晃了晃说:"莫动,莫嚷。割了喉咙莫怨我手艺不精!"

由于那把明晃晃的剃须刀,令田爷不敢再动弹,只是浑身上下筛糠般抖个不停。"轰!轰……"日本人的炸弹在村头炸响了。

田爷吓出一身冷汗,头皮也湿得有水淌下。剃头阿六顾自剃头,一点不在乎可能出现的危险,仿佛压根儿没听见炸弹的爆炸声,没看见村庄里乱糟糟一片逃难景象。

终于,剃头阿六收起了剃须刀,取出一面破旧的镜子?给田爷照看,嘴里说:"满意不满意在你,手艺绝不马虎在我。"

田爷哪有心思照看镜子,急欲付钱开溜。就在这当儿,飞机的呼啸声近了,炸弹从天而降。弹片击中剃头佬后背,血染红了他整个背脊。田爷抱着血人般的剃头佬不知所措。

剃头阿六死死盯着田爷,断断续续地说:"如、如不满、满意,可以不、不给钱。"

田爷连连说道:"满意,真的很满意……"

可惜剃头佬永远听不见了。

再 年 轻 一 次

对妻子的死,陶也明并不感到突然,他已欲哭无泪。

妻患的是癌,查出已是晚期了。

他木然而坐,不言不语。昔日的那种遇事不慌不乱,指挥若定的气度不知跑到那儿去了,憔悴得仿佛变了一个人。

幸好矿办公室副主任黄杏红出面张罗他妻子的后事,大小事情安排得滴水不漏,真难为了她。

这女人工作能力真强。陶也明暗自想道。他没说谢,但他心里深深地感激黄杏红,尽管黄杏红揽手这事是代表组织出面的。

妻子死后,陶也明的生活平静了,平静得寡淡寡淡。妻子住院时,他要上医院探望,要托人弄药,要设法弄些适合病人吃的食品,要接待以探望他妻子名义而上门上病房的各种各样的人……现在,至少这摊子事没了。有时平静并不是好事,近来,他感到有一种不太妙的预感,到底是什么,他还未捕捉住。

只是过了好几个月后,才通过曲里拐弯的渠道,传到了他的耳朵里。传闻是可怕的——说他忘了年岁,竟然动起了黄杏红的脑筋。当然,也有说是黄杏红在诱惑他。

黄杏红是老处女,三十好几了。有人说:"姓黄的为什么迟迟不结婚,原来谜底在这儿。说不定两人早有私情了……"不知是谁最先传的,反正越传越离谱。

陶也明跌坐在沙发上,他万万没想到会有这种流言。检点平日言行,与黄杏红除了工作上的接触外,并无什么出格的呀。尽管自己对她的印象一直不错。再说,自己五十五了,整整相差了十几岁,怎么可能呢。

真真委屈了黄杏红,她毕竟是个女同志。不知她是否知道那些沸沸扬扬的传说?

陶也明心里很不是个味,心里觉得一百个愧对黄杏红。

辟谣?——不,这太蠢了。人们会说这是要"此地无银三百两"的把戏。

把黄杏红调离办公室,隔断接触?——更不行!他为自己突然有这种想法而惭愧而内疚,黄杏红工作干得好好的,你有什么理由调离她?

黄杏红来找陶也明了。她默默地站在矿长办公桌前,眼神里似乎有一种哀怨。

陶也明知道她必有要事找他。他想问,又不敢问。只无声无言地看着黄杏红。眼前的这位办公室副主任,已过了女人的黄金年龄,不过那种丰满那种成熟那种气质那种风度,又似乎比少女更具魅力。

黄杏红终于掏出了一份东西,郑重地放在了陶也明面前,是一份请调报告。

请调的理由简单又简单——"我呆不下去了!"

为什么呆不下去,她没说——这还用说吗?

"我知道你很委屈。我很想帮助你……如果你一定要走……不过,也许你的决定是对的。人言确实可畏啊?"陶也明长长地叹了口气。

突然,黄杏红哭了起来,仿佛一肚子的委屈要倾倒出来。陶也明有点不知所措了。他笨手笨脚地掏了块手帕走过去想劝她不要哭。正这时,有人推门进来。当他回转身,推门者已无影无踪了,也不知是谁。

陶也明为此有了块心病。

果然,又一阵风刮遍科室,这回言之凿凿,说是陶也明在办公室调戏黄杏红,黄杏红哭得眼都肿了。

矿纪委书记悄悄地找黄杏红了解情况。

黄杏红吃惊、愤怒。郁积在心头的那股气猛地冲泻而出:"陶矿长死了爱人就不能再恋爱再结婚吗?难道我连谈恋爱嫁人的自由也没有了?就算我们两个谈上了,要结婚了,又有什么不可以的呢……"

"噢,好事好事!我们等着吃糖呢。你消消火。你这一说,事情不就清楚了。"纪委书记马上转了口。

有几个先得到风声的科室闻风而动,凑起了份子,准备在矿长大喜日子送礼呢。

陶也明烦躁得直想摔东西。这是怎么回事呀?

他知道自己不是那种柳下惠坐怀不乱的角色。自从黄杏红这形象被舆论与自己牵扯到一块后,这形象终于闯进了他的心底他的生活。

黄杏红叩开了陶也明家的门。陶也明很吃惊她的来到,把她请进屋却不敢开门。

两人相对而坐,相对而视。终于,黄杏红红着脸说:"我反复想了好久了,我们结婚吧。"

陶也明感到有一股青春的血在脉管里奔涌,但他冷静得很快,"我老了,你还年轻——"

"再年轻一次嘛!"

再年轻一次!多大的诱惑啊!

陶也明决定了:再年轻一次!

刹那间,他觉得自己有了使不完的力量,青春仿佛重新回到了他身上。

酒 醒 之 后

凌君洋

酒醒了。

张老板怎么也没料到,自己竟然吃了一回牢饭。醉驾,吊销驾照,拘留一个月。

他的心里交织着苦涩和委屈,本本分分做了大半辈子生意,把原先一家小小的作坊捣鼓成如今有着三四百人规模的工厂,着实吃了不少苦。想到自己这些年来从不走歪门邪道,奉公守法,按时纳税,还让厂里接纳了一些轻度残疾的人做些轻活儿,对这个社会不说是劳苦功高,但至少也算有所贡献吧。怎么就这样稀里糊涂的进来了?

张老板耷拉着苦瓜脸听狱警说了一遍看守所的纪律和作息,酒驾拘留可以不用剃头,听到这个,他原本揪着的心稍稍松了下来。自己的发际线随着年龄的增长越来越高,剃了光头怕是这辈子都长不回来了。

狱警将张老板带到二舍六间后说了几句例行公事的话后便离开了。常年在生意场上摸爬滚打的张老板多少有点看人的眼力,他瞅了瞅屋里的狱友们,连自己在内刚好是五个人,并没有什么面相穷凶极恶的人,而且都没剃头,也就是说应该都是和自己差不多的刑期,大概关个十天半月就能重获自由。

一位四十多岁的中年人和和气气的问张老板:"您贵姓?犯什么事儿进来的?"

"免贵姓张,醉驾进来的,您说说,我遇到的这叫什么倒霉事儿,我呀,压根就没撞到人!这也要进来蹲着,我真是冤哪!"张老板一见有人跟他搭话,忙不迭诉起苦来。

想不到他这一诉苦,整个监房就跟炸了锅似的,一片哀叹声惋惜声,倒弄得张老板莫名万分,中年人苦笑着解释道:"连你在内咱一共五个人,倒是有四个都是醉驾进来的,进来的时候大家都跟你似的,都喊冤,还真是邪了门了,你倒说说你没撞人咋会进来?难道跟那小李一样,也是恰好遇到拦路检查的警察了?"

于是张老板便讲了一下他自己的事儿。

原来,周末那天,张老板开车去酒店招待生意场上的朋友,因为是周末,他便没让司机接送,原本想的挺好,酒宴结束后散步回家正好可以醒醒酒,谁想到酒过三巡,一个电话打来，说是工厂里发生工人斗殴，有人受伤流血了。吓得张老板立刻开车回去处理了，路不远，路上倒是没事儿，但醉眼迷离的张老板愣是开错了地儿，把车开到了隔壁的另一家工厂门前，下班时间，保安不放他进去，他就急了，你这保安怎么不给我老板开门？耽误我办事儿出了人命怎么办？当下骂了几句，那保安当即报警，张老板就这么稀里糊涂被拘留了一个月。

听完张老板的事儿，一屋子的人都乐了，中年人接过话茬："您呀，那不算什么，您是老板，等出去了一样该干嘛干嘛，伤不了筋骨，驾照吊销了也还有司机伺候着。"

张老板一听这话就不开心了："我冤哪，在这儿关一个月，耽误我多少生意？那俩打架斗殴的兔崽子才关一礼拜，为他们操心的我反而要关一个月，当然我是犯了错，但这也太……"

中年人安慰了一下张老板："法律嘛，就是这样铁面无私，犯了事儿，人人平等，您说您冤哪，其实我比您还冤，这摊上了就得认，自己闯的祸，又能怨谁？"

中年人介绍说，自己姓赵，是个基层的副科长，眼瞅着今年可以升个正科，现在出了这事儿，工作都保不住。出事儿前那天晚上，赵科陪领导接待客人，喝了个酩酊大醉，第二天一大早他老婆要他开车去机场接她父母来家里小住，赵科只能打着哈欠上了路，一晃神不小心和别的车发生了剐蹭，两方说不拢便报了警，警察来之后闻到了赵科嘴里若有若无的酒味，便给他测了个酒精，想不到这隔了一夜，酒精也没散掉，这一测，算是彻底葬送了赵科下半辈子的仕途。拘留半个月倒是小事，但开除公职的处分足以让赵科失去自己的未来。

"我这上有老下有小的，没了工作，以后的日子简直没法想……"赵科说着说着，眼泪就掉下来了。

张老板听完赵科的这番遭遇，心中的不平和愤懑消散了不少，他忽然想起自己厂里那个看仓库的瘸腿老王，就是遇到别人酒驾才被撞坏的，他看着可怜才招了他，老王以前是电工，若腿脚好好的，应该能为厂子做不少事呢。

想到这里，张老板不由得长叹一声："严是严了点，说冤咱们好像也有那么点冤，但就和您说的一样，法律是铁面无私的，醉驾确实害人，我厂里就有一个活范例，咱们这些大老爷们，自己做的自己扛，出去后，喝酒不开车，开车不喝酒，生活上有啥难处，上××厂找我，力所能及的，咱一起把这个难关给过了。"

赵科擦了擦眼泪，点点头，他心里盘算好了，出去后，他想开一家广告公司，这严禁酒驾的公益广告，那是一定要好好做的。

萍水相逢的朋友

离开江南水乡娄城,不远万里来到地球另一端的美国求学,对阿严来说,仿佛已经是很久以前的一件事了,久到他根本记不起来自己是哪一天来到这里的,以至于拖到现在还没能完成学业潇洒离开。是第五年?还是第六年?好吧,这对现在的阿严而言,也许无关紧要。

如果人生可以重来,阿严就算把自己打死也不会让几年前的他选择密歇根。他曾有一个去纽约深造的机会,然而却在不愿成为城市囚徒的口号声中以及密歇根州立大学常青藤排名更高的小算盘中与那片繁华失之交臂。

依稀记得那一年来到这里,新的学校,新的文化,新的同学,新的环境,新的食物。让在娄城土生土长的阿严很是感到新奇。

然而,新的和好的,大多数时候并不能画等号,当新鲜变成日常,剩下的就只有琐琐碎碎和鸡毛蒜皮。密歇根州在阿严的眼里,仿佛是一个浑然天成的大农村,臭名昭著的破产之城底特律与学校近在咫尺,来历不明的黑人团伙昼伏夜出,在街边一不小心还会碰到稀奇古怪的宗教劝诱,总之都是一些需要小心应对的事务。

当学业有了闲暇,阿严的心就有了空隙,寂寞就在那小小的空隙里生根发芽,直到将心整个包住。密歇根州华人很少,阿严的身边更少,偶尔有一两个华人同学,又不在一起上课,休息的时间也各自微妙的错开,一来二去,关系也就淡了,阿严称之为萍水相逢的朋友,他本就不是一个外向的人,这种点到即止的关系虽然称不上理想,但对他而言不会构成负担这一点也挺好。他倒也想过交际一些外国朋友,虽然他的英语很流利,但硬撑着参加了几次同学之间的派对后,他发现自己根本无法融入进去,因为阿严不能喝酒,一喝就醉,还起疹子。

于是阿严开始不断寻找打发课余时间的方法,比如这一天,他选择了去学校的健身房挥汗如雨。也许,能遇到萍水相逢的朋友也说不定,阿严这样想着。可惜没有如愿,不仅如此,他为了不错过和莫须有的熟人的邂逅,锻炼的时候东张西望,因此很倒霉的扭伤了脚踝,不得不一瘸一拐的回自己的公寓。

屋漏偏逢连夜雨,回去的路上,大雨如注,没有带伞的阿严猝不及防被淋成了落汤鸡,当然,他没有这种天气还能帮他送伞的朋友。想到这里,阿严变得非常沮丧,也许还落下了一两滴眼泪,不过和雨水混在了一起,大概没人看的见吧。

雨越来越大，阿严路过一片每天上课时都会经过的草地，正中央有棵树，他便倚靠在树前躲雨。

阿严稍稍绞干衣服上的雨水，此情此景，让他想起了那棵曾为秦始皇遮风挡雨的"五大夫松"。就算跨越了两千多年的时间，两万多公里的距离，千古一帝与平凡学生的身份差异，但心中的这份感激之情，想来也许和当年的始皇帝别无二致。于是，仿佛是在自言自语，又仿佛是和一位老友久别重逢，他毫无由来的与那棵树攀谈了起来。声音很轻，内容又断断续续，毫无逻辑，究竟是感激的话语，还是愤懑的倾诉，待雨过天晴后回家睡了一觉后，连他自己也不记得了。

第二天，阿严上课途中再次路过那片草地，有意无意瞥了那棵树一眼，像是个萍水相逢的朋友。上课时间还早，阿严这样想着，又一次来到了树下，然而，他惊讶的发现，也许是因为雨水的滋润，就在他昨天躲雨的地方，长了一只圆鼓鼓肉乎乎的大蘑菇。阿严高兴极了，仿佛是一位朋友为他引荐了一位新朋友般，他拿出手机，忙前忙后拍了几十张照片，眼看上课要迟到了才匆匆离开。

随后的几天一直没下雨，大树虽然郁郁青青，但蘑菇因为天气太热的缘故，一天比一天干巴，慢慢蔫了，终于有一天，阿严在那棵树下寻觅良久，一无所获。

"诞生的刹那，无人知晓。逝去的瞬间，无人见证。萍水相逢，也许便是如此罢了。"阿严拍了拍那棵他叫不上名字的树，转身离开，好像一切都不曾发生。

君 子 如 玉

"君子如玉"这四个字，时常挂在张科长的嘴边。

一说到玉，一看到玉，平日里那个略显严肃死板的张科长就会莫名的兴奋起来。那天，张科长到新任局长办公室汇报工作，敲门的时候还有点忐忑不安，一进门一眼看见的竟然是局长办公桌上的一块玉石摆件，顿时眼睛发光，直愣愣地目不转睛，仿佛忘记了局长的存在。还没缓过神来，倒是局长先开了口："张科长，坐，听说你对于玉有点研究，来看看这块玉怎么样。"

定了定神，张科长仔细掂量了一下眼前的美玉，说道：

"局长，这块玉的皮色，肉质及温润度都非同一般，说不定是玉中之玉——和田玉，君子如玉，这和田玉啊，乃是'君子中的君子'！"

局长听罢，非常高兴，他知道张科长在当地的玉石收藏界是小有名气的，两人就这样成了藏玉玩玉的友人。

喜欢归喜欢，但盛世藏玉，物稀为贵，靠工资吃饭的张科长并没有为了心爱之物一掷千金的财力。唯一的选择就是亲自去玉石的产地大浪淘沙，有眼力的人再加上一些运气也能点石成金。

张科长对自己的眼力还是蛮有自信的，但手中着实没有什么好货，往往只是与三五同好纸上谈谈兵。必须投入实战，终于有一天他痛下决心，去银行取了钱，利用国庆长假直奔心目中的圣地——和田。

一路舟车劳顿，总算抵达了目的地，张科长顾不上休息，就奔赴属于他的"战场"。

好家伙，一个个露天摊连接起来，鳞次栉比。无数玉矿、玉石、玉器、玉佩，让张科长眼花缭乱，目不暇接。

先前做好的各种准备，此时完全不管用了，张科长沉浸在玉的世界中，流连于各个小摊前，或驻足片刻，或细细鉴赏，偶尔也会为了中意的美玉问问价，但往往一听摊主的报价，除了咂舌之外，张科长连侃价的勇气都没有了。

这群玉石小贩，正是"三年不开张，开张吃三年"的真实写照，一个个漫天要价，刀刀见血，使得张科长丝毫没有与这些总想着榨干旅客口袋里最后一分钱的小贩交易的意愿，他此行并没有指望能捡到什么大便宜，他只是想尽可能用自己可以承受的价格买到满意的玉，即使不是原产于和田的玉也没关系，仅此而已。

张科长在大开眼界之后，收获的是一肚子的失望，正想回旅馆休息时，他忽然被一个角落的小摊吸引住了，在这个喧闹的玉石市场，这个角落显得太安静了。

那个小摊的摊主不像其他小贩那样张罗吆喝，见有客人来也不主动推销自己的玉石，而是静静的坐着，任由张科长慢慢鉴赏挑选。

别说，张科长还真觉得这样的摊贩比较靠谱，选来选去，真的选中了两块玉石，只见这两块玉纹理细腻，温润坚结，手感厚重，握在手里，有一种说不出的特别感，便问了问价。

这个摊主倒是出人意料的老实："这两块不是和田玉，是我从其他地方低价收来的，您要是喜欢，那就是有缘人，价钱嘛，看着给就是了。"

就冲这份坦率，张科长爽快的付了钱，高兴的回了宾馆，他小心翼翼的用特意带来的旧报纸包好了玉石，想着回去后找人用这两块玉来刻印章，一方阳文，一方阴文，实在是不错。

张科长在新疆玩了几天之后，结束了这次的旅行，他哪知道刚回单位，就被局长请去了。

寒暄几句，问了问科里的工作，局长转了话题："听说你雅兴不小，国庆长假去了趟新疆,一定满载而归吧,能不能让我也饱饱眼福,看看你淘回来的宝贝呢?"

张科长哪儿敢怠慢,他小心翼翼地从口袋里掏出随身带着的两块不大的玉,双手捧给局长,见局长眼里闪烁着笑呵呵的目光,说道:"不知道我的眼力怎么样,这是从当地市场上淘来的,就请局长您亲自操刀刻两方印章吧。"

局长连忙说:"君子不夺人所好,我只是欣赏欣赏。"张科长紧接着说:"君子成人之美,局长您让我做一回君子吧。"推让了几下后,局长顺水推舟的收下了这份礼物。

张科长多少有点心疼,但又很快释然,甚至有点欣喜,因为这两块玉石没花几个钱,能讨得局长的欢心,也算是物有所值。

那两块玉石就这样变成了两方印章,成了局长的心爱之物。

没过多久,张科长调任另外一个局,换了处长的头衔。

之后又过了大半年时间,张科长,不,张处长听说老单位的局长住院了,得的是癌症,他打电话约了一个以前熟悉的同事,想去探望一下。

哪知道那个同事压低了声音,悄悄说道:"局长的身体一向很好,因为癌生得蹊跷,所以局长家人特地找了许多专家会诊找病因,找来找去,正怀疑病因是不是玉石惹的祸!"

"啊?"张处长大吃一惊。

"听说局长办公桌上的那块玉石,根本不是什么和田玉,而是有放射性的大理石!……还有,局长的玉石印章放射性也严重超标……"

张处长握着听筒的手颤抖不已,嘴里只是啊……啊……说不出话来。

新　　旧

老李忙忙碌碌大半辈子,退休有好几个年头了,人也稍稍有些见老,住在上世纪单位分配的旧小区里。他不抽烟不喝酒不打牌,除了看戏听戏,似乎没有啥称得上是爱好的东西。

每天在家吃过午饭,老李就会在自己那个有些陈旧的保温杯里泡上浓茶,揣着收音机,之后要么独自一人在院子里享受戏曲频道的咿咿呀呀,要么在弄堂里与三五同好一起唱上一段,天公不作美的时候则心照不宣会师小公园凉亭,风声雨声戏声,别有一番滋味。

老李原以为这样的日子会持续下去,然而弄堂里的戏曲铁杆却是一天比一天少。

有的年纪大了出门不便,有的在子女的安排下搬去了更敞亮的新小区,有的进了养老院……小团体犹如一个漏水的木桶,只有出没有进,参与者随之越发零落。

他原本是最喜欢京剧的,专唱老生,尤爱三国演义的唱段,无论是《甘露寺》还是《借东风》、《定军山》抑或《失空斩》,他都能唱得抑扬顿挫余音绕梁。本地票友大多喜欢地方戏种,但还是有个"老京腔"和老李志趣相投。忽然有一天,老李在惯例聚会时得到消息,那个"老京腔"突发脑梗进了医院,性命虽然无碍,怕是这辈子也没法开口唱戏了。

当老李从震惊中回过神来的时候,他才意识到自己在这个小团体里已经是"京剧派"硕果仅存的独苗了。

"人太少了,这不行,得补充些新鲜血液。"老李这样想道。

然而,这一切谈何容易。旧小区犹如一口波澜不惊的古井,条件好一些的都搬出去了,空下来的房子租给了那些在附近打工的小年轻。他们往往三四人合租一户,把旧小区当成宿舍,早出晚归,行色匆匆,偶尔的休息日里也大多足不出户,和老李这些退休的原住民仿佛居住在两个世界里。无论老李他们唱得多热闹,这帮年轻人都懒得多瞧一眼,脾气差的往往还会嫌老李他们太吵,丢来不太友善的眼神。

老李偶尔不出门的时候,会盯着院子里自己栽种的丝瓜藤想啊想,他想不通啊,为什么这帮年轻人都不喜欢听戏唱戏?工作日忙那是没有法子,休息日呢?

自家楼上便是一伙合租的小年轻,老李记得平日里偶尔楼道口碰着了大家都挺客气的,他也想过是否该走动走动,又怕抹不开面子,师出无名。自己又不是刘玄德,小年轻们也不是诸葛亮,就算唱着"三顾茅庐"的名段,那也是俏媚眼做给瞎子看。

瞻前顾后,老李渐渐死了心,弄堂口也不去了,凉亭也不去了,院子里的收音机成了他最后的慰藉,院子里的丝瓜藤成了他新的期盼。斑驳陈旧的收音机,沙沙的电流声逐渐盖过了戏声;充满生机的丝瓜藤,蜿蜒的藤蔓慢慢爬上了二楼。

丝瓜藤在二楼阳台结出了果实,为小年轻们送去了一份绿色的惊喜,也不知是有心栽花还是无心插柳,他们热情邀请老李和他们一同品尝那新鲜的丝瓜,以此为契机,老李和小年轻们变得稍稍熟稔了。

知道老李喜欢唱京剧后,小年轻们展现出了让老李出乎意料的善意——然而,和老李所期望的,似乎在方向性上有了一些偏差。

他们当中动手能力最强的小伙子帮老李修好了收音机,不仅如此,他们还用多余出来的路由器和电视盒子把老李家常年不用的电视机改造成了随时可以收看戏曲频道的数字电视,连在二楼自家的网络上,不厌其烦的教老李如何使用。

老李只能苦笑着感谢小年轻们。

他不会忘记，当他在小年轻们面前唱起《定军山》的时候，那些年轻的脸上洋溢着的困惑感。

"李大爷，您唱得真不错，可惜我们听不太懂。"

那个帮老李修好收音机的小年轻说完便坐回了沙发，打开了手机，测试了一下刚布设完的老李家的网络情况。

手机上面正播放着《新三国》，恰好是定军山的那一集。

赠　　言

听到项怀鸿"出事"了，何琪正的心情可谓五味杂陈。

项怀鸿"进去"之前是溪城市科技局的副局长，不过三年之前的他还只是溪城高中的教务处副主任，为官不过千日而已。

何琪正与项怀鸿原是苏城师范大学中文系的同学兼室友，何琪正出身江南小镇教师世家，项怀鸿是从大山里闯出来的山娃子。两人同窗四年，结为莫逆之交，彼此诗文酬唱，相见恨晚，惺惺相惜，形影相随。八十年代末期大学毕业生还是分配工作的，毕业后两人各自回到家乡任教。临别之际，虽依依不舍，但也只能互留一句赠言作为纪念。

何琪正给项怀鸿的赠言是："淡泊明志，宁静致远。"

项怀鸿给何琪正的赠言是："苟富贵，毋相忘。"

大学时期的两人经常写写弄弄，偶有豆腐块见方的文章发表，毕业后虽然彼此天各一方，但两人之间常年保持着通信，谁有新作发表，总是第一时间寄去，信中每每出现几句或引经据典，或直抒胸臆的共勉之类的赠言。何琪正清楚地记得当年项怀鸿的字里行间流露出的书生意气，挥斥方遒，何等的豪迈——

"大丈夫当雄飞，安能雌伏？"

"水激石则鸣，人激志则宏。"

"不登高山，不知天之大；不临深谷，不知地之厚也……"

何琪正所在的溪城高级中学是百年老校、省重点高中，为了充实师资面向全国招聘优秀教师，项怀鸿在老同学的力荐下，以一节行云流水般的语文课征服了评委，于是与何琪正由同学变成了同事、同居一楼的邻居。两人不约而同又互送赠言。

何琪正挥毫泼墨，端端正正写下的赠言仍然是"淡泊明志，宁静致远"。

项怀鸿则龙飞凤舞,写下了"不鸣则已,一鸣惊人"八个大字。

辛勤耕耘,春华秋实。他们一起送走了一批又一批学子,也收获了一个又一个荣誉,并走上了学校中层领导的岗位。一切按部就班,命运却在两人即将步入不惑之年发生了改变。

市委组织部一纸红头文件发到学校:为进一步深化干部人事制度改革,吸引集聚优秀领导人才,市委研究决定采用竞争性选拔方式招聘副科级领导干部。何琪正与项怀鸿学历、年龄、职务全部符合基本条件,双双被动员报名,且双双进入面试环节。最终何琪正名落孙山,项怀鸿则脱颖而出。

项怀鸿春风得意,留下了:"塞翁失马焉知非福"的赠言以表安慰。

何琪正的祝贺赠言似乎语重心长,却又似乎不合时宜:"心量要大,自我要小;小胜凭智,大胜靠德"。

项怀鸿成了科技局副局长,不久搬了家,他倒也没有忘记老友,隔三差五会打个电话或发个短信,逢年过节还会邀请何琪正一家子聚聚,临走常常不忘送点礼品。项怀鸿,不,应该叫项局长,似乎还是那么热情,举手投足间、言谈口吻中又似乎有点说不出的味。何琪正的老婆有点埋怨地说:"你看,人家的派头!"何琪正的女儿带着羡慕的神情说:"项叔叔吃饭只要签个字,不用买单的。"何琪正不置可否,无言以答。

不知不觉中,何琪正老师与项怀鸿局长有了生分,彼此见面越来越少了,电话、短信也越来越少了。中秋节前夕,项怀鸿让司机给何琪正带来两盒月饼,另外发了一条短信:"月圆是诗,月缺是画,十五明月空中挂;问候是茶,祝福是酒,茶浓酒香添盈袖。中秋了,祝您中秋愉快,合家欢乐!"

何琪正一看就知道这是项怀鸿下载群发的现成句子,而他俩早先互致的祝福短信从来都是字斟句酌的原创,心中有了一丝不悦,于是干脆转发了一条自己也记不起的祝福短信。事后想想,总觉得惭愧,想认认真真地给项怀鸿重新发个祝福赠言,竟然卡了壳,不知从何说起。

中秋节刚过,项怀鸿被抓起来的消息就在坊间流传开了,有的说他私分单位"小金库",有的说他挪用了上百万买房子,有的说他与人合谋开皮包公司骗取国家科技经费,有的说他收受开发商的贿赂……

一时间传言纷纷,莫衷一是,但项怀鸿"进去了"则确凿无疑。有同事对何琪正开玩笑地说:"你有福啊!要是你跟老项换一换,当了局长,进去的可能就是你了。"

何琪正木然听着,良久,不由得长叹一声。

一个多月后,市司法局邀请本市作家去看守所采风,何琪正因此生平第一次有机会踏足监狱,他知道项怀鸿正羁押在那里。在狱警的带领下,何琪正和作家们经由牢房上面的走廊前往监控室。恰好是放风时间，犯人们绕着牢房外天井大小的水泥地喊着口号慢跑。何琪正低着头，犹如在动物园的猴山看猴子一般，注视着那些人犯。

　　所有人都是清一色的囚衣、光头，何琪正实在无法辨认出哪位是项怀鸿。此时此刻，何琪正百感交集，不知道以后有机会探监时该给昔日的同窗好友什么样的赠言。

鸽 鸣 声 声

陆健德

从古老的浏家港沿浏太路西行 10 多里,有个占地百多亩的养殖场—太仓县康福养殖公司,是太仓县陆渡乡的乡办企业,以饲养肉鸽而名闻遐迩。

全场 2000 多对种鸽,鸣声咕咕,嬉舞翩翩。披红戴绛、昂首挺胸的是美国落地王;丹嘴红腿、白羽素裹的是澳洲白;斑斓杂驳、步履蹒跚的是法国地鸽;那来自丹麦的餐鸽,体态丰满,一身银灰,素雅端庄;还有黑不溜秋的美国鹛鸽,肥肥胖胖的西德野鸭,秃头秃脑的尼古拉火鸡……简直是动物园里的禽鸟馆。

养鸽的经济效益是相当可观的。一对种鸽一年可产幼鸽 7 至 8 对,以种鸽出售,每对价值七八十元至上百元;以食用鸽论价,每对也卖得十五六元钱。这个场自 84 年秋开办两年来,已获得利润 215000 多元。养鸽开辟了一条致富新路。

骑"牛"上马

1984 年秋的一个黄昏,陆渡乡经联会办公室,一个青年正在全神贯注地看报。窗外秋虫唧唧,室内蚊子嗡嗡,两只尖嘴蚊在他腿上贪婪地猛刺,他全然没有察觉。突然,他用拳头猛击一下桌子:"好门路!好门路!"

他叫王建民,中等个子,满脸稚气,眼睛里透露出几分老成的神色。他高中文化,当过村农科队队长、乡农技员,不久前从县党校学习回来,被委任经联会副主任,负责抓多种经营。昨天,乡党委又指名他为乡开发小组成员,担负经济开发的任务。此刻,他正在翻阅一张新来的《中国乡镇企业报》,被一条豆腐干大小的信息吸引住了:香港市场肉鸽盛极一时,广州农民养鸽得益非浅。

说来也巧。第二天,他的办公室闯进了一位不速之客。来客四十多岁,穿一身半新旧的涤棉衫裤,满脸胡茬,头发蓬松,一副落拓不羁的样子。

"有啥事情?"王建明问。

"听说您正致力于经济开发,想来提一条建议。"

"欢迎!欢迎!"

打从坐上开发办公室这把交椅,上门来献计献策的这还是第一位。

"我姓崔,叫崔忠,上海人。"

"你有什么建议?"

姓崔的挪动一下座椅,向前靠了靠,从衣袋中取出一张报纸。

"你看这个。"

"养鸽子?!"王建明看着那块昨晚不知看了多少遍的报道,面对着这位献计者,又惊又喜:"你有养鸽子的本领?"

来人侃侃而谈,把养鸽子的效益,市场的行情,鸽子的品种,饲养要领一五一十作了介绍。王建明听得津津有味。两人从早上 8 点谈到中午 12 点,又从下午 1 点谈到晚上 12 点。最后,王建明说:"你有把握成功吗?"

崔忠说:"我有十分把握。"

养鸽子的建议很快被提到开发领导小组的会议桌。

"你知道姓崔的底细吗?"有人问。

王建明语塞了。

"你知道姓崔的现在在干什么?"

"你知道他的为人吗?"

王建明答不上来。

第一次讨论,王建明败下阵来。但他没有灰心,开始了调查研究。

第二次讨论变成了辩论。

"他是个大右派,吃过官司,你知道吗?"

"那是他的过去,现在早已平反了。"

"他夸夸其谈,专门说大话,吹牛皮,绰号就叫崔(吹)牛,你知道吗?"

"有时候吹牛也是一种本领。"

答辩近乎诡辩。

有人耐心地对他说:"陆渡乡穷,像像样样办几个工厂,赚一点钱,才是正路;养鸽子,有多大出息?"

王建明自信地说:"不,我们搞活经济,大工厂要办,小铜钿也要拾。现在农民就希望我们干部能帮助他们开辟致富门路。养鸽子是一条好门路,有利于千家万户发展,经济效益、社会效益都很好。"

裁判还得乡党委作。过了几天,党委正副书记一起找王建明谈话。

"小王,你真有决心养鸽子吗?"

"我是吃了秤砣铁了心!"

"那个姓崔的是条'黄牛'怎么办？"

"如果他是'黄牛'，我就骑在'牛'背上上马！"

"好！人就是要有这么一股精神，我支持你。"书记重重地拍了一下他的肩膀，"这个任务就交给你去办。"

王建明这条汉子，脸上露着笑，眼眶里却滚出一串晶莹的泪珠。

鸽 行 千 里

8月的广州城，天气闷热。在一所旅馆的小房间里，王建明此刻被一道难题难住了，心头好像压着一块铅。

打从乡里决定派他筹建养鸽场后，他连续几个晚上没有好好睡觉。一面筹措资金、"招兵买马"、整修房屋，一面派出崔忠等人到广州联系购买鸽种。300平方米的新鸽棚只用了一个星期就造好了。前天，他接到崔忠从广州拍来的电报，说已在广州搞到2000对鸽子，需要11万元资金。他当即到银行去商借，磨了两天两夜嘴皮子，总算把贷款弄到手了。他赶到广州，迎接这梦寐以求的两千对鸽子返回家去。可是，一到广州就碰到了难题：如何把这2000对鸽子运回去？既不能像赶鸭子那样把它们赶着跑，也不能让它们乘上汽车运回去，几千里路，10多天时间，稚嫩的鸽子怎么经得起长时间的颠簸？

崔忠回来了。

"火车托运行吗？"

崔忠摇摇头："火车站的同志说，广州到上海要四天四夜，那么多的活口，路上咋饲养？死了谁负责？"

下午，王建明跟崔忠一起到广州机场。机场的一位负责同志为难地说："上个星期，也是北方的一个养鸽场来托运一千对鸽子，我们为了支持农民发展副业生产，破例给他们运了，谁知由于缺氧，一千对鸽子全军覆灭，事情到现在还没有了结。前车之鉴，我们怎么能重蹈覆辙呢？"

回到住处，王建明以手托腮沉思着。过了片刻，他振一振精神说："老崔，天无绝人之路，办法总会有的。我们再到广东外贸运输公司去找一个熟人想想办法。"

下午，他来到广东外贸运输公司，那位熟人一见同乡，分外亲热，把他们介绍到空运科。空运科的同志拍着胸脯说："没问题，我们有专运飞机，包在我们身上。"

他当即分了工，崔忠等人留在广州负责把鸽子送上飞机，他先回去安排卡车到机场接运。

托运的日期到了，王建明在陆渡乡等着广州的消息，左等右等，杳无信息。一直等到中午，一封电报送来了。他拆开一看，上面写着：遇强台风，飞机不能飞行，改日运。

王建明的心又揪紧了。鸽子啊鸽子，真是多灾多难啊！

一直等了一个星期，广州那边才正式发运。王建明一大早就组织好三辆卡车，直奔机场。

这是9月4日上午，晴空万里。一架银白色的飞机箭一般飞抵上海机场，前后只用了一个半小时。王建明带着车队迎上前去，一箱一箱把鸽子从飞机上搬到卡车上，经过一一检点，两千对鸽子飞行数千里，无一伤亡。

三 请 鸽 师

乡里已正式批准鸽场取名为"太仓康福养殖公司"，任命王建明兼任公司经理。他忙里忙外，瘦掉了几斤肉，但心情却十分高兴。此刻，他正在等一个长途电话，那是邻县一个兄弟养鸽场来的，他想请他们养鸽师傅樊永成来帮帮忙，传授养鸽技术。

电话铃响，他立即拿起话筒。"对不起，樊师傅这几天身体不好，不能前来。"这答复犹如一块冰，他心凉了。鸽子运回来后，场里还没有专门技术员。在第一次见面的时候，樊师傅亲口答应了。谁知电话说他身体不好。他正想问一下病情，对方却把电话啪地挂断了。

硬邦邦的语音，反常的动作，倒使王建明疑惑起来：莫非对方领导不准他出来？他是个不到黄河心不死的人，非要去弄个水落石出不可。他把崔忠叫来，"你坐车去看个究竟，如果樊师傅真的病了，买几样点心看望他；如果小毛小病，你用车子把他接来，在这里边养病边指教。"

崔忠领命前去，扫兴而归。

"怎么样？"

"连个影子都没见到。"崔忠无可奈何地说："对方场里看管的十分严格，没有县一级的证明，任何人都不准进去。"

"你没说找樊师傅吗？"

"怎么没说！我对传达室的同志说，听说樊师傅身体不太好，我们是来看望他的。传达室那位同志大声嚷道：'樊师傅好端端的，谁说有病！'我说：'那让我们跟樊师傅见见面。'他说：'不行，这是头头关照的，任何人不准跟樊师傅见面。'不知作了什么孽，碰到这一鼻子灰！"

深夜，一辆小轿车上坐着王建明等三人，向另一养鸽场风驰电掣般驶去。时间已过了 11 点,鸽场传达室和旁边一间小屋里还亮着灯,并从里面传出乐曲声。显然,里面的人正在看电视。王建明和另一位同志走到传达室门口,轻轻地敲着门。

"谁?"

"是我们,金坛来的。"王建明回答。原来,王建明早已了解到樊师傅是金坛人,扯了个谎。

"有什么事?"

"找樊师傅。"

"你们是他什么人?"

"我是樊师傅的妹夫,他家中老娘病得厉害,特地赶来叫他回去一次。"

传达室这个人知道樊师傅是金坛人,他妹夫连夜赶来找他,看来家中有事不会是假。便到隔壁把樊师傅叫了出来。

樊师傅陪着王建明来到宿舍。王建明把打电话被弹回去、上门相请被拒之门外的事一一告诉樊师傅,樊师傅感到莫名其妙,也很恼火:"把我当成什么用了!怪不得他们最近把我看管得紧紧的,无事不许我到外头去跑。原来他们心胸这样狭窄。走,今天我就跟你们走。"老实人往往有股犟脾气。当晚,樊师傅跟着王建明他们来到了陆渡康福养殖公司。凭着他娴熟的养鸽经验,带出了一批年轻的养鸽能手,鸽场终于办起来了。

鸽 场 风 波

建鸽场难,养鸽子难,管理养鸽子的人也不容易。

一个雨夜,王建明处理完事务,正想上床休息,门外传来一阵抽泣声。他开门一看,原来是本场养鸽女工小李。

"怎么了? 小李,为什么哭呀?"

小李耸动着肩膀哭得更厉害了。

"有事儿慢慢说,是谁欺负你了?"

"我……我……哇……"小李突然放声恸哭了。转眼间,从手中丢出一团白乎乎的东西,人却跑了。

王建明一边招呼另一个女工赶去陪伴小李,一边捡起那白乎乎的东西,原来是一张揉成团的纸条。他在灯下打开纸条一看,上面写着:

王主任:

请帮助我调出养鸽场,换一个工作单位。否则,我将活不下去了……

究竟出了什么事情？王建明赶去找到小李，好说歹说，再三盘问，终于从小李口中掏出了实情。原来，小李有个对象，最近写来一封信，信上说，养鸽子又脏又臭，太没出息，要小李换一个工作，当一名真正的"工人"，否则一刀两断。这封信像一根钢针，刺痛了小李的心。多年的感情，难道就这样付之东流吗？她怨死了，怨自己不争气，找了个"没出息"的工作；怨对象太绝情，为什么一下子把恋情推到断线的边缘。

在跟小李进行了长达 3 个小时的谈心之后，王建明说："小李，明天约你的对象来一次，我帮你做工作。"

第二天，小李的对象来到鸽场。王建明看那青年一副忠厚、淳朴的样子。

"走，先去参观我们的养鸽场。"他把他俩带进了鸽场。

走进一个花窗围墙围着的大院，经过门口的消毒池，他们来到了鸽子生活的地方。眼前，一排排鸽棚好似一幢幢层层叠叠的居民楼，分成无数套间，打点得既整齐又干净。一对对鸽子吻颈交臂，和睦地生活在一起

男青年还是第一次看到养鸽子，忍不住好奇地问："这一对鸽子是一雌一雄吗？"

"对，你到这边来看。"王建明把他们领到一个用尼龙网围着的空场上，那里生活着几百只鸽子，熙熙攘攘，煞是热闹。王建明介绍说："小鸽子长到一定时候，我们把它放到这里来，让他们过上群居生活。鸽子成熟以后，便开始自觅对象了。"他指着一对正在头碰头的鸽子说："你看他们多亲热。在这里，他们可以自由恋爱。当发现一对鸽子亲密得形影不离的时候，说明他们已经定了终身，就给他们分配一套住房，让他们结婚，过蜜月，生儿育女。"他瞥了他俩一眼，只见小青年听得津津有味，小李却飞红了脸。

"别以为鸽子是禽类，它们一旦看中，建立了感情，便专一不二，只忠于初恋者，不容许第三者插足。如果那个'乔太守'想来乱点鸳鸯谱，它们决不会屈从；如果硬把他们拆开，它们会消沉、绝食，甚至自杀。"

"真的是这样吗？"

"不信你问小李。"

憨厚可掬的男青年看一眼小李，只见小李脸蛋红红的。此时他才悟出了一点道理。他问王建明："经理，能否卖几对鸽子给我回去养养。""当然可以，你条件很好。技术上可以请小李指导。"

"那一言为定。隔天我来取鸽子。小李，你给我拣几对好一点的。"小青年压根儿没提与小李的恋爱波折，爽爽朗朗的跟王建明握手告别。

此后，小李和男青年和好如初，对养鸽子也越加热爱了。

一年以后，厂里又发生了一件惊人的大事，场部会计拿来一张纸条，告诉王建明，

崔忠不见了,留下一张条子。王建明接过一看,上写:"王主任,我走了……谢谢你的收留和重用……后会有期。"王建民淡淡一笑。

原来,3天前,王建明早已跟崔忠接触过了。那天,他在场里帮助饲养员打扫鸽棚,崔忠来了,王建明把他拉到一边,严肃地说:"老崔啊,推开窗子说亮话吧,我对你早已注意上了。应该说,办起鸽场你是一个有功之臣,我们也没有亏待你。我早希望你跟我们一起,把鸽场继续办下去,办成一个上海经济区范围内最大的现代化的鸽场。可是,你最近一阶段做了点什么?你把外来联系买鸽种的户头从这里引走,介绍给个体户,你从中得介绍费。我们搞的是社会主义的商品经济,不能离开社会主义道路!请你好好想一想吧。"

今天,崔忠不告而别了。

星 火 燎 原

1986年春天,王建明跨进江苏省政府大院,凭着一张他和省一位领导在康福养鸽场的合影,他找到了省科委的同志和省里的领导。他向他们提出:要把养鸽子的这个项目列入省"星火计划"。1986年7月,江苏省科委正式批准了太仓县康福养殖公司肉鸽饲养作为省"星火计划"的一个内容。

这一下,王建明好比皮球打足了气,蹦得更高了。他用上级支持的经费,进一步发展了鸽场。场里的鸽子已远销全国20多个省市。他还扩展了饲养美国鹧鸪、西德野鸭等项目。他还有一个计划:每年扶植一批养鸽专业户。1986年无偿扩展了七户,每户送鸽子20到30对,1987年扩展到两千五百户,年产50万只,每年出售一万对种鸽,10万只肉鸽,把陆渡建成一个家家户户养鸽子的肉鸽之乡,让鸽子成为千家万户酬宾宴客的席上珍品。

写于1987.5

风吹来的砂落在悲伤的眼里

茅震宇

一般来说，谁遇到提拔、转正、加工资、考进公务员等好事总会被朋友们要求请客的，然而，在于无声当上了社科联副主席后，却很少有人要求于无声请客，大家的道贺也显得言不由衷："祝贺、祝贺，这位子也不错的。"这话怎么听也是一句安慰的话，特别是那个也不错的"也"字意味深长。

对所有说"也不错"之类名为祝贺实为安慰的人，于无声一概回应道："是呀。很好。"这基本上是他此刻的真心话，这副主席好歹解决他个人的一大实际问题——编制问题呢，从此他就是许多人梦寐以求的公务员了，副科职在县级市里大小也算个领导干部了呢。中国人的官本位意识根深蒂固，特别是对男人来说，人生成功与否、社会地位高低，大多是以官职大小来衡量的。于无声给自己来了点精神胜利法：这副科职相当于副镇长、副局长了，虽然权力和利益与副镇长、副局长不能相提并论，但职级还是一样的。

西水市社会科学联合会包括于无声在内仅主席和副主席就有九个人，于无声在副主席里排名最末，他自嘲为"老九"，还说要是放在三十年前就是真正的"臭老九"。社科联成立大会开完散场时，几个熟人笑着用《智取威虎山》里的台词与他开玩笑"老九不能走""九爷不能走"。

1

宋友李是西水市报总编辑，县级报社一般不设社长，总编辑就是一把手。宋友李原先是个镇长，因与镇党委书记关系搞得很僵，两人各有县委书记和县长作后台，后来正好省委从江南抽调一批干部到江北挂职扶贫。县长对宋友李说，你不妨先去江北几年，把个副处级搞到手再回来也不吃亏的。宋友李就到了江北一个贫困县当起了常务副县长，主抓县里的招商引资。省委规定，江南的正科职干部在江北挂副处职满三年，回江南后仍安排副处级职位。但宋友李却刚呆满一年半，就又灰溜溜地回到了西水，而且仍是正科级，还差点背一个处分回来。

原因是他在这一年半中，以跑项目为由，半年时间呆在西水家里，还有半年时间北京、广州、深圳、温州、上海各地跑，真正呆在江北县里的时间总共才半年。但就是这半年时间里，他在自己长期包住的县委招待所里，把一个18岁女服务员的肚子给弄大了。他带着女孩子回江南的省城做人流，竟还把女孩子带回西水住了段日子。他骗老婆说小姑娘是个孤儿，我要学习孔繁森把小姑娘认下做义女，也算是给贫困群众献爱心、送温暖。但宋友李老婆没几天就识破了他献的是什么爱心、送的是什么温暖，就闹起来。扶贫干部把贫困地区的女孩子给睡了，这不是给省委对口扶贫工作抹黑嘛。宋友李就被提前退回西水。幸亏县长力挺，才使他保持了原有的正科级职位。这下把他老婆的肠子都悔青了，她对宋友李保证说以后决不会再这样闹了。这倒也真让她给说着了，宋友李真又有了多次"以后"，而她也真处理得十分老练。

回到西水后，也是宋友李运道好，正巧县委书记调走，县长升任县委书记。新官上任第一把火就是撤县建市。当时北京已传出话来，说撤县建市太多太滥要暂停审批。新书记就跑省城、跑北京，还真给跑成了。撤县建市后，书记觉得要有份报纸才能更像个城市，于是就办起了《西水市报》。而报纸是喉舌，让外人把持书记不放心，他就让宋友李去当一把手。

宋友李初中毕业后当过一阵生产队计工员，因为他家三代贫农，根正苗红，加上头脑活络，得了大队书记兼民兵营营长兼铁姑娘突击队队长的器重，把他提拔为大队出纳兼民兵营通讯员再兼大队广播室广播员，还入了党。用宋友李自己的话说，他就是从那时起开始了新闻工作，每天在有线喇叭里喊通知，还为公社和县的广播站写过消息。市委书记可能就是从宋友李的简历中，发现了他的新闻工作经历和特长。

2

于无声高中毕业时被分配进了县棉纺厂当保全工。棉纺厂在西水最边远的沙家港镇上，是当时西水数一数二的大企业，经济效益还很不错，各项补贴加奖金一个月就能拿百十来块。更何况沙家港镇就在濒江临海，是个活码头，繁华程度不比西水县城差。所以在其他人眼里，于无声从棉纺厂跳槽到文化馆是吃错了药。

于无声对别人说的原因只有二个，第一，他是西水城里人，要回县城去照顾家里的父母。这个原因遇到了他的哥哥姐姐一顿臭骂，这不但是在胡编，而且还有影射哥哥姐姐照顾父母不周的嫌疑，更何况他给沙家港镇的老婆做上门女婿的，照顾父母已不是他的主要职责。第二个原因就是他喜欢写作，他到文化馆是他的追求。这个道理是说得通，但大多数人说他是书呆子。人家保全工一有空就钻在女工堆里打打闹闹揩油吃豆腐，而他却老是看书。

实际上于无声还有一个难于启齿的原因。他老婆是独生女儿从小就被父母宠坏了，任性虚荣，而岳父母又认为于无声是倒插门女婿自然得矮人三分，就一味无原则地袒护自己女儿。于无声上夜班时，他老婆居然把相好的男人带回家过夜，而她的父母竟还替她作掩护。一次，女儿被摩托车撞了后要输血，于无声因为不久前听说外地医院血库混入过乙肝患者的血液，怕这里的医院也有问题，就挽起袖子说抽我的，结果发现他和老婆的血型都是 O 型，可女儿的血型却是 A 型，这就让他对老婆彻底失望了，但他没有把这事与别人说，连老婆也没说。他想，既然她要瞒我，就让她自以为瞒成功好了，这对她来说不是最可悲吗？于无声就主动从那个家里卷铺盖走人了。

文化馆是事业单位，于无声是企业工人进不了编制的，所以关系只好挂在文化馆办的第三产业项目丽春园歌舞厅。在文化馆干了几年，于无声发现文化馆并不像他想象的那样可以安心从事创作，而是大多数时间在配合中心搞些杂七杂八的事。此时刚好西水市报社刚创办，在招聘采编人员，报社打出的招聘广告上要的是全日制本科大学生，而且说明主要招收新闻专业和中文专业毕业的。于无声拿的是广播电视大学中文大专文凭和省文化干部学院的专升本文凭，外加一大叠自己的作品。

令于无声喜出望外的是几番周折后报社决定录用他了，总编辑宋友李告诉他说，是我爱惜人才，才破格把你招进来的。虽然他进来后仍解决不了事业编制，人事工资关系挂在报社下属广告公司，仍为企业工人编制。在报社的几年里，于无声总是拼命地工作，他喜欢这份工作，也就珍惜这份工作，他还要用自己良好的表现来证明宋总编没有看错人，证明他于无声是个人才，以此来报答宋总编的知遇之恩。

于无声进报社时是想当副刊编辑的，他在文化馆当辅导员时，也编过一份文学小刊物，圈内都夸他编得不错。但宋总编让于无声当记者，而且是跑文化条线。既然是宋总编让干，于无声当然服从。一个县级市里本身能报道的新闻就不多，加上现在又是一切以经济为主，文化的稿子很难上，重要位子更不可能。这样一来，跑文化的记者明显吃亏，不容易出成绩，考核分数上不去，奖金就少，也不会被领导重视，更得不到晋升提拔的机会。但于无声在当了三年记者后，却被破格提拔为记者部副主任。因为身份是企业工人，当事业单位的中层干部就是"以工代干"。

在于无声前三十多年经历中，好运似乎总与他失之交臂。他父亲在大鸣大放时听从了单位领导的动员，也跟着提意见，后来单位里分到的右派名额完不成，领导说老于不也提意见了吗？就这样，在于无声出生前三年，父亲戴上了右派分子帽子。父亲是想让儿子学会保持沉默，又有"此时无声胜有声"之意，还有鲁迅"于无声处听惊雷"的想象，于是把他命名为"无声"。他一出生就遇到了大跃进后的大饥荒，母亲饿得断了奶,是父亲用祖传的两只紫铜脚炉与农民换了八只南瓜,天天熬南瓜汤喂他。到上小学了,文化大革命却开始了,到高中毕业一直没有安安静静地读过书,而高中毕业后高考却恢复了。没想到现在他时来运转,"以工代干"成了报社中层干部,他从心底里感激宋总编。

3

不管男女不结婚成家,在别人眼里总有点不正常。随着工作的稳定,不少人劝于无声重新组建个家庭,还有热心人要给他张罗对象。但沙家港镇上那段婚姻生活使于无声伤透了心,甚至对婚姻产生了恐惧。他也知道自己的性格使然,不可能特立独行地加入独身者行列。他只是想先一个人过一段清静简单的日子,所以他总是以工作太忙顾不过来为由婉拒别人的热情。其实,他自己清楚只是在暂时躲避而已。

李剑南的到来,使于无声平静的生活出现了波动。

那是一个暮春的下午,于无声正在写一篇关于文化体制改革的深度报道,因为傍晚的编前会上要通,所以他正在埋头赶稿。坐在他身后的副刊部主任老冯提醒他说有人找,他这才醒悟过来有人好像站在身旁已经有一会儿了,还是女孩子。

女孩子大方地叫他于老师,像是很熟悉似的。

于无声仔细打量女孩子,好像在哪里见过,但怎么也想不起来,其实这女孩的模样正是他所喜欢的。女孩子长得娇小玲珑,皮肤白里透红,脸蛋端正俊俏,头发没有染黄,扎了一条蓬松的马尾,穿着一件桃红色的毛衣,毛衣低领,紧身,把曼妙的身材淋漓尽致地突显出来了。

"我叫李剑南,姑州师范大学传媒学院的大四学生。我想来到报社跟您实习一段时间。"女孩子大大方方地自我介绍,说着又递上一本自我推荐材料。

于无声一听就知道,又是那种在报上读过他文章,然后以熟人身份来找他的。于无声并不想看李剑南的简历,他知道宋总编是不欢迎女大学生来实习的。报社里底下传说,实际上是办公室主任陆萍萍不欢迎。这个陆萍萍能当报社大半个家,她说不能招收年轻女性,宋总编就真的规定不再收了。现在眼前这位女大学生既然是冲着他于无声来的,为了礼貌他还是接过简历,装模作样地翻了一下。"你这个名字很有意思。"他随口敷衍了一句。

"很男性化,是吧?"她大大方方地反问。

于无声反倒有点不好意思,似乎自己在故意与漂亮女孩套近乎。

而这个李剑南又大大方方地把自己名字的来历讲给了于无声听。她的父母都是早年从西水到四川去支援小三线的,在宜宾的一家军工厂工作,巧的是两人都姓李。她的母亲生她时难产去世了,她的父亲为纪念妻子,也为了让女儿牢记母亲,就想把妻子的名放在孩子的名上,可她母亲就单名一个春字,不能让女儿也叫李春,他想叫李小春,可又觉得好像是唱戏的一样,徒弟就在师傅的姓名上加个小字。一日他在借酒消愁时,看着自己最爱喝的剑南春酒,一个灵感涌上心头:剑南不是挺好!一提"剑南"两字,不就自然而然想到后面的"春"字吗。就这样她有了这个男性化的名字。虽然她长大后也觉得这名字太男性化,但一想到这是纪念为了生她而离开了人世的母亲,她就觉得只有这名字特别有意义。

看得出来这个李剑南很会自我推销,一个与找实习单位毫不相干的关于名字来历的故事,让于无声对她刮目相看,还真不忍拒绝她的要求。可他又是怕她要求实习只是幌子,真正的目的是来找工作。这样的大学生已经碰到过好几个了,实习完后就通过各种关系留下不走了。

"现在报社不接受实习生了,而且大学生实习都统一由办公室安排,你是不是去那儿联系一下。办公室在三楼。"于无声为难地说完这段话,还站起身来想指引她到办公室。

可李剑南没动身子,她一脸期待地说:"于老师,我就认识你一个,而且我想跟你学嘛。"

这时,身后座位上的老冯开口了:"老于,你出面去跟老板说说,帮她想想办法嘛。"

老冯说的"老板"就是宋友李宋总编,报社里都叫他老板,虽然宋友李公开说过不要这样叫,但看得出他其实还是挺喜欢下面的人尊他为老板。显然老冯也在听李剑南讲故事。姑娘长得漂亮,就是吸引人,何况她的故事也的确打动人。

"那你冯大主任出面帮小李去活动活动,正好给你冯主任一个人情哟。"于无声巴不得老冯真的接球。

"别,你于老师好没趣,人家好心好意投奔你来的,你干吗辜负人家小李一片心呢?再说了,咱是副刊部,如今副刊就是附刊,附在报屁股上没人看,老板早就想要砍掉我们这饭碗了。我们这种报屁股上的人,在老板面前说话也不香的,还是你于大记者去有面子呢。"老冯说的也是实情,宋总编以为自己不喜欢的东西别人也不会喜欢,或者说他自己不喜欢的东西希望别人也不喜欢,所以他已经三番五次说要砍掉西水市报的文学副刊,只是碍于一时又没有其他内容可填,副刊还暂时还被保留着,但稿费已被压到最低了。

于无声为难了,他挠着头皮对李剑南说:"报社有规定,不能私自带实习生的呀。"

但一接触那双美丽凤眼里透出的期待时,他犹豫了。"那,要不,我去找老板汇报一下,看看能不能有其他通融的办法?"

他真的去了宋总编办公室,他心里也明白百分之九十九是没希望的,但他还是去了,除了他想争取那百分之一的可能外,主要是他不想让这女孩子感到是他于无声不愿收下她。

因为一心在想如何向老板说明情况,争取能把老板打动,脚下又走得急了一点,于无声刚敲两下门也没等里边答应,就已推开了总编辑室的门。一踏进去他才发现自己的冒失,原来市委常委、宣传部殷部长正在与宋总编交谈。

于无声有点尴尬,但宋总编倒没怎么在脸上露出不悦,只是很稳重地问:"于无声,有事?"

还没等于无声把事说完,宋总编就一口回绝连声说:"不要,不要,不要。我不是早就说过,女的一律不要。女人一多就麻烦多……"此话一出口他就发觉自己失言了,殷部长在跟前,她不正是个女的嘛,这不等于指着和尚骂贼秃吗。于是,他赶紧放缓口气纠正道:"我不是重男轻女,主要是我们报社的男女比例已经严重失调,女多男少,带来问题很多,报社本来就人少事多,女的多了安排工作有困难,影响工作的……实习的也不要,现在收下她容易,以后叫她走就难了。"

从宋总编办公室出来,于无声一方面感到有点对不住那位对自己充满期待的李剑南,另一方面反倒又觉得轻松,因为他感觉到完全可以让李剑南看到:我已为你尽力了。但他没有直接把宋总李的话对李剑南说,那样可能太伤这女大学生自尊心,所以他重新编了一下,说我们报社现在不缺人手,就是实习的话连个座位也安排不过来了。看着李剑南一脸失望的样子,他又多了句话:"其实,凭你的条件,完全可以到广电总台那边,就是电视台、广播电台去试一试。希望还是挺大的。"

李剑南说:"我就是喜欢在报社做,报纸新闻有深度,我们老师说女孩子不适合做有深度的新闻,可我偏不信,我已经与人家打赌偏要做报纸,让他们瞧瞧……可你们竟不给我机会。"说着,美丽的凤眼里像是马上要滚下泪珠了。

这下于无声有点慌了:"你别这样,让人看着多不好。再想想办法……"

就在这时,宋友李正好过来,看到了这一幕。平时宋友李找记者编辑从不直接打电话的,而是让办公室秘书过来通知的,更不会直接过来找。但今天也正是神差鬼使似的,他送走殷部长后,路过采编工作室门口,心血来潮地就拐进了已许久未到过的里边。平时宋友李送客人也是不送出办公室的,只有职位比他高或者是他认为是重要的有用的客人,他才送出办公室门口,而职位既比他高又对他重要而且有用的客人,他才会一直送到楼下,甚至会帮客人开车门并用手挡在车门框上方等客人钻进去,还要等车消失在视线里他才收回扬起的手。

宋友李先是看见一个女孩子的背影，还以为又是来投诉的，就皱了皱眉问于无声："反映问题？"

无声对说就是刚才我说的那个想来实习的女学生。宋友李这才仔细再看一眼李剑南，但这一眼就看出了一系列问题。

此时的李剑南因为眼含泪光，梨花带雨分外俏，格外凄迷妩媚。而且她还是个天生的小人精，一听于无声的话，就知道了宋友李的身份，她立即抬起凤眼对着宋友李嫣然一笑："宋总编宋老师好。"

宋友李彻底忘了到这里来有什么事，他热情地问了李剑南几句关于学校和学历之类后，就对李剑南说："这样吧，于主任工作正忙，你跟我到办公室去谈吧。"

李剑南就跟着宋友李走了，刚走两步又回头对于无声轻轻地说："于老师，回头见。"她似乎已经知道自己肯定会被留下的。

果然，过了一会儿，宋总编亲自打电话把无声叫到他办公室："老于，这孩子情况很特殊，我们应该帮助她一下。而且她是冲你来的，你也知道她的各方面素质都不错吧。不但名字像男孩，冲劲和闯劲也够可以的。她要实习，就先让她学习学习嘛。你收下这徒弟吧？"

宋总编竟反过来把球踢给于无声了，听他口气似乎是看着于无声的面子他才有意收下李剑南来实习，口气好像还在询问于无声是否同意，似乎于无声才能拍板。于无声转念一想，可能是这李剑南的确不太一般，一会儿工夫肯定又把她那颇能打动人心的名字来历又讲述了一遍，而且让宋总编马上联想到了自己这个宋友李名字的来历，与李剑南有异曲同工之处。宋友李的名字老被人开玩笑说蛮符合当今官场风气的，谁不知道"送有礼"呢。其实，他父亲姓宋，是村里磨房小伙计。他母亲姓李，是磨房老板的女儿。他父母的结合也是冲破了阻力重重的，生下他后，父亲一激动就要让儿子姓李，他母亲不答应，结果父亲就给他起名为友李。宋友李上五年级时，正好是"革命无罪，造反有理"的年代，他就自作主张把自己名字写成了"宋有理"，后来文化大革命被定性为"十年浩劫"，他就又改回了"宋友李"。

宋友李又把于无声叫去，当面作了交待："老于，你是我一手拉进来的，所以我对你也一直另眼相待，这一点你心里是明白的吧？"每当有什么事要交给别人时，宋友李就会与对方拉近些关系，这也是他那类似江湖腔的所谓领导艺术。

"老于，对别人我是不会明讲的，但对你例外。你知道吗，我发现这个小李、李剑南其实是我的一个远房表亲呢。"见于无声一脸疑惑，宋总编顿了顿，凑近于无声小声说："我也是与她谈话时才发现的。李剑南不是姓李吗？我母亲姓李。她妈妈是我母亲的堂侄女儿呢。就因为她母亲到了四川小三线去了,要不然我们两家还会有来往呢。论辈分我该是她舅舅呢。不过,老于呀,这层关系我不想公开,仅你知道就可以了,小李她也不知道。她现在在西水就我这个长辈了,我不帮她谁帮她?当然,我这也不是以权谋私,支边支内和插队落户的知青子女们都要回来了,政府也都要安排工作的,我们报社也有义务为政府分忧呢。……再说,如果把这像花一样的女孩子放在别人那里,我这个做舅舅的也不放心呢。你说是吧,老于?"宋总编说着还拍拍于无声。

其实宋友李还长于无声好几岁,可他有事交办时就会叫于无声为老于。于无声觉得可能是自己长得老气,也可能是这个天天把头发梳得油光锃亮的宋总编自我感觉年轻吧。一向实心眼的于无声被宋总编推心置腹的一番话说得心头热乎乎的,他感到这不但是领导信任,更是自己特殊的责任,当然这也让于无声也感到有点受宠若惊。

4

李剑南跟于无声跑了一段后,于无声感到这女孩子在社交方面表现出的能力,远胜过她写作悟性和新闻洞察力,加上又长得漂亮,这也是做记者的一个天然优势。与李剑南一同出去采访有一种特别的愉悦,而且更有利于打开局面,特别是攻克一些比较刻板的人和难打交道的地方。再严肃的人,一见年轻漂亮的女记者,脸色也会温和许多。尤其是一些男性领导干部更是会显出特别的热情,往往要亲自接待,还要留吃饭,吃完饭还会硬拉着去娱乐一下,临走还拉着手依依不舍,反复说欢迎再来,没事也要来坐坐噢。很多场合于无声觉得不是他在带李剑南,而是他占了李剑南不少光。这些都让副刊部主任老冯眼馋得不得了,他竟当着李剑南的面与于无声开玩笑:"老于,副刊其实也与文化新闻是一个范畴的。什么时候我有题材要采访,你让小李跟我出去吧。"

于无声与报社的采编人员关系都不错,一起工作就等于在一个锅里吃饭,靠平时大家相互照应。他们记者在外有饭局时,就把能叫上的编辑也叫上,编辑有稿件生杀权,可借机搞好关系。这天,于无声与李剑南在金蝶艺术中心采访,这里的金老板留他们吃晚饭,于无声想反正金老板是老熟人了,就说三人吃饭太冷清了,我干脆叫上几个兄弟吧,金老板说好呀,人多热闹,我就喜欢你那帮兄弟姐妹们。于无声就打电话把老冯等几个叫来了。反正西水城就屁股大的一点点地方,骑自行车一忽儿功夫就到了。

这个金蝶艺术中心前身就是西水文物商店,因为连年亏损资不抵债,在改革转制时以象征性的一元钱出售给了金老板。于无声清楚金老板的底细,他原先是文化馆的书画辅导员,业余倒腾字画,后来又发展为古玩、瓷器、玉器的鉴赏,赚了不少的钱。接手文物商店后,他只是利用了这里的场地和招牌,他把原先文物商店租出去的门面全收回来自己经营,改成了西水独一无二的艺术中心,把原先只经营清一色古董,改为文房四宝、仿古董、现代工艺品、书画什么全都经营,一扫过去守旧沉闷的暮气。于无声写金老板和他的艺术中心的报道,在西水市报和姑州晚报上刊出过多篇,使金老板名声大噪,艺术中心也生意兴隆,他还成了全省文化系统改革成功的典型,又成了劳动模范。如今送礼有许多讲究,那些承包商给发包单位领导送礼,跑官要官者给掌握自己命运的人物送礼,如果直接送钱不但显得俗气,而且不是关系很好的或者贪心很足的是不敢收的。而送个字画古玩,不但都知道这东西价格不菲,却因艺术无价、美玉无价而摸不准真实的价值,而且又显得品位高雅。官场上多的是这种喜欢附庸风雅又假装清廉的主儿。金老板就是看准了这个市场空档,狠狠地赚足了钱。金老板的不少利润就是来自于为行贿受贿开方便之门,所以于无声与金老板开玩笑说,吃你也是为反腐倡廉出力。

金老板喜欢与文化人在一起,而且从不吝啬。他把饭局订在丽春园宾馆,就是市政府招待所,虽说价格高一点,但地方雅致,酒菜很有特色。金老板今天兴致正高,一落座就把服务员递过来的菜单挡了回去,说是只要春八样,去对你们老板说要老师傅做的,地道点,再来一坛"三人日"。

于无声一听,知道金老板今天又要花掉不少银子了。"金老板是不是又打了一个什么土豪劣绅?"

金老板一撸袖子说:"今天没宰哪个,而是本人新开发的领域近来大获成功,所以请兄弟们,噢,还有小妹妹,一块儿来分享一下。"他看了一眼桌上唯一的女性李剑南,歉意地笑笑。原来,他从收藏界对明清古瓷器的热潮中急流勇退,另辟蹊径找到了一条以前人们不屑一顾的民国彩绘瓷器的收藏。民国瓷器因胎质低劣、时代又近而一向不被藏界看好,但金老板却发现民国瓷器的彩绘水平达到了瓷绘史上的一个高峰,而且那个时期的书画名家都有涉足瓷绘的,所以他悄悄地到各地以低廉的价格收进了不少民国彩瓷,近期收藏界其他人也醒悟过来,价格就一路飙升,而如今金老板手头的民国彩瓷又多又好,已赚得盆满钵满了。"所以呀,今天请兄弟们,还有小妹妹,还尝尝春八样和三人日。不过,金某有言在先,吃过之后要是谁管不住自己,惹事生非,金某概不负责啊。"

老冯早已兴致勃勃有点耐不住了,自告奋勇地要向同桌的几个没吃过春八样的年轻人做介绍,被于无声硬是按住了。因为有李剑南在,有些东西就只能意会不可言传。

春八样是丽春园的招牌菜,菜仅八只,而且每个菜名都带春字,所以叫春八样。别看仅八个菜,有几个是用大砂锅炖的,所以量也丰盛,而更丰盛的内容在菜里。这菜名带春字,不只是因为丽春园的看家菜,更因为这些菜大多具有滋阴补肾、健体壮阳的功效,有点像药膳,吃过之后往往会有蠢蠢欲动之感。如"红杏枝头"是把鹿鞭与杜仲、黄芪放在一起炖,出锅时再配上了几枚鲜艳的红樱桃点缀,这个菜名表面上看没春字,但实际上就是蕴含着"红杏枝头春意闹"的意思,意义更深一点,而且富有诗情。莲子、红枣、桂圆与羊鞭切成圆圈片片一起煲汤,就叫"满园春色",倒还让人联想起"满园春色关不住,一枝红杏出墙来"的诗句。还有个菜是用羊蛋即山羊睾丸与蛋清一起清蒸,满盘雪白,叫"阳春白雪"。驴鞭炒花菜再配绿花菜做盆边,就叫"春暖花开"。而用牛鞭煨鲍鱼叫作"春宵一刻",看来直白得有点粗俗,但味道却好得不得了。至于"三人日",就是酒的俗名,正式名字叫丽春酒。是用冬虫夏草、鹿茸、人参、红花、淫羊草等十几味中药,泡浸在上好的白酒里,要在坛子里闷泡一年以上才能开坛,一开坛酒香药香就弥漫开来。据称这酒的壮阳功效十分了得,所以有人就把个春字拆开,叫这酒"三人日",蕴意男人喝了这酒一个能顶仨。

李剑南是第一次光顾丽春园,更是第一次接触这些东西,她吃了两筷牛鞭和羊蛋后悄声问于无声说:"这些肉皮和蹄筋怎么都有点腥膻味呀?"于无声刚抿了一小口酒还没下咽,差点而把酒喷出来,但他还是竭力忍住了,他不想让大伙儿看李剑南出洋相。

但老冯一上酒桌就兴奋,怎么也忍不住了,喝了点酒后就更加肆无忌惮地开讲荤段子。"我给大家猜个谜语吧。"

大家一听都说好,于无声知道这家伙准又是带色彩的,就对着他用眼睛示意,意思就是李剑南在场,人家还是女大学生,注意你的形象和人家女孩子的承受力。谁知这个老冯你不提醒他还好,越是提醒他越是人来疯,"就两字'胸罩'。猜当前流行的一种社会现象。老于你是这方面的专家,你别打搅。"

知道谜底的人都抿嘴笑,不知道的猜了一通猜不着就催老冯快说。老冯得意洋洋地呷口酒,说:"包二奶。"

不知道谜底的人一时还没明白过来,还在重复叨念着"胸罩——包二奶"品味着其中奥妙,这老冯自己已憋不住了:"你没见过胸罩还是怎么的?胸罩的功能不就是包住二个奶吗?"说着他还张开自己的两只大手掌扣在胸前演示。

不管是知道谜底的还是不知道谜底的,大家都憋不住轰然笑起来。老冯骨头更轻了,"你们别想歪了。这谜一点也不带色的,你仔细从字面上看看,这谜其实很好。只是这个胸罩本身倒有点问题,中国人其实在是避讳这个奶字,你想呢,胸罩两字不够准确,它又不全是为了护胸的,应该是护奶才对,所以叫奶罩或者叫乳罩才准确呀。"

大家又笑,都说老冯你干脆写篇"关于胸罩的正确叫法",在你的副刊登出来,西水市报准好卖。

老冯来了劲一时还刹不住车，他连喝两口"三人日"后又说："我给大家讲一个《新来的女记者》的段子。"说着还向李剑南瞟了一眼。"话说报社有个老于，是个名记……"

于无声知道在编派他，马上打断他："这个故事我知道,应该是报社有个老冯,是个名编、老编,人称冯编……"

金老板没听过这段子,就说老于你别打岔,于无声才止住。

见大家要听,老冯很得意地讲开了：

一次,于记去市里参加记者招待会,他发现他常坐的一个位子被一个女青年占了,就问："你哪里的?""我报社的。你哪里的?""我日报社的。"(老冯把"日"字念得特别重)过了两天,女记者来找老于,说总编让她写篇深度报道,她不知怎么写。"没问题,你交给我,我来教你。"(老冯把"教"也读成了"交")两天后,稿交到了总编那里,总编压着不发,女记者以为稿子不行,就另找了个老记者重写,可还是不发,老于就和老记者、女记者一同去找总编。总编对女记者说："老于的呢,长度有了,但缺乏深度,不够耐读。老记者的呢,缺乏力度,长而乏力。你自己的呢,总体还不错,只是上面两点不够丰满,中间太平,没有起伏,下面一团糟,还有一个漏洞。不过你别急,让我来给你压一压,再帮你把漏洞给补了。"

老冯的笑话说得大家哈哈大笑,大笑之余还都忍不住要偷眼去看一下李剑南的反应。李剑南憋不住假装上洗手间出去了。于无声怕她受不了这氛围而生气,就跟着出去,他自己也对包厢里烟酒热菜油气混合的浑浊有点受不了。在洗手池边他问李剑南:你是不是先走吧,这是男人们的场合。李剑南白了他一眼:你也太小看我了吧? 于无声反倒不好意思起来,讪讪地说,老冯他们就喜欢图个嘴上快活,人还是很好的。

5

到了9月份大学生毕业时,应届大学生们都早已一次次的把人才市场的门挤破了,但李剑南却没去,她直接由报社帮着办理好了录用手续。理由是实习期间成绩突出和报社需要。当然,这些都是宋总编让办的。

李剑南有事没事常去宋总编的办公室,于无声看在眼里,但从没对谁说过。他也理解李剑南,宋总编虽然收下了她,但并没有给她解决正式编制,也是挂在报社附属的广告公司里,而广告公司是企业性质的,报社是事业性质的,在养老保险、医疗保险、住房公积金等方面有很大的区别。而李剑南与于无声不一样,于无声原先就是企业工人，要进事业编制必须通过面向全社会的公开招考，这种由上面人事部门统一命题的考试，肯定考不过那些刚出校门的大学生，何况招考的年龄规定是35周岁以下。于无声要解决编制问题只有一条路，那就是提拔为正股职干部，即报社部室的正职主任，才能不再以工代干，而是正式干部身份。而李剑南是全日制本科大学生，只要用人单位需要，是可以直接进事业编制的，而这权就在宋友李手里。

成了正式记者后的李剑南，自然不能再跟于无声跑文化条线了，也要有自己跑的采访条线。跑文化既没有什么油水，又不容易出新闻。跑经济的记者三天两头能收到请柬，凡逢八的日子和节庆日几乎没有空的，奠基、大楼封顶、竣工、开业、周年庆、新品发布会、新品上市酒会，加上外出招商和外地来西水招商的活动更多，这些活动都不会让记者空手而归。跑政法的记者虽说油水也不足，但政法新闻多，社会治安和公检法司这几大部门哪天没新闻，而且因为与公安打交道多了，谁的车违章、驾驶证被扣，找政法记者去准能解决问题。跑文化的记者就明显的不如跑经济的记者实惠，不如跑政法的关系多，李剑南自然不会跑文化条线的。

卫生和计划生育在其他地方可能也属于冷门，但在西水却是肥缺。因为卫生和计生这两个部门是西水的老先进，得过全省全国的奖，为了保住这两块牌子，市里不惜成本地投入。近年来医疗卫生机构的收费又似绞肉机一般，而计生的收费和罚款再加人流手术也是生意兴隆，使两个机构都富得流油。这些单位又特别喜欢宣传包装，也从包装中尝到了甜头。对于记者来说，先进的地方也容易出新闻。与这些单位搞好关系后，拉点广告、赞助也就好开口了。宋总编说原先跑卫生、计生的记者这几年成绩突出，把他提拔当总编室副主任，这个条线的记者位子腾出来就给了李剑南。

按理说李剑南已不再是实习生，但她还是经常到于无声的座位前请教问题，让于老师带着一起去采访。于无声当然带她，一来宋总编亲自关照过的，也是名正言顺；二来记者部副主任有责任带新记者，三来嘛哪他男的不喜欢与美女在一起。老冯就笑问：带个漂亮的女弟子，男女搭配，干活不累吧？

6

李剑南9月份正式进报社，一晃五个月过去了。春节过了就是正月十五元宵节，这年的元宵正巧与西方的情人节凑到了一块儿，春节一过大小媒体就已开始了集中炒作，把个情人节的气氛烘托得热过了元宵，那些商家更是铆足了劲，准备大赚一通那些痴男怨女的钱。连宋友李也挡不住团市委那个年轻的女书记反复动员，同意由西水市报社与团市委、广电总台联合搞一场八分钟约会活动，实际上就是那种类似速配游戏。

于无声起先还说咱这种县级市里搞八分钟约会有人来吗,而且还要每人500元的报名费。可事实上大大出乎于无声预料,人多的不得不提前两天停止接受报名了。这令于无声大呼自己老了,已无法与时俱进了。所以总编室策划了个写八分钟约会题材的大稿子,问于无声是不是领衔采写,于无声说还是让小年轻们去吧,我对这种题材已不来电了。他说自己要去搞个元宵和情人节双节题材的稿子。

总编室主任半开玩笑地问李剑南:"小李你去正合适。既参与又采访,公事私事两不误,约会采访双丰收,还可以搞个体验式新闻。我替你报名吧,报名费全免,怎么样?"

李剑南一脸为难地对总编室主任说:"好是好,可我已经约好跟于老师去跑双节题材了,采访对象还是我约的,我不去怕不好。"她又扭头对于无声说:"于老师,你说怎么办呢?"她背着总编室主任对于无声挤眉弄眼的。

于无声知道她是在要求自己配合说谎,就顺着她的话也装作为难地说:"是呀。你不去可不行。你认识情人酒吧的老外,没你这个翻译,我不就成了哑巴和聋子了?这样不但采访计划泡汤,又让人家空等,明天的版面还等着咱的稿子呢。"平时从不说谎的于无声配合李剑南说起谎来竟也挺默契的,而且特别容易让人相信。这让李剑南直朝他做鬼脸表示感激。

到了晚上,李剑南真的跟着于无声去采访了,她说这叫弄假成真。她还问:"于老师,没想到你也是天才的撒谎专家,随口而出,天衣无缝。是不是以前经常对夫人这样呀。"说完这话,她好像才想起于无声已离婚了,就既像后悔又像是表示歉意地吐吐舌头。她那样子让于无声觉得调皮可爱,也就根本没介意什么。情人节晚上有个年轻漂亮的女伴同行已使于无声心里暖意融融,他哪还会不开心呢。

一个晚上,李剑南跟着于无声选择了西水城里一些具有代表性的饭店、酒廊、歌舞厅、茶座、首饰店、西点房,还有卖花的和买花的人。一路上好几个花童拉住于无声:"叔叔,给漂亮姐姐送把玫瑰吧。"弄得于无声很尴尬,而李剑南却站在一旁既像是在等待,又像是看他出洋相一脸坏笑地看着他。于无声最终也没给她买花。一大圈下来赶回报社已近半夜,本来于无声想让李剑南执笔,李剑南倒也有心动手写,但当于无声听她讲了一下构思后,就对她说:"小李呀,这样写还不如不写呢。"

李剑南不解地问:"怎么了啦?人家大报和电视台不都这样报的吗?"

于无声严肃地对李剑南说:"我说过写稿要动脑筋,所谓脑筋就是要选准一个好的角度。做人要老实,但做文章不能老实,这样才能做出好文章。你想想,人家都这样写了,你再这样写,还有什么意思?而且人家在前,又是大媒体,内容肯定比咱丰富,我们依样画葫芦,画得再像,读者还是认为你是在模仿。你不是来报社时就说过,喜欢报纸是因为报纸新闻有深度吗？所以说,同样一件事情,我们就要报出点新意来,挖得深一点,想得透一点,角度巧妙一点,语言生动一点,几个一点,就是一篇好新闻了。"于无声今晚也是受了情人节和元宵节的节日气氛影响,情绪也有点高涨,竟一口气说得这么多,李剑南听得直点头。

"于老师,你的话实用,大学里老师怎么讲总也与实际操作有段距离。那你说今天的稿子怎么写法呢?"

"我们不把笔墨花在现场描写上,不去写气氛多么热烈什么的。这些现象凡有兴趣读我们这篇报道的人不是已亲身感受了,就是已从其他途径知道了并感同身受,再对他们重复一遍毫无意义。我们要写就写篇思辨性的分析报道,写出一点深度来。第一,情人节为啥会热过元宵节,一个外来的洋节为什么能轻而易举地把流传千年的传统节日覆盖了。第二,你仔细看看,再想想,无论是北京、上海、广州等大城市,还是我们西水这种小县城,情人节也好,圣诞节也好,全把洋节中式化过法,还是一个字'吃',把节日都变成了美食节。现在春节、五一、国庆的黄金周也一样,全成了'旅游节、旅游周'、'美食节、美食周',缺少内涵,缺乏个性,没有特色。第三,为什么这些在国外特色鲜明的洋节,他们过法简单又不乏人情味,而且热闹有趣,可一到咱中国全都变成了俗而又俗的送礼加请客。你刚才没听到好几对情侣中男的私下说的真心话:他们既盼情人节,又怕情人节,节前产生了'情人节恐惧症',为什么? 就是怕请客送礼。倒也不全是女方要他们请客送礼,而是双方均受不了亲戚朋友间的相互攀比和议论,不得已而为之……"

"于老师,我真的非常非常佩服你,我跟你一起去采访的,可你的脑袋怎么能想到这么多的问题? 没想到你平日里不声不响,一开口就这么精彩。我什么时候也能达到你的水平?"李剑南停了停,看看值班编辑都在埋头忙版面上的事,就凑近于无声:"我真想钻进你肚子里,把你里面的货全占为己有。"停了停,她像是突然想起来似的,认真地说:"于老师,你身高是一米八零对不对? ……我一直想告诉你,你太像一个人了。"

"谁?"

"我高中时的一个语文老师。我也很崇拜他的。真的,你们太像了。不但神似,音容笑貌、气质、语气、神情举止都像,而且还形似,个头、长相等外表都很接近。"

因为思考成熟,材料丰富,于无声坐到电脑前也没费多大功夫,一篇三千多字的深度报道就一气呵成了。李剑南几乎没做什么,只是默默站在一边,看着于无声敲击键盘,过一会儿替他杯子里续点水。但稿子写成后于无声署了两个人的名,这也是报社里不成文的规矩,一般一同出去采访的,不管你动手没动手,总也会给你加个名上去。

李剑南看着已排在大样上的自己的名字，觉得很过意不去，她就对于无声说："你肚子饿不？去吃点夜宵吧？我请客。"

"今夜最好的夜宵就是汤圆呀。去吃碗汤圆吧。哪能叫你请，我请。"

到了街上，于无声就犹豫了。情人节的深夜，一个人到中年的男人，带着个年轻美貌的女子在外消夜，不是情人关系也是情人关系了。他吞吞吐吐地说："嗯，小李，我看，算了吧。太晚了，回家吧。"

但李剑南不同意，她也明白他心思，就娇嗔地白了于无声一眼："胆小鬼。"

于无声发现自己的心理被女孩子识透了，有点不好意思了，他自嘲地说："我是为你好，你想想，万一让你的什么熟人看见了，说李剑南怎么找了个糟老头呀，不是把你给埋汰了嘛。"

"去！我在西水没其他熟人。即使有，我也不怕。不像你不但胆小还小气，而且也真够狠心的，刚才不肯送我花也不算什么，可人家花童那么冷的夜里，你也就不动点恻隐之心？"说着她故意挑战似的过去挽于无声的手臂，把个于无声吓得直往后缩，李剑南格格地笑得花枝乱颤。"你有没有听说过这样一句话：有贼心没贼胆。说男人呀，年轻时有贼心没贼胆，中年了有贼胆也有贼心可没做贼的时间；到老了，有贼心也有贼胆和时间了，可贼没了。"

于无声笑了，这话他听说过，但他还是笑了。从一个姑娘家嘴里说出这样的话来，味道就不一样，尤其在这情人节的深夜，场景和气氛似乎都很特别。

李剑南知道他不敢在外头店里吃，就跑到一家通宵营业的便利店买了几包熟食和面包点心，再买了一瓶红葡萄酒，把于无声带回到她的住处。

一杯酒下肚，借酒盖脸，李剑南就向于无声敞开了心扉，"我在高中时就恋爱了。"

于无声问："早恋？"

"我早，他不早。……你怎么不懂呢，他是我老师。还记得刚才在报社时我说过的语文老师吗？就是很像你的那位……"李剑南眼睛直逼于无声。

于无声把目光避开，他在竭力克制自己，手心里已经在冒汗，鼻尖上也沁出了细汗珠。

"你看你，空调这么暖和，快把外衣脱了。……其实我该读理科的，我父亲也一心想让我读医学院，当个医生。可当时我却就是喜欢语文老师，就报了中文专业。其实，那时我还是很单纯，没想影响他的家庭。我父亲知道后很光火……我一气之下，就选择了第二志愿，离开了宜宾，进了姑州师大……就回到了西水……就遇到了你。"

"也幸亏了老板——宋总编，要不是他……"于无声这句话既是真心的回应，也是对她的试探，想看看她的反应。因为他已从李剑南的话和眼里，明确感到她对自己的那种意思,但他还是有一层深深的心理障碍,那就是宋友李。"那你觉得老板他——"话说出一半,他想想是不是不妥,又咽了回去。

李剑南见他欲言又止,就知道了他想问什么,"你是不是想说我与他……我是喜欢成熟型男人,可能还有点恋父情结,但,我心目中的成熟男人就是高中时老师的形象……你该明白我的意思了?"

于无声似懂非懂地看着她,看着那张因酒和情绪而泛起桃花的脸。

李剑南把脸凑近于无声:"我问你一个问题,当你听到别人在议论李剑南与老板如何时,你怎么想?怎么看我?"少女带着酒气的鼻息已喷到他脸上,眼睛里充满期待地逼视着他。她显然也不需要他的回答,"……你是不是有点看不起我?……肯定的,把我想象成什么都有可能。"

他显然想不到她会这样问,他无法回答她的问题,他只好喃喃地说:"我也知道,现在的女大学生思想都很解放,有些事对你们来说根本不算什么。……不过,我理解你。真的理解你。就像理解我自己为什么这么卖力地工作一样。"

李剑南脸上灿然一笑,"谢谢你的理解。不过,你还没彻底理解我……我不想便宜了他……你明白吗?"

于无声不敢肯定自己完全理解了李剑南的真实意思,但他还是产生了一个联想,想到曾令他激动不已的一本书《钢铁是怎样炼成的》,保尔·柯察金在监狱时有个女孩子知道自己逃不过白匪的性侵犯,她就要求保尔取了她的处女之身,但保尔却没有按她的要求做。后来,那女孩子白白被白匪给糟蹋了,女孩子再见到保尔时满眼的怨愤。十六七岁正值青春期的于无声读到这里时,为保尔和那个女孩子都感到万分遗憾。二十多年过去了,《钢铁是怎样炼成的》的情节绝大部分已经淡忘,只有这一件事依旧清晰,而现在又突然跳到眼前。

这一夜,于无声与李剑南之间该有的铺垫都铺垫了,所以,该发生的事情也就都发生了。但是,最不该发生的也发生了——在一切前奏全都完成,她等待他的进入时,却感觉到他竟像一个未经人事的懵懂小伙子一般,无所适从地还在外瞎磨蹭。她忍不住欠身去看他,发现刚才还雄赳赳气昂昂的家伙,现在却垂头丧气地软弱无力。她下意识地要伸手去触摸,他却别转身去,一脸的尴尬和无奈。

"可能是这几天太累,可能昨晚没睡好,也可能是太紧张、太激动,可能是觉得自己像是在做梦,心里发飘,可能是……"他像个做错了事的小孩子似的,喃喃地解释。

实际上他自己也不明白自己,虽说人到中年,但他知道自己还是比较厉害的。在沙家港镇工作生活时,几乎天天要做,甚至能一夜二三次。到了西水城里回归单身生活后,每个礼拜总要自己解决一二次,而且还像毒瘾一般戒不掉。有时朋友带他出去玩,每次他都大展雄风让对方心悦诚服。

李剑南把他的头抱在怀里,像哄小孩一般用手理着他的头发,轻轻地说:"没事,没事,我知道,我知道,我知道你们男人,网上不是有个民谣:二十是奔腾,三十是日立,四十是正大,五十是康佳,六十是微软,七十是联想。你现在应该是正大的时候呢……别没信心,今天只是意外。别想那么多了。"

于无声羞愧难当,他像一个深孚重望的运动员在比赛的关键时刻却出现了最低级的失误,心里满怀沮丧、自责、遗憾、羞愧、难堪,恨不能找条地缝钻进去,他谢绝了李剑南留他过夜的意思,有点逃也似的离开了。

回到自己的床上后,翻来覆去睡不着,脑子就像一台失控的影碟机,反反复复地在脑海里放映那难堪的一幕。虽然他竭力劝慰自己:反正已过去了,那也是在那时那情境之下的一时的冲动而已,她李剑南也不会对我怎么样想的。然而这一整夜他始终无法入眠。

实在睡不着,觉着有些话应该给李剑南说说,就干脆爬起来写了封信。

"小李:昨夜的事是我一时冲动(当然也不全是一时冲动,坦白地说这也是我曾多少次想过,但又不敢想到真会发生的事),让我感到很后悔。我知道你已经理解了我,也原谅了我,而我始终不能原谅自己。冷静地想,意料之外的失败,既使我丢丑,但也使我不至于使错误犯得更加严重。我一直想在你面前做好一个像样的师长,可就是控制不住,终于自己亲手把自己的形象损毁了。我真不知道从今以后如何面对你……你说起的关于老板对你的态度问题,我也想了很多,你不想离开西水,也不想离开你所喜欢的工作岗位,而且想解决正式编制问题,所以不但不敢得罪老板,还要让老板满意,这的确是很为难。你问,是不是会看不起你。这倒不会,至少我是真的不会这样看。如今这社会好人受欺,不公平的事太多太多。我对编制问题也是有切身感受的,我也想过种种办法解决编制问题,设身处地与你换位思考,说不定我也会这样做。因为我们平头百姓除此之外还能有什么办法呢?再怎么说,我们至少比那种贪官污吏纯洁千百倍,比买官卖官者崇高千百倍,比贪赃枉法者神圣千百倍。

当然,你要很好地保护好自己,我想到了一个办法,如果你觉得行的话,不妨试试:今后老板要你单独进他办公室,你又不能不去时,可以先给我来个电话或发个短信,我可以在你进去后及时给你打电话,假冒什么人有急事找你,帮你脱身。你看行吗? 相信我,请你把我当作一个好朋友,我是想真诚地帮助你的。"

信写好后,他给李剑南发了个短信,告诉她打开电子邮箱看看。

7

接下来事情完全超出了于无声预想的那样。正月十六,也就是情人节的第二天,李剑南就出了事。

那天上午,于无声没去上班,反正单位里都知道他昨天为了双节的稿子忙到深夜。实际上他是有点怕面对李剑南,想再静静地理理自己的思绪。中午,一夜未睡着的他靠在沙发上看电视新闻时竟迷迷糊糊地睡着了,等他醒来时发现放在包里的手机上有条未接的短信。一看号码是李剑南的,赶紧打开看:"老板让我去。"这是不是李剑南按他的约定发给他的求助信号? 他的头皮一阵发麻,虽然这是他想帮助李剑南的一个办法,但生性胆小怕事的他真的要去做一件破坏宋总编"好事"的事,心头抑制不住一阵紧张。

他告诫自己要冷静、要冷静,要先想清楚对策。这短信说明李剑南已读了他的邮件,并且采纳了他的建议。这又使他在紧张之余稍感欣慰,也至少证明了她对自己还是信任的。再看看短信发出的时间:12:01,现在是12:36,也就是说已过去了半个多小时了。

于无声攥着手机的手心里冒出了汗,紧张使他按键的手指也有点僵硬,拨通了李剑南的电话,可电话通了却不接,他想可能按错了号码,再仔细按一遍,还是通了不接,再打,再打,每次都是直到铃声响到语音系统提示"你拨打的电话无人应答"。他的心加速跳起来,他预感到情况不妙。他不敢想象李剑南此刻在干什么。宋友李趁午休办公楼里没人时把李剑南叫进办公室,用意应该是明显的。当李剑南进去后,他又会如何对她呢? 她能不能凭着她的机智与老板周旋,再次保全自己? 于无声想象不出了,也想不下去了。

下午,于无声怀着忐忑不安的心情去上班,心里还在默念着但愿李剑南平安无事,或者说是她与自己开个玩笑而已。走过副刊部主任老冯身边时,老冯拉住于无声:"老于,有条花边新闻看看敢不敢报道一下。"老冯说着眼睛里闪烁着异样的神情。

于无声心里有事,没多大兴趣与平时一向插科打诨惯了的老冯开玩笑,他边走边淡淡地问:"什么事?"

老冯嘿嘿一笑,"你看看,于大记者的新闻触角也不怎么灵嘛。发生在身边的事竟然也会不知情。"

于无声马上联想到是不是自己昨夜进出李剑南住处正巧被谁撞见了,他的心一下子提了上来。再看老冯，那家伙竟一脸神秘。

"说正经的，出什么事了？"

老冯还故意绕圈子，"子不教，父之过；教不严，师之惰。学生出了事你这个老师也该担点责任吧？"

于无声脑子嗡的一下，知道肯定是李剑南出事了。手心里的汗一下子冒了出来。"老冯，别卖关子了。"

老冯本是个肚子里搁不住事的人，巴不得有人听他说事，但说之前他又小声地反复叮咛于无声："我只告诉你一个，你千万别再告诉别人。就在刚才，也就是午休时，李剑南被老板娘堵在老板的办公室里。本来一个下属到上司的办公室里也是正常的，但不是工作时间，走廊里也没人。而且老板娘敲了很长时间的门，里边就是不开门也不应声，但里边反复响起的手机铃声使他们不打自招。当老板娘把门打开时，两人刚从里间的卧室走出来。老板娘像警犬一样在卧室里东瞅瞅西嗅嗅地寻找物证，还真让她找到了。她爬在地板上从床底下找出一团纸巾，纸巾上还湿粘粘的，新鲜的……"老冯这家伙也不怕恶心，用自己的手比划着，像他现在手里就抓着那一团湿粘粘的纸巾团。"老板娘这回很厉害，不但没吵没闹，反倒劝一旁抽泣并瑟瑟发抖的李剑南，说你还年轻，今后的路还很长，我不给你张扬，只要承认了做错了什么，保证今后不再犯，我也就不会为难你的。其实，她自己手里攥着的手机开着录音和拍照的功能呢。"

于无声感到手指尖上已在滴汗了，两腋下已湿透了，胃又痉挛起来。这是他当年在沙家港镇知道自己的女儿不是亲生的后，落下的病根，只要精神紧张或情绪激烈就会犯。他知道这事老冯不会是瞎编的，但还是问老冯："你是怎么知道的？"

老冯再次神秘地笑笑，伸出一个巴掌，屈起中间三个指头，示意一个"六"的数字。于无声知道，这是在说陆萍萍。报社里的人平时大家背底里只要说到陆萍萍，就以"六"字的手势表示，既显示对她的轻蔑，又避免了背后指名道姓议论他人，防止隔墙有耳的危险。

陆萍萍是报社办公室主任，可她这个主任能当报社大半个家，她也从不把聂聪等三个副总编放在眼里，聂聪他们不但用车、招待客人都得事先向陆萍萍打招呼，甚至连买罐茶叶的权也没有，凡是用钱都得宋友李一支笔，而陆萍萍却可以例外。宋友李还多次在会上表扬陆萍萍坚持原则，严格执行规章制度，是个好管家。陆萍萍也因此被报社的人在背底里称为"管家婆"。

陆萍萍原先是丽春园宾馆贵宾楼领班，因为宋友李经常光顾就熟了。她做领班的同时业余兼做人寿保险推销，有职有权的人来贵宾楼她在提供令他们满意的服务后，也做成了一笔笔保险业务。宋友李就从她手里为全报社的人各买了一份保险，使她狠赚了一笔。她公关能力特别强，不但与宋总编好了，还主动登门，与宋友李老婆要好得不得了，认她为干妈。宋友李也就举贤不避亲，说陆萍萍有很强的公关能力，又做过保险，懂经营，把她当作人才引进到了报社，而且一进来就是广告部主任。理由是市政府招待所的领班属于中层干部，调来当报社的部主任属于平调。由此报社里多了个笑话"部主任与酒店领班是平级的"。陆萍萍进报社时个人身份也是企业工人编制，但当了部主任后就是正股职干部，自然进了事业编制。后来，广告部与广告公司合并，要搞经营承包制，宋友李就安排她当了办公室主任。报社里就出现了一首顺口溜："报社老总会识人，酒店小姐当主任，发嗲犯贱不蚀本，干妈喜欢干爹疼。"

除了对宋友李外，陆萍萍对报社里所有的人都颐指气使的，而且很会来事。三楼上就宋友李和三个副总编辑和报社办公室，还有就是会议室、会客室和卫生间，三楼走廊上原先与其他层面一样都是大理石贴面的，但有一次陆萍萍走过三楼卫生间外的走廊时，被地面上的水滑了一跤，她火冒三丈，当即就打电话叫人来给走廊上全都铺上了地毯。可不久，宋友李一位乡下亲戚来找他，门也没敲就冒冒失失地推门而入。宋友李的办公室是个套间，里边有个小卫生间和卧室，宋友李说是为了方便值夜班，实际上他从不值夜班的，而真正值夜班的三位副总编辑反倒不是套间。乡下亲戚闯进办公室，宋友李和陆萍萍还在里边的卧室里。此事把宋友李给惹恼了，不但没给这个不懂规矩的冒失鬼办事，还把这个虽是他长辈但年纪比他小的家伙痛骂了一顿。而陆萍萍又马上让人把走廊里的地毯撤走，全都铺上了木地板，这样一来即使你不敲门，走近时起码也会发出点脚步声。

据有人研究，说干瘦的人一般在性取向上会倾向于肥胖的对象。这个研究成果在宋友李身上得到了印证，陆萍萍与宋友李就是这样的一对。宋友李对陆萍萍一向言听计从，但这次他没听从陆萍萍关于不许招收女大学生的禁令，他的解释是李剑南是他的远房外甥女。但陆萍萍凭自己对宋友李的了解，早已嗅出宋友李的真实意图。

于无声问老冯："你说老板娘是自己开门进去的？"

"也是她——"说着老冯又做了个"六"的手势。"她到搞卫生阿姨那里拿老板办公室钥匙，说是老板不在，老板娘要来拿东西。"

于无声想走时，老冯叹道："唉，不知道这个李剑南是不是'处级干部'，不然也太便宜老板了。"于无声根本没心思理老冯，可老冯却谈兴正浓："网上调查不是统计过了吗，现在女大学生的'处级率'已降至百分之零点几，'处级'成了稀有动物了。老于啊老于，你真是个迂腐的老迂啊。"

于无声真想狠狠地揍老冯一拳，但他没有，他像是自己做了亏心事似的，连眼都不敢朝老冯瞪，他最想揍的还是他自己，他想躲到一个无人的地方扇自己几个耳光。

8

宣传部殷部长把宋友李找去,含蓄地说:招聘使用记者要严格按规定办,希望报社把不符合规定新招的大学生清退掉。显然这是指李剑南,因为新招的大学生仅她一个。肯定是有人把此事捅到了上面。宋友李老婆这回是不会再做傻事了,宋友李就开始暗中排查谁举报了这事。

李剑南离开了报社。她没与任何人告别,于无声知道后想安慰她一下,打她电话却发现已停机,只好给她发电子邮件,可李剑南没回。

那天中午,直接暴露李剑南与宋友李在办公室的是李剑南的手机铃声,对此于无声心里一直惶恐不安,他估计宋友李当时就从手机的来电显示上知道是于无声打的。但从表面上看,宋友李对于无声依然一如既往,就像什么事也没发生。但于无声还是明显地感到了宋友李对他的变化,特别是时不时的给他穿小鞋。

宋友李既是报社行政一把手,又是报社党委书记。所以很多场合他喜欢说"我代表党组织",言外之意他就是至高无上的党的化身。记者部党支部书记一职理应由记者部主任兼,但主任不愿意,宋友李也没征求谁的意见,就代表党委宣布:于无声同志任记者部党支部书记。于无声明白,这完全是一副套子。表面上看起来这是对于无声的信任和重用,但了解内情的人都知道这是个顶着石臼做戏——吃力不讨好的活。报社各部室党支部书记是兼职的,是完全义务的,却要多承担许多公益事务和责任,会议又多,仅各类支部台账就要花费不少时间和精力,而记者部是考核制的,主任、副主任与普通记者都一样标准考核的,兼任支书显然会影响正常的工作,从而考核成绩下降,直接影响个人收入。宋友李事前不经商量和征求意见,直接在大会上宣布了,让于无声没有退路了,如果不接受就是不服从党组织的决定,就是辜负了领导的信任。而担任支部书记后把他搞得焦头烂额穷于应付,他明知道这是宋友李在故意给他小鞋穿,他却又只能哑巴吃黄连。

宋友李一向不值夜班的,而近来却多次在夜里在外潇洒完后,开着报社的奥迪 A6还来看大样作终审,只要是发现于无声的稿子上了头版或其他版面的头条,即使是值班副总编已签字,他也要找出种种理由扣下。在官场混了几十年的宋友李找出的理由还很冠冕堂皇,大多是先从正面肯定稿子很好,但要让作者再去挖得深一点,写得长一点。而当几天后于无声真的又花很大功夫写出新稿子后,宋友李却又说这么重要的稿子最好送有关部门去征求一下意见,或送市里分管领导审阅一下。几乎所有送有关部门征求意见的报道,十有八九会遇到封杀的,这是报社里的人都知道的。因为深度报道必然会剖析新闻事件,就不能回避一些客观矛盾和问题,而凡是矛盾和问题,所有涉及的部门没一个愿意见报的,他们会找出千百条理由来解释或搪塞,也会动用各种关系让报社撤稿,即便是有个别单位同意发稿,也是以把稿子改得面目全非为前提的。而报社对这些部门也是十分迁就的,因为县级报纸的征订发行说穿了就是靠这些部门用行政手段硬性摊派的。县级市的广告源又十分狭窄,一大半的收入是靠机关部门的友情支持,做些收费的专版专刊。宋友李一直强调说这些单位才是报社的衣食父母,是上帝。谁要是破坏了与这些单位的关系,就是砸了报社的饭碗,我就要砸谁的饭碗。至于说把稿子送给市里分管领导审阅,那就是宋友李本人的事了,因为按照官场规矩,不可能由一个记者直接把稿子送给市领导的,得由报社主要领导亲自送去才算够格。那么宋友李是不是真送了,市领导的真实意见又是什么,就只有宋友李一个人知道了。反正于无声的这些稿子的命运只有一个,就是最后都白费心思了。宋友李还会当着于无声的面说几句安慰的话,甚至于还会埋怨这些有关部门或市领导没懂新闻,但他又回头说:"没办法,我们不能不照他们的意见办。"

　　人倒霉时喝口凉水也塞牙。对这句话于无声现在算是有了切身体会了。那天,他到超市去买些牙膏和牙刷之类的小东西,出检查门时警铃响了,保安过来挡住他。于无声感到莫明其妙,但还是很配合地把身上的东西全都掏了出来并重走了一遍检查门,铃声还是响了。保安马上用对讲机唤来保安部经理,保安说话时的态度和口吻就像是抓住了一个现行盗窃犯。这时四周围了不少看热闹的人,都在指指点点,有个老太太还在现场教育身边的小孩,说拿了东西不付钱是要被警察叔叔抓起来的。也有人在议论:看这人斯斯文文的,怎么做这事,偷几支牙膏也真太不值得了。

　　难堪、羞辱、愤怒、疑惑、无奈,都涌上心头,脸涨得通红,手心里、腋下、背上、鼻子上都是汗。但他知道不能与保安冲突,越是与他争执就越说不清,因为在别人看来保安是在履行职责,至于他们的态度,保安也就这个素质,更何况他们的确也经常因商品被盗而被老板责骂并扣罚工资奖金,好不容易抓住一个嫌疑对象他们还不要发泄一通?

　　于无声想,看来亮明一下自己的身份,有利于解脱,于是他就告诉他们说我是西水市报的记者。谁知不说记者还好,一说是西水市报记者,保安部经理说:昨天抓住的一个还自称是警察呢。另一个保安则说:就是记者又怎么样?记者中就没坏人了?你们不是还曝光说我们管理混乱吗,现在让你们看看我们的严格措施。于无声听了暗自叫苦,但他还是对他们说,你们这样做是侵犯人权的,我可以告你们的。但我为了证明清白,我现在可以按你们的要求再做一遍。

　　他想快点解决问题,快点求得解脱,于是他就把身上的外衣全脱了,还让保安部经理摸了一下身。再走检查门时，报警器还是叫。于无声干脆就赤脚走了一遍，这一下竟不叫了，大家这才恍然大悟，原来他的鞋子有问题，但还有人怀疑他在鞋里藏了东西，有个保安反复把他的皮鞋倒了又倒、看了又看，还在地上敲敲，最后举着皮鞋再过检查门，又响了。大家这才相信是鞋上有问题。于无声也这才想起这鞋是上次金蝶艺术中心的金老板给的，说是磁性按摩鞋，外表也看不出有任何异样，他穿着也就忘了，谁想到这鞋还真有磁性呢，可把他害惨了。

　　于无声本是个性情宽容随和的人，他想的是赶紧离开这里，而且因为紧张和羞辱，胃部又在疼了。他对超市保安部经理毫无诚意的致歉挥了挥手，说你们的态度和做法能不能改进一点。就这句话也让保安部经理很不高兴，鼻子哼了一声转身走了，似乎还怪于无声妨碍了他们的工作。于无声想，秀才遇上兵，有理说不清，与这种人生气也不值得。但当他去电子存包处取包时发现还得与这帮保安再打交道，因为存包的密码纸片不见了，他估计是刚才掏空口袋时，把那小纸片给带出来弄丢了。可返回来的保安部经理说：你要拿身份证来证明你的身份，我们才能帮你打开箱子。于无声说我所有的证件、名片统统都在包里，你要帮我把包拿出来，我才能给你看证件呀。保安部经理说："那你让你们单位领导来证明一下，别忘了打张证明来。"

　　于无声几乎想挥拳揍那保安部经理，但还是强压住心头的怒火。没其他办法了，他只得给报社打电话，当然不可能真叫报社领导来，办公室主任陆萍萍来了。她到了以后给超市经理室打了个电话，经理特地从楼上下来与她热情地握手寒暄。从他们的对话中，可以听出他们的关系是从做保险开始的，现在陆萍萍也经常为报社来采办物品。在回报社的车上，于无声向陆萍萍道谢，说你叫个人来就可以了，怎么还亲自跑来了。陆萍萍说你于主任的事，我当然得亲自来。这话在于无声听来，意思好像就是她要亲眼来看看他的难堪。果然，报社里很快就有人在说于无声在超市拿了东西没付钱，超市让报社派人去领回来的。虽然信的人不多，但影响还是出去了。

　　这一系列的事，让于无声知道已无法再在西水市报待下去了。也就在此时，市文化局的局长罗幼林问他是不是愿意到文化局来。因为于无声在文化馆干过，又长期跑文化条线，对全市文化系统上上下下的关系十分熟悉，又对文化局及所属各单位的历史沿革比较清楚。在罗幼林从乡镇党委书记调任文化局长时，于无声就为罗局长提供过不少有用信息，也出过一些有益的主意。罗幼林当初就曾问过于无声是否愿意到文化局，但那时的于无声一心想着宋友李破格把他招进报社，他不能另攀高枝，而且报社毕竟福利待遇不错。而现在，罗局长一问，于无声毫不犹豫地答应了。

9

后来,一次偶然的机会让于无声晓得了宋友李更多的内幕。

那是姑州市举办"扫黄打非"培训班,每个县级市的文化和新闻单位都要派人参加,西水去了两个人,一个是西水市报副总编辑聂聪,另一个就是西水市文化局局长助理兼办公室主任于无声。他俩被安排在一个房间。白天听课养精蓄锐,晚上大家就放开来吃喝玩乐。这天聂聪和于无声酒喝多了后就回到房间里喝茶聊天。

聂聪说:"老于你现在反正也已离开了报社这个是非之地,我把情况告诉你吧。"说着他就对把一些于无声并不知道的背景故事告诉了他。

于无声以前一直相信宋友李的说法,认为是宋友李破格把他从文化馆招进了报社。其实,是在报社筹建阶段,聂聪他们几个副总编对宋友李把人财物大权小权一人独揽很不服气,特别是招聘的编辑记者,素质不高的关系户占了一大半。大家就写信向市委作了反映。在市委分管意识形态的副书记和纪委书记的同时过问后,宋友李才把于无声等这样几个确有真才实学的人招进来掩人耳目,也让他们当牛做马充当采编骨干。至于提拔于无声当记者部副主任,则是宋友李为了安排陆萍萍当办公室主任,随便拉了个人搭车作陪衬罢了。

于无声想想自己在报社几年里始终辛勤卖力,对宋友李也是忠心耿耿的。现在终于真相大白,什么爱惜人才,什么破格录用,什么知遇之恩,欺骗了他这么多年,最后还给他小鞋穿,于无声不能不对宋友李的卑劣感到愤懑,同时也为自己在这么多年里居然毫无觉察而感到羞耻。他觉得自己像是喝完一碗味道还不错的汤后,别人才慢吞吞地告诉他说这碗汤里有几只苍蝇。他感觉到恶心反胃,想问人家为啥不早点告诉他,可又怕人家说你自己咋不长眼睛的? 所以也就忍了,但内心里一阵阵的作痛。

聂聪还对他说:"以前报社里人见你那么卖力,都认为你是老板的忠实走狗,所以有许多关于老板的事大家都是回避你的,这也使你对老板更加缺乏了解,他也就对你更加具有蒙蔽性。老于呀,你有没有想过宋友李为啥一定要把你排挤掉?"

于无声想说可能与李剑南有关,与那个电话有关,可这事他觉得不好说,就张了张口,又摇了摇头。

聂聪说:"是她害了你的。"说着他也做了个"六"的手势。

于无声吃了一惊,这事竟也会与陆萍萍有关,大大出乎他的想象。

当初陆萍萍叫来干妈到宋友李办公室捉奸,是想把李剑南搞臭搞垮。没想到她的干妈会冷处理,后来李剑南虽离开了报社,但远没有达到陆萍萍想要的结果:让李剑南抬不起头来,在西水待不下去。还反而使宋友李对她起了戒心。陆萍萍就变本加厉地采取行动,置宋友李前程仕途不顾,想要夺回自己的地位。打印了许多匿名信,分别寄给了市委书记、市纪委书记和宣传部殷部长,她在信里说李剑南色诱领导干部。幸亏宋友李在上面那些人身上下了不小的功夫,这些信最后都到了宋友李手里。宋友李认为是有人在与他为李剑南争风吃醋,他自然地把目标锁定在于无声身上。

于无声马上想到那天中午他反复打李剑南手机。他点点头,认同聂聪说的宋友李把他假想为情敌的说法。

10

文化局是政府机关,只有公务员编制,而于无声从报社广告公司转出的个人身份仍是企业工人,所以他的人事关系只能落在文化局下属的文化发展公司里。局里以借调的名义任命他为局长助理兼局办公室主任。局长助理是个介于正股级与副科级之间的职务。罗幼林没跟他明说,但谁都明白这个职位实际上就是一个过渡,助理一般都可以晋升为副局长。按照规定,只要提到副科级就可自然而然进公务员编制。这样的安排也是罗幼林一番良苦用心,这不仅是对于无声个人而言是一步到位了——既升职又解决公务员编制,而且对报社也是一种尊重,表示你报社输出的人才我文化局是重用的。

就在年底时,眼看一个副局长因年龄到限要退居二线,腾出的位子可以让于无声熬出头了,谁料机构改革之风吹到了西水市。这次不再是干打雷不下雨,风刚吹出来就有了行动。市里决定把文化局与广电局合并成立文广局,因为罗幼林已五十多岁了,所以就把他调到市委宣传部当副部长,实际上是过渡一下等待退居二线,在此期间要他筹建社科联。而文化与广电是两局合并,如果让广电局长来当这个新的文广局局长,给人的感觉就是广电局吃掉了文化局,对原文化局这个摊子的人和工作不利,也不利于新的文广局打开局面。所以把原广电局长另行安排,把宋友李调来当这个新的文广局局长。这样既解决了两局合并难题,也为宋友李开脱了一身的麻烦事。

宋友李最近的这些麻烦用他老婆的话说,又是"这么大一个人就是管不住下面那一点点东西"而引起的,具体地说就是陆萍萍给他惹出的。

宋友李与陆萍萍的关系在报社早已是公开的秘密,大家估计宋友李老婆和陆萍萍丈夫也都是知道的,宋友李老婆不知道怎么被陆萍萍几声干妈给迷惑了,两人关系竟搞得很好。而陆萍萍的丈夫则被称为"贪财乌龟",只要让他有利可图他什么都无所谓,陆萍萍与宋友李的关系中,他成了经济上的受益者,所以他也就眼开眼闭任他们去了,反正有了钱后他也可以在外面找更多更年轻更漂亮的女人嘛。

那天陆萍萍老公到外地出差,陆萍萍把宋友李叫去住在她家。本来宋友李已对陆萍萍有点戒心,不敢在她那里过夜,想完事后走的,但那晚陆萍萍也不知让他喝了什么东西,使他精神十足,像小年轻一样,与陆萍萍你一声"干爹"我一声"干女儿",疯狂了整个上半夜,完事后宋友李就支持不住倒头睡着了。谁知睡到半夜会进来个小偷,把宋友李的包和脱下的外套一卷而光,而钱包和身份证、驾驶证、名片等全在包里和外套口袋里。第二天宋友李和陆萍萍还祈祷说但愿这小偷是外来流窜作案的,得手后已远走高飞了。但他们的祈求没有显灵,这小偷虽说是流窜作案的外地人,但因为他觉得在西水开张的第一笔生意就收获颇丰,想在第二天再找户人家捞一把,这第二把没捞到就被擒获了。宋友李在陆萍萍家被偷了衣服和包的事很快就被传了出去。陆萍萍的丈夫本来可能又要装作不知道,可警察上门来把被盗物品返还,并要他签字确认,让他好生难堪,为了挽回面子,他就叫嚷着要追上门去揍宋友李,并扬言要告宋友李,说他对女下属进行性侵犯,说他破坏他人家庭,要他赔偿损失。而宋友李此时则认为是陆萍萍与丈夫合起来算计他,演了一出低劣的敲诈戏。

这下不但闹得沸沸扬扬,而且因为陆萍萍丈夫扬言要跑到报社去揍宋友李,宋友李吓得几天没敢在报社露面。幸亏市委书记对殷部长发了话,虽没说具体的内容,但殷部长从他那句"要维护好下属干部的形象"的话里,分明听出是要她处理好宋友李的麻烦。殷部长与分管副书记和组织部长一商量,就由组织部在市委常委会上拿出了一个关于市报社和文广局等领导班子主要负责人的调整方案。常委们都知道,现在讨论什么问题都没有讨论干部问题敏感,这种方案提到常委会上纯粹是一种形式,事前都已经一把手书记点头了的,有些本身就是书记授意去做的,只是为了表示民主和对大家的尊重而在会上走个过场罢了,所以谁也不会在会上提什么反对意见的。

听说宋友李要到文广局,于无声赶紧去找罗幼林,他说要么帮他调走,实在不行他就只好辞职了。罗幼林就找殷部长说正在筹备中的社科联需要找一个助手。罗幼林是西水老资格的官员了,殷部长也买他三分面子的。而且殷部长原是文化局长,与于无声也是熟悉的,于无声当记者时为文化系统歌功颂德的稿子也常常赞扬老局长打下的坚实基础,所以对于无声印象不错。于无声就这样被借出来筹备社科联。

西水成立社科联不是因为社会科学研究已发达到了需要成立这么一个组织,而只想跟上周边县市的步伐。在县级市除妇联、团市委、科协、总工会外,残联、文联、工商联、侨联和社科联都有了,而且都享受党政机关编制,人员全都是公务员,职能和工作对象又与党政部门形成了交叉重叠,各种矛盾、扯皮、磨擦也就随之产生,于是就要在市委、人大、政府、政协几大班子里各设一个分管领导来进行协调,实际上又是多了一个更高层次的矛盾、扯皮、磨擦,工作效率也就可想而知了。

社科联为正科级建制的群团组织,主席由宣传部副部长李振华兼任。罗幼林因年龄马上到限,报请上级后由正科职提半级为副处级调研员。这也是目前官场上通行的做法,临退之前提半级,既算奖励,也算安慰,更有人说是一种变相的赎买。调研员可以不上班了,工资、奖金和所有的补贴都照拿不误,这对于平头百姓来说可是天大好事,但对于曾经有职有权的人来说,那种失落感就好像剥夺了他一半的性命。而李振华还兼着文明办主任,他认为自己还年轻,现在已经是正科级副部长了,却让他兼这个本该是退居二线的老同志做的社科联主席,对他仕途发展不利。再加上前期的筹备工作都不是他做的,所以也不积极,就把所有的工作都留给了于无声一个人。

罗幼林对于无声还是够意思的,临退前向殷部长力荐于无声,使于无声成了社科联副主席。排在于无声前面的七个副主席,都是与社科联工作有点关系的单位的副职领导,他们与李振华一样仅是兼职的,他们本来都是副科职干部,所以按官场不成文的游戏规则,属于提拔使用的于无声只能排在他们后面,成了名副其实的"臭老九"。

11

社科联的成立还是好事多磨,正在筹备召开成立大会时,一场名为传染性非典型肺炎的传染病又席卷全国,为了切断传染渠道,全国都在控制人口流动,需要集中的会议全部取消。目前领导干部们的所谓工作除了会议还是会议,所有的工作都是从会议上来到会议上去,所以当三个月后会议禁令一取消,积累下来的许许多多会议要开,社科联的成立大会就只好再往后推。

在社科联筹备阶段,于无声算是向文广局借用的,他的关系还在文广局的文化发展公司。这个公司其实就是所谓的一套班子两块牌子,董事长兼总裁就是局长,公司的财务也就是局财务,所以于无声领工资就必须到文广局去。每次去领工资时他也就礼节性地到局长宋友李的办公室去坐坐,尽管心里一百个不想去,但他还是强作笑颜地去了。宋局长看起来很热情,说都是老熟人了,你放心,有什么困难尽管说。其实,这段时间里,于无声除了基本工资外,没有一分钱奖金和补贴。在工薪族的实际收入中,基本工资仅占了一小部分,而各种名目的补贴和奖金是主要的。于无声仅拿基本工资就与下岗职工的生活补助相差无几,更何况这种待遇实际上就是对他的一种羞辱。他虽明知道这是宋友李继续在给自己小鞋穿,却又不好说什么,如果站在宋友李立场上他也蛮有理由的:你去筹建社科联,而文广局给你发工资,要知道文广局下面的沪剧团、锡剧团、评弹团的演职人员下岗多年也仅生活补贴。于无声再比比那些下岗后靠打工、摆小摊、修自行车的棉纺厂的同事们,心理也就能平衡了。

社科联终于成立了,于无声的关系也正式转入了社科联,既不再穿谁的小鞋,也名正言顺地成了副科职公务员。但于无声没多久就在日记里写道:社科联还不如改名叫"社可怜"更合适。

社科联算是个独立建制的单位,但只有一个编制,办公经费一分钱也没有。幸亏副部长李振华兼着主席,办公地方就借在宣传部。桌椅也都是从宣传部淘汰下来的旧货中挑了一套,电话、电脑、饮水器、空调或电风扇、取暖器一概没有。于无声还尽可能地少参与或不参与社交,西水城里像他这样的副科级干部社交圈就是副镇长、副局长一类,这些人虽不算有多大实权,但花点所谓的招待费还是可以的。现在的招待早已不再仅限于吃喝住宿用车之类,唱歌、跳舞、洗脚、洗头、桑拿、游乐、敲背、推油,甚至叫小姐的费用都属于招待的范畴。难怪有民谚曰"社会主义好,公费样样报,烟酒汽油票,春药避孕套"。但于无声这两样他一样也花不起,时间上一个人顶一个单位的日常事务已经够呛,还要经常帮宣传部做这做那。

社交于无声可以不参加,但外来的客人却不能不接待。有一次省社科联杂志社的两位年轻编辑事前也没联系就直奔西水,面对不速之客于无声只得去向李振华汇报,李部长问客人什么级别,于无声不敢说是编辑,只说是杂志社干部吧,李部长就说我另外还有接待任务,你陪吧。于无声咕哝说费用怎么办,李部长说先欠在饭店里吧,总不能让宣传部掏吧。李部长所说的"宣传部"三个字显然是指他李振华自己,意思是说总不见得让我签字吧,因为他们宣传部领导的招待费也是定额包干的,但每人一个月二三千元的包干费哪够他们花的,好在他们能打着各种旗号到下面各单位去揩油。李部长显然是不愿为杂志社干部而去揩油,要不然他这个文明办主任随便到哪个想评文明单位的单位,人家还不乖乖地让他揩油呢。现在各行各业都想评上文明行业、文明单位,评上后领导可以在考核时加分加奖,也有利于提拔重用。所以文明办很吃香,请吃、娱乐应接不暇,宣传部其他科室的人半是嫉妒半是玩笑地说他们是"白天文明不精神,晚上精神不文明"。为接待那两个编辑,于无声只得领他们到金蝶艺术中心,说是先让两位编辑做番社会调查,磨磨蹭蹭就挨到了饭顿上,金老板当然留饭。此后,只要听到有外来客人,于无声就设法躲避,因为如果叫他自掏腰包接待,不但工资全赔了,而且这无名英雄做得也太没名堂了,但又不能经常把客人领去"社会调查"。

12

宣传部在市委市政府大院的后院一幢老楼里,是上世纪六七十年代建造的,以前是县委县政府的办公楼，撤县建市后，市委市政府在前院新建了一幢四层楼，书记市长们就带着市委办政府办的人搬了进去，后院这幢四层旧楼就留给了纪组宣三大部门。一楼是宣传部，二楼是组织部，因为纪委人多而且纪委办案需要一个人单独一间屋，三楼四楼全都给了纪委。这幢楼按理说才建不过三十年，但却已破旧不堪，不但结构陈旧、装修简单，建造时受极左思潮影响，不讲以人为本，每一层有十几间办公室，二三十个人办公，但只有最西头的第一间是一个公用厕所。一楼因为殷部长是个女的，一楼的厕所就定为女厕所，组织部长是男的，二楼厕所就定为男厕所，三楼四楼都是纪委的，则可分层设男女厕所。坐机关的人都养成了一个茶杯从早捧到晚的习惯，一天中也就要跑好多趟厕所，宣传部的男士们每次爬楼去如厕时就自嘲是"人往高处走，水往低处流"。组织部的女士们则一天要下来好几回，男士们又开玩笑说：男上女下，传统习惯。女人们用厕所的时间又比较长，而且喜欢一个人闭门操作。所以这一楼最西头一间的门口几乎一直有人在等待。有人开玩笑说这就像机关干部的编制问题，人多位少，只能等里边出来一个才能进一个。有人实在憋不住就只好往楼上去碰碰运气，但如果憋慌了神一不小心钻进了异性厕所，那可不再是编制问题了，可能就被认为是作风问题了。

于无声的社科联办公室借在一楼宣传部最西头的第二间，也就是说在女厕所的隔壁，这里原先是宣传部堆杂物的。于无声办公室门外一直有女性在徘徊，当然不是找他的，而是等待进厕所的。

开头两个月于无声用手机对外联系的，但到月底一看话费花了好几百，他就只好老着脸皮到宣传部各个办公室去借用电话。而平时用的笔、墨水、稿纸、信封也都是宣传部的，连喝的开水也是宣传部的。每次去要他都有一种看人眼色的感觉，可不这样又怎么办呢，借躲在人家屋檐下，不能不低头呀。他到宣传部文印室借电脑和打印机、复印机用，次数多了就不好意思，再去时给文印室的小姑娘买些零食，也算作些感情投资。小姑娘嘴巴蛮甜的，说于主席太客气了，都是自家人嘛。话虽这么说，手却伸得挺快的。

宣传部的人见了于无声表面上也都客客气气地叫声于主席，但于无声可以感受到谁也没真把于主席当回事。逢年过节时，人家忙着发东西、忙着请吃和吃请，他于主席不但只能眼巴巴看着，而且人家还常常会叫他帮忙："于主席，反正你空着，替我们看一会儿办公室吧。"这个"反正空着"是宣传部的人对社科联、对他于无声的定性，这"反正空着"中还透露出他们对社科联的轻视，也因此随时会把于无声拉去当他们的"义工"，帮着写材料，各个科室似乎都觉得有权支使于主席。

创建文明城市、转制企业职工思想政治工作、未成年人思想道德建设、精神文明进社区、文化下乡、外来新市民教育、农民素质教育、构建和谐社会、社会主义新农村建设、社会主义荣辱观教育,等等,都成立了宣传组,都要写材料。而宣传部的人大小都是科长副科长,他们一天到晚忙着到处开会,写材料的任务就来拉于无声帮忙。当然话还说得好听:"于主席是我们这里的一支笔,这些事只有仰仗于主席了。"于无声觉得不能推辞,自己借了人家的房子,喝了人家的水,用了人家的东西,人家有事叫到他,他当然也得回报。于无声的党员组织关系在宣传部党总支,先进性教育时,党总支三个阶段的计划、总结、汇报全由于主席代劳了,而且党员谈心记录、征求意见整理、整改方案、每周一篇的向省和市先进性教育办公室必报的信息,连殷部长的个人党性分析材料、整改措施,也都成了于无声的义务劳动。于无声在日记里自嘲说于无声要改名为"义务人"了。

而作为一个成建制的正科级单位,又理所当然地要接受各种考核,承担各项义务的。年初计划、年中和年终的两次总结,这些对于无声来说没什么难的,但现在的市领导什么荣誉都想要,创建卫生城市、创建文明城市、创建园林城市、创建环保模范城市、创建生态示范区、创建健康城市、创建优秀旅游城市、创建消费放心城市,这些都是市委市政府挂牌的重点工作,又成立了指挥部,书记或市长都是亲自挂帅当总指挥,下面每个单位都要成立领导小组和工作班子,要有台账记录,不然就要被扣分,年终的目标管理考核就要减少奖金,还会追究领导责任。每项创建各个单位也都要成立领导小组,而且明确规定一把手要亲自挂帅,这也是表示对此项工作的重视,同时也是对市里主要领导亲自挂帅的对应。于无声就只好也把社科联的创建组织机构报上去,组长是李振华、副组长一共八个,但什么事都得于无声这个"老九"干。

几乎所有的单位都对"创建"怨声载道,但又没人敢公开反对。因为这些也不全是西水市领导单方面想要,省和姑州市里一再压下来的任务,上面还与每个县市签订了责任状,若是通不过考核验收就要拿县市区主政领导是问。而各县级市一些相对应的部门又一再起劲地争取,因为这样一搞创建,他们部门的地位就上去了。比如创建中国优秀旅游城市,最起劲的当然是西水市旅游局,这个平时很不起眼的局,因为创建而一下子成了炙手可热的部门,到处指手画脚吆五喝六地去检查,而且市里为了保证创建成功在人力财力上都满足旅游局。所以民间又有句话说"六十年代革委会,七十年代计生委,八十年代体改委,九十年代外经委,二十世纪爱卫会"。说的就是在每个历史时期都有一些部门最吃香。上世纪六七十年代"文革"席卷全国,各级革委会取代了政府;后来计划生育被称为了"天下第一难",计生考核通不过就要把全盘工作"一票否决";到了以经济建设为中心时,体制改革和外向型经济、招商引资成就了体改委和外经委吃香喝辣的好日子;而今各种名目的创建则让相关部门也随之吃香。国人好像干什么也脱不了闹革命的方式，习惯用搞运动来推动工作，看起来大张旗鼓、轰轰烈烈，可都是一阵风一阵雨的。

刚开始时，于无声还与每个"创建"指挥部说明情况，想让人家理解社科联就他一个人，这些东西是否可以免了，但几乎所有的指挥部口气都很硬："你社科联怎么可以搞特殊呢，人家残联、侨联、文联不都与你差不多吗。"于无声知道再去说也没用，人家还会说你不要自己不把自己当个单位。

除了那些争夺国家级荣誉的"创建"外，还有不少的像治安先进单位、无信访单位、除四害先进单位、无吸烟单位、无计划外生育单位、无邪教练习者单位、创建勤政廉洁机关、学习型机关、法制型机关、档案先进单位、效能型机关建设、档案工作先进单位、保密工作先进机关、社会治安综合治理先进单位、以法治市先进单位等西水市自己搞的活动；还有一些像学雷锋献爱心行动、党员志愿者活动、募集防洪抗涝工程款、对口扶助贫困村和贫困农户等任务，这些都要做台账资料，年中和年底要接受两次检查考核，要汇报总结材料，平时还要随时去参加他们各种培训和会议。这一切，把于无声搞得焦头烂额，穷于应付。

13

周边县市的社科联都自办了刊物，于无声就向李振华建议说我们也搞一本吧。他在汇报时特别突出了兄弟市社科联已经有了，唯独西水还没有的现状，这也是抓住了领导们的心理：虽然自己不想创新，但别人有了的东西自己也不甘落后。于无声又说了自己的设想和方案。李部长就说："反正你空着，那就搞吧。"于无声每听到"反正你空着"这句话，心里就一阵委屈，但他没有办法与李部长争辩，默默着手筹备杂志了。

电视剧里那句"金钱不是万能的，但没钱是万万不能的"话，之所以能广为流传，就是因为它总结出了现实社会的真谛。办杂志虽说将更加忙一点，但于无声是有他自己的小九九。他知道，未经国家新闻出版总署批准的杂志型印刷品，只能算是内部出版物，既不能明码标价地征订发行，也不能做广告。但他已经想好了，待杂志办起来后，就成立个理事会，拉几家企业或机关来当理事单位、协办单位，让那些喜欢出风头的头头们在杂志上露露脸面，写几篇文章给他们吹吹，这样再开口向他们收点赞助应该是顺理成章的。这样一来，扣除编印成本，每期多多少少能有点收入吧。

于是，于无声就在应付各类杂事和为宣传部做"义工"之余，开始着手做杂志了。在这之前，他还随李部长专门向殷部长作了汇报，他还向殷部长提出：是不是由部里出面向市新闻出版局发个公函，说明社科联要出版这样一份内部交流用的印刷品。殷部长也是第一次接触这样的事,她觉得文广局、新闻出版局都在自己治下,我点头了,难道他文广局、新闻出版局还会不答应?所以她就对李振华和于无声说:"你们尽管去弄,这是光明正大的好事,他老宋也不会为难你们的。"殷部长说的老宋就是现任文广局局长宋友李,西水市新闻出版局实际上就是西水市文化广播电视管理局的一块副牌,宋友李既是文广局长,又兼新闻出版局局长。于无声原想到应该公事公办,向新闻出版局提交个内部印刷品的申请,但被殷部长这样一说,他就不好再坚持,不然会让殷部长觉得好像她的话不管用了。

杂志的名字于无声征求了许多人意见,整理出七八个,送给李部长定,李部长挂名主编,于无声则是副主编兼编辑部主任。李部长说让殷部长定,殷部长就指着一个"西水新潮"说:"这个名字不错嘛。"

《西水新潮》第一期稿子很快就编好了,于无声就把稿子送到市文化馆下面的丽春园复印社去打字排版。

丽春园复印社是李剑南承包的。李剑南从报社出来后,一度生活很艰难。她先是应聘到一家台资企业当秘书,后来又跳槽了,原因是那台湾老板要她当他的大陆二奶,而她不肯。后来她又到了一家园林绿化公司当业务主管。一次她了解到西水开发区要做一大片园林绿化景点,她去争取了几次,眼看要成了,另一家公司插进来竞争。她的老板对开发区建设局长许愿,说可以组织他们全局出去旅游。局长说另一家公司也叫我们去旅游,但如果你们的小李作陪,我们可以考虑选择你们。话已基本挑明了,老板马上半是许愿半是恳求地对李剑南说,只要揽下这工程,就给你15%的提成。李剑南就陪局长出去了一次,局长很满意,工程也就做成了。可老板一看金额这么大,就要赖说要把旅游费用、请客和送的红包全都算在15%里。李剑南当然不干,但她没有硬争。后来老板去工程款结算时,开发区建设局长问怎么不让小李来拿钱呀。老板请她去,她就推托不肯去。最后工程被局长找出许多问题,扣掉了总价的20%作赔偿。李剑南也因此而又丢了饭碗。

当时于无声还在文化局当局长助理,知道李剑南的情况后,帮她联系了文化馆想让她去过渡一下。谁知她见文化馆下属的丽春园歌舞厅底楼门口有一间门面房出租,就去租了下来,并说服了馆长把馆里的复印机和电脑搬了下来,让她开了个复印社,名字就叫丽春园复印社。馆里的打字复印全都送到她店里来,记账抵租金的。这样一来据说日子还过得去。以后于无声见她也没什么需要他再出力的,他就很少再来,再说他自己也忙得自顾不暇,联系也很少了。

虽然联系少,但李剑南的事他还是知道的,毕竟西水城就这么大。

李剑南在文化馆门面房承包复印店后,与徐志刚认识了。这个徐志刚曾是沪剧团的小生,现在沪剧团、评弹团、锡剧团的牌子虽都挂在文化馆门口,但已几年没演出也就名存实亡了。徐志刚没分流出去,就留在丽春园歌厅看场子、搞卫生。徐志刚很空闲,一空闲就生出事来。徐志刚就把父母积蓄了一辈子让他买房子的钱拿去炒股票,还骗家里说已订好了房,煞有介事地把父母老婆都带到一个建筑工地去看房,结果炒股不但赔得自己血本无归,妻子扔下孩子跟一个台商老头走了。没钱炒股的徐志刚也没安分,他一有时间就跑到李剑南的复印社聊天,还帮着打打下手。香港影视剧里的男人把追女人叫作泡妞,这个泡字其实用得恰到好处,形象生动。徐志刚长得帅,又能说会道,天天在李剑南的复印社里泡着,还不把李剑南的心给泡酥了。当李剑南发现自己已怀孕后,徐志刚又怂恿她先生下来再说。女人一旦陷入情感旋涡,智力就几乎等于零。此时的李剑南破罐子破摔,全听了徐志刚的。孩子生下来后,加上徐志刚前妻留下的孩子,一家四口的生活让徐志刚感到了肩头的责任,他发愤要好好赚钱。他与几个原沪剧团的人结伴搭了个草坛班子,逢年过节下乡演出,农村里一些发了财的小老板喜欢包几场戏请请乡亲,徐志刚们也就能赚些辛苦钱。徐志刚在一次搭台时从做幕布的毛竹架子上摔下来,从此半身不遂。李剑南带着两个孩子,还要照顾徐志刚,非常辛苦。现在各单位渐渐的都自有了复印机,复印社生意不太好了,李剑南的生活十分艰难。

自那个尴尬的情人节之夜后,于无声反复地想过李剑南的种种,他也反思自己与李剑南的关系。两人之间都说不上爱与不爱,但又有一种缘分在里边。那夜,李剑南表示她不甘心便宜了宋友李,她想通过献身于无声而求得一种心理平衡。但于无声的心理上却承载不了对宋友李的恐惧,再加上激动和紧张,使他畏缩了、失败了。这失败不仅仅是一次生理现象,更使他对自己有了一种难言的压力和负担,是他一向自奉为正直善良、认真负责的男人形象的失败。压力和负担随着时间已慢慢减退,但失败的阴影始终笼罩在他心头,对于李剑南他甚至觉得负疚和愧歉,甚至他觉得李剑南落到今天的地步,他也应该承担一定的责任,尤其是李剑南现在的生活状况,使他觉得有一种责任需要帮助她,关心她,爱护她。

想到这些,于无声总有点自责,一个涉世不深的年轻女子,处在如此艰难之中,怎么能袖手旁观呢,所以《西水新潮》放在李剑南这里打字、排版,就是想帮帮她的。

然而谁想到,这一次于无声又像是当初他不忍心拒绝李剑南想在报社实习一样,初衷是想帮她,可最后却是害了她。《西水新潮》刚印出,市新闻出版局的人来找于无声,说有人向省新闻出版局和扫黄打非办举报说西水在出非法出版物,现在他们奉命前来调查处理。来人与于无声都是认识的。所以他们说,我们都是自己人,还好说话一点,如果让省里直接来处理是要罚款并处理当事人的。

于无声告诉新闻出版局的人说,出杂志是经分管书记和殷部长同意的,而且是殷部长主张不要办手续的。他这样说，一是认为这是事实，二是想抬出领导来做挡箭牌的。但马上被李振华制止并纠正："殷部长是关照我们要按规定办事的，是我们没把事情办好。"李振华的官场技艺明显比于无声娴熟，在这种事情上把责任推给领导是官场大忌。李振华又是个谨小慎微的人，送走新闻出版局的人后，他对于无声说："算了，老于，你以后有空也别去惹老宋。"这话让于无声气得差点背过气去，李部长的意思好像是他于无声空得没事才去办杂志的，而且他从李部长的话中知道了此事的真实背景是宋友李在操纵，难怪《西水新潮》才出了一期就要被查处？

14

　　《西水新潮》就这样只出了一期就寿终正寝了。不但于无声原先设想的能多多少少赚点钱的想法落了空，连欠李剑南的打印费也付不出了。

　　市地税局要申报省文明单位，可第一次材料送到姑州市文明办后就被退了回来，姑州文明办一个年轻的副主任还不留情面地问送材料的西水市文明办副主任："你们西水地税局就没个会写材料的人，这种东西怎么能报到省里去？"这句话言下之意就是指责西水文明办怎么连这种材料的质量问题也看不出，是不是也没人了。李振华知道后，就找来了于无声请他帮助改稿。所谓的改稿，实际上就是要于无声重写，于无声只得苦熬了一个通宵。材料送到省里一次性通过了，地税局局长很高兴，让人给文明办送来一箱中华香烟。李部长没忘记于无声，让人给了于无声二条烟。

　　于无声是最忌烟的，平时开会或出去吃饭时，他非常无奈地要忍受吸二手烟的苦恼，一回家他就要赶紧洗个澡，把里外衣物全换掉，不能洗的衣服也要放到太阳下晒。他拿到二条中华烟后就到一家小店里以每条500元的廉价换回了1000元现钱。他拿着钱就去找李剑南。

　　找到丽春园复印社，于无声发现原先的那间小门面复印社成了个奶茶铺，里边是二个原评弹团的演员。一问才知道，宋友李到文广局后，大力推行文化单位产业化经营、走市场化道路，文化馆全额拨款的待遇被取消了，奖金、福利、费用全部要靠自己创收经营，于是他们靠办写作、音乐、美术、书法、舞蹈收费辅导班过日子，丽春园歌舞厅也重新承包，李剑南就再次失业了。问评弹演员李剑南到哪里去了，她们说在丽春园歌舞厅做服务员。找到丽春园歌舞厅，于无声发现这里已不再是昔日的模样了，没有认识的。一问才知道歌舞厅已收归文广局的文化发展公司，然后转手承包给了浙江老板。大白天的这里也是黑灯瞎火，包厢里幽暗一片，走廊里几盏粉红色的灯亮着微光，通道也弯弯曲曲像是迷宫。于无声看这氛围，心里就有数这里还在经营什么了。

139

李剑南怎么会在这里做服务员呢？于无声心里一紧，但是，他问了一个遍也没见到李剑南。倒是有个被称为少爷的服务生挺热心的，见于无声找人，以为他是来寻老相好的，就问他老相好长什么样、年纪多少。那少爷一听，就说："什么剑南剑南的，会不会是剑兰，就是阿兰啊？"当他把于无声带到一间开着粉红色灯光的屋子里时，于无声发现屋里坐满了身着暴露的姑娘，他知道这些姑娘就是所谓的小姐，这屋子就是所谓的"金鱼缸"——小姐们就像是游动在缸里的金鱼一般，等待着客人的挑选，挑中的就带出去坐台。这就类似饭店玻璃池里养的活鱼，只要客人点中就可以抓出来活杀现做。现在因为是下午，生意清淡，"金鱼缸"里的小姐们都有点慵懒，见少爷带客人进来，她们马上精神一振，十分敬业地摆出各自风情万种的姿态期盼自己能被点中。

少爷喊了一声"阿兰"后，于无声见一个姑娘脸上职业化地笑盈盈地走过来，当她也认清来客是于无声时笑靥凝固了，而这表情变化才使于无声肯定眼前这个浓妆艳抹、穿着暴露的姑娘就是李剑南。

因为是下午，歌舞厅大厅里的客人三三两两的。李剑南带于无声在一个角落的沙发里坐下，虽然灯光不亮，但在于无声眼里李剑南胸前的一大片皮肤还是很白很白的。

"看什么，又不是没见过。"李剑南迎着于无声的目光毫无遮掩地挺了挺胸。

她这一句话让于无声一下子又回忆起那个令他羞愧难当的情人节之夜。

"小李，你……"他想说你不能这样自暴自弃，但话到嘴边他改成了："你还好吗？"

"好？……"李剑南沉默了一阵后，终于告诉于无声，家里两个孩子要吃饭，徐志刚这边父母年纪大了也要负担，徐志刚还要看病吃药。"……如果不是老公、孩子离不开，我要做也会到外地去做的。"她还说，因为自己在这个行当里已算是人老珠黄了，是妈咪见她可怜才照顾她的，但生意不如江北来的小姑娘们。

她在说这些时，脸上居然没有多大表情变化，没有像电影电视里常见的那种哽咽着倾诉，而是在说一个与她没有多大关系的人的故事。于无声看来，她能心如止水似的平静面对生活，与其说她变得坚强，倒不如说她变得麻木了，甚至是一种对自己残忍的麻木。

当于无声把 1000 元钱给李剑南时，他没说这是他自己的钱，而是说这是《西水新潮》的打字费。李剑南也没多大反应，只是默默地收好，她竟对这钱一点也没表示疑问，因为她应该知道她连发票还没给于无声，他怎么可能取出钱来，而且这数字也远远超出当初说定的价格。

15

后来几天里，在"金鱼缸"门口见到李剑南时的样子老在于无声眼前晃动，于无声觉得不能任她这样下去。正好他收到一笔外快:一篇题为《"和谐"实际上就是让不同声音协调——浅谈构建和谐社会的不等于一团和气》的论文在省社会科学论文评奖中获得了二等奖,奖金500元。他揣上钱就往丽春园歌舞厅来了。

一问阿兰,妈咪过来说:"对不起,阿兰已经坐台了。老板,我给您另外找一位吧。我这里的小姐都是西水城里第一流的。"当妈咪的就是话多,她热情地把脸凑到于无声耳边:"先生,你放心,我这里绝对安全。小姐也绝对干净,我们都有措施的。"

于无声告诉妈咪说只要阿兰。妈咪这才说:"这个阿兰真的怪了,要么没生意,要么一个没走又来一个。"于无声听了觉得脸上烧起来,难道自己也像是逛风月场所的?他说我是她朋友,我在这里等她下班吧。

"老板啊,我们这一行下班哪有一定的。说不准哪个老板看中了带她出台,那不是让你白等了吗?"见于无声坚持要等,一心想赚钱的妈咪就说:"要不,我给你开个小包厢,等阿兰一空我就让她过来。"

于无声知道唯利是图的妈咪是要推销掉一个包厢,正在犹豫,妈咪说:"小包厢100元,奉送茶水、水果,看你是阿兰的朋友,给你打八折,80元吧。"

一个人坐在包厢里,于无声忽然觉得有点孤独,外面是纷纷扰扰灯红酒绿的花花世界,而他一个人却在寂寞中等待。他在电脑点歌屏上找出了两首他喜欢的歌,然后把自己埋进沙发里,让歌声像温暖的水一样浸漫全身,浸入心田。

> 你是我最苦涩的等待,让我哭泣又害怕未来,
> 你最爱说你是一颗尘埃,偶尔会恶作剧的飘进我眼里,
> 难得来看我,却又离开我,你就是真的像尘埃飘散在风里,
> 风吹来得砂落在悲伤的眼里,谁都看出我在想你,
> ⋯⋯

一首《哭砂》太像是一个人在对他倾诉,倾诉她的爱、她的迷惘、她的痛苦,而这个人就在他耳旁低吟浅唱,似乎伸手可及,却又虚幻一片,不知她在何方、她是何人。第二首歌是《水中花》,歌声和意境那么空灵,却又像是从心田里涌出,映现出他对这个似真似幻世界的感受。

> 凄雨冷风中多少繁华如梦,曾经万紫千红随风吹落,
> 蓦然回首中欢爱宛如烟云,似水年华流走不留影踪。
> 我看见水中的花朵强要留住一抹红,

奈何辗转在风尘不再有往日颜色，

我看见流光中的我无力留住些什么，

只在恍惚醉意中还有些旧梦，

……

尘中无从寄托，任那雨打风吹也沉默，

仿佛是我……

　　沉浸在歌的意境里的于无声，也不知已等了多长时间后，在没听到敲门声的情况下，一个人已推门而入。一袭香气先到，李剑南飘然落座他身边。

　　李剑南的脸上没有多少惊讶，只是职业习惯似的说："对不起呀，让你久等了。"她坐到于无声身边后，她竟还故意凑在他耳朵旁说："你知道阿兰在这里年纪大了，做不过那些小姐妹了，也来照顾一下阿兰的生意？"

　　于无声感到李剑南施过粉黛的脸色掩饰住的倦容，仔细辨别，香水仍掩饰不住被沾染在身上的酒味烟味。他掏出装有500元钱的信封，放到她面前，他想早点离开这里。谁知李剑南眼睛一下子亮了："呀嗬，到底是主席了，出手就是大方，还没做就付钱。"口气半讥半讽，手却利索地把信封装进了随身的小坤包。

　　他告诉她："我知道你难，我只想帮帮你。你是不是干点别的？"他说的这段话不知道她有没有听见，因为他的声音很低，说得小心翼翼，像是怕触痛她心里的什么难言之隐。卡拉OK的音乐声还在播放，压过了于无声的声音。

　　李剑南的脸上掠过几丝嘲讽的笑容："你还以为自己是无冕之王，来暗访的？想为咱受压迫的妇女姐妹呼吁？……噢，是来学雷锋的吧，可那是3月5日的事情呢。"说着她还为自己点上一支又细又长的香烟，吸了一小口，却能喷出长长的一条烟来，看来她的功夫也已到家了。

　　哀莫大于心死。于无声默默坐了一小会儿后，心头一直在叨念着这样一句话。他再次站起身来想离开："你别误会，我……只是想帮帮你。"说着他往门口走。李剑南这才摁掉香烟也站起来，并一把拉住他，说："你能不能再听我说一句话？"昏暗的灯光下，她胸口那一大片皮肤白得扎眼。

　　于无声心头一软，点点头。

　　李剑南刚刚要张口说什么，包厢的门被猛地推开，进来四个人，两个穿公安制服、两个穿文化稽查制服。于无声认识那两个文化稽查，其中一个是文广局稽查科长兼稽查大队大队长。于无声马上想起歌舞厅也属于文广局的势力范围。

　　稽查科长也意外地发现包厢里的客人是于无声，但他没有与于无声打招呼，当着众人面装作不认识就是在掩护对方。稽查科长抢前一步对于无声说："有人举报说这里有色情交易。我们需要检查。"

这时那两个警察已熟门熟路地从李剑南随身的小坤包里搜出了一个装有500元现金的信封，信封还是省社科联给于无声发奖时的信封，上面清清楚楚地写着"西水市社科联于无声"。同时从包里搜出的还有一包已经拆封的避孕套。警察说："走，跟我们回派出所去。"

于无声脑子里嗡嗡作响，一片空白，简直不知道该怎么说好了。但他还是从稽查科长那句"有人举报"的话中觉察到有人又在暗算他。他知道派出所是不能去的，一般正派人谁会被叫进那种地方。他早就听说过，再清白的人，进了派出所警察也会诱导你按他们的思路承认。

"要不，叫你们单位领导来一下？"果然，警察亮出了他们惯用的杀手锏，机关干部最怕的就是这一招。

"我们单位就我一个人。"于无声无奈地说。

"骗谁？哪有这样的单位？……要不，就打电话叫纪委来人了。"这两个警察是这方面的老手了，知道叫纪委的人到歌舞厅来，没事的人也会成有事了。就像于无声那次在超市被疑为偷窃一样，真是有点跳进黄河也洗不清了的感觉。

情况显然已经让于无声有口难辩了。一个男人与一个做小姐的女人，在这种常人眼里的风月场所，而且有钱和避孕套佐证，这就属于人赃俱获了。"黄鼠狼钻进了鸡窝——不是吃鸡也是吃鸡"。于无声清楚，要是被认定嫖娼，那是要"双开"——开除党籍、开除公职的。而且这样的桃色事件人家都喜欢传，不管是不是真有什么，这种事大家宁可信其有，不愿信其无，"无风不起浪"、"不会空穴来风"之类的话就是莫须有的极好解释。桃色新闻又永远是人们有滋有味的谈资，在传播过程中，人们潜意识里也在满足自己想做但又不敢做的欲望。

这时妈咪进来了，八面玲珑能说会道的妈咪与警察和文化稽查显然都熟识，但那个带队警察颇感为难地对妈咪说："今天是有人举报，不能不办。"妈咪她知道事情有点棘手，就识趣地退出去，在外悄悄地给什么人打电话。一会儿那带队警察的手机就响了，从他接电话的态度和口气就可知是上司在给他打电话，估计妈咪的电话起作用了。

最后，于无声出了500元钱，名义上算作一般社会治安案件的简单程序当场处罚，但既没给罚款单，也没让于无声和李剑南签字画押。

于无声无可奈何地认栽了，也算是花钱消灾。他估计，连同从李剑南包里搜去的500元，这四个人今晚每人可分得250元，反正他们料定事主是绝不敢声张的，这也就是"黑吃黑"了。

16

随后的几天里，于无声情绪非常低落，他一直在反复寻思到底是谁在暗算自己。就在这时，他听到宣传部的人都在悄悄地议论说宣传部要改朝换代了。说是殷部长到政协当副主席，而殷部长的继任者就是宋友李。

现在的小道消息往往比报纸说的更准。几天后，小道传闻得到了全部证实。宋友李升任市委常委、宣传部部长了。

关于宋友李能在五十多岁还升职，人们私底下有一种传说，说是在夏天的时候，殷部长带着文广局局长宋友李和教育局龚局长、广电总台齐台长等一行六人，借民间文化考察团的名义到了日本、韩国。在日本游玩时，他们进了靖国神社。可一回来就被举报了。举报者不但检举了敏感的政治问题，同时还检举说他们受了旅游公司的现金回扣，回来后又把费用在教育局下属的校服公司报销了。这样每人花掉了三四万元的公款，而个人却反而赚进了二三万元的现金。据说当初去靖国神社是宋友李的主意，但进去的当天他却临时称病没去。事后他向导游要来照片和录像看，还反复说非常遗憾。

此事被举报后并没见公开处理，只是后来部分部委办局主要负责人调整时，这几个人都在其中，教育局龚局长被调到了宗教局当局长，广电总台齐台长被调到党史办公室当主任，虽说都属于是平级调动，但谁都看得出他们的实权和实惠被降了一大级。殷部长因为年龄到限，退居二线也属正常，但原先传说她要进人大当第一副主任、党组副书记的，现在却当了政协排名第十三的副主席。

只有宋友李不降反升，人们就猜测说他是因举报有功而被提拔的。但也有人分析说不可能，因为举报者往往被视为危险人物而不被领导所信任和重用的。所以人们又认为，这是市委书记马上要上升了，临走之前他要把自己的一批铁杆亲信安排妥当。也有人认为，宋友李任副处级的市委常委、宣传部长，实际上是官复原职，因为他曾在江北扶贫时当过一年半县委副书记兼常务副县长。

于无声对各种各样的传说、猜测不是很关心，他听到宋友李当宣传部长的消息后，第一反应是知道自己已没法再在社科联待了。不过，想穿了，离开"社可怜"倒也是一种解脱。

2006.8

天 下 第 一 弄

老毕"咂咂"嘴巴，从睡梦中笑醒过来。看看时间才晚上九点四十五分，看来自己的酒力是愈发地衰败了。床前的茶几上半斤白酒尚有二两还在杯中，自己竟迷迷糊糊地躺倒不干了。

醉酒的人容易做美梦，老毕认为是很有道理的。老毕在梦中见到了心上恋人——漂亮妖媚的花仙子。花仙子开了自己房间的格子窗，用一根长尺轻敲他的窗户。老毕瘸着腿上前打开窗子，天上挂着明媚的月亮，对面的窗前站着飘飘欲仙的花仙子，明眸秋波，含情脉脉地看着他，然后掩嘴笑道，你怎么成狗熊啦？老毕两眼一瞪，谁说我狗熊了，你等着。说完，老毕扛起那条二米长的木板，从自己的窗口伸出去，然后搁在对面花仙子的窗台上。老毕虽然瘸着腿，但他像一只灵巧的猴子，跃上窗台在跳板中间踮了一脚，便跳入对面的窗户。花仙子望着他嘻嘻地笑个不停，老毕搂住花仙子跟着大笑。这一笑，把老毕给笑醒了过来。

老毕拨开窗户上的木闩子，这是一扇清朝时期的木格子窗。窗上雕着龙凤戏珠的图案，木格子中嵌着一块块一寸见方的玫瑰红的凹凸玻璃。老毕开了窗，果然跟梦中一样，天上挂着明媚的月亮，但对面的窗户却始终紧闭着。两个月前，老毕从二米长的木板上闪了一下，从二楼垂直摔下去。第二天，老毕跳窗的精彩故事传遍了小镇上的每一个旮旯。镇上的老人思绪万千，回忆起老毕父亲的父亲毕老爷在年轻时也曾和对弄丰老爷的四姨太有过类似的故事。那时毕老爷家和丰老爷家是凤溪镇上最殷实的大户人家，拥有前后五进的豪华住宅，两户之间有一条长达百米、宽不过一米有余的界弄。老毕的爷爷当时西洋学成归来，住第三进二楼最东的一个房间，而隔壁丰老爷家的四姨太住第三进二楼的最西面一个房间。两家的窗户对着窗户，从而给两个年轻的男女创造了月下传情的条件。每当夜深人静，两扇窗户便悄无声息地开启，两个年轻人只要稍微探出一点身子，便可伸手触摸对方的脸。这一点月亮可以作证，两人探出身子后总会情不自禁在空中接吻。毕老爷也曾尝试过从自己的窗户跳入对方的窗里，但每次把一只脚搁在窗台上便犹豫不决地望着下面黑咕隆咚的界弄。对面的四姨太总是乱晃着双手阻止他的鲁莽举动，从而造成毕老爷的终身遗憾。他压根没想到几十年后自己的孙子会实现他的愿望，从窗台上很轻松地一跃，便飞入自己心爱女人的怀里。

老毕总结那次之所以坠楼伤身，一是存在麻痹轻敌的思想，他自以为这事老吃老做，只需在木板上垫一垫脚便可成功，而且一年多来他从未有过闪失。二是身体本来有些虚弱，加上刚在花仙子那里耗费了不少精力，所以上了窗台就感到神思恍惚，前脚刚踏上木板便头一晕，身子失去重心而摔下楼去。

出事后，花仙子在外面经商的男人、丰老爷的第三个孙子连夜赶回，第二天便和花仙子办了离婚手续。等老毕从医院里出来，花仙子早已不辞而别，走得无影无踪。老毕躺在家里三天三夜没有出门，租借他老屋的那帮子外地民工私下里猜测房东会不会想不开寻了短见，便在晚上派一位年长的男人踏着破旧不堪的木楼梯，上去看房东的动静。男人用江西话叫了两声房东，没见回音，又见光线昏暗的房间里，老毕像一具尸体仰躺在床上一动不动，便以为房东已经归天。男人跌跌撞撞下了楼，以万分悲痛的心情对安徽来的、福建来的、吉林来的、江西来的同胞们说：我们的房东去了。同胞们听了都是一脸的严肃，有的说报告政府吧！有的说找他的亲人吧！但上楼的男人很权威地说，房东孤身一人，可能没什么亲人，咱们还是去居委会吧！居委会主任殷阿姨听到报告匆匆赶来，在民工的陪同下"咯吱咯吱"地上楼。房间里的光线愈发地昏暗，殷阿姨有点胆战心惊地向床前挺进，望着床上一动不动模糊不清的老毕叫道，老毕老毕。没反应，殷阿姨便蹭到床前，刚要伸手试一下老毕有没有鼻息。老毕却一下子坐直了身子，两眼瞪着殷阿姨，然后又直愣愣地后仰着倒了下去。殷阿姨是上了年纪惊吓不起的人了，老毕这么一来，殷阿姨丧魂落魄地惊叫起来：啊哟喂，吓死我哉。

眼下老毕正伫立在窗前，望着对弄紧闭的窗户，刚才梦中的美景还在眼前闪耀。明媚的月亮像花仙子的脸，正深情地看着他。老毕不知道花仙子究竟去了哪里，他曾听花仙子说过她娘家是梅庄镇人。梅庄镇是隔壁县的一个水乡小镇，听说去那里旅游的人特别多。不知梅庄镇上有什么好东西吸引着四面八方的人乐此不疲一路颠簸地赶了去。老毕决定也去梅庄镇看看，一来开开眼界，二来或许还能找到花仙子。

第二天，老毕起了一个大早，换了新衣服，又刮了胡子，然后出了老宅，去镇西许氏面店吃头汤羊肉面。进了面店遇到镇长龚一举也在，龚镇长跟他是初中同学，才四十出头便当上了一镇之长。老毕多少跟龚镇长沾了一层同学关系，所以私下里常以此而沾沾自喜。

你咋这么早就起床啦？龚镇长见了老毕很友好地欠了欠身子。老毕在龚一举身边坐下来，吆喝道，一碗羊肉面，肥一点，重汤，多放点蒜叶。

龚一举边吃面边说，看你这身打扮，是不是找到工作啦。老毕摇头道，年轻时就没想找工作，这四十出头奔五十的人还找什么工作呀！龚一举笑着问，家里的金器还没典当完呀？老毕玩弄着两根筷子说，早没了，眼下靠出租房子过活，反正一个人吃饱全家不饿。龚一举教育他说，你那房子又破又旧，摇摇欲坠，恐怕日后没人敢住这危房，到时你怎么办？老毕笑道，到时我就靠政府救济啦。龚一举说，政府是不会救济二流子的。老毕调侃着说，老同学总会救济老同学的吧？龚一举笑笑，然后放下面碗起身说，那我就救济你一回吧！然后给店老板付了两碗羊肉面的钱。老毕冲着龚一举的背影嘀咕道，就救济一碗面钱呀？抠门。

老毕乘了三个小时的汽车，来到旅游古镇梅庄，果见来玩的外地人不少。有的是一家老小，拖儿带女；有的是一个团队，导游高举着三角旗，旗下围着一大群虔诚的旅游者；有的是一对情侣，挽着手臂搂着腰。老毕孤身一人，东看看西瞧瞧，觉得这老屋古宅、小桥流水和自己的小镇十分相似，没什么好看。他实在弄不懂这些外地人为什么舍得花那么多钱不远万里来到这种小地方，不说路费食宿费，光这个门票就得六十元钱。老毕坐在一座拱桥边的石条凳上扳着手指做加法，一个人六十元，如果一天来一百个人就是六千元，十天就是六万，一个月就是十八万，一年就是二百多万。老毕不算不知道，一算吓一跳，他不可思议地晃着脑袋。他想这小镇是用了什么魔法，会让那么多人上当受骗？

老毕信马由缰地在狭窄的石子街上乱窜。街两旁都是琳琅满目的各种小商品和一些小镇上的土特产，不少外国人兴致勃勃地在小店里面大惊小怪"叽里咕噜"不知在说些什么话。老毕不忘自己的特殊使命，向当地居民打听一个叫梅花的女人。三十岁，白净的瓜子脸，双眼皮，大眼睛，胸脯儿很饱满，身条儿高挑，说话像唱歌一样的好听。被问的人听得如醉如痴，一愣一愣地看着老毕，然后咽着口水说，这可真是一个漂亮的少妇呀，可惜我们小镇上从来没有过这么一个漂亮的女人。

老毕问了不下四五十人，几乎问遍了所有见过的镇上人。老毕一无所获，他知道要找到花仙子已是不可能的事，打道回府又心疼那六十元的门票，便跟在一个上海来的旅游团后面，听导游小姐介绍小镇上的一座桥一条河和一幢老屋，一扇门一扇窗和一口古井。在一个小弄口，导游指着弄口墙上"天下第一弄"的标牌说，这是清朝末年形成的一条长弄，宽不过一米六，长七十八米，是天下第一弄。老毕一听，挤到前头，向弄里面望了望，然后大声说，不对，这是天下第二弄，第一弄在我家的小镇上，宽才一米二，长达一百米。老毕说着，就要动手去揭那块"天下第一弄"的绿牌子。导游小组赶紧阻止老毕说，你是谁？别在这里搞破坏。旅游的人纷纷举报说，这个人不是我们团的。

导游小姐说你快离开，否则我要把镇上的管理人员找来了。老毕说，我说的是真话,我家就在隔壁县的凤溪镇上,我们小镇不比梅庄差,小桥流水老屋古宅什么都有,特别是我家的那条长弄,确实比这条弄长得多。不信你们都跟我去看,不远,三个小时就到,而且我不会收你们一分钱的门票。

导游小姐说旅游团的行程安排不能变更,要不你把地址电话告诉我,等我回上海后向领导汇报一下。如果领导感兴趣,我会陪领导一块去你的小镇。老毕听了还是有点遗憾,他说你们回上海时只要拐一下,就可以去我的小镇,这不需要花费什么钱。大家出来一趟不容易,免费多饱一下眼福何乐而不为呢?老毕的话一下子把旅游者的兴致都吊了起来,大家都觉得在不花钱的前提下多玩一个地方真是件乐不可支的事情。导游小姐见大家群情振奋,犹豫片刻便同意了老毕的请求。

老毕被安排在团里一起吃住,第二天便坐上大型旅游车,兴高采烈地把一车人带到了自己的凤溪镇。小镇上一下子出现这么一群戴一色旅游帽的人,把镇上每个人的眼球扩大了三倍。老毕高举着导旅小旗,得意洋洋地在前面开路。他瞧着街两旁大眼瞪小眼的乡亲们,大声说道,我带来的,都是上海的有钱人哪。来到自己家的弄堂口,老毕大声说到了到了,大家都进去走一下,但只能排着队一个个地进去。导游小姐望了下深不见底的长弄,赞叹道,果然是天下第一弄呀!我回去后一定请领导下来察看一下,把你们小镇开发出来,而且你们小镇离上海很近,往后组织机关干部和学校师生一日游也是可以的。

旅游团走后,老毕叫人做了一个木牌子,写上"天下第一弄"五个大字,然后钉在弄口的墙上面。他心里盘算,这批上海人回去后一定会告诉家里人:在离上海不远的凤溪镇上有一条长弄,目前是世界上最长的一条弄。说话的人都会把看到的事情说得有声有色,把一只母鸡下一个蛋,说到最后会说成一只母鸡下一窝蛋。于是,一家人会利用休息天兴致盎然地乘了车,来到凤溪镇看"天下第一弄"。当然,完全有可能在弄中还要拍一些照片留作纪念。老毕想,如果每个参观者收二元钱的门票,准确地说是弄票,那么一天来五个家庭,一家按三口计算,三五一十五,就是三十元。如果再帮他们拍个照片什么的,一天也可赚上个七八十元。老毕暂时把花仙子搁在脑后,每天在弄堂口搁一张破旧的藤椅,泡一杯上乘的龙井茶,身背一个照相机,守株待兔,很悠闲地等着"阿拉"上海人的光临。镇上人知道了这件事,都在吃饭时笑得喷饭,蹲厕时笑得那"黄金"好长时间下不来,睡觉时笑得床架子"咯吱咯吱"乱叫。大家都以为老毕神经有点搭错,头脑中一定出现了什么虚幻的东西。

老毕在弄口坐了三天一无所获,但他信念在胸,不受镇上人的冷嘲热讽,始终坚守阵地,并当着众人的面高声朗诵毛主席的语录,"世界上怕就怕认真二字","下定决心,不怕牺牲,排除万难,去争取胜利。"第四天,胜利终于来临。那导游小姐带着三个男人慕名而来,找到了坐在弄口的老毕。老毕在导游小姐的介绍下一一和三个男人握手,然后带着他们走进了长弄。三个男人看得十分细心,边看边抚摸墙壁上斑斑驳驳的青砖,弯腰抚摸高达一米用石条砌成的墙基,然后又抬头望着墙上面爬满了郁郁葱葱的青苔和小草,三个男人"啧啧"有声地说,难得呀难得。出了长弄,老毕又带他们在小镇上转悠,三个男人站在明清建造的拱桥上面,望着潺潺的溪水在桥下静静地流淌,望着小河两侧的古宅建筑,其中一个戴眼镜的中年男人说,凤溪镇是一个很好的旅游点,可以开发。男人说完,向老毕提出要见镇里领导。老毕说,镇长龚一举是我的初中同学,咱们现在就去找他。

一年后,凤溪镇果然成了远近闻名的旅游古镇,远道而来的旅游者络绎不绝,乐而忘返。沿街两旁的房屋已经重新恢复成明清时期的建筑风格,镇上人纷纷开出了店面房,挂出了三角杏黄旗和大红灯笼,把一些早已失传的老古董开发出来,冠以各种老字号,在旅游者面前招摇过市。老毕住进了政府特地为他在镇郊建造的一幢别墅里面,他原先祖传的毕家古宅经过整修,对外开放,供旅游者观赏。旅游者一旦跨进前后五进的毕宅大门,就会像捉迷藏的小孩一样在里面迷失方向,没有导游的指点一般是没法自己走出来的。

老毕每天站在别墅的房顶阳台上,一边喝着酒一边遥望着小镇上熙熙攘攘的人流。老毕看着看着就会情绪激动起来,掷掉手中的酒杯掩面而泣,然后跪倒在地,一遍遍地呼唤着花仙子的名字。半年后的一天晚上,老毕在做完和花仙子缠绵的梦境后,爬上房顶,望着清朗的月亮,又望着小镇中央那幢高耸着的前后五进威严的古宅,然后从口袋里掏出一瓶安眠药,一口气吃下肚去。

老毕的追悼会由龚一举亲自主持。龚一举因为开发旅游有功,已荣升为小镇的党委书记。龚书记给了老毕很高的评介,他认为老毕虽然一生没做多少事情,但他为小镇的旅游事业作出了应有的贡献。镇上人都知道老毕是服药自杀,但都怀着十分悲痛的心情前来参加老毕的追悼大会。

创作于2008年3月

一个弱智女的自白

什么是弱智,弱智的标准是什么? 二十年来我一直在苦苦地追索着这个问题。当一大帮人堵在我的屋子里,手里提了一些足以致命的家什时,秦伯冲到人群面前大声说道:"她是个弱智姑娘,你们放过她吧!"

这些都是我父亲在劳工市场招来的下岗工人,当时招工的轰动场面在市报上作了过于渲染的报道。那放大的照片上父亲面带笑容,抹过油的头发闪着光亮,和身边簇拥着一大群下岗工人闪着希望的目光竞相辉映。当这些人将要离开我的屋子时,我说:"别走,这屋里的东西你们随便拿。"

这些人都显得措手不及,他们相互看看,然后愣愣地望着我。我转过身去一下子打开了我床前那只小巧的保险箱,从里面捧出一大把黄金首饰,然后撒在了大家面前。

这时,我听到他们心里都在重复着一句话:是个弱智姑娘,是个弱智姑娘。

微弱的月光十分顽强的穿过坚固的不锈钢防盗窗棂,把如水一般的白色轻盈的覆盖在我的身上。当秦伯最后一个退出我的屋子并把门关上时,我一下子扑到窗前,一声脆亮的哭声冲出窗外,向着月亮飞奔而去。

母亲终于给我打来了电话,但她没说藏在了什么地方。她只是回忆说,十五年前的那天晚上她跨出房间时,我的一声嚎哭实际上已经预示了她今天的结局。我没问母亲在哪里给我打的电话,我只是清楚地告诉她,十五年前那天半夜你和父亲悄悄离开家时我突然醒了。你站在门口迟迟没有动,父亲在门外不断地催你快走,但你还是来到我的床前,在我的额头上吻了一下,然后你走了出去,紧接着我便"哇"地一声哭叫起来。

母亲在电话里沉默了一阵,我知道她作了个非常吃惊的表情。"你怎么记得?你是个弱智姑娘,那年你才五岁。"是的,母亲是不会相信我的话的。母亲是个极其聪明的女人,她很快明白过来我之所以这么说,一定是外婆曾经告诉过我。

"囡囡。"母亲叫我的小名。"我不知道现在该怎么办?我想回来投案自首,但我害怕蹲监狱。我孤单一人,没人来为我出个主意。你怎么样?没人来欺负你吧?"母亲这么说并不是在征求我的意见,她只是心里痛苦,冲个人随便说说。她也知道我过什么样的生活都没有区别,所以我没把那些工人们差点把我屋子掀翻的事情告诉她。我只是很平淡地说:"你回来自首吧!"

"你说什么?"母亲又露出了吃惊的表情。"你是说让我回来投案自首?"

我没说话,只是坚定地点了点头。母亲便以为我信口胡说,她重重地叹了口气。"囡囡,你妈妈是个要情面的女人呀!"

我率先搁了电话,既然母亲不肯听我的话,我便没了听电话的耐心。

我骑上自行车,在微弱的月光下来到了经济开发区的"腾燕度假村"。当时起这个名字时,我的父母曾争论过好几次,最后达成一致的意见:从我父母的姓名中各取一个字,我的父亲叫石腾图,我的母亲叫费海燕。父母都以为在经济开发区办一家豪华型多功能的度假村,一定会把他们的事业推上顶峰。当时我说,到了顶峰就得走下坡路了。我的话让在座的每个人瞠目结舌,父亲随手给了我一个嘴巴子,那双具有魅力的眼睛里升腾起一片火焰。母亲说,她是弱智姑娘,你打她干什么。父亲说晦气晦气,今天是开业大吉的日子。静阿姨站起来,护在我的前面,因为她看到我父亲又扬起了拳头。

我被静阿姨带到了外面。形似公牛一般的度假村在阳光的照耀下浑身散发着一股雄激素的气味,披挂在身上的彩旗被公牛喷薄欲出的雄劲撕得粉碎。

静阿姨说,你怎么能说这样的话,你父母可是一对了不起的夫妻,他们的事业如日中天。

"如日中天是什么意思?"我读了八年的小学,水平有限,无法理解这话的含义。

"如日中天就是说太阳正处在最高的位置。"

"那就是说,太阳接下来就要下山了。"我说。

静阿姨看着我,没再开口,但我听见她的心里正在说:这可怜的弱智姑娘呀!

月光下,静悄悄的腾燕度假村像一头病牛侧卧在广袤的大地上。我在不锈钢电动移门前下了车。这时从门卫室内闪出一个人来,我知道是那位忠心耿耿的秦伯走了出来。在我父母当初办红木工艺美术厂时他就是我们忠实的门卫了,在我父母高息集资筹办度假村时,又是秦伯第一个掏出了自己的六万元钱。这六万元钱是他一生的积蓄,然后他又动员亲朋好友为我父母集了二十万元钱。如今血本无归,秦伯却还在守护着我父母的腾燕度假村。

"你为什么不走?"我说。

秦伯回头看了看度假村说,我担心那些人昏了头,来抢东西。

"那晚你为什么不带头拿一件首饰?"我那些撒了一地的黄金首饰至今仍躺在我的屋子里。

"他们不会拿一个弱智姑娘的东西。"

秦伯的话使我明白,做一个弱智姑娘具有很大的优越性。看来我的父母还不够聪明,他们为什么不把所有的财产都归于我的名下。

"你父母有消息吗?"

我摇摇头。我知道秦伯心里仍充满了希望,他等待着我的父亲或者母亲突然从什么地方带回来一笔巨款,那么每一个集资人都能拿回自己的本钱和百分之二十的年息。

我说:"不要有什么指望,我父母把你们害苦了。"

秦伯默默无语地把我带进了门卫室。

"我能不能给你一些补偿?"我是父母的唯一女儿,尽管我弱智,但我有义务为父母赎罪。

秦伯刚坐到沙发里面,听了我的话便抬起头来。他看了我一会儿,说:"我不会要你一分钱的,你今后的生活怎么过呀!"

我上前抱住秦伯。"我让你睡觉好不好?"我这么说确实证明了我是一个弱智的姑娘。

秦伯轻轻推开我,十分怜悯地说:"多么可怜的姑娘哟。"

但我觉得我并不可怜,真正可怜的是秦伯,他已经被亲朋好友逼得走投无路了。

"我送你回去吧!"秦伯站起来说。

我拒绝了秦伯的好意,出大门时我违心地说:"或许我父亲或者母亲明天会带回来一大笔钱,你就有救了。"

"你这话说到我心里去了。"秦伯露出了天真般地笑脸,"看来今晚可以睡踏实了。"

我扭过头去,两滴眼泪一下子甩出了我的眼眶。我骑上自行车,头也不回,离开了秦伯。

第二天,我的母亲真的回来了。可是她没有来看我,而是直接进了公安局。公安局的人找上门来,要我在拘留证上签字。我十分高兴地签上了自己的名字,签完后我还冲着一个男公安十分礼貌地说:"谢谢。"男公安奇怪地看着我,你怎么一点也不伤心,你难道不想哭吗?

我说,我很高兴。

另一个女公安在旁边说,她怎么会哭? 她是个弱智姑娘。

我说我还要签字。男公安很感兴趣,问我给谁签字? 我说给我父亲石腾图。

男公安说你父亲杳无音讯,我们还没找到呢。

"为什么不来找我问问?"我很认真地说。

"你知道?"男公安的眼睛里闪出了光芒。

我说我母亲是无辜的,罪魁祸首是我的父亲。

"这个以后再说,你快告诉我你父亲现在在哪里?"男公安迫不及待地说。

我说:"我父亲经常在半夜盘腿打坐,他每天要净化自己的心灵,反省自己一天的行为。我想他一定到哪个寺庙打坐去了。"

"哪个寺庙?"男公安不死心地问。

"东南方向的寺庙,你们只要去找一定能找到。"我说这话时,眼前清晰地映现出父亲盘腿坐在一个蒲团上面,满脸是虔诚的表情。

男公安失望至极地缩回了脖子。女公安说:"我告诉你她是个弱智姑娘,你还这么一本正经地问她,你是不是也有病哇?"

男女公安前脚刚走,我后脚便出了家门。我决定把母亲的消息尽快告诉给静阿姨。

静阿姨和我母亲从小一块儿长大,是我母亲最好的朋友。如果我没记错的话,在我八岁那一年的夏天,母亲背了一只大口袋,里面装着我父亲生产出来的第一批红木工艺品,来到省城找静阿姨。静阿姨看到我们高兴极了.当晚在一家很漂亮的饭店请我们吃饭。第二天静阿姨和我母亲每人骑一辆自行车,冒着烈日走了一家又一家,宣传我父母生产的工艺产品。一连走了好几天,每天回到家里,两个人都累得坐在凳上直喘气,换下来的衣服都能拧出水来。离开省城的时候,母亲带出来那么多的红木生肖动物,都被省城的人对号入座抢购一空。母亲兴奋得抱住静阿姨流下了眼泪。这是我第一次看到母亲流泪,这些眼泪分量是很重的,它包含了母亲和父亲三年在外艰辛创业的全部内容。当然我是个弱智姑娘,我不可能想到这么深层的道理。我只是问母亲为什么哭,是不是把带出来的东西都给丢了?

静阿姨吻我的脸蛋,觉得我这么说,十分可爱。但母亲却当着我的面说,囡囡是个弱智姑娘,加法只能加到10。

"不会吧? 这么漂亮的女孩。"静阿姨很吃惊,她久久地看着我。

"是真的。"母亲说:"我们正考虑要不要送她读小学。"

"当然要送。"静阿姨似乎不相信我弱智到连小学的知识都学不进。"你们难道想让囡囡当一辈子文盲吗?"

正是由于静阿姨的这句话,才使我没有成为一名漂亮的文盲姑娘。尽管我在小学整整读了八年书,但我毕竟拿到了小学的毕业文凭。

母亲从口袋里掏出一把钱要给静阿姨。静阿姨说:"我们从小一起长大,亲如姐妹,你这么做是看不起我。"

但母亲十分固执,非要把钱塞到静阿姨手里。静阿姨拿了钱,看也没看便塞进我的手里。"好吧! 这些钱就算我送囡囡上学时买些学习用品吧。"

我接过钱,用手指沾了下口水,一张一张地数,数到10就数不下去了。静阿姨蹲下身来,抱住我又吻我漂亮的小脸蛋,然后抬头问我母亲,"没法治啦?"

母亲摇摇头,"弱智不是病,医生没法治。"

母亲的话注定了我一生的命运。

静阿姨原是省城一所大学里的干部,调回来后在市教委当主任。我来到静阿姨的单位,办公室的一位阿姨看见我便说,你找谁?说完后又说,噢,我认识你,你找静阿姨。

我点点头,便往静阿姨的办公室走去。阿姨挡住我说,你静阿姨不在,到市里开会去了。我便停下来,阿姨说你应该先来个电话,省得白跑。

我说那电话号码太长,超过三位数我就记不住。阿姨大概恍悟过来,她对我善意地笑了笑。有什么事要我转告你静阿姨的吗?我说你告诉她,我来过了。阿姨说就这句话?我说你告诉她,我母亲已经回来投案自首了。

离开教委大楼,感觉肚子有点饿。我想也没想,便目标明确地向"一品香"饭店走去。我父母没有给我留下多少钱,他们知道我弱智,怕我不会用钱。但他们在"一品香"饭店为我交了一生的伙食费,我只要想吃就只管去"一品香"。我可以一天天地吃下去,一年年地吃下去,直到我不能吃为止。

"一品香"就在我父母工艺美术公司的对马路。在没建腾燕度假村之前,我们全家的吃饭问题全在"一品香"解决,来了客户或者亲朋好友也全在"一品香"。

当我来到"一品香"店门前,就发觉自己肚子已经不饿了。对马路那工艺美术公司的牌子使我突然产生了进公司看看的欲望,这个欲望一下子掩盖了饥饿的欲望。

公司的规模经过十年来的发展,确实像个公司。用聪明人的话说,就是今非昔比、鸟枪换炮。在我八岁那年,哦,我想想,对,是八岁,那一年父母刚从深圳回来,便在这里租了一间民房。每天晚上,在一盏昏暗的电灯下面,父亲和母亲头挨着头,把一块块红木雕刻成一件件栩栩如生的工艺品。他们在外三年已经学得了一手高超的雕刻艺术。在那光线昏暗的小工棚里,我的父母终于造就出了一大批惹人喜爱的各种生肖的小玩意儿。这批小动物就是在静阿姨的帮助下,纷纷走进了省城一些高贵的人家。母亲回来后,跟父亲一说,父亲便伸出强有力的双臂把母亲高高地举了起来。母亲悬空了双脚,咯咯地笑。

在接下来的几年里,我的父母凭了自己的聪明才智和辛勤劳动,创造出了一大批大手笔的红木雕刻作品,人物雕刻有如来佛、观世音、桃园三结义、水浒一百零八将、黛玉焚稿、十八相送、黑脸包公、马恩列斯毛等;山水雕刻有万里长城、泰山、杭州六和塔、苏州拙政园、少林寺、长江大桥等。这些工艺品的诞生,标志着我父母的事业正在走向辉煌。

当时正逢撤县建市,撤县建市是一件非常重大的事情,但我还是忘了具体时间。我只记得那一年我十五岁。市里面一位戴眼镜的干部找到我父母,要定做300套红木工艺品,把它作为礼品送给所有的来宾。这个时候我父母已经建起了一排像模像样的房子,有了厂长室、设计室、办公室、会计室、接待室、样品室和三个车间。为了赶制

300套工艺品,我父母和二十多位工人废寝忘食、没日没夜地苦干。那时我正好在小学读第八个年头,总算通过了六年级的最后一次考试。我加入到了这场紧张而兴奋的工作中去,当然我不会雕刻,所以父母让我给每一个工人送饭和打扫车间卫生。

整整半个月时间,300套工艺品终于做了出来。这可是一笔很大的收入呀!我问父亲能卖多少钱?父亲说不卖钱,我说不卖钱做这些东西干什么?父亲不耐烦地说,我说了你也不懂。父亲走后,母亲告诉我父亲要把这批工艺品送给市里面,到时要搞一个捐赠仪式。我一听便"哇"地一声哭了起来,任母亲怎么劝也没有用。我一个劲地拼命哭,伤心至极地哭,没完没了地哭。

母亲很奇怪,"你哭什么呀?"

"这不公平。"我在哭的间隙说了这话。

但是我的哭没有扭转父亲的既定目标。撤县建市这一天,我父亲胸佩大红花,荣光满面,在黑压压的一大片人群面前慷慨激昂地作了一番十分精彩的演讲,一大片人群给了他一大片掌声。在掌声中父亲和那位第一任的市委书记紧紧握手,我躲在人群后面又"哇"地一声哭了起来,但我的哭声很快被掌声冲得无影无踪。

第二天,我父亲和市委书记握手的照片被放大几倍,上了报纸的头版头条。后来的事实证明了我的父亲是一位绝顶聪明的人物。父亲为此名声大震,所有的荣誉像无法躲避的暴风雨向我父亲劈头盖脑地砸过来。先是优秀市民、先进民营企业家,然后又当选为市政协常委、个私协会秘书长、省劳动模范。同时,我父亲的公司也开始走上了良性循环的路子。前来订货的客户络绎不绝,其中大多是机关部门,他们把红木工艺品作为礼品送给各方来客,同时把红木工艺品带到国外,成为出国人员考察学习时必带的道具。无意之中为红木工艺品走出国门、走向世界奠定了基础,赢得了不少外国客户的青睐。

现在的公司又扩大了原来的范围,一幢六个层面的大楼拔地而起。但我知道这幢大楼的主人已经不属于我的父母,所以我没有向大楼走去,而是来到我父母原先拥有的那一排平房。那排房子的最东面一间是我父亲的办公室,对面一间是我父亲的书房。书房里有我父亲的文房四宝。书房的墙面上悬挂着国内很有名气的书画家的作品,因为其中没有一件赝品而让父亲沾沾自喜,并成为我父亲向外人炫耀的资本。靠西墙下面是一张长两米的红木条桌,桌子正中是我父亲用上乘红木雕刻而成的观音菩萨的站像。观音菩萨的身体两侧是两只用来插香烛的景泰蓝碟子。红木条桌的下面是一只紫铜盆,里面始终有很多的香灰。紫铜盆的前面是一只很大的蒲团,我父亲每天深夜都要在这个蒲团上面盘腿打坐。两手合掌放在胸前,微闭双目,整个身子就像一尊泥塑纹丝不动。我第一次看到父亲这种情景,心里十分害怕,觉得父亲这样做很可怜。但母亲说父亲是在净化自己的灵魂，检点自己一天的行为有没有违反道规佛礼，他是个善良高尚的男人。母亲对父亲的评价一点也不过分，因为我父亲做过好多帮困济贫的善事，他把辛辛苦苦挣来的钱毫不怜惜地撒向各个地方。

我走进父亲的书房，墙上的书画所剩无几，那些值钱的书画一定让慧阿姨给拿走了。观世音菩萨仍站在红木条桌上面，她身边的香烛正在燃烧，飘散出来的檀香味弥漫在书房的每个空间。我想，慧阿姨肯定心里有鬼，怕遭报应，便善待观音娘娘。

我向前走去。观音娘娘和善可亲的面相使我的心里十分难过，我觉得我有必要在观音娘娘面前为我父亲赎罪。我跪在了我父亲打坐的蒲团上面，倾下自己的身子，向观音娘娘叩了三个响头。在叩头的过程中，一幕埋藏在我记忆深处的情景清晰地出现在我的眼前。

那是一个风雨交加的晚上，母亲到外地参加一个商品订货会已经去了几天，我一个人睡在家里。我一个人睡在家里并不感到害怕，从我五岁开始我就经常一个人睡一个屋子，就是遇上电闪雷鸣的夜晚我也不会害怕。我已经无数次的体验过电闪雷鸣一个人在家的滋味，我甚至一个人在家时总企盼着电闪雷鸣的降临，我喜欢看映照在窗子上的闪电，喜欢听震耳欲聋的雷声。但是这一天晚上，我莫明其妙地害怕起来，我并没有在电劈的闪亮中看到窗外有什么骇人的东西。我不明白我为什么要害怕，而且这种害怕像滚滚而来的巨浪向我排山倒海地压过来，我差点要喘不过气来。我毫不犹豫地冲出了房间，冲进了电闪雷鸣的暴风雨之中。

我来到公司，来到我父亲的书房外面。我知道父亲打坐是绝对不允许任何人打扰的，我放下了敲门的手，把耳朵贴在门上，想听听父亲有没有结束打坐而发出的声响。就在这时，一个声音从里面传了出来，是一个女人的声音，这种声音不是一种说话的声音，而是一种呻吟的声音，这种呻吟的声音持续了好几分钟。在女人的呻吟声中传来了一声男人的吼叫，像被人宰割时所发出的一种痛苦般地吼叫。我站在门外忘了由于寒冷而发抖的身子，我不知道里面究竟是谁在呻吟和吼叫。这时我听到了笑声，是女人开怀的咯咯声和男人爽快的笑声。这两种声音如同阴阳两股电流在我心里发生冲撞，我整个身子突然间像被扔进了烧得通红的炉子里面，浑身上下灼热地快要燃烧起来。我一头冲进雨中，仰头任暴风雨将我劈头盖脸冲刷而来。此时此刻，我迫切需要浇灭我即将燃烧的身子，我迫切需要平伏我快要冲出胸膛难以制服的心脏。

我跌跌撞撞地回到家里。家里电灯还亮着，从镜子里我看到了我浑身湿透的身子，单薄的衣服像一层玻璃纸包裹着我曲线优美的身材。我突然发现自己已经是一个成熟的姑娘，高耸的胸膛，饱满的臀部，修长的大腿。我被自己吓了一跳，在镜子面前我扳着手指反复计算了三遍，终于确认自己已是一个十八岁的大姑娘了，难怪父亲的吼叫和慧阿姨的呻吟使我体会到了一种无可言喻的感受。镜子里我看到自己涨得通红的脸，一阵阵地羞愧和躁热竟然使我泪流满面。我叫了一声"妈"，便伏倒在全羊毛进口地毯上面放声大哭起来。

慧阿姨叫柯慧玉，是我父母从人才市场用高薪聘来的女人。慧阿姨会说一口流利的英语。来报到的那一天，我发现这个女人长得十分地迷人。我以为她比我大不了几岁，我准备在父母介绍我认识这个女人时叫她姐姐，但母亲要我叫她阿姨。我没叫，我问她几岁？她对我十分友好地笑笑，告诉我她二十五岁。我便计算了一下，她比我大七岁。我说按理我应该叫你姐姐。

"多么聪明的妹妹呀。"这个迷人的女人上前来拥抱我。这是我第一次听到有人说我聪明，当时我心里十分开心。我叫了她一声"姐姐"。但父亲要我重叫，"叫慧阿姨"。母亲说人家已经工作了，还是叫阿姨好。

这个女人说，一样的一样的，叫什么都可以。既然这个女人无所谓，我便听从父母的意见，叫她慧阿姨。

慧阿姨工作十分出色，和外商说话时那两片动人的嘴皮子掀动着，从里面流淌出十分流利而动听的声音。外国人在她面前都显得十分地愉悦，最后慧阿姨总把外国人带到我父亲面前，我父亲便动作十分敏捷地在一张张合同书上面写下"石腾图"三个大字。久而久之，父亲的签字也签出了很高的水准，跟书房里那些挂在墙上的草书不相上下。

慧阿姨单身一人住在公司里。她和公司里面所有的人都相处得很好，我的父母对她更是关爱倍之。后来慧阿姨当上了副经理，而且入了公司的股份。当时慧阿姨其实没有多少积蓄，她提出了一个十分新颖的建议，她愿意为公司工作二十年不变，但这二十年的薪水必须提前一次性结算，然后作为入股的股份。对这个建议我父母琢磨了整整一夜，后来一致认为这建议可以采纳，因为公司离不开慧阿姨。有慧阿姨在，公司的发展才会有保障，外贸出口才会经久不衰。慧阿姨的建议正好把自己与公司捆绑在一起，往后也不用担心慧阿姨跳槽开溜。尽管二十年薪水提前结算，表面上看像是吃了大亏，但这钱作为股份入股，进不了慧阿姨的口袋。如果违反协议这钱还在公司的账上，不会遭受损失。第二天，父亲便答应了慧阿姨的建议，并签了一份协议，慧阿姨二十年的薪水占了公司百分之二十的股份。晚上，我听见父母高兴地说，慧阿姨等于把自己卖给了公司，那协议就是她的卖身契。

而事实上，慧阿姨是个绝顶聪明的女人，我父亲和母亲两个人加起来也抵不上慧阿姨一个人。如果再加上我，也是一样，等于没加。我们终于钻入了慧阿姨设计的第一个套圈。慧阿姨的第二个套圈，就是让父亲爬上慧阿姨的肚皮。父亲一爬上慧阿姨的肚皮，便成了一头温顺的小猫，慧阿姨说什么话，父亲只有点头的分。慧阿姨的第三个套圈，就是叫我父亲派母亲到遥远的贫困地区去开辟销售渠道，而把国外市场和国内沿海发达地区让给慧阿姨负责。母亲的身体本来不好，每次远征回来都要大病一场，躺在床上半死不活。这时慧阿姨总是守候在母亲的床前，给母亲买好多高贵的营养品。慧阿姨的一片热诚之心让母亲感动得涕泪涟涟，见了父亲总是发自肺腑地说："给慧姑娘加薪吧！"

我给观音娘娘叩完三个响头后抬起头来，我突然发现观音娘娘的脸上有了些许闪亮的东西。我仔细一瞧，不由暗吃一惊，那闪亮的东西竟是观音娘娘的眼泪。我的心灵受到了深深地震撼，父亲罪孽深重呀！父亲竟然当着观音娘娘的面和慧阿姨干起那种卑鄙无耻的苟合之事，这是对观音娘娘最大的亵渎呀！

就在这时，我看到慧阿姨手捧着一把香烛走了进来。她发现了我，愣了一下，然后便笑逐颜开。"哟，是囡囡，什么时候来的？"

我确实没有慧阿姨那样聪慧的头脑，我直通通地说："你跪下。"

"我跪下？我干吗要跪下？"

"你必须赎罪。"

"我赎罪？我赎什么罪？"

"你对不起观音娘娘，你在观音娘娘面前和我父亲睡觉。"

我说完这话，便看见慧阿姨倒退了一步，手里的香烛撒了一地。

"你，你胡说什么呀！"她瞪着美丽的大眼睛望着我，里面尽是惊恐的目光。

"我都知道，你抢走了我的父亲，你抢走了我们的公司。"

慧阿姨突然扑上来打了我一个耳光，"你这个痴呆症、低能儿，你给我滚出去。"

我左边半个脸热辣辣地疼痛，我也想给她一个耳光，但我担心打不过她。

我在离开她一段距离后说："你打我没关系，但你必须给观音娘娘跪下，否则观音娘娘不会饶恕你的。"然后，我大步走出了父亲的书房。

第二天晚上，静阿姨来到我的家里，我欣喜地抱住了静阿姨。

"你昨天来找过我？"

我点点头。"我母亲回来投案自首了。"

静阿姨扬了扬手里的报纸："看，已经上报纸了。"

我接过市报，一排黑体字映入了我的眼帘。"涉嫌诈骗和收容卖淫罪，原市人大代表费海燕被刑事拘留。"

静阿姨说："我怕你难过，今晚特意来陪你过夜。"

我把报纸还给静阿姨，说："我并不难过，但我希望你在这儿过夜。"

静阿姨说:"你不难过,我难过。"

我给静阿姨泡了杯茶,我说:"是我父母把你害苦了。你省城那些朋友怎么办呢?"

我父母在筹建腾燕度假村之前,征求过静阿姨的意见。静阿姨认为我父母在工艺美术方面已经占据了不少的市场,轻车熟路,发展的空间非常广阔,没有必要花巨资建什么度假村。一是自己没有这方面的经验,二是风险太大。

静阿姨的话使父母的重大决定发生了动摇,特别是母亲,当即表了态。"那就算了,还是一门心思办好公司吧!"

但我父亲似乎还在犹豫不定。我看着父亲犹豫不定的样子,就知道父亲是因为还没征得慧阿姨的同意。自从我发现父亲和慧阿姨的事情后,我就意识到父亲的所有决定都来自于慧阿姨的决定。

"让我再考虑一下吧!"父亲说完这句话便离开了家。母亲和静阿姨都以为父亲是去公司的书房打坐。"让他去好好地考虑考虑吧!"母亲说。

但我却十分坚定地认为,父亲是去找慧阿姨了。在父亲的书房里,父亲又像一头温顺的小猫趴在慧阿姨白嫩的肚皮上,说自己犹豫不定的事情。慧阿姨听了十分生气,她告诉父亲她最看不起优柔寡断、没有胆识的男人。然后慧阿姨边抚摸着父亲强壮的身体边循循诱导,父亲在慧阿姨的诱导下不断地点头。

当然,这些情景并非我亲眼所见,我只是一个人躺在床上时呆呆地假想。但事实却印证了我的假想十分地准确。因为第二天父亲便十分果断地告诉母亲,他决定筹建度假村,而且主意已定。母亲看了眼父亲坚定的目光,便受到了感染,"既然你主意已定,那就冒一次险吧!"

父亲很快在经济开发区批到了一大块土地。父亲是市里的名人,所以有关审批单位一路绿灯。我父母拿出了十年来的所有积蓄,又从银行贷了一部分款子。先期资金一到位,基建工地上便出现了一大批建筑工人,马达声声,机器隆隆,工地的四周彩旗飘扬。父亲把开工典礼的场面搞得十分地隆重,那位肥胖的第一任市委书记又亲临现场,和父亲进行了第二次握手。电台、电视台、报社的记者们像一群小鸟,在工地上欢快地飞来飞去。全市人民又从报纸和电视上看到了父亲的风采,市民们相互见了面都在说:"石腾图这个人就是了不起。"

房子造了一大半,原先说好分期贷款的四家银行突然反悔,不肯再把钱贷给父亲。父亲拍着贷款协议进行申辩。但银行的领导告诉他,父亲有欺诈行为,而且铁证如山。父亲便有点心虚,他签的是抵押贷款的协议,他唯一的抵押资本就是公司,根据评估公司价值900万元。父亲把公司同时抵押给了四家银行,如同把唯一的女儿许配给了四个男人,这当然是一种违法行为。当时银行冲着父亲是市里的名人,又有市委书记作担保,所以在审批程序上没有严格把关,使得父亲在同一时间里收到了四份聘礼。这事一旦揭穿,后果不堪设想。但父亲头脑发昏,根本没有想到后果,他十分幼稚地以为只要度假村一开业,一切问题便迎刃而解,这不免是一种他女儿才会具有的弱智想法。要是静阿姨知道,一定会指出父亲这种十分危险的游戏。但父亲有意瞒着静阿姨,不让她知道。如今,父亲终于意识到了后果的严重性,父亲的心头便一下子罩上了一片阴影。

当天晚上,父亲急急地去找慧阿姨。其实慧阿姨正等着他的到来,父亲走的每一步都在慧阿姨的意料之中,所以我怀疑银行突然变卦,也是慧阿姨背后使得一招。

慧阿姨在父亲面前故伎重演,先亮出自己的肚皮,这也是慧阿姨对父亲使的最毒的一招。仿佛开刀之前先给你打一针麻醉药,慧阿姨的肉体是父亲最灵验的麻醉药,她的每一步计划都是在父亲处于麻醉状态下得以实现。

父亲趴在慧阿姨的肚皮上,静静地聆听慧阿姨的锦囊妙计,父亲的又一个决定便在慧阿姨的肚皮上产生。父亲和慧阿姨签下了一份协议,父亲将公司的所有股份转让给慧阿姨,慧阿姨将在半个月内为父亲筹措 500 万元的资金,作为买下父亲的工艺美术公司。父亲抱住慧阿姨激动地哭了,泪水像一条小河在慧阿姨白净的胸脯上缓缓地流淌。慧阿姨轻拍着父亲的后背,脸上露出了胜利者的微笑。

当母亲得知公司的主人将改为慧阿姨时,便一下子扑倒在床上嚎啕大哭起来。这可是母亲十多年来的全部心血呀! 公司是母亲的寄托和希望,母亲对公司倾注的感情已经远远超过了我这个弱智的女儿。

父亲说失去公司是暂时的,过不了多久他还会把公司赎回来。父亲说的是心里话,他认为度假村一开业,过不了两年就完全可以把公司买回来。而且慧阿姨也说过,等父亲以后赚了钱,她会把公司还给父亲。这显然是一种虚假的承诺,然而父亲置信不疑。母亲在哭过之后听了父亲这句话,也就跟着信以为真了。

慧阿姨不知用了什么魔法,很快从外地调集到 500 万元资金打入了父亲的账上。度假村终于在 500 万元的铺垫下,顺利竣工。从这一点讲,慧阿姨应该是我父母的救命恩人,尽管父母为之付出的代价十分地沉重,那公司的营业执照上已经醒目地写上了法人代表柯慧玉的名字。

工程完成后,装修的钱在哪里? 父亲以为找一下慧阿姨便会有神丹妙药。然而,慧阿姨却对父亲作出了爱莫能助的表示,她说为了父亲她如今也是负债的老板,500万元的债务压得她已经喘不过气来。为了安抚父亲,慧阿姨再一次把自己的肚皮交给父亲。父亲在麻醉药的作用下,心满意足地离开了慧阿姨。

为了尽快把装修工程完成，父亲终于走上了向民间高息集资的道路。这样做虽然风险很大，但在当时这种现象比比皆是。政府部门、事业单位、工厂企业都在做着这种游戏，所以父亲走上这一步也是情理之中的事情。母亲起先不同意，她担心以后没钱还给人家。但不这么做又到哪儿找钱呢？而且在母亲的心里，也一直以为只要度假村一开业，便什么问题都不是问题了。母亲终于同意了父亲的意见，父亲又一次伸出强有力的臂膀，把母亲举了起来。母亲的脸上露出了幸福的红晕，她悬着双脚咯咯地笑。

　　父母为集资作了分工，父亲负责面上的宣传发动，母亲负责点上的重点突破。于是静阿姨成为我母亲的第一个牺牲品。母亲之所以把静阿姨作为首选对象，因为静阿姨在省城人缘好、朋友多，只要静阿姨带头集资，那么被她动员的朋友们都会毫不犹豫地慷慨解囊。那个时候，静阿姨正准备从省城调回来，原先单位的工作已经作了移交，所以正好有时间帮助母亲在省城搞集资。静阿姨最大的致命伤就是过于相信朋友，把心贴在朋友的心上，用聪明人的话说就是两肋插刀、肝脑涂地。

　　尽管静阿姨从政多年，是一个稳重型的女人，但母亲的一席话使静阿姨彻底放弃了应有的警觉。母亲说她拥有自己的公司，有公司在你还担心什么呢？跑了和尚跑不了庙，又何况母亲不是和尚，而是静阿姨从小一块长大的最好的朋友。静阿姨一下子从银行里领出了自己的所有积蓄。母亲接过十二万元钱的时候说，你什么时候需要用钱我什么时候还你，年息按百分之二十结算。静阿姨便笑了笑说，别跟我一本正经，什么年息不年息的，我不要。然后静阿姨又动员了她在省城的好朋友集资，朋友们先试探性的每人集了两万元。数字不大，但是一个良好的开端，母亲激动得满脸通红。过了三个月，母亲又特意赶赴省城，给静阿姨的省城朋友兑现一个季度的利息。朋友们一个个被高利息冲昏了头脑，不但从银行掏走了自己所有的存款，还动员自己的亲朋好友集资。母亲冲着静阿姨的每一位朋友反复证明，自己拥有厚实的家底，光公司的资产便达千万。静阿姨站在旁边一个劲地点头，并说我可以担保，大家尽管放心。这一次母亲一共带回去了一百万元钱。

　　半夜时分，我被一个可怕的噩梦惊醒。梦里面我见到了秦伯，这位忠心耿耿跟随我父母的好人，正流浪在昏暗的马路上，手里拿着那张和静阿姨带给我一样的报纸。秦伯在一盏路灯下停了下来，再一次展开那张报纸，两滴浑浊的眼泪掉在报纸上面，冲洗着我母亲的名字。秦伯抬头望了下没有月亮没有星星的夜幕，茫然的表情像一头迷了路的小羊羔。是的，秦伯已经到了走投无路的境地。他不但自己一无所有，而且他还背上了亲朋好友的债务。我总担心秦伯终有一天会发生意外，想不到这个意外在我梦中清晰地演示了出来。秦伯在夜幕下来到腾燕度假村，大门已被公安机关贴上了封条。秦伯快步来到右侧的围墙外面，然后蹲下身往上一扑便翻进了围墙。进了大院，秦伯来到他住的那间小屋。秦伯把一根绳子悬在了半空,然后秦伯站到一张凳子上面,把自己的头颈钻入绳圈里面。秦伯毫不犹豫地一脚将凳子踢翻,凳子倒地的声响把我从梦中惊醒过来。

我从床上坐了起来,惊恐的目光扫视着整个房间。这时,我看见静阿姨正在窗前来回地走动。我打开床前电灯,静阿姨转过身来,脸上布满了泪水。我跳下床,扑上前去和静阿姨紧紧拥抱。静阿姨的眼泪滴落在我的脸上,那泪珠如同烧红的钢球掉进我的心里,我的心被灼得生疼。我说:"静阿姨,让我赎罪吧!我怎样做才能减轻你的痛苦?"

静阿姨没有说话,她反复用手梳理着我的头发。我抬起头来,灯光下我发现静阿姨的头发一瞬间变白了许多。我顺着静阿姨的身子跪下去,用自己的额头磕击着地板,嘴里反复说道:"让我赎罪吧!让我赎罪吧!"我知道一百多万比秦伯的二十多万要多好几倍,我担心静阿姨受不住打击,而走上绝路。

静阿姨把我拉起来,拥着我在沙发里坐下。静阿姨说:"囡囡,你放心,静阿姨不会有事。静阿姨只是对不起省城的朋友。"

"你应该恨我的母亲。"我咬着牙说。

静阿姨苦笑了一下,说:"恨能解决问题吗?你母亲利令智昏,走到这一步,她已经得到了回报。"

"那你省城的朋友怎么办呢?"我又把这个问题提出来。

静阿姨摇头说道:"等以后再慢慢想办法吧。"

我说:"你上床睡一会儿,我出去一下。"

"深更半夜,你想上哪去?"静阿姨很吃惊地看着我。

我便把刚才的梦告诉给静阿姨。静阿姨说这只是个梦,不是真的,咱们上床睡觉吧!

但我的眼前再一次闪过秦伯悬在半空的身子。我站起来说:"我不放心,我一定要去看看。"静阿姨看我固执的表情,便说好吧,我陪你去。

我和静阿姨来到腾燕度假村,大门贴着封条,进不去。我说,秦伯是翻墙进去的。

静阿姨说,我们怎么翻得过去?好了,别胡思乱想了,咱们回去吧!

我望了下高高的围墙,心想这么高的围墙秦伯肯定也翻不进去。看来梦只是个梦而已,如果梦见什么就是什么的话,自己岂不成神仙了。想到这里,我哑然一笑,然后和静阿姨离开了度假村。

然而,当第二天传来秦伯自杀的消息时,我一下子惊得目瞪口呆。秦伯确确实实是在我做噩梦时自杀的。但他不是翻围墙在度假村住的小屋里自杀的,而是自杀在公司父亲原来的书房里面。秦伯也不是上吊自尽,而是服毒药而死。

秦伯的死对常人来说,是十分正常并且可以理解的。但我却认为,秦伯之所以死在父亲的书房,其含义是十分深刻的。秦伯一定知道父亲和慧阿姨的事情,但他为了我父亲的名誉、为了我母亲不受伤害,他采取了和我一样的做法,保持沉默。眼下我母亲已经进了看守所,秦伯就没了这方面的顾忌。他便去找慧阿姨要钱。他认为找慧阿姨要钱是天经地义的事情,没有我的父母,慧阿姨怎么会有今天。所以慧阿姨必须为我父母作出一些补偿。在慧阿姨面前,秦伯没有提自己的钱,他只想把亲朋好友的钱要回来。但毫无疑问,慧阿姨一口拒绝了他的要求,并告诉他现在的公司与我父母没有任何关系,公司的钱再多也不可能给秦伯一分钱。秦伯迫不得已,只好摊牌,他想通过事实来要挟慧阿姨。慧阿姨心里显然有点虚,但她表面上十分冷静。她要秦伯拿出证据,并以打赌的口气说只要秦伯能拿出足够的证据,要多少钱给多少钱。秦伯很快钻入了慧阿姨的套圈,他说证据没有,但他亲眼所见。慧阿姨听了总算松下一口气,她操起电话说,你别走,我马上报警,告你诬陷罪和敲诈罪。秦伯懦弱的本性便一下子暴露无遗,他哀求慧阿姨千万别报警,刚才他只是随便说说,其实他什么都不知道,他来公司只是想到父亲的书房看看。

　　于是,秦伯来到了我父亲的书房,跌坐在观音娘娘的面前。他从口袋里掏出了早已准备好的毒药,一口气灌入腹中,然后蜷卧在我父亲的蒲团上面,等待着死神的召唤。

　　秦伯死得无足轻重,连他的家人也不以为然。秦伯掏空了家里的所有积蓄,没给家人带回来一分钱,无情的金钱关系终于中断了秦伯与家人的血缘关系。我在静阿姨的帮助下,料理了秦伯的一切后事。然后我把秦伯的骨灰盒抱回家里,放在我房间里最显眼的地方。我点燃了香烛,每天睡觉前跪在秦伯的骨灰盒前默默地祈祷,愿秦伯的灵魂随着袅袅飘升的尘烟,一起离开尘世,到一个美好的极乐世界去重新过好自己的一生。

　　上午十时左右,我和静阿姨来到了市人民法院。根据通知,今天是法院登记集资情况的第一天。静阿姨原先不同意我跟着去,她怕那些集资人见了我父母的女儿会做出一些伤害我的行为。我知道静阿姨所说的伤害并非是肉体上的伤害,在法院里面我的肉体应该是安然无恙的。既然肉体不会受到伤害,那么还有什么样的伤害可以值得大惊小怪的呢?

　　法院的一个会议室里挤满了人,其中老人居多。我们进去的时候,里面已经是一片嘈杂声、一片讥骂声、一片哭泣声。法院的同志望见了静阿姨,向她招手。静阿姨拉着我穿过情绪激昂、义愤填膺的人群,来到前面。静阿姨从口袋里掏出十多张集资款的收据复印件,每一张收据上都有一个不同的名字。法院的同志拿了份空白表格对静阿姨说，这里太杂，我带你到我的办公室登记吧！静阿姨说，不必了，就在这里登记。

我望了下桌子上那一叠已经填好的表格，我说："同志，能不能让我看一下登记表？"

法院的人看看我，问静阿姨："她是谁？"

静阿姨把嘴贴上法院人的耳朵，我知道她在介绍我的身份。法院的同志作了个恍然大悟的表情，然后对我说："实在对不起，详细情况我不能给你看，可能的话我可以回答你的一些问题。"

我便问："在这里的每个人都是到我父亲那里集资的人吗？"

法院的人点头。"那当然。"

"我能不能跟他们说几句话？"

"囡囡，你想干什么？"静阿姨十分吃惊地看着我。

"静阿姨，我想对这些人说一声对不起，是我父母害了他们，我要对他们鞠三个躬。"

"你这样做会惹上麻烦的。今天你也是不该来的。"法院的同志说。

静阿姨搂住我说："囡囡，千万别这样。我和你先回去吧！"

我坚定地摇了摇头，并对着嘈杂的人群大声说道："大家静一下。"

会议室里顿时安静下来，每个人都把目光射到了我的脸上。我怕静阿姨拉我出去，赶紧先表明身份。"我是石腾图、费海燕的女儿，我今天特意来是向各位爷爷奶奶、叔叔阿姨、大哥大姐们深深说一声对不起，是我的父母害了你们。你们把辛辛苦苦挣来的血汗钱交到我父母的手里，目的是想得到一点回报。但是你们不但没有得到回报，反而连自己的血汗钱也赔了进去。这一切的一切都是我父母造的孽。我是一个弱智的女儿，对大家唯一能做的就是请允许我向大家磕三个头吧！"我在大家愣怔的当口，跪下身去，对着法院会议室坚硬的水泥地面连磕三个响头。当静阿姨将我拉起来时，我的额头上已经渗出了鲜血。

我把自己的身子扑入静阿姨的怀里，一种如释重负的感觉涌遍全身。我知道这种感觉只是暂时的，在座的每一位可怜的人不知道何年何月才能拿回自己的血汗钱，腾燕度假村的每一个角落、每一件装饰品上面都渗透了这些人的血和汗呀！

法院的同志说，腾燕度假村一旦拍卖出去，先要补发拖欠员工们的工资奖金，然后归还银行的贷款，剩余下来的钱才能按比例发还给集资人。所以真正还到集资人手里的钱已经微乎其微，能拿到百分之十已经算是不幸中的大幸了，所以请大家要有足够的思想准备。

法院的话具有很大的权威性，在座的每个人听了这样的话，再一次响起一片喊冤声和哭泣声。其中几位白发苍苍的老人跌坐在地上，相互扶抱着放声大哭。我走到他们面前,原想抚慰几句,并搀扶他们起来,但我知道这样做无济于事,他们内心受到的伤害实在是太深了。他们也许已经身无分文,如何安度晚年已成了他们的严峻问题。突然之间我想到秦伯,秦伯的悲剧会不会在这些老人中再度重演?我的心剧烈地悸动起来。我对着老人再一次跪下了我的身子,把已经受伤的额头再次有力地磕击地面,我要用肉体的疼痛来减轻我心灵的疼痛。

老人们都停止了哭泣,纷纷伸出手来,阻止我近似发疯的举动。殷殷的鲜血布满了我的脸,静阿姨心疼地边用手绢擦我的脸边对老人们说:"你们原谅她吧!她虽然弱智,但是个心地善良的姑娘,她心里的伤害不比你们轻呀!"

老人们听了静阿姨的话,都上前来哄劝我说:"姑娘,你不要这样,我们不怪你,我们一点也没怪你。"

我望着眼前晃动的一缕缕白发,"哇"地一声大哭起来。我边哭边说:"你们让我赎罪吧!你们都住到我的家里,我为你们养老送终。"

但我很快出现了休克症状,大家七手八脚地把我抬了起来。当我醒过来的时候,我已经住在了医院的病房里面。静阿姨见我醒过来,第一句话便说:"我真不该带你去法院呀!"

我摸了下额头上包扎的纱布,额头还在隐隐地作痛,我皱了下眉头。

"你怎么样?还疼吗?"静阿姨俯下身来,亲切地问。

我摇摇头,眼角处悄然爬出两颗泪珠。多好的静阿姨呀,可我的母亲却一而再、再而三地伤害她。

当腾燕度假村全部装修完毕后,父母已经把老百姓的集资款用得一分不剩。但父亲还准备把开业大典搞得轰轰烈烈,成为本市历史上前所未有的一次重大庆典。根据预算需要三十万元资金。怎么办?父母又一次想到了静阿姨。

静阿姨这时已从省城调了回来,在市教委当主任。母亲想从静阿姨单位里借三十万元公款。此时此刻的父母已经失去了正常人的理智和冷静,他们一天到晚沉浸在一种好大喜功的情绪中间。母亲去找静阿姨时完全忘了两人之间的友谊,而只是把友谊作为一种道具、作为一种把钱骗到手的敲门砖。母亲把一幢价值三十万的住房作为抵押的资本,其实这幢房还没有完工,父母只付了五万元的定金。当然,静阿姨是不可能对那幢住房进行核实的,她甚至觉得朋友之间说什么抵押不抵押有损彼此间的友谊。看来友谊确实也有假冒伪劣,静阿姨就是为了所谓的"友谊"而再一次跌进了母亲的陷阱。

有了静阿姨的三十万元钱,父亲把开业大典搞得十分地成功。那位肥胖的市委书记向来宾们作了热情洋溢地讲话,他高度评价了父亲的丰功伟绩,以及为地方经济所作出的巨大贡献。父亲在讲话中口若悬河,把自己的事业描绘得金碧辉煌,仿佛世界上所有辉煌的东西在他面前都会黯然失色。最后,父亲大声宣布开业之际他将拿出十万元钱设立助残基金,资助全市的残疾人解决一些生活困难,往后将每年追加二十万元。

全市上下再一次轰动起来。父亲的光辉形象随同他的大名冲出本市范围,在上级市和省的电视、报纸上频频亮相,父亲终于成了全省范围内一位妇孺皆知的人物。

出院后,静阿姨把我送回家里。我的家地处市中心向阳村,160个平方,是父母留给我的唯一家产。由于户主写着我的名字,所以没有受到法院的查封。

静阿姨不放心我一个人在家,想留下来陪我过夜。但我知道静阿姨的儿子已经进了大学,如果静阿姨不回家,那么高叔叔一个人在家会感到十分孤独。我坚决拒绝了静阿姨的好意,并把她推出门外。

我一个人在偌大的空间里来回地走动。秦伯的骨灰盒前我已把香烛点燃,一阵阵檀香味在我的房屋中弥漫开来。在这种氛围里面,很容易使我冷静地思考一些问题,并对父母曾做过的事情进行一些理性的分析和判断。

腾燕度假村开业后的一段时间里,市里面几乎把所有的宴请全放到了腾燕度假村。度假村天天爆满。客人们在酒足饭饱之后,度假村又满足了他们想唱歌、想跳舞、想按摩、想桑拿、想玩牌等各种欲望。然而还有一种更高的欲望客人们没法满足,这一信息很快被父亲捕捉到了。父亲没有丝毫的犹豫,便决定铤而走险。利令智昏和肆无忌惮已经成了父亲飞翔的一对翅膀,他以为自己是多么地了不起,他以为他无论做什么事情都会一路凯歌、所向披靡。而母亲的步伐总是跟不上父亲,每做一件事母亲总有一个思想认识过程。但认识的最后结果总是和父亲保持了高度的一致性,这就印证了"夫唱妇随"这句老话。

没过多少时间,我们腾燕度假村来了一群鲜艳活泼的姑娘。在度假村大门口的宣传橱窗里,对这些姑娘作了详细介绍,同时配上了每个姑娘十分性感的彩色照片。我凭了自己小学毕业的真才实学从中了解到,这是一支时装表演队,她们来度假村是作时装表演的。这些姑娘们的到来,给度假村带来了前所未有的热闹和兴旺。一到晚上,表演大厅里坐满了酒足饭饱的客人,时装表演的姑娘们一个个重彩浓描,扭着水蛇般的腰肢登上表演舞台,每一位姑娘的额头上都标有自己的编号。表演没有时间的限制,只要有客人,哪怕是一个客人,她们就得表演下去。在表演的过程中,姑娘们身上的服装会穿得越来越少,到最后留在姑娘身上的只剩下一条裤衩和一副乳罩。细心一点的话,你就会发现表演的姑娘正在逐渐减少,到最后只剩下一两个姑娘在台上扭着白晃晃的身子走来走去。

正因为有了这些姑娘的光临,腾燕度假村的生意十分红火。后来大概人手不够,母亲给我安排了一个重要的工作。每天晚饭后,我化上淡妆,穿上较为性感的衣服,披上一条斜挎在肩上的红绸带,上写"欢迎光临"四个大字,然后站在表演大厅的门口,迎接前来观看表演的每一位客人。这些客人能够来我们腾燕度假村享受,表明其也是具有一定的身份。后来事实也证明了这一点,这些客人中一部分是当地的父母官或外地来作客的干部,另一部分是当地的老板或外地来享受的有钱人。我这么表述可能有点罗嗦,但作为一个弱智姑娘能作出这样的判断应该是难能可贵的。每天晚上,总有一些干部和老板在我的眼皮底下堂而皇之地把那些鲜艳的姑娘带出表演大厅。

在表演大厅同一层楼面的另一头是一排用来休息的房间。这些休息房十分地窄小,只能容纳一张床和一张桌子。那些干部和老板带着没有服装的时装姑娘出了表演大厅,便直奔休息房而去。慢慢地,我便悟出了个中道理。父母为了赚钱,把时装表演作为幌子,让这些姑娘在幌子的遮掩下把那些干部和老板一个个拖入水中。我的父母确实已经走到了十分危险的边缘。我出于义愤,终于甩掉了肩上的绸带,独自一人回到了家里。我躺在床上静静地思考,来度假村的这些姑娘看上去一个个健康活泼、聪明伶俐,她们为什么要选择这种丢人现眼的职业? 看她们一天到晚兴高采烈、欢声笑语,好像自己是地球上最快乐幸福的人。这种现象让我百思不得其解。父母半夜回来见我还瞪着迷惘的眼睛,母亲说囡囡,这是大人们的事,你不懂,别去多想。

我说我已经二十岁,也是大人了。父亲十分藐视地看着我说,二十岁又能怎样?你就是到了五十岁还是这个样。父亲的话再一次注定了我的命运。"弱智"两字已经深深地烙在了我的身上,同样也深深地烙在了父母的心里。

一天晚上,我和父母正准备吃晚饭,父亲的手机突然叫了起来。原来市委书记去省里开了几天会刚回来,要到度假村吃晚饭。父亲关上手机,脸上发出光来。"咱们全家为书记接风洗尘吧!"书记是我们这里的常客,书记喜爱吃什么菜、喝什么酒、抽什么烟我的父母了如指掌。母亲站起来去张罗书记的晚饭,我随着父亲来到度假村的大门口,迎候着书记的光临。

没等多久,我便看到一号小车徐徐开过来,然后稳稳地停在了我们面前。父亲哈着腰上前为书记打开了车门。书记先伸出一只肥胖的手,他不是要跟父亲握手,而是要父亲拉他一把,因为书记实在是太肥了。父亲一手拉着书记的手,一手挡在车门的上方,嘴里说:"书记小心,书记小心。"

书记确实十分小心,费了好大劲才把自己肥胖的身躯挪出了车门。

"囡囡,来搀着伯伯。"父亲招呼我。

我便上前扶住了书记的手臂,书记的手臂像大腿。书记的大腿我看了下,像放在大门两侧的圆柱型垃圾桶。我抿嘴笑了下。

书记喝的是茅台酒，抽的是小熊猫。父亲认为这跟书记的身份是匹配的，如果让打扫卫生的秦伯喝茅台酒、抽小熊猫那就是天方夜谭的事情了。书记给父亲带来了一个极其重要的消息：反腐倡廉、治理整顿的序幕即将拉开。书记要我父亲谨慎行事，别撞在枪口上。父亲的脸上就有了一点紧张。"请书记大人作点指示。"父亲说。

"让那些姑娘离开度假村吧！"

父亲一听，差点哭出来。这些姑娘已经成了父亲的摇钱树，银行的贷款、老百姓的集资款、度假村各种费用都需要这些姑娘白晃晃的身体来承担。

书记说："这是没办法的事。"

"有没有其他变通的办法？"

母亲对父亲说："你就别为难书记了，书记怎么说咱们就怎么做。"

但父亲还是用乞求的目光放在书记胖乎乎的脸上。书记说："有些话我不好明说。以后有什么情况我及时给你提个醒。"书记说完这话便把目光放在了我的脸上。"你女儿实际上是个非常漂亮的姑娘，那些姑娘一个也比不上你的女儿。"

父亲把头凑到书记的耳边问："书记是不是对我女儿感兴趣？"

不等书记点头，母亲抢先说："我女儿可是个弱智姑娘。"

书记的头脑还算清醒，他笑笑："石老板，你误会了。"

我看到母亲暗暗松了口气，父亲却有了点失望的表情。他又把头凑到书记耳边说："我扶你去休息吧！"

书记点点头，母亲便出去安排房间。书记站了几下没站稳，又坐在了红木靠背椅上。我上前和父亲一起用力把书记扶起来，然后扶进电梯间，上了三楼，进了部长级套房。我刚要走，书记叫我的小名，"囡囡，帮我泡杯茶。"

我把一杯上乘的红茶放到书记的面前，书记乘机抓住我的手捏了又捏。我缩了几下，书记的手如铁钳一般纹丝不动。父亲站在旁边若视无睹，我正要发怒，门外传来了一串欢快的笑声，书记便松开了我的手。

母亲带来了六位姑娘，父亲让她们一字形站到书记的面前。"书记你看，哪个姑娘合你的心意？"

书记抬起头来，色迷迷的目光像扫描仪把六位姑娘全身上下全部扫描了一遍，然后指了指其中两位丰腴而不肥的姑娘。其他四位姑娘很快退出了房间。留下的两位姑娘还没得到父亲的指示，便已经动手帮书记脱外衣，一位姑娘说："我们先帮你洗个澡吧！"

当天晚上，我又失眠了。我想了好多好多，但总是想不出个道道来。一个共产党的书记,一个全市人民的最高领导,怎么能做这种事情?还有我的父母,还有那些姑娘,他们为什么跟我想的不一样呢?难道是我的想法有问题吗?为什么他们认为正常的事情我就认为不正常呢?而我认为正常的事情,他们却认为不正常呢?哦,对了对了,我差点忘了一件重要的事情,我是一个弱智姑娘,是一个低能儿。凭我弱智的大脑是无法理解他们所做的事情。你想,书记做的事怎么会错呢?他要是错了怎么能领导全市的工作?父亲怎么会错呢?他要是错了怎么会成为全省的知名人物?那些姑娘怎么会错呢?她们要是错了怎么会这么快乐地生活?那么,看来是我错了,而且我的错是有原因的。

静阿姨终于辞去了教委主任的职务,头上没了官帽静阿姨感到一身轻松。但是,市纪委却给她戴上了一顶党内警告处分的帽子,静阿姨没法把三十万公款还给单位,给她戴顶帽子也是情有可原的。静阿姨是个开朗豁达的女人,任何压力和打击她都会在很短的时间里给消除和化解掉,所以我认为静阿姨适合做任何事情。

"囡囡,咱们去看看平阿姨吧!"静阿姨说。

我知道平阿姨和我母亲、和静阿姨都是从小一起长大的好朋友,后来平阿姨嫁到了一个遥远的地方,她的男人是当地一名很有知名度的私营老板。我母亲为了集资,曾带我坐了一天一夜的长途汽车去找平阿姨。平阿姨的家十分地豪华,富丽堂皇,但平阿姨的生活过得并不美满。他的男人犯了一个男人们常犯的错误:见异思迁。男人用这幢豪华的住房和二十元现金作为条件跟平阿姨办了离婚手续。平阿姨用二十万元钱开了一家超市,生意做得还可以。

母亲在平阿姨面前故伎重演,把"友谊"作为道具,作为一块敲门砖,敲开了平阿姨记忆的大门。两个人坐在沙发里,沉浸在幸福甜蜜的回忆中,追寻着小时候的种种乐趣,最后两个人抱在一起开怀大笑,眼眶里裹满了泪水。我知道平阿姨的泪水是真诚的,是发自内心发自肺腑的。而我母亲的泪水是虚假的,是含有蒙汗麻醉的成分。平阿姨果然被母亲的蒙汗药给蒙倒,她把自己的十八万积蓄全部交到我母亲的手里。然后她又找了几位好朋友,为我母亲筹集到五十万元的资金。我母亲冲着平阿姨激动地哭了,当然她是冲着六十八万元的金钱而激动,但平阿姨误解了母亲的泪水,她安慰母亲说,创业是件艰难的事情,朋友之间理应相互帮助。

我和静阿姨乘上下午最后一班长途汽车。这时太阳已经下山,一层淡淡的暮色已经悄悄地笼罩着大地。静阿姨从包里掏出一张昨天的市报给我看。"你看看这篇文章。"她说。

我接过报纸一看,一行醒目的红色标题映入我的眼帘。"柯慧玉当选为省劳动模范"。我不想看内容,我把报纸还给了静阿姨。我知道慧阿姨学着父亲做了不少行善积德的事情,她为敬老院送温暖,为贫困学生支付学费,为公益事业提供赞助,为市里领导送红包发过节费。慧阿姨继承了我父亲全身的优点,所以慧阿姨当上省劳动模范是理所当然、情理之中的事情。

夜幕悄悄降临大地。汽车射出两道光柱,劈开浓浓的黑夜义无反顾地向前行进。静阿姨说,睡吧!囡囡。我点点头,和静阿姨相拥着靠在舒适的软座背上,等待着睡眠降临。

汽车轻微的颠簸,像婴儿的摇篮,一路上摇啊摇,很快把我摇进了睡眠的大海深处。正当我在大海深处自由地畅游时,我的父亲出现在了我的面前。

父亲像贼一样从一辆出租车里溜出来,站在昏暗的路灯下面左右环顾,然后快步来到一个路边电话亭,给慧阿姨拨打电话。

慧阿姨接到电话大吃一惊,"你怎么回来了?公安局正四处抓你呢?"

父亲说:"我知道。但我躲在山上的寺庙里寂寞难忍,我想你。"父亲说这话时差点哭出声来。

慧阿姨沉默了一阵,说:"你千万别被人发现,我马上来接你。"

父亲放下电话,便蹲下身,双手掩面,轻轻地哭了起来。

慧阿姨亲自开了车来到电话亭,接走了父亲。在父亲原先的书房里,父亲盘腿坐在观音娘娘的面前,双手合十,嘴里念念有词。父亲是在感谢观音娘娘的大恩大德,让他顺利回到了故里,并和慧阿姨再度相逢。父亲感谢完后,便有点急不可耐地脱去自己的衣服,然后爬上了慧阿姨的肚皮。慧阿姨的肚皮还是那样地丰腴和白嫩,父亲像一条失踪多日的小狗,找到母亲后一下子把那种如饥似渴、情真意切的情感表现得淋漓尽致。

天亮的时候,父亲在酣睡中被人推醒,睁开眼睛一看,三位公安人员站在了他的面前。父亲被押出书房的时候,慧阿姨流着眼泪告诉他,他一回来就已经被人发现了。

我父亲绝望地叫了一声。这一叫,便把我给叫醒了,我突然仰起头,眼睛睁得好大好大。身边的静阿姨已经醒了,她看着我说,你睡得好沉呀!

我看了下窗外,夜幕已经隐褪,晨雾正在窗外飘浮。我说:"静阿姨,我父亲已经回来了,现在正坐在警车里,被送往公安局。"

"怎么,你梦见父亲啦?"静阿姨问。

我坚定地说:"不是做梦,是真的。"

"你怎么知道是真的?"

我摇摇头。"我不知道,但我想一定是真的。"

静阿姨便把我搂进她的怀里,并用手轻轻拍了下我的后脑勺。

傍晚时分,我们终于来到了目的地,这是一个沿海美丽的小镇。我和静阿姨下了车,直奔平阿姨住的那幢豪华的住房。敲开门后,一位陌生的妇人告诉我们,这住房她于三个月前买下,原先的房主不知道搬往何处。

离开豪华住房后,静阿姨说:"你平阿姨被你父母害苦了。"静阿姨是在绝望的心情下,说了一句不该对弱智姑娘说的话。

我的心被这句话深深地刺痛了,我知道我的罪孽又加重了三分。

在黄昏的小镇上,我和静阿姨漫无目标地淹没在喧闹的人群中,我们已经找遍了小镇上所有的超市,都没有找到平阿姨。

"咱们先找个地方住下吧!"静阿姨说。

在路人的指点下,我们向一家廉价的旅店走去。在经过一家影院门口,一声长长地吆喝声止住了我们的脚步。"出口转内销,十元钱三条罗!"

静阿姨突然一把抓紧了我的手,拨开人群向着吆喝声奔去。一个蓬头垢面、满脸憔悴的女人出现在了我们面前。只见她高举着一条红色裤衩,伸长了头颈,拉直了嗓门向四周的人们展示着她的产品。

"阿平。"静阿姨放开我的手,向平阿姨冲了过去。

平阿姨愣了一下,然后扔下裤衩,向静阿姨扑了过来。一个趔趄,平阿姨摔倒在地。但平阿姨很快爬了起来,和冲上来的静阿姨紧紧地抱在一起。平阿姨的一声悲哭惊动了周围的人们,大家都用惊奇的目光看着两个相拥的女人。平阿姨的哭是一种撕心裂肺地哭,是一种山崩地裂地哭,她的哭不是从嘴里发出来,而是从全身爆发出来的。平阿姨的哭已经压抑了好长时间,在这个小镇上她找不到一个可以哭诉的对象,她把眼泪和悲伤压在了心底。眼下,她紧紧地抱住了静阿姨,全身上下都在颤抖。她那很不干净的长长的指甲划破了静阿姨的手臂,一线殷殷的血丝正缓缓的往下流动。然而,两个悲伤至极的女人全然不知。我走上前去,把两人分开。我说:"平阿姨,咱们回家去吧!"

平阿姨把我们带到了一所平矮的旧房子前面,里面就一个房间和一个吃饭间。房间里有两张铺,一张铺上躺着一个老人。在昏暗的电灯光下,平阿姨望着老人对静阿姨说,是我妈,她半身瘫痪,大小便失禁。

"你没请个佣人?"静阿姨问。

平阿姨苦笑了一下,"什么都卖了,正好还掉所有的集资款,如今身无分文,哪有钱请佣人。"

我上前仔细看了下老人,老人十分和善地冲我笑了笑。我鼻子一酸,掉过头对平阿姨说:"让我侍候阿婆吧! 我要为阿婆养老送终。"

平阿姨望着我一副虔诚的表情,笑了笑,又摇了摇头。"囡囡,你累了,平阿姨给你们做晚饭去。"

我上前一把拉住平阿姨。"平阿姨,我不是随便说说,我是真的。我要把阿婆带回去,让她睡在我的床上。"

平阿姨说:"傻丫头,阿婆是瘫痪的人,每天要尿床的。"

我说:"我愿意阿婆尿床,我要阿婆尿床。"

平阿姨和静阿姨都看了看我。我从她们的目光中看到了一种对弱智姑娘的同情和宽容。静阿姨说:"难得囡囡有这份孝心。好了,咱们一起去做晚饭吧!"

我说:"你们去吧!我陪陪阿婆。"

静阿姨和平阿姨出去后,我来到阿婆的床前。阿婆伸出可以活动的左手摸了下我的脸蛋,口齿不清地说:"多漂亮的姑娘呀。"

我掀开阿婆的被子看了下说,阿婆,你还没有尿床啊。

阿婆笑笑。我说你如果尿了床,我来为你换裤子。

阿婆拉住我的手,摇了几下,表示友好。

我说阿婆,我陪你睡一会吧!说完我便脱去衣裤,爬上床去。阿婆十分惊恐地看着我。我钻入阿婆的被窝,一股难闻的臭味扑鼻而来,我的胃被重重地颠覆了一下。我涨开鼻孔,用劲闻了下被窝里的臭味,总算把我的胃给征服下去。我躺下身去,我用自己白藕般的双臂搂住了木乃伊一般枯萎的阿婆,用我秀美的脸蛋贴在阿婆流着口水丑陋的脸上。我的心里很快得到了一丝慰藉,我感到我沉重的罪孽一下子减轻了许多。

当静阿姨和平阿姨走进房间看到这一情景,她们一下子怔住了。我对她们笑了笑,并重复了刚才说过的一句话:"我要带阿婆回去,让阿婆睡在我的床上。"

平阿姨终于同意静阿姨的意见,俩人携手承接"腾燕度假村",力争在两年时间里还清所有债务。她们两人几乎彻夜未眠,整整谈了一个通宵。我知道静阿姨身上有一种潜在的韧性和毅力,而且静阿姨拥有那么多愿意为她鼎力相助的朋友。静阿姨既然能下这么大的决心,那么一定也会有这么大的把握。

第二天,平阿姨退掉了租住的房屋,打点行装,背起老母。一行四人离开了这个美丽的小镇,踏上了返程的路途。

回到家里,扑面而来的第一个消息便是我的父亲在昨天凌晨被依法刑拘。静阿姨奇怪地看着我,"囡囡,怎么回事?你把父亲的事说得这么准?"

我笑笑,这大概就叫"梦想成真"吧!但我的梦可能做得过于浪漫。落荒而逃的父亲潜回家里,慧阿姨表面上对父亲充满了热情,但凭她如今的身份她已经不会再对落难的父亲有什么企望,所以她不可能再让父亲爬上自己的肚皮。她一定极力稳住我的父亲,给他准备好酒好菜,然后让他洗澡休息。就在我父亲熟睡之际,慧阿姨便十分果断地拨打了报警电话。

三个月后,在地方政府和金融部门的大力支持下,在静阿姨众多好友的鼎力相助下。我们终于成功地接收了废墟一般的腾燕度假村。

静阿姨把平阿姨的"平"放在前面,把腾燕度假村改为"平静大酒店"。大酒店采用股份制形式,四家曾给我父亲贷款的银行以原有的款额作为股份入股。静阿姨在省城的那些朋友也纷纷慷慨解囊,加入股东行列。她们的出发点并非为了在远离省城的小地方当一个小股东,她们完全是冲着静阿姨的品质和为人。她们确确实实是世界上最聪明的人,因为聪明的人都明白一个道理:金钱有价情无价。世界上好多成功的事业大概都是在这样的基础上造就起来的,而我的父母正因为没有明白这个道理,所以注定了我父母的事业最终走向失败。

我卖掉了自己的住房和所有的黄金首饰,把换来的四十万元钱全部交到静阿姨的手上。静阿姨说:"囡囡,你看你在酒店干什么比较合适?"

我脱口说道:"让我负责公关部吧!"

静阿姨笑着问:"你说说做好公关部工作最关键的是什么?"

我不假思索道:"以心换心,真诚待人,并对每一个客户露出你最美丽的笑脸。"

静阿姨对平阿姨点了点头,然后对我说:"囡囡,你是公关部经理的最佳人选。"

在平静大酒店即将开业的前夕,我和静阿姨、平阿姨驱车前往三百里外的一所监狱,我的父母就关在这所监狱里面。

母亲一下了苍老了许多,见了我们便"哇"地一声哭起来,边哭边轮番抱住静阿姨、平阿姨和我。但母亲的哭没有平阿姨的哭来得那么震撼人心,母亲的哭是对自己身陷囹圄的悲伤。当然其中也有对不起静阿姨和平阿姨的愧疚,但这种成分占得比例非常的小。

父亲一声不吭地坐在旁边,冷冷地看着静阿姨、平阿姨和我,昔日省劳模光彩照人的形象已经荡然无存。他默默地等待,等到母亲平静下来之后,才开口说道:"阿静,你去通通路子,把我们尽早弄出去吧!"

父亲的话让大家都感到十分吃惊,我很想上前猛击父亲的嘴巴。静阿姨为了他们已经身败名裂,如今父亲连一句对不起的话也不说,竟然还要让静阿姨去干违法的事情。

静阿姨好像没我这样的义愤填膺,她只是很平静地对父亲说:"别胡思乱想,好好改造吧!"

母亲望着我对两位阿姨说："我只求你们关心好我的女儿,帮助她早点嫁个好男人过日子吧!"

静阿姨说："这你放心,囡囡她很好。如今她已是酒店公关部的经理。"

"什么?"父亲很惊愕地看着我。

母亲说："囡囡是个弱智姑娘,你们给她吃口饭就行了,千万别让她干什么事,她没有这种能力。"

"你们才弱智呢。"我终于忍无可忍,"你们如果不弱智,怎么会走到这么一步?"

我转过身去,冲出了接见室,冲出了监狱大门。我在崎岖的小道上一个劲地向前狂奔,泪水布满了我的脸,洒落在这荒凉的山地上。一座山丘挡在了我的面前,我一口气爬到山丘的顶上,心里头压抑已久的沉重包袱一下子被抛在了九霄云外。我面对着连绵起伏的崇岭,拼尽全力大叫起来:"啊——!"

群岭中很快响起了回音。这回音就像一面鼓,也像奔腾的马蹄声在我的心中久久地震荡。在震荡中我找到了一个真实的我,一个有着灵气、有着智慧、有着美丽的我。

创作于 2004 年 5 月

迷　途　桥

月光下,母子俩一前一后向野猫河走去。野猫河上有两座桥,一座老桥叫做迷途桥。迷途桥陈旧失修,村民们早已弃之不用。在离迷途桥五十米的地方,是一座宽敞而气派的幸福桥。幸福桥就像一位美丽的天使,每天吸引着村民们前来抚摸她那光滑的肌肤和修长的身材。瞿之荣不明白母亲为什么不走幸福桥,而偏要走迷途桥。

月光如一层透明的薄膜,覆盖在母亲羸弱的身上,瞿之荣搀扶着母亲小心翼翼地走上迷途桥。迷途桥的桥面是用三块木板做成,宽不过二米,桥身下面也是用四根木头支撑。桥面两侧的护栏用毛竹遮挡。瞿之荣小时候常和小伙伴一起到迷途桥玩耍,双手吊住毛竹栏杆荡秋千,或者从桥面上往下跳,钻入水中好久不出水面。那个时候,瞿之荣身轻如燕,灵活似猴。不像现在,大腹便便,全身上下全是赘肉。瞿之荣一跨上迷途桥,便听得一阵忍辱负重的"咯吱"声。

"妈,你可小心。"瞿之荣双手紧护着母亲的胳膊。

"我没事。荣儿,你可发福了。"

"妈,要不咱们从那大桥上过吧!"

母亲摇摇头,推开儿子的手,颤颤巍巍地向前跨了两步。瞿之荣赶紧跟着走前两步。那桥愈发不堪重负地惨叫了几声。瞿之荣抖动着身子,哀求道:"妈,儿子恐怕过不去。"

母亲回头望着儿子。"小心脚下,慢慢走过来。"说完,母亲又走前两步,站在了桥中央。

瞿之荣没办法,暗暗咬下牙,慢慢向前挪动了几步,然后站在母亲身边狠狠地吁了口气。

"妈,你今晚怎么啦,为什么要走迷途桥?"

彩云嫂抬手掠了下两鬓斑白的头发,望着光怪陆离的河面说道:"荣儿,我想把你父亲的事告诉你听。"

"妈,父亲不是在我三岁那年出远门病死在外面吗?"

彩云嫂摇头道:"你父亲当年就是站在你现在的位置投河自尽的。"

瞿之荣大吃一惊。"妈,父亲为何要投河自尽?"

彩云嫂抬头凝视着远方,夜风轻拂着她的白发,仿佛在为她梳理当年曾发生过的故事。

"那年你才三岁,你姐姐五岁。连续三年自然灾害,一家四人实在是难以生活下去。每天只能煮两顿胡萝卜稀饭。你父亲总是等我们娘三人吃完后,才开始用铲子刮锅底,并把我们吃完了的粥碗舔干净。后来有一天傍晚,你父亲从镇上的废品收购站下班回来,腋下夹了几根用报纸包住了的肉骨头,那是人家吃过后晒干了卖到收购站的骨头。你父亲回来后很细心地把骨头洗干净,然后放到锅里面熬骨头汤,起锅时撒上一点盐。那骨头汤散发着香味,十分诱人,你们姐弟俩都抢着喝那骨头汤。这时你父亲总是坐在旁边,默默地看着你们,脸上露出一种欣慰的笑容。在后来的一段时间里,你和姐姐一到傍晚便来到这座迷途桥头,等待着父亲的回来,等待着父亲腋下用报纸包住了的肉骨头。而你父亲每次回来总是给你们带来希望。大约过了一个多月,那天晚上你和姐姐终于空着手回来,告诉我父亲到现在还没回来。等你们睡下后,我站在门外等啊等,就是不见你父亲回来。我放心不下,便关了门向镇上的方向走去。当来到这座迷途桥上,我发现月光下桥面上有一包东西,俯身一看正是那包用报纸包住的肉骨头。里面有三根肉骨头,还有一封信。我虽然识字不多,但你父亲的字我还认得出来。你父亲告诉我,他犯下了贪污罪,一个多月来共贪污肉骨头七十八根。他感到罪孽深重,对不起党和政府,也对不起我和你们姐弟俩,这三根肉骨头是父亲留给你们的最后礼物。并要我把你们抚养长大,要你们好好做人,千万别做违法犯罪的事情。

我看完你父亲写下的遗书,当时气得差点投河随你父亲而去,但想到你们姐弟俩,我一咬牙,把手中的肉骨头狠狠向河中掷去。然后我沿着河边发疯一般地向下游奔去,一边奔走一边呼喊着你父亲的名字,但你父亲从未在河面上出现过。我奔走到东方发亮,一直奔到入江口。我站在江堤上,望着奔腾不息的江涛,欲哭无泪。我知道,你父亲已经葬身江底,再也回不来了。"

彩云嫂说到这里,身子摇晃了几下。瞿之荣赶紧伸出双手把羸弱的母亲紧紧地搂在怀里。"妈,你好苦啊!"

彩云嫂抽泣着说:"妈苦一点没什么,妈总算把你姐弟俩抚养长大。妈以为可以告慰你九泉之下的父亲,可你今晚突然回来,妈心里感到不安,看来妈是辜负了你父亲的临终嘱咐。"

瞿之荣闻言,不由打了个冷战,他默默无语地望着母亲。

过了迷途桥,来到坟地,母子俩盘腿坐在瞿之荣父亲的坟前。

"荣儿,现在当着你父亲的面,请你告诉我,你究竟发生了什么事?"

瞿之荣不敢正眼看母亲,垂头说道:"妈,儿子确实没什么事。"

彩云嫂说:"你在省城当官,每次回来,总是前呼后拥,风光十足。今晚你却丧魂落魄,孤身一人回到家里,坐也不坐,放下三万元钱就要离去。荣儿,我是你的母亲,我知道你有事。"

"妈,儿子在经济上有点麻烦,想到外面避避风头。"

彩云嫂一头扑倒在坟前,一边叩头一边哭诉道:"荣儿他爸,我对不起你。我没有把荣儿教育好,让他犯了事情。你只是贪污了几根肉骨头而投河自尽,可荣儿是省城的干部,他的经济问题一定比你要严重的多。荣儿他爸,我该怎么办呀?"

瞿之荣上前搂住母亲,安慰道:"妈,我没有什么大问题,过段时间就会没事的,你千万别太难过。"

彩云嫂擦把眼泪,望着儿子问道:"你究竟贪污了多少公家的钱?"

瞿之荣说:"不是贪污,是拿了人家送的东西。因为我帮人家办了不少的事情,人家为了报答我,给我送钱送东西。儿子起先不肯拿,但经不起人家一而再、再而三地这样做,儿子也就收了。"

"你这样做是叫受贿犯罪吧?妈平时经常看电视,知道一些人当了官就拿人家的东西。"

"是的。妈,荣儿对不起你和死去的父亲。"

"那你为什么要跑呢?你为什么不向政府说清楚,为什么不把人家的东西交给政府呢?"

"妈,儿子这么做会坐牢的。儿子要是坐了牢,妈一定会很难过的。儿子不愿意看到妈为我的事而痛苦。这二十年来儿子努力工作,好不容易当上厅级干部。儿子做的这一切全是为了妈高兴,但到头来儿子还是让妈失望了。"

"可是,你能跑到哪里去呢?你孤身一人天涯海角东躲西藏,妈怎么放心得下。再说你躲过了今天,还能躲得过明天吗?"

瞿之荣叹口气说:"儿子也是迫不得已,检察院已经在外围调查儿子的问题。与其束手被擒,不如三十六计走为上策。"

彩云嫂摇头道:"你错了。党的政策是坦白从宽抗拒从严,当年你父亲犯了迷糊,结果送走了自己的生命。"

瞿之荣说:"妈,现在是坦白从严抗拒从宽。有不少干部犯了事躲在外面,至今平安无事,所以儿子也想这么做。"

彩云嫂失望地说道:"荣儿,你真是官当得越大越糊涂。你一个人丢下妻子女儿、丢下老娘,一个人在外面四处流浪,天天过着提心吊胆的日子,这样的生活生不如死,你难道没想到这一点吗?"

瞿之荣无言,默默地看着母亲,然后一头扑进母亲的怀里。"妈,儿子是一步走错,步步走错,你就让我一错到底吧!"

彩云嫂抱住儿子耸动的双肩,泪流满面。"荣儿,你哪里也不要去,就待在我身边。我会把你藏得好好的,没有人能找到你。"

瞿之荣抬起头,泪眼中闪着希望。"妈,你准备把儿子藏在哪里?"

彩云嫂说:"前年家里翻修房屋时,妈在贮藏间做了一小间暗房,里面存放着你父亲生前穿过用过的所有东西。每年的忌日和父亲的生日,我都会在暗房里点上蜡烛,默默地在你父亲的画像前守到蜡烛燃尽。这是你妈一个人的秘密,从未对任何人说过。"

瞿之荣流着泪说:"妈,儿子不孝,破了妈的秘密。"

彩云嫂拍了下儿子肩膀,说道:"荣儿,向你爸告别吧!咱们回家去。"

瞿之荣跪在父亲的坟前,叩了三个头,然后站起来搀扶着母亲离开了坟地。

三天后,省城果然来了三个男人,穿着休闲衣服,一个个和颜悦色。他们把自己的工作证拿给彩云嫂看,工作证上三个男人都穿着检察制服,威严的脸上找不到一丁点的笑意。

彩云嫂十分冷静地说,荣儿三天前回来过,但当天就走了。到哪里去,她不知道。

三个男人很相信她的话,但例行公事,他们把彩云嫂家的每一个地方都看了一下,然后和彩云嫂聊了一会儿,便告辞而去。

瞿之荣每天呆在暗房里,对着父亲的画像面壁三思。彩云嫂每天换着手法为荣儿烧好吃的东西,但每天的汤却总是肉骨头汤。儿子想换其他的汤,母亲总是摇头拒绝。"不行,其他的菜都可以变,骨头汤一天也不能变。"儿子明白母亲的一片苦心,母亲要他天天重温当年父亲偷肉骨头回来给他们熬汤的事情。

每当夜里,当儿子熟睡之后,彩云嫂总是风雨无阻地去迷途桥上站一会儿,然后坐在荣儿父亲的坟前忏悔自己的罪孽。她认为没把儿子教育好,全是自己的过错。

一个月过去了。一个月整整三十天时间,彩云嫂为儿子整整做了八双布鞋,其中六双单鞋,二双棉鞋。彩云嫂终于长长地吁了口气,她坐在坟前对荣儿父亲说:"荣儿他爸,明天是你的忌日,也该是我到了遂愿的时候。"

第二天一早,彩云嫂匆匆赶往镇里,忙乎了半天,临近中午赶回家来,熬了一大锅肉骨头汤,然后连锅带饭一块儿端进了暗房,把自己和儿子关在了暗房里面。她看了眼满脸疑惑的儿子说,今天是你父亲的忌日,咱们就陪你父亲一起喝骨头汤吧!

整个下午,彩云嫂一直陪伴着儿子,重复着当年荣儿父亲贪污单位里的肉骨头而投河自尽的故事。当黑色完全降临的时候,彩云嫂和儿子把剩下的最后一点骨头汤喝完,然后彩云嫂站起来说,走吧!咱们到迷途桥上去。

出门的时候,瞿之荣见母亲背起了一大包东西。母子俩来到迷途桥头,走上桥面,彩云嫂望着平静的河面,站了片刻,然后卸下肩上的包裹递给儿子说:"荣儿,妈为你做了八双布鞋。虽然布鞋没有皮鞋好看,但布鞋一定比皮鞋舒服。你一到冬天就生冻疮,你一定要趁早穿上棉鞋。进去后,你自己要保重身体。"

"妈,你?"瞿之荣诚惶诚恐地望着母亲。

"荣儿,别怪母亲狠心。你是我儿子,妈只能这么做。"

就在这时,桥的那头出现了四位全副武装的男人。彩云嫂对他们说:"我儿子向你们投案自首了。"

冰凉的手铐戴上了瞿之荣的手腕。彩云嫂对四位神色严肃的男人说:"今天是荣儿父亲的忌日,请让他向父亲告别一下吧!"

来到坟地,瞿之荣"卟嗵"跪倒在父亲的坟前,痛心疾首地说:"爸,儿子对不起你了。"

彩云嫂在旁边说:"荣儿他爸,我把荣儿交给党和政府,他已经没事了。他会好好改造,重新做人,你就放心吧!"

母子俩在坟前叩完三个响头,然后站起身来。彩云嫂一直把儿子送过迷途桥,望着儿子远去的背影,心里一下子觉得无牵无挂,无比地舒坦。

创作于 2004 年 1 月

心　动

旅游车像一艘小船在山林间颠簸起伏。

舞蹈家邓英姿站在车厢中间双手抓住车上面的横杆,扭动着柳枝般的腰肢,开心地叫道:"这车开得多么浪漫,就像一位出色的舞蹈家在翩翩起舞。"

音乐家张走调摇头道:"我感觉这车就像一串优美的音符,演奏出一首悦耳动听的歌曲。"说完,拉直了嗓门儿胡乱地叫了几声。

诗人胡梦达说:"这车就像一首爱情诗,时而热烈骚动、时而依依细语。"

即将退居二线的文广局穆局长坐在前排摇晃着身子,脸色渐显难受之苦。副局长李子看在眼里,便拿话逗穆局长高兴。"我说呀,这车就像穆局长家里的那台按摩器,正在抖动着穆局长的筋骨、舒张着穆局长的血液循环。"

我看了一眼李子,这小子马屁算是拍到家了。进文广局才二年时间,便像吃了激素药,在仕途上一路疯长。而我进文广局已经十二个年头,却一直像蒙了眼罩的驴子,一刻不停地原地打转。我心想,这车就像一头喘气的病牛,正拉了一车的牛屎送往庄稼田去。

导游小姐说,青山绿水大家也玩过了,山珍海味大家也吃过了,明天就要离开这里,大家是不是感觉到还缺少点什么?

我看见大家的表情一下子凝固了起来。邓英姿说:"这几天一直沉浸在快乐的气氛中,我好像没感觉到缺少什么东西。"

张走调说:"是不是晚上少了点什么?"

跟张走调同居一个房间的胡梦达说:"你呀,尽想这档子事,昨晚在房间里跟打进电话的按摩小姐整整聊了四十分钟。"

张走调笑着说:"还不是图个嘴上快活。"

李子戏弄导游小姐说:"一想到明天就要跟漂亮的导游小姐分手了,这心里头还真感觉空荡荡的。"

导游小姐很开心地说:"你们这些俊哥靓姐呀,真是出门三日就把家里人忘得一干二净。明天就要回去了,难道你们就没想到要给自己的老婆老公情人小蜜买点东西回去?"

大家听了不以为然,都说已经买了不少好吃的东西。导游小姐摇头道,你们回去骗三岁小孩呀！不买点金银珠宝回去,怎么向老婆老公情人小蜜交待呀！

我又看见大家一下子凝固起来的表情。导游小姐说,今天我就带大家去一个好地方,保证大家尽兴而来,满载而归。

半个小时后,旅游车绕过一道山梁停在一家装潢豪华的金银首饰店前。文人们高唱着"芝麻开门、芝麻开门",纷纷走下车去。两位妖媚的小姐站在大门口十分热情地把大家迎进休息室,边泡茶边跟大家聊了起来。聊着聊着,两位小姐同时叫了起来,哇,这世界说不大还真是不大,我们的贾老板也是你们烟雨人哪。大家听了都是大眼瞪小眼,这简直是不可思议的事情,在这个山沟沟里面怎样会有一个做珠宝生意的烟雨人呢？我很好笑地看着一群万分惊讶的文化人,又看了眼同样万分惊讶的两位小姐。其中一位小姐对另一位小姐说,老板家乡来人了,我们得告诉老板,否则老板知道了不把我们炒鱿鱼才怪哩。另一位小姐说,是呀,要不你去叫老板来,我在这里招待客人。

我望着那位妖媚的小姐走出去,然后提醒大家千万别入了圈套。大家莫名其妙地看着我,邓英姿说,你这人总是怪怪的,好像什么事都不感兴趣。胡梦达说,就是,当我们大吃大喝的时候,你总是无动于衷地很少动筷,是不是心里有什么不愉快的事情。我笑笑说,我很愉快,我只是没有贪婪之心,对任何事情都不会痴迷,所以大家都认为我这个人怪怪的,其实在我眼里你们这些人才是怪怪的。穆局长有点不悦地说,大家出来就是玩个尽兴、吃个痛快,这跟贪婪痴迷毫无关系。李子也说,就是,见了好吃的谁不想多吃一点呢,人非草木,没有一点欲望怎么行？我说,人生最大的悲哀就是因为充满了欲望,欲望产生悲剧,欲望产生仇恨,欲望可以让一个人走向毁灭。大家都惊愕万分地看着我,其表情比遇到烟雨老乡还要感到不可思议。

就在这时,一个胖乎乎挺着大肚子的中年男人风风火火地走了进来。见了大家拱手说道："听说我的烟雨老家来了客人,真是让我高兴。"大家多少有点疑惑地望着大肚子男人,这男人浑身上下实在看不出有一丁点烟雨人的影子,而且粗声粗气的嗓门儿也跟吴侬细语的烟雨口音南辕北辙。贾老板自顾拉条凳子坐下说道："唉呀,烟雨我可是有二十多年没回去了。我父亲从小离开烟雨到缅甸一带做黄金生意,我是生在缅甸,长在云南,三年前又来到这里开创事业,所以说出话来南腔北调。"

我心里明白,这男人玩的第一招已经把这批文化人给弄晕乎了。胡梦达说,难怪听他说话一点也没有烟雨的口音。贾老板又说："二十年前我和母亲回了一次烟雨,那是因为我的表哥结婚。我表哥叫朱叔之,现在是烟雨市的交通局长。我还有个表妹叫毛雅英,是烟雨市的妇联主席。"

贾老板很轻松的第二招就把这批文化人给彻底征服了。邓英姿首先叫了起来,哇,朱局长就住在我楼下呀!李子说,一点不错,毛雅英还是我爱人的干姐妹哩。贾老板和大家一起群情振奋地高声欢呼,欢呼声中贾老板冲着两位小姐吆喝道,快换上最好的乌龙茶,招待我的家乡人。我十分平静地看着眼前的热闹情景,看着激动万分的文化人和大肚子男人交换着名片,我心里就有点隐隐地难受,脸上却充满了幸灾乐祸的表情。卢梭说,我们迷失自己的道路,不是由于无知,而是由于太过自信。

这时,只见贾老板边抹眼泪边声嘶力竭地说道:"今天能在这里遇见家乡人,真是缘分呀!我一定要把最好的金银首饰奉献给大家,我马上带你们去隔壁贵宾室,里面全是最珍贵的金银珠宝,我不要大家一分钱,我只收取交税的钱。像金项链金戒指金手镯都在三千至一万元之间,我只收你们三百至五百元的税金;像水晶珍珠类的都在二千至五千元之间,我只收你们二百元的税金。"

大家听得一个个受宠若惊、感动万分。穆局长说,我们怎么好意思让你做亏本生意呢?李子说,要不我们到外面的大厅买一些便宜一点的首饰。贾老板很生气地说,那怎么行?外面的首饰都是用一些边角料做成的,里面很大一部分是掺假的,我是绝对不会用掺假的东西来糊弄家乡人的。走吧!咱们到贵宾室去,大家需要多少尽管拿,别不好意思,你们拿得越多我就越高兴。我冷笑一声说,那是肯定的,拿得越多你奉献给国家的税金就越多,为国家作出的贡献就越大。贾老板高兴地说,你的话说得太对了,既为家乡人尽了一份情谊,又为国家作了一份贡献。我又打抱不平道,可吃亏的却是你一个人呀!贾老板摇着手说,那是应该的,今天能和家乡人相遇真是三生有幸呀!

大家兴高采烈地拥入贵宾室,像一群嗷嗷待哺的雏鸟等待着主人的施舍。我把双手抱在胸前,望着欣喜若狂的文人们,心里有一种无比舒畅的快感。可怜的人哪,正带着万分喜悦的心情被一步步引入了屠宰场。大家再一次为眼前金碧辉煌的金银珠宝而欢呼,大家扑在柜台前就像扑在亲人的身上尽情地撒娇。邓英姿扳着手指说:"老公和公公婆婆还有我的父母,我都要为他们带一件回去。"胡梦达在心里暗算了一下说:"我想了下也要带六件回去才能摆平。"穆局长说:"六件不算什么,我家祖孙四代,没有十件还真拿不下来。"李子看了我一眼,说:"你也挑几件回去吧!"

我笑笑说:"这些东西对我来说,如同粪土。"

大家愈发感到我这个人怪异到了极点,面对天上掉下来的馅饼无动于衷,简直就是天下最大的傻瓜蛋。邓英姿看了我几眼,开始向我借钱。"你既然不买,能不能借我二千元钱?"我摇头道:"你能不能少买一点?""我回去马上就还给你。""你以为我气量太小,不肯借给你?""那你为什么不借给我呢?""我不想让你受到太大的损失。"邓英姿很奇怪地看着我,然后气鼓鼓地离我而去。

离开旅游地，在回程的路上，文人们意犹未尽地炫耀着自己手中的金银珠宝，我再也抑止不住自己而放声大笑起来。我的笑就像疯子一样，没有任何的掩饰和矫揉造作。于是大家就像看一个疯子一样小心翼翼地看着我，甚至有人怕我抢了他们的珠宝而偷偷把手中的宝贝藏起来。

我冷冷地看着大家，我说："你们有没有想过，你们花完了身上所有的钱，换来的却是一堆不值几文的粪土而已。"

大家听了我的话，并没有去认真地想一下，而是纷纷猜测我是否得了间歇性精神病。我说："你们别用这样的目光看我，你们一回到家里马上就会恍然大悟，你们手里的东西只是一些模拟品，每件成本不过就在十元钱左右。"

张走调大着胆问我："你是不是因为没有买到惋惜，才故意这么说的？"

我笑着说："我从来没有懊悔过，我只是为你们感到惋惜。"

"那你凭什么说我们买的东西全是假的呢？"邓英姿暂时忘了我是个疯子，面对面地问我。

我说："你们为什么不想一想，一件金器在三千元以上，而贾老板只收你们三百元的税金。那么可以算一下，你们一共买了四十六件金器，每件金器贾老板损失二千七百元，四十六件便是十二万四千二百元。水晶珠宝也同样如此，每件水晶珠宝损失一千七百元，一共是四十件，便是六万八千元，两项相加便是十九万二千二百元。作为一个生意人，他怎么可能慷慨大方到如此地步？即便是家乡人，哪怕是自己的父母姐妹，恐怕也不会这么做吧？"

大家听了我的话，一个个像受了伤的野兽，有气无力地看着我。李子突然间眼睛一亮，理直气壮地问我，"如果这贾老板是个骗子，那为什么能说出朱叔之是我们烟雨市的交通局长，毛雅英是妇联主席？"

李子的话像一针强心剂，把大家全身的细胞一下子激活了起来。"是呀！这怎么可能是假的呢？"

我摇摇头，无可奈何地说："你们都以为我是个疯子，我发现你们才是一群傻子哩！你们为什么不想一想，我们每个人的姓名地址工作单位都掌握在导游小姐的手中，贾老板早就把我们的情况掌握得一清二楚。"

大家还是不明白，愣愣地看着我，穆局长说："这好像说明不了什么问题嘛！"

我说："要说明问题非常简单，你们只需打个电话回去，问问朱叔之和毛雅英这个地方有没有一个做金银珠宝生意的亲戚。"

大家听了茅塞顿开，邓英姿首先掏出手机给老邻居朱叔之打电话，对方的回答差点让邓英姿把手中的手机给掷了。邓英姿哭丧着脸告诉大家，去年朱叔之来这里旅游,这贾老板也说烟雨市的张副市长是他的表兄。

邓英姿说完,便双手掩面抽泣起来。大家的脸上都像上了一层咸菜色,铁青铁青。我说:"下一批来这里的烟雨人,我们在座的每一位就是贾老板的表兄表妹了。"

胡梦达有点不甘心地说:"你为什么没有上当?"

我说:"我是个没有任何欲望的人,所以我没有被假相蒙骗的机会。人之所以迷失方向,不是别人故意引诱的结果,而是你自己怀有一颗痴迷的心。当一个人总是想用最小的付出去换取最大的回报时,那么注定你将会迷失自己的方向。"

大家听了我的话,面面相觑,一个个都成了哑巴。我两眼望着窗外,自言自语地说道:"很久很久以前,在广州法性寺外的旗竿上,挂着一面长幡,风吹幡动。一个胖和尚对另一个瘦和尚说,你看,风在飘动。瘦和尚说,不是风在飘动,是幡在飘动。胖和尚说,当然是风在动,风不动,幡怎么会动? 瘦和尚说,不,是幡在动。幡不动,你怎么知道风在动? 站在旁边的慧能大师大喝一声,不是风动,也不是幡动,而是你们心动。"

在我的讲述中,文人们都不自觉地把头转向窗外。窗外有蓝蓝的天空,有郁郁葱葱的树林,有迎风怒放的鲜花,有清澈的溪水,有肥沃的土地,有劳作在田间的农民,一切都是那么地自然。一阵清风吹来,我感到无比地舒畅和愉悦,我的心平静如水,我感觉不到我所走过的人生中究竟丢失过什么东西。

创作于 2006 年 6 月

旧　　颜

张蕴秋

　　她小心翼翼地看着自己的脚尖一步一阶地踏在带有"#"字凿痕的桥阶上。无妄桥是座石拱桥，桥面有些儿陡，桥阶光溜溜的，微雨过时，铜镜般泛着雨光。她的高跟鞋已有了一次让她险些踏空滑倒的经历，所以，直至走到桥门，她才会抬起头，伸手在门墙上撑一下，然后"笃笃"地走她的路。

　　走过门墙的时候，她记起那一次那人在她的身边，搀扶了她一下，说了句什么话，她羞怯地别过头，望见了桥对面那道院门。那是座半新半旧的宅院。半新是主人新砌的带有铝合金窗的一间平房，突兀地矗立于一片旧檐黑瓦之中；半旧是那道紧闭着的油漆斑驳的旧木门。

　　无妄桥自然是佛界之桥。这地方古时多寺庙，一桥一庙，一庙一桥。桥对面的宅院是寺庙的侧院，先前作了医院的房产。她有次去拜访住在偏西院子里的朋友，朋友说，这儿原来是僧舍，你看，这天井很大吧，还可以四面走通。她四面看看，除了脚下的木地板在脚下发出"通通"声和瓦隅里长出的尖尖的苔草外，其余全都无法想象了。那半新半旧的宅院，理所当然地在她的眼中忽略不计。

　　但这次她的眼光在那里停留了。

　　还是淡淡的微雨。午后，明净的天光泛着湿湿的雨气。她望见那院门洞开着。院墙是一处窄窄的穿廊，一壁墨黑，如一桢乌木的画框，套着右上角隔墙处挂下来的一丛带着雨色的鲜润的青藤，藤下是一块压在砖堆上的条石和一方水井。

　　那时候，她的脚下晃了一晃，眼前也晃了晃，似乎是看见了水桶坠下时，井水映现的微波。

　　几天后，她约了一个朋友去看那个宅院。她带好了相机，戴着帽子、眼镜，风格简约但鲜艳的衬衫，还有她的高跟鞋，给人以一种全副武装的感觉。于其是她的眼镜，有一种狐般的张扬。朋友对她的风格见惯不怪，但在无妄桥上走过，走进那院子里，院内桥的人们都当她是来客，而她自己却认为，在任何地方，大家都是来客。

　　进得深深的门墙，发现院内无人，隔墙挂着的青藤微微诧异地望着来客，她向着它径自一笑，环视着院庭湿湿的碎石地面和那口壁缝尽是苔印的水井，又望向井对面侧院的门墙。但见那边石阶翠绿,檐榆零落,门庭歪斜。门那边还斜斜地伸过一株枇杷树。落叶、碎瓦、乱石、斑驳的墙面,有一股稔熟的气氛,她暗思那里面是不是有个百草园,脚步便径自移了过去。她穿过那仅容一身穿过的侧门,发现,门墙那边,竟是半亩多大的一块蚕豆地!绿叶苍翠,高及齐膝,院墙边小径青草茂盛,那棵长得歪歪斜斜的枇杷树下是一间简陋的柴屋。那柴屋是老旧的格子窗,堆着些旧藤器和烛台。她走近柴房半掩的破门,发现藤椅上端坐着一有些面善的老者,看见她走过,他便怒目圆睁,厉声喝道:"哪里来的鬼女子!我就这点蚕豆,你也看上啦!"

她闻言大呆,转身刚要作抱头鼠窜状,朋友也来到了枇杷树下,对她说:这蚕豆可以采了,你不是最喜欢吃蚕豆么。

她有点奇怪地看着朋友,然后笑笑说是的,如果屋内那很凶的老翁不在的话,可要尽掠其果。坐在青青的石沿上,靠在井边,脚边一箩青壳饱满的蚕豆,她双手的三个指头轻轻扭住,"卟"的一声,从扭开的青壳的裂口中跳出两颗,甚至是三颗青青亮亮的蚕豆,掉进她柔润洁白的手掌中,浅浅的箩中蚕豆在跳动,她几乎闻到瓷碗中碧绿香糯的蚕豆发出阵阵清香来。

"如果你实在忍不住要想摘的话,"朋友看着她的样子,笑道:"我给你堵住柴门。"

"谢谢,助我之力当得回报。"她笑道。

"老翁屋里还得有点值钱的东西吧?"朋友探头道,"我要屋里的,屋外的都归你。"

"你也想入室一劫?"她奇道。

"老翁可以归你。"朋友急道,"那老翁的物件,我只要一样,别的不要。"

"好,你先说吧。"她笃定地跟朋友谈判。老翁归她,她不反对。虽然他向她吆喝的声音带着愤怒,但听来有点像她心仪的那人的腔调。或许正是那人知道她顽劣的本性,躲在这柴屋中捉弄她呢。

"他的烟袋锅子,可能是翠玉的。"

"给你好了。"她说,"但愿烟臭味不要太浓!"

"那烟袋杆,和纪晓岚的一样,是金的。"

"太重了些,你还扛得动么?"她有些惋惜。

"我还拿得动。"朋友肯定。

"可你得当心走出院门时别磕坏了门框……"

"这小院,这柴房,这破门框还卖得些钱,你就不要推了……"朋友故作大度。

"留着出租么?现在还哪里有书生啊!"

"你不是还留着那老翁么?"

柴房里,那声怒喝后一直很安静,似乎那老者安心于被他们推来让去,讨价还价。

门依旧半掩,格子窗在湿润的雨季里已经开始有点腐朽,窗框已变成烟灰。蚕豆叶也有些儿湿重,随着豆结的成长有些儿倾倒,四周的院墙露出灰白青黑的砖来。忽然一阵风过,蚕豆叶们纷纷摇晃起来。她举手紧了紧衬衫领子,跨步向屋门走去,想去看看权属已归于她的老翁——她希望是那人。

"啪",一声轻轻的断裂声在她的脚下响起。她发现一只脚忽然不能移动了。低头弯腰看去,才发现鞋子扁平的高跟卡在柴房门前两块石阶的间隙里,并且,居然从底部折断了。

拔出鞋跟时,她有一点儿趔趄,习惯性地伸手撑住门框,顺手推开了柴门。门声吱呀,门内藤榻斜放,烟杆横存,是木杆的,旧迹蒙尘,烛台跌倒在一张矮矮的木几上,香灰散乱,并无老翁的影子。

转过身去,甚至连朋友的影子也无,沿着院墙的小径,只有她高跟鞋的不规则的脚印。

风轻吹,有丝丝的雨袭向她的脸。

"唉,那时候,你并不穿高跟鞋。我在房里读书下棋,你化作人形,偷偷地给我剥豆提水做饭,多好啊!"

隐隐间传来心底里那人低沉的声音。她如梦初醒,想起无妄桥上他挽扶她时调侃的那句话。回望四周,不自禁地有些惆怅,雨湿了她的眼眶。

寻　踪

从东隔厢房到天井不过是十步之遥。

厢房里有些儿烟雾,虽然靠南的墙整块都是玻璃,视线极好。碗里的茶碧绿清透,古琴声若有若无地在飘,但风儿还是觉得眼睛有些儿发涩,趁着他去检查网上直播的当儿,她跑到天井里吹吹风。但才不过两分钟,她的手机响了。他问她在哪儿。在风儿听来,他的声音有一丝微微的紧张,令她很安心。她于是独自笑笑,带点儿娇媚,说,我在天井里。

不过是初次见到她,他皱眉问她,为什么叫风儿。她随口道:风过无影嘛。这会儿她自己也想不明白,她为什么叫风儿。

他们已经在天井里逛过一圈。这天井有风儿想象中的曲院回廊,也有风荷池塘。虽然格局紧凑,显小了点儿,但旧时官宦之家的气派仍在。已经是四月的时光,江南的天气时阴时雨,天井里透着一股温湿,他带着风儿沿着碎砖青苔的小径走到一株靠着太湖石的牡丹前,对她说:这儿原来是盐商的私宅,这株牡丹也有百年以上的历史,据说是金牡丹,已经有许多年没有开花了。他说到花时,带着一份调侃,又补充道,今年你到这儿来,这花就开了,你看,只一朵。风儿那时正执着一把折扇,看看太湖石,又看看那朵欲将怒放的花苞,见有人锦缎中装正从穿廊那边走来,思绪悠悠地觉得这里的一切十分熟悉,又想起他的词:携手行,幽径旁,风流倜傥挥扇话短长。再看看她自己,蟹青色的扎染布短袄,盘扣,竖领,外面松松地披着条嫩黄的与这牡丹花同色的丝巾,带了份古典,连同她的扇子,倒也十分的潇洒。不假思索,她对他说:这儿,我一定是来过的。他对她笑:不会是梦里吧!

"是真的。"风儿仔细地回忆,少了份平时的洒脱。

他看着她这么认真,不自禁地摇头。

午饭后,他们决定上街闲逛去。天空阴云灰涩,与街道一般儿的旧,行人倒并不零落,照样在街中流淌,让小贩热切的目光不至于落空。风儿将扇子换成了雨伞,她是那种属熊的族群,手里永远只能拿一样东西。他陪着她,看着她盈盈的身影,有些怀疑她是否真实地在他的面前:她居然叫风儿。

街角转弯处,是一处古渡,他们曾经在电话里相约,一起去坐船。河边古石层磊,岸上数株杨柳,带篷的木船一溜儿排在河中,船舱木色峥亮,空无一人。风儿总是戏说,她要修炼成白娘子,淋他一身的雨。一船一伞,他抱膝坐在船头,她在身后撑着纸雨伞,斜风细雨,穿桥缓行。转头望他,他却歉然而道:要是不下雨,一定请你坐船,你看今天艄公都歇息了啊!她没学会坚持,甚至都不知道要求,喟然暗叹:原来她不是白娘子。当然,也不会是小青。

过得桥来,是一处摆着各式刀剑的小铺。有军刀,螺丝刀,小刀,匕首,甚至切菜刀,还有长长短短的剑,虽无三尺青锋,却也颇具规模,像是武侠游戏中的兵器店。他用北方话跟店主砍价,她则将剑一一巡视。小铺位于桥的正侧面,向前或左手转弯,都是必经之路。遥想当年,他策马而过,换一手称心的兵器,这儿是一处绝好经过。风儿从铺上拿起一柄尺把长的短剑,拔剑出鞘,锋芒微现,虽无寒光,却也凛然于心。他看着她,笑道:你要剑何用?"杀人,"风儿答。指住敌人颈喉处,剑送敌亡倒于地下,快意恩仇是他的性格。他的心一酸,捉她的手,夺剑还鞘,责道:"你不怕流血么?"是的,她见血便晕,想起便手软软的垂下。看来,她也不会是侠女。

继续前行,他们似乎都有了一种寻觅旧踪的感觉,只是他们都没有意识到,要寻找的是什么。他们揣摸古砚,复检棋坪,挑剔苏绣。有一阵子,风儿几乎以为她是倚着桥栏的枕河人家的绣女,挑针穿线,伴着雨季的清冷和阳光的馨香,描摹着小桥流水和江南诗风,因为那绣品的绷架,那色泽闪亮迷离的丝线,连同那绽蓝的头巾和壁上挂着的江南村姑踏青图都让她怦然心动。他们一同看中了一幅几近乱真的青花瓷器的绣品,并同时发现了瓷器壁口一处短短小小的线头，嚷嚷着他们的手艺一定也有这个水平。

但风儿知道她不是绣女，绣女不会有她骨子里的风流浪漫。他也不认为她是。粉墙黛瓦之中，他们的目光留连在晚霞飘飞的天际，她用刚从小铺里挑中的梳子梳她的长发，絮絮地述说她心中的幻影，他则把北方的粗犷大气与江南小镇不停地比对，直至他们重又回到那厢房，风儿跟着他上了那幢主楼，推开吱呀作响的格子木窗，望向楼下小巷里来往的行人，心底里滋长出一种既是归依又甚哀怨的情绪来。他靠在楹柱旁，看着她，笑道：莫非你是这官宦之家的千金？

风儿摇头，千年蛇妖，侠女，绣女，富家千金，似乎都不是。她要她的故事里有他，但他在这儿等她，只是见她一面而已。她不知道，他也不知道他们终究有多深的缘分。放掉雨伞，风儿取回她的扇子，又随着他走回天井，却见那金牡丹居然灿烂地开放了。那花娇颜粉嫩，鹅黄的花瓣没有一丝儿的杂质。朱栏静石，清泉绿叶，若隐若现的雾霭与他们若即若离若近若远无从言说的情谊在这一方天井里迷漫散落。风儿的手指抚着花朵丝一般的叶瓣，心底里一阵抽搐，又记起某句模糊不清的词来，把扇子递给他，道：我去荷塘捧一掬清水，不知道它承受雨露之后是什么模样呢。他带着一丝纵容接过扇子，等她转过身去，手无意识地散开折扇，扇向那朵盛开着的牡丹。

是幻影。

他不敢相信她的背影在瞬间幻若虹影与牡丹的花影溶合成一道流光，才开放的花朵花瓣如雨纷纷，在他的扇底扬扬洒洒飘落下来。

非幻影。

他清晰地看到眼前花朵散尽。太湖石边金粉堆积，花钿委地。

他的心底豁然开朗，眼前映出了百多年前此地有过的那一幕：

他是执着扇儿的翩然少年；

她是一朵无计幻成人形而为他凋谢的牡丹。

她的心中，一直记着，是他的折扇摇落了她绝世的美丽，所以她叫作风儿。

对着掬水而回的风儿，他能否说出，他们的一生，缘分仅此一面？

绿　羽

他的花圃不是很大，连一分地都不到，在他家的屋子后面，但里面的内容很丰富，常常是四季里一茬一茬地长得很疯，给人满目苍翠之感。他的花圃里的花草也不算名贵，有几株他自己满意的兰桂，在友人们面前沾沾自夸。然名家看后，常常哂笑，那笑容是觉得他很好玩很固执的样子，使他意趣全无。但大家对于他预备给花圃砌一方围墙的打算却是众口一词的赞同。

他对花圃的围墙的设计完全是园林式的。许多人都看过他的图纸方案,都给他提出良好的建议:根据围墙,他的兰桂应植于何处,青砖条石应置何种盆景,月季也许该挪出花圃,换上茑萝的绿蔓。栀子花、胡姬花太杂;黄杨还不够清峻,石榴一株太高另一株树冠太大最好整修一下;那棵桂树最好堆高一下,置一方卧石。这让他有好长一段时间搞不清他的目标是墙还是花草,直至有一天绿羽进了他的花圃。

绿羽是一株秋菊的名字,但他一直把这当作她的名字。

那时候正是黄昏,暮春时节,天空略带着一抹霁彩,她不知道从哪儿冒了出来,坐在他花圃边堆着准备用来砌围墙的青砖堆上。那砖码堆着,尺来高,最上层是一排长着青苔的旧瓦。她穿着一身绿纱的衣裤,双手撑在瓦上,双脚一晃一晃地跟他说话,她的眼睛则从他身边的每一株花木上睃过,及至他的前后左右,无一遗漏。他从她的眼光中,甚至语言中读到某种渴望,令他忍不住地逗她,同她就一句话讨价还价。他把她看花草的目光解释成"醋",也许这是一个很确切的形容,她好像把自己当成了其中的一员,所以对他的话也不反驳,只是羞羞地一笑;他很想逗她说出"我要这样"或者"我要怎样",他可以让她细细地游遍他的花圃,甚而摘一朵茉莉,插于襟间,但她却始终避而言之。后来,她讲给他这样一个故事。

在她很年幼的时候,她的爹爹把她送人做了养女。养父母很穷,对她也不是很亲的样子。那时候爹爹在一个小集镇上做手艺,她和小伙伴们有时会经过那儿。爹爹偶尔会给她几分钱,让她买糖。六岁的时候,她上学了,她喜欢纸与笔,很想要买一支六角形有翠绿暗花的那种笔。她知道没有人会给她买,心底里暗暗打算,星期天的时候跟小伙伴们去集镇上,去找爹爹,说不定爹爹看见她会给她几分钱的。星期天她满怀希望去了,爹爹看见她,笑道:呀!囡囡来啦,是不是准备给爹爹五分钱啊?可怜的她从识得人起就仰着大人的鼻息低眉愁眼小心翼翼地过着一天又一天,并不知道爹爹还可以调侃小女儿。她呆立在门口,不知道如何是好,半分钟后转身逃出门去。从此以后,她没有向任何人要求为她做任何事,甚至,她都没有学会说"我要"两字。

他听了她的叙述,评判说:这不正常,你可以从我这里得到纠正。她听了他的话,两眼泛起一丝如初春晚间的薄雾,叙述这段以往对她已是不易呢,他的鼓励让她动容。"好吧,从你这里开始。"几天后,她又从他的砖堆那里跑过来,还是一身的绿衣,抱着一株装在瓦盆里的瘦瘦的雏菊。"说吧,你要什么?"他笑看着她,玩味她的局促与紧张,准备调侃她一番。但她却只急急地把雏菊放在他的砖堆上,带点卤莽又带着坚决道:

"我把这盆绿羽寄养在你的花圃里,你要像父亲一样呵护它,要像老师一样栽培它,更要像兄长般守护它,像情人般娇宠它。它会是你花圃里最好的花。"

她真是个贪心而又狂妄的家伙啊!他觉得她的要求有点儿过分,但他恰是最有绅士风度,对每一株花草都一样珍爱,看在那绿羽瘦瘦弱弱楚楚可怜的分上,他答应照顾它。他曾在朋友处见到过那种绿色的菊花,很娇,在开放时呈淡绿色,花瓣叶尖平直,层次分明,有如玉雕。他连盆在花圃种下。记起陶渊明的"采菊东篱下"之意境,也弄了一处小小的竹篱,除草,施肥,浇水,不多时候,那株绿羽便长得肥肥壮壮,雨后初晴,鲜嫩碧翠的绿叶别有一种"活"的感觉,与旁边的花草相比,显出一股恣意的娇纵来。

他又记起他的围墙来,砖堆和旧瓦长满了绿蔓,红杏爬过砖堆,玉簪的叶长得十分的铺张。他决定尽快动工,顺便也对这些花草整理一番。夜间,他在他的书房里取出围墙和花圃的图纸,铺开,根据平面图对花圃里的花草逐一标注。花墙既建,竹篱自当拆除,那株绿羽他该放在哪儿呢?夜色朦胧,有圆月自东方初升,他倚在墙边,耳边似听得一个女子的低语:让我进去!但却又不见她的身影,更不知道从什么时候,那株绿羽的枝叶拂着他的衣襟,低头看时,有一个梳着辫子的女童泪眼盈盈地望着他。他问她要什么,她低下头,半天才说:拥抱我一下,给我五分钱!他恍恍惚惚记得谁向他提出过,笑道:这是个什么要求?但他的内心有一股想拥她入怀的冲动,他想抚她的发辫,然后给她五分钱,对她说,去玩吧……正犹豫间,却见那女童长大了,是那个穿着绿衣的女子,抱着那盆瘦瘦的雏菊,站在围墙外。他招呼她说,进来吧。但她缓缓地摇着头,低低地说,你的墙砌得太高了……他一急,醒了过来。原来是一场梦。

第二天,他又去看他的花圃。疏忽了几日,那株绿羽又瘦瘦的,与初来时一样。他忆起他的梦,心间忽然很想再看到那个穿着绿衣的女子:他竟然都不知道她是哪家的邻居,也不知道她从哪里搬来这么一株娇惯了的绿羽。自将菊花送来后她便再也没了影踪。侍弄花草之余,他常常地向四周望上一眼,晨曦初露或晚霞余光里,他有时会记起她走来时的模样,纤细的,带点儿古典的绿纱衣裙,在风里飘然而过。

秋天的时候,他的围墙建了起来。他把围墙的设计全改了:记起她说过,不要围墙太高,他用宽宽的石条叠着,像是围栏,希望她仍然会来此坐着,纤细的双足在风里晃动。花圃里各色秋季该开的花开放了,很灿烂的一片。由于他的悉心照料,那株绿羽也长出了一个五分钱大小方圆的花苞,在绿叶的包裹里,可以看出丝丝淡淡的粉绿的花丝来。趁着菊香蟹肥的当口,他来了雅兴,请朋友和邻居们参观他的花圃,他让邻居放在传言,他养了一株很名贵的绿羽,想必那送花来的女子也会闻言来瞧瞧吧。

朋友们都来了,他的一个会摄影的远房表亲也跟着朋友带着照相机来了,在看那株绿羽时,表亲拿出相机,道:你知道吗?姑婆家原来养有一株御本的绿羽,一直由她们家的小女儿照料。后来她的小女儿夭逝后,那盆绿羽竟也死了。他闻听此言,不觉惊颤了一下。想着梦中那个稚龄的向他要五分钱的女童,还有那个送花来的绿衣女子,不自禁地心生怜惜,他说,你多拍几张照片,送给姑婆吧。

然而,表亲的照片没有拍好,给他的电话说,底片曝光严重不足,那株绿羽只有一团虚影。

找啊找啊找战友

姚国红

丁小兵是突然决定去寻找战友的。

这天早上，醒来后的丁小兵，看着身边还在睡梦中的女人，那充满活力的身体，便想到昨天晚上，他的身体像步兵一样勇往直前的做着冲锋，下面如炮兵一般的攻击，直到筋疲力尽，身下的女人还是没有感到满足。这时，丁小兵才彻底的感觉到，自己的身体于内而外，已经开始在衰老了。

天上的阳光，穿过了窗帘的缝隙，挤进了黑暗的屋里，就在快走到床前时，忽然如开得正娇艳的梨花，碰到了一场淫晦的春雨似的，被打落在地板上，点点片片，片片点点，使木质的地板忽明忽暗的流动了起来。丁小兵赤裸着上身钻出了被窝，伸了下懒腰，然后点了根香烟。这是丁小兵醒来后起床前，所要做的第一件事，也是一天中做的最早的一件事。烟雾从丁小兵的手指间，轻盈而不轻浮的往上飘着。丁小兵轻轻吹了口气，烟雾顿时四处飘荡，转眼间便化成一缕缕青丝。丁小兵想起了南国的早晨，那橡胶林里的雾。于是，丁小兵就想起了他的战友。丁小兵就是这样决定去寻找战友的。

在这个时间里，我还在睡觉，也不清楚这个世界上还有一个叫丁小兵的，当过兵而且上过前线的人。

丁小兵很平静的抽完了烟，而后下了床，打开抽屉找到了一本日记本，上面记载着他的战友们的地址。时间过了很久了，当初那本通讯录，早已是破烂不堪。这本是丁小兵离开家，出门做生意时特意重新抄写的。当初带上它时，丁小兵并没有去考虑，它能否派上用场，他只是很怀念那段岁月，就这样的简单。本子里面的战友们已经好久没有联系了，丁小兵没有任何的把握，哪怕是百分之一的把握，找到昔日的战友。但他还是决定去寻找战友们。丁小兵相信他的战友曾经来找过他的。退伍的第二年，碰到了"严打"，丁小兵被以流氓罪判了六年。原因是他与一个初中时的男同学，和三个女人睡在了一张床上，当然五个人都是一丝不挂。这是有点可笑，甚至有点天方夜谭了，可在当时的政治环境下，这绝对是流氓的流氓。要是换到现在，别说是两个男人三个女人，就是一个男人和十个女人，或是一个女人和十个男人，赤身裸体的睡在一张床上，只要大家是心甘情愿的，保证不会有人来管，更别说判刑坐大牢了。

丁小兵很快整理好了所需带的随身物品。这种速度是在部队里学到了,再加上几年的监狱生活,二十多年了,他一直没能忘记。丁小兵拍拍熟睡的女人,说要出去几天。女人在迷糊中睁开眼,看着眼前的男人很惊讶的问道,你上那哪去?

我去看看以前的那帮战友?丁小兵拎起了行李,很轻松地望着床上的女人说。怎么说走就走啊!女人坐了起来。准备去几天?

十天或是半个月,或者会更久,生意上的事,你照看着点!丁小兵就这样出发了,显得很潇洒和从容。记得,当年丁小兵也是这样上的战场。新兵训练结束后,丁小兵和他的战友们,也是在一个早晨被装在了闷罐车里,跨过长江一路往南飞驰而去,同行的还有陪了他们三个月的榴弹炮。丁小兵和战友们知道,去的是前线。到了边境,他们并没有马上投入战斗,每天还是机械般的操作着铁家伙。在这期间,丁小兵是第一次学会了喝酒,第一次学会了抽烟,也第一次干了女人。也就是说,丁小兵几乎是一夜之间学会了男人应该做的事情。酒把他灌的晕头转向,烟把他呛到眼珠都快掉了下来。至于女人,他还没找到感觉,下面那东西就哑火。所有的第一次,丁小兵都很失败,但又都很满足。直到上前线的那天晚上,丁小兵心里还在回味着女人的味道。听着前方隆隆的炮声,丁小兵很兴奋,就像第一次看见女人胴体那样,下面充满了射击的渴望。看着迎面而来的军车上躺满了受伤和死去的士兵,丁小兵和他的战友们,脸上的表情很复杂,但却没有任何的胆怯。也许几天以后,他们也将用这样的方式回到祖国。

丁小兵寻找战友的第一站就是溪市,也就是我所居住的一座典型的江南小城。丁小兵首先要找的是他的班长,我的一个曾经的同事。于是,我就这样认识了丁小兵。

丁小兵到达溪市时,正是一个春光明媚的早上。我总感觉,丁小兵选择这样的时节出来寻找战友,怎么好像带着点春游的味道。丁小兵出了长途车站,叫了辆出租车,按着通讯录上的地址,直奔班长家而去。街还是那条街,只是他的战友早就屋拆人走了。丁小兵手里拿着本子,从街西问到街东,也没有人点头说认识他的战友。有热心人见此,便领着丁小兵到了社区办公室,一问是查无此人。再一了解,原来这条街在十五年前就因为拓宽马路,许多老住户已经搬迁走了。丁小兵愣了,没料到寻找战友的第一站就打了哑炮。这样吧,你到人武部去打听一下。有人在旁边提了个醒。于是,丁小兵就赶到了人武部。这天是星期天,碰巧轮到了我一个写诗的哥们凌旭值班。一查资料,溪市是有个叫高宝的退役军人,而且与丁小兵同是一个部队的番号。可资料再看下去,两人都傻了,高宝只留下的工作单位,并未留下家庭地址。而这个企业早就破了产。但丁小兵没有放弃寻找战友的努力,这让凌旭绞尽脑汁着的想着,他所认识的人里,有没有在这家单位工作过。于是,凌旭便想到了我。

当凌旭打来电话时，我正在网上和一个美女卿卿我我聊得正欢。凌旭对我没有在床上睡懒觉感到很是惊讶。在溪市文坛，我睡懒觉是出了名的，而且这个名声已经扩散出去了，甚至我女儿的同学和她的老师们都知道。虽然我和凌旭的关系很铁，但我没有把早起的原因告诉他。要知道，如今在网上泡个美女不是很难的事情，但要找到一个知心的美女却如登天一样的艰辛。因此，我是不会放弃这个机会，牺牲了睡懒觉的时间也觉得很值得。什么叫黄金有价爱情无价，就是这个道理。再说了要是让凌旭知道我已经处在网恋的边缘，那么我可以肯定的说，不出半天时间，很多人便会知道胡子在网恋了，然后就变成了胡子见了网友。不是凌旭管不住自己的这张嘴，而是他的办公室是溪市作家诗人们的一个活动据点。

你认识高宝？凌旭开门见山的问。当然认识，上个星期我还在大街碰到他呢！我知道高宝当过兵也上过前线。因为以前在单位时，高宝一直把上过前线和越南小鬼子打仗时的事，挂在嘴上炫耀。当然这也很值得炫耀。所以，听到凌旭在找他，我并不感到什么意外。你知道他的电话号码？不知道，他没向我汇报过。那你认识他的家吗？这我认识。就这样，凌旭把丁小兵找战友的事简单的告诉了我，并委托我代他带着丁小兵去找高宝。

我当场拒绝了他这个要求。凭什么让我一个自由职业者为你去做这件事？凌旭在电话那端哀求着我说，兄弟就算是帮我个人怎么样，我现在真的有事！我知道你有什么屁事。我冲着电话呵呵一笑。凌旭知道我下面要讲什么话，赶紧打住了我的话题。兄弟，事情办好了我晚上请你到贵宾楼喝酒怎么样？听到晚上有喝酒，我的态度马上有了好转。这并不是我喜欢贪小便宜，只是像我这样地位的作家，一年到头很少有人请我上贵宾楼这样有档次的酒楼喝酒。哎，小老百姓活得累人啊！请你喝水井坊！凌旭在电话里又说道。听到水井坊这三个字，我眼睛马上冒出了绿光。谁不知道这酒比五粮液茅台卖得还贵，可我到现在别说是喝上一口，就是连闻的机会都没有过，想想真有点可怜自己了。

注意安全第一啊！我答应了下来。凌旭是嘻嘻一笑说，还是你老弟善解人意。我可不如那么善解人衣。我的话让凌旭哈哈大笑了起来，很放肆。凌旭最近泡上了个有夫之妇，而且是轰轰烈烈，别说是我们文学圈子里的人都知道了，就连许多和文学没有关系的人也知道了。我非常佩服他明目张胆的勇气。人家做这事都是偷偷摸摸，可他倒好，是光明正大。要知道我连想泡个美女都是放在心里偷偷摸摸的想。凌旭说我是虚伪。有些事情正的很难去想明白，那女人的丈夫怎么会心甘情愿的戴上绿帽子，连个屁都没有放。凌旭的老婆是不敢说一个不字的。如果没有凌旭，至少她现在还在江西的那座深山老林待着，哪有机会进城管局这样好的单位坐办公室呢！就算有机会进了城,我估计不是去当坐台小姐,就是在哪个私营企业里做苦工。

没过多久,丁小兵就走进了我家。是凌旭开车把他送来,但这小子却没有进来,忙着去会情人了。丁小兵背着个双肩包,一只手拿了瓶矿泉水,另一只手拿了条金南京香烟。你是胡子吗?丁小兵问完这句话就笑了。我摸了下自己蓄得很长的胡子也笑。你是丁小兵吧!是的!就这样我和丁小兵认识的。这是凌科长叫我带给你的。丁小兵把手中的香烟递了过来,我没有接。真是凌科长让我带给你的!丁小兵看着我,

我是个不随便接受别人礼物的人,所以看着丁小兵手里的香烟,我马上拨通了凌旭的电话,在得到肯定的答复后,我才从丁小兵的手里接过了香烟。这算是给你的辛苦费!还没等我说话,凌旭就匆忙的挂断了电话,看来这家伙已经进入了战情。呵呵,这家伙的确很义气,看来这样的朋友是多多益善。这烟反正不是他自个掏钱买的,不抽白不抽,抽了也白抽!看来我是落了个好人又白拣了条香烟,不就是帮着找个人嘛,小事一桩。这年头做了好事,能落下个好名声,再捞到好处的机会是越来越少了,所以我是不会放弃这个机会的。我是个溪市通,别说是能倒着走完溪市的每条大街小巷,就是闭着眼睛我也能找到藏在每个角落里的厕所。真因为我对溪市太熟悉了,因此溪市很多的人民都认识我。所以我不能像凌旭这样,明目张胆去和情人约会,就是偷偷摸摸也没有这个胆量。溪市的每个角落里都藏着眼睛盯着窥视着我,常常让我无处藏身。凌旭因此经常讥笑我说,人出名了只能做善事,连勾引良家妇女的机会也没有了。凌旭的话对我打击很大,看着全世界的人民都忙在一夜情,在找情人,我是心动但不敢行动,只能眼巴巴地看着眼前的人们自由的组合在一起,快乐的喘息着。

羡慕也好痛苦也罢,既然答应了凌旭,那我就得把事情办好办漂亮了。虽然找人是件比较轻松的事,但我要在丁小兵面前充分的表现出,溪市人民对子弟兵的热爱和崇敬,让远方的客人有个满意的心情离去。所以我和丁小兵虽然只是萍水相逢,但我还是热情的为他泡了杯茶,而且是朋友前几天送来的碧螺春。让他喝口茶休息会,也顺便让我了解下他和高宝在战场上的故事。战争永远是吸引男人的题材。我从丁小兵的眼睛里看出来,他内心非常着急,渴望着马上见到他的战友。我理解他的心情,但是这场中越战争留给我们的故事实在是太少了,所以我不想放弃这样一个机会。对于一个写小说的人来讲,任何一个故事,哪怕是无聊透顶的故事,都能把它变成一篇小说。

你们那时打的激烈吗?看到丁小兵喝了一口茶后,我就急不可待的问道。何止是激烈,简直是惨烈!丁小兵抽着烟,那袅袅上升的烟雾,是不是让他想起了每打完一发炮弹后,炮管里飘出的青烟。丁小兵陷入了沉思,紧锁的眉头告诉,他的回忆肯定是带着痛苦。

出师未捷人先死！丁小兵长长叹了口气。抵达前线的当天晚上，我们的炮兵阵地就被越南鬼子偷袭了，死了三个兄弟，其中一个是和我一起入伍的老乡。越南人贼的很，他们化装成了老百姓，我们的哨兵一个疏忽就完了……丁小兵没有继续讲下去，他的手抹了下眼睛，不想让眼泪流出来，但我还是看见了他眼里晶莹闪烁着的泪花。能不能先帮我找到高宝吗，胡子？丁小兵掐灭了手里的烟头。看着丁小兵的表情，我知道往事对他可能是不堪回首。于是，我决定带他去高宝的家。不好意思打扰了你写作时间！丁小兵朝我笑了笑说道。没事没事！我知道肯定是凌旭这家伙放了个烟雾弹，在他面前说我早上要写文章的。天知道我什么时候在上午写过文章的。

他现在应该在家吧！看着我在发动摩托车，丁小兵问道。放心，只要高宝在溪市，我保证他跑不出我的眼球。我一拧油门往高宝家而去。十分钟后，我们就站在了高宝家的门口。正是做午饭的时间，但我按了半天的门铃，屋里却没有任何的反应。他会不会到哪上班了？丁小兵一脸的着急。他和我一样没地方去上班，估计是出去聊天了，一会就回家的！我嘴上这样说着，心里却在想高宝会上那呢？自从企业破产后，高宝一直没能找到工作。凭着上过越南前线的资本，高宝就在单位里做行政工作，除了上下嘴唇天花乱坠的能侃外，我还真不知道他还能做什么。所以失业后，他一直没找到工作。我每次见到高宝时，他不是在闲逛就是和人侃大山，比我还无聊空虚。咱们再抽根烟，等下吧！我和丁小兵在高宝的门口抽着烟。高宝现在过得好吗？混得不是很好。哦！丁小兵听了没有再说话，一时间，我们都沉默了起来。等抽完了两根烟，已经到了快到吃午饭的时间了，高宝的身影还是没有出现。

我想起了有几次，我在一家药店里见过高宝，手里捧着个茶壶在闲聊。药店是他朋友开的，有事没事高宝就在那里玩。那我们过去看看吧！丁小兵说道。药店离高宝的家也就几步路的距离。药店里没有高宝的身影，也不见他的朋友。连营业员的面孔也都是陌生的。但我还是开口问道，高宝来过吗？几个营业员听了我的话，感到很惊讶。那许老板呢？我又问道。这里早就换老板了！营业员告诉我。我很失望，一旁的丁小兵虽然听不懂的软软的吴语，但他也感觉到了。这个结果是我没想到的，现在我也不知道高宝会在哪里？

你知道高宝妻子的单位吗？丁小兵提醒了我一下。是啊，我怎么把高宝的老婆给忘了呢！我感觉肚子开始在闹了。已经是吃中午饭的时间，要知道我连早饭还没吃呢。我不知道该不该请丁小兵吃午饭。按我目前的条件，最多请他吃碗面条，可这样的话，太丢溪市人民的脸了。我找了个借口说是去撒尿，然后给凌旭打了个电话，说人还没找到，现在我肚子叫了怎么办？凌旭在电话的情绪非常的好，看来他和情人的约会很成功很圆满，所以他非常爽快的告诉我，你口袋里有多少钱就请他喝多少钱的酒，我全认账！有了他这句话，我的底气足了，虽然我身上只带了一百多块，但请丁小兵喝顿酒是没问题的。先去吃饭还是先到高宝老婆厂里找人？我征询着丁小兵。先去找人吧！丁小兵毫不犹豫的回答。丁小兵对战友充满了渴望，曾经浴血战场，一别就是二十多年，而今就站在战友的家门口，却找不到人。丁小兵的内心世界我了解。于是，我只能让胃继续不停的翻滚着。

溪市所有的企业已经没有姓共的了，全改成了私或外。改制让许多企业的厂长发了笔国难财，一夜之间都腰缠万贯。并且堂而皇之的高举着腐败的大旗，继续前进着。我和高宝还有许多苦难的阶级兄弟，也是在一夜间，从工人老大哥，变成了没爹没娘的苦命孩子。后来，我听说了全国各地的工人兄弟们，都在经受这样一场暴风骤雨的经历。让我抱着被子回家，我倒也没有多少话好讲，谁让我以前吊着大锅饭这个铁饭碗，吊儿郎当的上班呢！只是我不明白，为什么像高宝这样曾经浴血疆场的也要回家呢？高宝虽未立过什么大功，可他毕竟也扛着脑袋在鬼门关边上走过了一回。越南曾经是咱们社会主义的亲兄弟，不是高宝他们想去打他们，而是他们老是在边界上欺负咱老百姓。老人家不是说过嘛，人不犯我，我不犯人：人若犯我，我必犯人！高宝他们高喊着：血债是要用血来还！一口气就把越南鬼子打个屁滚尿流。想当初，高宝他们从前线回来时多风光啊，被全国上下的人们称为"新一代最可爱的人"，就连他们的亲人们，走在大街上也是雄赳赳气昂昂的。

如今两国和好了，高宝也就失业回了家。也有许多阶级兄弟姐妹们，为了生活，不得不继续在原先的单位打工，在那些没心没肺的社会主义资本家手里要口饭吃。工作时间比以前长了，工资却比以前少了，物价倒是天天在往上涨。你心里不舒服，可敢当面骂老板吗？这年头，三条腿的黄狗没地方找，两条腿能干活的人满大街有的是。如果你当面骂了，碰到老板心情好时，也就把你请回家，长期疗养身体；要是碰到老板心情不好，叫上几个黑社会，打你个半死。到时别说惩罚凶手了，连医药都得你自个掏。现在每个厂的门卫都换成了保安，也戴着大盖帽穿着制服，人模狗样的站着。见了老板的汽车进出，也学着军人"啪"一个立正，然后是一个很标准的敬礼。见了工人脸就像死了爹娘似的耷拉着，一副奴才样，让人瞧了就恶心。特别是每次见到他们立正敬礼时，我身上都会鸡皮疙瘩。

我和丁小兵的前脚还没跨进大门，保安的手就伸出来把我们拦住了。你们找谁？大概是见我蓄着一脸的大胡子，一头披肩的长发还扎了个辫子，所以他说话的语气还算客气。是啊，找谁？我被保安的话给问住了。我们是找高宝的老婆，可她叫什么呢？我看着丁小兵，丁小兵是看着，两眼瞪两眼，我们都傻了。你们到底找谁？保安的口气比先期严肃了。我找高宝的老婆。我只能这样说。保安摇了摇头，说我不认识叫高宝,所以也不知道他老婆叫什么。我相信保安的话,因为现在许多保安都是从外地招募过来的,而且流动性很强,隔段时间就会大换班。这样的目的是为了不让保安和工人们打成一片,以防内外勾结进行盗窃。你们看看,现在的老板都精啊,对自己以前的阶级兄弟们就像防贼一样。保安不认识高宝没关系,我在这个厂里还有个要好的哥们。果然,一报出我哥们的名字,那保安马上点着头,并且是面带微笑的说,认识,认识,你怎么不早说啊,先生!我那哥们是在社会上混的人。那他人呢?保安的脸,笑还是不笑,我并不在乎,我在乎的是找到人。这几天厂里放假了,你那朋友也没来上班。保安说的是普通话,一旁的丁小兵是听得明白,他没说什么只是看着我。我知道他是希望我能继续帮着他找战友,只是他不好意思再开口,毕竟我已经陪了他两个多小时了。

送佛要送到西天,好人就要做到底。别说他们为国流血牺牲,就单看在我和高宝喝过几次酒,同是失业工人的分上,咱也该帮着丁小兵继续找战友吧。

我们先吃饱了再继续找吧。我拍了拍丁小兵的肩膀,安慰着说,我请你喝酒去!

哪能你请啊,你都帮我忙了半天了,我请!我知道丁小兵不会叫我请客的。有朋自远方来,不亦乐乎!别争了走吧!我在服装厂的附近随便找了家小饭馆,要了两瓶黄酒,和几样家常菜。在等菜上来的时候,我便给服装厂的朋友汤汤打了个电话,问他在干吗?汤汤嘻嘻一笑说,在等人请他喝酒。我就说你过来一起喝酒吧,有事找你呢。

五分钟后,汤汤就赶到了。我简单的向他介绍了下丁小兵来找高宝的事。他老婆已经不在服装厂做了,高宝去了家桑拿做保安了。我把桌上的三只杯子里都倒满了酒。他怎么会去做保安呢?我感到很奇怪,因为高宝是个很清高的人,要不然他早就找到工作了。说话间,我们三个人碰了下杯,然后开始喝酒了。他去做保安还不是让钱给闹的,要不他老婆怎么会离开服装厂,去邻市的一家服装厂干呢!好像高宝经济条件还可以的啊。还不是儿子读书给闹穷了的。原来高宝的儿子成绩还算是可以的,结果中考时没考好,为了进重点高中,高宝就掏了五万的赞助费。谁想到,这小子不争气,考大学又砸了,结果进了所民办的大学,又掏了四万。这不,他儿子光读书就花了近十万,家底全没有了。汤汤叹了口气。丁小兵脸色严肃的听着,一口一口的喝着酒。说是做保安,其实高宝是在做打手。当汤汤说出这话时,我和丁小兵都惊呆了。他是在帮人家看场子,就是看住那些坐台女!丁小兵拿着酒杯的手抖动了下。

不会吧,你是不是搞错了?丁小兵不相信汤汤的话。绝不可能的,班长绝不会做这样的事?丁小兵摇着头。没骗你,你先慢慢的喝完了酒,我就带你去见你的班长。汤汤笑了笑,朝丁小兵举了杯子。眼见为实,现在不管怎么说,我和丁小兵都不会相信的。尤其是丁小兵。在我的印象里,虽然高宝是个军人出身,但他一直文质彬彬的,别说是做打手就是单位共事这些年,我都没见过他和别人红过脸。就是当我们接到下岗通知时,许多人都冲到了总经理室,连人带东西一起砸,最后还闹到了市政府门口静坐了。高宝始终没有参与进去,在他的眼里,好像这事早晚要降临到头上,显得特别的平静。曾经有人怂恿他一起去闹,说你是有功之人,凭什么叫你回家。高宝听了只是微微一笑,没有答应。有人说他窝囊,不像个男人。后来有人说,高宝的钱比别人拿得多。对此高宝也保持着沉默,这让许多人都相信这是真的,包括我在内。

你第一次听到枪声怕吗?汤汤喝着酒突然问道。怕,当然怕。有次敌人来偷袭,我的大腿都在颤悠呢!哈哈,没尿裤子吧!连里有个新兵尿了一裤子!丁小兵,你现在可是在破坏咱们解放军的光辉形象啊!我们三人有说有笑的喝着酒。我突然发觉,丁小兵并不急着去找高宝了。不知道是已经知道了高宝的下落,还是晓得了高宝在做打手,让他失去了寻找这个战友的欲望了?因为我已经看出了,丁小兵虽然和我们在说话着,但眼里却时不时流露出的那种神色告诉我,他寻战友的热情已经受到了打击,只是受打击的程度有多大,那我就不清楚了。汤汤显然也看出了丁小兵的情绪,所以一直到喝完酒,我们也没提他和高宝在前线的故事。

酒光了,我们三个人脸上都是红通通。丁小兵抢着要去付钱。从上午认识丁小兵到现在,他一直没有说过自己的职业,但凭着我的经验已经感觉出来了,他是个富裕的人。试想,一个穷得响叮当的人,就算是想战友想得傻乎乎了,也不会如此冲动的出来找战友。先坐火车再转长途汽车,跨过黄河渡过长江,可谓是跋山涉水了。单就看丁小兵的衣着,他的生活水平远远在我之上。我坚决挡住了丁小兵,付了饭钱。今天就算是没有凌旭的那句话,哪怕是借钱,我也要请丁小兵喝杯酒。这些年,我很少掏钱在饭店里请客喝酒,溪市的很多人都知道,我是个写小说的人,但同时也是个穷光蛋。好在我身边有一群对我不错的朋友,他们的存在,让我无时不感觉到,这个世界还需要文学。

高宝所在的桑拿中心在镇西,我们要穿过一条叫七浦塘的大河。河把溪市一分为二,它的上游连着太湖,下游直通长江。当初,范仲淹为了太湖的泻洪而开凿的七浦塘,现在和江南的许多河流一样,早已经失去了往日的繁华,取而代之的是工厂无节制的排污和居民不爱惜的糟蹋,黑色的河面上飘满了垃圾,方便袋死鸡卫生巾甚至是避孕套,可谓是品种繁多应有尽有。

我知道桑拿,也去过桑拿,像我这样生存状况的人,桑拿只是偶尔才去的地方。前提是,别人掏钱我享受。时代前进的步伐很快,快的时常让人民们不知所措,甚至是晕头转向。现在朋友聚会,在酒楼喝完酒,不是去茶楼喝茶就是去桑拿,捏下脚或是叫个小姐敲个背。如果你有钱,如果你愿意的话,还可以和按摩小姐往深层次的发展。我享受过小姐的按摩,很舒服。按摩小姐那双纤纤的手在身上很柔很浪的行走,让我想入非非。按摩小姐暗示着,需不需要更多的服务。我虽然喝了点酒,体内很热,但好在我的头脑却始终保持着清醒。我知道小姐所说更多服务的含义,因为那些朋友经常在我面前,肆无忌惮的讲述着桑拿里面发生的故事。当然,他们并不是故意来炫耀,只是他们知道我要写小说,需要很多的题材,真难为他们了。我拒绝了按摩小姐想提供进一步服务的愿望,我清楚自己口袋里的钱,其实最主要的是,我内心一直很讨厌小姐和她们所做的工作,但是我理解她们,同情她们,毕竟她们也是在凭身体吃饭。而不像一些貌似君子的人,在不劳而获着。如果我是个女人,如果在厂里拼命的工作,却得不到相应的报酬,我也会毫不犹豫的去选择做小姐。这是什么年代,是一个钱比脸更重要的年代了。当然我拒绝小姐的进一步发展,是因为我害怕,一天天蔓延的艾滋病和性病。于是,朋友们常常会开玩笑的骂我是傻B,居然还生活在纯真年代里。

在汤汤的带领下,我们到了高宝工作的地方,一个叫在水一方的桑拿中心。我搞不明白,这家桑拿中心为什么要起这个名字,不但糟蹋了诗经,而且让我一个读书人感觉,我们曾经引以为豪的文化已经堕落了。没想到,在五月的季节里,桑拿的生意还会如此的火暴,停车场上是停满了各种小车。唯一能解释的是,五月开满鲜花的大地,让所有的人都不安的骚动了起来。丁小兵没有我这样的惊讶,显然他比我更了解这样的场所。

汤汤告诉我,这里是溪市最高档的桑拿中心,里面还设有赌场,如果晚上12点以后,派上五百个警察进行大搜捕的话,可以敢肯定,第二天咱们溪市的财政上便会有了一笔不菲的收入,能解决许多失业工人的生活费,当然,溪市的投资形象也会受到破坏。我相信汤汤的话,丁小兵也在一旁点着头,表示同意。到了里面别东张西望,小心点!汤汤告诫着,然后带我们进了大厅。高宝在吗?汤汤问着大厅里一个领班模样的人问道。是汤汤啊,怎么找高宝有事吗?汤汤虽然是个电工,但他的活动范围却是很广泛的。溪市许多混在社会上的人不但和他熟悉,而且有几个大哥大级别的,还和汤汤称兄道弟。这让我很羡慕,因为据说,有政府部门的人,想巴结这些人物,人家还不一定肯点头交朋友呢。有几个兄弟找高宝有点事,他在哪?汤汤拍了下对方的肩膀。那人的眼睛迅速的把我和丁小兵扫视了一下,然后告诉汤汤,高宝在顶楼办事,你直接去找他吧!谢了兄弟!汤汤朝我们挪了下嘴,说走吧!

我们没有坐电梯,而是走的安全楼梯。我们眼前不时出现着一群群穿着性感的小姐,还有不少身材修长,英俊的小帅哥。这就是鸭!汤汤在我耳边轻语了一声。在忽明忽暗的灯光下,我们一路而上,每次在楼梯的拐弯处,总能看见几个胸前和手臂上文着各种图案的壮汉,用警惕的目光看着我们。好在汤汤和他们很熟悉,不时打着招呼。

今天幸亏叫了他来陪我们找高宝,要不然真还会有麻烦的。看着他们的模样,我突然想起了高宝,他现在也会是这样的形象吗?我是第一次经历这样的场合,心里不免有些紧张。丁小兵却是神色坦然,毕竟他是扛着脑袋上过前线的人,和我这个手上拿着笔,纸上谈兵的人不同啊!丁小兵一路上双眉紧锁沉默着,不知道是对战友在这样的场所工作感到失望,还是厌倦这里的环境?我们终于到了顶楼。

高宝呢?汤汤问一个站在楼梯口的壮汉。最后一间!壮汉指了指走廊的尽头。微暗的灯光下,丁小兵的眉头松弛了下来,不像先前那样紧锁着,嘴角甚至还在微微的笑着。就要看见分别了二十年的生死战友了,我不知道丁小兵的内心是心潮澎湃还是激情汹涌?他是不是想起了当年战火纷飞杀声震耳欲聋的情景?但丁小兵走的很平稳。我相信,当丁小兵和高宝相见时,一定会泪流满面的紧紧拥抱在一起。

我们三人站在了门口。汤汤刚抬手准备敲门,里面却传来了女人的惊叫声和男人粗鲁的骂声。你这婊子想跑?不看看这是什么地方,是谁的地盘,怎么下面痒了吗,要不要叫上弟兄们轮着来,给你挠挠痒!我和汤汤对视了下,因为我们熟悉那男人的声音。丁小兵皱了下眉头,似乎在回忆着分辨着这男人的声音。汤汤敲响了门。

门开了。开门的是高宝。他嘴里叼着根香烟,上身穿了件圆领的黑色体恤,里面的肌肉紧绷绷的,一只手里还拿着根用电线卷成鞭子。高宝见到我和汤汤一愣,良久才问,你们……我没有回答,我看见在屋里耀眼的荧光灯下,有个年轻女孩被绑在了凳子上,有个男人手里拿着根细竹子,在女孩的乳房上移动。

班长,还认识我吗?丁小兵站在了高宝的眼前。高宝仔细的打量着,你是丁小兵?高宝嘴角哆嗦着。是的,班长!丁小兵平静的说道。你小子怎么跑这里来啦?高宝冲着丁小兵的肩上就是狠狠的一拳。我是特意来看你的!丁小兵看着高宝。特意来看我?高宝神色激动的问。是的,我想战友们了!高宝伸开了双臂抱住了丁小兵。由于丁小兵比高宝的身材稍微高一点,因此被高宝这样一抱,他的下巴真好搁在了高宝的肩膀上。丁小兵的眼里有着泪花在闪烁,但没有掉下来。我注意到了,当高宝紧紧抱着丁小兵时,丁小兵的双臂却下垂着。两人见面时激动的场面没有像我想象的那样出现。

走,咱兄弟俩好好喝一次,二十年啦!高宝感慨万分。不了,班长,我有急事得马上赶回去。丁小兵的语气里没有了那种久别重逢的兴奋。班长,你好好保重,我又见到了你!丁小兵摆脱了高宝的双臂,然后朝着高宝一个立正,行了个很标准的军礼。看着丁小兵转身离去,高宝没有去追,他身体木然的站着。走廊上红色的灯照在高宝的脸上,红红。屋里荧光灯白色的光亮落在了他的背上,白白的。一红一白,就这样对视着。

走,我请你们喝酒去!站在桑拿门口,丁小兵响亮的说道。

后来,在一次越南人的偷袭中,我们捕到了一名女俘虏,无论我们怎么审讯,那女的就是不开口说话。想到第一次被偷袭时牺牲的战友,有人终于忍不住了,用皮带抽打着这个女俘虏。看着那女的身上道道红印,我们心情都很复杂。就在这个时候,高宝站了出来,夺了下皮带说,男人不应该这样打女人,就算是她和我们有血海深仇! 后来这件事,不知道怎么被上级知道了,连长和指导员差点被处分。大家都认为是高宝捅上去的,因为营部有个参谋是他的老乡。战争结束后,本来高宝是有机会上军校继续留在部队,就是为了这事给黄了。可他今天却打女人了,为了钱他不应该这样做的……丁小兵是哭着说着,说着哭着喝着酒,直到醉了。望着丁小兵脸上不停的在流泪,我想起了一首老歌:男人哭吧不是罪!

当天晚上,丁小兵住在了溪市。第二天早上,我还睡梦里时,就接到了他的电话。丁小兵说他走了,见到了战友心里很开心,认识了你们两个陌生的朋友也很开心,谢谢你和汤汤! 并告诉我去次宾馆的服务台,那里有他留下的东西,送给我和汤汤。我听出了他并不开心,声音里有着忧伤。

丁小兵送了两块玉给我,给汤汤也留了一块。我知道这玉本来应该是送给高宝的。他还留下张名片,丁小兵开了个玉器公司。后来,我找内行人鉴定了这两块玉,行家说,这玉质量绝对是上乘!

家　事

张新文

一

夏家湾的老辈们,常拿一句话来告诫那些即将讨媳妇过日子的小伙子们:种不好庄稼是一季子,讨到好媳妇那才是一辈子! 言下之意,好小子们,眼睛都要擦亮喽,可别把胡搅蛮缠的主给领进了家门……

寡妇林菊花的独生儿子夏长虹没有辜负老辈们的期望,娶个媳妇名叫靖小然,这姑娘长得不必多说,在夏家湾可是拔梢的俊,人既勤快又贤惠。世间的事往往会出现这种情况,当你在一个方面占有优势的时候,肯定会有一个劣势在黑暗的角落里默然地恭候着你。靖小然在媳妇堆里的出类拔萃,有一件事却使她黯然失色,不光是在女人们面前,几乎在夏家湾所有人的面前,她都抬不起头来。

结婚快两年了,靖小然前胸始终跟飞机跑道一样平坦。开始婆婆林菊花还没觉出来什么,时间长了,她看那些迟结婚的后生们也都抱上了娃,她后悔自己的无知和塌昧,自己还好意思舔着脸东家跑西家逛。有的女人不知是有意的还是无意的,将自己的带把的孙子硬往林菊花的怀里塞,冲她嚷嚷,你还不学着带孙子,整天像个没事的样子。

这种事,当一家人注意到的时候,结婚也都在一年以上才被上纲上线。小两口像是做了件理亏的事,夏长虹瞒着母亲林菊花带着媳妇靖小然去医院检查,他们没有好意思去大医院,只是在县城的一个中药铺看了一个所谓的老中医,牌子上写着专家坐诊,带回了一蛇皮口袋的中草药。一边是靖小然皱着眉头喝着难以下咽的中药水,一边是夏长虹在床上勤奋地耕耘着,他好像比蜜月里的那些日子还要卖力,带着使命感,变着法折腾着,靖小然也配合,毕竟奔着一个目标的是他们俩个人的事,缺一不可,她明白这个理。

药吃完了接着买,一个月不行下个月接着努力。不知哪里出了问题,反正两年过去了,她林菊花家还是三口之家,每顿饭不是大眼瞪小眼,而是大眼瞪大眼,确切一点说,是夏菊花用眼睛在瞪着她那不争气的儿子。儿子长虹知道母亲为什么要每顿饭拿眼睛瞪着他,儿子也很委屈,心里也憋屈着呢,有时他也会没好气地冲母亲瞪眼睛。坐在旁边低头吃饭的靖小然心里也不是个滋味,好像生不出孩子都是女人的错,作为夏家的媳妇,靖小然没有能给夏家添个一男半女,人长得漂亮有啥用,你再贤惠又有啥用,抬不起头的只有你靖小然。所以,每到吃饭的时候,靖小然心里就发怵,她总是把头压低或是目光移开饭桌,不敢正视婆婆。她低着头在心里思忖着婆婆如何睁大眼怒目对着她的宝贝儿子,又是如何用鄙视的线眼瞟向她靖小然。

二

时间像条泥鳅或是一条鲶鱼,总是在不经意间从你的手中滑走,过了今天就是明天,过了明天就是后天……可媳妇靖小然的肚子不仅鼓不起来,中药吃的肚子反倒还凹陷下去了不少,人比刚结婚那阵子瘦了。这种情况下,一家人多数的时候是沉默,充其量林菊花和儿子说话、儿子和媳妇说话,都跟地下工作者似的,单线联系,至于婆婆和媳妇几乎几个月说不上三句话。婆婆有想法或是媳妇有想法,都得儿子从中间过话,夏长虹在过话的时候,会掂量哪些话能说哪些话不能说,他会合情合理地添油加醋,尽量促使婆媳间搞好关系,免得生出口角来。

比如,林菊花背地里数落着儿子,瞧你媳妇一天到晚脸不是脸腔不是腔的,没生出娃来倒生出一副臭架子来!夏长虹也是个孝子,既然母亲对小然有意见,那我就得把母亲的意思传达给媳妇,让小然改变一下对母亲的态度,但是,还不能使小然觉察出母亲对她有意见。夏长虹背着母亲对小然说,母亲很痛你,她说苦药把小然的好面相也给苦了。靖小然听了,捂着嘴咯咯笑了。夏长虹一脸茫然,小然你笑什么?母亲确实这样说的,小然仍就是笑,没有接男人的话茬。

自那以后,有时吃饭的时候,小然会勉强笑笑,或是喊声妈,我帮你添饭。但是,这些都是表面上的事,根本问题没解决,婆婆林菊花的气非但不消,还会一天一天地增加,当达到一定极限时,总要会爆炸的。靖小然呢,她在痛恨自己不争气肚子的同时,更多的时候觉得自己是个苦命人,有时丈夫不在家,她无知地拿起剪裁衣服的时候,用于测量布匹尺寸的竹制尺子,往自己不争气的肚子就是几下子,而且是真正的抽打,有时痛得眼泪都流了出来。即便有抽打过的伤痕,只要丈夫需要她都会强忍着疼痛笑脸相迎,体贴地配合着男人。作为丈夫,夏长虹哪里知道自己的媳妇背着他所做的一切,就是在俩人行云雨之事的时候,虽然赤身裸体一丝不挂,虽然女人在下而且白嫩的肚皮在上,他夏长虹也是看不见靖小然的伤处的。因为,俩人的性生活从结婚那天起,都是关了灯才进行的。不知什么原因夏长虹只要灯亮着就做不了那事，而且实验了多少次都不行，只要一关灯，夏长虹那玩意儿立马就来了精神，好像黑夜就是传说中的伟哥。可是，伟哥是美国佬的产品，吃一粒你都得掏钱，这夜色就不同了，不用花一分钱还能无限制的受用。

没多久，婆婆林菊花的气可能也储存地不少了，多了总得要溢出来。一到天黑前，她总是端一瓢粮食，她一边啁啁的唤着鸡，一边把粮食撒在院子里；鸡们争先恐后频频点头啄食着地上的粮食，有时那只芦花公鸡会趁势登上母鸡的身上，用嘴咬住母鸡头顶上的羽毛，尾部及时行乐去了。夏菊花一看到这一幕就生气，她会冷不防捉住那只刚刚才被公鸡压着的母鸡，一边象征性的扇打着鸡的面颊，一边骂，给你吃给你住，就是不见你下个蛋，不要脸的东西！开始，靖小然没有往心里去，她只是留个心眼，有时她有意让婆婆看见她串门去了，实际上她偷偷地躲着婆婆又溜回了自己的房间。看不见靖小然，婆婆喂鸡的时候从不骂鸡，只要婆婆亲眼见她靖小然在家，没有一次她不去骂鸡的。此时，小然明白了，婆婆这是指桑骂槐。就那，小然还是坚持不接茬，毕竟是自己的错，如果给婆婆生个大胖孙子，她肯定不会这样。婆婆生出的茬虽然可以不接，但是，在小然心里的芥蒂确实是有了。小然心说，婆婆你这不是哪壶不开你提哪壶吗，专捡媳妇的伤口撒盐。

三

这样一来，婆媳间的矛盾已经无法避免了。开始小然觉得自己是媳妇，是晚辈，总想忍一忍就会过去的，可是自己的肚子不给她争口气，她想老时忍着也不是办法。婆婆林菊花也是想抱孙子心切，一天到晚脸不是脸腔不是腔的，有时骂起媳妇也不遮遮掩掩。那天，夏长虹一大早去了县城买稻种，家里就婆媳俩，不该发生事还是发生了，而且事情发生的还很严重。婆媳俩不仅发生了口角，还有了肢体冲突，林菊花的一个推搡，使媳妇小然一个趔趄没站稳，身子趴到在切菜木桌上，雪白的手腕碰到锋利的切菜刀口，血瞬间流了出来……

这件事之后，小然右手腕留下一个缝了四针的不小的疤痕，愈合拱起的新肉像一个毛毛虫停在她的手腕上，特别地显眼。婆媳完全进入了冷战期。可是，日子总得要过下去，农活，还得要一起做；饭，还得要一锅吃。时间一长，林菊花仍然会骂上几句，媳妇也会顶回几句。这是家务事，吵归吵，闹归闹，林菊花作为一家之主，还是当着儿子和媳妇的面，说你们俩还是到省会大医院彻底检查一下，前村二狗子家的独苗苗也是结婚多年没生育，这不昨天晚上生一个大胖小子，我去问了，那后生说是在省城大医院治的,他还把具体地方写在了这里。林菊花说着,从裤子挎包里摸出一张皱巴巴的香烟纸来交给了儿子长虹。

当儿子和媳妇从省城回来的时候,已是第四天的晚上。到处是漆黑的一片,儿子平时无论从哪里回到家,总是乐呵呵地喊声妈,今晚不知是忘了还是一路的奔波劳累,反正耷拉着脑袋直奔自己的房间去了。林菊花也没好再问个什么,就到厨房端菜上馍盛稀饭。儿子一反常态,说要喝酒,林菊花说,瞧你这孩子,都顶门头过日子了,喝酒算个啥嘛! 再者说了,喝点小酒也能解解乏提提精气神哩。

林菊花万万想不到,自从省城回来媳妇的话更少了,儿子的牢骚多了,也不分早和晚,每顿必须得有酒,而且还一定得喝得烂醉才肯罢休,而后逮着媳妇小然不是打就是骂,老实本分的靖小然,被他高声辣语地骂为骚货贱女人! 这些小然都忍了,因为只有她知道自己的男人今天为什么会这样,他的苦闷和绝望没有人知道。

那日,夏长虹背着药筒说是去田里喷洒农药,到了中午吃饭的时候也没见他回来。村长倒是火急火燎地来告诉林菊花,你家儿子在县城被车子给撞死了。林菊花一听,先是愣了一会,马上冲着村长骂开了,你个小婊子养的,你家儿子才被车子撞了呢! 婶,这样的事,我能胡扯吗? 这是上面打电话让我通知你们的。林菊花再看看一本正经的村长,很快晕厥了过去……对于夏长虹的死,作为妻子的小然却是异常的平静,她甚至连一滴眼泪也没挤出来,不要说哭天抢地了。在她看来,这一天的到来是迟早的事,根源还不是婆婆叫他俩去省城,原来问题不在小然。

对待赔偿的事,娘俩观点完全相反,媳妇说,不要冤枉人家司机,长虹这是自己寻的短见,怨不到人家;而婆婆林菊花一听小然这样说,气得咬牙切齿,你真是个吃里扒外的货,算是我们夏家瞎了眼,娶回你这样的媳妇。她张口就要对方赔偿四十万。后来,交警大队也证实了小然的观点是正确的。夏长虹是酒后直接扑向高速行驶的车子,而且还有那么多的人,为开车的司机作了人证。毕竟出了人命,对方愿意拿一部分钱出来安抚受害者,只不过不能拿出如林菊花说的那么多。

既然是自己的男人出了事,小然这次没有完全听婆婆的,她就让对方付口棺材钱,还有操办丧事的费用。这样一来对方倒觉得不好意思了,执意要给受害方八万元。小然说,你们愿意给我也不反对,但是,这钱我绝对不要。你们把钱存入银行,户主写上我婆婆林菊花,卡交给她吧,算是作为她老人家的养老费。

失子之痛加上小然又没给她林菊花生个孙子,一种恼怒和不满时时充斥在林菊花的大脑里,再加上这次小然"胳膊肘朝外拐",婆婆对媳妇几乎达到憎恨的地步。她像个疯子像个泼妇站着骂媳妇,骂累了就搬个小马扎坐下来手指着媳妇骂,这下你高兴了,你自由了,你可以养汉子了……夏长虹死后,无论婆婆怎么骂,她都权当没听见,该下地就下地干活；到做饭的时候就下厨房；婆婆脱下来的衣服，她抱过来和自己的衣服一起洗了。

她没有当着婆婆的面流过一次眼泪，只有走进自己的房间，关了灯，她才会用被子蒙住头大哭一场。她想，这都是命。开始到县城总以为男女之事，多是女方的毛病，害得她喝了那么多的中药水。可是，到了省城一检查，是自己的男人先天不育，这也不是说谁对谁错，你男人问题为什么我靖小然要挨打受骂，你这一走了之，可是，婆婆总还以为我靖小然的错。

靖小然的忍气吞声，并没有终止婆婆每天的谩骂，林菊花还当左右邻居说媳妇挨骂不吭声是因为理亏，说媳妇眼睛是在盯着她身上的八万块钱哩。要不，夏家湾早就没了她的人影啦！

小然一听这样的话，心底的一丝温暖也没有了，她扑通跪在婆婆林菊花的面前，咚咚磕了三个响头，猛地站起身，妈，您多保重！而后伤心地转身离去，离开了夏家湾。

四

儿子没了，媳妇走了，林菊花这下也没有可骂的对象了。孤独和绝望，使她胸口憋着的一口气停滞在那里，既吐不出来，也吞不下去。她记得很清楚，昨晚喝了一碗米粥洗了身子就上床睡觉，她明明听到鸡叫了三遍鸣啊，按理天该亮了呀，怎么天还这么黑呢。她拉了一下开关，怎么昨晚不是有电这会儿咋又停了哩！她昨晚是和衣而睡的，现在也睡不着了，索性摸索着去开门，还骂了句，小鬼日的夜咋这么长呢！门一开，就听门口有孩子嬉闹奔跑的声音，林菊花想这不是做梦吧。

荷花，云峰你们在吗？

嗯，奶奶，我们放学啦！

啊！这是中午还是下午？

奶奶，这是中午。

……

这下完了，好好的一个家就这么散了不说，林菊花活到这个份上老天爷非但没拉她一把，似乎还踹了她一脚，让她的双眼彻底地失明了。农活干不了，生活不能自理，每顿饭就指望着东家一碗饭，西家两块馍的供奉着。村长说，婶，你还是去镇上敬老院吧，那里吃住有专人照顾呢。林菊花鼻子一把眼泪一把，我才不去那地方呢，即使死我也死在夏家湾。她个人不愿意去，村长也拿她没办法。

一晃，九个月就要过去了。

林菊花家里凌乱不堪，身上的衣服穿的不伦不类，而且脏兮兮的，老远就能闻到散发出来的骚臭酸的怪味来，一头白发像被鸡爪刨乱的柴草。傍晚，林菊花听到嘀嘀的摩托车的喇叭声，知道这是村长来了。

婶，镇上说有两个夫妻是义工，愿意来服侍你老。

既然是夫妻咋就一个公的，那公的妻子呢？

婶啊，你没懂，义工就是义务工作者的简称。

那那……那这俩个义工要钱不？

既然是义务就不会要报酬，但是，你得管人家吃和住，土地他们耕种，他们负责赡养你老一辈子。

哎呦呦，我说村长嘞，天底下能有这等好事？

那婶，你同意啦？咱们可是一言为定，不带反悔的。

哎，小然走也有半年多了，你婶我这半年的苦也吃够了。再要糟蹋下去，恐怕你婶这把老骨头就没喽。

就这么说定了。林菊花一手拄着拐杖，另一只手用依然脏兮兮的手绢不停地擦拭眼角流出的眼泪，听着村长的摩托车突突的远去的声音。

第二天，就把俩个夫妻义工领到了林菊花的家。村长说，婶，两个义工我是从镇里接过来的，你老就把人家当着自己的儿女看待，和睦相处才是啊！林菊花坐在马扎上，一边点着头一边答应着，嗯！嗯！两个务工也没外气，两人同时喊了声：妈！男的说，我是义工杨光，我的妻子也是义工，叫陈露，平时您就叫小杨、小陈就成。围观的乡邻都哈哈地乐着呢，笑声里好像早该这样，不能让一个失去自理能力的人落魄到如此的境地。

俩人开始收拾房间，打扫院落，把所有要洗的衣服被褥浆洗了出来，晾晒在阳光下。林菊花听着俩个义工屋里屋外的忙活着，闻着满院晾晒的衣物散发出的洗衣粉的好闻的香味，心里也舒畅开花了。

晚上，陈露放满一大沐浴盆的温水，喊声妈，我来帮你洗澡，衣服全换了明天洗。林菊花一听陈露喊妈，先是一愣，这一细微的愣神没有躲过陈露的眼睛。对于林菊花来说，小陈的声音听起来怎么这么熟呢，至于谁的声音，她一时半会也说不清楚。因为，陈露不光要给林菊花洗澡，她自己也要洗，所以，每晚给林菊花洗澡的时候，她给林菊花脱光了衣服，自己也脱光了衣服。平时，很多事都是杨光和陈露两个来做，但是，很多话都是杨光来说，陈露不知是内向不爱说话还是有意不想说话，反正她几乎不说话，特别是在林菊花的面前。

越是这样，林菊花倒是越愿意越想听陈露的说话声。一到洗澡的时候，林菊花总是问这问那，陈露呢，只是声音摁在嗓子里，好像结巴一样憋得很吃力。每次洗澡，林菊花都像个孩子，任由陈露细软的双手搓背擦胸。今天晚上，林菊花像是预谋已久的计划，她要去付出行动。她说，闺女啊，你们的大恩大德看来妈是没法回报了，能让妈摸摸你吗？也让妈记住你的模样，来生妈再报答你们。嗯！陈露的声音很低。于是，林菊花坐在沐浴盆里，颤巍巍伸出双手去摸陈露的头发耳朵眼鼻子嘴脸肩膀，而后，双手瞬间滑向陈露的右手腕，陈露想抽回也来不及了。接着，是长时间的沉默——

林菊花，一惊一乍地喊叫着，你不是陈露，你是靖小然。孩子，你干嘛还要回来啊？

妈——

两个没穿衣服的女人，抱在一起哭成了泪人，林菊花还感到她抱着的这个女人肚子里有个生命在蠕动着……

瘸　大　叔

大叔而立之年，大清早怎么也起不了床，便用指甲使劲掐左腿上的肌肉，一点知觉也没有。

然后，儿子用手扶拖拉机把大叔拉到医院，虽经多方治疗，仍不见好转，弄成了无双拐不能行走的结局。

大叔由好腿好脚倒成了"拐腿"，那是六年前的事了。

失去劳动能力的大叔，见到家人忙农活时，心里总是痒痒的，时常大骂自己是个废人，不但帮不上家人的忙，倒给家人添了不少的麻烦。

"难道真的不中用了？"他在心里问自己。

"听说，像你这种人在外面很容易讨到钱的。"白天，村上"二能人"闲聊时的话，晚上又在大叔的耳畔响起。

是啊！反正在家里也是闲着，倒真不如出去闯闯，兴许能挣几个钱回来，贴补家用。

真如"二能人"所说，大叔第一年出去，就带回两千多块钱。这对一个农户家来说，无异一个特大喜讯。

望着桌上一大堆的票子，老伴乐得嘴总也合不拢。

还是儿媳会说话,"孩子爷爷也够辛苦的。"

就在这当口,儿子已把刚出锅的饺子,端到了大叔的面前。

这一年,大叔一家沉浸在幸福和快乐中。

第二年,大叔说外面的钱不好挣,也就没带回几个钱。

"这次出去时间那么长,还没有上次挣得钱多,这是咋回事?"老伴问正在给孩子做新衣的媳妇。

媳妇很是正经,压低嗓子对婆婆说:"听人说外面漂亮的姑娘多着呢,她们只要给钱,什么尊严都不要。"

"快别瞎说!"

"妈,爸又不在,我这不是跟你说嘛!"媳妇一板一眼地说着,仍不停地做着手中的活儿。

晚上,大叔觉得这饭不是那么的香。

儿子、媳妇吃完饭,带着孩子也都早早回房休息了。老伴洗涮完毕,不买大叔的帐,自个儿上了床。

第三年,大叔却没有回来。

一个肇事车辆夺去了大叔的生命。

交警大队在整理大叔的遗物时,只发现三件东西,一个身份证,一张汇款单的收据,一张报纸。报纸上全刊登的是特困生的照片及说明文字。

显然,老伴、儿媳也明白了大叔钱的去向,相互望了一下,似乎是同时发出了:"错怪了你啦——"声音也变了调。

随后,两个女人便抱头痛哭起来。

呜……呜……

绝　　路

这是他第二次从公安的追捕中逃脱。

此时,已是八月中旬。

他以为,翻过这座大山就可以进入绵延万里的森林地带,人烟稀少,是他安全避难的天堂。他始料未及的是山的另一边,跟一个鼓胀的西瓜被拦腰切开一样……

扔块石头,半天才听到微弱的回声。

他长长地叹了口气,这是绝路啊!

怎么办?

他疲惫地一屁股坐在地上,背靠着一棵大树。他用左手摸一下黑色塑料袋后,总是习惯性地用右手先触碰一下背后腰间别着的那把三棱刀。

刀在,袋子里的六万块也在,他心安了下来。

看看太阳,他估摸是下午五点左右。为了减轻负重,一块手表他也给扔了,所以,时间只能靠太阳来判断。这个时候,即便汗流浃背,也阻挡不了他的困乏和睡意……

每次在梦里,他都会被奇异的事情惊醒,总是在惶恐中度过白日和黑夜。

有个公安已经站在了他的面前,他迅疾站起,右手的三棱刀已经抵上公安的心脏位置。

他从梦中一激灵就醒了。遗憾的是,现实中,刀对着的不是公安,而是一个约莫六十岁的老者。

你——是——谁?

我是老黄,也有喊我黄驴的,因为我爱好旅游的缘故。

他看到老黄面对刀子面不改色,心里就多出了一份胆怯和敬畏来。只见老黄一身运动装,身边放着一个大大的旅行包。

老黄不停地用毛巾擦着汗流不止的面部和脖颈。

哈哈——小伙子,对一个老者,可不能没有礼貌哇!

他没有回答老黄的话,只是觉得老黄没有敌意,就把三棱刀又别在了身后。

森林里不能明火做饭,老黄从包里掏出火腿肠、道口烧鸡、八宝粥,还拿出了两瓶北京二锅头和两瓶矿泉水……

他第一次美美地把肚子填饱,还喝上了酒,而且有了醉意。

当夕阳被树遮着滑落山那边的时候,老黄已经把夜宿帐篷搭好,并扶着他进了自己的帐篷。他没有忘了那个黑色的塑料袋,他把它放在自己的头底下,当枕头。

小伙子,吃饱喝足了,是不是该谈谈你自己了?

我——唉! 我没啥好谈的。

我是老黄,那你呢? 人总得有个姓甚名谁吧。

我也姓黄,你就喊我小黄吧!

天底下还真有巧事,一个老黄,一个小黄,俩兄弟在这绝路相逢喽! 我是旅游到这里,那你呢?

我,我,我——

他的话很多,上不了台面,只能在腹部堵塞着,出不了口腔。

那就说说家人吧。老黄开导道。

我兄弟三个,他俩都结婚过他们的日子去了,父亲前年去世了,只剩下年迈的母亲。两个嫂子是老虎,都不愿负担母亲的生活,那只有我来负担。我没文化,靠在工地提灰桶挣点钱。现如今,没有钱也就意味着讨不到媳妇。看着那些有钱人,出入娱乐场逍遥去了,心里就痒痒。于是,我就瞄上了那些靠色赚钱的小姐们。

后来呢?

后来我就在银行转悠,捡那些露肩露胸的下手。

兄弟,不知道你是醉话还是真心话,你这是犯法知道不?

大哥! 他竟然哭出声来,我真的好害怕,也不知道被我捅一刀的那个小姐是死还是活……

他把放在头底下的黑袋子扔给了老黄,说,钱都在这里,都是钱做的怪。

他又呜呜地哭了起来。

老黄说,人都有犯浑的时候,知道错就是好同志。路,得靠自己选择!

他说完谢谢老哥,就没有声音了。

老黄知道他肯定是酒喝多了,他没有打开黑袋子,还是把它放在了他的头边。

接着,他开始打起鼾声来,滚雷似的。

第二天,两个黄姓兄弟,一前一后进了当地派出所。

小黄转身,却不见了老黄的人影。

此时,从里间走出一个身着警服的人来,办事人员忙喊,黄所! 有个投案自首的。

哦! 我知道了。

他愣住了,这不是老黄吗?

老黄冲他笑笑,是我,黄驴!

大哥,在没有戴上手铐前,你得回答我两个问题。

可以,你说吧。

第一,你为什么没有穿警服上山? 第二,你为什么不趁着我的醉意抓捕我,回来可以得到单位的立功奖赏?

你是初犯这么大的案子,我怕你看到警服会心里承受不了压力,万一跳了悬崖,一切都晚了。要知道,那个女子已经脱离了生命危险期。至于第二个问题,因为你能担负起赡养你老母亲的义务,说明你的良知还在。要知道,投案自首与抓你归案,在量刑上不是一回事啊!

他扑通跪下,冲老黄磕了三个响头,歇斯底里地叫了声——

娘啊!

第二辑　诗歌

乡关何处(五首)

范志芳

清　明

清明时节的江南,有人说
那是一幅水粉画
不错的
桃红麦青　菜花金黄

有人说　那是一幅水墨画
黛瓦粉墙　飞燕衔泥
也不错的
只是为何　止不住地发慌

还好　有清明节
那些藏在水粉里的故人
与墨色中的旧事
可以　不再躲藏
一笔一画地调色　点彩
一层一层地勾画　晕染
只为描绘心底那些
舍不得的影像　与过往
让你　看见忧伤

这一日

请用素描　就好

乡 关 何 处

是否　在某个深夜
身处高楼的你　总会问自己
乡关何处　何处乡关

谷场边　那棵百年的老树
告诉你　她不知道
只是　她不会错过
每一个和煦的春天
迎风生长　就像孩子一样
她　是不是故乡

竹林后　那条不息的河流
告诉你　她不知道
只是　她从不去想
已绕过了多少急流暗道
向海奔跑　是她唯一的梦想
她　是不是故乡

老屋里　那把锈钝的镰刀
那根靠墙的扁担
还有积灰的萝筐
一起告诉你　她们知道
从来都知道
因为那里有　父亲
磨出的水泡
和母亲　直不起的身腰

那里　才是故乡

是的
有父母的地方　才是故乡
回头　才知道

芒　　种

六月　芒种后
麦子已收割,油菜没了身影
土地裸露着褐色的肌肤
深呼吸

邻家的小黑狗,土里打着滚
两岁的小男孩,院里追着鸡
闲下来的农人们
一会儿看看狗,一会儿看看孩
目光遥远
想着播种　也想着风

我,一个人站在田里
大口呼吸
和遗落的麦粒与菜籽一道
慵懒的身体有些疲惫
犹如　收割后的田地

正是初夏
西沉的夕阳与四合的暮光
将人染成褐色
那是　泥土的颜色

也是我们　曾经的模样
你的模样

夏　至

夏至,阳光照在北回归线
那是一年中白昼最长的日子
很好,无需再做太多的梦
让你在暗夜不停辗转

那些花早开了吧
丝瓜花、黄瓜花、豌豆花
栀子花、连翘花、白莲花
她们还是那样美
追逐着阳光,空气与干净的水
带着欢喜　从不迟到

花儿们,让我陪着你们
走一段路　织一个梦吧
就在这夏至的夜晚
只做一个梦
香香的　美美的　甜甜的
就像含露的花蕊那样

盛夏　如果遇到疼痛
请牵起花的手
绕道走

浏河·浏河

一边是老街　一边是古港
有人说
在老街上撞到过吴健雄与屺瞻大师
在古港边目送过朱清与郑和正使
青石板与木船桨
还记得他们　出发时的温度
沸腾

一边是墙白瓦灰的旧民居
时光下静默
一边是缀满花朵的旧棉被
故事里打盹
走出来　钻进去的
都叫浏河人

就做那个幸福的浏河人吧
偶尔　回望一下历史
大船上运出的江南谷穗和姑苏丝绸
还正软香
阅兵台的嘶吼声已经遥远
不时　驻目一下脚底
天妃宫里的香火袅袅
明德园的读书声　像一串串
浪花

当然,你也可以
常常去看一下长江

三月的河豚正肥　八月的大蟹已上闸
而那些渔民的号子啊
还很　响亮

四十年回顾(外一首)

顾利琴

生于七十年代初的我

童年封存的记忆

单调　空旷

黑白二色的日与夜

规律的日常中

奶油和糖的念想

是对甜的温暖回味

八十年代——困守于土地的我父母

开始外出打工

乡镇企业的崛起让大部分人成为亦工亦农

分田到户不再集中耕种

村庄里的农家小院里

三上三下　四上四下喜气洋洋

九十年代初农民户户住进自建的新楼

国企改革,产业升级

股份制公司上市交易

外商云集、外资源源不断流入

房地产是雨后春笋

基础设施长年投入

开山、填海、架桥、铺路

空客、高铁、私家车迅猛的如海潮一样无法阻挡

二十一世纪初的中国回看

如地平线上的一跃

超级大都市日夜通明

信息流畅，渠道多重

走出去和回过来一样便捷

我已步入中年，我的青春

匆匆而忙碌

假如现在停下来

和我的父亲、祖父执手相握

我勇敢地表述

我骄傲地回答

时间灰色的尘埃中

有闪亮的一瞬

而未来

犹如天际变换的朝云

我的孩子已经了解了光的力量

那持续推动时间的力量

他会走到我前面

领悟高山和海洋

以健硕的身体

延续古老的信念

嗨，黄皮肤黑眼睛的少年

别担心，他正从

素馨花开的暮春中走来

相 信 爱 情

丢掉工作、丢掉车子、丢掉房子

丢掉时尚、丢掉购买的欲望、丢随手的东西

丢掉人群、丢掉青春和随行的刑枷

前方就在不远的地方
毫无目的地漫游
怀揣精挑细选之词语
醒来时迅速地抓住
在另一个地方飞奔的我
保持我的黑发
我的红润的肤色
洁净的声音
柔弱的呼吸
那涂红指甲、蓝指甲
那吸卷烟
那飞驰而过的
那俯首悲泣的
都不是我
每走一步都是趋向你
像一个信仰
扑向原点
是生的里面早已含着
一声一声轻唤的爱

2013.6.10

1405 年：郑和的梦想与远航（外四首）

龚　璇

（一）

郑和纪念馆，嵌框的海图上
那些被时间磨损的地名、坐标
抗议关于他的谎言
经纬度的空间，支配内心的故事
不甘心失踪。谁
从冷漠的线索中
意图还原真相，记录皇恩浩荡
但我，已经找不到明瓷，丝绸与官银的残痕
海上历程，成为诡谲的沉默
大厅里，嘈杂的脚步
踩碎一个个生命的华章，记忆的空气
被遗忘，过程没有人察觉
局限的物件，灼痛孤独的心事
谁，还禁锢着视角的偏向
甚至一些毫无理由的挑剔
或者莫名其妙的恶语与诋毁
六百年来，尴尬的梦境
仿佛意识流的信念，没有停泊的地方
爱与恨，远离了灵魂的边缘
谁，傻傻的，站立着
以苍白的感知，回应玻璃框内的自语
一阵难言的痛惜

（二）

1405 年，是谁眷顾长江边的小渔村

以铁锚与帆樯，创造中国的大航海时代

从陆地到海洋，27800 个信徒

一个个鲜活的生命

驾驶 63 艘木制船，挂帆远航。狭窄的甲板上

构想历史的壮阔。惊涛骇浪中

他们远离树林与田野，祠堂与戏楼

纸窗与竹屋

他们忘记了春枝的萌芽，花叶的金黄

把所有的祈盼

嫁接船舷边的日常生活

一顿饭，一碟菜，一杯酒，一个思绪

或一杆烟，甚至片断的梦想

追逼游动的心扉，与汹涌的峡湾，一路向西

只以海洋，与季风、潮汛争夺向死而生的葱茏

某些人的麻木

或另一些人的势利，透出卑鄙与邪行

一切愁怨，只因与暗礁和洋流周旋

精疲力尽

谁，听从信号旗的指引

在浪尖上跳舞，与海洋对话

微薄的月光，或星辉的寂影

成为刻骨的一部分

（三）

日出之前，或日落之后

蓝色的情调，赋予船的城市

一片静谧

谁,扯下天空的被角

抱紧灵魂的光芒,以爱与痛的勇气

观测星象。那些隐藏的秘密

行色匆匆。欲望的肉体,丛生暗疾

连定海神针,也嫉妒骨骼里蛰伏的冷静

呼啸的风,只向一个方向

谁,把与生俱来的表情

投向陌生的远方

在海涛与波浪的韵律中,诞生伟大的真实

1405 年,占城,暹罗,苏门答腊,旧港

甚至满刺加,锡兰,古里①,他们来过

1407 年,爪哇,渤泥,加异勒

柯枝②,他们来过

1409 年,阿鲁,溜山,阿拨把丹,小葛兰

古把里③,他们来过

1413 年,彭亨,急兰丹,忽鲁谟斯

木骨都束,麻林地④,他们来过

1417 年,阿丹,刺撒,卜刺哇,苏禄

沙里湾泥⑤,他们来过

1421 年,榜葛刺,祖法儿⑥,他们来过

1432 年,竹步,天方⑦,他们也来过

从太仓浏家港到肯尼亚麻林地

从太平洋到大西洋,从东亚到西非

七下西洋,他们倾心古国的奇花异木

与文明的圣体

引动世界的共识。曾经神秘的地方

议事厅,王座,以及神性的赞颂

使民族的自豪,热切地靠近那片土地

他们谈论丝绸与国瓷

谈论民俗与乡愁,谈论自然与种子

因为我们所知的一切,缺少异域的神奇

爱,从最初的盲目,转化为魔方式的梦想

那已不是一种习惯

我，看到静谧的光芒，温暖着你的灵魂

（四）

在爪哇，在旧港，在苏门答腊

几个古老的种族，从刀光与剑影中

掌控一艘船，一块地，一间房

充斥战争的焦虑

人性的善恶盈满眉宇

但你是唯一的光辉，那些偶然

或必然发生的事件

不同于你所珍视的和平

白鸽的绝望，因为鲜血洇红自由的国度

在那里，没有人关心臣民的处境

170 个无辜的士兵，被错杀

诡计多端的倭寇，频繁骚乱

亚烈苦奈尔⑧的愚昧与傲慢

甚至冰冷的寒潮，也感叹放纵的苦果

在不祥的预兆下

对这些口是心非的人，忍耐便是脆弱

他们把母性的微笑，理解为贪婪的取悦

鹰一样的目光，把杀戮变成游戏

但你迥异于往常，以严厉的愠怒

遣散欲念的争夺，把一座城救活

把一条航线畅通，把一个国王扶上宝座

离开，或返回，你都是被称颂的猎人

惩罚的礼物，更使良知

在每一张纵欲者的脸上

俘虏血腥的行径。化干戈为玉帛

谁在说，心是离奇的东西

你所依赖的梦想，在事实之后，早已了然于胸

（五）

是海的魔法,隐藏岛屿的内心
一些难以察觉的风,挑衅波纹的印记
曾经的梦想,被不合感官的逻辑
拒绝于世俗之外。船的城市在消失
陈旧的鹅毛笔,责备生殖的文字
虚构壮美。谁,还有什么理由,轻描淡写
甚至以尖利的伤害,扼杀一场壮阔的远航
《瀛涯胜览》、《西洋番国志》、《星槎胜览》
以及浓缩的《通番事迹碑》
记载的一切,让认知的灵魂
把漂流海上的奇迹,抵达最远的地方
因为散佚的航海志,废黜了它的功绩
我被迫纠结墙头马上
是谁,不愿意打开历史的暗网?
那些西洋的奇珍异宝,比如,象牙与玳瑁
比如,琉璃与犀角,都是贵族们
玩物丧志的证据。但我还是相信
麒麟,天马,神鹿,已构成日常生活的一部分
有一些人,想念水手和帆樯
想念船舵和罗盘,他们穿行浪涛之间
唯一的爱意,就是给予梦想
一些渗透的因子。到处是裸泳的鱼
谁,不感恩激流中的灵魂
以及天籁似的赞美。从近乡到远方
那么多费解的课题,谁,会假借谵妄之力
与身后的结局只作一次安静的交代

（六）

他们追随水的丛林,以浪涛

聚集更多的梦想，激荡鱼的生命
那个问号，我，不需要回答
用什么样的情怀，解开一枚思想的钮扣
所有的场景，会从船舵的咿呀声里，
进入日常对话
一无所知的人，不知道孤独
也不会孕育轰烈的事件
它们生怕海的空隙，轻浮野蛮的棱角
但你用生命中近一半的时间，扬帆远航
谁说你不是男子汉？你从不怕缺陷的灼痛
甚至破碎的美丽，遵循什么样的规则
你，傲然站立船的城市
指挥千军万马，为海图上未知的地域
悉心解密。那么，我该怎么描述你呢？
是无所顾忌，抑或是背转身去
以逃避的心态，戏说所有的往事
或者词不达意，抽掉文法
试探思想的禁区
在完美运转的内心，
我，决意用另一种方式
在梦想的边界，贴一张苦难的标签
划出远航的线路图，过滤虚情的空气
驱逐假意的声音，让生疏的问候
只以生命的痕迹，留下追求的意义
谁还在乎脑瘫，或瘸腿？
我和你，一样的梦想，在阳光中明媚

（七）

活着，或者死去，他们都是浪巅上
一把锐利的匕首，为殚精竭虑的梦想
劈风斩浪，所向披靡

他们毫不在乎,抽搐的风与寂寞的浪

折磨蜷缩的身体。鸥鸟的清鸣

以及鱼儿的欢叫

在无数个瞬间,踩着急促的鼓点

繁衍心灵的容量

他们搂住临窗的风,巡游半个地球

以海洋的体液,验证梦想的深邃

在信任的慧识中

不存残念。功绩簿上

一朵朵显赫的花,滤清六百年的幻影

三宝庙,三宝洞,三宝井

执掌的信徒,打坐,悟道,化身

让明朝的目光,在漂洋的时空中

关于他们的传奇,更加赋予流动的秘密

听说的,或者没听说的,郑和

绝不是一个虚构的名字

他们以壮美的生命

独属于这个世界海上丝路的赞歌

2015.6.7 草就

2017.8.16 修改

注释:

① 占城,今越南归仁;暹罗,今泰国;苏门答腊,今印度尼西亚苏门答腊岛;旧港,今苏门答腊巨港;满剌加,今马来西亚马六甲;锡兰,今斯里兰卡;古里,今印度科里科泽一带。

② 爪哇,今印度尼西亚爪哇;渤泥,今文莱;加异勒,今印度土提科林;柯枝,今印度柯钦。

③ 阿鲁,今马来西亚;溜山,今马尔代夫群岛;阿拨把丹,今印度阿米迪巴德;小葛兰,今印度奎龙;古把里,今斯里兰卡。

④ 彭亨,今马来西亚彭亨河口一带;急兰丹,马来西亚哥达巴鲁;忽鲁谟斯,今伊朗霍尔木兹;木骨都束,今索马里摩加迪沙;卜剌哇,今索马里的布腊瓦;麻林地,今肯尼亚马林迪。

⑤ 阿丹,今也门亚丁;剌撒,今北也门萨耶;苏禄,今菲律宾南苏禄群岛;沙里湾泥,今印度。

⑥ 榜葛剌,今孟加拉达卡一带;祖法儿,今阿曼佐法尔。

⑦ 竹步,今索马里朱巴地区;天方,今沙特阿拉伯麦加。

⑧ 亚烈苦奈尔,旧锡兰山国国王。

布莱希特旧居的窗外

秋色,藏匿小白楼的背后
紧闭的窗口,一棵树
遮蔽多罗忒公墓的凄美

瑟瑟的落叶,迷恋风的吐纳
寂静之外,空无一人
谁,在乎墓园里孤独的石碑

另一个方向,就能看到他的侧影
他的手势,那些陈旧的摆件
孔子画轴,老子骑驴的铜像
酝酿着哲学家的奇思妙想

我,来到这里,不需要幻觉
或者假设拥有什么
他已在睡梦中,赶走了灰暗
不再怀疑道德的种子,制作的天才

树缝间透出的光,安静地投射屋前与屋后
屋顶上,病态的杂草
抬着头,倔强地为世界记载
从未间断的善良,以及那些曾经的美好

你说过,真理是时间的孩子
雏菊开花的时候,三毛钱歌剧
最动人的情节
不会有乏味的说教,只要你

耐心地审视,阳光,花朵,草木
与我一样,看到了所有的爱

达 拉 木 马

现在,我要去达拉纳森林
找一截原始的桦木,攥紧刻刀
雕几匹木马,以红色的印迹
把欲望的生命,重新记忆

对我而言,它并非奢侈的玩具
那一刻开始,什么委屈与疼痛
已无关紧要。谁也不会置疑
流年的沉重。那些慷慨的桦木
报偿的形体近乎神奇
我真正明白了
万物给予灵性的意义

去爱这样的一匹马:无私,忠诚,智慧
在达拉纳森林,化开的浓雾
飞禽走兽干瞪着眼
也不知道躲往哪里
我微笑着,怎能忘记你的名字
——达拉木马

2017.2.19

列 侬 墙

这堵墙的使命永不终结——无名氏

靠近些,再靠近些。男孩比划手势
招呼牛仔裤的女孩。她,应允着,轻挪步子
贴近墙面。一边列侬头像,一边红色心形
涂鸦的空间,留着一个爱的画像

那个时代,战争与暴力
蒙骗过道德家的底线。一个女人的独角戏
对抗自身的失望,被啃的青苹果
遭遇乖戾的哀嚎。命定的囚徒
以葡萄柚,谈论爱的起始
轻井泽的石阶上,落下的枫叶
惊叹列侬与小野洋子的爱情。
连飞鼠也莫名其妙
听起披头士的歌曲
布拉格有些尴尬。它毫不犹豫
以一面白墙,涂鸦奢侈的背景

杂烩似的色彩,抽象的图案
甚至不同国家的文字,蜡烛,鲜花
以及诗歌,从纽约到布拉格
早已让世界相信,另一种真实的情景

要做爱,不要战争。这堵墙的使命
不会终结。那些爱的使者
绝不会推倒内心的信仰
身前身后,都是他们的光影

长镜头拉近，豆荚中黑白两子
融合着。谁不合群，责难他们生死相依？

2016.11.5

维 纳 恩 湖 畔

心灵以爱的形式存在着——约翰·多诺修

一些散佚的羽翎
空对北欧秋凉的风。稀疏的枯苇间
忧郁，从维纳恩湖远景推近

水面上，黑咕隆咚的影子
看不见野禽表演的面孔
黑天鹅，或是迁徙的灰雁？

以前，发生过的事情
早已无踪无迹。我也来不及多作思考
吉菲昂女神沉默无语
四头公牛索取的湖泊
无视记忆的伤疤，谁让目光随波闪烁？

粼粼波光中，那些灵魂
寂静的诺言，藏匿意外的爱情
一个异乡人，弯着腰
掸去羽沾的沙子
谁与我辨析错误的感受

不要被幻觉伤害，甚至惧怕风的诚实
那些沧桑的羽翎，攥在手掌

不会躲避唐突的欲望
它是一尊礼,臣服于我的心

旁边树屋间,有人回应
草径,木凳,甚至斑点狗
偏爱这边的风景。你未必察觉
我的情绪,更羞于暗示

2017.2.11

记　忆

何庆华

四十年前
我生长在太仓城的边缘
月光下是明晃晃的稻田
蛙声四起
我是那棵超秧龄的苗

黑白的瓦房顶
狸猫坐着念经
鸡鸭鹅
是村里的自由民

墨汁染的桑果
落在唯一的白衬衫上
缪泾水
和天色一样青

乡间小路的颜色
就是我们的肤色
黄泥巴
和糯米团一样黏

黏住农人的脚步
黏住我们的青春
城市与乡村
害着千年的相思病

弇山宾馆
是这座城最高的一棵树
到了夜晚
结满了黄黄的小橘灯
方的　圆的
十里地外都能照见人影

那年我八岁
第一次进城
偷偷喜欢上了
吹着哨子　挥着小旗的人
他在国道上指挥进城的班车
一小时都没有一辆

他有力的胳膊
一天只挥动六次
他的鼻子　寂寞地挺立
看着他的鼻子
我错过了最后一辆进城的车

我不忧伤
我是一棵超秧龄的苗
不想一辈子
在田埂边摇晃

甩掉黑布鞋上的黄泥巴
结结实实地踩在
拥挤的卖秧桥上
城里的天空有点蓝

面包房　咖啡屋
霓虹灯　高跟鞋

牛仔裤　日本音响　卡拉 OK
我和这座城一起变得表情丰富

马弄街　东门街
剪刀弄　铁锚弄
都摇身一变
穿越了半个世纪
它们的消失是一种姿态
也是一声历史的轻叹

群楼与群楼之间
人群与人群之间
玻璃窗构筑的大厦
鳞次栉比
我们的青春热烈而寂寞
太仓很小　太仓很大

我和太仓城一起
过了不惑之年
城市日新月异
我和同龄人一道
用青春镂刻城市的花纹

逆向阅读
太仓这座城市的生活和历史
封闭　贫穷　落后
都成永恒的过去
我们有江海河样的胸怀

我们倍感骄傲
承载了四十年的沧桑
我们倍感荣幸

成为新太仓建设的主人
城市建筑以秒的速度
刷新高度

古桥下的流水
依旧慢慢流淌千年
我们的高跟鞋
依旧慢慢敲打着鹅卵石
述说着生命、欢乐和幸福

太仓城市的生长　拔节
一呼一吸
都顺应天时
合乎自然

娄水浊了又清
月季开了又谢
新浏河风光带
参天笔直的杉树
是迎宾客
德企如雨后春笋
黄头发　蓝眼睛
在这里找到了第二故乡
白在昼间叠加
黑在夜间裂变

这是人生最华丽的嬗变
这是生命最耀眼的灿烂

龙泉瓷也从千年大梦里惊醒
舒展着龙纹云纹　莲花纹
泛着豆青粉青　梅子青

她们在厚土里吟诵着长长的诗篇
诉说着沧海桑田
娄城的记忆就是那一帧
桨声灯影里的乡恋

木香、桃花及其他

回 到 风 里
——忆洛夫

三月
本来是有花的
也有风，它是一个执着的信使
都知道有一封长长来信
花儿变得很有耐心
还有那棵石榴树
每天，等着她想要的惊雷

最想念，还是那件薄衫
缝缝补补，装满了整个箱子
剩下时间不多
需要找一个合适的地方
让芦苇弯腰喝水

三月十九日
没有年号，芦苇停下
风停下
石榴噗的一声
落下，明年这个时候

化了这件薄衫子
等大烟囱,发来回信

时 间 无 辜

时间和酒倒在一起
会不会碎
我选择玻璃杯

时间和酒,还不是全部
还有溢出部分
在酒后,在时间中
继续起作用

此刻,我需要添件衣裳
有点冷,声音在发抖
时间被一饮而尽,没吭一声

断篇。
我不记得是衣裳,是寒冷
还是酒?
无辜的是时间

秋 天 的 味 道

秋天,雨很长
木槿花需要一把伞

微小的黄花
飘落,厚厚一层
平静的月光

老蟋蟀一声长,一声短
我喝下秋天的茶
一泡苦,一泡有桂花

木樨花,和雨
同时下着,一个秋天
有三种味道

攥　紧

一条小河,流经我的手掌
生命想做短暂停留

水想停下,成一片湖
或是一口井

你与其乘船驶离
不如用绞缆放下一只水桶

把拳头攥紧
再攥紧,我不想你孤帆远影

宁可你一瓢一瓢
舀取我生命

黄 玫 瑰

给月亮插上一朵黄玫瑰
露台不够高

把视线与一颗小星星
拉直,它开始有了动感
我呼吸一下,它眨一下眼睛

高楼筑巢的鸟
俯视,一片被云朵裁剪出的月光
铺在寂静的露台

我的黄玫瑰
应该生有一对翅膀
此时,她正在星光下飞升

桃 花

暖风吹
桃花跟着来了

这个外姓的姑娘
因为一点点颜色的追求
任由三月风
割出一道道血痕

记下春天所有的好
揣在花蕊
等一片无名的风

这个春天
挨着冬天有点近

访　梅

一片池塘
两株老梅树
水面如镜,垂钓,看花,扫尘

还需要半截院墙
梅花是梅树的心事
一朵顶一朵

蜂访过,鹊访过
唐人访过,宋人也访过
故事的开始,远没有结局重要

消瘦是梅的病
访梅是我的习惯
梅看看我,像看见春天
我看看梅,一条回家的路

看 云 台

爬上最高石阶
看云,有几缕枯死的草痕
印在前人足迹上

风有点大
一朵云从我身后
飘过,风擦着头发,石头在燃烧

向前移动一步
还是向后,薄还是厚
这是一个估量值,脚下基本平衡

看云台,看你的眼睛
距离一臂之遥
这是最后一级石阶

木 香

黄昏,是想念我的时刻
阳光或雨
都是我喜欢的
要是西院里多出一架木香
我会睡得更安稳

诗 和 春 天

拼命写诗的人

缺少一个完整的春天

春天40岁了

还没有人为她写一行诗

对于春天,花从未停止过幻想

我停不下来喝茶

春天没说不

茶树一个劲地冒芽

诗人说,还需要有一杯美式咖啡

春天有多么不同

我们拥有的不是同一个春天

失去的,也不是所有春天

体验写诗的快感吧

哪怕已过了读诗的年纪

假 牙

我想成为你的假牙,

先是一颗,然后是很多颗。

然后,用我一辈子时间

堵住你所有缺口。

匕　首

一把匕首
削苹果与捅人的表情
有什么不同
没有人问过它

出鞘前,犀利的寒光
照亮过苹果的红
面孔的煞白

审判厅正中
置放"被告"椅子与证据种种
这时,它的别名叫凶器
"鱼肠"是它的祖先

庭下座无虚席
一双双削苹果的手
戴着雪白的手套

夏

李仙云

那掀翻的炼丹炉
火焰在天庭燃烧
太阳在飞速旋转中
将一拨一拨的热浪
从仙界喷入凡尘

那平日里精神抖擞像卫兵
默然静立街边的银杏
叶子已脱水卷曲发黄逐渐焦枯
一粒粒果实像干瘪的鱼儿
奄奄一息地耷拉在枝头
庭院的多肉植物
正历经一场浩劫
它们在挣扎煎熬中
化为一摊碧水香销玉殒
那棵我最爱的茉莉已枝叶干枯

被无边的热裹挟着
像温水煮青蛙
焦灼　烦躁　窒闷
内心的火苗在四处乱窜
脚手架上
建筑工人在空中
忙碌成一尊雕像
穿着橘黄卡其布工装的清洁工

挥着扫帚流淌着汗滴

一个画面在松果体上跳跃

烈日暴晒下

爷爷挥舞着锄头

除掉了几根不愿服输的杂草

蝉鸣,再一次

把祝福挂在高枝上

阒寂聆听的

是我的故乡

诗 二 十 四 首

梁延峰

父亲的爱国主义

父亲爱国
是从爱他的半亩菜园开始的
一畦菜
就是他的一个省
他把种香葱的一畦叫山东
种大蒜的一畦叫河南
种辣椒山药的两畦
分别叫做湖南四川和山西
芸豆丝瓜西葫芦
它们的藤蔓喜欢往天上长
那是他的直辖市
父亲天天到菜园里浇水
他不容许甘肃旱
也绝不让江苏涝
父亲天天到菜园里锄草除虫
他不容许在他的国家里
存在蛀虫和害群之马

半亩菜园之外
父亲的爱还有更大的疆域
村北的一亩花生

河滩的两亩大豆、三亩玉米
他的香港、澳门和台湾
中央台每晚的天气预报
还会为父亲的爱国主义
插上时空的翅膀
他关心菜园子外面那个大山西
那里有他失散多年的堂哥
他关心身边的濮阳以及外省的苏州和宁波
那里有他的四个儿女
一群活泼可爱的小孙子

多年来,父亲一直
用这样的方式热爱祖国
简单,固执,狭隘

不,这不是我的父亲

这个头发杂乱
只顾弯腰劈柴的人
这个不停地用木棍
拍打草垛上积雪的人
这个在夜晚把翻身的动静弄得很大
把咳嗽压得很低的人
现在,他正端坐在桌子上首
用怯怯的声音说话
用颤抖的手抢着倒酒

不,他不是
这个人,他不是我的父亲

——我的父亲
我曾经翻动过他的小木箱
那里面有陀螺、口琴
笑容灿烂的小照片
还有字迹娟秀的旧情书

我的父亲
他能把生产队分给的二百斤地瓜干
一口气扛回家
他有让全家人害怕的坏脾气

幻　听　症

一个离家太久的人
想家
会不会想出幻听症
一个患了幻听症的人
听到的声音
会不会
有时像青蛙
有时像蛐蛐
老家梁集村的邻居
社科院的博士后李安方
新房子买在上海莘庄某小区
某幢的二十一层
那天晚上
他把我领到阳台上
看远处的小水塘
他说
那些声音

就是从那边传过来的

清明前与众诗友谒河东君墓

春渐深
虞山绿了

山脚下
杨如是
柳也如是

泥巴路很瘦
橘树的枝桠很低
走进去和退出来
都需要排着队
更需要低着头

曰爱,曰隐,曰蘼芜
像不像名字都是你的名字
选刀,选绳,选投水
选什么都是死

明和清说不明也厘不清
就好像他选择偏安,你选择荷花池

百步之后
浦兄指着一个土堆说
就是这里了
她的坟

这里可真静啊
抬头是青山
低头是尚湖

我不认识她
也不知道为什么
眼睛里会有泪

在 沙 溪
——给你

说出来又怎样
合欢花在 6 月
又开了一次
石榴树和庵桥
一抱就是百年
七浦河边,无非是
晒衣杆探出格子窗
一只懒猫
占领了中午的破藤椅

来过了又怎样
编篾器的和卖茶蛋的
不过是你的旧街坊
那个拉车子的小铜人
也不能把我拉到晚清
或是民国
河南街上
那时候还没有诗歌馆
你有才,但还没有

出落成美人

你要爱上这条河

你要爱上这条河
爱上它的疯狂和沉默
涨潮的时候,断流的时候
刮风的时候,下雨的时候
你都要爱
你要爱到听不见河水喘出的粗气
你要爱到看不见河边的芦苇和水鸟
梅,如果你坚持不爱这里迷眼的风沙
我们就到喊干了嗓子的河床上去坐坐

一棵树就像一只鸟

我要带你去看一棵树
让你看看它多像一只鸟
多少年了,它一言不发地站在那里
这样的安静让我恐惧
梅,如果你没见过一棵树在风里的样子
你就不会知道它多么想飞

再破败的村庄也能让七尺的汉子矮成一只蚂蚁

老羊倌可以迈他的罗圈腿

你不能踱你的四方步
小寡妇可以跺着脚骂大街
你不能耍你的官腔
村子里没有部长、县长和局长
只有大兄弟、二侄子和三孙子

说话结巴的事儿
从小尿床的事儿
偷鸡摸狗的事儿
村庄会把你的把柄攥到死
她不稀罕你的风光
只数落你出过的丑
在村子里你就得当孙子
装孙子也不成

再陈旧的院子
也叫老家
再破败的村庄
也叫故乡
她能让硬汉流泪
也能让高个子矮下去
矮到跪在一个掉光了牙的老女人脚下
矮成一棵狗尾巴草
一条菜青虫
一只小蚂蚁

不知谁带头吼起了秦腔

不是蝗虫飞过老家的油菜地
是乌云正在路过被大楼逼仄的城市

没有谁过来打个招呼

天空突然间变得一团漆黑

不是蚂蚁慌不择路

是拥挤的劳动力市场上

民工正在抢占躲雨的位置

他们刚才还在摊位前被人上下打量

横挑竖捡

现在更像在逃命

奔跑　尖叫

站在窄窄的屋檐下大口喘气

立正　收腹

壁虎一样紧贴冰冷的墙壁

大雨说下就下

雷声一阵高过一阵

像再也憋不住的痛哭

这群被暴雨围困在外省的男人

不知谁带头吼起了秦腔

麻　　雀

这些飞鸟中的平民

现在有一只落在了我的窗台上

我不知道应该留它多待一会儿

还是该劝它赶紧飞回原籍

它穿着灰布衣服

朴素　憨厚

圆圆的眼睛透着新鲜、胆怯

　偶尔还闪过一丝小小的狡黠

如果不是田里的庄稼干旱欠收

那它一定是误入了这里

就像我的哥哥背着铺盖卷
从千里之外赶来
面对眼前陌生的城市
惊叹　茫然　敬畏

九月九日：扛梯子的人

在村庄
一个扛梯子的人
绝对没有登高一呼的野心

他们爬到树上
只是去采榆钱,采槐花
摘苹果,摘梨子
他们爬到屋顶上
也只是为了去晒高粱
晒花生,晒枣
或者是去换下一块
坏掉的檐瓦

九月九日
如果有谁
碰巧在树上或者屋顶上
往远处看了看
那也只是碰巧

他们的儿子和女儿
要到年关才能回家

仿佛是思念把云层越压越低

我究竟应该怎样做
才能够拆开这些固执的联想

一写下大地
就会出现村庄
一写下村庄
就会出现炊烟
一写下炊烟
就会出现油菜、麦田、牛车、柴草……
当我在纸上写下北方
眼前马上飘起一场久违的大雪

仿佛所有的汉字里都隐匿着乡愁
仿佛是思念把云层压得越来越低

春 天 里

请爱上这个叫醉春风的词牌

爱上小碎步,水袖
细雨中的琵琶和横笛

请原谅那个有病的人
一个有露阴癖的花痴

在三月，也请允许我
拥有短暂的慌张和迷乱

你看，春天多像一个借口
而我们，又多么渴望像花朵一样
被打开

游 园 不 值

光有潮湿还不够
还要有安静
有日子的孤寂和
漫长
有遗忘

在花花鸟鸟中
在好山好水中

这些青苔
就像一个人的内伤

人 民 路

人民如过江之鲫
一个自北向南的人身上有独特的味道
他戴老花镜，留山羊须
指甲里残留着黄芪和甘草
人行道上，步态缓慢得像在后退

迎面而来的人
他献出自己的药方
党参补中，黄连去火
体态富贵之人有中风之兆
要用当归

一个老中医走过人民路
满大街的人民皆有五色之虑

望　虞

为什么非要爬上去
为什么不能把一座山
放在一张石桌旁
用来养眼
秋深了
虞山深处丛林尽染
开了一个小时的车
来到常熟
我只在山门外的小店里
讨了一杯清茶

晚　秋
——在郁达夫故居

风推开破旧的木门

风
像一个常客
一个
熟悉的仰慕者
翻动着那些旧书

细雨的窸窣更像沙漏
一粒桂花攥紧最后的香

永 庆 寺

春天
在哪里逗留都不需要理由
就像我们
从张家港回太仓的路上
突然下高速
到凤凰山
并不知道这里有座
叫永庆寺的庙宇
更不知道
它就是南朝四百八十寺中
最美的一座
我们仰着头看观音
看十八罗汉
看寺院里盛开的玉兰花
我们在石阶上坐下
听和尚们敲木鱼、诵经、伸懒腰
一不小心已近黄昏
至于去古镇看桃花
那是下山以后的事

至于知道鉴真曾经在这座庙里落脚并
伺机东渡
那是回家以后的事

过 青 云

车子很快,运河里的船却
一直那么慢
那个被芦苇遮掩的岔路口
我找不到它了
那时候,它那么迷人
每一次看见
我都想让车子停下来
往里面走一走
路两边的树叶落了
露出了很多空鸟窝
孩子们搬到了新校区
老校区周围
很多饭店关掉了,冷饮店
卖网络小说也卖易经的小书店
也关掉了
桥西头,乌镇回锅面店还开着
那里面有我喜欢的
鳝丝面、小肠面
和讲浙江话的漂亮老板娘
我很想在这里停一会
让他们洗洗车,我转一转
可是,他们的目的地不是这里
破败的青云镇
被每小时一百二十公里的速度

当街穿过

徐 凫 岩

小石桥托住了天空
古树在乜斜的雨里
看护着秘密

是早春
山谷里很多花还没来得及开
只有玉兰
快要把自己开碎了

旧时光把苔藓磨成了慢性子
溪水学会了在绝壁上飞

寂寞的不只是小路
还有白云生处的
会仙亭

哦嗬—哦嗬—哦嗬
同事亮开嗓门,不知道是在喊谁

游 锦 溪 古 镇
——兼怀南宋孝宗皇帝

词到南宋就婉约了
凄凄惨惨戚戚

诗人的句子太过悲切
年轻皇帝的卷舌音尚不够标准
他甚至还没有坐惯临安的龙椅
旧开封和清照词
在他的脑子里直打架

水到锦溪就伤怀了
左一声卿卿右一声陈妃
短命的美人死在异乡,她的水冢
把风雨飘摇的版图压歪了一寸
多情皇帝的眼泪
让八百年前的五保湖
水位涨高了一寸

赵睿老兄,我知道你也来了
如果不嫌弃
咱们就在这里静静地坐一会儿吧
在这个我叫锦溪,你叫陈墓的地方
点盘螺蛳喝杯老酒
你不要提你玩不转的江山
我也不说我回不去的老家

游李坑村就像一场艳遇

捣衣声押着小溪水的韵
野玫瑰合着石板路的仄
醉酒的人揣着花心在街角徘徊复徘徊
做春梦的狗,睡得比主人还要死
外乡人在粉墙黛瓦间越走越急
恨不得一把就能揽到你蛮妙的腰肢

李坑,这个勾魂的小妖精

对付你,我偏要动用我的慢性子

我写申明亭,写马头墙

写砖雕,蕉泉

写剥笋的人,炒茶叶的人

锯樟树根的人,卖檀香扇的人

你看看,我用坏了十方龙尾砚

还没有写到你水汪汪的眼睛,你的美人痣

听说李坑出过很多富商和进士

那就让村里的男人们统统都走出去吧

去贩茶,贩盐,贩绸缎,去赶考

去继续他们的衣锦还乡梦

今生今世,我只想当一个落难的秀才

病倒在村口的香樟树下

被好心的村里人救活,招婿

在这里悠闲地过上一辈子

父亲的村庄

——记忆与现实

一

时间漫长得足以让我觉察出

自己犯下的错误

十年前那次胜利的逃亡

如今已被改写为

一个村庄对我的遗弃

童年的村庄　父亲的村庄

你在被我淡忘的同时
也一点点挖空了我的心
没有谁会比失去了故乡的人更加孤独

二

父亲
多年来
我轻松地迈过了很多沟坎
我却跨不过你滑落在岁月里的那声叹息
榆钱被做成奶奶才能吃到的病号饭
豆种被书记的老婆拿去磨豆腐吃啦
我忘不了
那一年
秋天被你的红眼睛隔在了远方
而你对生活的全部奢望
是每天挖回一筐活命的野菜

三

像墙根下晒暖的爷爷挂念磨房里
那口备好的棺材
父亲钟情于一只快要腐烂的小木箱
几本脏兮兮的小学课本
一张油印的奖状　豁了嘴的埙
酸菜一样发酵着父亲的学生时代
蹲在灶房边
一块块抠掉锄头上的烂泥
父亲常常把我错看成一棵秀出的玉米
"还不赶紧上学去！"
父亲的怒吼
是我和妹妹深夜的噩梦

四

狗叫声让村庄变得更静
"现在已经没有人高兴养牲口了。"
父亲面对冒着黑烟的拖拉机神情怪异
牵着村里唯一的一头牛穿过村庄
父亲使农村看起来更像农村
邻居家的塑料大棚
却让他越来越不知该怎么种地
"不服老不行了,
要不就跟大妮到城里住几天?"
母亲的话
像扎进父亲心里的一根长刺
我看到
那个牛一样的人
正牛一样恼怒地打着响鼻

对　月　思

一

不知道耳背的父亲是怎么做到的
每次我在夜色中醉醺醺回家
刚要举手敲门,灯就"啪"的亮了

二

母亲的腰疼病又犯了

她已经习惯了扶着墙走路
扶着墙上面,佝偻的影子

三

我承认我是一个容易败露的笨贼
再怎么蹑手蹑脚
乡愁和咳嗽总是压不住

四

几只麻雀,一边偷吃着箩筐里的稻谷
一边偷看着坐在躺椅上打盹的父亲
怕吓到它们,父亲紧紧地抱住那根竹竿

五

邻居的小黑狗又在大门口探头了
它不像我拖着大大的行李箱
也不用坐高铁

六

春节,父母扫干净堂屋前门的一小片积雪
在那里焚香敬神
我磕头的时候,那里端坐着父母的影子

我热爱过的季节(组诗)

林火火

我 们

我在山下
与一棵开满黄花的树对视
它在百米之外
一次次探出树林
与我相见

我远道而来
我们都远道而来
从未被想起
却又像
纠缠过千年

你的根部,是座没有具名的土堆
蒿草饥瘦,你却绽放得肆意
如月色中独自晒出的心思
在黄土之上,在黄土之下
风干后又潮湿

我把肉身再次种下
而你变成种子死而复生
我们生生不息

我们相互回避、对峙,又相互更替
我们就是我,帮刚刚哭过的自己
取出眼中的一小颗沙粒

下　午

一想起话费还没用完
就打算给你打个电话
其实今天和昨天过得一样
今年和去年也没什么差别
你在或者不在
天空还是会打雷

大雨倾倒下来
我放下手机
小心翼翼地捞出
被雨水卷进漩涡的一只昆虫

小　兽

哥哥
你让我去睡
我们各自去睡
我多想把自己捋平放在床上
可是哥哥
有只小兽把我卷成一片叶子
在里面做网

它一宿一宿地醒,挠我的心
我就一宿一宿地无法睡,看自己的心奔逃
把心跳压在床板上
可是,噗通——噗通——

好像就是你的啊　哥哥

多想让你吻出我多余的想法
把小兽哄睡
可是,哥哥
我看你的时候你看着人群
而只有你要我的时候,你才会回头看我

致　　你

终究没能绕开,四月
这匹小母马
石头心,长出花朵
它每一次开合
都服从了月色的起落
那触得发烫的兽
蛰伏着,与它们妥帖并存
你说,人间寂寞啊
那个妖媚又任性的女子
一边让你爱上
一边向你施毒

存　　在

给我千里之外的鹅毛，给我鹅毛上的雪
给我一个温存的耳语，给我失落的骄傲
和汹涌的卑微。给我生、给我死
给我一场盛世，给我盛世后的老死不相往来

给我初升的太阳，给我燃烧的月亮
就像不曾给过，就像千里之外，盛世里鹅毛上的雪

我热爱过的季节

可以睡
也可以不睡
我喜欢这夜的自由
我喜欢，让
我热爱过的季节
往身体里放铁

雪一直不来
整个冬天被拿走舌头
它长满铁
长满铁的舌头长着没有雪的冷

午夜两点半
我热爱过的季节
正在体内生锈

那 一 夜

已经是冬天了
我的身体里,依然有
无法停熄的生长与消亡
轮流当王
在一场大火面前独坐
此时应有几只不懂人间寂寥的麻雀
应和几声
语音轻微,面目模糊
如你病中所唱:
"寂寞当年箫鼓,荒烟依旧平楚"
入流水,入尘埃
我愿向泥土交还骨肉
而那一夜
应有烂醉的人
走错家门

妖 孽

你抽出肋骨,剔下血肉做成的女子
正在看你
看你吃酒、装醉、让一群女子
坐腰间,抚你赤裸的肉身
你喊妖孽,我们来造个爱
来生下一堆孩子
你说浮生太浅,而烟火盛

你说,你在等它们都静静降落
再重新长进泥土
你说,真幸运啊! 我如此爱你
可是,冤家
你为何不会为我落泪?

风 懒 懒 地 吹

风懒懒地吹,没有什么能打扰我,再一次地死去
哪怕饥饿,贫穷或是另一个夏日
哪怕已经失去的语言,又在心中盘根错节

高举双手,我等待海水的淹没
以及一场认真赴死带来的快感
没有人可以阻止,一如我的出生

这是我的大海,是我空空的城
不要再给我过耳的细语
哪怕风正懒懒地吹

如果你还有些不舍,就请给我永久的绝望
以及尘埃落尽后,水面上粼粼的刀光

病 中

只有病中,我才会露出
一小段洁白的骨头
才会让你和疼痛依次入场

才会允许黑夜拿出嘴唇,说出万事万物
说出每一粒种子的前世,说出生根与发芽
说出它们无比坚定又柔韧的生长
而我却试图拗断,甚至掘出所有的种子
掘出锈迹斑斑的宿命,我置身其中
反复摩挲它许下的厚薄,病中
比尘土轻,比夜色重
一如你种下的顽疾
遍布于我,扎根于我

爷

你护紧嘴唇
怕一张口就掉出"亲爱"
怕喊出亲爱,就会爱上
那,用舌尖在你身上画桃花的女子
她说爱情长满刺
她说那是梦里与你生的孩子
她说不被喂养的孩子
就会长成石头
她说:爷
三两当归,一份独活
就能熬成贴身的软猬甲

幸 好,宝 贝

幸好,宝贝
我还可以爱上你

幸好,他们只是拿走了一场大哭
和不离不弃到老死的断想
失去那些
让我变得更轻,更像灰尘
可以附着于世或者沉入泥土

幸好,宝贝
你把阳光空气和水,还有勇气依次给我
让我把鱼鳞褪成梅花烙印
让我重新怀揣上一颗嫩芽的梦想
让我用从未沾染雨水的梨花,来拥抱
我们一起存在的尘世

幸好,宝贝
我可以如此爱你
就像婴儿爱着生命最初的颜色
就像不曾爱过
更不曾被伤害过

原　谅

让母亲痛哭失声的人
我无法原谅
给过我磨难与羞辱的人
也让我无法轻易释怀
多年之后
他们一个老年丧子
一个刚过四十就被误诊
失去了右乳
而他们似乎

从未发现我心中的怨念
在经过我家的时候
会看我一眼
或是喊一声我的小名

清　　明

摘一些花给父亲
桃花,梨花,兰花,油菜花
屋前屋后的都摘一点
看到的,闻到的
开得热闹的,孤单的
都想给你带上。它们用雨水
努力洗去灰尘的模样
像你的小女儿

情　　书

竹篱笆开出小花
南园路掉下柳叶刀
雨水过后
薄薄的阳光松懈下来
我终于
在这一天
成为干净的草木
天那么蓝
我要将你爱过的
重新热爱一遍

七 月 半

太阳落进了湖泊
刺槐树在身后掉叶子
暮色里大地在轻轻喘息
敏感的兔子，停不下来
它抱着一夜星光
独自唱歌

事 件

太阳出来了
世界明晃晃的
像个玻璃罩子
从 11 楼被抛下的婴儿
安静极了
在雨中跳楼的男人
躺在另一处
他们
还都是湿的

新 年

喜宴刚刚结束
璀璨的礼花照亮了

人流里两个久久拥抱的人
他们太老了
他们在告别

动　荡

第一个进房子
第一个上楼梯
第一个打开半扇门
其实我都不喜欢
整个楼都空荡荡的
但会有各种虫子或者更微小的东西
在看着我
还有角落里，细碎的声音
狂欢的声音
被我打破
空气和玻璃门上的反光
都因为我的踏入而流动起来
我总是不能确定
那些反光是我的影子，而
感到害怕

以　此　为　别

搁浅的鱼被沥尽水分
熟烂的瓜果悄悄脱落
悲伤是个慢事情
只有生者饱含眼泪

风一吹，就掉下来

落进颤动的灰土

我们从那时走到了这里

我们的时光变成隔夜梦安静绵软

我们都会被时间蒸发

只有绝望完好无损

这场暴雨下得真好

它在你脸上溅起的水花

不断开放又破碎，声势浩荡

像你满脸的泪水，在抽空我们的生命

像我们之间噼噼啪啪绽放的沉默

像炫目的礼花

像一场祭奠

我们都不会复活了，再也不会

我们早在一次次颓丧的沉醉中

在大声的啜泣里撞碎了自己

悲伤的爱情故事

她静静地看着河面

听到心脏在他身体里跳动的声音

她不与他对视

也不说话

这奔腾的河水她认识

十年前，失踪的闺密

是在这条河里被发现的

我 知 道

一朵油花
隔开了两只白虾
但它们是同时死的
它们死前
把触须
绑在了一起

大 风 中

风把树叶
吹得哗啦啦地
露出背面
像我们
不肯示人的内心
香樟在灼热的阳光里,沉默着结果实
而多年之后,我们将难以记清
在夏天结束的夜晚,它们
如何地,砰然落地

泥 土 之 下

你不再说话,也不悲伤
秘密是一枚草籽,只在九月掉下

你遗弃的母亲却在流出热泪

我们有没有爱过你,已无关紧要
你是无法自愈的植物
掉进泥沟的蚂蚁沾满黏土,那么熟悉
它们没有手,哭一次也不行

只有躺进墓穴,脸上的尘土
才足够拭泪

在春天遇到一朵桃花（十二首）

刘桂红

记　忆

银河那么宽
喜鹊一年只飞来一次

对岸人的样子
越来越模糊

路过的光阴，每天
都会来取走一些回忆

真怕有一天
已记不清他的样子

那时
我要如何去找他？

织　女　庙

织女庙的钟声
把桐花敲开了

偶尔的三两朵落在屋檐上
安抚着老房子的寂寞

有没有哪一阵钟声
能超度爱情

人 来 人 往

从这头走到那头
比树上的合欢花还要拥挤一些

酒香被薰风劫持
流水送走了故人

摇船的女子
把小河划成了天河

穿 行

走下桥,灰墙的影子
顺着太阳走
老房子有简约的性子

安静地走在小巷
安静地走上小桥
安静地上船
湖水,把青砖黛瓦

摇碎了,又拼成画

有人靠在葡萄架下
静守着一个约定

有　　约

茅舍造好后
为我种棵梅树吧

竹篱蓬草
就在一步之遥

七月至,琴声起
打开一坛梅子酒

天　镜　湖

我们在七夕坐上了船
船娘似乎和我们开着玩笑
船一直在水面打转
始终抵达不了我们要去的彼岸
于是,我们放下对人生的讨论
安静地看向水面
水安静地听芦苇拔节
芦苇安静地听水鸟欢叫
如果不是那阵风吹过
我不会听见,你胸膛里

发出的心跳声

闲　情

半日也好
带我去看看春色

向一只低飞的蝴蝶
探问一下前世

朝逶迤而过的小蛇
喊一声小青

山路的尽头是空谷
一只鸟
召唤着另一只

江　尾

这片芦苇
呼吸声和我越来越相似

倔强的蒲草
依旧只肯向江风低头

鸥鸟飞过的地方
传说和神话搅起浪花

桅杆和白云合谋
去追逐更远的流水

多如繁星的渔船
不知谁点亮了第一盏渔火

涨潮时蓝蓝的
落潮时黄黄的

生长在岸边的人
最懂得日子的咸淡

在春天遇到一朵桃花

如果知道春风哪一天吹来
我会和你讲关于春天的事件
如果知道春雨哪一天飘下
我会为你把河水弯成下弦月

万物复苏,大地清朗
没有什么可以遮掩

远山生机四起
飞鸟寄居
泥土袒露胸膛
生灵为爬上青草而欢愉

事物一旦展开
秘密就不是秘密
就如这第一朵桃花开后

便可以看见所有的桃花都开了

旅　　行

仿佛
听见父亲在喊我的乳名

回头看见，他坐在窗口下的旧藤椅里
手中，一张泛黄的报纸

上面关于山山水水的文字
都是些风化了的记忆与油画

父亲喜欢旅游
却一次都没有去旅行过

今年
我想陪他去看一次春天
春草已经长满了他的坟头

太阳下的一首歌

一首曲子，由你的唇边常说
你说，你
从桃花艳、梨花白，唱到秋叶枫红
从一头如春的青丝，唱到白霜染鬓

听不清歌词，心在动情

纵横的褶皱,剥离了曾经的风华
怀春的风韵,依然羞红了脸庞

柔情的曲调,凝固了我的呼吸
断续的语句,说不清的故事
和尘封中的起伏与跌宕
是否是一场风花雪月的落幕

花开到荼蘼
你却清晰地说:我的心事
不会被岁月落下的尘埃
掩埋
我的爱情,不会老去

端 午 祭

有水之处皆汨罗
菖蒲和粽子
不过是爱和恨的另一种写法

世间事颠覆无数
终难敌灶膛里一堆烟火

端起雄黄酒,轻轻地唤一声
斜雨就落满了肩头

我想把它送给您(外一首)

刘月朗

朝霞铺开万里辽阔
温暖烟雨江南、广袤塞北
这件喜庆的华服
我想送给您,我的祖国!

我想把很多很多送给您
比如悬挂于千里银线的露珠
与早起的燕子一起
弹奏光明的乐曲

比如拥抱巍巍铁塔的阳光
似倾诉,似抚摸
环绕这不惧风雨坚守的钢铁巨人
欢歌笑语

还比如长江边的风
煤改电后,恢复了往日的轻盈
比如唐古拉山的雪
青藏联网点亮的电灯照耀出它的秘密

我还想把记忆中的美好片段送给您——
天安门前的礼花,奥运赛场的奖牌
……九百六十万平方公里的绽放
每一滴,都藏在我小小的心里

想把港珠澳大桥上空的云朵送给您
它盛满太平盛世的甜蜜
每一次翩然翻卷
都回响着新时代的进行曲

您最想要收到什么？

是五星红旗迎风飘扬的蓝天吗？
每一次国歌奏响，热泪盈眶
是中华民族复兴的号角吗？
十四亿奋斗的身影，只为把您托起！

我猜，最应该是幸福的笑容吧！
国富民强、安居乐业
荡漾在每一位华夏儿女的脸上
荡漾在您心底！

像电流一样走进崭新的 2018

1

光明抵达。这一刻，时钟"嘀嗒"
"嘀"还在旧年的午夜回响
"嗒"已跳进崭新的日子：2018 年！
你的，我的，我们共同的 2018

有很多方式走进新的一年。我选择

顺着千里银线滑翔

昨日留在身后，拥抱前方的灿烂
沿着巍巍铁塔攀登
犹豫踩在脚下，伸手触摸理想的芬芳
站在风力发电机高高的轮叶上
听风讲述 365 个闪闪发光的愿望
在太阳能电池板反射的阳光里取暖
感受更浓烈、更持久的热爱

……像电流一样
瞬间穿越
进入温暖、明亮，既有力量
又柔情四溢的 2018 年！

2

是的，像电流一样走来
实现一滴水、一块煤最初的梦想
留下一缕风、一线光的亲吻

从万丈悬崖一跃而下，激发巨大能量
或原子核里激烈碰撞，冲出狭小空间
又或者在熊熊烈火中燃烧淬炼
蜕变为透明、清澈的灵魂

无形，比有形更强壮
无色无味，却万千变化
需要光，便成为光
需要暖，便成为热
需要守护，便成为力量
需要爱，便成为你

可以忍受落差，也不惧怕险阻

毫不犹豫地奔向无限可能

3

像电流一样奔跑
它沉默不语,埋头向目标进发

一直奔跑,不说辛苦
也不会迷路
迎着春天的风,秋日的雨
跨越季节的变幻莫测

一直奔跑,不问将来
也不会后悔
托举夏的烈焰,冬之积雪
战胜时光流逝的锋刃

一直奔跑,奔跑
以云彩的柔软触摸天空
以浪花的起伏横渡大海

4

红的、粉的、蓝的、白的……飘落的
是雪花?还是梦境?
美好的事物正渐次醒来
这一秒,我睁开眼

镜中人是我吗?旧日蹉跎不见踪影
曾经的苦涩长成了一朵向日葵
双眼映出彩虹,还有你的善良和真诚
耳边泉水叮咚,鸟儿鸣叫,如爱的低语

嘴里说出感恩和赞美
——这世界无穷无尽的欢喜

和新日子一起到来的,是崭新的我!

5

拥我入怀的,是崭新的你

像"复兴号",风驰电掣
第一时间送来坚实可靠的臂膀
像祖国的接驳班机
危急时刻不惧异国他乡的天灾人祸
带我远离恐惧、苦楚
像特高压输电网
飞越 960 万平方公里的辽阔
将你的能量传递给我
像长城,像航母,像中国人民解放军
坚定,有力,忠贞不渝地保护

让我心安,温柔又妥帖

6

崭新的一年,我要

替山川河流朗诵诗歌
让赶路的人们放缓脚步,聆听心底的回声
给明月写信,让深夜的旅人
一抬头就望见温暖

与文字对话,把星辰装进眼眶

点亮每一位失意者的心
照顾好月季、三角梅、白玉兰
给草木生死相依的爱情

在朝南的窗前，与晨曦一起
细细地数新生的嫩芽
也要捧出果实，给匆忙的人们
一个可以御寒的冬天

7

我还要种下一棵桃树

它将在第一声春雷里毛茸茸探头
"唰"一下亮出鲜嫩的衣裙
用尽力气歌唱
感恩雨水、清风，和所有的遇见

它会在每一缕阳光经过时微笑
电流击中它的刹那
万千朵灼灼盛放
幸福是你的，我的
是我们一起成长的 2018 年

诗 十 三 首

汪维军

秦 淮 河 夜 游

从葛塘乘地铁
去夫子庙品小吃

趁着夜色穿行
会不会遇见熟人

摄桨声灯影
觅秦淮八艳

幸福惬意之余
落座秦淮人家

放飞意念
梦回汉唐

人虽已老，心仍年轻
——致老婆阿珍

我爱好写诗和下棋

你爱跳你的广场舞
彼此早已互不干涉

但此刻
我只想再一次牵住你的手
在那条铺满鹅卵石的小路上
在那一段缀满幸福的旧时光里　慢走

岁月静好
时间貌似一把杀猪刀
世间的一切恩怨情仇
终将被它围歼剿灭

人虽已老,心仍年轻
今生今世唯愿与你相伴相守
自黑发的这一头
走向白发的那一端

登中山陵之怀想

拾阶而上
这 392 级石阶
一定要登上去

钟山叠翠,梧桐参天
从台湾那边过来拜谒的人
是否有我们自己的同志?

丽江古城之夜

顺水而入
艳遇丽江的手鼓和吉他
陶醉了一米阳光的名门

逆水而出吧
请选择悄声的别离
别离是最美的惊鸿

丽江古城
说真的——
你的白天不如你的夜色　好看

为大渡河点赞

三年不饮大渡河里的水
十年不食大渡河里的鱼

红军战士的身躯与鲜血
同大渡河水融入雕塑里

如今安顺场好吗？
彝海结盟处好吗？
铁索泸定桥好吗？

大渡河,这个伟大长征中的大转折

今天,我特想为这样的一条河点赞

假如石达开没有覆没在安顺场

太平天国翼王的部队
一定都是训练有素的

若不是小妾产子
若不是贻误战机
若不是彝人的偷袭
若不是大渡河涨水
若不是清军追得太紧
若不是安顺场这个地名叫得太吉利

而我只想试问一句:
假如石达开没有覆没在安顺场
情况又会怎样?

李 公 堤 随 想

风,正盘旋于头顶
撩你的秀发
迷我的双眸

此时,我伫立的地方
左手边是东方之门
右手边是国金大厦

李公堤春光荡漾
金鸡湖美不胜收
一切事物都挺好
时光漫溯且幸福

至于家园和余生
我愿：
一半用来守候
一半用来安享

与一杯咖啡交谈

爱与恨
在民国风里招摇
有点像奶油拉花

留声机很无奈
但混战必须真实

与一杯咖啡交谈
看时光燃灭战火

今天,掸去风云
我只想在颐兰台
点杯咖啡
对坐慢品

乡　　愁

从村庄离乡千里的人
我判定都是有罪的
从外地千里返乡的人
我判定都是自首的

将乡愁带走又带回来的人
我判定不一定是同一伙人
把乡愁带回又带出去的人
我判定不一定是同一个人

年关将近，乡愁泛滥
会让家乡的狗整宿睡不着觉
会让一个觉得浑身有病的人
一下子莫名其妙的彻底痊愈

宽　　恕

有人说：人性约等于利益
而某些人是需要宽恕的

比如流言陷害
比如掩盖的丑恶

为何要宽恕？

不宽恕，你将无法救赎你自己
不宽恕，整个宇宙都以你为敌

时　　光

时光，不需要隐喻
她有与生俱来的可靠性

但脆弱的人
需要隐喻
需要某种暗示

此生，最让我迷恋的
绝非夏花与朝露
而恰巧是
时光布下的陷阱

空

人拥有的一切
会不会是空的

空，是真有还是假无

"这个世界是空的、
看见所有的看见"
你会怎样理解它？

人生不应如此

入戏太深好不好？
那些老戏骨今何在
听惯的味道会消失

雨点落在大地制成的棋盘上
如同一个个行走在尘世的人
沦落成奴，仍在搏杀

戏也好，棋也罢
人生不应如此
谁也逃不出《老子》的"道"

荒场，一座精神家园（组诗）

王卓亚

荒场，一座精神家园

清末年间的那场炮火
击毁了状元府院落
筹资修建
是族人的意愿
陆状元信守清白做人
不取分文身外银
四季轮回，废墟变成荒场

鸟鸣啁啁啾啾
盘桓于废墟之上
草木应时而发
时光，把陆状元的境界
一遍遍翻晒
直到废墟成为风景
直到荒场有了高度

廉 砖 魂

清风吹过

百余年风云覆盖的荒场
由阳光照看
飞鸟留声，流水有痕
三百砖在繁华中
守着祖训，守着
心中的方正

你从来不曾走远
那一方砖砚返照人间
天地清明可鉴
蓝天白云
更接近你生命的底色
你深爱着的故土
万物皆有敬畏之心
每一抹亮色
都是你警世的名句

映 世 清 晖

从一块残砖里找回的梦
被你反复掂量，敲击
暗夜，流光飞舞
拉长的背影
信念如此厚重

端谨的脚印
逼退欲望的魔鬼
容与堂不灭的灯火
检点虚妄和不安的心思
黑与白的空隙里

阳光正好

追　　寻

我聆听
风和云的对话
追着飞鸟的踪迹
在广袤的蓝天里
触摸你炙热的深情

我没有更多的语言
向你表白
迎着你的眼神
拷问一颗世俗的心
用你的方正
丈量前行的路
用你的砚墨
认认真真地抒写
一撇一捺

清风作伴好还乡

那个夜晚有些诡异
月亮躲进云层
风,在暗影中穿梭
状元陆增祥的船靠岸
深深的吃水线
让贼眼发出绿光

打开船舱的瞬间
盗贼们的黄金梦碎成一地
满舱的破石乱砖
散发着幽幽的光

正义的光,圣洁的光
击退邪恶之念
盗贼直呼开眼了
对这位身着布衣的还乡人
肃然起敬

此时,明月复高照
痴官,傻官,陆状元
一身清风
在贼人们的注目礼中
踏上归途

二月二十日短章

惊悉小平同志逝世,急就于当日午间。——题记

邬志章

航 标 灯

意志在降降升升中捧打,
信念在浮浮沉沉里坚定。
以永不熄灭的闪光
给变幻莫测的夜海
划定一条宽阔的航路!

启 明 星

在深沉的天幕,
您的出现
宣告
黎明在即,希望在即,胜利在即!
启明星
夜的句号!

战　旗

在炮火连天的战壕前
或倒下,或弹洞,或撕碎,或焦损。
但在战士心里,
您——
总是完整,总是鲜艳,总是高扬!

姑苏城的小蚂蚁(外五首)

薛诗虞

1

枫桥上
一只蚂蚁
举着食物

食物是春天
千年古寺的钟声
震落的小水滴

2

长成深褐色的蚂蚁们
撑着一片树叶
在剑池底聚会
讨论着
孤独的吴王
和他的宝藏

3

一到秋天
天是蓝的
水是浅的

一定要把篱笆上的葫芦
装满美酒
灌醉那个把门的

4

挖完宝藏就去看雪吧
在流花池边等
在千人石上等
爬上云岩寺塔再等

蚂蚁们听到风的声音
大地的声音
那些都是故土
深深的呼吸

秋　　天

我在苹果树下偷偷
方便过一次
等我再去看它时
苹果就涨红了脸
好像在生我的气

回　家　路　上

一棵棵水杉
捅破了天际

老天爷,大哭着
把我淋湿

在 古 代

在古代,十元可以买大米 80 斤
现在只能买 3.5 斤

在古代,十元能买大闸蟹 12 斤
现在只能买六条腿

在古代,十元还可以看戏 20 场
现在,只能场外听声音

然而并没有什么用

我对奶奶说
我要去外婆家
她说
不去外婆家,家里有菜吃
然而这句话
并没有什么用

我 不 知 道 了

巴黎被枪袭

上海被踩踏
看来
热闹的地方
也不安全
我还是待在家里好
可是
乡下有化工厂

秋天里的母亲（外二首）

袁玉好

当寒风毫不留情地
扯下柿子树上最后几片黄叶
枝头火红的柿子
开始摇摇欲坠
山村便成了一幅素描

这个季节
母亲把过冬的衣物都抱了出来
一件一件摆放在阳光下晾晒
那么仔细　　认真
这是一年中最重要的事情
从现在开始
尽量多地储蓄温暖　迎接冬天……

柿子熟了

秋风　掳走了群山的翠绿
整个大地
只留下
一片收割后的荒凉

一座正演绎着空城计的村庄　　只有
母亲正蹲守在村边翻晒日头

炊烟给寂寞的小瓦房上空腾出寂寞

她从村东头　孤独到村西口

数着挂满枝头的柿子

秋风中

母亲被大风吹得摇摇晃晃

如艄公一样

摆渡　守护一颗颗柿子

留下的　都是儿子想要的颗颗甘甜的瞬间

母亲说——

深秋　要是能吃上熟透了的红柿子

吃完了　天也就凉了……

村　　庄

傍晚

村庄上空飞不动的云

开始抱紧树梢

和袅袅升起的炊烟

恰似一群白羊

在山坡上

悠闲地吃草

更像一群马儿

静静地

啃食着一大片空辽的寂寞

落日

一枚印在天幕的印章

慢慢滑落
村西的树林

村庄静了
夜色于无声中
安抚了田埂上行走的羞涩以及心跳的甜蜜……

梦江南(七首)

张年亮

安 格 尔·泉

下雨的时候,
想约你来看看小镇。
你瞧,天幕多像,
悬垂的流苏。
温柔的暧昧如泣如诉。
潮湿的地面,
潮湿的心情,
很容易让我想起你滴露的脚趾,脚踝,小腿,
以及爱欲横流的上游。
你站立的姿态娇慵无力,
现在,
小镇的天空正扛着瓦罐,
预备淋你一身。
你说,
打算站立多久?

2013.4.25

哭 汶 川 地 震

四川,汶川,北川,
川形的文字是否早已注定了一个劫数?
三道裂痕,三道伤痕,三道泪痕,
是地球躯体亘古的创伤,
是神州眉宇紧锁的皱纹。
来自地核深处的一股戾气,
成了人类沉重的叹息。
我灾难深重的祖国啊,
2008 年的 5 月,
为了一个辉煌奥运的诞生,
整个四川盆地都在阵痛。

这是一次流血又流泪的分娩,
举全国之力,
我们将在痛苦的涅槃中重获新生。
止住创口,擦干泪痕,
我们依然坚强地挺立。
天公地母啊,
即便将不可抗拒的惩罚全部施之于炎黄子孙,
我们也含泪承受,因为我们是龙的传人。
如果天意注定我们将成为这个星球的主宰,
请让我们用黄色的躯体,
悲壮地作出兄长的姿态。

开往天堂的列车,没有悲伤,
扶着寡老,抱着遗孤,
我们走过废墟。

露天的站台上，

我们送别亲人，

没有死者一言半语的叮嘱，

只有生人默默无声的祝福。

13 亿人口的大国，

在作一次旷古未有的天祭。

我们活在天府，死在天府，

生生死死在天府之国啊！

我用纷飞的泪雨催绽天竺漫天的荷花，

托在亲人的足底。

走吧，我的父老乡亲，

走吧，我的兄弟姐妹。

这里永远是你极乐的天国，

这里永远是你美丽的家园。

2008.5.12

雪

淡淡的面霜已遮不住冬日的妩媚，

银妆素裹凸现玉洁冰清。

飘飘洒洒，

是阿拉伯妇女的面纱。

纷纷飞飞，

是中国仕女的窗帷。

孤鸿觅影，

高士寻梅。

穿越历史的空隙，

你铺就一条暗香浮动的幽径。

不肯屈膝，

才能独行高蹈。
滚滚红尘为你肃穆，
红泥炉旁的一杯淡酒，
酝酿出所有的诗情和梦境。

春 天 的 行 藏

你要踮起脚尖走路，
昆虫们正拱起后背，
泥土瓣里啪啦地爆裂，
小心硌痛你的要穴。
你还要防止过敏，
各种花香在旷野中合唱，
吵得你头晕。
第一只鸭子已经为河豚殉职，
鱼类集结在葛洲坝准备暴动。
菖蒲挥舞着利剑，
斩不尽黄鳝族的头陀。
蛇们伸着懒腰，
毒舌妖娆成煽情的信媒。
见过的鸟儿越多，
你会更加喜欢鸟。
繁殖的季节，
空气中都是暧昧的味道。
温柔一声，
便有肥沃的腹地为你动情地隆起。

相 信 爱 情

当雾霾遮蔽了绯红的夕阳，
当乌云隐藏起皎洁的月亮，
当冷露黯淡了最后一颗星辰，
当气温降至冰点……
相信爱情。

当书信折断了飞翔的翅膀，
当垃圾塞满了冰冷的邮箱，
当手机遗失了号码，
当 QQ 头像不再欢快地闪亮……
相信爱情。

当身体变成了筹码，
当潜规则变成了公理，
当逢场作戏成为一道道快餐，
当情人成为一张张刷爆的消费卡……
相信爱情。

那风中摇曳的醉姿亲密相依，
那刻骨铭心的欢愉一定来自心底，
那梦中的轻唤昵称夹着娇嗔，
那深情的凝眸泪水伴着爱意……
相信爱情。

纵然流水曾送走一千朵落花，
纵然诗人的肩膀在跋涉中一次次倾斜，
纵然爱情真的只有 18 个月的保鲜期，

纵然尼采的皮鞭真的不能征服我的爱娃……
相信爱情。

相信爱情，
我坚信古老的生命一定有相爱的基因。
相信爱情，
我坚信四季轮回之后一定会在春天苏醒。
相信爱情，
我坚信你的沉默一定是在倾听某种声音。
那就是爱情，
你听，她正吹奏我们的心。

梦　江　南

春风一吹，
江南便笑出了酒窝。
袅娜的身姿傍着柳枝，
二月初开始婆娑。
绿水荡漾，
绯红的脸色一次次害羞，
声声相思在春梦中吟哦。
杏花才思清浅，
梨花深情告白，
李花欲说还羞，
桃花轰轰烈烈……
嫁与东风都不管。
当菜花铺成金黄的地毯，
盛大的婚礼怒放五月的鲜花，
江南已深深爱过。
丰腴的腹地水草丰茂，

夏秋的瓜果珠胎暗结。

那　条　河

我要怎样,才能游近那条河?
八百里清风,三千里明月,
都不是距离。
岸芷汀兰,
蝴蝶写诗,蜜蜂唱歌,
隐秘的芳草地,
相隔中流的漩涡。
你平静的河面,隐藏惊悚,
波涛汹涌,
幽邃的深宫高潮四伏。
岁月让河岸柔软而开阔,
青蒿的梦想,向青草更青处漫溯。
夕阳无语,
水手老成艄公,
只为了烹制一份醇香的孤独。
你绵长的呼吸,是骀荡的春风。
那条河,
是我的温床,我的轻舟。
散发弄桨,欸乃声中,
呼唤天长地久的拥有。

2014.10.10

小村的春天(外三首)

张新文

（一）

老羊头　打开羊圈
朵朵白云　便跌入了绿色的
网　爱的追逐
和攀爬　从此开始

（二）

老猪头脱了棉袄　夹在腋下
赶着一头猪
去寻找　它的,另一半

（三）

老龙头叼着烟儿　扛着锄头
瞅一眼刚过门的媳妇
喊了声——
春生妈　院门关了
俺俩田里下种去

冬夜，一群大雁飞过头顶

冬夜，一群大雁飞过头顶
闭着眼睛
我也知道它们飞向哪里
翅膀驮走了身影
却把一粒粒哀鸣滑落俗尘
喂饱了
孤独和乡愁
真想把自己种植在家园一隅
漂泊的是躯体　入土扎根的
是灵魂

巢

坐在车里返乡
总喜爱一闪而过的树木
以及偶尔　倏忽出现的
那个挂在树梢的黑点——
儿时，我说它是粗瓷大黑碗
留不住温饱　饥渴在鸣叫中
依偎　取暖
情窦初开，我说它是一朵花儿
开在最高的枝头
黑，它宁愿走到艳的背面
对着太阳灿烂
对着星月依然盈盈的纯真

中年了，我说它是我儿时用过的
腊条编制的篮子　装满了
乡愁
骨架和老屋一起开始坍塌
树木和炊烟一起远遁
唯有，那个黑点
和思乡一起　蜗居到
心里
磕出的痛　只有
泪滴知道

尘埃里的春天

心事，啄破冬的外壳
缀满天幕的雷声
一遍一遍地摇醒
闪电　这人世间最骨感的美人
于是——
大地，开始在烟雨中松动
蚂蚁走出洞穴
迎接它的是春日的暖阳以
及暖阳下的那个撩衣哺乳的少妇
村庄，这口年前蓄满水的塘
正被车站这台泵
一点
一点
抽空

诗 十 一 首

周 玲

天 上 街 市

你一直仁立在我的右手
至死不渝的一个方向
曾经艳羡那里的月亮
每晚都浸染在白天喧嚣过后
夜晚小桥下河水临窗而过的欢愉
还有青石板偶尔发出的梦呓

曾经孩提时牵着妈妈的手
来拜访一位满腹经纶的留着
山羊胡须的长者
长长长长的街巷从东
携着河水鱼贯到西
一路上布底鞋与青石板欢快地对话
嘴角沾满了猪油米花糖的芬芳
包包里盛装了骨牌酥的脆香
滴溜溜的眼睛左右张望一扇扇
洞开的木板门里
盛装着家家户户的秘密
街上穿梭着男男女女老老少少的声音
互相的招呼带着身体的余温
还有买菜买河鲜的小贩

响亮的吆喝和一对摩登男女
相拥着闪进一条窄窄深深的弄堂
记得一个慈祥厚实的声音
就穿过临河的窗口
还有天井的步沿拥满青苔的
两旁,各种花朵怒放的灿烂
还有海棠,一片古老的温婉
迎向我和妈妈热切的问候

曾经忐忑地憧憬地奔赴
一个朝思暮想的学府
带着锅碗瓢盆和草席
在街巷最尽处一座
有着耀人奖牌和名字的
咚咚作响的木板楼里筑巢做梦
老街人人咀嚼的头等大事
正厉兵秣马迎接高考战斗最后的冲刺
校园里一棵数百年的银杏
茂盛挺拔的枝干举起祝福
给我勇气,在沸腾的热血
静谧的教室,书写一张白纸
最初的色彩

如今你依然在老地方等着我
带着你灿若星辰的故事
老迈而矍铄的身板抵挡住
钢筋水泥拔地而起的威武
滤尽现代城市的喧嚣和浮华
携我徜徉在江南最初的梦境里
流连在你古老而安详丰沛而多姿的
天上街市

古 镇 诗 情

是该启程的时候了
呱呱坠地的是数年的酝酿
我知道你的诞生惊动了
诗人们的每根神经
蠢蠢欲动的脚步和已经飞翔的心
古镇收拢了四面八方的热情
在沉淀了数百年之后
发出令人刮目的脆响

江南现代民间诗歌馆
你的名字让所有嘉宾喜出望外
在你的门前老老少少远远近近的声音
为你洗礼赞叹你新生的模样
还有翻飞的诗稿捧给你必须的营养
从此古镇的格子门永远敞开
怀揣着与生俱来的禀赋与独特的气质
驻守着一抹亘古的亮彩

我浅浅的不规则的足迹
也停留在你的出生地
那静静流淌的河水还有纵横的河浜
还有围着你的街巷和桥梁
还有斑驳的记忆和不败的花朵
还有熟悉的吆喝陌生的足音
还有砖缝墙缝时间的缝隙长满的青苔
都在聆听东街一隅黑木格子门里
抑或绿意盎然的天井抑或陈设一新的

古楼发出如此清新绕梁不绝的天籁

我仰望你涌动的热血飞扬
七浦的水啊支起水榭楼阁
任由江南古镇焕发的诗情氤氲
沙溪这个稔熟亲切的名字
在你的低吟浅唱高歌嘹亮里
已和你融为一体

梦 呓

1

时常被一种语言惊醒
像一条鱼跃出水面又钻入河底

乌鸦叫着衔来东南西北风，使劲煽
撅着屁股的样子是在画面的背面

导演一出戏自己指定道具背景主次配角
发号施令。在一个人迹罕至的地方圈地为王

没有开始与结束，你风光的外表捉襟见肘
一场疯狂的簇拥，你沉迷在皇帝的新衣

雾散开，没有预想的明亮和多彩
名和利的白骨不能阻止纷至沓来的人群

趋之若鹜。一如你当年伸着的手

竭力摘取众人分外的离你最近的月亮

交易,在瞬间光芒万丈,随即被一团混沌包裹
上升,万众瞩目:在刚刚飞离地面的空中爆炸

2

黑夜的空白安放睡眠。白天的话
在黑洞里徒劳地飞,声波一圈一圈,围困成枷锁

阴谋也需要光明的外衣。霓虹闪烁
小夜曲和爵士乐勾起了脖子呢喃缺憾和需要

一群麻雀贪恋谷物的口袋,藏起自己卑微的影子
施舍,巧妙掩盖了破绽。换来众星捧月的骄傲

一张张激奋的脸挺住推杯换盏往上涌的颜色
声浪此起彼伏为胜利庆贺,颂词模糊

老大的行头,老大的做派,老大的唱词
在文明人的圈子里注目,认可,光环闪烁

愚昧在愚昧中前行,说一些自己听不懂的话
搪塞聪明人。智慧默默地看着,一言不发

夜不再羞涩,裸露的欲望燃烧沉沉的黑
星星逃遁,在越来越急促的起伏流窜的呼吸里

3

在梦里,知道在梦里却无法停止延伸
镜像回放,浊浪,热风,白描,青涩……

根在原先的清水里,水很久没换。渴望被改变
或者别只缸里的水。腐烂的气味弥漫

旁枝侧叶左右伸展,邻家的树一棵棵参天
树叶飘零,各种食物堆砌,营养不良的神经开始走叉

越来越多的功利招呼上车,挤扁了起初的面孔
目的地改变了方向,脱缰的野马在惊呼声中狂飙

只认识别人,自己的脸苍白模糊纠结在眼睛里
内心和灵魂许久没有对话,或者已经听不懂对方的语言

旱季的狮子,为食物绞尽脑汁穷凶极恶。雨季到来
享乐成为时尚,精疲力竭的羚羊以生命举起抗议的大旗

我的时间(组诗)

一

我把时间一支一支地剪下
扎成一束花的形状

不经意间,露珠的梦滑落透明
如手中笔,老去了斑斓年少

就这样在我眼前开放,前赴后继
时间饱餐了阳光,空气和水

挥霍一瓣一瓣的馨香

睡眠在春光里在你的呼吸里

在我渴望的自转和公转的摇篮里
在一束花里

二

河的对岸,往事还晾在风中
黄鹂的喋喋不休,惊飞了观众

昨天的余温播种今天的松软
能开出明天的花么

雨密密麻麻在田野写上说明
念头一个个,悄悄地发芽

大地的温度孵化了今天
崭新了天空与天空下的一切

如同东去的水在手里
今天,在时间的河里

三

开启经年的酒,在独醉的风里
忘却和喝彩一起,踏上旋转舞台

一波三折的戏粉墨登场
开演和落幕的间隙,都需要等待

铺垫的笔墨忽短忽长
情节的新奇,出人意料的猜度

明天,已到了黑白交替的瞬间
谁能保证,老去的不是青春

风吹醒了画里的景物
问夕阳情归何处

　一片树叶
一片树叶
在最热闹的枝头
被一缕风带走

空中舞蹈
孤独的旋律
深入寂静

泥土的香气弥漫
昨天吮吸的乳汁味道
把身躯贴近
再贴近

就像我
如今的状态

　访客
这个上午
阳光很娇艳也很
澄明,它从容地
从我的桌椅上
书柜中翻看了我的文字
逐渐升温的诗行
移步于不经意的时光

当再次注目
钟声合起了某个情节的片段
窗外的墙壁马路树梢和
一切嘈杂声脱颖而出的
清脆的鸟鸣声
都亮了起来

　这个,江南的夏天
这个,江南的夏天从 7 月开始
保持绝对的高温。摄氏 40°的烧
像你当年惊悚全家的神经
比你三天的记录更长,长了 10 倍
还不肯停下蔓延。是着凉了
闭汗了,还是环境
哪里发炎了？天空的额头那么烫

空调外机日夜排水的答答声
像你挂的点滴。全民挤在空调房里
大气的细胞才能显示活动正常
降温的速度很慢,38°、39°是常态
西瓜黄瓜绿豆百合莲心菊花还有梨
阵容强大,试图撇去
浮世的喧嚣,清浊去污

立秋的大旗已然在望
正能量推动时序的步伐
副热带的控制欲,像歇斯底里的赌徒
出现萎缩的迹象。正负
已定。输赢,不在话下

下 雨 的 午 后

下雨的午后灰色压来
头照例有点胀痛
时间的雨点不间断地拍打床榻
感叹号循规蹈矩
迅捷地列队又快速地消失

兀自数着落叶和雨中
飞翔的种子,在找到泥土之前
它们变换着各种姿势
文字沉重如铅,打破灰色的沉闷
落下,随即闭合

没有血色的伤口,和往常一样
听不见歇斯底里的嚎叫
需要一盏灯,照亮某个角落
让疼痛清晰

刀削的声音开始呈现
痊愈的愿望在恐惧中慢慢发芽
一系列音符重组排列
在五线谱的那一页,正预备
雨霁天晴后的放歌

不被察觉的年轮

像澡堂的灯光,太阳拧开了白昼
我的头还没有完全清新,扑面而来的物体
像扯不开的杂事拥塞了每根神经
推开窗户,那里有你的影子在徘徊
恍惚中声音游荡如粉碎了的泰坦尼克号
漂浮和沉沦都躲不开一场浩劫
不去看不去听不去想,关上门窗
一个自闭症患者需要自己的空间,也只有
自己的空间。你扔下我一言不发
背影在漠然中放大又在瞬间缩小
习惯并享受孤独,这样的时光
如同你看我的眼神,不知道
里面有多少奥秘,多少
没有探究的内容。一天天
秒针走过的地方,数字一拨一拨地长大
像门前的大树,包裹着不被察觉的年轮

慢慢隆起的小腹,养肥的岁月
昭示全天下:我不再青涩

被遗忘的最初

年轻的朋友说,离了谁都行
但不能没了手机

就是这样方便,打开一扇门
就拥有了另一个世界,或者
去感觉一种超现实的存在
瞬间找到满足
吃饭,走路,睡觉,把自己扔进手机
留下躯壳行尸走肉

不同标签的人都有相应的位置
寻找,搜索,肆无忌惮的发泄与索取
虚拟和现实不断切换,到底谁
能分清? 微信放射的烟花,落下一地
点赞的笑声。微时代的
新新人类,脚步像火箭,眨眼就到达未来

谁有时间停下来
看一眼村头槐花树上的月亮
是缺是圆?
谁还能想起,早已淹没在层层落叶之中
遗落的黄手帕?

一块石头醒着

一块石头醒着
屋檐下一角的眼睛

静静地看车流如潮
风云翻卷

看大海沉沦又跃起
看天空主角的轮换和飞奔的龙套

看狂风暴雨中树的坚持
看风和日丽河流畅想的永恒

看沙漠扭动蛇的腰身前行
看绿洲被迫瘦身的挣扎

看绿叶变黄,魂魄飘零
看墓地的脸从陌生到熟悉,从熟悉到陌生

看风化的历史穿红着绿
看真实的笔刻录黑白历史

看人们都上了魔咒
千丝万缕的欲望里,狂野奔突

  蚕茧
不经意间,一个个故事
陆续上山期待参差的结局

悬挂想象,天空任意变换色彩
化蝶的一瞬,何止美丽了桃花眼

一片桑叶举着残缺的身体
在风中,拨开岁月层层迷雾

缫丝的回忆织成锦帛
裁剪晨昏,飘忽的时装更迭走廊

桑树年年岁岁发布同一个信息
梦的蚕茧,色彩斑斓,千千万万

  狂野的酒吧

酒吧在生活之内
夜店在白天之外

从一个门到另一个门
开和关都无法禁锢行走的躯壳

音乐在啤酒杯口泛出泡沫
迫不及待进入舌头灵敏的感知
美女热舞诱惑，超爽慢摇迷醉
DJ 串烧佐酒，热辣舞曲扭动
一节一节嫁接你的肉体

夜的网张起，一群出水的鱼
拼命地摇在节奏里。扭动疯狂
伤残的鳞片抖落酒杯
语言无力。液体的酒晃着
必须溶解的块垒在男人女人的
喝彩中瓦解。激进的荷尔蒙
战旗高扬占领满场的青壮

夜的梦里，肉体在嚎叫
一朵罂粟怒放

狂 野 的 酒 吧

酒吧在生活之内
夜店在白天之外

从一个门到另一个门
开和关都无法禁锢行走的躯壳

音乐在啤酒杯口泛出泡沫
迫不及待进入舌头灵敏的感知
美女热舞诱惑，超爽慢摇迷醉
DJ 串烧佐酒，热辣舞曲扭动
一节一节嫁接你的肉体

夜的网张起，一群出水的鱼
拼命地摇在节奏里。扭动疯狂
伤残的鳞片抖落酒杯
语言无力。液体的酒晃着
必须溶解的块垒在男人女人的
喝彩中瓦解。激进的荷尔蒙
战旗高扬占领满场的青壮

夜的梦里，肉体在嚎叫
一朵罂粟怒放

台上台下或剧场内外

什么时候起，我退到了幕后
不再去研究为我设计的台词
慢慢地我卸了妆，在台下的某一角落
叩开前所未有的轻松，看快速转动的轴轮
撞飞的一粒水沫，如何被陌生的尘土吸收

经典的行头在无人进出的陈列室
落满灰土。宫商角徵羽，装扮灵魂的脂粉
情节膨胀，涌现许多生僻的造句
解释莫名其妙。生计的瞳孔

贪婪手,变异动作指挥的脑袋
一缸拥挤的孑孓,努力地幻化一对翅膀

我在剧场的喧哗里,鼓掌被传染一种习惯
微笑,呈现转身后的景象。紧闭的大门
风化的锁。只轻轻一推,就汹涌了敞亮
眼睛,胸膛,整个身体以至于复苏的心灵
逐一被橙色的风拥抱,还有

在剧场外等我一双眼睛,注视我的眼睛

生命中的一天

掰开时间的拳头,这一天
五个手指就像盛开的莲花
你盘坐中央,在动与静之间
完成阴阳的开合
就像我,纷乱中踏上
不可更改的节奏
投奔一场宿命

这一天,无不例外的走进我
像不能拒绝的风,截不断的水流
早已预置的程序
无声无息或者轰轰烈烈地兑现着盟约
时间穿过我,开出黎明与黄昏
开出过去,现在和未来

这一天,落在生死簿上
也许溅不起墨色

这一天,挤在族谱中
也许冒不出泡泡
这一天,或许
就是一生

诗 三 首

朱文新

今年的冬天不冷

妈说,今年的冬天不冷
往年这个时节
地里的大白菜早穿上三层以上的蓑衣

经常结在玻璃上的窗花也没有了
院子里的鸡鸡鸭鸭不急着抢食了

你看,这么陡的陈家桥上往年只能推车赶路的人
今年都把车骑得飞快

妈说,今年的冬天虽然不太冷
膝盖骨怎么还这么酸呢

距 离

在长三角平原上相距 100 公里并不算远
从 1931 年到 2013 年走的时间并不算久

"再别康桥,作别海宁

就算是一首诗和一个故事的相遇也不能算是合谋”

这就是一个深情的人对一个沉默的人要说的话

秦　门　江

好几年前,秦门江的水
就像一个腼腆的孩子

走过江边的少女不经意间发现了自己的美
以为是大镜子跌落在自己面前

难道河水也是暖棚里长大的花草
它顽强的生命力呢?

记得小时候在水桥上看到
上潮了水浑,落潮了水清

第三辑　散文

寻找沙溪古镇解放时的印痕

陈秉钧

宽阔洁净的白云路向南北两个方向一直延伸着,桂花树摇曳灵动的身姿,郁郁葱葱宣示着生命的强劲。往北通向通港公路,可上沿江高速,然后你想去上海、杭州、苏州都极为快捷;往南一直可以到太仓,如果是自驾车的话,十来分钟就可以到达了,交通十分方便。白云路两旁的现代化商城鳞次栉比,让当地的民众享受着现代化生活的美味,沉浸在幸福生活的欢快当中。可是,还有多少人记得六十年前的史实。

根据地方史料记载,沙溪镇在1949年5月3日先于太仓城厢镇获得解放,因此,中共太仓县县委、太仓县人民政府渡江南下后最初便设址于沙溪办公,并且开展了一系列激荡人心和卓有成效的工作。当年的情景,可以用毛泽东同志的一句诗加以概括:"天翻地覆慨而慷"。时过六十年,风雨激荡的年代已经成为历史,作为一名地方文史爱好者的我,穿行于沙溪镇的大街小巷,开始寻找古镇解放的种种印痕。幸运的是,我的努力并没有白费。以下就是我的收获,记录下来作为沙溪解放60年的纪念。

一、曹家祠堂

曹家祠堂在沙溪镇西门街53号,旁边有碧波荡漾的横沥河以及刻下浓重政治色彩的四清桥。虽然地处较为偏僻,但它作为沙溪镇的一处名胜古迹,已经被确定为太仓市文物保护单位。流传在沙溪民间的"先有曹家坟,后有沙溪镇"的故事已经讲述了不知多少代,连年轻人都耳熟能详,可是如今镇上的不少人仅仅知道它是一座颇具文史价值的明清建筑,对于研究地方建筑的历史具有不可替代的作用,却不知它和沙溪镇的解放还有一层抹不去的联系。据已经去世的沙溪教育界前辈吴汝铭和沙溪工商业界前辈陈振声两位先生的回忆:"(1949年)5月初(按照推测,应该是在沙溪镇正式解放之前,也就是在5月1日或者2日),一批解放军进驻沙溪镇,在镇西曹家祠堂里还开了会,据隔壁邻居说,亲耳听到一位解放军说:'占领吴淞口,解放大上海',又说'进城后,外国人不动手,我们不动手'等话,第二天镇上传闻,曹家祠堂里开军事会议,粟裕将军到沙溪。"倘若正是如此的话,曹家祠堂就不仅仅是一般的历史文物了,而是不同寻常的革命历史文物。因此,我是怀着崇敬的心情,前去瞻仰这座古旧建筑的。

二、太仓县沙溪区人民政府印

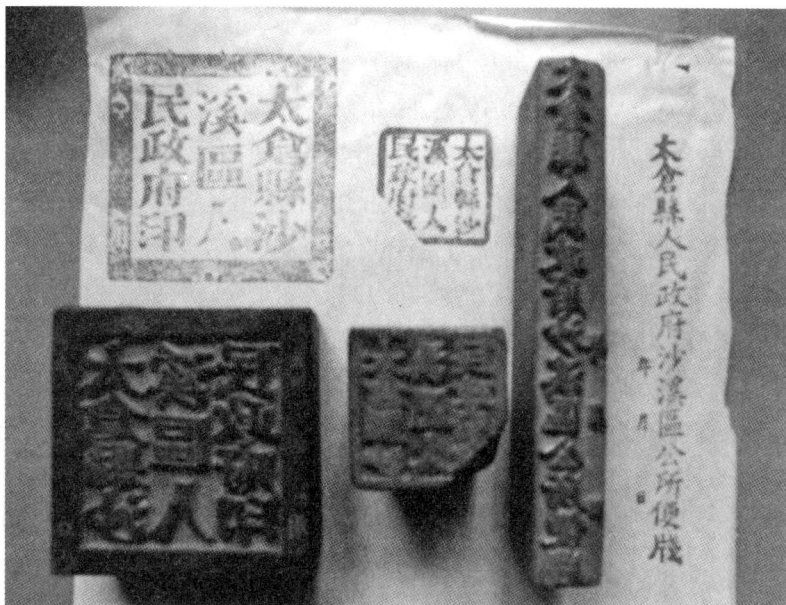

沙溪区人民政府印

在 2008 年 5 月开放的沙溪文史馆内,放着这样一件历史文物:一枚盖章。这是"太仓县沙溪区人民政府印",而且是笔者本人的收藏。去年年底的一天,我奉镇领导之命接待了时年 79 岁的原太仓县政协主席戴干同志和原太仓县政协副主席曹有才同志等人。当戴干同志走到文史实物柜台前见到了这枚盖章以后,显得十分激动。他说:"这个盖章我当年曾经用过。"听他这么说,回家后我马上查了有关资料,原来戴老在 1951 年 8 月起曾担任沙溪区人民政府区长,因此他完全有权并且有责任使用这一个盖章。不过,戴老还不是沙溪区人民政府第一任区长。刚解放的时候,他被分配到沙溪税务分局(当时,太仓县税务局分别在沙溪、浏河、双凤、浮桥建立了四个税务分局)担任主任。他回忆道:"因为接管旧政府时间不长,来不及印制新的税票,只好暂时利用旧的税票,盖上人民政府的公章,然后陆续统一开征了货物税、商业税、所得税等几个税种。这样既赢得了时间，又顺利地开征了各种税收，有力地支援了前线和国民经济的恢复与发展。"那么，解放后沙溪区的第一任区长是谁呢？翻阅厚重的历史的册页，我找到了明确的答案：1949年5月3日沙溪区正式解放，根据上级的任命，第一任区指导员为沙田，区长为于聪年。也就是从这个时候开始，这一枚印章象征着人民的权力在沙溪地区执行着党的路线、方针和政策，引导着沙溪人民走过了建国初期的一段风风雨雨的历程。时过六十年，这一枚印章作为沙溪地区的革命历史文物，展示在沙溪文史馆内，这让当年亲历过风激雨荡的革命前辈人物能不激动万分吗！

三、新　桥

新桥

　　这是一座很有历史况味的桥梁。据《沙头里志》记载，它初建于明代崇祯七年（1634），距今已有370余年历史。从它苍然古朴的桥身看，在过往的年代中，它不仅承载过以往历史的沉重，当我了解了沙溪镇近当代的一点历史以后，还知道它也承载过以往历史的光荣。原太仓县政协委员、沙溪医院退休医生程宗林先生曾经告诉笔者，解放太仓、上海的时候，解放军是从新桥上向南去的（新桥南的新七浦于1956年底至1957年1月份开浚,因此当时还没有新七浦,可以通达太仓),唯其因为如此,我们或许可以毫不夸张的说,这是一座通向解放上海乃至解放全国的桥梁。吴汝铭和陈振声两先生在《沙溪解放见闻录》中对此也有记载:"解放军进镇当晚,有哨兵手执铁皮土话筒,立在新桥上,宣传解放军《约法八章》,安定民心。沙溪镇人民吃过日本人占领的苦头和受过反动派部队的骚扰,看到兵就吓。但今天目睹这一群赤足着布草鞋,身穿褪了色的草绿布军装,斜挂子弹带,军帽上一颗闪闪红星,分不清谁是官,谁是兵,这样一支艰苦朴素,纪律严明的共产党领导下的解放军,立即受到了居民们的欢迎,整条街盛赞人民子弟兵。"是一种巧合:新桥,这个名称多好,它是沙溪古镇迎来新时代的一座桥梁。

四、一座石狮子

在新七浦南岸原新仓库的大门口,有一座石狮子,风化的程度已经比较严重了,它是延真道院(俗称北道院)的遗物,解放以后因为新建粮食仓库,就将它从原址移了过来。这座石狮子如果是有生命的物体的话,那么,它也是沙溪镇解放的一个见证。话说1949年5月3日,沙溪喜获解放,太仓县委、县政府入驻沙溪,将临时办公场所就设在延真道院内,直到5月13日迁往城厢镇。时间虽短,仅仅10天,但是县委、县政府的工作是卓有成效的。据现有资料表明:太仓县人民政府教字第一号命令就是在这里发出的。5月12日,由县长浦太福、副县长王杰签署的解放后太仓县人民政府教字第一号命令发布,明确宣告:"兹决定太仓县之沙溪初级中学由本府接收","该校原任教职工一律暂维持原职原薪,但应填写登记表呈报本府审查"等,由此揭开了根据中共中央"按各系统,整套接收,原封不动,逐步改造"方针指导下的对国民党的民政、财政、教育、法院、公安、邮电、报社、银行、医院等机关和单位接收工作的序幕。太仓县教育界的春天从此来临。

五、利泰纺织厂有限公司

利泰纺织厂有限公司在沙溪古街西三里处,1903年筹建,1905年建成投产,初名济泰纱厂,是江苏省境内最早的民族工业企业和最早的纺织工业企业之一。到1949年,它已经走过了45年历史。如前所述,那一年的5月3日,沙溪得到解放,利泰纱厂同样迎来了一个崭新的时代。但是,国民党反动派绝不会甘心于他们的失败,他们还在做垂死的挣扎。就在5月7日上午8时许,忽然有三架国民党军的飞机同来,低飞

利泰纱厂工人绘制的壁画。

利泰工人的壁画

于利泰纱厂上空,盘旋数匝,当地群众犹以为是敌机前来侦察,孰知它们竟投下炸弹。第一枚落在厂门外水码头下,适有勤务员等在该处方棚中躲避,致同时遭难者有四人之多;第二枚落在引擎间后面煤渣山麓;第三枚落在厂外麦田中,虽都爆炸,幸无人受害;第四枚落在钢丝车间屋后厕所内,没有爆炸。这一枚没有爆炸的炸弹,是一个极大的隐患,相当危险。当时谁也不敢去碰,而新成立的人民政府不能对此坐视不管,便将这个棘手的任务交给了沙溪公安分局。时任沙溪公安分局局长的韩金山同志,不负众望,他从上海请来了一位当工兵的朋友,取去导火管后,顺利地将这枚炸弹运至直塘附近的义塚深埋地下,保证了群众的安全。这枚炸弹重五百磅,可以设想,一旦它发生爆炸,则厂房和机器将大半损坏。当时的沙溪公安分局,不仅尽着最大的义务保护人民群众的安全,而且更重要的责任是打击国民党反动派的残余势力,这一方面,他们做了更为大量艰苦的工作,容不赘述。

六、沙溪中学

沙溪中学在镇西,始建于1914年。这座学校有着光荣的革命传统。1919年,当北京爆发规模空前的"五.四"反帝反封建运动后,该校师生举着小旗由西向东到街上

沙溪中学校训

游行,他们呼喊着口号,宣传反对卖国贼,抵制日货,声援北京的"五.四"学生运动。毋庸置疑,这是沙溪镇有史以来发生的第一次政治游行,它给当年闭塞沉闷的古镇吹进了一丝新鲜的空气。从1919年到1949年,时间过去了三十年。那么,当新时代到来的时候,沙溪中学师生们又是用怎样的一种姿态展现在人们的面前的呢?据史料反映:沙溪初级中学由太仓县人民政府接管后,在建国前夕的1949年9月15日,经过全校240余名师生的民主选举,由4名老师2名学生1名工友组成的"校务委员会"正式成立,主任由英语老师吴承藻先生(吴先生曾长期居住在西市街北弄口的一座民宅内)担任。校务委员会成为当时学校的最高领导机构。半个月后的10月1日,毛泽东主席在北京天安门城楼上庄严宣告中华人民共和国成立。翌日下午,沙溪初级中学全体学生举行集会,选举产生了由13名委员组成的该校第一届学生会,当时正在读初二的学生谈松华(他随父母从上海移居沙溪,并在沙溪接受了小学和初中教育,当时居住在北弄"陆万臣"内,即今西市街134号,现任中国教育学会常务副会长、中国教育发展研究中心研究员)当选为主席。学生会下设学习、生活、文娱、宣传、组织和总务等7个股,会员人数213人。从上述可知,沙溪中学不仅以崭新的姿态迎来了新中国的建立,而且更以崭新的姿态为新中国增光添色,使得我们的沙溪更美,使得我们的祖国更美。

漫漫三华里长街,悠悠一甲子历史,我徜徉在其中,感受着历史带给我的激动、激情和激励,俗话说:喝水不忘掘井人,今天我们生活在这么幸福、安定、康乐的环境中,我们决不能忘记先辈们艰苦奋斗、无私无畏的精神。毋庸置疑的是,六十年在历史的长河中虽然只有短短的一瞬间,但是可以给我们足够的力量,将我们的一生献给祖国宏伟壮丽的事业中。

2009.4.25

牡 丹 之 约

陈校章

阳春布德泽,万物生光辉。工商银行的进工厂推广活动,在那个春天里,却是赏心悦目。

记忆中,那位小沈姑娘慈眉善眼,循循善诱。理财与收入的多少没什么关系,资产的安排在于增值保值,理财或投资有一个金字塔的比例,对财富的追逐是人类的天性,况且最浅显的道理是:不能输给飞涨的物价,……秀外而慧中,哎,她的话咋就这么中听呢。

怎么理财呢? 我们夫妻俩在工厂上班,属工薪阶层,仅有的是两张工商银行的工资折子。工行在二楼开设有理财室,我以为这不是为我们创造的。谁让自己阮囊羞涩呢?

一天,我是怀着忐忑的心情敲开了小沈姑娘办公室的门。她依然满面春风,热情洋溢,让我很是释然。她跑上跑下的,先把折子换成卡,再开通网上银行,然后手把手地教我如何在电脑上操作。看着她额头渗出的细汗,内心很过意不去,在她的推荐下,我买了平生第一支基金——广发稳健。末了,她把一张牡丹卡递在我手中,在 2004 年的秋天里,我收获了与牡丹的缘分。

收入虽菲薄,我记取着小沈姑娘的嘱咐,量入为出。按着金字塔那个比例理着财呢。在工商银行储蓄、申赎基金、买卖股票、还开了个纸黄金账户。业余时间就琢磨着理财的方法,操作键盘也不再稚拙。古人云:盈余万钧,必起于锱铢。数十年来的孜孜以求,牡丹如约开花。

2015 年 6 月我们夫妻俩参加港澳五日游。临行前我很担心随后这几天的股票。心绪不宁进了理财室,另一位理财师小陈姑娘晓得了我的疑虑,她提议,最近指数涨得蛮多,如果不放心的话,落袋为安最妥当了。6 月 12 日我把手里的股票全部清仓,翌日轻松出行。待等港澳游回来时大盘指数狂泻了 200 点,真是后怕极了。此后的两个月上证指数竟然从 5000 点跌到 3000 点。好一个落袋为安! 幸亏是工商银行理财师的睿智,让我规避了损失,真可谓唯有牡丹真国色,教我至今难忘却。

我欠花王牡丹一份情。近年来,宝宝类的理财产品让人眼花缭乱,利息收入吹得天花乱坠。但是我不稀罕，或许你看中的是人家的高息，人家看中的却是你的本金。现实中发生的惨痛教训数不胜数。有道是资产安全性要达到银行级标准。看准了，要银行级，那么我的选择是工商银行，报之以李。前不久，我家小孙子生日，为了从小培养理财意识，我给他买了份无固定期限的工银步步为赢。江苏工商银行与时俱进，智服务，惠生活，植根于民众，把美丽带给人间。牡丹在圆梦盛世的良辰美景里，花儿开得更加蔚然、更加绚丽。

我把玩着我的牡丹卡，细嫩的花瓣已经是六级了。在工商银行的感召下，理财的意识从懵懂到觉醒到自由放飞；集腋成裘，我家的小财富获得了硕果。更主要的是在与牡丹的约定中，一腔由衷的真情在延续，剪不断。

游 园 思 "退"

樊大为

仲春三月，我踏进了吴江同里镇中的退思园。

江南园林我游得多了，但移步在不大的退思园，却总有一种异样的感受。园为百年前清人任兰生所建，左为宅，右为园。宅又分三进厅和内宅两部分。内宅主体是五楼五底的"走马楼"，雨天不湿，晴可遮阴。整宅布局紧凑，可分可合，显得肃穆而端庄。

朝东出风火门，步过中庭，穿过高墙下的月洞门，园内亭台楼阁、廊坊桥榭便豁然在目了。园中心池水清漾，亭台楼阁等各景致皆沿着低矮曲折的池岸贴水而筑，显得小巧玲珑又朴实无华。北岸是全园的主景"退思草堂"。站在堂前的贴水平台上，我仿佛看到退居乡里的园主正与清客明士在此雅兴，琴棋书画各抒其意，悠悠一曲轻歌自水上随风徐来，令人心静神怡，忧烦尽抛。环顾池周，琴房、三曲桥、眠云亭、菰雨生凉、闹红一舸、揽胜阁等合成了一个各具韵味又相互呼应的恬澹清幽景区，真个"此景长占四时春"。尤其"菰雨生凉"中建园时从德国购置的那面大镜，粗览平常，细尝却妙不可言。瞧，半园春色、一池碧水被镜面融为一体，相映成趣，如你在镜下的湘妃榻上对镜半卧，犹似浮漾在清波绿叶间，好一方爽心冶性的"净土"啊！

然而，即便此刻，我还未捕捉到什么异样的感受，只是直到出了退思园大门的无意回首之间，才猛地悟到缠绵在我心头的感念，那便是退思园的不事张扬，外朴内秀。

你看，普通的石库门，普通的粉墙，门外又无任何园林常见的妆点，若非入内游历，谁能想到门内墙下有如此秀色？再看园内各景，无不显示了貌似闲淡、妙在其中的特色。而整个退思园的格局更是突破了常规，改纵向为横向。这样，宅、园就不能一览无遗，倘若不细细端详，还真无处寻觅探幽曲径呢。这固然是受地形所限，然而，就地形而因势利导出含羞藏秀、不事张扬的别一种园林风格来，这恐怕也是建园者所始料未及的吧。

退思园名"退思"，取自《左传》"进思尽忠，退思补过"，这反映了任氏遭弹劾后罢官故里的心态。我想，他的这种心态应该是真诚的。如是，"退思补过"便演变成了一种不事张扬的风格，融贯于他家园的营建之中了。这无论是一种刻意的追求，还是一种不自觉地流露,在封建士大夫中也属可贵的了。

我久久地伫立在退思园外这条幽静的小街上。同里人匆匆的身影把我的思绪拉回到眼前。我想,其实从古至今世间的事都是相通的。既如我们当前的生活,退思补过、不事张扬不也十分需要吗?而且,我们行不事张扬,应该比之封建士大夫具有更积极地意义;我们"退思",意在更辉煌的进取!这才不失当代人的风范呢。

退思园静静地,仿佛在静静地思索。哦,退思园,愿四方游客在得到美的享受的同时,与你共抒退思幽情。

1998.12

现代钓鱼者说

冯鼎元

我辈钓鱼,造诣颇深,斩获殊多。现将心得实录于兹,意在抛砖引玉,取长补短俾,使钓鱼大业兴旺发达,后继有人。

先说时机。鱼儿活跃欢腾时,垂钓最易见效。因为胜利,有了成绩或功劳,一些鱼们头脑容易发热,防范便易于疏松,是非利害便难以辨别。此时,鱼们往往糊涂,贪图好处,只要将饵料送到它嘴,它的被俘,便只是时间问题了。

再说氛围。垂钓之前,不妨在鱼的活动场所撒食铺路,诱之以小利,与之拉关系套近乎,营造一个不分彼此的亲密友好氛围。只待时机成熟,出其不意,投饵布钩,鱼必上当无疑。记住:撒食出手要阔绰。将欲取之,必先予之,甭怕亏本。

三说饵料。尽量挑新鲜的、珍贵的、稀罕的、富有刺激性,要把鱼的胃口吊足。比如,对方吃腻了山珍,便不妨投以海味;玩腻了花草,就不妨奉上古董……总以投其所好,丧其心志,勾其魂魄为上策。

还有,针钩要坚固锋利,且藏得隐蔽,不露破绽。就是说,心要狠手要辣,上钩之鱼凭它痛苦挣扎,不施仁政;计谋要巧,绵里藏针,让鱼们只见甜头,而难见祸心。一旦贪鱼中计上钩,便胜券在握了。

至于收线,切忌匆忙。一些大鱼虽上钩,却不乏逃生手段,可以凭自身优势弄断渔线,甚至拖人下水。这便要与之巧妙周旋。唯有拖得对方精疲力竭,才能手到鱼擒。倘鱼太大,钓线不堪重负,可辅以网兜,断其退路,或唤来同伙合力图之。

末尾,说一说退路。我辈名曰钓,其实无异于偷,毕竟心虚。一旦被捉,反将沦为阶下囚。所以,垂钓期间,必时时窥测风向,手脚做得愈诡秘巧妙愈稳妥保险。万一事发,赶紧毁弃饵料钓具等一切罪证,尽快摆脱干系。当然,风头一过,仍是贪鱼任我钓取。

上海垃圾

说起来或许有点不恭，对上海——实际上应是对城市的最初认识，是从垃圾开始的。

童年时代，每年冬季农闲，生产队都要用船到上海运垃圾，作为地里的肥料，大家称这为"开上海"。开上海是男壮劳力的事。那时，还没有机动船，靠的是帆，是橹，是纤绳。路途遥遥，冷风苦雨，顺流逆流，来回一趟的辛苦程度是可想而知的。但，轮到去的男人们却是兴高采烈，这自然与能多挣几个工分有关，现在想想，恐怕也有对远方陌生世界暗暗向往的成分。说实在的，那时候，挣工分过日子的农民，平日里哪有机会到大上海啊。更快活的是我们这群孩子，因为再等上二十来天，就可以吃到一包几分钱一个的"雪饼"了；而那一大船从远方城市运来的垃圾，又有多少宝藏可供我们挖掘啊！

运垃圾船的返回是我们孩子节日的开始。跟在向田间扬洒垃圾的大人后面，沐在垃圾那股奇异的怪味中，我们是一群田野里快活的小拾荒者。这时大人们是决不会怪罪自己的孩子的，不仅不怪，还会支持。因为冬季的麦田正好需要踏紧，况且，垃圾中的废铜烂铁破旧布旧塑料，都可用来卖钱。这玩耍中的捡拾，就是几瓶酱油几斤盐呀。这是一举多得的好事。

垃圾里什么东西没有呢！除了交给大人换钱的那些，还有七彩的玻璃球，连成一长串的橡皮筋，少了一个轮子的玩具车，透明的五色糖纸，各种牌号的香烟盒，形状各异的海贝壳，大大小小的橄榄核，残缺不全的小人书，半截儿的铅笔和生了锈的铅笔刀……上海垃圾，向我们清贫的童年展示了一个缤纷的世界。可以说，童年时代许多"高级"的玩具，都是从上海垃圾中捡拾而来的。虽然都是别人丢弃的，但这些玩具带给我们的，是同样的欢笑和乐趣，同样的幸福和满足，还有对远方异地朦朦胧胧的向往和遐思……

肯定是由于这个原因，不怕您笑话，我至今对垃圾怀有好感。十多年前读大学，第一次出远门，第一次去大城市，车过市郊一处垃圾山，闻到垃圾那股奇特的怪味，就知道城市就在眼前了，心头居然涌上了一阵旧友重逢般的亲切感。我甚至怀疑，自己身上那些至今"潇洒"不去的"小农意识",譬如衷于珍惜、安于朴素,也会不会源于童年的"上海垃圾"？同样出生农村的妻子开玩笑说我这是"垃圾情结",我针锋相对："这不很正常吗,你不是只要一看到大片青草,至今还想跳进去猛割一气？"

童年早已远去。家乡的农村早已不会去运垃圾作肥料,家乡的孩子也早已不需要从垃圾中捡拾几毛小钱,更不屑从垃圾中寻找玩具和乐趣。但是,上海垃圾却扬洒在我永远的记忆中,某种意义而言,不是垃圾,而是闪亮的珍珠。

南 湖 红 船

龚志明

"革命声传画舫中,诞生共党庆工农。重来正值清明节,烟雨迷蒙访旧踪"。一九六四年四月,董必武同志再次来到南湖,他登上革命纪念船,回忆"一大"情景,满怀激情地写下了这首热情洋溢的诗。

嘉兴南湖——全国著名的革命纪念地,位于浙江省京杭大运河畔,沪杭铁路干线中段,水陆运行,纵横通达。由火车站步行至南湖湖滨渡口,仅需约半个小时。站在渡口,举目远望,湖心岛上绿树浓荫,生意盎然。在茂密的绿树丛中,掩映着几幢楼台画阁,参差有致。登上渡船,航行十来分钟,醒目的"烟雨楼"三字便呈现在眼前,楼前湖边停靠着一条小船。

南湖船,默默停泊在湖边,那么朴实那么静谧,俨然是一艘普通的游船。可是,当九十七年前的七月,走进了十三位普通的人,议论起改造中国的惊人话题。从此,南湖船,已不再那么普通,而具有了深意;南湖船,虽还是那么朴实,却世人瞩目。潇潇细雨中,我重来瞻仰南湖船。

我曾经三次在"七·一"前后,怀着崇敬的心情,前往南湖接受党的光荣历史,党的优良传统和老一辈革命家、革命先烈丰功伟绩的教育。不断激励自己:不忘初心、继续前行。

一九二一年七月,党的"一大"在上海法租界望志路 106 号召开,代表有毛泽东、董必武、王尽美、邓恩铭、何叔衡、陈潭秋、李达、李汉俊、刘仁静、张国焘、周佛海和陈公博,以及受陈独秀派遣的包惠僧。后因情况变故,逐转移到嘉兴南湖的一艘游船上继续举行,会议从上午九时进行到下午六时。通过了《中国共产党纲领》和《关于当前实际工作的决议》,并选举产生了党的中央领导机构。南湖升起了一个光芒四射的红日——伟大的中国共产党在南湖游船上宣告诞生,中国共产党第一次全国代表大会在南湖游船上胜利闭幕。

为纪念党的诞生,纪念中国历史上开天辟地的大事变,一九五八年初冬,在党中央和各级党委政府的重视关怀下成立了南湖革命纪念馆。收集整理了大量"中共一大"革命文物和文献资料以及名人书画,仿制了革命纪念船,并利用烟雨楼举办了辅助陈列。使风景秀丽的南湖成为举世瞩目的革命圣地,吸引了众多的国内外宾客到南湖瞻仰游览。郭沫若同志曾经多次来过南湖,一九六四年五月,郭老重登游船,题七绝一首:"又披烟雨上楼台,革命风雷气象开。菱角无根随水活,一船换却旧三才。"著名作家叶圣陶吟诗曰:"烟雨楼前泛画舟,当时人物尽风流。便教古国开新史,自此南湖胜迹留"。

现在仿制的革命纪念船,船长十六米,宽三米,船头宽、平,是艘单夹弄丝网船。船的中舱,中间放着一张方桌,桌上摆着茶具。船的前舱搭有凉棚,后舱设有床榻,船尾还放着菜橱、炉灶等物,这些都是按照当年的状况布置的。船后系着一条小船,是当时进城购物用的。1921 年前后,南湖的船有三四十艘之多,有摆渡船、小游船、帐船和丝网船四种。丝网船,是供包租的专业游船,船大舱多,雕饰精美,"一大"代表开会租用的正是这种船。

纪念馆成立以来,宣传党的"一大"历史,产生了很好的社会效果。然而,由于受航渡和场地等条件的限制,古老的烟雨楼已远远不能满足接待、陈列、史料保管的需要。1991 年嘉兴三百多万南湖儿女捐款 320 余万,在建党七十周年来临之际,一座设计新颖的纪念馆屹立在南湖之滨。2011 年建党九十周年之际又开放了新的纪念馆,新馆位于南湖南岸。扩建后的纪念馆总建筑面积 19633 平方米,是原馆面积的 10 倍。新馆由一主两副三幢建筑组成,平面呈"工"字造型。主体建筑俯瞰呈镰刀铁锤党徽形状,总高为 19 米,两层,顶部矗立高 6 米井字形外方内园的丰功牌坊,门楣镶嵌邓小平题写"南湖革命纪念馆"七个金色大字。

在展示厅,习近平总书记总结的"红船精神"格外引人注目:"开天辟地、敢为人先的首创精神;坚定理想、百折不挠的奋斗精神;立党为公、忠诚为民的奉献精神。"红船将如一座丰碑,永远伫立在南湖之滨。红船更是一种精神,永远铭刻在人们心中。

结束参观走出纪念馆,我远眺南湖中那艘游船,耳边响起了习近平总书记的重要讲话:"一个大党,诞生于一条小船。从此,中国共产党引领革命的航船,劈波斩浪,开天辟地,使中国革命的面貌焕然一新。"

2018.6.30

屈 原 祠

屈原在五月初五投江而死,楚国百姓担心鱼虾噬啮他的身体,于是用粽子投进江中,希望鱼虾只吃粽子不吃屈原。从此以后,年年端午节,老百姓都做粽子投江,纪念屈原……

从小就听到的这个耳熟能详、家喻户晓的故事,使我知道粽子与屈原有关,也使我渐渐地对这位爱国诗人有了更多的了解,但我还真不知道诗人的家乡在哪里?到了秭归,意外获知这里就是屈原的家乡。登坝饱览了气势宏伟的三峡大坝后,我就马不停蹄直奔屈原祠。

屈原,名平,字原。约公元前340年诞生于秭归县乐平里,是我国最早的伟大爱国诗人。他曾在楚国担任相当于副宰相的左徒和三闾大夫,后因奸臣排挤而被放逐,当楚国被秦兵攻破时,他愤而以身殉国,投汨罗江而死。其《离骚》等诗篇,声贯古今,名扬中外。

车行不多时,屈原故里,四个大字,迎面而对,位于牌坊横匾之上。屈原祠牌坊是秭归老县城归州的标志性建筑,建于清光绪十年。是民间建筑技术与建筑工艺有机结合的佳作,也是湖北境内极其少有的木结构牌坊。牌坊的左边有两块石碑,刻有"楚大夫屈原故里"和"汉昭君王嫱故里"。

秭归县,这里青山绿水环绕,这里是诗祖的根脉,这里是伟大爱国诗人屈原的诞生地……屈原忠贞爱国的情怀和"受命不迁"的崇高志节,终究敌不过国家被攻破的事实,最终投汨罗江而死,至此,他在楚国百姓心目中就牢牢凝固和沉淀了,演变成了一种民族精神、民族气节。每年的端午节,秭归人民都会在屈原沱上举行赛龙舟,以抚慰屈原忠灵。

屈原祠是为纪念屈原而修建的。唐元和十五年(公元820年),王茂元出任归州刺史,喟叹屈原"诞灵是所,庙貌无睹",便在州城东5里的"屈原沱"建了第一座屈原祠。宋元丰三年(公元1080年),宋神宗尊封屈原为:"清烈公",将屈原祠修缮并更名为"清烈公祠"。1976年7月,因葛洲坝水利工程兴建,迁往距县城3公里的向家坪,重更名为"屈原祠"。如今,因三峡大坝建设,新建的屈原祠位于凤凰山的山梁上,面向东南,与三峡大坝正面相对,有山门、两厢配房、碑廊、前殿、正殿、屈原墓等建筑组成。

屈原祠山门建筑风格独特,歇山重檐,三面牌楼,六柱五间,三级压顶。"屈原祠"三个大字为郭沫若先生手写,镶嵌在牌楼上方正中的天明堂;"光争日月"四个金灿灿的大字闪烁在大门门储匾额上,蔚为壮观。

走入屈原祠,经过几道梯阶后,便可到达最顶层,天地齐光殿。这里矗立着屈原的青铜像,通高6.42米,像高3.92米,总重3吨。只见屈原头微低,眉宇紧锁,体稍前倾,迈动右脚,提起左手,两袖生风,表现出诗人爱国爱民的满腔激情和孤忠高洁的精神境界。

屈原纪念馆坐落在青铜像大坝上。馆内分上下两层。下展厅陈列有介绍屈原生平的图片、绘画、诗词、乐曲、书法、屈原研究论文和历代各种版本的《楚辞》以及明嘉靖十六年归州百姓捐款镌刻的一尊高 1.03 米、重 500 余斤的屈原石像。上展厅陈列有在秭归境内出土的各种珍贵文物。

屈原衣冠冢也为屈原墓，随屈原祠迁徙而建。墓前拜台，香炉正中，供凭吊屈原燃烧香火之用。墓前三排六柱八字开扇。外石柱镌有"汨水怀沙千古遗恨，归山枕袖万世流芳"楹联。四根内柱的楹联是"崔嵬丰碑矗在地，凛然浩气贯长虹"，"千古忠贞千古仰，一生清醒一生忧"。上柱间嵌着一块《重修楚大大墓碑记》，将屈原生平及不朽精神镌刻其间。

东西碑廊呈南北走向。廊内屈原的《离骚》、《九歌》、《九章》、《天问》等 22 篇诗作和历代文人墨客歌颂屈原的诗句手迹，镌刻在青石碑上。

屈原祠与三峡大坝相对而望，这里依山面江，秀水青山，景色绚丽。"节分端午自谁言？万古传闻为屈原"，"江上何人吊屈平，但闻风俗彩舟轻。"站在屈原祠前，我眺望江对面，三峡大坝映辉在山光水色之中，让人心醉。雄伟的大坝、美丽的江山、昌盛的祖国，这不正是爱国诗人毕生追求的理想吗！

2018.6.16

鲚 鱼 饼

每当外地朋友来品尝江鲜时，我总很为难。河豚鱼剧毒有风险，刀鱼太贵买不起，鲥鱼很难觅踪影。这时我总会推荐一道既价廉又物美而且又能代表我们太仓地方特色的菜肴——鲚鱼饼。朋友吃了之后总会说一句话："再添几个。"还会问，这是什么菜。外地朋友虽然不知道此为何物，然而吃过一次总忘不了。

刀鱼被清代饮食专著《调鼎集》称"为春馔中高品"，其实鲚鱼也出身名门。鲚鱼和刀鱼一样同属鳀科海洋鱼，是堂兄弟，同有鲜美的基因。但鲚鱼体形小得多了，体长仅十厘米左右，其状类鸡羽，所以古代常叫作"凤鲚"或"凤尾鱼"。江边渔民阿福告诉我，凤尾鱼生活于近海，春夏间洄游至河口产卵，长江口是我国凤尾鱼的主要产区。在我们太仓，雌性和雄性的凤尾鱼并不通称鲚鱼。雌性因体形较小，凤尾鱼的卵包就显得特别大，几乎就是整个身体裹着一包卵，所以雌性凤尾鱼又叫"烤子鱼"。雄性的才叫"鲚鱼"。

我妻子特喜爱食烤子鱼，红烧、油炸或清蒸。烤子鱼的头部下面的鱼体内饱含着鱼籽，吃起来既香又有嚼劲，吃时只需轻轻捏住它的上部，再用筷子夹住两面，微微用力往下一括，鲜嫩的鱼肉和细小的鱼刺便分离开来。如果油炸的话，细小的骨刺被炸得可连骨吞下。还可以制成鱼干，去头以后，用线穿过一条条鱼身，放在太阳下晾晒，几天后籽鱼便成了鱼干。把这种籽鱼干加入油盐葱酱炖来吃，或是用酒糟腌成糟货后吃，别有一番风味。

鲚鱼比烤子鱼要小，体内也没有好吃的鱼籽，烹饪后还不能像烤子鱼那样自如地分离鱼肉和细刺，吃起来感觉刺口难咽，没有烤子鱼那样受人喜爱。聪明的江边人能变废为宝，做成了美味的鲚鱼饼。真是"春三刀鲚炖鲜汤，不用煎熬异品尝；一种作饼宜捣烂，拌和菜韭味鲜香"。这首小诗中就描述了鲚鱼饼的做法和味美。

国人食用鲚鱼历史悠久。南宋《梦粱录》记载，当时市场上有"鲚鱼"出售。宋人刘宰《走笔谢王去非遗馈江鲚》诗："鲜明讶银尺，廉纤非茧尾。肩耸乍惊雷，腮红新出水。芼以姜桂椒，半熟香浮鼻。河豚愧有毒，江鲈惭寡味。"咏赞了鲚鱼的鲜美。另一位诗人郭祥正也在《初食鲚鱼蒌蒿》诗中赞美它"斫脍尝鲜美，调羹享滑柔"。明代《鱼经》中记"有鮛子鱼，其生也带子"，指出凤尾鱼多含卵的特点。清《嘉庆直隶太仓州志》也记道："鲚，俗名子鲚，出茜泾、杨林、六公市、七丫等处。"可见当时捕食鲚鱼已相当普遍。清代饮食专著《调鼎集》记有"鲚鱼饼、鲚鱼圆、炸鲚鱼"等多种烹饪鲚鱼的方法。

小小鲚鱼不仅味道鲜美，其营养价值也相当丰富，特别是蛋白质和钙的含量较高。清代《随息居饮食谱》认为其"甘温，补气，肥大者佳，味美而腴，食品之珍，与病无忌"。

星期天早晨，妻子来到菜场，买回三斤鲚鱼，去头，去肚肠，连骨用刀剁成鱼肉泥，加上盐、酒和葱姜，用手做成一个个圆圆的小饼，下锅煎至两面呈金黄色，再加酱油红烧，这就是鲚鱼饼了。鲚鱼的细小鱼刺已被捣碎，而鲜美的味道却一点也没有丢失。鲚鱼饼可以配用腌制的青雪里蕻或鲜竹笋一起烹烧。我更喜欢吃蚕豆瓣烧鲚鱼饼，碧绿的蚕豆瓣上搁着的一个个金黄色鲚鱼饼，会引得我等不及端上餐桌，早已用筷子送入嘴内，那松松的、软软的，透溢着鲜味的饼子经舌头一搅，早滚入了喉咙口。一会儿功夫，三四个已经下肚。

2014.5.9

正是河豚欲上时

"故乡黯黯锁玄云,遥夜迢迢隔上春。岁暮何堪再惆怅,且持卮酒食河豚。"这是鲁迅先生于1932年底某日应邀在上海日本饭馆食河豚后写的一首诗。在冬天也食河豚,风险可想而知。其实不用担心,在日本食河豚是很规范的。早在上个世纪九十年代,朋友从日本旅游回来,谈了食河豚的趣事。日本盛行吃河豚,主要做生鱼片或入火锅。厨师经培训必须熟知各种河豚哪种可食、哪种不可食,哪部位可吃、哪部位不可吃。还要需通产省考试合格,取得执照方可上岗为料理店料理河豚。如今在我们太仓,也有酒店厨师持证烹饪河豚了。

二十年前,某晚报刊登文章介绍青岛某大学教授已能检测河豚毒素,并在一家酒店实验。我想总有一天,人们一定会发明一种仪器来检测是否有河豚毒素,那就是老饕们的福音了。

河鲀为硬骨鱼纲鲀科鱼类的统称,俗称河豚。河豚鱼腹部为白色、背部灰色中分布着深灰色小点,长相很漂亮脾气也大,谁惹了它就会发怒,气得肚子圆鼓鼓的。古人错误认为人也会胀腹而死,其实是鱼子作怪,吃进肚子里的一粒子会胀成黄豆大小,一条鱼子能将人肚子胀破。最要命的是含有剧毒,一克河豚毒素能毒死几百人,毒素含量高的部位是鱼子、肝、内脏、唇、眼眶边、血液。江边河豚养殖户周师傅告诉我,河豚毒素不像蛇毒一样有明显毒源存在,它在体内会转化,挑选、宰杀、清洗、烹饪等环节处理得当,就无毒,反之则剧毒无比。有研究认为是河豚吃了海中的藻类后在体内转化为毒素,只要不给它吃藻类毒素会下降,所以养殖的河豚没有野生河豚毒素大。

自古以来人们凭经验烹制河豚,最迟在宋代已经掌握了这种方法。清《嘉庆直隶太仓州志》载:"河豚,无鳞有毒,能以口开合作声。子及血皆杀人,然修治得法,味绝佳。腹有白,名西施乳。"从小生长在长江边烧食河豚四十多年的陶师傅说,一锅中烧的河豚要选同一品种,选活鱼,活杀清理干净,血要漂清,烧时火候时间掌握好,说说容易真正做起来很难,全凭经验。

太仓食河豚时间以清明前为佳,古代太仓人有芦青一尺不食河豚的习俗。"春洲生荻芽,春岸飞杨花。河豚当是时,贵不数鱼虾。"明代太仓人陆容看到宋代梅圣俞的这首诗后顿生疑问,便在《菽园杂记》记道:"而吾乡俗语则云:芦青长一尺,莫与河豚作主客。芦青即荻芽也,荻芽长,河豚已过时矣。而圣俞云然,予尝疑之。后观范石湖《吴郡志》,

始知此鱼至春则溯江而上。苏、常、江阴居江下流，故春初已盛出。真、润则在二月。若金陵上下，则在二三月之交。池阳以上，暮春始有之。圣俞所云，始池阳、当涂之俗。"其实梅圣俞的家乡是安徽宣城，河豚回游时间有差异，食河豚的时间也不同。河鲀每年3月由外海游至长江太仓段，于4~6月在中游江段或洞庭湖、鄱阳湖中产卵。

河豚并不是人人都能烹饪，太仓师傅一般擅长红烧河豚。我还记得初吃河豚的情景，相约了几个不怕死的战友，入包厢坐好，端上一盘红烧河豚，相互间也不说请请的客气话，只顾自己吃。吃河豚有规矩，想吃的就自己动手，出了人性命与他人无关。一会儿饭店老板问我们："有啥感觉？唇舌微麻效果最好。"想着不久前浮桥镇上发生的食河豚三人中毒一人死亡事件，这舌尖还真有点发麻。老板忙安慰大家，厨师已吃过不要担心。大家放心地又喝了几杯酒就恢复正常了，几个人又活蹦乱跳。

《本草纲目》载："河豚，水族之奇味，世传其杀人。"其实，河豚的肉质没有刀鱼嫩，味没有河虾和阳澄湖大闸蟹鲜。可能是有冒险的刺激，千百年来吸引了无数吃货，不惜自己的生命，也要一饱口福，其中最有名的当数苏东坡。"竹外桃花三两枝，春江水暖鸭先知。蒌蒿满地芦芽短，正是河豚欲上时。"今人引用此诗，用意在"鸭先知"，其实这是一首题画诗，苏东坡想到的却是画面上没有的河豚的美味。宋人孙奕《示儿编》记有一则苏东坡吃河豚的故事：苏东坡任常州地方官时，颇嗜河豚。有一朋友烹制河豚有妙招，便请苏东坡来品尝。全家人大为兴奋但又担心河豚有毒，便躲在屏风后观望。谁知苏东坡埋头大嚼，一句话不说，一家人大失所望。最后苏东坡放下筷子心满意足地说："也值一死！"全家人大悦。一个"也"字说明"拼死吃河豚"这句谚语早在宋代已经流行。

同是宋人的范成大不同意这种观点，在《河豚叹》一诗中对因食河豚而死感叹道："百年三寸咽，水陆富肴蔌。一物不登俎，未负将军腹。为口忘计身，饕死何足哭。"告诫人们不应为饱口福食异味，而损害身体健康甚至生命。清代太仓人王时翔也有《戏食河豚者》诗："芦芽初茁早春天，青果红姜佐味全。莫道河豚容易食，赋中须熟左思篇。"劝告大家慎食河豚。

2015.4.4

食黄鱼，不仅仅在端午节

在我的印象里，小时候过端午节，就是吃粽子咸鸭蛋。后来去过不少地方，各地虽有一些差异，但吃粽子是少不了的。近日偶翻旧志，发现旧时太仓人过端午节，还有一种区别于其他地方的食俗吃黄鱼。清《嘉庆直隶太仓州志》载："端午……食角黍、饮雄黄酒、争市石首鱼烹食俗称黄鱼，虽贫家不废。"可以看出当时几乎家家户户都要买，即使贫困家庭也要买。乾隆《沙头里志》也记："虽贫必买石首鱼食之。"至今，沿江一些居民仍延续了这一食俗。暮春时节"拔咸鱼"，端午家家食黄鱼。

端午食黄鱼，与时令和太仓的地理位置有关。五月的端午，又恰逢黄鱼集中在长江口产卵，容易捕捞且产量高。这时在浏河渔港，人们买回一袋袋的黄鱼，习惯叫"拔咸鱼"。因价格便宜，再穷人家也要拔个两三称，一称（一袋）约十八斤。吃不完的鲜黄鱼或腌制或晒干。明代太仓人陆容在《菽园杂记》中记下这种情景："石首鱼，四五月有之。"太仓江海交接的独特位置"盖此处太湖淡水东注，鱼皆聚之"。吸引"浙东温、台、宁波近海之民，岁驾船出海，直抵金山、太仓近处网之……金山、太仓近海之民，仅取以供时新耳"。沿江老渔民回忆，在上世纪四五十年代，每年五月黄鱼盛产季节，江海一体的海边都被染成金黄色，可惜这种景象现在没有了。

端午食黄鱼也与避毒强身有关。五月天气渐热，毒虫变多，病毒活跃，古人视为"毒月"。民间用"五色五黄"来避"五毒"，黄鱼乃五黄之一。黄鱼主要由蛋白质、脂肪、硒、磷、钙、铁、维生素组成，具有滋补填精、开胃益气的作用。对虚劳不足、食欲不振、便溏等症具有一定的疗效。因此，黄鱼营养丰富，可以增强人体抵抗力。

自古以来，黄鱼就是太仓百姓家常的重要食材。黄鱼也称石首鱼、黄瓜鱼、黄花鱼，有大、小两种。早在明朝，太仓人已在近海捕鱼，又远航千里之外的南洋捕捞黄鱼。《崇祯太仓州志》载："石首鱼，脑有石骨故名，俗呼黄鱼。膘作胶，槁（干鱼）为白鲞。出海之南洋，四月中捕，云头汛，下旬二汛，有捕三汛四汛者。南洋去千里，捕鱼必先载冰，捕得鱼，船皆集州。"上世纪七八十年代，由于无节制的捕捞，使野生黄鱼产量急剧下降。

现在市面上出售的黄鱼，多数是养殖的，味道逊色不少。真正的野生黄鱼肉呈蒜瓣状，较松，细嫩清口，鲜香不腻。黄鱼肉质在海产鱼类中是最细嫩的，这是它的特点。黄鱼适合红烧、清蒸、面拖、干煎、红焖、糖醋等多种烹饪方法，可以五香、葱油、酱汁、酸甜、酸辣等多种调味，并可出肉作羹或制泥作丸、馅等。干制可作成淡鲞。

黄鱼在太仓人家餐桌上，会做成红烧黄鱼、糖醋黄鱼、清蒸黄鱼、清蒸咸黄鱼、黄鱼羹等菜肴。黄花鱼干炖蛋是一道被记入《太仓县志》的传统菜。黄花鱼干也称鲞，清代太仓诗人吴梅村有《鲞》诗咏之："旧俗渔盐贱，贫家入馈轻。自惭非肉食，每饭望休兵。余骨膻何附，长餐臭有情。腐儒嗟口腹，属餍负升平。"在没有冰箱的岁月，这是太仓人找到的保存黄鱼的最好方法。

清蒸暴腌黄鱼一直很受大家欢迎。大黄鱼洗净,两面肉厚处微切几刀,用盐、黄酒腌制半小时。再洗净放盘中,加葱姜、料酒,大火蒸熟。原汁原味,咸鲜可口。

红烧黄鱼做法简单。大黄鱼入热油锅中煎至两面焦黄,加葱姜、料酒、生抽、糖,加冷水烧沸转微火,至鱼熟汁稠即成。色泽红亮、肉似蒜瓣、肉质细嫩、浓香诱人。

妻子特别喜欢酸菜黄鱼汤这道家常菜。小黄鱼洗净,鱼身两侧面各剞几条细花纹,放入炒锅煎至略黄,加黄酒、葱结、水,中火焖烧,放入细雪里蕻、笋片、盐,旺火烧沸,汤汁呈乳白色时起锅。汤汁乳白、鱼肉鲜嫩、滋味鲜美无比。改用大黄鱼做汤,就是市内一家酒店的特色菜,咸菜大汤黄鱼,味道不分伯仲。

用黄鱼做成"假蟹"一菜,这是清代文人袁枚在《随园食单》中的创新:"煮黄鱼二条,取肉去骨,加生盐蛋四个,调碎,不拌入鱼肉;起油锅炮,下鸡汤滚,将盐蛋搅匀,加香蕈、葱、姜汁、酒。吃时酌用醋。"没有吃过,不知与螃蟹味道是否相似。

"黄花尺半压纱厨"、"黄花鱼到要争先"、"白花不似黄花好"这些动听的诗句,都是历代文人赞美黄鱼的。吴梅村也喜爱黄鱼,写下了赞美它的《石首》诗:"采鲜诸侠少,打鼓伐藏冰。五月三江去,千金一网能。尾黄荷叶盖,腮赤柳条胜。笑杀儿童语,烹来可饭僧。"《雨航杂录》记得更有趣:"诸鱼有血,石首独无,僧人谓之菩萨鱼,有斋食而啖之者。"看来黄鱼确是美味,吸引禁食荤菜的僧人也想食之。

2014.6.7

麦　蚕

"麦蚕吃罢吃摊粞,一味金花菜割畦。立夏秤人轻重数,秤悬梁上笑喧闺。"这首竹枝词,描述了旧时立夏日习俗:秤人、食草头摊粞、吃麦蚕。其目的都是为了预防疰夏病。

春夏之交的立夏日,是夏季的开始,所以预防疰夏的活动大多放在立夏这一天。古人认为,从这天起人们将经受酷热的考验,尤其是抵抗力较差的孩童可能会得一种叫作疰夏的疾病。《清嘉录》记:"俗以入夏眠食不服,曰疰夏。"主要表现为食欲不振、睡眠不佳、体乏无力、体重减轻等症状。当时的医术难以从根本上治疗这种疾病,于是各地民间流传着各种各样预防疰夏的方法和风俗:喝"七家茶"、吃灰馒头、挂蛋食蛋、吃李子、食草头摊粞、穿葛布衣服、秤人等等。

食麦蚕，是太仓人预防疰夏众多习俗中较为独特的一俗。清嘉庆《直隶太仓州志》载："立夏日，采嫩麦蒸磨作细条食之，谓之麦蚕。"立夏时节，田里的麦子正在灌浆，离成熟收割还有半个月时间。人们割下尚在灌浆而未成熟的青麦穗，用手搓下青麦籽，弄净麦壳，下锅或煮或蒸或炒熟后，用石磨将麦粒磨成细细的麦条，或加点糖，因其长寸许、形如春蚕，故称"麦蚕"。据说人们吃了，可免"疰夏"。

麦蚕，基本上是自家制作，也可以买食。"晓陌晴妍润气含，双歧玉穗话村南。笠云先刈西畴绿，细碾新春卖麦蚕。"可见，当时吃麦蚕是一种很普遍、很普通的食俗。

食麦蚕的历史，可追溯至明朝中期。明嘉靖《太仓州志》曰："立夏日，煮麦豆和糖食之，曰不疰夏。"那时的先人们，已经煮麦、豆和糖一起吃，用来预防疰夏。可能受此启发，后来渐渐演变成食麦蚕。明代《酌中志》说，四月"取新麦煮熟，剥去芒壳，磨成细条食之"。

到了明末清初，邑人食麦蚕已蔚然成风。这种别具一格的食俗，也引起了家乡诗人吴伟业的关注，并不吝笔墨写下了这首《麦蚕》（《吴梅村全集》）长诗，咏赞麦蚕之美："月令初尝麦，豳风小索绹。茧丝供岁早，芒刺用心劳。旧谷忧蛾贼，先农摄马曹。三眠收滞穗，五色荐溪毛。簇箔同丘坻，缫车借桔槔。筐分南陌采，缕细北宫缲。奉种鹁鸣降，输魁蟹绩高。仙翁蜂化饭，醉士蚁铺糟。桑蠋僵应化，冰蛆卧未逃。妇惊将络纬，客咽半蛴螬。纤手揉乾糒，春绵滑冷淘。非关虫食稼，恰并鸟含桃。"太仓人吴伟业，号梅村，明崇祯进士，清初诗人。《辞海》评价他，其诗多寓身世之感，注重表现个人在历史变迁中的命运，也有些篇章暴露统治者对人民的残酷榨取。早期作品风华绮丽，明亡后多激楚苍凉之音。《圆圆曲》、《楚两生行》等篇较有名。

古时，生产力水平低下，物资匮乏。进入立夏时期，秋收之物所剩无几，春播之物刚为幼苗，夏收之物尚未成熟，可谓青黄不接。麦蚕，作为一种食品，可以补充营养、增强体质，对身体是有百益而无一害的，尤其是对于小孩更是多多益善。至于它是不是真有预防疰夏的功效，已显得不重要了。宁可信其有，不可信其无。正因如此，几百年岁月里人们所积累的麦蚕一直存在着。

直至上世纪初，清宣统《太仓州志》还有记录："立夏日，设麦蚕。采新麦炒熟，砻为细条如蚕形。"食麦蚕，仍是立夏日的主要习俗。

以后的岁月里，随着科学知识的普及和医疗技术的不断进步，疰夏已不再是一种难以防治的疾病，传统的防疰夏的种种风俗习惯，已逐渐淡化和消失。与地域民俗已然血脉相连了几个世纪的麦蚕，也渐渐消失了。

2018.4.29

唐 记 理 发 店

丫 丫

南郊地处太仓之南,古时称南码头,被誉为"天下第一良港",曾是个繁华热闹的场所,更有"六国码头"的别称。而在我儿时的记忆中,只剩鳞次栉比破旧低矮的老房子和狭窄局促的青石板街道述说着南码头当前的风华。童年的我,跟着爷爷去街上听书,总要穿过那条狭长幽暗的东街。一清早,整条街安安静静的,偶尔会听到虚掩的木门里传出咿咿呀呀的戏曲声。望着两旁屋顶上残破的黑瓦片缝隙里长出一株株不知名的青草随风摇曳,感觉时光已在这里停滞,自己好像永远也长不大。时光荏苒,转眼几十年过去,我已人到中年,而南郊老街也早已拆迁成为一片废墟。时过境迁,物是人非,南郊老街除了那家唐记理发店,已全然找不到当年的幽深古朴与那份宁静安详了。

唐记理发店坐落在南码头盐铁塘边的南星路上,店前西南角有棵高大茂盛的梧桐树,理发店仅十余平方大小,严格来说它并没有店名,只因店主姓唐,因此附近乡邻随口称之为唐记。理发店用砖墙简单地隔了下,砌了道上世纪流行的那种漂亮的长脚花瓶式的拱门,拱门东边南墙挂着闹钟,西边则挂着日历衣服毛巾等。外间靠西墙是一块长镜子,镜子下面的柜台上除了杂乱地摆放些理发的老式工具外,还有台竖着天线的老旧收音机。镜子前放着两张可调节高低的皮椅子,这是店里唯一具有现代感的物件,但皮椅扶手和后背尤其是凳面早已脱落,露出土黄色硬纸板的里衬。东面临窗放了张四方小木桌,桌子南北靠墙各摆了条带靠背的长木凳子,几份过期的报纸杂志随手摊在桌椅上。屋顶中央挂着台没有叶片的风扇,风扇旁前后各垂下一只白炽灯泡。隔间里面呈狭长的四方形,靠北临窗砌着水池,东北角木板上搁着脸盆架,东墙边有只大而深的砖红色水缸,上面用木板盖着,木板上放着绿色的塑料水瓶和塑料水勺,水缸南面是煤球炉子。每天清早过来,唐老板就会点煤球炉子烧水,时不时那水就咕噜咕噜冒泡了。西北墙角落里砌了一小方灶台,灶台已经废弃不用,上面堆着些洗发膏盒子等杂物,沿着灶台下面砌了圈水泥墩子,上面摆放着五颜六色的塑料热水瓶,靠西墙整齐地码着一排排煤球……里外墙面残缺斑驳,满是黑色发霉的污渍,有些地方石灰大片脱落裸露出红色的砖头。店里所有的一切都原始而简陋,就如挂着拐杖穿着粗布围裙的乡下老人拘谨局促地站立于鲜衣华服的人群中。

自我小时记事起，唐记理发店就早已营业，那时唐老板刚学徒出师，还是个意气风发的小伙子，人称"小唐"。小唐虽年纪轻轻，但态度极好，永远都是笑眯眯的，而且给客人剪发刮胡子时知道下手的轻重。多年来，小唐身兼老板和伙计，独自打理着这个小店，乡邻对小唐的称呼慢慢变成了阿唐，然后再是老唐或唐老板。靠着过硬的技术、合理的收费及强大的亲和力，唐记理发店成为南郊老街逐渐衰败后仅存的招牌。当然这里光顾的一般都是男性乡邻，待客人皮椅上坐定后，唐老板用力地甩几下围巾，然后轻轻地给客人兜上，洗头剪发刮胡子……行云流水一气呵成。而客人坐上椅子，闭上眼睛，微微仰头，任由唐老板放倒椅子，整个下半张脸都淹没在白色的泡沫中，剃须刀蹭蹭蹭地从白云般的泡沫中轻轻划过，有一搭没一搭地听着收音机里的相声或黄梅戏，这几乎是所有客人最期盼的享受。半睡半醒中，只听唐老板解开围巾喊声"好咧"便可以睁开眼，这时唐老板依然会用力地甩几下围巾，而客人也会很默契地起身掏口袋，此时坐在东窗边长椅上等着的客人马上过来入座。爷爷在世时去街上听书或买菜时也总喜欢在这里落落脚，顺便让唐老板给剪个头发刮下胡子。印象中的爷爷白净瘦弱，斑白的头发永远短而齐，而我的父亲、叔父甚至后来连我的先生、儿子也都成了唐记理发店的常客。

唐记理发店从始至今已有四十多年的历史，期间经历分田到户、改革开放、金融危机和房价猛涨等历史阶段，它的收费也从当初的三角钱提至如今的十五元。但无论世事如何变幻，它依然风雨无阻地守候在这棵高大的梧桐树下。虽然随着时代不断的发展和百姓审美观念的改变，小镇上也不乏许多富丽堂皇的高档发廊，但陈旧简陋的唐记理发店依然吸引着众多的老客户。上至耄耋老人，下至童龀小儿，更多的则是跟唐老板差不多的同龄人，方圆几里的老乡邻都喜欢坐在长椅上抽烟聊天叙旧。春去秋来，时光悄悄流逝，店前的梧桐树越发魁梧粗壮，"宛转蛾眉能几时，须臾鹤发乱如丝"，唐老板也从当年手脚麻利英俊挺拔的小伙变成了腰背微驼须发花白的六旬老人。而当年曾让唐老板剃满月胎发才四五斤重的儿子也已长成风华正茂的阳光青年，从襁褓中的婴儿到攀爬木凳的顽童再到腼腆的少年，唐记理发店见证了许多类似儿子这般青年的成长。"年年岁岁花相似，岁岁年年人不同"，唐记理发店也陆续送走了那些爷爷辈的忠实顾客，乡邻们抽着烟坐着闲聊提及附近又有哪位老人仙逝时，语气里满满都是深深的惋惜和同情。也许江南小镇的百姓一辈子都没离开过这片深爱的故土，也从未有谁想要背负行囊闯荡天下，他们都早已习惯这种安逸宁静的生活，所以对待身边故人的离去也就如此的不舍与依恋。

"今年花落颜色改，明年花开复谁在？"南码头上，盐铁塘依然静静流淌，"粮艘商舶，高墙大桅，集如林木"，历史上"六国码头"的这种盛况似乎再难寻觅踪迹。如今，风情万种的海运堤、美丽恬静的天境湖、活力创新的科技园……这些全新的人文景观正成为南郊的新标点。盛夏落日余晖里，门面破败的唐记理发店显得格外孤寂落魄，这个南郊东街仅存的老店，承载了几代乡邻们的美好回忆，明年还会在吗?! ……

顾家宅与二奶奶

昨晚突然做了个奇怪的梦，梦见去世多年的二奶奶患了怪病，坐在藤椅上，双脚黏在一起，血肉模糊，她悲戚地向我们展示着病躯，哭诉自己来日不长……惊醒后，我久久不能入睡，记忆中的二奶奶应该不是这样的啊!

二奶奶不是我的亲奶奶，而是本家文利叔叔的母亲，跟许多乡下老太太相似，黑瘦矮小，却极其勤快和善。记忆中那时二爷爷还在世，但已身患重病，身体每况愈下，只能终年在床上坐着或躺着。二奶奶是顾家宅上最早起床的，她先给全家做好早饭，然后服侍二爷爷洗漱，接着照常是水桥边淘米洗衣。我家与文利叔叔家隔河相望，每天早上尤其是春夏季节的早上，我都会听到二奶奶发出小心翼翼的窸窸窣窣声，起身透过窗子探看，树影婆娑下，二奶奶已经蹲在水桥边躬身搓洗衣服，还时不时地用捶衣棒拍打着，"啪啪啪"的声音响亮清脆，似乎在唤醒宁静贪睡的顾家宅。而此时邻居们也陆陆续续开始有了动静，水桥边越来越热闹了，几家挤在一起洗衣的洗衣，淘米的淘米，甚至还有刷马桶的，杂夹着大伙的说笑声，顾家宅这个典型的江南小村，就这样从水桥边的大合唱中渐渐苏醒过来，开始了年复一年的平凡琐屑生活。

顾家宅坐落于太仓南郊码头东南，是座美丽祥和的小村庄，一条自西向东的小河将顾家宅分为南北两部分，河岸两边较多枝干粗壮斑驳的槐树、楝树、榆树和杨梅树（小时候见其结果类似红色的杨梅就一直称它为杨梅树，为写此文特意查资料得知此树叫构树，别名褚桃等）。其中杨梅树印象最深刻，盛夏时节，眼看树上杨梅渐渐变成诱人的橙红色，眼馋手痒，恨不得去摘了送嘴里尝尝，但大人们多次告诫此种杨梅不能食用，也就只能眼巴巴地看着它们成熟后陆续掉入小河，引来一群群小鱼的追逐争食。那一颗颗的杨梅浮在水面上，被鱼儿簇拥着不断往前流去。而落在路面上的杨梅，则被摔成或踩成一团红色的肉泥，给坚硬白亮的路面涂上点点胭脂。事实上，后来查资料得知果实可食用，酸甜；中医学上称构树果为褚实子、构树子，与根共入药，功能补肾、利尿、强筋骨。现在想来这么好的果实白白浪费，真是太可惜了!

顾家宅分东西两大本家，祭拜不同的老祖宗，二奶奶嫁给二爷爷，跟我爷爷奶奶同宗。顾家宅民风淳朴,乡邻都安居乐业,团结友爱,一家有事众邻帮忙,几代乡邻沿河而居都不曾发生过偷盗争吵之事。由于顾家宅也算风水宝地,曾有黄姓人家迁入,这使顾家宅越加兴盛。每逢早晚时刻,顾家宅上空炊烟袅袅,此时鸡鸣狗叫,又加之孩子们撒野的欢笑声,顾家宅显得热闹非凡。尤其是夏季的夜晚,乡邻们都喜欢搬条板凳在外面乘凉,这时听着蝉鸣啃着西瓜大声谈论着各种家事,顾家宅的男女似乎就不曾疲倦过,而半夜各自归家沉沉睡去,明天又是充满活力新的一天了。

二奶奶属于闲不住的老人,早上忙完所有的家务,照例会戴个头巾,扛上锄头去田里忙活了。不管是烈日炎炎的夏季,还是寒风凛冽的冬天,二奶奶都雷打不动地去照顾她的三亩七分地。夏季,二奶奶的菜园永远是硕果累累的,碧绿的或火红的辣椒小灯笼似的张灯结彩;紫色的茄子将矮矮的茄子树压弯了腰,而二奶奶照例会怜惜地给它们支上几根木棍以减轻分量;青竹晒干搭成的人字形豇豆架上,条条细长青绿的豇豆瀑布似的落下;茂盛的丝瓜架上又挂满了或长或短的丝瓜,有的嫩丝瓜还顽皮地顶着朵灿烂的黄花……总之,二奶奶的菜园里看不到一株杂草,整个菜园一派生机勃发,各种当季蔬菜一应俱全。多年后,由于城镇化进程的快速发展,曾经热闹祥和的顾家宅现在早已成为天镜湖旁的太仓市规划展示馆。看了太多关于蔬菜浸泡农药的报道,朋友曾感慨地说今生最大的愿望就是有个三分地的菜园,种上喜爱的瓜果蔬菜,傍晚的时候挽上竹篮去园里采摘,多新鲜安全啊!每每她满带憧憬谈起梦想中的菜园时,我都会想起紧挨着河边二奶奶家的小园子,"枯藤老树昏鸦,小桥流水人家……"这也许是很多现代人梦寐以求的理想家园吧。

二奶奶善良热情,见到去她家玩的小孩,哪怕是路过的,都要进屋翻找一阵,掏出点小零食哄哄孩子。有时是一粒奶糖,有时是只香瓜,有时是一把瓜子……仿佛只有拿出点什么,她才安心似的。那时可选择的零食太少,奶糖香瓜的诱惑足以让那些顽皮的孩子不由自主地溜到二奶奶家。而二奶奶满是皱纹的脸总是笑成朵灿烂的菊花,孩子们眼巴巴地盯着她伸出干枯黑瘦的手,然后开心地抓过这些微不足道的小玩意儿,心满意足地一哄散开。

顾家宅上下男女老少都喜欢二奶奶,还因为二奶奶会治疗腰酸背痛的小毛病,并且治疗方法极其独特而神秘。我曾亲眼见过她治疗母亲的腿伤。那晚,二奶奶穿着泛旧的粗布衣服,干净利索,她随身带只白色的小碗,让父亲去装上米,然后用白布蒙上倒扣过来。二奶奶边用倒扣的碗沿着母亲的小腿来回移动,边口中念念有词。至于二奶奶念叨了什么,我一句也没听明白。大概来回十分钟左右,二奶奶疲惫地说声"好了",安慰母亲好好休息很快就好。也真奇怪,这样三五次之后,母亲的腿酸居然真好了,走路也轻快了。当时不谙世事的我对二奶奶满是崇敬,觉得二奶奶是世上了不起的人物。

结婚成家后,我也常莫名地腰痛,母亲多次谈起请二奶奶过来看下。此时,我已受过所谓的高等教育,对这些民间土方持怀疑态度,甚至将其视为巫术。但父母爱女心切,自作主张请来了二奶奶。二奶奶年事已高,走路都有点颤巍巍了,但听说是为了给我治病,她当天就随父母一起过来。二奶奶让我侧身躺着,依然是小碗,装上大米,蒙上白布,倒扣过来,来回移动,念念有词……迷迷糊糊中,只感觉父母和二奶奶离我越来越遥远,我恍恍惚惚地睡去。听到父母和二奶奶压低喉咙的说话声,我才勉强睁开眼。二奶奶是个识趣的老人,执意不肯久坐,父母千恩万谢送她回家。临出门时,二奶奶回头依然像从前那样慈爱地看着我,叮嘱我注意休息,明天她会再过来。我没有听从父母的建议让二奶奶再次过来,总觉得让那么大年纪的老人耗尽精力和体力为我治病,实在是于心不忍,甚至有罪孽深重之感。

文利叔叔曾在老宅上建了漂亮的楼房,二奶奶很识趣,推脱腿脚不便,只跟二爷爷偏居靠楼梯旁的小房间,闷热阴暗,但二奶奶从无怨言,常提儿子儿媳的孝顺。二爷爷先于二奶奶去世,二奶奶不愿麻烦子女,在世前二爷爷所有的饮食起居都由二奶奶负责,在她的悉心照料下,卧床多年的二爷爷走的体面干净。多年后,二奶奶自觉与二爷爷相聚的时辰已到,她早早地为自己准备了寿衣和香烛,将自己省吃俭用的积蓄全部分给子女,从容地等待那个时刻的到来。此时二奶奶已多日水米不进,更显其瘦弱,躺在床上盖着被子,犹如枯叶般单薄干瘪,文利叔叔想带她去医院,都被她温柔而坚决地谢绝了。

二奶奶生前曾让我记录过那土方,可惜她没读过书不会讲普通话,而吴方言与普通话相差又甚远,我那时又太年轻没意识到这种民间土方的重要性,只马虎记录几行字后就不了了之了。后来世事变迁,多次搬家纸片也不知丢哪了。现在想来懊悔万分。也许这土方并不能真正治疗腰酸背痛的疾病,但在当时医疗条件还不发达的环境下,它给了病患者很多的心理安慰和人文关怀,在这种积极的心理暗示下,病痛也许自然而然地减轻甚至康复了。可惜很多事情和道理都懂太迟!

二奶奶过世后几年,我的爷爷奶奶也相继去世。由此,顾家宅没了爷爷奶奶辈的老人。再之后,顾家宅被整体征地用来筹建天镜湖公园。虽然有太多的不舍与留恋,顾家宅的乡邻们还是从大局出发,纷纷搬出了居住几十年甚至上百年的风水宝地。如今,父母这辈也已到了古稀之年,而顾家宅男女老少在经历了几年居无定所的寄居生活后,也全入住了政府安置的拆迁小区。每日早早吃过晚饭后,只要不刮风下雨,他们都会三五成群相约环湖散步。宁静秀美的天镜湖公园已全然看不出当时顾家宅等村落的痕迹,而父母们也只是在路过展示馆的时候才会感慨一番当时顾家宅的如烟往事。而当前这座集规划展示、文化教育、休闲娱乐等多功能于一体的综合性建筑，已成为太仓一张亮丽的名片。

　　光阴荏苒，弹指一挥间二奶奶孙女的女儿也考上大学了。随着时间流逝顾家宅孙辈们都渐渐长大，但彼此关系却越来越疏远，再也没了祖辈们那种骨肉相连的亲密与依恋。大家虽然同住一个小区甚至同一幢楼房，彼此只成点头之交，而顾家宅与二奶奶等祖辈在他们眼中也都成为了历史名词，如若不是偶然梦见二奶奶，人到中年的我也会渐渐忘却顾家宅和二奶奶。"节物风光不相待，桑田碧海须臾改。昔时金阶白玉堂，即今惟见青松在。"世间任何人与事，都难逃此命运。作为凡夫俗子的我们，只坐看庭前花开花落就好！

陶　　罐

何庆华

这是一只普通的陶罐。

深黑的烟灰是她庄重的花纹。她的年岁是我奶奶的年岁。她如同我奶奶一样，原本是南方的大家闺秀，辗转红尘，流落到普通人家的灶房，粗茶淡饭外加粗布衣裳。她已不再如往昔高高在上，或周旋于富商的股掌。离开故乡的陶罐，经历风霜雨雪、世态炎凉，满盛过奶奶的胭脂泪、颤抖的指纹和坚贞的信仰。

她曾让一捧野菜拌和着一小把米粒熬成救命的食粮。她曾让那一家人，在一灯如豆下，分享一次从唇齿到肺腑的温暖吉祥；五谷丰登的日子，风调雨顺的年景，她不紧不慢、不温不火地煨出一口口金黄。先呈奉给我们的祖先，再滑入我们的舌尖，渗入我们的内心的冻土层……

这只平常人家的陶罐，经常被擦洗得又黑又亮，她躲过一场又一场人间的劫难，她那么坚固，比之于人的心灵，她厚重如岁月，将一双双水葱般的纤手，打磨成能聚集起土壤的树根，那长着老茧、布满寿斑的有力手掌！自从我们懵懂地告别母亲多汁的乳房，你便在烟火中将我们喂养，让我们嗅出故乡的味道，让我们记住故乡的模样。你曾糅进我们祖辈的血肉和魂灵，捧你的那双巧腕已融入佳木繁阴的土壤，她又会降生在哪个陶工的手上？

我常久久注视着你，我们的瞳仁已悄悄潜入你没有年轮的核心，你黝黑的眼神又在告诉我什么？

每次我小心的将你捧起，注入清水和我们酸甜苦辣的生活，让蓝色的火苗轻舔着你的梦境，在火中，我看见你复活了那一段青春，黑泥的温存敦厚和饱满圆熟的身体，我看见了一个陶罐的舞蹈，和那逝去的一个又一个日子，那样意味深长……

藤　椅

我总觉得那不是一把椅子,一把曾经几次修补,承受过几代人的灵魂与肉体重量的藤椅。

难道它是用乡野的藤萝编织的吗? 它轻轻的,凉凉的,滑滑的。在我用目光碰触它时,它实在像一件古老的丝织品,在白昼里,在空气里,我总看见它在波动,我不能用一种颜色来描绘它:底子是琥珀色,在光的折射下,有的呈纯净的象牙黄,有的则是耀眼的金黄。

它站在那里,很沉重地站在那里,我似乎能听见它的呼吸。它一到夏天就突然醒转来,散发着一种光亮,一种让你直想往它身上一靠,闭上眼睛什么都不去想的光亮,一种安全的光亮,敦厚的光亮,老祖母额头的光亮。

这的确是一把普通的藤椅,曾经是黄的、绿的玉,曾经是炎夏的一叶扁舟,亲吻过小孙子藕节似的胳膊,也亲近过那吐气若兰的女子的肩膀。而更长久的,是老祖母飘着白兰花香咸咸的汗水,她的银发和皱纹,她骨节分明的一双大手……

它伴着祖母的衰老而成熟,它吸纳了日光月华,吸纳了泪水汗水,吸纳了青春的艳丽,吸纳了年老的沧桑,吸纳了一坐十年冷的沉思默想。触摸它便是触摸已逝的韶光,触摸那匆匆离去的亲人的体温。

那是一把让人心灵安宁的椅子,它端坐在那里,一点也不显得衰老、枯黄,空空荡荡。当我轻轻依靠着它的光亮,我又闻听那一声丝弦的轻唱……

嬗　变
——一个传媒人眼中的太仓40年巨变

高音喇叭把我从梦中唤醒,庄严的《东方红》伴随着红太阳的升起,温暖着每个人的心,新的一天开始了,这是四十年前太仓的红色的早晨。

太仓醒来了。

鸡罩里的白洛克鸡醒来了,咯咯哒生了一个双黄蛋,母亲起身掀开鸡笼,把几个温

382

热的蛋放进红漆的腰鼓桶里。咸菜豆瓣蛋花汤，是我们的美味。白洛克、芦花鸡享受我们家庭成员的待遇，它们的窝在堂屋里，玻璃窗的下面。

八只麻鸭醒来了，它们在室外，妈妈用青砖砌的低小的鸭棚，每天一早，我负责搬开鸭棚外的大青石，掀开一块木砧板，鸭子鱼贯而出，扇着翅膀往门前的缪泾河里蹦跶。臭烘烘的鸭棚里，滚出了青壳子的鸭蛋。

我家是村里最早有收音机的，爸爸是上海人，在上海的大商场里买的。宝贝着呢，村人这个摸摸，那个听听。少儿广播节目《小喇叭》是我的最爱，"小朋友，小喇叭开始广播啦。嗒嘀嗒、嗒嘀嗒、嗒嘀嗒、哒嗒。"片头曲一放，小喇叭开始广播啦，孙敬修爷爷准时给我们讲故事，孙悟空、神笔马良、孔融让梨，故事一个接着一个。偶然遇到转播什么球赛，小喇叭不播了，我就抱着收音机嚎啕大哭。

高音喇叭里，时不时放着朱昌耀的二胡独奏曲《欢庆锣鼓》，只要他的二胡一出来，村支书就要开始通过高音喇叭讲话了，什么双抢啊，收割啊，防病防虫啊，血防查钉螺啊，都是通过喇叭传来的。后来，挂在电线杆上的高音喇叭消失了，每家每户装了个方盒子，挂在青砖墙上，拉一下开关，喇叭里就有声音了。每天清晨，县城广播站播放的广播剧，真享受。

广播、收音机，是我们70后的奢侈的文化传媒。直到八十年代，电视机出现在乡村，人头攒动的打谷场上，一村的人都围着一台12寸的黑白电视机。霍元甲、姿三四郎，成了大家心目中的英雄，走到哪里，都会听到有人哼着"万里长城永不倒"。

如果有一天小学的操场上支起一块巨大的白帆布，那全村人都会扛着长凳倾巢而来，放电影啦，喇叭里喊，今天晚上播放电影《车轮滚滚》、《瓦尔特保卫萨拉热窝》，那真是我们的节日！我通常放了学，不回家，妈妈是小学老师，近水楼台先得月，扛两个方凳子出来，摆在场中央，我看着，寸步不离，直到爸爸妈妈来了，我才接过他们放在白搪瓷杯里的夜饭，狼吞虎咽地吃，等着晚上的电影。最最痛恨的是突然大队停电，或者下起大雨来，那就是"白跑英雄故事片，星星月亮加映片"了！

露天影院真迷人，教我们数学的陈老师，居然扔掉粉笔，跟着放映队，放起了电影，他说，一场电影看一百遍都是新鲜的！为了看电影越剧《红楼梦》，我们坐在他的脚踏车上，颠簸了四十多里地，在太仓城唯一的一个影剧院，看到了林黛玉贾宝玉。

我们对太仓城非常向往，垂涎欲滴，这里有电影院，有大剧院。

大概是一九八九年，我在喇叭里听到太仓县广播站要举行一次全县范围的朗诵比赛，交十元报名费，可以参赛。我拖着闺蜜，乘上公共汽车报了名，参加了在县广电局举办的朗诵比赛，那是人山人海啊，都是来自太仓各乡镇的青年。他们高声朗诵着高尔基的《海燕》，扯着嗓门，震动着寰宇。那一刻，每个人都可以呐喊，可以通过自己的声音抒怀。

我显然不是这个等量级的,得了纪念奖,一个钥匙串,灰溜溜地回了乡下。

我发誓要做城里人,广播站、电影院、大剧院,博物馆……吸引着我。我的渴望变化的青春躁动心,想不到是那样原始,又是那样简单,都有形无形和文化传媒紧密相关。我的太仓梦就是想当传媒王国里的一员。

终于有一天,我的传媒梦变成了现实。

我刚进太仓市广播电视总台,还蜗居在简陋的锦州路。随着太仓的飞跃发展,天镜湖畔的传媒中心矗立在太仓的西南,占地三十三亩,建筑面积四万平方米,总投资3.6亿元的十九层传媒中心,成为幸福太仓城的新地标。八百平方米的综艺演播大厅,舞台绚丽多彩,你方唱罢我登场,这是属于太仓百姓自己的舞台,各种大型的活动在这里举行。二百八十平方米多功能演播厅在内的十个演播(直播)室,配备了八讯道高清电视转播车,基本构建起台内数字化、网络化、智能化的广播电视传播体系。二〇一八年,太仓市政府又投入三千多万元,构建高清播出系统。电视台的"武器装备"也从笨重的大家伙到精巧的高清设备,航拍系统等等。一年一度的太仓市电视春晚,就是从这里通过电视和微信同步直播的,各种的大型活动,场场通过微信直播,让每个人感受到美丽田园城,幸福金太仓的嬗变。

如果一个城市也有灵魂的话,我们传媒人的责任是天天在触摸感应这颗灵魂的变化。从挂在电线杆上的高音喇叭,到数字化电视;从笨重的收音机到 MP3、手机;从黑白电视机到背投、宽屏、液晶、数字、投影、壁挂;从几台摄像机、编辑机到全高清播出系统,高清演播厅,高清摄像机的有形的变化,孕育的是人们摆脱物质贫困后对文化文明的追求,这是看不到的太仓的深层的变化。田野太仓诗意太仓,不再是梦想,那每年全国评出的最幸福宜居的城市,太仓都名列前茅,就是明证!

歌声袅袅忆流年

李仙云

正如著名文学家吴伯箫在《歌声》一文中所写的："感人的歌声留给人的记忆是长远的。无论哪一首激动人心的歌,最初在哪里听过,哪里的情景就会深深地留在记忆里。环境,天气,人物,色彩,甚至连听歌时的感触,都会烙印在记忆的深处,像在记忆里摄下了声音的影片一样。"那些曾经飘荡在岁月深处的旋律,在某个不经意的瞬间,会再次响起,会唤醒我们关于那个时代的点滴记忆。歌声叠合着世事变迁,让久远的往事像鲜花般悄然绽开,润泽着我们细腻丰满的生活。

记得儿时在家乡,我经常和家人或小伙伴们坐在村落巷道看"露天影院",那些老电影中的插曲总会让我感动不已。印象最深的是影片《小花》的插曲——《妹妹找哥泪花流》。每当那动人的旋律在我耳畔响起时,配合着感人肺腑的故事情节,少不更事的我也总会像旁边的姐姐、阿姨一样,抽抽搭搭哭得两肩耸动。后来每每听到电台播放这首歌时,我总会跟着李谷一的歌声轻轻哼唱。记得有一次我去同学家玩,当听到她家的黑胶唱片机随机放起《妹妹找哥泪花流》时,我顿时两眼放光,让她反复播放。同学看着我听得如痴如醉,"着了魔"似的样子,笑道:"你简直是个'歌痴'!"

1987 年,时尚流行之风徐徐吹来,一些悦耳动听的港台歌曲也飘入校园,继而风靡大街小巷。那时,帅气潇洒的齐秦凭借一首《狼》俘获了一大批少男少女的心。我至今仍记得,一些男同学总会在节日联欢会中模仿齐秦登台演唱。当时,他们拿着麦克风,眯着眼睛、深情款款的样子,总能让我想到"东施效颦"这个成语。可谁的年少不轻狂啊!现在想来,那些都是青春的模样啊!

不同于迷恋齐秦的同学们,那时的我对"西北风"歌曲情有独钟。或许是因为年少时曾在陕北生活过,我对那片黄土地满是依恋。每次在广播中听到《信天游》这首歌时,我就会感到热血沸腾,仿佛站在子午岭的大山之巅,头顶是悠悠白云,沟壑纵深处是潺潺溪流,四野里开满了红彤彤的山丹丹花儿。听着动人的歌声,我在苍茫岁月的尽头,不断地追逐着那些流逝的时光。

1989 年,我正值青春妙龄,但厄运却骤然降临在我身上。在一次意外中,我的脊髓受了重创造成高位截瘫。在那些如同"暗夜行山路"的病榻时光里,父亲为我买了卡式录音机和各种磁带,每次听郑智化的《水手》时,一种强烈的共鸣感就让我内心波澜起伏,听着那坚强有力的声音,我在心中跟着他反复吟唱:"他说风雨中这点痛算什么,擦干泪不要怕,至少我们还有梦……"

音乐是药。追溯仓颉造字的史料,就能明白"藥"是从"樂"字引申而来,所以,音乐自然是调节心理的良方。1995年,我的父亲突然辞世。在那艰难绝望的日子里,我一遍遍地听孟庭苇的歌曲《风中有朵雨做的云》,或许是名字中有云在飘渺,而那时的我正是:"云在风里伤透了心,不知又将吹向那儿去。"我苦苦在命运之河挣扎,却"找不到一丝丝怜惜",我在歌声中为沉郁窒闷的灵魂松绑,也在歌声中舔舐和疗愈内心的伤痛。

时代的车轮风驰电掣般向前疾驶,我们听音乐的方式和载体也在发生着翻天覆地的变化。这些年,我们依次告别CD机、MP3,迎来了智能手机及音乐APP。用手机听歌,快捷方便,"一机在手",古今中外,老歌新曲,任我自由切换。每当我长时间读书、写作,感到头晕目眩时,听一曲《云水禅心》或《蓝色的多瑙河》,心随乐转,神思悠悠如临仙境,顷刻就把凡尘的压力与浮躁,像尘埃般尽数抖落,让心灵明净无尘,神思静雅安然。

艺术是相通的,音乐以声音为载体来启迪和陶冶我们的性情,无论岁月如何流逝,人们对音乐的热情是亘古不变的,而每一个时代,都有它独特的音乐符号。这些响彻在岁月深处的音乐旋律,它像一部史诗,又像一个历史的鉴证者,它每一段音符都揉入了我们昔日的情感与故事,也抚慰和承载了我们的过往与流年,正如王光祈说:"音乐中含有'美感',能使人态度娴雅,神思清爽,去野入文,怡然自得,以领略有生之乐。"

石榴花开迎夏来

大自然似一位胸有成竹、运筹帷幄的"顶级导演",他井然有序地让各色花儿芬芳在各自的季节。当春花纷纷落幕去结它的果儿,于是,"你方唱罢我登场",石榴花儿携着夏日的似火浓情,像一支支开在葳蕤绿枝间的红色小喇叭,它激情四射、奔放热烈地奏响了夏之狂舞曲。它吹醒了熟睡地下的蝉儿,也吹熟了颗粒饱满的麦穗,更是吹开了我太多与石榴花亲近的如梦似烟的往事。

据说石榴原产于中亚地区,直到张骞出使西域,才将这杨贵妃极其喜爱的花儿带回古长安,而它生长得最是繁茂结出的果实最甜美之地,就是贵妃华清池所在地的临潼。女为悦己者容，花为赏己者艳，而"拜倒在石榴裙下"的典故，也是从这位貌若天仙的杨贵妃故事中得来的。作为三秦女子，童年伴我成长的花事中，那些随处可见，开在家家庭院，一团团一簇簇似火焰般在枝头燃烧的石榴花，也总是能勾起我"一眸子的欢喜，一袖子的怜爱"。

儿时家乡的庭院中母亲就栽种了一棵石榴树，在满院的俗枝凡树中，它像立于鸡群的鹤，虽长得娇俏低矮，每年也总是零星的挂几个果儿，可它很受母亲青睐，贤淑柔和的母亲，从石榴树吐露花苞起，就厉声瞋目对"无法无天"的我"约法三章"，绝不许用手触碰开在枝间的花儿，否则花会坠落，就吃不到酸甜诱人的石榴籽了。当年那个绿裤红衣的乡野小丫头，拿着小人书乖坐树下，望着满树炽红火热、像一盏盏小灯笼的石榴花，她似与花语，又总是悠然神飞，无数关于石榴花的童话在她的遐思中轻舞飞扬，心间旖旎荡漾，那时的岁月，因了石榴花而变得绮丽妙曼。

清晨在公园闲庭漫游，在这人间芳菲尽的初夏，一树一树花红的石榴花让我驻足流连，情丝绵绵。夜间的露珠还在花间滚动，折射出斑斓缤纷的七彩炫光，花蕊之上蜂喧蝶舞，真是"蔌蔌生红露滴珠，薰风凉幌晓妆初"。如今时尚潮范儿的女子，已不会将土的掉渣的怡红快绿穿在身上，可大俗即大雅，眼前这位身着墨绿色石榴裙的女子，火红的T恤衫，在石榴花间伶俜穿梭着拍照，怡心悦目，就如那枝间开得肆意活泼的石榴花，浑身满溢着青春的活力。

这世间一人一性情，一花一灵韵，石榴花那光艳夺目的"中国红"，则给人喜庆、美好和繁盛之感，甚至有人称它"吉祥花"。套用一句辛弃疾的词"我见石榴花多妩媚，料石榴花见我应如是"，石榴花从童年开始，已开在我的心间，我与花，早已情相融，意相契。

石榴花开迎夏来，在徐徐微风中，一缕缕花香浸润肺腑，心情也顷刻变得悠然闲适，花草皆富灵性，它芬芳了流年，也给心间播撒下一粒粒如石榴籽般晶莹剔透的诗意妙曼，食之品咂，回味无穷而晴暖一生。

夏日饸饹滋味长

每到炎炎夏日入伏之时，舌尖上的味蕾总会让那个儿时的画面清晰如昨，我和母亲姐姐盘腿坐在大门口巷头的凉席上，有滋有味得品着喷香爽口，筋道滑溜的荞面饸饹。爷爷则端着一个青瓷大碗，圪蹴在大门口，满心欢喜得"吸溜吸溜"吃着那胜似

"饕餮大餐"的乡野美食。邻居家的大花狗摇着尾巴垂涎欲滴的伸着舌头,眼里尽是渴盼祈求着爷爷赏赐。迤逦清凉的过道风从肌肤间划过,舒爽惬意得让爷爷美滋滋来了一句:"这日子还有啥话说,薇(家乡方言,美的意思)!"

饸饹的清香在鼻翼氤氲,凤仙花在烈日灿阳下奄拉着粉嫩的花瓣。那种"思之而神飞,念之而流连"的年少记忆,总让一份亲情乡愁萦绕于心间。

大爷爷是我们这个家族的"文先生",他年轻时曾教过私塾,简直是个"老学究",爱引经据典,讲大道古理。那年盛夏酷暑之时,大爷爷的曾孙子满月,宴席之上最让人稀荏的就是凉拌荞面饸饹,大家你一口,我一口,正吃得有滋有味时,大爷爷不紧不慢地开腔了:"这饸饹大家甭小看,元朝的农学家王祯在他书里都写过,起先叫'河漏',都有600年的历史了。据说是由咱渭南一个老汉创出的。连乾隆皇帝都好这一口,这当年可是贡品哩!不光好吃,吃了还能健脾化积利尿、解毒敛疮消肿、调节血脂血糖……"不等大爷爷说完,一大盘荞面饸饹就盘底朝天了。

七月流火是伏天,在家乡渭北旱源,最消暑解馋的美食莫过于那碗细长美味的凉拌荞面饸饹。"饸饹床子"是制作饸饹的必备工具,它笨重得搭于灶台之上,每次拉开压杆,母亲将事先揉好的面剂子塞入饸饹床子的圆孔内,压饸饹则是个力气活,一般由哥哥来完成。记得有次他逗趣,把绕着锅台急得团团转的我,抱到压杆上,结果像坐在跷跷板上一样,随着嘎吱嘎吱的响声,细圆的饸饹就如母亲在织布机上的纺线般,从一个个"饸饹眼子"中齐刷刷窜出来,下入冒着咕嘟咕嘟热气的沸水中。爷爷则坐在灶台下一边烧火搭炭,一躬一伸的拉着风箱掌握着火候,一边还忙不迭得进行"技术指导"。

每次母亲刚用笊篱把从滚烫的开水锅里捞出的饸饹放入凉水盆,我就迫不及待得要尝鲜了,我像见到了肉骨头的小花狗在母亲身边羁羁绊绊的哼唧着,母亲经不住我的死磨硬缠,就利索地盛起一碗,放入葱花和油泼辣子,再将事先调好的醋蒜水倒入,然后轻轻地用筷头蘸一点芥末,而每当此时,我的哈喇子都不知在口里转了多少个来回了。搅拌着黝黑劲道的丝丝饸饹,那喷香滑溜的感觉总让人舌间生津,尝一口珍馐美馔都不换。

如今我离开家乡已经二十多年了,那一碗三伏天清凉美味的荞面饸饹,它在漫漶岁月的那头,却把浓浓乡愁和对流年往事的眷恋,植入了我的生命中,成为我午夜梦回最牵动情丝的记忆。

偶尔怀乡(外三篇)

梁延峰

鄙乡梁集村原属山东寿张县。说起寿张,自然会说到《水浒传》第七十四回里黑旋风李逵在寿张县冒充县令坐堂判案,放了打人的人,枷了吃打的人,又去学堂吓跑教师,吓哭学生,后被穆弘拖回的故事。没办法,偏僻的地方就是这么任性。

村子南面是黄河,过浮桥往东南 10 公里是梁山县城,再走 100 公里就到孔圣人的老家曲阜。村子往北 5 公里是金水河,过桥朝北 10 公里,是武松打虎的景阳冈,接着走,不到五十公里就是运河文化名城——聊城,史称东昌府。曲阜不用多说,聊城说起来可也是不得了,上古可以扯到伏羲和仓颉,现当代可以扯到李苦禅、傅斯年和季羡林,论武的有孙膑、张自忠,论文的有曹植和谢榛。

梁集村既紧靠梁山这处"山贼"啸聚之地,却又被曲阜和聊城包绕,所以乡亲们虽然看起来长相孔武粗糙,行事大大咧咧,内心深处却也对文化充满敬畏,举杯投筹间,待人接物时,处处显得不亢不卑,粗而不俗。

村里人过日子,难免有锅铲碰锅沿的时候,但两家人吵架,很少祖宗八代的骂,一般都是就事论事,事情过了也就过了。轮到两个都嘴笨的,辩不清是非,如果哪个不小心骂了一声对方的"娘"或"姐姐",可就犯了大忌了,肯定会引发一场肉搏战。但通常却是两个男人打成一团,两家的女人像没看见一样,自顾自的在边上聊天,任两个男人抱在一起打,把恶气撒完了拉倒。两个男人,有时候上午刚打完架,晚上又坐在一张桌子上划拳喝酒。在梁集,不只是夫妻没有隔夜仇,大丈夫也没有隔夜仇。当然,也保不准会有个把"狠角色"。我家邻居里有一个以前当过土匪,那时都 80 多岁了,他家孙子和别人吵架时,他还老是喜欢走出来说一句"你信不信我到梁山找'老缺'来灭你们","老缺"就是土匪,明明是外强中干吓唬人,居然也能百试不爽。大概对方一下子想起了他的土匪身世,文明人谁会和一个土匪去计较呢,于是就主动"扯呼"了。

近千人的村子,幼儿园(有段时间叫育红班)、小学、初中应有尽有。上学放学用不着接送,家里人图个下地干活省心,只要到年龄就会主动把孩子交给学校,从来没有辍学这一说。碰见脑子实在不灵光的,只要学校不放弃,家长也装傻充愣地只管把学

389

校当成免费的收容所。我上小学时就有一个女同学,陪下面的4个弟弟妹妹各读了一次一年级才被家里人领回去。不只是学校,大概是地理位置在全乡比较居中,本来应该建在乡上的工商所、税务所、邮电所、粮管所和供销社也一应俱全地建在了梁集村。最红火的时候,村里还有织布厂、印刷厂,一个属于县上的机械厂,能生产手扶拖拉机。

村里专出2种文化人,一种是博士,一种是书法家。博士有7、8个,和我经常联系的有2个。一个是隔壁邻居李安方,经济学博士,现任上海社科院世界经济研究所所长助理、《世界经济杂志》主编,另一个是梁成峰,和我同在太仓工作,浙江大学化学博士、中化太仓创业园副总经理,得过太仓的"娄东英才奖"。书法家大都是村里人相互切磋,自学成材。梁衍士(工舒同体,当过县文化局局长)、玄承玺(张海的学生)、玄承军……数一数名字,国家级和省级的书法会员竟然出了十几个,至于深藏功与名的高手则有些数不胜数。有一个叫梁成文的,和我年纪相仿,是村里的铁匠。名字叫"成文",却是一身的腱子肉,天天吭哧吭哧地抡大锤。可能有一天这老兄突然感觉没读好书对不起爷爷给自己取的好名字了,于是就一边打铁一边悄悄练书法,大概用了不到三年功夫,还真练出一手遒劲有力的好字。

父亲是村里的小学教师,也是被村里人敬重有加的书法达人(书法成就在村里被公认排名第3,但他为人低调,至今没去参加过任何大赛和书法组织)。每年回家探亲,老人家对我带回来的肉松、碧螺春看都懒得看,唯独对笔墨纸砚来者不拒。为讨得父亲欢喜,一次我专门去了一趟浙江善琏的湖笔厂为他买了个湖笔套装。同学葛邦亚近几年喜欢收藏,也专门为他淘到一方古砚,据说是多少年前一位道士用过的,叫七星砚。父亲视若至宝。

春节,其他村子里的人贴春联要到集市上买现成的,梁集人家家都是自己写。我们家每年都在大年二十九上午写春联,父亲气定神闲地裁纸、研墨,心里默算着大概需要多少幅门边、多少幅门心、多少幅横批,包括粮食囤上要贴多少个"酉"字、水缸上要贴的"青龙大吉"、门口大枣树上要贴的"抬头见喜"等等,一路算着裁着,买来的红纸竟然不多不少刚刚好。待到要落笔的时候,家里已经聚集了好几个喜欢书法的人,站在边上聚精会神地看,待到一幅写成,有时会情不自禁地叫好,看见功夫没用到位的字,也会直言不讳地指出来,无论长幼,不分辈分,不顾面子。这也许是村子里能出那么多书法家的原因,大家互不保留,直言好坏,而不像城里人那样有话只是放在心里。

梁集村大年初一有拜年的习俗,辈分低的人挨家挨户到长辈家中跪拜问安,全村的长辈一个都不能漏掉。一大早(最早的5点多钟),各家各户就已吃罢饺子,开始忙活拜年的事。辈分低的(有小孩的牵着自己家小孩)有的逐个家族按照伯仲顺序,有的干脆从村东往村西或是从村西往村东一路磕过去。家中有长辈的,也早已在堂屋的地面上铺好草苫子或是棉垫,为即将前来拜年的晚辈们准备好香烟和糖果。来拜年的人首先向祖宗的位置跪拜三次,这时候长辈站立在旁边。等到给祖宗的三个头磕完,长辈就会主动坐到椅子上接受晚辈跪拜。行礼之后,长辈起身为前来拜年的晚辈分发香烟和糖果,互相寒暄。也有年纪相仿但是辈分不同的人,在街上遇见行作揖礼的。当然,喜欢书法的人在拜年的同时,也不忘往各家院里的对联上多瞅一眼,也有用手比比划划着一边欣赏一边临摹的。

梁集村的得名一是村里人以梁姓人为主,二是因为有集贸市场。每逢农历的一、三、六、八日成集,隔上一两天村子里就会热闹上一次。十里八乡的人,推着车子,挑着担子,开着农用车,都往这里聚集,热闹却又有序。从村西往村东依次是五谷杂粮、鞋袜衣帽、图书字画、锅碗瓢盆、刀斧犁具、应季蔬果、鲜鱼活禽、熟肉生肉、猪羊牛马。那时候,我最喜欢去村东头看那些交易牲口的。一个买家,一个卖家,一个想多赚点,一个想少花点,却并不直接讨价还价,而是通过一个经纪人来搞来搞去。经纪人也不开口说话,和买卖两家都在袖子里分别用手比划着谈价格。鬼鬼祟祟的,有点像地下党接头。牲口市里也有专门牵着自己家的牛羊来配种的,很多小孩子会跑过来围观,撵都撵不走,哈哈你懂的。

赶年集的时候我喜欢坐在我们家的胡同口,那时候胡同口这一段是卖烟花爆竹的,商家都在争着燃放自己家的炮仗,谁家的响谁家卖的就快,坐在旁边可以免费听响。更重要的是可以捡一些绝捻炮,拿回家把黑火药拆出来,灌到自己造的链条枪里。

逢集的日子,如果放学回来看到自己家院子里停着自行车,就知道有亲戚来村里赶集了,心里就会有一阵窃喜。如果亲戚留下一起吃饭,就会沾光吃到猪肉炖粉条,吃到在集上买来的高庄馒头,想想都开心。

可是亲戚很多时候都不大配合,父母再怎么挽留他们都会找出个非回去不行的理由。只有一个舅姥爷(外婆的弟弟)最好留,他是个老光棍,反正回去也没人给他做饭吃,反正吃完饭他也不用急着回去,还可以到村里的戏园子去听一场"垃垃"戏。在我们老家戏开演过半场后不再需要买票进场叫"听垃垃戏"。

其实亲戚留饭一点都不麻烦的。肉出门几分钟就能买回来,只要先把白菜心扒出来切切好,洒点白糖和盐巴再浇上点醋就是一个下酒菜,黄瓜一拍配上蒜泥又是另一道,小酒就可以先喝起来了。然后再炒个草鸡蛋,再炒个四季豆,喝着喝着肉在锅里就烂了,香味挡都挡不住。

故 园 四 玄

江南多雨,偏偏那雨又很像南方人的性格,不急不躁,喜欢慢条斯理地下。就连顺着瓦楞落下的雨滴,也是平平仄仄的合着韵脚。

于是就伴着雨声翻书。翻一本文化艺术出版社的《四玄诗词选》。"幽居傍大河,风月不用买。"第一眼就看见刘华亭先生写给四玄的句子,很喜欢。

觉得也很妥帖。四玄的诗词,虽然题材、诗风各有不同,语句间却无不裹挟着黄河的气势和声韵;而玄家父子四人,虽生于僻乡陋村,却是或通史研易,或工于书法,或擅长丹青、或喜好诗词,也的确称得上个个含贞养素,人人声闻不彰。

"白雪绿竹趣满庭,鹊雀跳地觅食轻。呼儿将来厨中米,免得银汉闻悲鸣。"四玄中的长子玄承玺好静近禅,为这首小诗取名《悲悯》。不承想这充满村趣的描述,竟然不觉间勾起我的乡愁。

从我家到玄家,要穿过大半个村子。要路过包子店、烧鸡店、油条摊、糕点店、剃头铺、修车铺、铁匠铺、中药铺、酱醋厂、土戏台,要穿过各种好闻或是不大好闻的味道,还要绕开一路的鸡飞狗跳、泼妇骂街,以及半大孩子们的满怀乱撞。

四玄的老宅建在一片高坡上。当院宽敞、整洁,清爽舒适。由于不饲鸡豚,也不像平常人家到处堆放着杂七杂八的农具,摊晒着各式各样的麦豆收成和破被旧絮,局促地让人无处落脚。因为有砖墙阻挡喧闹的市声,玄家的院子安静得有点像世外桃源。但是这样的安静却又十分的低调和内敛,树荫借自隔壁的人家,蛙鸣源在村头的池塘,若是夜晚,头顶的月色则应该来于秦汉或是更远。

院前的一片闲地上,有玄述贵老夫子出资修建的研易亭,现在已成村中景观。周末常常可以见到三三两两的学童在亭下背诵功课,平时多是一些村里的老人聚在那里下棋拉呱。玄夫子今年八十有八,是当代易学家。曾先后在学校、法院、史志部门任职,业余潜心周易,著述已逾 10 本,尤其以《大六壬金口诀预测学》闻名于海内外。如此的龙乘风云,渊深莫测,却又平和中透着可爱。记忆中,玄家的大门永远是虚掩的,我已经说不清从哪一年开始,每逢回老家探亲,都会推开夫子的院门,和他小坐片刻。老人家拘老礼,每有新书寄来,必附一札,每札必以"衍峰二舅"启头。论的是梁集村的辈分。

承玺素以书法著名。师承大书法家张海,后独辟蹊径,研习榜书,发愿用二十余年苦练佛、禅、寿三字,终至臻境。尤其擅长一个"佛"字,在墨香氤氲中,有说不尽的静穆清逸和恬淡空灵。他曾应邀在河南省太昊陵(伏羲氏陵庙)祭祖大会献艺,一"佛"既出,直引得现场万姓云集一跪,轰动一时。现在承玺的字越来越被藏家看好。

承玺在年龄上长我一轮。我上小学的时候,他已经当兵回来,在县城就业。先在县里的面粉厂工作,后考上律师,调入司法局,旋即提前退休,持斋把素,精研佛律,创办了台前县佛教文化学会。跨出校门后,我则步他后尘,穿上军装浪荡江浙,两人始终没有机会相识。直到去年五月回老家探亲,得知他已回村长住,终于由本家衍国兄牵线,结成忘年之交。

于是便约好一起游平阴翠屏山。及至拾级而上,登宝峰顶,拜"多佛塔",沿途崖壁上,竟看见有十余处碑刻出自承玺之手,内容中既有精辟佛法,也有他自撰的劝善诗偈。这些年,承玺已经在平阴、嘉祥、东平等地完成了四处大型摩崖石刻,还在阳谷县的极乐寺创建了佛教文化碑林,刻了300多座诗碑。一个人在仕途渐露曙光时,能够选择青山独归,又能在不动声色中成就这么多功业,真是让人心生敬佩。

宋代朱熹在《元范别后寄惠佳篇》中有"岁月幸同庚,诗书复同道"的句子。我和承玺虽岁不同庚,相见之后,竟也生出惺惺相惜之意。于是就有了不久前在一起太湖泛舟,南园探幽,兴福寺喝茶、观碑、诵诗的欢聚。

"青山出水鸥鸟鸣,荆楚旧地景色新。有客来访叙旧事,移舟湖上论古今。白驹瞬息人生短,聚散重逢若飘萍。卧看夕阳西沉去,浊酒饮罢梦周公。"

在太湖泛舟吃船菜的事,被朋友陈永跃口占成诗,还真有点曲水流觞的意思。

四玄中的次子承军,在县教育局工作,画家,其师宋宝臣早年由费孝通带领中央民族访问团赴云南工作时意外发现,带回北京推荐至中央美院深造,又经李苦禅见证拜师于齐白石门下。从此论起,承军应该算是白石老人的再传弟子。三子承稳,在县农商行工作,工诗词,研周易。机缘未到,我和二人尚不相识。

平 顶 屋

老家的房子,在父亲手上翻盖过两次。一次是从干打垒改建成砖垛泥墙,一次是升级成浑砖墙。屋顶虽然水涨船高地从泥巴顶变成了洋灰顶,样式却照旧是平顶屋。

第二次,哥哥建议盖成人字脊的砖瓦房,被父亲一个反问就否决了。盖成瓦房?不行不行,太轻巧了,一阵大风就掀顶了。其实,我家隔壁就是乡里的供销社大院,乌乌泱泱一大片砖瓦房,这么多年也没见被大风掀翻过房顶。

平顶屋厚重,抗风,住起来心里踏实,这只是一个方面。鲁西平原的农民,对平顶屋情有独钟,还因为它有着砖瓦房所没有的诸多好处。

北方多雪。住瓦房的人无法上房打扫,只有眼睁睁地等着积雪融化。雪水顺着瓦楞滴滴答答接连就是好几天,房子四周的地面被雪水浸泡得又黏又烂,一不小心就滑一跤,滚一身泥巴。平顶屋就好多了,等雪一停,父亲和他的邻居们就会马上搬梯子上房,先用大扫帚把屋顶清理干净,再把院子里外的积雪扫成堆,用铁锨拍结实,装进地排车拉到水塘边。还手脚麻利地赶着把自己家和邻居家之间扫出一条路来。一场大雪过后,屋顶和地面全是干的,路也是干的,串门子拉呱一点都不碍事。

盛夏季节,平原地带凉风稀罕,只有在高处才能觅到清凉。晚饭后气温燠热,住平顶屋的人家,一家大小就会爬到屋顶上乘凉。微风习习,儿时的我躺在一张散发着青香的草苫子上,时而抬眼望着头顶的星空胡思乱想,时而眯起眼睛听父亲讲三侠五义,讲只隔了几十里路的水泊梁山,不知什么时候就睡着了。白天的屋顶还要好玩,能把隔了好几家的武三家看的清清楚楚,声音也传的远。父亲让我到武三家借牛耙地,害怕走冤枉路,我哧溜一下就抱着大枣树爬上屋顶(比爬梯子刺激),对着武三家的方向大喊:武三,你家的牛晌午用不用? 武三在院子里听见了,马上就大声回应。说用,我再到别家去借;说不用,我马上从树上哧溜一下滑下来,屁颠屁颠地去牵牛。

平顶屋最大的用处是可以做晒场和方便采摘。

夏收的麦子还好些,天热太阳毒,在田头的打麦场上晒上一两次就可以装囤。秋天阳光弱,打下的农作物水汽大,需要反复的晾晒,田地里的晒场又急着犁掉耩麦子,平展开阔的屋顶就成了最好的晒场,几乎家家户户的屋顶上都晒满了五花八门的收成。天刚亮,父亲就会和母亲一道,用蛇皮袋把黄豆、绿豆、花生、或是刚刚刨好的地瓜片,用一根粗麻绳一袋一袋地吊上屋顶,铺平摊匀。我最喜欢干的活就是坐在屋顶上轰鸡、轰麻雀,因为可以不要像哥哥姐姐一样跟着父母下地干粗活,可以无拘无束地看课外书。

农村的院落宽敞,乡亲们喜欢里里外外地种树。父亲也毫不例外地在院子里种了2棵枣树,1棵梧桐树,1棵桃树。院子四周,则是他的父亲和更老的祖辈种下的槐树、榆树,石榴树、香椿树。一年四季,那些大树,就像一把把大伞荫护着这个寻常的院落,就像先辈们还活在身边。

我对堂屋门口的一棵枣树感情甚深。儿子四岁前是在老家跟着我的父母过的。哥哥告诉我,四岁时的儿子,喜欢在那棵枣树上拴绳子,说白绳子是他的白马,红绳子是他的红马,说想爸爸的时候他就会骑着马去找爸爸。听得我眼眶湿漉漉的,抚着树直出神。

　　四月,翠绿的榆钱,可以加葱花、油盐,做成好吃的榆钱窝头;五月,晶莹的槐花扑上面粉,可以蒸成槐花饭,再配上麻油、蒜泥、香醋,那样的美味,真是谁吃谁知道;还有春天采椿芽,秋天打红枣,只要站到屋顶上,啥都够得着。去年五月回老家,正赶上满院槐花飘香,我的赞叹声还没落地,年过 70 的父亲就从窗棂上取下镰刀,麻利地爬上屋顶,一束束洁白的槐花,像云朵一样飘下来。

　　今年在老家过春节,我偶然间听到一段有关屋顶的对话。酒桌上,父亲问前来拜年的远房亲戚:我家小袄大哥身体还好吧? 回答是:俺爹身体好着呢,年初一早上吃了30 多个饺子,平时还能上屋顶收拾东西。无独有偶,前一阵同学葛邦亚在微信上也发来一张照片,拍的是他 83 岁的姥爷亲自上屋顶为他打枣吃的情景。我恍然大悟:额的神,那是老人家怕外孙平时惦记他,在逞能呢!

　　有关平顶屋,我还写过一首诗,题目是《九月九日/扛梯子的人》:在村庄,一个扛梯子的人,绝对没有登高一呼的野心。他们爬到树上,只是去采榆钱,采槐花,摘苹果,摘梨子。他们爬到屋顶上,只是为了去晒高粱,晒花生,晒枣,或者是去换下一块坏掉了的檐瓦。九月九日,如果有谁,碰巧在树上或者屋顶上,往远处看了看,那也只是碰巧。他们的儿子和女儿,要到年关才能回家。

　　诗的内容和立意都有点形而上。

　　我没有求证。我也不知道我的父母有没有站在高高的屋顶上,向远方眺望过。

秋 天 三 题

大 人 们

　　大人们不断地把腰弯下去,把胸膛贴向大地。此时,植物成熟的气息让他们兴奋和陶醉。

　　——让感恩的火把点燃每一次秋收,把朝圣的心情引入每一场农事,收割的姿势,使劳动看起来像舞蹈,更像一场神秘的祭祀。

　　为了迎迓秋天,犁耙、铁锨、锄头、镰刀,轮换着走过了属于自己的节气,大人们则以它们为道具,像武生走过戏台上紧密的鼓点。铁匠铺里随着风箱呼呼嘶叫的火苗,墙壁上被城里画家唤做静物的缺了边的草帽，水缸旁随手一扔的磨刀石，甚至于一两声滑落在田间小路上的牛哞，都是秋天的轶事。

田野里一定埋着一些隐秘的事情。因为大人们总是趁着天不亮就下地。他们扛着粗重的犁耙，却故意放轻脚步。不知道是害怕碰醒了孩子们的梦，还是害怕踩响了公鸡们的嗓子。他们回家时，带着一脸的疲惫，却不吭声叹气。他们谈论着一块玉米地的长势，就像谈论刚刚散场的一出乡戏。播种前，他们又总是一次次披衣夜起，捧着金黄色的种子凝视，那表情，像是不放心儿子的第一次远行，又像是古代英雄醉里挑灯看剑。

大人们的举止让孩子们越来越怀疑——其实，秋天没来时，大人们就已经知道了秋天的模样。秋天的一些事情，大人们一定用汗水做骰子占卜过。

孩　子　们

秋天，让孩子们感到新鲜和好奇。

他们在谷地里钻来钻去，他们在大人们堆起的豆秸垛上爬上爬下，他们欢呼着抱起大人们刚刚刨起的红薯，磕磕绊绊地把它们搬运到停在地头的牛车上。

孩子们是秋天的一部分。

孩子们会发现秋天有很多可笑的事情。在秋风里摇晃着身子的高粱，太像喝醉了酒的爷爷了。而被掰去了棒子的玉米秆，沮丧着脸，像是一群衣衫褴褛的乞丐。比玉米秆更加沮丧的是麻雀，它们成群地飞旋在被镰刀掠夺过的谷地上空，像是一群找不到家的孩子。

孩子们甚至想偷偷捋几棵谷穗留下来，让麻雀当过冬的粮食。

在秋天，亢奋状态的孩子们手脚一刻也不肯闲下来，但孩子们有限的耐心使他们还无法成为大人们秋天里合格的帮手。孩子们喜爱秋天是因为秋天给他们带来的欢乐。

孩子们有他们沿袭多年的游戏。

在田埂上挖一个土坑，燃起干燥的庄稼秸秆，孩子们懂得在怎样的火候把红薯扔进去，埋上泥土把它焖成甜津津的美食。

在收割后的空地上，他们也懂得用脚踩出一小片平地，怎样用枯叶烤制香喷喷的黄豆。他们还会顺便把粗壮的蚂蚱或肥肥的豆虫用小树枝串起来，做成可口的烧烤。

孩子们是收获的一部分。

牛

牛车碾过,深深的蹄印和辙印,是秋天留在田野里的诗。

披着深秋,牛哞,使秋天更加真实。

同为牲口,马的一生都在奔跑,像是狼狈不堪的逃遁。牛却不是。牛四平八稳,牛从容不迫,牛知道自己一生的目的。牛犁开春泥,牛走上祈雨的祭坛,牛载着一大车一大车的苦难甩下漫漫长路,牛用毕生的坚韧和执著,一次次抵达丰硕的金秋。

牛是大地上的一个隐喻。

我曾经无数次追问过生命的意义。在秋天,和一头牛对视,我无法掩饰内心的空虚。

诗 梦 恬 庄

刘桂红

河水不知从哪里转来，也不知道转向哪里去，人站在田野里，只能看着它奔来又奔向远方。两条腿是跑不过土地上的一些事情的，油菜花、野花、野树，还有这满山坡、满田野开不尽的桃花，不管空旷里的寂寞气息多大，自在地抽着它的枝，开着它的花，他们比人更晓得春天的好处。从山坡下转个弯，顺着桃花开的方向，就到了通往小镇的路，若不是桃花，也许不会让自己望得那么远，若不是桃花，我可能不会走进桃花深处的那个小镇——恬庄。

一、风里吹来数点春

那条通往恬庄的泥土路，是留给春风的，才走几步脚底就沾上了桃花的味道，不时有几条地里钻出来的虫爬上我的脚背，准备和我一起走过那座桥，去探春风、探桃花。

桃花围着小河开，小河围着恬庄转，土地没有闲着的时候，再荒芜的地方也能和人聊聊春事。几棵桃树斜长在河边，一半的嫣红随河水飘走，南来的燕子往枝头一站，花儿又把过路人的心事开了一遍。鸭子成群地下到河里，荡漾起一阵阵水波，搅乱了怀揣春心的人的眼，人心再寂寞，看着水边桃树上开出的花儿，似乎也跟着它们重新在泥土里长了一回。

刚走过桥，一个扛着锄头跨着大步的农人，锄头上沾着一块新泥，泥土上粘着几根青草和几片桃花瓣。身后的一条黄狗边看着锄头上的晃悠的桃花瓣和青草，边跟着主人走，农人经过我身边时，没有抬一下眼，只顾低头看路，黄狗看见我，马上过来闻闻嗅嗅来自村外的陌生气息，随后跟着主人晃悠悠进了村，还时不时回头张望。

村口边一座废弃的房子，一把锈蚀的锁挂在倾斜的木门上，屋檐已经坍塌，春光直接长在了房子中，废弃院子里的几棵桃树，开满了花儿。人把曾经的沉重往土地上一扔就远走他乡，土地用自己的方式把它封存起来。

恬庄里农家院落很安静，每家围墙边挤满了凑热闹的桃树，填满了空荡荡的巷子。风时而送来几声为恬庄壮胆的狗吠声，时而送来人的说话声，喊着东家吃饭了么？西家下午过来家里坐坐,声音熟悉的似乎就像我曾经在这里住过,等我回来,一切已经不属于我。

本来想在恬庄里能遇到人说说话,走了大半个恬庄竟没有遇到一个人。走到镇东,桃花轻轻地落,走到镇西,桃花又静静地开,连穿过恬庄的河水,都是不动声色地带着桃花瓣一起流远。如果在这里呆久了,嗓子都变得清净。终于在村南看到两个阿婆,站在院落里一棵开满桃花的桃树下指指点点。我走近了去听她们聊天,她们似乎不在乎路过的人的耳朵是否听见什么,自顾说着属于她们的事情,从立冬说到立春,从春分说到春风,从春风说到地里的春苗,从春苗说到了收成,再从大雪说到谷雨。一年经过的日子,在农人田间的几句话语里走远了,即使春风再吹也喊不回来。我很想在这里的田埂上站上一年,看一下风如何把这里的土地吹成繁茂后又吹空。

一只蜗牛顺着桃树干往树顶上爬,这么漫长的时间,它是否听得到树上花开花落、结果成熟的声音。树梢上的天,云聚集在一起,风一吹散开了,而人在地上再怎样窜东窜西,只要春风一召唤,就跟着往前走,抬头看天低头看地,趴在泥土上看花看草,学虫鸣,忘了风雨,忘了自己,也忘记心里想对土地说的那些话儿了。

二、清晨的恬庄

清晨的恬庄,安静得似乎听得到老房子的呼吸声,石板路清亮得可以照见来回穿梭的猫和狗的影子,不知谁家的门"吱呀"一声,于是各家的木门纷纷打开,东一句西一句的闲话像人一样在街上走动起来,南大街的一句话北大街都能听到,如果不是一阵阵"的的笃笃"的陌生的脚步声跨过那座桥,小镇的故事不会随河水悠然飘远。

晨光漫上黛瓦,檐草还带着一点月色的白,外面的人已经难耐急躁,一个人过了桥走进石板街,后面跟着数不清的人很快挤进来,看景的、吆喝的、买东西的、唱戏的、打铁的,一下子热闹起来,角角落落挤满了人,混迹在老街的人潮里,茶香、酒香、酱香、饼香,夹杂着谁家煤球炉的烟熏,从南到北整条街就在烟熏火燎中翻腾,人走路跟猫似的眯着眼,而猫儿早已吓得上了屋檐,狗儿看着拥挤的石板路,乖巧地趴在自家门口往外看,看不清巷子原来的样子,就数着走过家门前的脚步,累了就闭眼听。

大街上的人越来越多,多到都不能低头看看脚踩的石板,也听不见脚踩在石板上摇晃出的"咚咚"声,喧嚣声淹没了石板下的轻快的流水声,巷子尽头那棵老桃树,花儿还没有落下,水就自顾着从我们脚下流走了。

一行人走走停停了半日,终于靠在了巷子口的桃树下,坐下来聊聊天,聊老街房子的旧,聊这里住着的事,聊到树上落下了一朵桃花瓣时,忍不住回头看那条长长的石板路,巷子走近寂静,桃红柳绿是否会成了水中孤影。

桃花从镇这头开到镇那头,小镇的日子如旧,每天随日出日落明暗有序。闻不到泥土的味道,花儿、草儿都没有地方随心地开,落荒的野藤爬上了灰墙,四处穿梭,却再也找不到当初的那长袖舞动、回眸一笑了。

三、故园应无恙

当春风吹到凤凰山时,镇口的那棵老桃树最先开了第一朵花,花开的声音落到恬庄里歪歪斜斜的瓦檐上,苔藓便泛了青,檐草趴上了窗台,跟着,暖色的阳光也挤进了恬庄里的青石板上,一夜之间,苍老的小镇站在了整个春风里。

随便推开哪一家楼上的木窗子,春色挡也挡不住地往屋子里灌,随后在屋子的每条缝隙里生根,人走到哪里它就跟到哪里,像影子一样不离不弃。人走过一个日子,脚下就多了一缕春色。小镇上似乎也没有哪间老房子想把春光关在窗外,房子随人老去,人随房子有了沧桑,抓一把春色,捉一只家门前花草丛里飞过的蝴蝶,不会感觉自己只是屋子后那棵快成枯枝的老树了,而是开得正艳的那棵桃树。

几只老猫儿起了春心,每天一早,在家家户户屋前屋后的桃树上爬上爬下。然后在屋檐上走几圈,看看这家人家的主人搬到城里后多久没有回来了,探探那家人家的屋里的老人是否带回来恬庄以外的新鲜事,毕竟春光之下万事都在悄悄茂盛起来。有时,猫儿也会坐在屋檐上眯眼瞄着开满桃花的青石板路,在想着青石板和它的一些事情。

小镇上人过日子,是从农历算起的,张家老人扳着手指算日子,农历初几儿孙要回来祭祖;西面王家老人记得农历初几才可以用木盆盛满水往门口泼水洗街,隔壁李家的老人翻着日历看农历十几子女要回家翻修房屋,动土上房得按时辰,这是祖上留下的规矩,没有老人会愿意去打破,他们相信春天是在老黄历上的日子到来的,人老去也是随着老黄历离开的。即使那个坐在廊檐下晒着太阳打着盹儿的老人,一睁开眼就知道今天的草长得多高了,桃花儿开了多少朵。

沿街老房子外墙上灰白的石灰正和时间结伴,在夕阳下一块一块地剥落。不时打在走路人的头上,提醒人这房子有多老了。蚂蚁们结队顺着墙往上爬,啃食着藏在墙里的时光,逐渐裸露的青砖,成了老主人身上最后的那件青长袍,陪着老主人谈天说地,遮蔽越飞越高的尘土。也为弃家远走的人留一个念想。

迎面遇到两个老人相扶相携着从青石板那头走来,夕阳照白了他们的头发。他们走到这家,看看门上了锁,叹口气;走到那家,门上结了蜘蛛网,伸手擦擦眼角,然后继续往前走。那些离乡太久的人会比老房子苍老得更快，树才长满新绿，他们已经驼了背坐回到老屋的旧屋檐下，只听见风雨而看不见照在身上的太阳了。老房子旧了可以歇息一下，倾斜了用木棍撑着还可以看风雨。而人老了腿脚再不便，哪怕爬也要跟着日子走，不然活着的时候心心念念的那些事物都成了空茫。

夕阳照着升上了天的炊烟，各家的老人蜷缩到自家的木门背后，除了几只狗东窜西窜外，空荡荡的青石板路上飘满了饭菜香。小镇还似原来地生活，在这里走过的人却老成了房子模样，在旧门槛前晃悠着，仿佛只是在镇外看了一次花开花落，又回到了生长的土地上。恬庄东面的永庆寺里传来的木鱼声，还和很多年以前一样，只是到了现在才听到。

湖 山 钓 旧

即使是居住在太湖边上的人，也很难把四季弄得十分分明。湖水刚刚翻腾的还是碧螺春发芽时青涩撩人的颜色，像翠衣长袖转身后的婀娜，待到忍不住想多看一眼时，满山的枇杷已似美人簪子上的缀金，不偏不倚散落在青丝眉黛之间，再往前行，橘子又娇羞成了美人的脸颊，等船靠岸时，你追赶到村边，伊人又藏进了满山的枇杷花丛中，太湖上的风很快就把时光吹散，即使你走进去了，也只能拾到它生了锈的旧。这样的旧在太湖边无处不在。湖底、岸上、树丛、花间、草边，甚至通往村子的路上随便一块小石头，就是前人扔下的一些时光，捡起来尽是些风姿绰约的往事。

时间的锈色藏得最深的地方，应属太湖中的东村。村口的几棵树长到了鸟才能飞到的高度，浓荫覆盖了大半个村子的秘密。从西走到东，从北走到南，整个村子安静地只剩下脚下青石板的"咚咚"声。石板路旁的小溪带着看不见的光阴，在围墙边缓缓流去。青苔从水边长到石板旁，再从青砖缝隙里钻出来，急促地在围墙上攀附，或许它知道和青砖相伴，日子才不会像以往那样寂寞。

灰色高大的墙体一家接一家望不到头，屋檐上的杂草一蓬接一蓬地往下挂。随性自在的根须渗透进墙体的每个关节，一同感受着老墙几百年来隐忍的疼痛。墙体上裸露的青砖失去了往昔的矜持，张着嘴巴大口喘息。空中飘落下来的灰尘，覆盖在抱石上、门楣上，已经很难看出它们原来的颜色。只有高可过膝的旧门槛，才让人想到这里居住过的那些人曾经的显赫。时光只需几粒飞过的尘土，就把往昔的人和事掩盖成了灰色。就连趴在各家门口的狗，也和这屋舍融为一色，无聊地闭着眼，甚至都懒得朝我们看一眼。大概它从来到这个村子的第一天起，就晓得了怎么来打发这里的白天和黑夜，学会了享受村子里独有的安详和沉寂。它不在乎外来人在屋子里进进出出，它不是守门的，它是被时光豢养的另一种沧桑。

大木门上的铜环在风里不经意地晃几下，有意无意招惹起外来人的欲望。在铜环上扣几下，几只麻雀从屋檐下的巢窠中惊飞，"嗖"地一声就消失了踪影，像是从老屋里蹿出的几缕惊魂。用力推推门，重重的"吱呀"声扰乱了整幢屋子的静谧，屋子里不断回荡着开门声，似乎里面曾经住过的人被惊醒，纷纷在打开木门，抖一抖这么多年积攒下的灰尘。

长满荒草和大树的天井，没有了人的踪迹。高大的厅堂里暗沉沉，投进来的几缕光线，努力地在屋子里奔走，顾了东边顾不了西边。整个屋子都老了，连里面走动的空气都不敢与它碰撞。只有敞开的门窗透着房屋旧主人的心扉，不管太湖的风雨掀起多高的浪花，都不敢去触碰几百年来在这里进进出出的那些人和事。

富贵的花朵刻在门窗上，就不再有凋谢，时光再摧残，它还是初绽时的娇羞模样。梅兰竹菊缩着旧主人的性情，在喧嚣外随水浮沉。若这屋子所有的时光在那年只停留在门楼上，喜鹊与梅花，就会被搁浅在初春的乍暖还寒。波光嶙峋中的两条鲤鱼或许会越过那扇半开半掩的龙门，和飘过屋顶的白云一起飞上蓝天，河边牵着马的人或许会飞奔追逐。可惜那些年的阳光只晃了一下，蚂蚁就在墙缝里做了巢，忙碌地把这里的东西搬进搬出，不消多少年，屋子被搬成了灰色。

野藤爬上绣楼的门窗，遮住了里面的琴声与娇颜，屋子里的脚步越来越轻。终于有一天，这里安静到只剩下草长树摇的声音。瓦檐上石灰斑驳得比落叶还要匆忙，几百年的风雨足可以抚平人事沧桑。现在，似乎已经没有什么再可以消磨它了。门楣上、木门上、窗上、梁上雕刻的各种玲珑姿态，还在暗沉中不时地招摇，木梁上麒麟闪着旧日的金色，不管时间在哪里停留，帝王家的傲气与生俱来。几只蜘蛛不谙世事地在上面来回穿梭，蜘蛛网织了一层又一层。门窗上的琴棋书画，随着木头的风化发出了只有房子和以前主人才能听到的崩裂声。

那些风流雅致显得弱不禁风，飘下一些尘埃加上几场风雨，整个屋子只剩下一副空架子。只有院中老树上的几声鸟鸣，才会说起它的孤独寂寞。站在廊下的人抬头想听一听，鸟却一展翅飞远了。

在锈色里走久了，时间也变得慢了起来。我们从这幢老屋兜到那幢老屋，越走越深，不晓得停留了多少时间，似乎在屋子里兜转了很多年。出门时正是夕阳西下，顺着石板路往村口走去，迎面遇见几个老人，挑着几筐从山上刚采下来的枇杷。

村口边的大树又长出了新的枝桠，太湖上，斜阳还挂在西边不肯落下，洒下的金光起伏跌宕,几只渔舟影影绰绰,摇向比黄昏更远的天边。头顶上染成红色的云,一眼就能认出还是几百年前的那朵。没有人知道太湖上来过多少人,带走过多少事,风有多宽阔雨有多密集,只知道时空是无边的,一声鸟啼天亮了,树、草、花都醒了;几声虫鸣,树上的果子熟透了,天地水尽头渐渐黯淡下去。

你 可 记 得 他

刘月朗

滚滚长江,你可记得他?

那年,他来到长江入海口,没能看到你的碧波荡漾,没能听到你的涛声低语,只有漆黑油污遮住了你的眼睛,隆隆马达掩盖了你的声音。那是停泊在此的船只,柴油发电机排放的污水、废气污染了你的纯洁,巨大的轰鸣打扰了往日的宁静。他想念你的清澈明丽,想念你的动人歌喉,他暗中发誓,一定要用双手让你美丽如昔! 2017 年 3 月 3 日,太仓第一套岸电系统在长江入海口的武岗码头正式运行。从此,清洁电能替代了柴油供能,无声无息的充电桩赶走了噪音不断的发动机,清新的风吹走了呛人的柴油味。碧水蓝天又回到了这里,走在你身边,涛声依旧,海鸥低吟,能听到心底花开的声音。

不羁的风,你可记得他?

你轻拂过恋人的鬓角,掀起过滔天巨浪,也曾拔起参天大树。你自由、放纵、随心所欲,像一个孩子。有人赞你,有人骂你,却没人懂你的无奈:无论多么强大,你只存在于刹那,所以你挥霍这有限的自由。直到那天,遇到了他。他懂你的好,懂你的美,他懂得你无形的身体里有巨大的能量。他建起一座又一座高大的风力发电机,让你的每一步都不再白费,每一次舞蹈都成为能量的聚集。2012 年 8 月 20 日,落户太仓的江苏宝洁有限公司,成为江苏省首家自愿认购使用风能等可再生绿色清洁能源的企业。从此,你四散的力量转化为电能,真正长存于世,走向了千家万户。他就像一位精神导师,让你发现自我、绽放光芒;他也是一位知心爱人,精心雕琢最美丽的你。

灿烂骄阳,你可记得他?

亿万年,你升起又落下,日复一日,行走在人世间,把光和热送给天下万物,花因你而开放,树因你而茂盛,地上的生灵都在你的恩泽之下。你无私奉献,一天又一天,却没人问过:你累吗? 天黑之后,还有人在惦记你吗? 你高高在上,却那么孤独,直到那一天,你遇到了他,他在大地上铺开一块又一块太阳能电池板,你的每一次闪烁,他都珍惜,他把你的暖留住。2015 年 5 月 22 日,太仓市陆渡镇一户居民家自建的屋顶太阳能发电系统验收并网,标志着太仓地区首个家庭分布式光伏发电系统正式并入国家电网。从此，即使天黑后，也会有手握星星的人，与你说话。

巍巍铁塔，你可记得他？

那个卡其色的身影，每一次从你身旁走过，总用仰望的目光关心你的基座、绝缘子，关心你放飞的千里银线，被烈日灼烧后的温度。多少次，他爬上你的肩膀，与你一起屹立在高空，俯瞰人间，春风花草，秋日暖阳。你们一起站立在蓝天之下，万物之上，一起看一座又一座钢铁巨人延绵走远，看山与山之间、海与海之隔的这一条条空中走廊。从海拔最高的青藏联网工程——唐古拉山口 17 基铁塔，到长江入海口的海平面，脚步将电流串起，1000 千伏的特高压，让天堑变通途。2016 年 11 月，淮上线特高压苏州站投入运行，一瞬间，千万里命运相连。多少次，你和他一起迎接寒冬的冷雨，盛夏的烈日，你们是最坚定的伙伴，互相支持、互相鼓励，携手走向一个又一个远方。

万家灯火，你可记得他？

太仓市双凤镇的灯，你可记得，2016 年 8 月 13 日，他迎着暴雨倾盆，从漆黑的夜色中匆匆赶来，在齐膝的水中抢修电力设备，让增氧泵及时恢复工作，救活了镇上价值上百万的鱼虾。璜泾镇的灯，你可记得，2016 年年底，作为全国加弹重镇，在经济不景气的情况下接到国际大单，每个白天都在赶工。寒冬的凌晨，万籁俱寂，大地沉默，只有他在星空下为你"零点检修"，保证了你第二天的安全用电。世博会上的灯、高考场上的铃声……你们都可曾记得他？他在深夜电杆下的帐篷里入睡，梦里是你——万家灯火；他在 40 度的高温下全副"武装"，走进蚊虫密集的丛林查看线路，想的是你——万家灯火；他在除夕夜守在调度台旁，心里最牵挂的面容与你融为一体——万家灯火。他的爱通过电网，从小家送到了大家，从心里送到你面前——万家灯火！

是的，他，他们同样普通而又平凡，有着你我熟悉的面庞、朴实的笑容。他拥有博大的胸怀、娴熟的手艺，不炫耀自己，却为你点亮心灯，不向你索取，却默默奉献。仿佛不离不弃的朋友，有如相知相守的亲人，他无处不在，又总藏在你看不见的地方，只有当你需要时，他才会第一时间出现，成为可倚靠的肩膀，为你驱走黑夜、驱走炎热、驱走寒凉。

他是谁？

是的，就是他，他们，有最伟大而无华的名字——电力工人！

墨妙亭秋韵

陆静波

弇山园最值得一看的就是墨妙亭,我每次去总要在这儿停留许久,这不,近于中秋,又站在了墨妙亭前。

亭子原来在城北的淮云寺,这个寺是元代浙江军器提举官顾信舍宅为寺,当时顾信与元代大书画家赵孟頫私交甚厚,拜赵孟頫为师也是潜心书法,后来辞官归太仓故里时赵孟頫为其临别赠书,写下《归去来辞》与《送李愿归盘谷序》两幅墨宝相赠,顾信回太仓后即勒石以供,筑亭翼之,名为墨妙亭。亭建成后,赵孟頫到太仓,写下"淮云三十里,见者以为奇"、"庶尔保令名,照映沧江色"句子,引骚人墨客前来寻访,留诗题辞,传为艺苑盛事。

名人效应真是了得。其实赵孟頫本来就是贵人,他是宋太祖赵匡胤十一世孙,秦王德芳之后,然而生不逢时,年少时南宋将倾,在坎坷忧患中度日维艰,宋灭后归故闲居。后来赵孟頫被举荐给元世祖,忽必烈惊呼"神仙中人",予礼遇,但是官场炼狱他并不得意,于是找了个空借病乞归,闲居江南,与世无争,写下《归去来辞》。这副帖子因为是相赠好友,以行书为主,间以草法,用笔珠圆玉润,宛转流美,神气充足,视为世间神物,顾信自然是至爱有加。之后的至大三年(1310),皇太子爱育黎拔力八达拜赵孟頫翰林侍读学士,次年五月爱育黎拔力八达即位是为仁宗,登基后不久将赵孟頫晋升为翰林学士承旨、荣禄大夫,官居从一品,名满天下。

这倒是一个美妙的结局。墨妙亭的来历很是生动,这是相知相谊的经典故事,很容易让人想起高山流水伯牙与子期的千古佳话。举首望孤星,低头抚古琴,高山流水吟不尽,空谷觅知音。秋风秋水此登临,秋月秋霜一寸心,世间自有真情在,除却巫山不是云。自古知音难觅、知己难寻,于是才有被人传诵至今。

我不知道为什么故事都发生在了秋天。一叶而知秋,这几天办公室窗前的几棵银杏树的叶子慢慢变成金黄,倚在窗前对望,发现一阵微风吹过,叶片总有几只像蝴蝶一样飞走,我知道,秋天的气息一日比一日浓烈,这就有了到弇山园看秋的冲动。是古人的故事打动心扉么。初秋的清凉与静谧拂面而来,意境是王维的"空山新雨后,天气晚来秋",让人真切感受秋的神韵,感受水的清凉,感受风的清爽。这秋风清醒我的头脑,舒爽我的身心,好像在这样的气候里洗了一个清爽。

我喜欢这爽利的秋。现在墨妙亭的所在位置是张溥故居的学山园旧址,飞檐凌清虚,回廊摇花影,小憩美人靠,恍然入妙境,门窗与座基古意绵绵。亭前,蟠槐流溢翠色,罗汉松如护亭门神。凭栏眺望,湖水一碧,右有墨浪桥,左有扇形轩。今年的夏天真的是暴戾,天上好像是在喷火一般,每天都在承受烈焰的烤,所以刚经过夏天,进入秋季,高天的秋,云是洁白的,天是湛蓝的,晴空里有白云飘飞,阴霾中有雨打风吹,毛毛雨落在身上轻轻的,凉凉的,很是舒服,有一种享受雨天浪漫的感觉。秋韵真是令人倾倒,让人迷醉。

站在墨妙亭前,想起还有一段爽。明天启年间,阉党魏忠贤专权,党羽苏州巡抚毛一鹭为了奉承在山塘为其造生祠,严令太仓送赵书碑刻,太仓人当然不愿受辱送碑,却又恐触犯魏党,惹出祸来,在当地学政陆应麟等商议下,采取了"宁为玉碎,不为瓦全"的办法,将碑石敲断,以残损上报,才得幸免。尽管断碑有点让人伤感,但是太仓人的不屈与机智还是让人觉得爽气。

秋韵好像总是离不开愁的旋律,"满地黄花堆积,憔悴损,如今有谁堪摘!守着窗儿,独自怎生得黑!梧桐更兼细雨,到黄昏点点滴滴。这次第,怎一个愁字了得!"李清照将愁情写得细致淋漓,李后主"问君能有几多愁,恰似一江春水向东流"更是深沉迷离,发人深省,堪称愁情绝唱。面对落暮衰草和萧瑟秋风,似乎都可以用一个"愁"字加以概括。可是我是读不出愁字的,陶渊明写归去来辞是因为不为五斗米折腰而去职归乡里,尽管有点黯然神伤,可是他不愁,先生不以己悲,面对秋,一任风雨叩击心扉,洞开胸怀,让记忆在梦中自由徘徊,把霜红镌刻在秋的脊背,心灵一点,就像一泓灵动的水,诗作却是尊田园诗祖。

一地的落叶经历了风霜,伤痕累累,它当然不能一世永垂,可是我思想着,它却是让每一道伤痕每一个残根都变成了一段故事,总有一点让人那么值得回味。

深秋我应该再来面亭。

2006.12.13

南 园 廊 韵

太仓南园是明代万历年间首辅王锡爵的赏梅种菊处,原占地十八亩,清初,文肃之孙、创"四王画派"的画家王时敏特邀当时叠山大师张南垣主持营造，画师与匠师高手合作，增拓其园，使南园成为造园与绘画融为一体的历史名园。

建筑是凝固的历史。中国传统建筑亭台楼阁，建筑在风光绝佳处，而建筑中的廊则是亭台楼阁的延伸，也是由主体建筑通向各处的纽带，既是室内外相互过渡的一个空间，起到区分景致、划分空间、组成景区的作用，又形成透景、借景等多种形式的布局，它的精妙意境亦是园中一景，甚至可以这么说，没有廊，就不会有极富空间感与层次感的建筑群。我多次陪同全国各地的客人游南园，每次都特别给客人介绍南园的长廊，期许让客人品出娄东园林的雅韵来。

南园旧景

园中的长廊真的不是可有可无，园林美学中的廊式建筑起到一种"隔"的造景手段和景点间遮阳避雨的导游线。中国古典园林中廊的建筑形式有直廊、曲廊、波形廊，而太仓南园的长廊采用的是一种不常见的复廊形式，长廊全长78米，临水依荷，从南向北，起于寒碧舫，中接大还阁，止于月波桥，一段成"个"子形，一段成"介"字形，或依墙而建，将楼阁池水连成一体，或透迄水中，给人以"浮廊可渡"的感觉，使这一建筑群连成一体，即便雨天也能不湿脚地走遍这群建筑。这种复廊是在双面空廊的中间夹一道墙的"里外廊"，随形而建，不规则的延伸显得比一直溜的长廊更是灵动多姿，有一种美的韵律。廊子本身或空透、或半空透，中间的墙上开有各种式样的漏窗，妙就妙在借景，从廊的一边透过漏窗可以看到廊的另一边，景色和谐组成美妙悦耳的旋律，仿佛古琴音色的轻重、高低、长短而各各不一，且又人动景移，各不相同的景物空间闪若眼前，这种借景作用，无论外界是风还是雨，这座精心打造的游廊总是以最安适的方式呈现着南园不同的美，漫步其中，步移景换，映入眼帘的都像是精心构造引领人们去欣赏的山水图画。"九曲回廊转，圣景揽千山"。"宜曲立长则胜，……随形而弯，依势而曲。或蟠山腰、或穷水际,通花渡壑,婉蜒无尽……"。这是中国古代造园专著《园冶》对园林中廊的精炼概括,太仓的南园正是把园内的景观通过复廊互相引借,使整个建筑构成了一个整体。

南园

南园的长廊曲折,不知建造者是否有象征春、夏、秋、冬的意韵。我想是有的。长廊东面临水,西面联房,一段一段的短廊,曲折变换好像寓意着四季变迁,这条彩带般的长廊,把南园西部的景点建筑连缀在了一起,形成了一条风雨无阻的观景线,长廊沿途穿花透树,看山赏水,景随步移,美不胜收,既是园林建筑之间的流动脉络,又与各种建筑组成空间层次多变的园林艺术空间。这条游廊南边的寒碧舫,俗称"旱船",文人雅士称其为"不系舟"或"舟而不游轩",南园寒碧舫的匾额是明末清初大诗人吴梅村的手迹,是中国古典园林的特色,一半水中,一半岸上,三面临水,临水部分无遮无棚,便于在此赏荷赏鱼赏月,或饮酒抚琴。中接"天下第一琴楼"大还阁,曲折长廊就像是琴馆的古琴琴弦,雨打廊,像是弹奏当时的名曲《汉宫秋》、《潇湘水云》。北至的月波桥是一座廊桥式建筑,这座花岗石三孔石桥的最大特点是桥上有廊,凌空飞架水面,我猜想是否取南北朝宋代鲍照"白云"诗"飞虹眺秦河,泛雾弄轻弦"之意,朱红色桥栏倒映水中,水波粼粼,宛若飞虹,看似月波。它是老南园的特色,因为明代的老南园四面环水,过桥进大门方能入内,大门处的桥正是一座廊桥,明清以来,本邑有多位画家诗人画咏无数,桥头小园有一棵三百年古桂树粗壮高大,枝繁叶茂,向称太仓"桂花王",逢八月桂花香,廊桥四周清香扑鼻,赏心悦目,沁人心脾。

明清太仓的私家造园之风兴盛,明代文豪王世贞著《太仓诸园小记》有太仓园林十多处,当时有王世贞筑"弇山园",广七十余亩,因极亭池花木之胜,有东南第一名园之称,时人谓"太仓园林甲于东南",王世贞、王世懋兄弟俩在太仓筑园多处,如"澹圃"

以花美、泉美、木美、石美、建筑美著称，又名"五美园"。王锡爵建王时敏拓建的南园是清代太仓园林之冠，王时敏建乐郊园也是筑园名家张南垣的佳作。憩园建在旧海宁寺址，有元代赵孟頫撰碑云"海宁禅寺，梁天监中，尼妙莲故址"，至今已有一千余年的历史，可见其历史久远，园内有北宋王安石欣赏的吴中著名水利学家郏亶墓、宋代花石纲遗物玲珑剔透百窍千灵的望海峰、元代浙江军器提举官顾信辞官归故里太仓时大书画家赵孟頫为其临别赠书写下"归去来辞"与"送李愿归盘谷序"两幅墨宝相赠而舍宅为寺建的墨妙亭、有元明时期太仓航海物证的海船煮篾缆大铁釜遗存，还有明代通海泉。钱氏花园是清河南巡抚钱鼎铭的专祠，有石舫、曾国荃写于光绪元年的《清宣副史馆疏碑》等旧物。苏州香山帮建的逸园，著名园林专家陈从周教授赞为"水亭之采用方胜双亭式，则为新例，及今唯太仓逸园存此一端"。沙溪镇有乐荫园，为元末隐士瞿孝桢读书处。林林总总，不胜枚举。尽管此时的私家园林多为城市宅园，面积不大，但是就是在这小小的天地里，却营造出了无限的境界，一如清代造园家李渔总结的那样："一勺则江湖万里"。私家园林的兴起有着特殊的社会背景，当时的社会动荡使人对前途感到失望与不安，道佛思想深入人心，士大夫于是就逃避现实，隐逸山林，寻求精神解脱，这种时尚在江南就体现在私家园林的营造，以假山水池为构架，穿凿亭台楼阁、树木花草，朴实自然，托物言志，小中见大，充满诗情画意，这壶中天地既是园主人生活场所，更是园主人梦想所在，所以在空间布局上自然大方，假山太湖石与开阔水面相得益彰，建筑的屋角起翘很大，代表着一种空灵与飘逸，园中以梅花、玉兰、牡丹、竹子、榆树、芭蕉、黄杨为主要树种，以太瓦、粉墙、掠柱、棕门窗、灰白石、绿树为特点，色彩清雅柔和，"道不明则隐"，而建筑的连接就是廊，士大夫希望造山理水以配天地，寄托自己的政治抱负，在喧闹中造就一种隐居的氛围，所以将园林称作"壶中天"，小中见大，一旦世道清明，明君出现，就可即刻复出，廊是走出深宅的最佳通道。

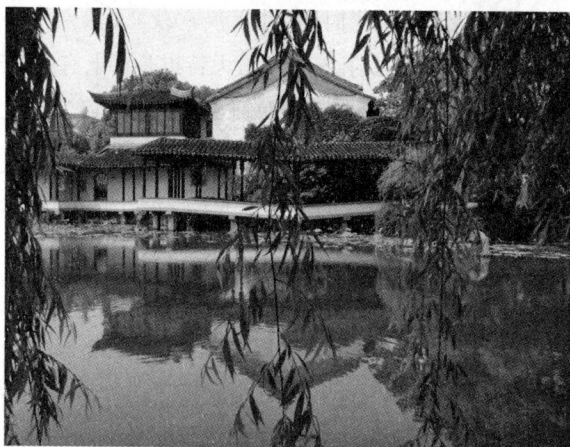

南园长廊是连系各个景点的脉络，但是否是连系"隐逸与出仕"则不得而知。不过，南园长廊以小巧、自由、精致和写意见长，既保持一贯灵动的江南水乡气质，又注意文化艺术的和谐统一。南园的长廊构造并不复杂，是一种最简单的四檩廊子，进深大约一米多，大概就是古园林建筑中俗称的"四尺廊子"，尽管长廊本身的建筑构造很简单，但从南园总体设计来看，这道长廊却起到中国园林艺术讲究含蓄的造园手法，长廊横贯其间犹如"山之彩屏，水之锦帐"，分隔景区又串联建筑，使园林有纵深感，它的巧妙融合，形成一个围合的空间，很自然地形成了又一个景区，使南园成为一个美的整体，激发游人探幽寻胜的兴趣。廊是长形观景建筑物，在游览线路上体现着南园建筑的动观效果，廊的墙、廊的门、廊的洞，根据廊外的各种自然景观布置安排，自由开朗的平面布局，活泼多变的灵动体型，表达着南园建筑的气氛和性格，使人感到新颖而又舒畅，曲折迂回而形成的廊的对景与框景，空间的动与静、延伸与穿插形成韵律，又产生美感。廊以虚为主，然而南园的廊又从立面上突出表现"虚"与"实"的对比，需要和自然空间互相延伸，融化于自然环境，所以廊又是景色的一部分。南园的长廊融汇了建筑美、艺术美与自然美，是中国古代建筑技术和现代艺术智慧相互渗透的成果，它的独特的体系，优美的造型，丰富的装饰手法为中国古典园林建筑史写下光辉一页，韵味自然悠长。

廊两边可行走可休憩，从远处望，花窗漏墙曲折高低，比敞廊别有情趣，在廊中坐，眼前一湖碧水如镜，清杂念，涤俗虑。诗人有写廊依景抒怀的，苏轼"西江月"这样写道："世事一场大梦，人生几度秋凉。夜来风叶已鸣廊，看取眉头鬓上。"苏子将世上的万事比作恍如一梦，只有晚上风吹树叶的声音响彻在回廊，但是眉头鬓上又多了几根银丝，人生真是经历了一场凄然。五代诗人张泌"寄人"诗说："别梦依依到谢家，小廊回合曲阑斜。多情只有春庭月，犹为离人照落花。"句子着实华美凄婉，怅惘无那，让人感动又让人沉溺的意境。而陈源发"过真静庵即事"有"结庐烟水廊，独寻疑有约，尘境亦清凉"句，倒是道出一个情缘，人约烟水廊，这里一个奇妙意境。我不是诗人，咏不出一句半点来，但是我倒是想着，在南园蜿蜒曲折、高低起伏的九曲回廊墙上的漏花窗，应该刻一首"清风明月不须一钱买"诗句，李白的"襄阳歌"寄托着对大自然的感激之情，南园长廊依荷纵横，是有这个意境的。

2006.2

太仓樱花街

　　太仓有条樱花街,每逢春光明媚,由县府街、府南街、新华街、人民路组成的四方街区,满街的樱花花开满种,花繁艳丽,蔚为壮观,我每天走过这条花街,樱花树花团锦簇,五彩绚丽,微笑面对,享受的不仅仅是大自然的春天,也享受着生命的春天。

　　太仓的樱花树一般是进入阳春三月开始返青,天气乍暖,樱花树的枝条发出嫩芽,在枝头的嫩芽旁鼓起花苞,清明前后,满树的樱花便开始陆续开放,这时的樱花最是灿烂,路两边的树枝交叉在头顶,头顶布满盛开的花瓣,有粉红有粉白,一团团、一簇簇、一层层、一片片,远看如白云,似粉雾,一树树怒放的樱花似一切团绯云,无限美丽,走近细看,能看清每一朵花的造型,那最多的 8 重樱,花梗细长下垂,像一盏盏灯密密地挤满枝头,人在花海,好似身披着锦缎,春日的阳光透过花瓣间细细的缝隙,斑斑点点地洒在身上和脸上,就像走进了花的宫殿,细细观赏,在花蕾、鳞片、幼芽上可以发现出乎意料的美。原来一直在乡镇工作,早出晚归的,到是没有怎么留意这花的缤纷,现在在政协工作,花街就在大门口,每天进出心情都与花为舞,倒是有时间留意起她的美来。记得有篇"樱花之忆"的文章,它这样写道:"……那简直是一种梦幻般的境地,一大片一大片艳阳夺目的樱花,像桃色的云,像迷茫的雾,像透明的绢纱,比飞絮更轻柔,比雪花还要耀眼。"这时候我会轻飘飘地遐想,樱花盛开,满树皆花,这是真的一树的花都开了,从远处眺望就是一片云浮在街心,树枝轻轻摇动有一种特别的感觉,满街的樱花树都开了,那盛开的是绚烂,但感觉的却是震颤,近处是云蒸霞蔚般的樱花,远处是像樱花一样轻盈的云朵,樱花海是美的海。

　　樱花作行道树,在太仓是增添了一道风景。樱花是世界著名的花木,别名山樱花、福岛樱、青肤樱,属蔷薇科,树皮暗栗褐色,光滑而有光泽,单叶互生,幼叶淡绿褐色,四月花开,可盛花期却只有六七天。樱花是边开边落,一朵樱花从开放到凋谢大约 7 天,整棵樱树从开花到全谢也大约只有 16 天,可就是这短暂间的美丽才使得樱花有这么大的魅力。原来对樱花的了解不多,现在才知道我国就是樱花的主要原产地,长江流域、东北华北均有分布,秦汉时期的宫苑已经栽植樱花,到了唐朝普遍出现在私家庭园,唐朝李商隐的诗句中最早出现"樱花"词:"何处哀筝随急管,樱花永巷垂杨岸。"以后也有许多诗人咏及,皮日休的"婀娜拔香拂酒壶……惟有春风独自扶",白居易的"小园新种红樱树,闲绕花枝便当游",诗句形容春日里樱花的婀娜多姿,元郭翼有"柳

太仓樱花街

色青堪把,樱花雪未干",明于若瀛有"三月雨声细,樱花疑杏花"。樱花花形美丽,树姿洒脱开展,盛开时如玉树琼花,堆云叠雪,甚是壮观。

　　樱花是美丽的花儿,在最为绚烂的时候凋零,她的凋零也是壮观亦是美丽。樱花那漫满樱树的华艳让人陶醉却总是短暂,看簌簌樱花洒落总会有一点"逝者如斯夫"的喟叹,然而,美得短暂却是加重了美的含义,甚至感觉缺憾就是美。每年樱花花瓣在空中舞,樱花树夹道形成一条樱花路,流红似霞,飞白如雪,令人依依难舍,心花如染,走在其中感悟樱花短暂而绚烂的一生。樱花凋落时,不污不染,很干脆。人生也是短暂,独立花吹雪,娇柔明艳,落英缤纷,一闪即逝,即便是死,也该是个果断离去,活着就要像樱花一样灿烂。其实,人与人的情缘,有时候也不过一瞬,樱花七日,美因迅忽而生,从而使人回味悠长,或是爱她飘落时的那场樱花雨,宁可瞬间凋零,也不愿在枝头留恋至萎谢,有种决绝果感的美。

政协门口的樱花

樱花的美在于盛开时的热烈,更在于她怒放后纷纷飘落时的那种清高、纯洁和果断的壮烈场面,美丽圣洁犹如天使,飘然而落犹如飞蝶,谢世时节,一阵风吹来,满树的樱花落英纷纷,看着花雨随风飘逝,不仅没有黛玉葬花的伤感,却有那种沐浴在花雨中的幸福和快乐。漫地一片落英,雨蕴春意,飘飘洒洒也就显得格外的空灵,我的心境如同这樱花雨,出奇的宁静与平和,滑过樱花的边际,款步在我灵魂的阡陌。起风了,我的脸沾满了花瓣,花瓣多得惊人,我用双手把脸上的花瓣拂去,多么的奢侈。樱花雨后的樱花树枝叶繁茂,绿荫如盖,给行道添得几多凉意。

　　当下,太仓樱花街正是一遍灿烂。

2006.3.30

江南丝竹五题

宋祖荫

江南丝竹出太仓。

丝竹回响,诗意盎然;年复一年,不离不弃。《太仓江南丝竹年刊》(2015－2019),一本记载太仓江南丝竹年度大事活动的刊物,有幸参与这本刊物的创始和编撰工作,采编之余,有感而发,并作为年度卷首语刊发,从这些字里行间也许能感悟太仓人对江南丝竹的一往情深。

有一种情怀叫丝竹

这是一个柔美乐种,也是一种大美情怀。

上世纪八九十年代,一群散落于民间的草根艺人吹拉弹唱,还在苦苦地为劳顿生计而奔波时,想不到若干年以后他们手中丝竹器乐,"凤凰涅槃"般地捷足登上"大雅之堂",不仅奏响苏州、南京、北京乃至港澳台,还远赴新加坡、西欧等国。

这就是东方中国的"轻音乐",这就是江南丝竹赋予的独特魅力。创造这些丝竹传奇的人,就是这班江南丝竹代表性传承人,以及众多江南丝竹团队与乐手。古往今来,沧海桑田,经过老一辈艺人的"口授心传",丝竹音乐不断加以改进、完善和提高,古老的丝竹韵律终于有了别样新声。

植根于深厚的民间沃壤,让悠扬的旋律在广袤的田野不绝于耳。在"江南丝竹"的版图上,太仓是最有渊源的。经过一番考证,"江南丝竹起源太仓"被业内外所公认。在2015年春天开展的第九届江苏园博会苏州非遗馆,关于江南丝竹是这样记载的:……江南丝竹的历史可追溯至600多年前,当时的太仓就已是著名的"弦索之乡"。像这样的表述,已在江浙沪多地丝竹馆得到了印证。

传承中弘扬,弘扬中发展。10年前,江南丝竹成为首批国家级非物质文化遗产项目,太仓义无反顾地承担起传承、保护和利用的重任。在音乐乐种天地,江南丝竹以"小、细、轻、雅"著称,深受众多老百姓青睐。江南丝竹编排灵活,形式多样,不受限制,三五成群即可,是一个非常"接地气"的乐种。如今太仓城乡活跃着数十支江南丝竹队伍,拥有爱好者千余人。一些重大活动、重要节日的演出场合,自然少不了江南丝竹。连太仓时空也飘逸着丝竹雅韵。可不,新浏河畔的琵琶造型,财富大厦广场的太仓十大曲曲名,健雄职业技术学院知识广场和204国道东侧的人物雕像,便是最好的佐证。

近20年来,太仓文化部门举全市之力,精心打造江南丝竹发源地文化名片,收集、整理、编配太仓江南丝竹曲目,组建五洋丝竹乐团,成立江南丝竹协会,开设江南丝竹馆,开展江南丝竹进社区、进校园、进军营活动,参与"百团大展演"活动。在长三角及海内外江南丝竹大赛上,太仓乐团屡次摘金夺银。江南丝竹的音符早已渗透于人们日常生活之中。

当年,明代曲圣魏良辅寓居太仓南码头改革昆山腔,创制"水磨腔",使得丝竹曲调更加"舒徐婉转、优美动听"。凭借"十年不下楼"的苦读寒窗,魏良辅一举成为一代昆曲的鼻祖。与此同时,诞生于昆曲革新中的吴中新乐弦索可谓是江南丝竹的雏形。可见,创新发展是一个乐种富有生命的动力。

非遗担当,任重道远。太仓江南丝竹又有了一份年度档案,一年一卷,《太仓江南丝竹年刊》的出版,为守望太仓保护利用江南丝竹,构筑了一个新的交流平台。存史资政、借鉴育人,《太仓江南丝竹年刊》将成为连接娄地丝竹的情感纽带。在江南丝竹的传承传播中,进一步释放出江南雅韵的优美与柔和。

仙乐霓裳人间回

2016年,是注定写给江南丝竹的。

国务院颁布的首批国家级非物质文化遗产名录,江南丝竹名列其中,也是太仓迄今唯一入选的非遗国保项目。屈指一算,至今整整10周年。回眸10年前,当太仓递交国家级非遗项目申报书时,对江南丝竹的理解、领悟恐怕还是浅显的,表象的,但是我们有信心有决心,用扎实的措施、务实的行动来传承保护这个民间艺术瑰宝。

"江南丝竹发源地""丝弦之声不绝于耳""邻里丝竹相闻"……当年太仓凭着对丝竹的热爱,义无反顾地走在了江南丝竹保护道路的前列。"十年磨一剑"。克服多种困难,营造浓厚氛围,我们敢于创新,勇于创造,让江南丝竹萦绕于太仓的朗朗天空。2008年,太仓被国家文化部命名为"中国民间文化艺术(江南丝竹)之乡"。

这十年,我们筚路蓝缕。

秉承对文化的高度自觉精神,对江南丝竹的起源、形成、发展,特别是太仓江南丝竹的特色,我们倾注了极大的心血和精力,致力挖掘江南丝竹的历史和人文价值。先后录制了《太仓江南丝竹十大曲》《太仓江南丝竹新曲八首》,出版了《江南丝竹》《江南丝竹文曲》等研究书籍,形成了一支群众性江南丝竹音乐创作群体创作的30多首新曲目,为后人进一步弘扬、传播江南丝竹提供重要档案。

这十年,我们艰辛付出。

江南丝竹的传承,在于丝竹艺术的普及与提高。我们以江南丝竹音乐为核心,成立了江南丝竹协会,创办了江南丝竹会馆,组建了江南丝竹乐团,迄今全市拥有江南丝竹爱好者千余人。文化下乡、公益创投、惠民演出、江南丝竹进社区、进校园等系列活动,赢得了社会大众对丝竹音乐的情有独钟。

这十年,我们砥砺前行。

江南丝竹走出太仓,走向世界。海内外江南丝竹邀请赛、长三角及省市江南丝竹展演等各种舞台上,太仓江南丝竹闻名遐迩。近年来,江南丝竹不仅奏响狮城,东瀛,港台,还走向莱茵河畔,连续两度参加"走进德国——太仓日"活动,融入"一带一路"上的江南丝竹,再现今日丝竹音乐的悠扬。

在加快推进现代田园城市建设,率先全面建成更高水平小康社会的今天,清新、典雅、优美、动听的江南丝竹,经过当代江南丝竹人的不懈努力,已成为太仓的一张独特靓丽的文化名片。

"一曲丝竹心已醉,梦听余音夜不寐;内中奥妙谁得知,仙乐霓裳人间回"。这首赞美江南丝竹的诗句,呈现出典型的江南水乡文化特征,深受人们的喜爱。丝竹声声,信心满满。正值江南丝竹列入国保10周年之际,《太仓江南丝竹年刊》开卷有益,旨在为江南丝竹的传承、保护和利用,留下点点滴滴的岁月印记。

保护江南丝竹,太仓作出的承诺,肩负的职责。一诺千金,尽心尽责。十年后的今天,又是一个崭新的起点。我们将背负时代希冀,传承优秀文化,站在"互联网+"的平台上刻不容缓地切实保护非遗文化,弘扬民族精神,我们未来奋进的步履会走得更稳、更远、更好。

愿这朵民族艺术奇葩永远绽放娄东大地。

千年古韵奏响时代华章

江南,充满音乐灵感的地方。江南与丝竹的关系,千丝万缕,不可分割。也很难说是江南地域哺育了丝竹音乐,还是丝竹音乐优雅地抒发了江南人的情怀。

丝竹与江南的邂逅,是艺术与生活的交织。江南丝竹源远流长,是劳动人民智慧与艺术才华的结晶,表现出江南生活、生产活动的丰富多彩,反映了人们的喜怒哀乐,也是他们对人世与人生的理解,更是对美好生活的向往。

作为中国江南丝竹之乡的太仓,有着传统江南丝竹的特有基因,肩负着弘扬和传播江南丝竹的重任。江南丝竹是民族音乐重要组成部分和表现形式。复兴传统文化,繁荣社会主义文化都应包括民族音乐的复兴与繁荣。在走进新时代的当下,提倡文化的自信与自觉,也需要包括江南丝竹在内的民族音乐参与。

2017 年,江南丝竹进入了第二个 10 年保护的新起始,太仓开启了保护江南丝竹的新征程。江南丝竹处在一个重要的时代变革节点上,承前启后,继往开来,我们承担崇高使命,牢记奋斗目标。行走于非遗保护路上,太仓江南丝竹任重道远。

我们正在书写着江南丝竹的新答卷,铸就民族音乐的新辉煌……

江南丝竹保护原声永留。五洋丝竹乐团参与录制"江苏省传统文化声音寻访暨声音库建设启动仪式",传统江南丝竹八大曲之一的《欢乐歌》被收入声音库;传统江南丝竹文曲《霓裳曲》入选《江苏民间文艺数据库》。张晓峰艺术馆在浏河古镇落成开放,珍藏了许多不同时期丝竹与民乐的瑰宝。

江南丝竹演出踪迹可寻。第二届江南丝竹演出季如约上演,春、夏、秋三季连演,25 支乐团参与,不仅是本土的,还有来自长三角地区的,太仓江南丝竹余音缭绕,影响力日益扩大。"江南丝竹进校园",21 场活动与青少年面对面;江南丝竹鉴赏课,64 课时传授与健雄学子零距离,不忘初心,牢记使命,播下丝竹文化的种子。丝竹演奏展演、交流活动接连不断,如"江苏五洋集团冠名五洋丝竹乐团 10 周年音乐会""太仓第13 届江南丝竹演奏比赛""丝竹情交流演奏会"等,还参与吴江、常熟、苏州、上海金山、贵州玉屏,以及远赴日本、意大利等地演出。

江南丝竹获奖频传佳音。展演、活动、研究取得不菲成绩。五洋丝竹乐团荣获"2017 海内外江南丝竹邀请赛"银奖,2016 年"非遗进校园"被评为太仓"突出贡献项目奖";青少年活动中心轻扬民族乐团获得"第 13 届长三角民乐团展演特色团队奖",论文《太仓江南丝竹保护传承之道》荣获"江苏省传承中华优秀传统文化群众理论研究成果"一等奖。

江南丝竹团队实力非凡。五洋丝竹乐团通过"4A 级社会组织"复评,获评"2017年度太仓市先进社会组织",被授予"2015 – 2016 年度 5 星级业余文艺团队"。江南丝竹馆被江苏省侨办和文化厅评为"中华文化海外交流基地"。

江南丝竹,江苏的文化符号。放眼娄东大地,田园生机盎然,生活充满阳光。传统的丝竹焕发出新的枝芽。望山见水,记住乡愁。江南丝竹就是一种情感寄托。丝竹音乐,不绝于耳;丝竹文化,交相辉映。再现了当年江南丝竹的热闹景象。

一方水土养一方人。江南丝竹,古韵今风,太仓民族音乐绽放的一朵奇葩。我们珍视这份宝贵文化财富的滋养,更有责任传承它,把它发扬光大。在发展中传承,在创新中保护,创造出具有新时代特色的新作品。立足本土,传承经典,追求卓越,开创未来,继而谱写出无愧于改革开放新时代的华彩乐章。

新时代下江南丝竹保护再出发

一曲江南丝竹,几多江南故事。

行走于富庶美丽的江南,仰望天空云卷云舒,感怀古城沧桑变迁,你可以尽情地过眼烟云,浮想联翩,一定还会邂逅一曲柔雅悠扬的江南丝竹。

江南丝竹清新脱俗,温婉悠长。作为江南丝竹发源地之一的太仓,江南丝竹早已融入于生命的脉动。精致和谐,是太仓城市的特质,也是太仓城市的精神。之所以有精致和谐的品性,那是因为它的城市律动中有了江南丝竹的音符。

"小、细、轻、雅"——优美纯朴、清新悦耳、轻快明朗、绚丽幽雅……任何形容词对江南丝竹的描绘,都是不过分的。因为它独特的音乐特色,值得如此。太仓人对江南丝竹的那份情怀,是与生俱来的。因为那灵动的水、氤氲的雾,还有小桥流水,千年古镇,造就了江南丝竹的那份市井生活的悠闲,水乡之地的热闹。

有了水光山色的江南,丝竹,才成其为丝竹。太仓江南丝竹"风景旧曾谙",它刻画的是朴实,领略的是传承,诉说的是坚守。

江南丝竹演出季,太仓江南丝竹的集结"盛宴"。一年一届,迄今历时第三届,成为太仓音乐文化的品牌之一。在丝竹会馆的古戏台上,群贤毕集,乐曲悠扬,展示出太仓对江南丝竹最真实的亲近,不伪装、不掩饰。男女老少,本土外地;丝竹声声,其乐融融。志愿者、爱好者、初学者,纷纷登上丝竹舞台,展示丝竹技能。春来秋往,日场夜场,轮流上演,还有一群来自高职院校、初级中学的学生,可谓一缕丝竹的忠实观众。戏台上下,会馆内外,连空气中也弥漫着丝竹的韵味。太仓不少草根艺术团体,他们以登上戏台为荣,相互切磋,交流演出,提升技艺。来了一届又一届,节目不断出新,演奏连年提高,新人大量涌现。还有来自长三角一带的丝竹乐团,争相报名前来田园城太仓,丝竹发源地,各显其能,展现各地江南丝竹的魅力。

在太仓,一个丝竹乐团,一家集团公司,结下了 10 余年的不解情缘。它的红娘扮演者,就是江南丝竹。2018 年,太仓五洋丝竹乐团开启了第三轮冠名期,各项丝竹参赛、展演、交流、公益活动接连不断,风生水起。一家富有社会责任担当的五洋公司,在地产、贸易、金融、实业等板块上傲视群雄,成为太仓本土的一家大型民营企业。但是五洋集团拥有高度的文化自觉意识,努力为非遗文化传承做出奉献。五洋倾情丝竹,资助丝竹,冠名丝竹乐团,在太仓成为美谈。

政府主导,社会参与。丝竹来自民间,植根民间,有着重要的民俗文化价值。非遗文化传承,江南丝竹保护利用,得到了广泛的共识。全市性的江南丝竹演奏比赛(文广新局)、器乐比赛(人社局),连续举办了 14 届,还要一届届地办下去。还有更多的政府部门、学校、机构、社团参与江南丝竹的传承。值得一提的是太仓的一批中小学校,如实验小学、经贸、朱棣文、新区三小、省太高等有了民乐队,民乐从娃娃抓起落到实处。《江南丝竹年刊》记载了江南丝竹前世今生,江南丝竹的年度特色。一册在手,尽览丝竹。

新时代、新征程。江南丝竹诠释着江南的世俗,江南的精神,江南的一切。传承保护正当时,江南丝竹焕青春。来吧,坐看江南福地,倚栏眺望、品茗、闲聊,一曲江南丝竹,唱响江南的人文性情。

江南的名片 天籁的符号

江南丝竹,从广义的全域来讲,它流行于广袤的江南大地。若以狭义的地理概念,那么江南丝竹的核心地带可能就是太湖流域,或长三角核心腹地一带,也就是今日的江苏南部、上海和浙江的西部地区。当下,长三角一体化发展战略已上升到国家层面,经济、科技、社会、文化相融相通,江南丝竹也迎来新的发展机遇。

江南丝竹乃中国传统乐器中的丝竹乐种。它由丝弦中的二胡、中胡、三弦、琵琶、扬琴,竹管中的笛、笙、箫,打击乐器中的鼓、板、木鱼、碰铃等组成,其中以笛、弦子、二胡为主。其合奏时旋律优美、明快、圆润、委婉动听,历来为文人雅士和广大群众喜爱。

江南丝竹诞生于太仓,旧时江南丝竹常在民间庙会及婚丧喜事中演奏。至民国,太仓丝竹班子已遍布城乡。上世纪 50 年代初,吴中"弦索"被定名为"江南丝竹",随后太仓在江南丝竹的保护、挖掘、整理、传承方面做了大量建设性工作。进入新世纪以来,太仓在民间众多业余丝竹乐团的基础上,首创了"江南丝竹馆",开展丰富多彩的城乡演出活动。作为国家级非遗项目,江南丝竹的保护利用得到了长足进展。

"岁岁花相似,年年人不同"。江南丝竹亦是如此。今年太仓江南丝竹与时俱进,清音蝶变,不断发展,呈现出保护利用的喜人局面。

2019 年年初,太仓市第 4 次被国家文化和旅游部评为"中国民间文化艺术(江南丝竹)之乡",这是今年全国 175 个"民间文化艺术之乡"中唯一一个("江南丝竹"项目)。成绩来之不易,未来更是可期。如今在太仓,江南丝竹遍布城乡,演出活动不绝于耳,江南丝竹成为"现代田园城,幸福金太仓"的声音名片。

传统与现代对接,经典呼唤保护。大数据时代下,江南丝竹传承保护有了新的载体。用数字化的方式,永久地保留、传承富有民间特征的江南丝竹,让后人可以更好地弘扬优秀传统文化。"江南丝竹数字化保护"项目的实施,对江南丝竹进行大数据采集录制,让江南丝竹活态化、原生态化地传承。

第4届江南丝竹演出季今年依旧如约开场,与往年不同的是每场演出由2个团队参演,突出交流学习,以乐会友。秋冬季的演出,走出江南丝竹馆,让"江南丝竹演出季"这个品牌活动走向基层,走进老百姓的生活。

令人欣慰的是,曾以民乐特色教育成果响誉海内外的荣文小学,自2017年恢复民乐特色教育且重新组建学生民乐团以来,坚持每周集训,已经初见成效。今年参加太仓市第10届学生艺术节,太仓市第15届江南丝竹演奏比赛、第15届长三角民族乐团展演活动等活动,并取得了不俗的业绩。

盘点年度,喜事连连;展望未来,豪情满满。江南丝竹发源于太仓,希冀江南丝竹能够深耕于太仓,长成于太仓,也希冀太仓江南丝竹在丝竹大家庭中,更多的"走出去,请进来",相互学习,交流借鉴,取长补短,进一步加快推进融合的步伐。

名　片

尹小雁

那日在家整理东西，发现书房礼品袋里存了不少名片，拎起来掂了掂，约有三、四斤，虽然是自己的东西，但闲置久了，还是觉着好奇，就停了手里的活，坐在地板上开始翻看。

阳光透过落地窗投射在本色的木质地板上，温暖的光线里有无数细微的粒子悬在空气里，似乎能看得见时光在眼前缓缓流动。

密密匝匝的名片堆积在一起占据了大半个袋子，心想，若是这么多名片上的人聚到一起，恐怕行政中心那个六百来人的报告厅会座无虚席。

就像翻阅自己收藏的宝贝，一张一张，边看边努力回忆。眼前有许多身影在晃动，有的清晰有的模糊，他们出现在不同场景，自己的身影也在里面若隐若现。我就像坐在时光的这一头，开始审视时光那头的另一个我。

90 年代初，考入电视台做记者，那时社会上流行使用名片，各行各业，但凡有个一官半职，或是一般的办事人员，见面第一件事就是交换名片，被称作无冕之王的记者，自然也未能免俗，尤其我这种刚进单位的年轻新人，包里除了钱包和笔记本，名片是绝对不会忘带的。

我已经想不出究竟与多少人交换过名片，与我交换过名片的人似乎不仅限于本省、本国，还有其他国家的，那时市里大张旗鼓招商引资，每年不知有多少外国考察团来来去去，跑市政及工业条线的我，经常会收到来自不同国度的名片。礼品袋里的名片是我一次次筛选后觉着可能有用而保存下来的，即便隔段时间清理一下，日子长了，还是积攒了这么多。

记得我的第一张名片是自己设计的，右上角的图案是一支咖啡色的钢笔，上面有一个打了结的飘带，名片中央偏高一点的位置印了七个字：永远的中国公民，空开一格，是自己的名字，右下角是拷机号和新闻热线电话。那时的我年轻气盛，总认为自己与众不同，无论是穿衣还是其他，不愿和别人重样，于是炮制了这么一张自以为是的名片。每次把名片递给人家，常看到对方眼睛和名片接触的一刹那，会眉毛一跳，然后带点惊讶带点夸张带点恭维地赞叹：呀，太别致了，第一次收到这样的名片，我肯定不会忘记的。那时的我是如何的喜形于色，虽嘴上谦虚，但能感到自己嘴角上扬，钻在笔挺的西装套裙里的身体更加挺拔，临走时，高跟鞋在地面上敲出富有韵律的声音，后脑勺似乎能看到站在不远处一直没有移开的目光。

那个是我吗，张扬而肤浅。

刚做记者时，外出采访名片发得很多。那时还是计划经济时代，企业都是国有或集体的，民企寥寥无几，股份制尚未开始，市里所有国企、外企的负责人和办公室主任大概都收到过我的名片，他们也都给过我名片。名片除了便于联系，台里播出的每条新闻，有的被采访者出镜，必须打上名字和职务，有名片就避免打错字，也能避免张冠李戴。

90年代，国人见面习惯交换名片。刚开始的时候，名片比较普通，一般的纸质，只是头衔印的多少而已。可越到后来，花样百出。烫金的镶嵌金丝的印自己头像的，五花八门，看得眼花缭乱，有的名片上印了十来个头衔，看完名片一头雾水，搞不清对方哪个才是真身。做记者时间长了，与企业和市政条线的人都混熟了，渐渐地便很少发名片，加之时常出镜采访或做现场报道，一个小小的城市，很容易就被大家认识，自己的脸似乎就是名片。

那时的我潜意识里就是这么认为的，虚荣地沾沾自喜。

永远的中国公民这张名片大概用了一年多，台里统一规定了名片的logo和格式便停用了，但床头柜抽屉里，还留了几张这样的名片，不知出于什么心理，是得意自己的匠心独具，还是想留下那段青春岁月的一点印记。

随着职务变动，有过各种版本的名片，都是单位统一设计办公室统一印发。我的心思也不再在一张小小的名片上，换了另一种方式，在拍摄选题上去寻找别人尚未发现的身边事，或在策划的节目和活动上追求不与别人或别的台重样的内容和形式，用现在的话来说，尽力接地气，引发大家共鸣。

收了很多名片，印象深刻的是在太仓沙中读过中学的物理学家王淦昌，这位有着中国原子弹之父称谓的老人，非常幽默，很难想象他是研究物理参与中国第一颗原子弹研制的科学家。一进他家门，王老就热情地拿出自己的名片，说，来来来，我们交换一下片子。他不说名片，说片子，片子和骗子普通话念起来是一样的音，听了觉着好玩。王老的名片很简单，中国科学院，王淦昌，就像他的穿着那么简单，白衬衣，米色背带西裤，一副度数很深的米色镜框近视眼镜，简简单单，清清爽爽，即使老人家走了很多年，我们交换名片时的情景，采访时他谦虚中带着幽默的讲述，始终让我无法忘记。

十几年后，有人偶尔还会提及"永远的中国公民"那张名片，我不好意思地笑笑，感叹自己当年的无知无畏,却又感叹现在的自己似乎少了些什么。

自己曾经幼稚可笑渴望成熟,却又希望能保留一份纯真。究竟什么时候自己能成熟呢?30 岁的时候觉得自己比以前成熟多了,可到了四十岁,又觉得 30 岁的自己竟是那么的可笑,做了许多被现在的自己所不屑的事,难道到了 70 岁的时候,还会笑六十岁的自己么?我常出现这样的念头。

喜欢有句话,我从未长大,但我从未停止成长。我希望做这样的自己。

收起名片,这次不是随手闲置,而是想好好收藏这一段生命时光。

2012.9

相 约 朱 棣 文

正在拍摄太仓籍两院院士系列专题,忽然获悉祖籍太仓的华裔科学家朱棣文荣获 1997 年诺贝尔物理奖,在热播院士片期间,得知朱棣文将赴上海进行学术交流。我正为无法拍摄远在美国的这位外籍院士而犯愁,没想柳暗花明,机会来了。立即与上海相关部门取得联系,确认朱棣文回国时间,并拿到了负责陪同朱棣文的上海光机所研究员、中科院院士王育竹教授的电话。

1998 年 8 月 24 号上午,一辆考斯特停在了位于上海嘉定的中科院上海光学精密机械研究所(简称光机所)大门前,车门尚未开启,拍档已经站在最佳位置开启了摄像机。虽然王育竹教授给朱棣文转告了我们的采访计划,但具体时间尚未确定,更不知能有多少时间可以留给我们,所以事先和拍档商量,多拍画面,多录同期声(说话实况),见机行事。

朱棣文和王育竹教授以及相关人员一下车,就急匆匆进了光机所大楼,一边走一边聊,我跟在他们身后努力听清他们在聊什么。穿过长长的走廊,所有人进了一间装有投影仪的阶梯教室。

穿着淡蓝色短袖衬衫的朱棣文走上讲台,开始了他首次回国的第一场学术讲演。

教室里坐的全是科研人员,投影仪忽明忽暗的图片光影,映在朱棣文的脸上、衣服上,红色指示笔在投影上移动,他的眼睛全神贯注追着那个小红点,徜徉在他的学术世界里。

我悄悄溜到室外,期待茶歇之时与朱棣文约定采访时间。

朱棣文是继杨振宁、李政道、丁肇中、李元哲后第五位获得诺贝尔奖的华裔科学家。祖籍太仓的朱棣文出生于美国蜜苏里州圣路易,套用一句现代语,朱家是个超级学霸家族,朱棣文的祖父朱况年是太仓城厢镇的一位读书人,十分注重培养后代,朱棣文大姑妈朱汝昭早年留学日本,二姑妈朱汝华是美国芝加哥大学化学工程教授,三姑妈朱汝蓉留学美国,也是一名化学教授。朱棣文父亲朱汝谨毕业于清华大学化工系,后就读麻省理工学院,获化工博士,先后任美国圣路易、纽约和新泽西三所大学教授,历任美国和欧洲 60 多家石油、化学、导弹、核子工程及太空公司的顾问,母亲李静贞毕业于清华大学,后在美国麻省理工学院攻读工商管理。朱棣文的外祖父李书田毕业于天津大学,后公费留美,回国后投身教育事业,曾任天津大学校长,国民政府教育部长,朱棣文父兄辈中至少有 12 位拥有博士学位和大学教授职位。

令人费解的是,朱棣文家族中的人自离开中国后,没有一人回过国。

嘉定紧邻太仓,去一趟朱棣文太仓的老家只需十几分钟车程,此次朱棣文是否会去看看朱家故居呢。

我的脑子里闪出一个个问号,期待采访时能够找到答案。

茶歇时间,朱棣文走出教室,我把他堵在走廊里,希望他给我留出一个小时哪怕半个小时做专访。他查了一下日程,告诉我,白天一天学术活动,晚上上海市政府领导会见,全天时间已经排满。我寻思着今天没戏,得争取明天采访,正要开口与他约明天甚至后天,他眨了眨眼睛忽然冲我一笑,说中午有一个小时的休息时间。我眼前一亮,但马上有些犹豫,把别人的午休时间拿来采访似乎不太合适,但还是试探着问:你中午是否有午休习惯。朱棣文说:NO,我从不午睡。我赶紧追问,那能否就用这个时间做采访,他看着我笑眯眯地说,OK。

我们约定中午十二点到一点,上海嘉定宾馆会议室见。

12 点不到,朱棣文已经来到会议室,他看上去很轻松,笑嘻嘻走近我,用中国人的礼仪主动和我握手,王育竹院士陪在他身边,成了我们的临时翻译。

会议室里有张椭圆形的桌子,我们就在桌子的一头坐下。我顺手把话筒放在他前面的桌子上,尽量想营造一个舒适自在的聊天氛围,手拿话筒对着他多少会有影响。

待坐定,我放慢语速问朱棣文:你会讲中文吗? 他狡黠地盯着我,认真地用中文一字一顿地说:我不会说中文。没想到他一上来就玩起了幽默,我们都被他逗笑。我也用半玩笑的口气说:你明明会讲中文,怎么告诉我不会说中文? 他马上用英语说:我只会讲一点点,但能听懂一些,如果在中国待上三个月,或许能听懂一大半。

朱棣文是在中西方文化共同浸染下长大,他既有西方人的幽默,又有东方人的谦虚,和他接触后会发现,他不是那种刻板的科学家,而是一个性格活泼开朗、非常风趣的人。

朱棣文的眼睛特别清澈，睫毛很长，我总感觉这应该是一双孩子的眼睛，怎么看也不像一个 50 岁的科学家的眼睛。176 米的身高，不胖不瘦，浑身充满活力，看上去最多四十来岁，这或许与他喜欢运动和潜心做学问有关。

由于时间不多，我直奔主题，让他讲讲得奖情况。

朱棣文说，去年（1997）年 10 月 15 号凌晨，睡梦中的他被电话铃声惊醒，他的研究生告诉他获奖了，他以为是学生在跟他开玩笑，但后来不断有祝贺的电话打进来，他才确信："我真的获奖了"！

获奖当天，朱棣文仍平静如常地去上课，他说："当我想到还有更多优秀科学家，特别是比我强的科学家还没有获奖时，我自然就不应该把这项奖项看得有多重，我只是运气比较好而已。"朱棣文说，他父母从小就教育他们，做人要低调，要谦虚。他非常感谢父母在学习上给了他很大的自由度。朱棣文说，升中学后，父母就很少再过问他的功课，包括后来的专业方向，也是充分尊重他的选择，让他做自己喜欢做的事。

朱棣文从事的是世界上最尖端的激光致冷捕捉技术研究，有着非常广泛的实际用途，这项研究为帮助人类了解放射线与物质之间的相互作用，特别是深入了解气体在低温下的量子物理特性开辟了道路。科学家们可以利用这一技术，了解地球上的许多谜团，制造精密 ideas 电子元件，发展太空宇航系统，进行准确的地面卫星定位等。朱棣文很谦虚地说，他只是发明了这项技术，真正要应用到实际中并发挥出它的作用，还要依靠其他的科学家们。我问他获奖之后有什么新的计划。他说，他还会按照原先的计划继续去做更多的研究，突然他话题一转，坏坏地一笑，说："如果有你这么漂亮的小姐在我身边，我想我会没有心思做研究的。"没想到一本正经的采访中，他会冷不丁地开起玩笑。

因为他的幽默，一个小时的采访非常顺利，期间笑声不断，特别有趣的是，有时候我提了问题，黄教授还没翻译，他就直接回答了，他会用他的眼神告诉你，这个问题他能听懂，王教授也乐得咧着嘴笑。采访结束时，我诚恳表示，占用了他的午休时间很抱歉。他又重复了一句：我从不午休。我赶紧得寸进尺：那明天这个时候能否继续接受我的采访，他调皮地看着我说："OK，和这么美丽的小姐聊天很愉快。"美国式的夸人，真是分分钟秒杀人。

第二天中午，朱棣文如约而至，他的时间观念很强，总会提前到达。

有了昨天的融洽，加上他的随和、幽默，我觉得话题可以放开一些。我问他，这么聪明的你为什么不会说中文。朱棣文说，他一点也不聪明，在他们的家族中他是最笨的，他所有的叔叔阿姨都拥有科学或工程的博士学位，他的两个兄弟和四个堂兄妹个个出色,哥哥朱筑文拥有物理学、生物化学、医学 3 个博士学位,是斯坦福大学医学院的教授,一个人拿了五个学位;弟弟 18 岁就从大学毕业,21 岁获得政治学博士学位,后又进入哈佛大学法学院获得法学博士学位,目前是洛杉矶一家著名律师事务所的合伙人,专长是知识产权。朱棣文认为他的弟弟是他们三兄弟中最聪明的,他是最笨的。忽然,他笑嘻嘻地说:现在拿到了诺贝尔奖,和他们扯平了。

看他一脸孩子气很开心的样子,我换了一个话题。

因为事前做过功课,了解一些朱家鲜为人知的资料。我又放慢语速,准备给他打预防针,我说接下来这个话题可能有点冒昧,你如果介意的话,可以不回答。他爽快地说,没关系,问吧。

我说:你们朱家许多人在国外那么多年,国内还有不少亲人,为什么从来没人回国。

率真的朱棣文并没有太多顾忌,如实相告。他说,在他的记忆里,父母从不当着他们孩子的面讲中文,也不要求三个孩子学习中文,并嘱咐他们,永远不要踏上中国大陆一步。因为朱棣文父亲的哥哥解放初期在老家被镇压掉了,失去同胞手足是他父亲心里永远的痛。但朱棣文说,有时候他常常会想,自己的根到底在哪里,祖上的人究竟是在一个什么样的地方生活,他觉得很好奇。我接着他的话题问:"嘉定和太仓只有 18 多公里,到了家门口为什么不去看看,那是你祖先生活的地方,你的一些表亲现在还在那儿,难道你不想去见见他们。你父亲曾经告诫过你不要到大陆,你现在不是来了吗,半个多世纪过去了,相信你父亲如果知道你回到他的出生地,一定会高兴而不会责怪你。"我和王育竹院士事先打过招呼,所以他也帮着一起游说,朱棣文终于松口,决定挤时间去他的老家看看。

我赶紧将太仓的情况给他作了简单介绍,并试探性地问,你是否愿意用你的名字来命名太仓的某个教育设施,比如刚刚建成的青少年活动中心,或是学校之类的,他一下听懂了我的意思,爽快地说:OK。我指着摄像机半开玩笑地告诉他:我们的摄像机已经录下了我们的对话,你刚才答应的事,我们是当真的,你可不能反悔。他睁大了一双孩童似的眼睛,很夸张地对着摄像机镜头,又认真重复了一遍:OK。

采访结束,王育竹院士建议我们合个影,他从门外喊来摄影师。或许是大家熟悉了,也可能是西化的习惯,朱棣文很自然地将我揽在怀里,像个没长大的大哥哥,对着镜头笑出一口整齐的牙齿。

第三天,朱棣文真的回老家了,省、市领导赶来会见了这位诺贝尔奖得主。我将朱棣文同意用他名字命名太仓教育设施之事转告了市里相关领导,以便他们在会见时可以正式提出、确认。

朱棣文临时决定看祖先故居,时间仓促,太仓外事办只找到了朱棣文的两个表弟,和他在娄东宾馆匆匆见了一面。市委书记和市长等人陪着朱棣文来到了位于太仓城厢镇新东街(现在的新华东路),这里是朱家老宅,用朱棣文的话,是他祖先住过的地方。

新东街原是一条老街,窄窄的石板路,两边的老房子里住着许多上了年纪的市民,卫生状况相当差,因为是老房子,住户大多使用的是马桶,1996年起,随着创建国家卫生城市的展开,这条老街成了一大难题,要顺利通过上面对创建省级和国家级卫生城市考核,必须消灭所有马桶,所以在老城区改造时,一条街的老房子,除了一处被列入文物建筑保留下来,其余房子全部拆除,石板路北边的一条街重新建起了商业用房,南边沿河的房子几乎全变成了绿地,朱棣文家临河的老房子自然也难幸免。

朱棣文走到已经变成了绿地的祖先故居,拿出卡片机拍了几张照片,忽然回头,眨巴眨巴大眼睛问市长:如果我早一年获得诺贝尔奖,我们家的祖屋是不是就可以不拆了。市长被问得不知如何应答,只能尴尬地笑笑。

我和拍档跟朱棣文在嘉定待了三天,采访了两次,再次见面俨然成老朋友了。我们给朱棣文准备了一些他家老房子的影像资料,这是在老城区改造前,让拍档专门将整条老街全部拍了下来作为历史资料保存,这次便派上了用场。拍档给朱棣文刻了光盘,不仅有老街,还有新的市容市貌,让他带回去给他父亲看。朱棣文如获至宝,高兴得像个小孩。临别时,我问:你还会回来吗? 他肯定地说:一定还会回来的。

朱棣文言而有信,一年后(1999年6月),他再次回太仓老家,同行的还有他的新婚妻子吉恩,他说上次把带回去的光盘给父亲看后,老人家激动不已,过去的事也得以释怀,这次他是受父亲之托,代表在国外的朱家后代来祭祖的。

外事办找来了在本地和上海的朱家后代,安排在政府招待所和朱家人见面。朱棣文第一次见到那么多亲戚,非常兴奋,他与每个家庭合影,还要搞清楚和自己是什么关系,他拿着相机跪在地上不停地给亲戚们照相,似乎要把几十年来积压的亲情全部装进相机带给他的父亲。

朱棣文家的祖坟在太仓东郊的一块农田里,那里有朱家及其他人家的十几个墓。朱家后人提前把长满野草的坟地清理了一遍。下午,天上下起了蒙蒙细雨,朱棣文带着妻子和亲戚一起去祖坟祭拜。他神情肃穆,在亲友引领下,和妻子缓步走向一座合葬的坟墓,只见墓碑上刻着"朱筑岩、王氏之墓",这是他祖父祖母的墓。凉凉的雨,飘在朱棣文的脸上,他和妻子蹲下身,久久凝视,用手抚摸着墓碑,端详一番后站起身,和妻子恭恭敬敬地三鞠躬。他是替离家几十年从未回来过也不可能再回来的父母、阿姨们尽孝。长眠与地下的朱家祖先,终于等来了远在异国他乡的孙子。

就在墓前,我问朱棣文,有没有找到根的感觉? 他说:找到了,我终于找到了根的感觉,中国有句话叫叶落归根,我现在能理解这句话的含义了。

2009.11

一失万无

在长江边做电视直播并非第一次,但同时使用三台转播车三地直播,并且由我们一个小小的地方台独立完成还是首次。

自 2005 年国务院确定每年的 7 月 11 号为中国航海日,交通部先后在北京、上海、青岛举行过三届航海日大型活动,2008 年,则把中国航海日活动放在了郑和七下西洋的起锚地——太仓。主会场在太仓港玖龙体育馆,两个分会场在室外——太仓港码头和长江边的郑和公园,通过现场直播的方式,把两个分会场活动场面实时传送到主会场大屏幕,以此形成场内外互动。

航海日每年都有一个主题,2008 年的主题是"中国航海—改革开放 30 周年暨国际海事组织—为海运服务 60 年"。交通部 4 月份在北京举行新闻发布会,6 月,相关负责人便坐镇太仓,协调指挥。

市里铆足了劲,力求把活动办好,扩大太仓港知名度,争取对港口发展更多的资源。

这一届的航海日活动有个特别使命,期间将闭门商讨两岸海运直航相关事宜,因此,除了中央及省市领导以及海内外学者、相关驻华使节参加外,海基会主要领导以及大陆和台湾的主要船公司负责人都会到场。

市委宣传部主要领导把我单独找去,神色凝重地叮嘱,一定要确保直播万无一失,言下之意,绝不能关键时刻掉链子。说透一点,活动成功与否,与我们的直播能否顺利进行密切相关。

领导的担忧和其中利害我心知肚明,直播万一出事,谁也难负其责,尤其是播出内容出现差错其影响是无法挽回的。

电视人都清楚,直播永远会有遗憾,即使做足功课,也不敢保证肯定万无一失,这也真是它的魅力所在。

地方小台也有其好处,内部不用层层请示,虽然上有总台,有事直接向总台汇报具体业务由电视台专业团队完成。我们与凤凰卫视合作多年,他们快捷、多变、高效的风格给大家留下深刻印象,关键时刻,台里上下自然协力同心。

如果说之前与凤凰卫视等大台合作还有依靠,这一次只能靠自己了。

2008 年,台里正在考虑建新的传媒大厦,购买转播车之事一直悬而未决,因此只能与以往一样:借。我们不仅借了三辆转播车,还把苏州台技术中心主任、副主任两个实战经验丰富的技术头儿也动员了过来,帮着我们一起研究直播方案,一起现场踩点。要确保直播万无一失,唯有在细节上准备周全。

七月高温,我和台里的技术骨干和主要摄像去码头反复踩点,把一个个环节落实到位。码头上除了桥吊,光秃秃一片水泥地,把人都晒蔫了,吹过来的江风也是热的,汗粘在身上特别难受,以至后来我一听说夏天搞户外大型活动心里就发毛。

活动开始倒计时,台里的团队各司其职,进入临战状态。

虽然活动主办方是交通部,但直播稿由电视台完成。日常节目不能少,这些额外任务,只能晚上加班。两名记者分段撰写串词,我汇总修改,然后交宣传部领导。常委部长与交通部相关负责人几乎天天在一起办公,他们还有许多其他需要协调的事。稿子拿去后他们审阅,一次次提出修改要求,因为来自各方的信息不停地变化,稿子内容也必须做出相应的调整。

直播当日有一个很难掌控但必须做到精准的事:主会场活动举行到某个时间节点,大屏幕会切入室外两个分会场主持人的现场镜头,当主会场主持整个活动的领导在简单的开场白后,国家海事 101 搜救船上的直升机和江中 30 艘劈波斩浪的巡逻艇,需同时与正在码头附近船上的主持人汇合,也就是这个海、陆、空同时交汇的动态画面要在预定时间实时传送到主会场大屏。直升机是从上海起飞的,风力等客观因素都会影响准确的飞行速度,要掐准时间汇合谈何容易,这个活儿真心磨人,也是最容易出错的一个环节。

因为是全国性活动,外来媒体多,央视和境外媒体只来人不带机器,许多工作需台里配合,台里人手严重不够,所幸常熟、张家港等兄弟台台长关键时刻力挺,他们派出最好的摄像记者连机带人一起给予支援。

这次活动虽然没有和凤凰卫视直接合作,但按照市里领导的要求,和他们进行了沟通,凤凰卫视中文台王继言派了曾经担任凤凰号下西洋的领队、凤凰卫视资深评论员郑浩和华文大直播主持人谢亚芳前来摄制两个四十五分钟的谈话类节目,尽管访谈节目不在直播当天录制,但前期的策划和内容的选择也需要一起完成,所有的事交集在一起。

直播时,我在主会场转播车内盯着,其他两辆转播车听从主会场转播车指令,我负责转播车与现场导演沟通、协助导播何时在几个关键时间点切入分会场画面,何时播出背景资料,包括领导不能张冠李戴,领导画面给多少长度等。

似乎一切很顺利,整个团队有条不紊,各司其职。但就在离直播还有十来分钟时,忽然,我所在的主会场转播车内的播出机突然出问题了,带子放进去一点反应也没有,反复试了几次还是不行。面对这样的突发情况,亲自担任直播切换的苏州台技术中心主任判断是内外冷热交替所致,转播车内空调温度很低,外面则是高温,技术人员进出,开门关门导致播出机器受潮罢工。转播车内空气骤然紧张到极点,我更是心急如焚,但这个时候越慌越易出错,只能故作镇静,我用很轻的声音说:不要急,总有办法解决。其实我也不懂技术,感觉自己像在安慰一个癌症晚期的病人,说没事,你肯定会慢慢好起来的。我手里有直通常委部长以及现场文艺导演的对讲机,但我没把这一情况告诉他们,因为他们知道了也帮不上忙,只会让他们徒增担忧,我更不希望这个时候让领导进入转播车,给技术人员增加压力,于是,便硬着头皮没吭声,心里默默祈祷,天妃娘娘多多保佑,直播顺利。

技术中心主任不愧身经百战,他找到问题症结,也想到了解决方法。他也语气平和地问:谁有电吹风?他要用电吹风把受潮的机器迅速吹干,使机器恢复正常。我的心又一沉,谁会上班把吹风机带在身边,玖龙纸业范围很大,马上去找也来不及。却听转播车上一个女孩说:我有,昨晚洗澡忘了把吹风机放掉,还在包里。真是天无绝人之路。女孩从包里掏出吹风机,但转播车上没有接线板,吹风机没有电源。技术主任急中生智,立马拆了吹风机插头,把两根电源线直接搭在了一台机器的电源上,对着播出机开始吹风。时间一秒一秒过去,离直播还有七分钟、六分钟,机器还没动静,此刻,只能听天由命。

直播前一天,我曾带着负责上直升机航拍的摄像和团队骨干,专门去与郑和纪念馆相邻的天妃宫,据说郑和每次下西洋启航前都会去祭拜天妃娘娘,祈求娘娘保佑船队一帆风顺,我也虔诚地带着一帮大男人,祈求活动当天风和日丽,千万别下雨,祈求航拍安全、直播顺利。

当离直播还有两、三分钟时,播出机终于启动了,播出带快进的声音是那么的悦耳动听,众人悬着的心落地。

常委部长在对讲机里问,准备好了吗,快开始了。我说,你发指令,我这边就开始直播。

当专门为活动制作的片头出现在主会场大屏幕上,我的神经绷得更紧。

因为还有一件事让我忐忑不安。为了锻炼新人,这次室外直播点启用了两个进台才一年多的记者型主持人。两个80后女孩,分别毕业于中国传媒大学和浙江传媒大学。新人成长需要历练，考虑再三，决定让她们担任两个分会场的主持人。我也郑重地叮嘱两个女孩，千万千万不能掉链子，要确保万无一失。

初生牛犊不怕虎，她们勇敢接下任务，我则开始提心吊胆，直播不能重来，这样安排真的有点冒险。

两个女孩拼全力练习，她们努力把主持词背得滚瓜烂熟了。直播前一天，我试听一遍，给她们打气，说肯定行。

似乎真是天妃娘娘保佑，活动时没有下雨，活动结束一个多小时开始下雨，转播车出了状况也如神助，竟然有人随身带着吹风机，救了燃眉之急，台里的新人也没让我失望，直播现场主持词一气呵成。

当主会场最后一个议程结束，整个活动主持人交通部副部长也被现场热烈的气氛所感染，抬头看着体育馆二楼穿着蓝色T恤的观众，用蓝色花束营造出的蓝色波浪，竟忘了该宣布活动结束，过了几十秒才回过神来。好在已经接近尾声，欢乐的气氛裹挟着大家并没注意到这一细节。

当终于宣布中国航海日庆祝活动胜利闭幕时，紧绷了一个半小时的神经终于松了下来。

感谢台里的团队，感恩苏州台和兄弟台的支持。

2011.7

江南的冬景

张年亮

郁达夫的散文名篇《江南的冬景》被收入了新课程高中语文教材,每读一遍都是享受,每教一遍更是陶醉。

久居江南,却从未真正饱览过江南的冬景。前不久去南京,从沿江高速再转沪宁高速,隔着车窗,总算将江南的冬景看了一个够。

时已深冬,但江南的冬日却让人在温暖中生出几分温馨,几分舒适,几分慵懒。午后的阳光静静地照着旷野,除了荒芜的耕地,更多的是荞麦青青。陌间的荒草像厚厚的黄色绒毯,间或地铺成一片,似乎在等待着人们野炊或宿营。水多清浅,一泓,一湾,一线……芦花飘白,摇曳多姿,恰似江南的温柔。路边连绵的树,似乎都能"经冬而不凋"。常绿的风景树有好多种,一路都郁郁葱葱,可惜我叫不出准确的树名。水杉变成了橘红色,但针叶俱在,静静地站成一支支倒立的锈剑。白杨树的树叶飘零殆尽,露出苗条清秀的身姿,但总是剩下几片树叶在风中顽强地招展,仿佛身着比基尼的绝色美女,更见风致……这么温暖的冬日,真想到野外去奔走,就像郁达夫描述的那样或曝背谈天,或骑驴访友,或荒村酤酒,说不定还能谱就一曲"冬日恋歌"。但我却只能隔着空调车封闭的车窗,延续着幽居校园,系身讲台的困惑。韩少功说:"四季在隔热玻璃外变得暖昧不清……田野和鸟语变得十分稀罕和遥远"(《阳台上的遗憾》)。我们或淹没于都市生活的喧嚣,或困窘于应试教育的泥潭,大自然已离我们渐行渐远。

清代张潮在《幽梦三影》中写得更浪漫:"因雪想高士,因花想美人,因酒想侠客,因月想好友,因山水想得意诗文。闻鹅声如在白门,闻橹声如在三吴,闻滩声如在浙江,闻羸马项下铃铎声,如在长安道上……"这样的情怀今天忙碌的人们再也无福消受了。物价飞涨,为了生活人们四处奔波,苦苦挣扎。小教师的月薪在城市中真的已买不到"立锥"之地,脚印大的土地都是人民币制成的金贵的压缩饼干,更不用说车子像面包,会从天上掉下来了。

但是人们在心底里还是残存着一份对古典美的依恋。道路拓宽,桥梁改造,总有一些窄窄摇摇的石桥和孤孤零零的拱桥,废弃以后还被人们小心翼翼地掩藏在老屋旁,柳荫下,让人作一些"独立小桥风满袖"地追思和遐想。

行至镇江境内,绿野平畴变成了丘陵松冈。落日熔金,暮云合璧。我依然以不变的姿势痴痴地守望。车载电视播放着 MTV,许美静在轻轻地吟唱《城里的月光》:总有一些记忆,被人们保留在心上……

暮色四起,灯火渐次。我恋恋不舍地放下窗帘,忽然看见旷野间一丛丛野火腾腾地升起,那一定是乡间顽童在点燃荒草吧?

江南的冬景,让人想起童年,家乡,故人……丝丝的凉意中,有糯糯的甜蜜,还有淡淡的忧伤。

2014.3.15

军 人 三 叔

张新文

我还是孩子的时候，就知道三叔是个军人，只是很多年过去了，三叔既没回家过，也没给家里写过信，爷爷和奶奶时常坐在门口，眼睛茫然地望着远方……

有年秋天，看青的孙爷爷老远看到一个模糊的身影，朝生产队的花生地移动，他冲那模糊身影喊："你是哪个'小舅糕子'（方言：有骂骂咧咧的意思），这青天白日的胆敢来偷花生啊！"当他急匆匆但又蹒跚脚步走近时，才看清蹲在地里双手摸着花生秧的模糊身影，不是别人正是军人三叔。三叔一身军装，肩背军用包，见了孙爷爷起身、立正，给老人家行了个军礼！"瞧你这孩子，像断了线的风筝，咋这么些年跟咱张湖村失去联系呢？孩子，这里可是你的根啊！"后来孙爷爷领着三叔进了村，据孙爷爷讲花生地里他落泪了，三叔也落泪了；孙爷爷叫三叔尝尝家乡花生的味道，三叔说啥也不肯，并说《三大纪律，八项注意》我们军人不只是唱，我们关键是要做到。后来我想：花生地孙爷爷落泪，是因为风烛残年的他，心里惦记着张湖村每一个走出去的孩子，特别是军人三叔，那可是一个村子的荣耀啊！而三叔落泪，一个游子回到了魂牵梦绕的故乡，只有抑制不住的泪水才能抚平内心的无尽思乡之痛……

三叔这次回来，爷爷、奶奶就像是换了个人似的，奶奶和我的母亲整日在锅屋忙着，那个年代除了自家菜园里的蔬菜，就是买几块豆腐凉拌，晚饭还是奢侈了几次，那就是一家人吃顿饺子。可是三叔对吃一点也不挑剔，他说"霉干菜"、"酱豆子"在外面老时梦到就是吃不到，这次回家也算是不用做梦也能吃到了，瞧我多幸福、多开心啊！三叔还说这么多年一直和家里没有联系，是因为工作和任务的需要，多亏了哥哥和嫂子照顾我们的父母大人……我的一向木讷的父亲听了三叔表扬他的话，黑着脸只冒了一句话："三弟，你说啥哩？"就父亲的一句反问，一家人的心又被情感触碰了一下，大家分明都在偷偷地抹着眼泪，又佯装着啥事也没发生，一副很开心的样子。

这次三叔回来是探亲的，按我们那里的说法"探亲"就是找对象、说媳妇。很多同龄的姑娘知道三叔回来了，总是想尽办法托人来说亲，那些日子我们家每天人来人往，很是热闹。也难怪，军人保家卫国，是最可爱的人，哪个姑娘不对军人情有独钟呢？有的姑娘偷看三叔威武霸气的走路姿势，甚至还私下里模仿起来。三叔去镇上洗大池澡,洗完澡在镜子前立正、整理军帽、衣领……那干净利落的动作,使在场的后生无不喷喷称赞,对三叔、对军人无不投去敬佩和崇敬的目光。最终,三叔和邻村黄爷爷的三闺女黄淑芬好上了,黄淑芬高中毕业在家务农,人不但长得漂亮,心也善良,还有文化,他俩走到一起也很般配。由于三叔是个军人,何时才能回家那可是个未知数,爷爷和奶奶也明白,儿子是军人了,一切得由国家说了算,军人的天职是服从,咱"小家"也得服从国家这个"大家"吧!很急躁的爷爷和奶奶,瞒着三叔亲自找到黄爷爷老俩口,意思是立马给俩个孩子把婚事办了。黄爷爷是个教书先生,知书达理,老俩口开始有些迟疑,稍后想想男大当婚,女大当嫁,就同意了他俩立马举行婚礼。

三间草房,我们一家住在东间,中间一间是堂屋,待客的地方,我们那里也叫"客屋",西间平时是放粮食和农具的,全家动手收拾一下,用面糊把土墙用报纸粘上,上面用芦苇做骨架两面糊上报纸,吊起来做扣棚,对方陪嫁的是小四件:桌子、板凳、箱子和洗脸盆……就这样,十里八村拔稍的漂亮姑娘,被军人三叔娶回了家,这就是我后来的"三娘",我们那里喊母亲辈的都喊"娘",似乎比喊"妈""婶"更亲近些。

再后来,三娘在村小学教书,还教过我的语文课。三叔调到了南京的部队,即便离家近了,可是回家的机会还是很少,包括爷爷、奶奶去世他都没能回来。有次回来跪在爷爷、奶奶坟前嚎啕大哭,十指深深地抠入坟土里……

寂寞与读书

人来到这个世界,往往不都是春风得意,事事顺心,有时会遇到挫折和坎坷,那么,一个人就会很容易地进入郁闷寡欢的自我世界,我们姑且称之为寂寞时光。

汪曾祺是我国著名作家,也是沈从文的得意门生,1959 年,他因右派身份被下放到张家口沙岭子进行劳动改造。可以想象一个大文学家,远离亲人和繁华的街市,在荒郊野岭的沽源马铃薯研究站画土豆,他是何等的寂寞和无奈啊!白天旷野的风就是他的亲人;寂静落寞的夜晚,书就是他的至亲。晚饭过后,皎洁的月光倾泻下来,虫儿的歌唱加深了寂寞的厚度,一个有思想的人,在摇曳的灯光下,与其说伏案夜读,还不如说正在与智者促膝而谈、相交淡如水。已致于汪老在以后的很多场合,规劝年轻人无论身处顺境,抑或逆境,都要不忘读书,唯有读书,方能化寂寞为动力,因为,寂寞往往远离了外界干扰,聒噪声进不来,正是学习充电的大好时光。

曾经有段在深圳的寂寞时光,至今想来困境还是有益的,只不过时不待我,寂寞时光那也是时光，切不可让时间分分秒秒地从我们身边溜走。深圳，是我国改革开放的窗口，吸引着成千上万年轻人南下逐梦，在同事的怂恿下，当时落脚深圳南头的一家单位。那时的内地与深圳，仅从工作态度和风格就有很大的不同，竞争压力太大，脆弱的我不堪一击，失业，这件最令人头痛的事，降临到自己的头上。五光十色，灯红酒绿的世界，那是富人们的天堂，拮据与落寞即便世界之窗近在咫尺也无奢望前去光顾，东门的大众化的街市倒是没少去。身处闹市一隅，寂寞书做伴，那段时光我聆听巴金的教诲；与冰心、梁实秋、莫泊桑等大家长谈，他们的聪敏的智慧和渊博的知识，总是无声中滋润着我。于是，我拿起笔开始了我的文学创作。第一篇作品《风雪兼程》刊登在《深圳晚报》上，后来，《深圳日报》和《深圳商报》相继有文刊出。正是深圳这段寂寞时光，成就了我的文学梦，至今心存感激之情。

记得著名文学家季羡林曾以《天下第一好事，还是读书》为题，写了一篇散文。其实，题目的这句话，原出自我国出版家、教育家、爱国实业家张元济老先生。他一生嗜书、寻书、藏书、出书，成了实实在在的"书迷"，"数百年旧家无非积德，第一件好事还是读书"此乃张元济晚年所写的一副对联。季羡林也是一个很较真的学者，读书为何能成为天下第一件好事呢？文中写道："人类千百年来保存智慧的手段不出两段，一是实物，比如长城等，二是书籍，以后者为主。"言下之意，书籍是人类智慧的结晶，先人把脑海里记忆的东西搬出来，放到纸上，就形成了书籍，书籍是储存人类代代相传的智慧的宝库。所以，读书是在吸纳前人的智慧和经验，是站在巨人的肩膀上向梦的天空更近了一步，读书，岂不是"天下第一好事"么！

社会进步了，遇到了一个好的时代，爱书、买书已不是一件奢侈的事情。生活的富有，如果家庭没有书籍，我想那个家庭是贫瘠的。我的外甥农村出生，生意做得风生水起，相当不错，读书的时候也是个文学迷。最近，在跟我聊天品茗时，言语中显得落寞，他说，你是我的舅爷，几代人以后，我的这些厂房，住房谁还会记得我，恐怕舅爷的一本书能代代相传，那是件多么幸福的事啊！虽是不经意的一次谈话，著书立说还真小觑不得。当别人喝酒抽烟的时候，我读书；当别人花前月下的时候，我读书；当别人麻将桌前摆长城的时候，我读书……而后，于寂寞夜里敲击键盘，文见报端的时候，我是幸福的！

"书是一座快乐的富矿，储存了大量的浓缩的欢愉因子，当你静夜拂卷的时候，那些因子如同香氛蒸腾，迷住了你的双眼，你眉飞色舞，中了蛊似的笑了起来，独享其乐。"这是郑淑敏的一段话，其实与我又何尝不是呢？每晚写作间隙，目光拂过案头、床铺、凳椅等到处躺着书籍的时候，新生快慰，寂寞时光有书做伴，今生足矣！

荷　塘

　　由于工作的关系,每月总要去几趟上海,途经一个叫不上名字的小村时,总被路两边的荷塘所吸引,见证了荷塘的繁华与静寂。

　　春天里,烟雨江南,万物复苏,一群野鸭开始像是书写在荷塘上的一段经文,很规范也很工整;接下来,就有些乱了阵脚,打闹起来,时有扎猛入水者,浮出水面时,嘴里总能捕获些小虾、小鱼;有的嬉戏追逐,谈情说爱,演绎着万物亘古不变的生命延续的前奏曲……只是荷依然沉睡于池塘底部,把辽阔的水面舞台,让给了蓝天、让给了白云以及夜空里的星星和月亮……

　　夏天一到,荷就悄悄地醒来,它们不会一窝蜂地急于露出水面,它们有它们的规则,先派出几个"探子",尖尖指,戳破一池清凉,羞涩地立于平静的水面,作为路过的蜻蜓或是蝴蝶小憩的座椅,一旦它们感知夏天确实到来了,就及时把讯息传递给兄弟姐妹,然后是呼朋唤友,结伴前行,在大珠小珠落池塘的雨季,它们也都粉墨登场了。伊始,大家把水面当做镜子,每天梳妆打扮,慢慢舒展着叶子,犹如缓缓撑起的雨伞,唯恐一阵风撕裂了一冬的梦魇和期冀。当"接天莲叶无穷碧,映日荷花别样红"的时候,整个荷塘被绿色主宰着、被清香氤氲着、被喧嚣和繁华张扬着……正如此刻,每每夏天路过的时候,我总要停下车来,随一拨一拨的人流,加入赏荷的大军。荷具有"出淤泥而不染,濯清涟而不妖"的高尚品德,自古至今无论文人雅士,还是凡夫俗子,没有不对荷喜爱有加的,所以,荷叶田田,荷花艳艳,喧嚣和荣耀充满着整个夏季的荷塘。

　　秋风拂过荷塘,荷花早已不见踪影,取而代之的是青青的莲蓬;荷叶也从过去的碧绿,渐渐地变黄,没有了往日的精气神……秋天越走越远,时有荷叶被越刮越猛的秋风拦腰折断,荷塘昔日的拥挤没有了,水面依稀露了些许的端倪。"江南可采莲,莲叶何田田。中有双鲤鱼,相戏碧波间。鱼戏莲叶东,鱼戏莲叶南。莲叶深处谁家女,隔水笑抛一枝莲……"采莲船娘是不需要船桨的,她只需要一根长长的竹竿,就能自如地游弋于整个荷塘,船娘唱着祖祖辈辈流传下来的采莲歌谣,船头含情脉脉的采莲女,听着船娘那男欢女爱的缠绵歌曲,脸上会飞起绯红的晕儿……""关关雎鸠,在河之洲。窈窕淑女,君子好逑"船娘的歌声已经唱到了采莲女的心里,荷塘的不远处如果站着一个后生迟迟不肯离去,船娘会借故回家一趟,接下来便是采莲女自个儿撑船,自个儿采莲,自个儿隔水笑抛一枝莲了……小伙子也不傻,捡起的是莲蓬,收获的可是采莲女的心啊!

我有时会想,闹腾喧嚣的荷塘,再怎么着也不会干净得让水面一贫如洗吧?那宽大的荷叶能去哪?那亭亭玉立带刺的躯干能去哪?在我心里,它们至多成了书画家笔下的瘦水残荷,也不至于寻无踪迹,把空无和辽阔都归还于整个荷塘吧!我,很多时候是固执的,总以人是万物之灵,坚守着自以为是的认知,所以,每次路过我都会细心地观察,看看它们是如何从繁华归于平静的。

秋天只是它们的分水岭,也是它们走向平静的开始,一到冬天,呼啸的瑟瑟北风,摧枯拉朽地把干枯的叶子从枝杆上拉断,脱离枝杆的叶子便进入了水的世界,慢慢地被浸泡、被增重、被拖曳,终于有一天沉入水底与淤泥融合了一起,回到了魂牵梦绕的故乡!雪,一场接着一场;冰,越结越厚,最终仅存的几根荷杆也倒下了……即便雪融冰化,往日的喧嚣没有了,寂静的荷塘只是多了一两个穿着皮衣的淘藕人,他们把从淤泥中淘上来的藕洗净,码放在特别大的(跟个小船似的)塑料盆里,然后推向岸边,装车拉往菜市场……

从光鲜、繁华和喧嚣,走向平凡和静寂,荷,是这样,人又何尝不是如此呢?记得哪位哲人说过:"我哭过,我笑过;我风光过,我落寞过;我失去过,我也收获过……这世界,我来过。"

哦!这世界我们都来过,我们就像荷一样,无愧于这个世界,即便安静如初……

援藏干部的"三不精神"感动了我

周锦荣

没有想到在援藏志的资料收集和编纂过程中,竟然让我这位经历过老山战场血与火的洗礼、6次险些被越军炮弹夺去性命的人饱含热泪,心潮涌动。援藏人员在雪域高原上发生的惊心动魄的生死瞬间、战胜艰苦生活的坚强之举、极致忘我的工作场景,一遍遍地闪烁在我的脑海里,一次次地撞击着我的心灵,受到震撼的不宁心绪久久难于平复。

生命禁区不退缩

让我难以置信的是,在和平时期的西藏,竟然也时常会危及到援藏人员的生命。

1979年5月赴西藏山南地区隆子县的太仓援藏干部毛永根,给我们讲述了他在西藏遇到的和亲身经历的生死考验。入藏到达拉萨,他们一行22人住在部队的招待所里。当天晚上,西藏自治区政府招待援藏人员看电影。因为刚到西藏高原有个适应过程,不能多活动,所以毛永根和吴县的蒋福元没有去。他俩在大通铺的屋子里休息了一段时间,蒋福元到门外小便,20分钟不见回来,毛永根着急了,马上出去查看,发现蒋福元因缺氧昏倒在沟里。他把蒋福元扶到屋子里后,马上到招待所门卫,请求解放军派车送病倒的蒋福元到医院抢救。部队很重视,立即安排吉普车将蒋福元送到拉萨市第一人民医院。到达医院以后,毛永根要把蒋福元背到4楼做检查,刚背到2楼,他自己也不行了,脸色苍白,身上出冷汗,便把蒋福元放下,靠墙休息了一会,再把蒋福元背上4楼。由于送救及时,蒋福元脱离了生命危险。到达西藏的次年6月,隆子县抽调毛永根到雪萨区负责一个公社的村委会选举工作。有一天,他没有带藏语翻译,一个人骑马到区里开会,会议结束已是下午1点多钟,骑马往回返时马走得很慢,应该3、4个小时能回到住地,可是走了5个小时还没有到,照此速度走下去,天黑了也到不了。于是,毛永根爬到树上折树枝,想用树枝打马屁股,让马走得快一点,可万万没有想到树枝很脆,爬到2米高的时候,树枝折断,他从树上掉了下来,树下面都是石头,他摔倒失去了知觉。大概过了20分钟,他醒了,但感觉心脏很痛,心想今天要死在这里了。他看到山脚下有藏族同胞在麦地里拔草,想喊又喊不出来。休息了一段时间,他慢慢地爬起来,那匹马通人性,见状便一点一点移动到他身边,他硬是撑起身子,艰难地爬上马背,马把他驮回住地。这是毛永根在西藏遇到的最危险的一次,但他没有犹豫,没有退缩,依然坚守在自己的工作岗位上。听到他平静的叙说,我的内心却掀起了层层波澜,为了藏汉民族的团结,为了祖国边疆的发展,多少援藏干部冒着生命危险,义无反顾地战斗在那片圣洁的土地上。

1992年4月,太仓援藏干部李国良赴西藏日喀则地区定日县任副县长。珠穆朗玛峰所在地的定日县,海拔4300米,李国良到达定日县的当天呕吐不止,头痛的十分厉害,到晚上10点左右便昏迷了,经过抢救,他度过了危险期。但高海拔对身体的影响不会随之消失,在低压低氧环境下,他的胸闷得厉害,心跳不正常,到西藏两个月,体重减掉了20多斤,腰围由2.6尺降到2.4尺。他在援藏期间因病分别在拉萨市第一人民医院、江苏省中医院和太仓市第一人民医院住院治疗。在拉萨市第一人民医院住院时,医院曾发出病危通知书,他感觉自己快不行了,便写下了遗书。由于身体原因,李国良提前结束援藏工作。回到家乡后,他的心脏经常发病,常常停跳,停跳最长的一次3.6秒。2009年的一天,他连续昏迷5次,好在抢救及时,才保住了性命。随后,他安装了将陪伴他到老的心脏起搏器。几年援藏,落下疾病,他对西藏做出的奉献将是终生的。

生活难关不屈服

从杏花春雨的江南水乡到铁马冰河的西藏高原,援藏干部需要面对高寒缺氧的艰苦环境和饮食不习惯等诸多考验。他们继承"老西藏精神",以坚忍不拔的毅力战胜了生活中的一个个难关,为完成援藏工作打下了坚实的基础。

1979年5月,太仓南郊公社农科站副站长王依德,作为技术干部赴西藏山南地区隆子县,担任农业局新八区农科所技术员。由于缺氧,嘴上裂口子,晚上睡觉气透不过来,他张开了嘴睡觉。开始吃酥油茶,他感觉很臭,很难吃,后来听说吃酥油茶能减少唇裂,便尝试着一点一点吃,循序渐进,逐步增加进食量;青稞、酥油茶虽然难吃,但分配的大米和面粉吃完了,只能强迫自己吃糌粑和酥油茶,最终他还是度过了饮食关。农科所没有食堂,自己做饭,那里的开水只能烧到70至80度,他去的时候带了高压锅、固体酱油等。因为没有燃料,唯有捡驴粪当柴,驴粪烧的时候很臭,他只能挺着。面粉不放鸡蛋凝固不了,当地又没有菜市场,他骑马到老乡家买鸡蛋。当地老百姓不吃牛脚牛肚,他捡回来烧了吃。为了改善生活,他让家里寄去咸肉、咸鱼,由于路上走得时间长,咸肉、咸鱼都出了蛆。为了吃到蔬菜,他利用礼拜天骑马到驻地部队,要一点部队种的蔬菜。当地没有理发店,他带去了理发剪子,同事之间互相帮助理发。那里没有电话,给家里联系主要靠写信,来回一个月。由于语言不通,无法与藏族干部交流;藏族文字也看不懂,报纸没法看,很寂寞,只能听收音机。这样的生活环境、生活条件,王依德没有动摇,没有打退堂鼓,顽强地坚持了下来。由于条件的限制,毛永根到隆子县19个月没有洗过一次澡。定日县没澡堂,李国良在宿舍里放了一只大铁桶,用配给的柴火烧水洗澡。

忘我工作不惜己

援藏干部用艰苦奋斗、忘我工作的实际行动,谱写出动人的无私奉献之歌。

在采访王依德时,他给我们讲述下乡辅导的经过。隆子县的主要农作物是青稞、油菜和小麦,里面夹杂着野麦草,当地藏民不认识,他下乡教藏民分辨识草;因为没有农药,他教藏民除草。有一次他骑马下乡去指导,要翻过几座山,其中有一段山路十分险要,路很窄,一边是垂直的山壁,一边是悬崖峭壁,骑马通过非常危险,如果马的肚子碰着山壁,就有可能滚下山去,粉身碎骨。见此情景,王依德不敢骑马,也不敢直立行走,担任翻译的藏族姑娘骑着马在前面走,他跟在马后面爬着走,来回爬了两个多小时,裤子磨破了,膝盖和手都磨烂了,他没叫一声苦,没喊一声痛,似乎是很正常的一次下乡。听到这里,参加采访的人都停下了手中的笔,突然间鸦雀无声,大家对头发已经花白的这位援藏老人肃然起敬。

毛永根在隆子县担任商业科副科长,分管供销社、粮站、物资站的工作。隆子县商业不发达,县城商店很少,他根据当地群众生活的实际需要,想方设法开办了1个饭店、1个服装店和1个理发店,填补了隆子县服务行业的三项空白,为当地群众提供了生活便利。三安曲林是隆子县在中印边境上的一个林木区,有大片的原始森林,当时人口350人,粮食全部由政府供给。一次,毛永根亲自带了一卡车大米送去,开车司机是县运输公司的车队长。他们从早上出发,走的是战备公路,也是盘山公路。到了晚上,天下雪了,他们在原始森林里住了下来。车队长叫在那里伐木的民工把木头锯成板,拼成床让毛永根睡,他自己跟民工一起睡在帐篷里。毛永根虽然带了配发的枪,但整个晚上仍然没敢睡。第二天又走了一天,晚上才把大米送到。回来后县委书记赞扬他,说汉族人,包括他这个县委书记都没有去过三安曲林边境地区,而毛永根毫不畏惧,做到了。

为了争取拉萨到林周的拉林公路及早开工,以及争取在施工过程中使用林周当地的民工,给林周的老百姓创造一个增加收入的机会,在西藏林周县担任县委副书记、常务副县长的太仓援藏干部周文彬,与藏族副县长甘曲一起到拉萨市交通局、自治区交通厅汇报。区交通厅办公在楼上,要爬楼梯上去,周文彬爬到3楼就支撑不住倒下了。甘曲副县长扶着周文彬休息了半个小时,然后搀扶着周文彬继续爬楼梯上去。在向厅领导汇报过程中,甘曲副县长讲到了周文彬爬楼梯晕倒的情况,厅领导听说后非常感动,认定援藏干部是真心为西藏的发展、西藏人民的福祉干实事的,当即表态,公路抓紧动工,并答应林周县境内的路段,用当地的民工。开工后,厅领导兑现了承诺,给了林周老百姓打工挣钱的机会。周文彬也感到欣慰,自己的付出终于得到回报,为林周的群众办了一件好事。

2010年6月至2013年7月,太仓市市委常委钱文辉担任西藏林周县县委书记,他确定了让林周县经济翻两番,林周整体面貌焕然一新的三年奋斗目标。他在任期间努力实践着自己的承诺,以实施好国家和自治区重点项目、加快现代农业示范区建设、推进和谐矿区建设、做好县城东扩和老城区改造、强化社会管理等"五件大事"为中心任务,让这一承诺变成了现实。三年后,林周县地方财政总收入大幅增长,实现了比"翻两番"还要多的预期目标,进入了西藏全区71个县发展的"第一方阵",使"苏州理念"在林周得到绽放。"我是林周县委书记,来自江苏苏州"。这句藏语是钱文辉为拉近自己和藏民之间距离说得最多的一句话。2011年3月5日藏历新年,钱文辉前往松盘乡、强嘎乡进行慰问,他戴着藏族毡帽、身着藏袍、唱着藏歌、跳着藏族舞,用一口地道的藏语向藏族人民致辞祝福的时候,当地群众掌声雷动,拉着他的手一起又唱又跳,久久不让他离开。当他踩着20厘米厚的积雪,开车翻越5000米海拔的山口回到县城已经是后半夜了。这是一次冒着生命危险的慰问,钱文辉以实际行动把异乡的藏族群众当作自己家乡的亲人,而当地的藏族同胞也打心底里把钱文辉当成自己家里的人。钱文辉为官一任,敢于担当,以自己的聪明才智和勤奋朴实的工作,造福林周一方百姓,林周人民深深地被这位来自苏州太仓的县委书记所感动。

感动我的不仅仅是上面提到的这些援藏干部,这些动人的事迹,还有更多的援藏教师、援藏医生、援藏专技人员,更多生动感人的事迹。他们远离自己的家乡,舍去自己的小家,在西藏这块热土上奉献出自己的青春,奉献出自己的能量,奉献出自己的健康,有的甚至奉献出自己的生命。他们让我感动,让我钦佩;他们不该被遗忘,应该得到尊崇,应该载入史册。我将在他们精神的激励下,认认真真地做好援建志的编纂工作,为弘扬、传承援藏人员的无私奉献精神而尽自己的微薄之力。

素面佳人"三山岛"

周勇伶

如今,城市喧嚣,红尘纷扰,生活在都市里的人总想寻找一片净土,一隅世外桃源,远离凡尘,净目涤心。

梦想中的桃花源总是碧草青青,落英缤纷,土地平旷,屋舍俨然,良田成畦,池塘清澈。摒绝红尘俗世的烦忧,静谧、恬淡,悠然,自乐。尽管各地打着生态自然的旗号,建些所谓的桃花源休闲胜地,却都是刻意雕凿,造作的设计,景观倒是美了,但少了一种浑然天成的自然之味。

太湖之中有七十二个岛屿,被称为七十二峰,三山岛便是其中的一座。太湖虽然水面宽阔似海,却以静美闻名,可想而知,三山岛也一定柔美之极。虽然近些年也会时不时听人念起三山岛,却还未曾亲自去过,便带着几分向往踏上游船。

离岸渐行渐远,环视四周平静的水面,好似一道看不见的屏障,将红尘隔在对岸,离喧嚣越来越远。而三山岛娉娉婷婷地伫立水中,带着温柔的笑容,正舒展她柔美的手臂迎接我们。

静。

踏上岛时就被这静感染。若李白"恐惊天上人",那么,我就是怕惊扰了岛内那些悠然的住户。刚还在游船上的喧闹声戛然而止,看来并非我一个人被这特殊的宁静触动,我们开始低声细语,配合这座小岛的静谧。

一行三十几人沿着环山小径漫步,仰头观山,垂首赏湖,目之所及是古旧的遗迹,惊讶、惊叹,又惊奇茫茫太湖之中竟然有座这样古老的小岛。苏州的历史遗迹众多,随处可见,许许多多的文人墨客为其留下名诗佳句。或许是我孤陋寡闻,从来没有见到过关于三山岛的文字记载。而这座看起来平淡无奇的小岛,却如此惊艳地出现在我们面前?就像仙子落入凡尘,等待看得懂她的人出现,你若不懂,我便不语,你若懂我,我便敞开心扉,给你最美。我不敢说,我是那个懂她的人,但是,我正在努力地去解读她,试着读懂她的美、她的真、她的纯,还有她深掩在心底的无价宝藏、辉煌过往。

自春秋时期遗留至今。说她是宝藏,因为岛内有一万余年前的化石遗存,山上的奇石、古树、名木繁多,很多已经在其他地方再也看不到的百年老树,古时的树种,都依然完好的在这个小岛上繁衍生息，被称为吴文化的考古基地。说她辉煌，是因为几百年前，三山岛是太湖上的重要驿站，商贸发达，热闹非凡。只是随着岁月的流转，随着不断扩充的运河，更多更便利的河道驿站兴起，三山岛渐渐变得冷清，最后，被世人遗弃、遗忘。可塞翁失马焉知非福？或许正是这种遗忘，三山岛躲过战争和政治浩劫，珍贵的树种和化石才能够保存下来。也正是因为这种遗忘，三山岛才会另有一番风韵，走着自己的路，有自己的节奏，成了今天的"世外桃源"。对，这就是我们梦寐以求的世外桃源，不做作，不刻意，自然天成，每一处都让你看到她不经意的神韵和天然的气息，那么舒展，那么恬淡，清浅的魅力直抵人心。不需要用浮华的雕凿就轻而易举地征服每一个上岛的游人，你只要看他们脸上淡然平和的笑容，看他们轻轻起落的脚步，强势征服永远得不到人心，潜移默化的影响更胜一筹，这就是三山岛的魅力所在。

真是座耐看的小岛，越深入其中越被她吸引，都说"不识庐山真面目，只因身在此山中"。而三山岛却让我想说，不在此岛之中，怎知岛内之奇？三山岛不张不扬，不骄不躁，独俱芬芳，返璞归真，宛如素面佳人，没有过多的粉饰和艳丽的装扮，她自然随性，古朴真挚。她虽朴素却大气，她虽简单或者并不漂亮，却耐看、恬淡。她没有妖娆的外表，却缠绵婉转，清丽悠长。只是这样漫步岛上，便已情不自禁的有所思，有所悟，有所获。

而岛上的静谧、古老、悠然，对我们这些写作的人来说更加难能可贵。静，给你平静的心。古，引你无限遐想。悠，让你放飞思绪，悠哉翱翔。蓦然想找一家农户，住上几日。依山傍水间，朝看日出，夜观渔火，任轻柔湖风拂面，远离红尘的喧嚣与纷扰，聆听内心深处和灵魂的对话，不再浮躁焦虑。你会发现最真的心，最初的自己。其实，人与这岛一样，洗尽沿华后若仍然有一份默然的守候存在，便是最珍贵的，最值得珍惜的，往往也是自己最爱的。只是过去，我们没有遇到那个气味相投的或人，或事，或景，而此时，突然被召唤着融入其中，何愁不会文思泉涌？写累了，去山上采几颗沙枣，甜嘴甜心；写累了，荡船在湖里的芦苇间穿越，放松心灵。这里的夜又会是怎样的宁静？越想越挪不动脚步，越想越喜欢这位"素面佳人"。

归程，山水相依，诗与画般的三山岛让人意犹未尽。极目远眺三山岛温婉的倩影，只存一个心念，我会再来这座静美的小岛。到时，我要约上三五个文友，尽享这里的安宁和源源不断的文思。

2015.7

双 凤 的 光 耀

朱凤鸣

　　冬日明媚的阳光迎面而来,温馨地抚摸着我的脸庞和路边的农村别墅。作为太仓本土作家,每次踏上双凤镇的土地,让我总有一种回家的感觉。这次陪同《人民文学》著名作家采风团来双凤采风,就有一种主人向贵客显摆本家光耀的欲望。

　　双凤的光耀在哪里? 耀在经济社会的快速发展。那一排排现代化厂房和连成一片的农民新村就是明证。更耀在文化品牌建设。漫步于双凤小桥流水的三里古街,仍能依稀透出这个苏南千年古镇昔日的繁华,又使人想起凤姑引两只凤凰落户此地的美丽传说。沿着"双凤飞翔"的镇标往西浏览,现代街景和现代文化气息扑面而来。在当今有点浮躁的年代,双凤人将老祖宗的优秀文化传承发展得有声有色,让我感慨又感动。

　　这些年,我经常到双凤参加各种活动,结识了多位民间文艺传承人,从他们身上,让我深切感受到人民需要文化的愿望,人民传承文化和创造文化的成果。

　　我在双凤接触最多的一位民间文艺家是仇国良。1939 年出生的他可谓多才多艺,对武术、美术、音乐、文学、象棋都有颇深的造诣,曾是香港《大公报》的专栏作家,《娱乐报》主编,出版过十多部娱乐类畅销书。在他色彩斑斓的工作室,听他讲述曲折的人生经历和对龙狮艺术的追求,看他制作龙狮的专注,是一种人生的激励和艺术享受。那场"文革"风暴,让风华正茂的他从南京大学肄业回乡,当时真有从天堂落入地狱的感觉。但家乡的土地以宽广的胸怀温暖了他,使他没有沉沦,以不泯的文化追求初心,回报这块土地的深情。自 1966 年任双凤原新湖镇文化站长后,他凭着对民间艺术的挚爱,在当地政府的支持下,将双凤龙狮一步步打造成闻名遐迩的文化品牌。

　　仇国良任文化站长后发现,双凤人喜欢舞龙耍狮、制龙扎狮已有百余年历史,双凤龙狮在清朝同治年间就已盛行。相传双凤龙狮最早与湘军后裔流落此地有关。湘军头目曾国藩是个"龙狮迷",每当军队打了胜仗,就会在军营中开展舞龙耍狮活动。公元 1864 年,曾国藩带兵攻陷太平天国首府天京(今南京)后,他的部属及后裔逐渐流落到长江南北,其中一部分人落户到太仓双凤。从此,将湖南人制龙狮、舞龙狮的技艺带到了双凤。因双凤镇的湖川塘一带,地势低洼,旧时常遭内涝水灾,贫穷落后,本地人不愿在此长居,成了外地人逃荒要饭的落脚之地。民国时期苏北、河南等地的逃荒者及行乞丐帮也逐渐在此落户。他们除了在此垦荒耕作贫瘠的土地外,还将祖传的谋生之艺舞龙狮、制龙狮带到了双凤。双凤就成了民间龙狮演技融合之地,除了原有太仓本土的"乡下狮子"外,还有湖南曾家的"武打狮子",苏北盐城、阜宁的"江北狮子",河南开封罗山的"中原狮子"。由于南北荟萃,内外融合,每到逢年过节或庙会时,双凤的舞龙狮显得特别热闹。

于是,一个执著的身影经常出现在双凤各村的龙狮艺术产地,仇国良对从事龙狮制作表演老艺人的身世作了全面调查,对龙狮的历史演变、制作工艺、演出技艺、锣鼓曲谱等进行搜集整理。六十年代末至七十年代初,仇国良组织了一支下乡知青文艺演出队,又办了个文艺工厂,在生产自救、宣传演出的同时,对双凤龙狮艺术进一步研究整理,并加工创新,使龙狮外形变得更加漂亮可爱,锣鼓节奏更加热烈明快,演出更加生动活泼。因此,他们的龙狮表演很快获得了成功,除被邀请到太仓各乡镇演出外,还被邀请到苏州、南京演出。

改革开放的春风,使双凤龙狮艺术进一步得到继承发展,从八十年代开始,仇国良每年都在文化站举办龙狮艺术培训班,不但在农村青年及镇、村办企业中培训新手,还帮助当地中小学办起少年舞龙队、舞狮队,共培训出300多名舞龙狮的能手,让双凤龙狮后继有人。这些年,双凤龙狮队除应邀为太仓本地及周边地区各种庆典活动作表演外,还在全国、省、市舞龙狮比赛中屡获大奖。仇国良凭着制龙扎狮的高超技艺,创办了太仓市龙狮民间工艺美术厂,将各种龙狮产品打进国内市场,并走出国门。而双凤龙狮不但舞到了北京奥运会、上海世博会,还舞到了美国总统奥巴马就职仪式现场。

冬日的黄昏,夕阳的余辉将"双凤飞翔"镇标染成金色。年近8旬的仇国良老人伫立街头,默默凝视着晚风中的行人和街市,他那感慨万千的目光仿佛正在诉说着什么。他身后的双凤龙狮馆是前几年太仓市和双凤镇政府出资建造的,馆中展示了双凤龙狮艺术的历史沿革和仇国良多年来制作的龙狮工艺品及取得的各种荣誉。仇国良大半生的努力没有白费。双凤龙狮制作技艺被确定为苏州市非物质文化遗产,他成为代表性传承人,还被授予江苏省劳动模范、苏州市民间工艺家等称号。当然,他更看重双凤镇被文化部命名为"中国民间文化艺术之乡"(龙狮之乡),而双凤龙狮馆已成为双凤镇颇具特色的一张文化名片。

2007.4

第四辑　报告文学

为成功奔走的人

——"现代化铁匠"沈君创业传奇

樊大为

安徽金寨县,全国第二大将军县。在革命战争年代,金寨儿女驰骋疆场,出生入死,洪学智等59名开国将军,每个人都铸有一段热血的传奇。新时期里,在改革开放的春风吹拂下,金寨这片革命老区热土上,走出了许多新一代的优秀儿女。他们挟将军之豪气,裹青山之灵气,艰苦开拓,拼搏进取,谱写了一个又一个创业新传奇。沈君就是这许多传奇者中的杰出一员。2003年他从太仓的一个小厂起家,短短8年时间,便迅速成长为拥有8家企业的鑫昌泰集团董事长,从而"创造了中国真空热处理界的一个奇迹"(中国热处理学会秘书长语)。如今,事业在继续,奇迹在延伸,沈君却很低调。他说,比我成功的人多了去了。他开口闭口"我的团队",常说,如果说我能有今天的一点成功,那是我们团队团结协作、共同奋斗的结果。也许,这正是他的成功之道。

让我们一步步去探寻这个金寨新儿女的创业传奇。

辍学打工,撑起家庭半片天

1973年1月30日,沈君出生在金寨县青山镇余店村的一个世代农民家庭。那儿地处大别山中部,资源匮乏,交通闭塞,条件艰苦。因此,沈君和所有山区孩子一样,伴随着贫困的日子长大。后来分田到户,他家分得60亩山地,6亩耕田。沈君上有一个姐姐,下有两个妹妹,全家8口人,靠这穷山薄地,日子仍是艰难。沈家有儿初长成。仿佛在一夜之间,沈君树起了自己的责任。他想,我是家中唯一的儿子,理当挑起家庭的重担。于是,高中只读了一年半的他决定辍学打工,到一个小水电站当了一名电工,以贴补家用。那水电站不但离家远,且中间有许多上坡路,因此沈君每天都要推着自行车走两个小时去上班。刚开始只有60元工资,后逐渐加到200多元,但依然无法满足家中日益增长的开销。穷则思变,沈君决定跟随打工的人流走出大山去闯一闯。父母虽然舍不得,终究拗不过倔强的儿子。然而跑了几座城市,都找不到合适的工作,沈君饱尝了颠沛流离之苦。后来,也是外出打工的妹妹从广东捎话来,说那里正在大开发,广纳务工人员,让他去试试。忘不了1995年10月27日这一天,沈君怀揣家里拼凑的400元钱,辗转来到东莞,进了一家台资鞋厂,干起了老本行。记得到东莞时身上只剩下5元钱。好在当时珠三角的外企都管吃住,他安顿下来便投入了工作。机电维修的活儿真是又脏又累,每天要工作十几个小时。这一方面因为大厂里事多,二来也因为沈君要加班加点多挣钱,他要尽力让家里的状况好起来。有一晚,他在修理一台设备故障时,油管突然断裂,溅漏得他一身油污。他顾不上换洗,直到处理完故障才回到宿舍。他冲完澡,洗好脏衣裤,躺到床上已是凌晨2点多了。那一刻,他悲伤满怀,真想大哭一场,情不自禁怀念起家乡的青山绿水小电站,思恋起家庭的温暖呵护父母情。一个声音打心底蹦出来:明天就辞职回家去!然而,第二天早晨醒来,看到工友们陆陆续续上班去,又不由自主翻身起床,拖着疲倦的身子,走向了自己的岗位。日后,每当回忆起这一幕,沈君便感慨地说,如果当时我果真辞职不干了,也就不会有我的今天了。所以沈君想对千千万万的打工族说:我的小成功是可以复制的,只要肯干,不怕吃苦受累,就总有属于自己的一份光明和希望。

这一段艰苦的打工生涯可以说是对沈君人生的一次锻打,给他生命里注入了更多坚韧顽强、勇往直前的品质。一年多后的一天,老板(这时他已跳槽到一家钢模厂)对他们两个电工说,有另一家台资企业正在筹建,你们两人中需要有一人借调过去,谁愿意去?沈君想,新厂筹建肯定会更辛苦一些,但机会也会更多一些,当即表示愿去。事实证明了他的这一选择是多么的重要。

命运在一问一答中改变

经过三个多月起早贪黑的紧张施工,新厂的水电及机器设备都妥善地安装到位。该回原厂了,这新厂的老板却将沈君叫到办公室,微笑着问,沈君你愿不愿意留下来?顿一顿接着说,留下来跟我学真空热处理?沈君心里一动:这也许就是冥冥中的机会?他爽快应道,好啊!就是这一问一答,从此改变了沈君的命运。

这是一家真空热处理厂,老板名叫许进发。

以后,许多人都问沈君,许老板怎么会看中你的?沈君坦诚回答:也许,在那三个多月的安装阶段,他看到我干活吃苦卖力,工作认真负责,正契合了他的为人处事风格,哪个老板不喜欢这样的员工呢?所以说机会不是从天上掉下来的,机会是打拼出来的。

沈君就此成为许老板在大陆的第一个大徒弟。在这之前,沈君对热处理一无概念。记得在老家镇上见到过铁匠铺里,铁匠用钳子从炉中夹住一个烧红的铁件,放到铁砧上用锤头叮叮当当锻打一番,然后伸到水里"刺啦"一声,这该是最简单的热处理吧。而一旦进入到这个领域,一个万花筒般变幻的金属世界在他眼前展开,其间奥妙无穷,也趣味无限。热处理是将金属材料放在一定的介质内加热、保温、冷却,通过改变材料表面或内部的金相组织结构,来控制其性能的一种金属热加工工艺。热处理的历史可追溯到公元前数百年,那时中国人就已发现,铜铁的性能会因温度和加压变形的影响而变化。白口铸铁的柔化处理就是制造农具的重要工艺。河北易县燕下都出土的战国末期的剑戟,对其显微组织测定可知,都经过淬火硬化的。在现代社会,热处理得到广泛应用,无论是工业生产,还是日常生活用品,都与金属热处理息息相关。沈君在师傅许进发手把手的引领下,如饥似渴地学习着热处理的相关知识和操作技能,什么正火、淬火、退火、回火,什么固溶处理、时效处理、真空气淬、氮化渗碳,一时成了他新生活的全部内容。若要用一句通俗的话来诠释热处理这个专业名词,沈君有一个很形象的比喻:我就是一个用电脑去操控被加工工件的现代化铁匠。多么精辟和富有诗意! 这充分体现了沈君对热处理的理解和热爱。半年后他被提拔为课长。这急速的提升对一个入门不久的新兵该是多大的考验呀。沈君勇敢地迎接了人生的这次"转型升级"。为此他弃职员宿舍不住,在车间办公室搭了一张床,24 小时扑在车间,边干边学,在干学中不断提高。凭着他的拼劲,凭着他的悟性,沈君迅速成长为真空热处理的行家里手。他就这样长住车间达两年多时间,直到升任为厂长。

不管是作为一名普通员工,还是到了一定的管理岗位,沈君总能保质保量地完成和超额完成任务。他有缘碰上了一位好师傅,怀着一颗感恩的心,以踏实努力的工作去珍惜这份缘。而许进发对沈君的器重也早超出了一般的师徒情。这位来自宝岛的企业家个头不高,身子敦实,脸色白皙,目光温和。他比沈君大 18 岁,岁月的白霜已悄然侵染着他粗硬的黑发,显示了一丝辛劳,一份练达。自从到大陆来投资,他的企业随着珠三角的建设一起壮大。如今,长三角地区经济也在起飞了,他要抓住时机去拓展事业,眼下正是用人的时候。沈君生于贫寒,本就是一块好钢,经过这几年的淬沥,已从昔日的打工仔成长为一个企业的高管。因此,当许进发决定在苏州办新厂时,首先想到的就是爱徒沈君。

就这样,在 2002 年春天,沈君被派往苏州甪直。苏州这座古典而又现代的城市,正以它得天独厚的区位优势吸引着四方投资商。初到苏州的沈君无暇去一睹这古典美女的芳容,便投入到紧张的工作之中。在这个全新的环境里,离开了师傅的沈君谦虚谨慎,不遗余力,与一班人紧密团结,将苏州这爿真空热处理厂经营得风生水起,在短时间内取得的良好业绩令许进发欣喜不已。

一个人的潜能是巨大的。沈君惊异于潜能发挥后的自己对企业管理的驾轻就熟,一个大胆的念想渐渐滋生在心头:我为什么不能自主创业?

这时候,沈君一家的经济条件已有了很大的改善。还在担任月工资 5000 元的课长时,他便每月寄往家中 3000 元,早已还清了一切外债,且姐姐妹妹们全都出外打工,整个家庭的生活状况已是今非昔比。眼下沈君的月薪已涨到了 17000 元,想当年在广东打工时工资仅几百元,面对那些月薪上万的台湾主管是一种仰视的感觉,好似一个天上,一个地下。岂料如今自己也升到了天上,这是以前想也不敢想的。也许,父母的担忧不无道理,就这样平平稳稳走下去,也够富足了。那时,天使般的儿子刚两岁,真可谓上有老下有小,万一创业失败,砸掉的可不仅仅是多年辛劳的一点积蓄啊……

然而沈君注定是一个要不断朝前走的人,他对自己充满了信心。两年课长使他练就了过硬的技术,三年厂长使他的业务能力大提高,经过 8 年的打拼,又有了一定的经济基础。面对长三角滚滚奔涌的经济大潮,他立志也要弄一弄潮头,尝尝当老板的滋味!

几位知己朋友很赞成他的想法,而当年捎话给他的二妹更是全力支持他。在二妹眼中,哥哥沈君孝敬老人,呵护姐妹,有担当,有主张,1 米 76 的身高,俊朗的外形,能做会说,是二妹心目中真正的男子汉。她性格也与哥哥相近,敢想敢干,中专毕业后便南下打工,如今也是小有成就。因此,当哥哥与她相商时,她毫不犹豫地拿出夫妻俩(这时她已结婚数年)多年打拼攒下的 80 万元,全部投给了哥哥。

这对沈君是多大的鼓舞啊。可是,怎么向培养、重用自己的师傅开口呢?这让沈君踟蹰了很久。终于,他还是鼓起勇气走进了师傅的办公室。他将自己的创业梦想,打算到什么地方以及现有多少资金等等一五一十和盘托出。听完徒弟的倾诉,许进发的内心难免起一阵波澜,但他很快平静下来。平静下来的许进发用他一贯的温和目光注视着爱徒,说出一番话来。他说沈君,你跟了我 5、6 年了。如果今天你是跳槽到别的企业去做,说实话,我不会让你走的。但是你要自己去创业,我就不好拦你了。我不能说,沈君你帮我打一辈子工。你是我来大陆培养的第一个大徒弟,现在你要走了,这样,我给你投资一点吧。

师傅的大度回答是惴惴不安的沈君怎么也没有想到的。更令沈君没想到的是师傅接下来还有话说:沈君,我的钱比你多,但我投资你的公司,所占股份要比你少。因为你是主导者,一定要是大股东,这样你才比较好做事。如果你在经营过程中资金不够,没关系,我借给你,不要利息,等你有钱了再慢慢还我……

听罢师傅一番言,沈君只感到心头一阵热流翻卷。日后,每当回忆起当时的情景,沈君总会动情地说,金钱固然重要,但师傅与我之间的这种情谊已超越金钱,上升到一个比较高的境界。他对我的支持,不但是金钱上的,更重要的是精神上的鼓励和支撑。试想一下,当初我就那么点钱(自有 100 万元,加妹妹的 80 万元),运转起来有多难。

但现在我不用顾虑了,因为我背后有一座靠山,支撑我的公司不会倒掉。所以那时我做起事来大刀阔斧,非常有魄力!

就这样,沈君以320万元资金(师傅投资140万元)创办了第一家企业——太仓昌泰精密模具有限公司。为什么选择太仓,沈君基于两点考虑。首先,师傅的工厂在苏州,不能利用师傅的人脉去赚自己的钱,因此不能与之靠得太近。这充分体现了沈君的职业操守和道德风范,这应该也是他们师徒情谊能够到达一个较高境界的构筑基础吧。其次,当时苏州所属5个县级市,其中4个县级市都有了热处理厂,唯太仓还是一张白纸。且太仓离苏州也不太远,有宽阔的娄江一水相连,与师傅间可有一个良好的互动,真可谓占尽了天时地利人和。难忘2003年的那个夏日,接下了第一单加工业务,在太仓西郊租下的厂房里,他与员工一起将那第一批五金模具置放进真空热处理炉内,禁不住亲自站上操作台,摁动了按钮,操控着温度……这可是他自己的企业呀,梦想之舟真的起航啦!

复制扩张,完美品质,为中国的热处理争霸

2002年以后,正值太仓经济发展步入快车道,而沈君前期的市场调查和精到研判使他抓住了这大好时机。很快,昌泰公司以精诚的服务和优质的保证迎来了一批又一批客户,加工量急速增长,由最初的20吨/月到后来的100吨/月,以致常常加班加点仍供不应求。昌泰公司填补了太仓热处理行业的空白,不但为今后自身的发展打下了一个坚实的基础,并以其良好的企业形象昭示着市场——此后,太仓相继冒出了8、9家热处理厂,在激烈的竞争中以服务取胜,很好地满足了太仓及周边地区的热处理需求,为太仓高速发展的经济建设增添了一抹炫亮的色彩。

昌泰公司第二年便开始盈利。沈君又与朋友合伙,在苏州注册兴办了第二家真空热处理厂——苏州昌盛精密模具有限公司。这时,他已有了自己的圈子,不必"避嫌"了。此后,沈君以或新建或收购的方式,走上了持续扩张之路。请看这10年来沈君团队的发展历程:

2003年5月　　太仓昌泰公司成立

2004年12月　　苏州昌盛公司成立

2006年5月　　上海朋泰公司(奉贤)成立

2007年7月　　太仓顺泰公司成立

2009年2月　　昆山鑫昌泰模具科技有限公司成立

2009年5月　　上海舜科公司(松江)成立

2010 年 1 月　　　吴江宏圳公司成立

2011 年 3 月　　　太仓坤泰公司成立

2011 年 3 月　　　常州懿泰公司成立

2011 年 3 月　　　昆山鑫昌泰模具科技有限公司新厂房落成,太仓昌泰公司整合并入该公司,并完成搬迁

2011 年 5 月　　　鑫昌泰集团成立(总部设在昆山)

2012 年 6 月　　　昆山鑫昌泰模具科技有限公司无锡分公司成立

2012 年 10 月　　鑫昌泰激光先进制造中心通过验收,投入生产

它们相继通过了 ISO9001、ISO2000 质量管理体系认证,先后加入江苏省、上海市和中国热处理行业协(学)会以及各地区模具行业协会。公司秉持"诚信、专业、创新、责任"的企业精神,坚持"完美品质,周全服务"的经营理念,获得广泛赞誉。这些公司的规模都不是很大,每个公司的员工平均在 5、60 人左右。它们散布在苏锡常沪等发达地区,落地生根,迎风结果,是集团公司发展战略的成功之花。当然,这样的发展思路也不是一开始就形成的,它是根据不断变化的形势顺应而为,是掌舵人宏观规划的大气描绘,是沈君团队宏伟目标的愿景构成。

沈君坦言,2006 年以前,公司的效益是很好的,但 2007 年以后便感到压力紧逼而来。油、电、人工等价格逐渐上涨,生产成本提高了,但客户的加工单价却不能涨,因为竞争日趋激烈。如何去平衡,唯有靠量,靠滚动发展,整体规模做大做强,去维持利润的增长。这是生存的需要,也是长期发展的需要。

2008 年,一场金融危机席卷全球。风暴中,沈君仍未停下扩张的脚步。他说,危机是坏事,但同时也是好事,对我们来说恰是一次发展的好机遇,因为热处理产业不会衰败。这期间,他尽力收购倒闭的公司。面对内部不同的声音,他耐心宣讲着自己的观点:对一个企业来说,能赚钱固然重要,而会投资却更胜一筹。你看,上海舜科公司当年变压器配备花了 60 万元,现连行车共折价为 20 万元,我们又从天津一家"不想做了"的企业手里以 6 折的价格购下全新的设备来装配,这不大大节约了投资成本? 对另一家倒闭的吴江宏圳公司则以 1000 万元实现了股权转让,仅那 40 亩土地便让沈君感到欣喜不已。很快,沈君以其团体优势激活了这两个公司,从金融风暴中奔突而出。如今,它们的生产红红火火,宏圳公司还有近一万平米的多余厂房出租,现已成长为鑫昌泰集团最具发展潜力的企业。

这就是眼光,这就是胆魄。只有胆魄没有眼光不行,只有眼光没有胆魄也不行。而两项兼具者,没有理由不成功。

那么,沈君的创业之路总是这么一帆风顺吗? 世上没有常胜将军,沈君也有过挫

折,有过困窘。太仓顺泰精密模具钢有限公司2007年成立后一直亏损。新厂当年亏损属正常,可第二年仍亏,第三年还亏。它不像热处理只是来料加工,它需要资金的不断投入,沈君真有点顶不住了。这种情况下,沈君对那位总经理没有责怪一句,而是给予更多鼓励。沈君说,他已经比我更难过了,我再责怪他,除了给他增添痛苦,于事何补?然而,这困局究竟何去何从?在高层会议上,大家认为还是要坚持。模具钢是跨行业生产,一切都是陌生的,需要从技术、经营、管理多方面查找原因,总结教训,不断提高。大家同时认为,顺泰公司总经理在总体管理上的确存在缺陷和不足,于是果断走马换将。经过一系列的改进,在第四年终于冲出困境。现在,顺泰模具钢作为鑫昌泰集团主业链的一个延伸,在满足客户多元需求方面别具一番风景。而沈君从顺泰公司曾经的曲折中也坚定了一个理念:今后轻易再不搞跨行业生产,今后专心致志只做真空热处理,并把它做到极致。

可以说,鑫昌泰在真空热处理方面的成功绝非偶然,它和主导者强化管理,特别是强化人才管理密切相关。正如沈君要求的那样"各方面培训工作要文件化、常态化、制度化",集团选派高管及技术骨干分期至上海等地参加工程师培训,并经常在企业内部开展培训交流活动,由技术精英就不同的课题举办讲座。如上海舜科公司总经理徐成俊结合自身实践主讲了"常见热处理失效模式、设备故障、特殊材料的热处理加工要求以及普通材料的特殊热处理工艺等",他的精辟诠释以及对技术的钻研程度令参训人员深深折服,大受裨益。鑫昌泰还和设有国家重点实验室的华中科技大学开展校企合作,并在四川、包头等技术院校建立培训基地,从而为企业的完美品质和持续发展注入了源源不断的活力。

作为最高领导的沈君,只要有空,总是争取亲临上述讲座活动,以学员身份坐在下面听课,以使自己常学常新。他还特别注重与高手的交流碰撞,将此视为学习的重要手段。2008年,沈君与上热集团左总相识。左毕业于复旦大学金融系,原在市经贸委工作,3年前辞职接手一家经营不善的转制企业。对他自砸金饭碗去踏未知路的行为其父亲激烈反对。左说爸你放心,以后哪怕只有一碗饭,我先尽你吃。左坚定不移下了海,但他毕竟从领导到领导,有理论而少实践;沈君则从基层一步步上来,实际经验丰富而理论视野不足。这各有短板的两个热血青年碰到一起竟是火花四溅,头天聊了11个小时,第二天接着聊了9个小时,越聊越投机,大感相见恨晚。对此沈君深得体会,有语录为证:我送你一个苹果,你送我一个苹果,每人手里还是一个苹果;我送你一个经验,你送我一个经验,每人手里就有了两个经验。正是左有关金融市场的一番宏观论谈令此前很为自己的企业从无外债而引以为豪的沈君如醍醐灌顶,终于相信,银行是企业的杠杆,运用好了,就能加快发展。2009年他开始向银行借贷,由此企业的滚动发展得到一个快速的提升。站上了一个宏观高度的沈君下一步的设想是：企业上市。集团为此已通过几番研究，正在等待适当的时机。

那么，船大了，风险是否也会随之增大呢？沈君认为，从这几年的实践来看，还是相对稳妥的。首先，他们做得再大，是在做同一件事情，没有跨入其他行业。他们的发展思路是相同企业的不断复制，像肯德基、麦当劳一样地连锁经营。更重要的是，金属热处理是朝阳产业，它不像胶卷，随着数码科技的崛起而遭淘汰。相反，时代越进步，热处理产业将越兴旺。因为，钢铁是不可替代的！

这钢铁般的声音久久回荡在娄东大地的上空。

沈君做大了，名声在外了，引各路英雄竞侧目。某日，无锡鲍迪克公司派人找上门来。他们开出优厚的条件，欲并购鑫昌泰51%的股权，被沈君婉言回绝。百舸争流，方显英雄本色，岂甘寄人篱下！不过沈君倒是从鲍迪克的来访中得到启发和激励。总部位于英国的鲍迪克集团已有百年的历史，是当前全球最大的热处理供应商，在二十多个国家拥有300家热处理厂，可以看作是连锁经营模式在工业领域成功运作的典范。鲍迪克目前在中国有两家企业，对中国这个巨大的市场正虎视眈眈着哪。你想扩张？我要比你更快地扩张！一腔豪气在这个现代化铁匠胸中升腾——我要为中国的热处理争霸，在未来几年做到20家厂，远景目标做到100家厂，把服务做到日本，做到欧洲，打造世界一流的热处理连锁企业。事实上，沈君已经做出了令人惊讶的成绩——仅用了8年时间，便在2010年使公司的年产值（加工费）达到了8000万元，在真空热处理领域处于全国第一位。在2011年5月28日鑫昌泰集团成立大会上，中国热处理学会秘书长徐跃明盛赞沈君："创造了一个奇迹，在模具真空热处理这一个狭窄的领域造就了年产值8000万元人民币的神话，这个数字在中国乃至世界模具真空热处理界都是不多见的。"

鑫昌泰集团的成立对沈君来说可谓人生中的一件大事。从此，公司步入集团化运作轨道。成立大会上，白衬衫红领带、英姿勃勃的董事长沈君热情洋溢地致辞：首先我要感谢的是我的老师许进发先生，是您改变了我的人生轨迹，教会了我做人做事，帮助我成就大业，并影响和激励我的一生。我要向您深鞠一躬。说着，沈君面朝他生命中的贵人，深深地鞠了一躬。许进发，这位平凡而又不平凡的台湾企业家，被鑫昌泰集团光荣地聘为终身荣誉董事长。如今，许进发和沈君师徒间的故事已成为鑫昌泰集团的一个传奇，感动、鼓舞着鑫昌泰人向新的目标携手奋进。挟着总部成立的劲风，鑫昌泰集团2011年产值跃升到9700万元。2012年，在卖掉一家厂（苏州昌盛公司合伙人不同意企业上市的设想，沈君遂友好地转让了己方的50%股份）的情况下，仍增长到9900万元，2013年保守估计可达1.3亿元。现在，鑫昌泰集团拥有各类型号真空炉30

台,其他回火炉、氮化炉、深冷箱、磨床、铣床等百余台,主营各类金属模具、金属产品的真空热处理及正火、回火、调质、深冷、氮化、研磨等相关服务,日处理能力达50吨,实力雄厚,技术先进,成为长三角地区真空热处理的领军品牌。

鑫昌泰集团的迅速崛起已引起了国家权威部门的瞩目。2012年5月20日,92岁高龄的中国科学院徐祖耀院士和78岁的中国工程院潘健生院士一行来到鑫昌泰考察、指导工作。两位院士对于鑫昌泰将热处理科技成果转化为产业价值作出的突出贡献给予充分的肯定。徐祖耀院士勉励鑫昌泰人要为中国的热处理事业做出贡献,并予题字:钻研技术,完善品质。

团队打造与共同富裕理想

多年的拼搏发展,如今在鑫昌泰集团汇聚了一批专业优秀人才和管理精英,他们都是在实践这所大学校里摸爬滚打出来的真才实学者。说起"我的团队",沈君真可谓滔滔不绝,如数家珍。

让我们试举几例。

朱金凯,湖南人,1996年在广东打工时便与沈君相识相知,互为吸引。沈君成功创业后,急需管理人才,向他发出邀请。他毅然从那七千人的大厂有着优厚待遇的红牌主管位置上辞职来到江南,与沈君共绘蓝图,使沈君如虎添翼。朱现为集团执行董事CEO。

徐敏,沈君妻子,是沈君从小学到高中的同班同学,可谓青梅竹马,两人也曾有过自习课溜到坡上树林里谈情说爱的浪漫之举。这些年,这个美丽的大别山女儿一直跟随沈君走南闯北,默默支持着心爱的男人。在广东时她开片文具店,忙里忙外,又通过自学,取得大专文凭,考上了会计证。男人行事激情果敢,难免小处忽略;女人则是一种贤妻良母型的温柔缜密,正好与男人形成互补。徐现为集团财务总监。

郑国文的加盟颇具传奇色彩。他原是做生意的,后在上海黄渡开了一家浴池。2006年他到太仓来看望沈君。两个青山老乡聊起各自的创业故事,越聊越兴奋。两相观照,郑国文被沈君纵横捭阖的讲述深深吸引,原以为自己混得不错,跟沈君一比直觉惭愧。他深感沈君是个干大事业的人,如能成为他团队里的一员,定会有更大的发展前途。回去后,他决然卖掉浴池,处理好家中事宜,带着剩下的40多万元投奔沈君来了。他说,我就跟着你干了!你看这将军县的后代是不是都有一股子义无反顾、勇往直前的血性?郑国文是冲着当老板来的,但他是个拿得起放得下的人。当下,郑国文放下身架,从业务员干起,凭着他的素质功底,很快在新领域一步一台阶,步步有起色。后来,在太仓顺泰公司连续亏损的情况下,他临难受命,接过总经理重担,全力以赴,殚精竭虑,在上任第二年一举扭亏为盈,并渐入佳境,业绩排名逐年前移,成为沈君团队中一名并非浪得虚名的虎将。

那么,沈君是如何打造、管理他的团队的?

随着鑫昌泰集团的成立,沈君已完成了从最初的家族式管理向现代化企业管理的一次华丽转身。现集团的最高权力机构是股东大会。在鑫昌泰,董事长沈君是"脱产"的。除参与每月一次生产会议,对各公司日常的生产、经营,沈君已完全放手,这样,他可集中精力抓大事。他就像一个运筹帷幄的将军,在战略蓝图上谋兵布阵,决策千里。管理上他运用更多的是信任,这是管理的最高境界。对此,朱金凯的体会很有代表性:真诚的信任是非常重要的。一直以来,沈董就是这样,以他的人格魅力,以他的兄弟真情与我们大家相伴走到今天,有福同享,有难同当……

是的,有福同享,有难同当,这不是一句空乏的赞词,它是和团队每个成员的切身利益紧密挂钩的。为更好地吸引人才,也为了企业的长远发展,沈君于2009年采取了一个重大举措,实行股权激励:凡公司厂长以上的管理人员,便成了公司股东。有的新股东并无多少积蓄,公司可借钱给他参股。现在,集团公司的大小股东已发展到30人左右。沈君是将自己一手创制的这块大蛋糕切成若干份,分到了团队每一个队员手里。而随着企业的不断扩张,他自己手里的蛋糕在逐年变小。没有大山一样的胸怀,是很难做到这一点的。沈君十分信奉蒙牛老总牛根生的一句经典语录:财聚人散,财散人聚。试想,在一个被充分信任的环境里,拥有着自己一份蛋糕的股东怎能不真心实意地把企业的每一件事当作自己的事去做。

沈君也深深懂得,员工是企业最大的财富,员工的发展是企业持续发展的动力。鑫昌泰一直坚持企业员工双赢的原则。在鑫昌泰,有半数的员工是沈君老乡,沈君说,这也算是我对家乡的一点贡献吧。现在,他是把这一份乡情转化为了对全体员工的大爱,付出与收入的匹配,尊重与和谐的氛围,这便是他致力营造的以厂为家企业文化的核心体现。就说公司食堂吧,自总经理到普通员工,都是吃的8人一桌的工作餐,从无等级之分。这是打工仔出身的沈君"人都是平等的"理念的寻常体现。又如,对特别优秀的员工,公司还吸纳其为股东。有一名电工,从公司成立以来,始终恪尽职守,忠诚奉献,也成了股东一员。员工们都从中看到了好好干的前途,更感受到一份来自企业的尊重。故在鑫昌泰,很少有跳槽的现象。正是每一个员工都爱厂如家,每一道工序都责任到位,才为鑫昌泰的欣欣向荣提供了根本的保障。

沈君如今可算是个不小的老板了,可他从来就不是一个享乐主义者。他不沾烟酒,生活与名牌无缘。集团成立后,有多少朋友鼓动他:沈董你该换换车啦!他也曾动过心,去看了朋友们推荐的一款车,终究想,与其花100多万换部宝马,还不如添两台真空炉。终究还是开着他那辆4年前买的丰田商务回了家,回家后还要自我反省:那种靠名牌撑门面的人,只能说明他不自信。那么,他的享乐在哪里?首先在于创业的快乐——一个项目,从零做起,一步一攀,最终做成,那种快乐,无与伦比;其次,每当年终,看到股东们都分红到手,都体会到当老板的滋味,从而带动更多的人就业,受到越来越多人的尊重,那种幸福感,也是他最大的享受。

事情还未到头,他还要朝前多走一步。

鑫昌泰集团旗下的各分公司都是独立法人,按常规年终分红也都是独立核算进行,但现在,这样的常规被颠覆。鑫昌泰集团成立后,在当年实行了股权合并,昆山鑫昌泰模具科技有限公司被设为母公司,而将各分公司的股权归并至母公司,对全体股东执行"捆绑式"分红。这样一来,即使某公司是亏损的,如2012年新成立的无锡分公司,这些股东也照样分红拿钱。这样一种分配模式在外界看来不可思议,沈君却坚持自己的理念。他想的是,自己所以有今天的事业,首先是源于改革开放给予的良好外在环境,国家政策给予的茁壮成长的土壤。2003年落户太仓时,他便将组织关系随迁到太仓西区党委。他积极参加组织活动,关心时政,热心公益,2010年来连续三年被评为优秀党员。在精心打造自己团队的同时,他使一部分人(股东)富裕了起来。毋庸讳言,股东有大小,但他不希望看到因各公司效益有异而进一步带来股东们之间的红利落差。他追求的理想是共同富裕,这是我们党所倡导的方针,也是社会和谐的体现。还有重要的一点,捆绑式分红有利于各公司间的人才流动,优势互补,从客观上消除了因公司间效益差异所带来人才流动的阻力,归根到底还是为了集团的总体发展,也即大家的共同利益。前不久,师傅许进发也疑惑地问他:你的那些兄弟、股东们之间对此就没有意见和矛盾?沈君坦然回答:说没有矛盾是假的,因为人都是自私的,但通过做工作,目前矛盾是可控的。至于将来如何不敢保证,我也是摸着石头过河,成有经验,败有教训,在实践中不断总结,提高……

沈君语录:让公司赚钱是二流水平,让股东和谐是一流水平。

沈君要为做一个一流水平的董事长而加倍努力。很多时候,沈君是作为一个思想者出现在我们面前的。

成功无止境,奔走永不停

男人40一枝花。2013年正是沈君一枝花的年岁,也是他创业整10周年。10年奔走,一路斑斓。回想当年在老家推着自行车去水电站上班的山路上,沈君梦想能有一部摩托车该多好啊。后来他当上厂长,月薪够买两部摩托车,又梦想能有自己的企业。如今他的资产足够买下一个摩托车厂,他的梦想更宏大了,也感到肩上的担子更重了。然而工作再忙,他绝不做"狂"。他会在休日陪儿子去金仓湖踏青,每年要4、5趟回金寨老家看望父母。他也很注重保健,家中置有跑步机,只要不出差,每晚都坚持跑步4公里。这时候的他一身运动衫裤,摆臂蹬腿,目视前方,神情专注,只听得脚下"踏踏踏踏"的奔走声持续地有力地响起……

打开沈君的QQ,一行文字显出了他的备注名:为成功奔走的人。这备注名的涵义一如他在跑步机上的跑步:目标永远在前方,成功无止境,奔走永不停。

沈君,你下一步的目标是什么?

2008年和2010年,沈君随中国热处理协会先后访问了日本和欧洲的德国、意大利,参观了当今世界最先进、最高端的热处理厂。回国后,他组织团队成员观看带回的考察视频。大家在看到自己差距的同时,也认识到这差距正说明热处理产业在我国还有非常大的发展空间,而只要通过努力,很多事情是可以办到的。热处理本是我们老祖宗的发明,可惜在近代,我们落后了。现在,我们生逢盛世,怎能不只争朝夕,急起直追。据专家预测,在未来15年,我国的热处理工艺技术可望赶上和超过欧洲水平。这一点,连欧洲人也不怀疑。在欧洲,沈君就亲身感受到那些蓝眼睛同行们的赞叹:你们的发展速度太快了,中国,No.1!

赶超世界先进水平不能只说不练。沈君决定从激光热处理启动前行。

作为热处理中的高端门类,激光热处理几乎可以解决金属表面热处理的所有问题,只是工艺要不断地探讨、摸索。沈君团队决心发起的挑战,与其一贯的复制模式的扩张战略并不矛盾。创新与发展并举乃生存之道,否则,非但赶超世界先进水平成为空谈,还会迟早落伍终遭淘汰。

鑫昌泰激光先进制造中心就是鑫昌泰集团与武汉华中科技大学、武汉华工激光工程有限公司、昆山市工业技术研究院合作的高新技术产业。项目总投资500万元,采用的设备是德国进口的高功率半导体激光器和机器人的组合系统,采用八轴联动的技术。与传统CO_2激光强化系统相比,具有体积小、轻便灵活、电光转换效率高(35%)、能量分布均匀等特点,尤适用于大型不易拆卸工件的现场表面强化及对旧品进行激光再制造,且再制造产品质量不低于新品。其技术应用所涉及的领域属于国家鼓励发展的节能环保、省材降耗的领域,符合未来技术发展的需求。该项目已于2012年10月18日顺利通过专家组验收,宣布正式投入生产阶段,是鑫昌泰集团转型升级的代表力作,是激光先进制造技术从实验室走向市场的重大突破。但是,由于激光热处理目前在我国尚认知不够,加上成本较高,成为了普及应用的瓶颈。沈君不由感叹:创新道路,确实艰难。为此,鑫昌泰集团于2013年7月6日专门召开了有40多家重要客户参加的项目推介会,请专家讲座,现场观摩,取得良好反响。相信随着鑫昌泰激光先进制造中心的深入市场,必将带动长三角地区乃至全国范围新一轮的热处理技术进步和革新。

奔走,不停地奔走。看,在这个喜庆而忙碌的夏天,英姿飒爽的沈君耳听着中国梦的呼唤,目视前方,又迈开了新的步伐,身后紧跟着意气风发的全体鑫昌泰人。为他们高歌一曲吧,在娄江畔,在长三角,这一群为成功而奔走不停的人!

2013.10

跨越时空的彩虹桥

——访肯尼亚"中国女孩"沙里夫的求学之路

龚　璇

600 年前,郑和从太仓浏河率几百艘木质船、两万多人的庞大船队,经过许多东南亚国家,穿越印度洋,抵达肯尼亚蒙巴萨。郑和以当时先进的航海技术,七下西洋,开辟了海上丝绸之路与和平友谊之路。600 年后的 2004 年 5 月到 2005 年 3 月,有关方面,组织了一次"重下西洋"的活动,他们从太仓浏家港出发,沿着当年郑和七下西洋的路径,航程 1 万多海里,途经 20 多个国家。途中,他们遭遇台风、撞船、定位仪短暂失灵、引擎熄火、海水淡化器损坏、被某国军队枪击、被某国警方拘留、险遇索马里海盗袭击等等险情,然而,仿佛是一个跨越了时空的执着召唤,令这次远航矢志不渝,终于抵达终点站蒙巴萨。

凤凰卫视决定举办一场庆功晚会,向全世界直播。我,作为代表团的成员,去肯尼亚参加了这次盛会。

就是这次机缘,我们认识了肯尼亚的"中国女孩"沙里夫。

一,有人告诉我们,家庭贫困、数次辍学的沙里夫,是中国人的后裔,她想读书

下榻酒店以后,中国驻肯尼亚大使郭崇立宴请远道而来的太仓代表团。席间闲聊,郭大使说起了"沙里夫"的故事。他说,姆瓦玛卡·沙里夫据传是郑和船队水手的后裔,家境贫寒。在当地,女孩子念书的很少,一般十五六岁就结婚了。沙里夫读初中时,因读不起书,数次辍学,差一点嫁人。她给大使写信,表达自己想读书的意愿。郭大使接到女孩的信件后,两次前往帕泰岛看望女孩。这个消息一经披露,立刻在华人社会产生了反响。有一位四川籍的赵姓医生,在自己并不富裕的情况下,决定资助沙里夫读完技校高中。2005 年,她即将完成高中学业。但她有更大的心愿,想去中国的大学深造。但苦于资助人的经济能力,此事还没有眉目。

肯尼亚的中国女孩?! 这个不经意讲述的故事,引起了代表团成员的特别关注。时任太仓市常务副市长的盛蕾当即表示,太仓愿意资助这位小女孩到中国读大学,愿意承担她求学的费用。郭崇立大使也表示,只要太仓愿意承担学费,该办的手续,由他来负责协调疏通,尽快办好。

大家为此都很兴奋。有人建议，庆功晚会上，可以演绎这个故事。太仓市领导与凤凰高层商议，节目导演也感觉这是很好的题材。

晚会如期进行，凤凰卫视主持人陈鲁豫、窦文涛妙语连珠，精彩节目一波接着一波。突然，话锋一转，窦文涛机智而深情地为大家讲述了这个美丽的故事，博得在场人的热泪与掌声。

二，沙里夫家乡的陶罐、铁器，与她身世的传说，就像一个传奇

据介绍，600年前，郑和船队中的一艘大船行驶至印度洋帕泰岛上家村附近的海域时，触礁沉没，20多名中国水手携简易物品，坐小船逃生至帕泰岛的上家村，永远中断了归程。当地居民友好地接纳了这些中国水手，中国水手教当地人耕地种田，结网捕鱼。从此这些水手在这里结婚生子，繁衍生息。据学者考证，"上家村"并非原名。元时，设置了上海县。郑和第四次下西洋时，即从当时上海县的太仓出海口出发，许多水手就是上海太仓人，而斯瓦希里语的"上家"与"上海"完全同音，村名改为"上家"，或许就有这些中国水手纪念故乡的原因。2002年，美国《纽约日报》记者纪思道曾到访上家村，发现了这个与世隔绝的原始村落，仍保留着十五世纪郑和时代的生活习俗。有一位100多岁的村老对记者说，他的祖辈告诉过他，很多很多年前，有一艘中国的船在此触礁沉没，逃生的水手被土著救起，逐渐形成了这里的"中国村"。

沙里夫老家的一个角落里，有一个陶罐，70多厘米高，最粗的地方直径将近50厘米，上面有栩栩如生的双龙戏珠图案。考察者认为，就是中国明朝的六耳陶瓮，但它的五个耳都已经不在了。沙里夫家里一直保存着一只祖先留下的瓷碗，那年一支英国考察队来到这里，一个考察队员不小心摔坏了瓷碗，弄得母亲和沙里夫伤心不已，以后她们在中国客人的帮助下，好不容易才把瓷碗给粘上。现在他们村里的村民还会打铁，当时一位正打造铁锹的老人告诉沙里夫，"都说这手艺是你家祖先传下来的呢。"而村里编织篮子的方法，也与中国华南一带的编织方法相同。沙里夫说，小时候常听外祖父讲，中国祖先娶了当地女子后，他们之间有一个规定：生了女儿的中国水手，必须将女儿嫁到生了儿子的中国水手家中，这样可以多少保持中国血脉的延续。"我妈妈是正宗的中国水手后裔，到了妈妈这一代，中国后裔大部分都迁移到城市去了，妈妈嫁给了当地人……"而母亲记取并且告诉沙里夫的，是他们的中国祖先姓谢，妈妈的名字就是巴拉卡·巴蒂·谢。所以当地人也称沙里夫为"中国女孩"。当沙里夫终于要去中国时，妈妈哭了。

以后沙里夫在中国接受采访时还有这样一场对话：

主持人：你觉得和中国人之间相似的地方多吗？

沙里夫：我觉得自己和中国人有很多相似之处。

主持人：哪个地方像？

沙里夫：我的脸，还有我的头发。

主持人：你的头发要直一点。

沙里夫：而且我长着一双小眼睛，很像中国人的眼睛。

主持人：肯尼亚人皮肤颜色会更深一些，你是不是要比周围的同伴皮肤要浅一点，有吗？

沙里夫：是的，我的姐姐和我一样，她的脸，长相和我一样。

三，经过有心人的通力合作和两国有关部门的大力协助，沙里夫的人生发生了转折

回国后，我被委托作为联络人，负责与中国驻肯尼亚大使馆的沟通、协调，以尽快促成沙里夫到中国求学事宜。然而毕竟两国国情不同，留学政策也不同。繁琐的入学手续，并非一蹴而就，需要双方做许多细致的工作，并且还要耐心等待。大使馆积极与教育部联系，争取留学名额。教育部专为"中国女孩"特批了一个到中国留学的名额，只要她考试成绩及格，便可到中国就学，留学费用也由太仓资助改为教育部直拨，太仓方面负责她的部分生活费。在郭大使的努力下，女孩的中国留学之梦终于成真。听到这个消息，几个月来的奔波辛苦有了定局，我们都为此而高兴。

沙里夫希望学习中医，"在我的家乡拉穆群岛，有一家中医诊所，岛上的人生了病，只要诊所那名医生在他们身上插几根细细的银针，病就很神奇地好了……"但是"我知道，选择这个专业，意味着要学习更难的中文"，因为汉语老师告诉她，这除了普通汉语和日常会话，还需要接触中医学的专业词汇。"但是我有信心学好中文，并把中医带回我的家乡，帮助需要帮助的人"。我们原想把沙里夫安排到苏州大学，因苏州大学不属于教育部定点院校，几经周折，慎之又慎，最后决定将沙里夫安排在南京中医药大学留学。

肯尼亚女孩到中国留学的消息不胫而走，引起了肯尼亚以及中国政府的重视。此时，恰逢第三届中国航海节在太仓举行。太仓市又作出了一个重要的决定，经南京市对外文化交流协会邀请和中国驻肯尼亚大使馆的联系接洽，邀请沙里夫以及属地马林迪市的市长姆拉穆巴先生到中国参加郑和下西洋纪念活动。

那天夜里，我受命去浦东国际机场迎接他们。我们与沙里夫、姆拉穆巴还从未谋过面，特意做了一块很大的接机牌，等在机场出口处迎接他们。我们辨别着每一个走出的旅客，就是不见他们的踪影。一个小时过去了，这架飞机上的乘客差不多都走完了，仍不见他们出来。我心里有些着急，又不知怎么才能联络上他们。焦急万分，只好硬着再等。又过了将近半小时，终于看到一个魁梧的黑人和头裹纱巾、一身穆斯林装

扮的少女拖着行李走出机场。翻译忙不迭走上前去,询问是否是我们要接的人。待确认之后,我们高兴地把沙里夫、姆拉穆巴接上中巴,这才松了口气。一路上,他们说起晚到的原因,原来,航班准时到达后,他们要取行李,才耽搁了很多时间。我们一路直赶,往预订的上海市区的宾馆赶去,好让他们尽早休息,这时候已经是凌晨2点。

沙里夫和姆拉穆巴刚睡下,我的手机突然响了! 南京正好要举办8集电视片《郑和下西洋》的首映式,竭力邀请沙里夫即去出席。这让我们左右为难。他们已经很累。如果让他们参加首映式,那就得马上赶往南京,路上还有将近三四个小时的路程……可是,在方方面面的协调压力之下,我们还不得不把刚刚睡下的沙里夫、姆拉穆巴叫醒,向他们晓以"大局",他们十分配合,我们连夜赶往南京。一路上我们着实过意不去,可是沙里夫的善解人意,给我留下了深刻的印象。

此后在太仓市的欢迎会上,一位郑和研究者动情地说:"她是我们的孩子!"顿时,会场掌声雷动,沙里夫和许多人都流下了热泪。

沙里夫成了新闻人物。当时,不少报刊都找她进行采访报道,沙里夫虽然觉得累,但是太仓一位领导送给她、她也十分珍惜的一条纱巾,每当媒体采访时,她都会拿出来戴上。

在太仓期间,沙里夫把她的名字改为郑华,以表示对郑和的纪念和对中国的热爱。在太仓高级中学的一位同学家里,沙里夫一会儿唱非洲歌曲,一会儿坐进吊篮玩耍,一会儿学习弹古筝,没过多久,在这位同学的指导下,她用毛笔写下了"我回家了"四个字,并把它紧紧地捧在胸前。

活动之后,因为入学手续正在办理之中,她依依惜别,回到了肯尼亚,静候佳音。

四,一个好学懂事的非洲女孩,在中国求学期间,得到了许多好心人的关怀

2005年的金秋9月,沙里夫来到中国,开始了她2年汉语、5年中医一共7年的求学之路。为了不妨碍她学习,尽量减少干扰,在她开学进入紧张学业的期间,我们没去打扰她。

直到2006年的春节,我和几位同去非洲的同事受太仓市领导的委托,去往南京探望慰问。班主任老师说:"这个女孩很聪明。"沙里夫的学习能力很强,这是与她打过交道的老师同学的一致评价。沙里夫具有语言天赋,发音也十分标准,她很珍惜这次来之不易的留学机会,学习不仅钻研,而且刻苦。一个学期下来,基本上就掌握了汉语的普通会话。刚刚来中国住在酒店里时,她连电梯都没坐过,对于酒店的许多设施比如卫生间中的沐浴设备完全不知所措,不过翻译小陈只教了她一次,她就很快"熟门熟路"了。

在她整洁简单的宿舍里,我们见到了沙里夫,就好像久别重逢的朋友,有说不尽的

话,道不完的情。她一身休闲装扮,青春而靓丽。她用简单但娴熟的汉语,与我们寒暄学习和生活。但汉语毕竟博大精深,一些复杂的词句,她还是不能即刻理解。有的时候,只睁大眼睛,听我们说话,不时点点头,似懂非懂。但修完了汉语课程后,她不仅能用汉语流畅地交谈和书写,还能把汉语翻译成斯瓦希里语和英语。

与肯尼亚相比,江南的冬天,气候寒冷。我们怕她一时不能适应,所以去之前,挑选了两件御寒的羽绒服,捎带给她。她接过后,很激动。虽然身在异国,她仍然感受到了关怀体贴。同去的时任财政局长袁国强,电视台台长尹小燕把她当作自己的女儿,盛情邀请她假期里到太仓做客。她答应后,腼腆地笑了。

此后6年里的每一个寒暑假,她几乎都被接到太仓度假。在袁国强、尹小燕等好心人的关怀下,她非但没有寂寞之感,而且有一种回家的感觉。有时我们善意地问她,想不想家。她说:"当然想喽,可太仓也是我的家呀。"只是学业繁重不允许她有丝毫懈怠,即使想念家乡,也只能埋在心底。毕竟对她来说,学习是第一位的。在中国求学的几年里,她只回肯尼亚探过一次亲。她感到,只有加倍努力地学习,尽快学好中医知识,才能报效她的祖国,报效培养她的中国人民,才能为中肯友谊添砖加瓦。

2009年在整个暑期,沙里夫在太仓市中医院针灸科门诊部实习,她已能熟练地为病人拔火罐、扎针灸了。

五,沙里夫学业有成,她的这段经历,真切见证了中肯人民的传统友谊

日复一日,年复一年。其间,沙里夫为了表达自己对中国的深情厚谊,再一次将自己的名字改成了夏瑞馥。夏,取名华夏;瑞,包含瑞雪兆丰年的意思;馥,表示芬芳馥郁。由此可见,她内心世界的一种感激之情。同时,"夏瑞馥"也与"沙里夫"的读音相近。

今年6月1日,我突然收到了沙里夫的短信:"您好叔叔!我是夏瑞馥,我6月21日毕业,请您一定要来参加我的毕业典礼!另外有一个好消息告诉您,我昨天确定了拿到奖学金,九月份我可以继续读研究生!谢谢您在我读本科期间一直给予的帮助和关心!"

这个消息,使我由衷的高兴和喜悦,感慨不已。一晃七年过去了,夏瑞馥终于学业有成。6月20日,我与袁国强、汪放、尹小燕等几个同事一起到了南京。事前,我们知道这天恰好是她生日,就策划晚上为她举行一个生日晚宴。一来祝贺她学业有成,二来祝贺她生日快乐。她很激动,邀请了越南的、中东的、肯尼亚的几个好同学,一起度过了一个美好的生日。当我们共同唱起生日歌的时候,我看到她的眼眶里,流着幸福的泪。本来郭崇立大使也答应专程前来祝贺,因为临时有事,没有参加这次盛会,有些遗憾。我与同伴们看到她高兴的样子,有一种说不出的感觉。她说:她最大的理想就是在完成学业后回到家乡开一个诊所,用中国的医术为当地人民造福。

变　迁

张新文

改革谋发展,二十年沧桑巨变,在太仓市浏河镇的东仓村听到最多的一句话就是:"想不到⋯⋯"多么朴实的话语,包含了多少往昔岁月的心酸以及对现在的美好生活的感慨和感恩。因为,党的惠农政策好,东仓村才有了今天的巨大变化。

有钱才能办大事,办好事

现在的东仓村是由原东仓村和原江沿村于 1999 年合并而成,合并后的村域面积 2.97 平方公里,耕地面积 2480 亩,23 个村民小组,695 户,人口 2313 人。

仇刚,男,40 多岁,退伍军人,现任东仓村委会主任。他中等的身材,黝黑的面颊,炯炯有神的眼睛,透露出一副精明能干的气息。在窗明几净的村委会办公大楼,他不无感慨地说:"我们这些村干部,过去到村民家里去,无非是去催缴公粮、催缴提留和统筹、催缴农业税⋯⋯村民负担重,会给我们好脸子看吗? 完不成上级的任务,领导会拍桌子,那时我们村干部就是风箱里的老鼠,两头受气。现在走村入户,那是去给村民送惠民政策、送福利,村民见到我们甭提那高兴劲有多大啦! 想不到啊,想不到!""农民负担取消了,做为我们村干部才能集中精力谋划东仓村的发展。正如我们村党委书记仇仕良所说,有钱才能办大事,办好事。"

那么如何才能有钱? 换而言之,在商品经济时代,如何才能壮大村集体经济呢?

这个难不倒东仓人。早在春秋时期,吴王在此设立粮仓,当时我们这里是位于东边的大粮仓,所以叫东仓,我们村就叫东仓村,地名一直沿用至今。这也说明东仓的先人就朴实、勤劳,这里是个富庶之地。明朝永乐三年(公元 1405 年),世界著名的航海家郑和率舟师从这里起锚七下西洋,令世界刮目相看,东仓人的骨子里就积淀着不怕困难,敢为天下先的这股子闯劲和干劲。

要发展经济,仅靠人均一亩多点的土地搞种植业是不行了,只有发展村集体经济才是唯一的出路。1992 年,村里就已经悄悄地拥有了两个企业,东仓烟屑筛洗厂和不锈钢异形材料厂,企业年利润已达 543 万元;从 2002 年起,村里与市水利局共同投资

700万元,建造一个防洪防汛砂石厂,仅此一项就可为村里创收200万元。

东仓村背依339省道、新浏河和郑和路横贯东西、沪浮璜公路纵横南北,水陆交通十分的便捷,加之紧靠上海,区位优势明显,为东仓村发展仓储物流业提供了得天独厚的优势条件。仓储物流业是一个无污染的朝阳产业,经专家论证,村两委研究,村民代表举手表决的方式,决定投资这个项目。

投资1.5亿元,建造占地面积80亩,拥有8栋现代化钢结构货架式仓库,并配备一套先进的视频监视系统、红外线报警系统、消防报警系统等设备。如此大的投入,显然村集体资金是不够的,他们在争取金融系统帮助、支持的同时,于2009年4月,成立了东仓村富民合作社,以在籍村民入股为对象,每个有入股资格的村民可以投入两万元,当时共募得股金590万元,大大缓解了投资资金不足的压力。

股票,对于一辈子面朝黄土,背朝天的老实巴交的农民来说,是一个新生事物,大多数人困惑不已。一大叠格楞楞新的百元钞票,换回一张花哨的纸片,真的叫人放心不下。电视上不是常说,股票有风险,投资须谨慎!况且,这还只是本村里发行的股票,万一亏了、打了水漂咋办。于是,村干部带头买,并带着分派给每人的任务白天黑夜跑农户的家,苦口婆心地做工作,全村695户,最终也才有96个农户入股。村主任仇刚一边摇头一边说:"当时也怨不得群众,村级办企业我们当时也不是太懂市场经济,谁知道后来会怎样?""当然,对于办企业我们历届村干部都是充满着信心和希望的!"

有了金窝窝,总得引来金凤凰,才能收获堆积如山的金蛋蛋啊,于是,村干部在建仓库的同时,又马不停蹄地跑上海找客户,因为我们离上海近,当时的客户定位就首先选择的上海。而上海经济发达,寸土寸金。此时的上海烟草(集团)正为没有足够的仓储而犯愁。如果在上海再建造库房已经没土地可以通过审批给他们使用,如果以租赁的形式存储,租金又太高。当两家从握手那一刻起,各自心里都乐开了花,做为东仓村一方,从仓储的日常管理,到出库把材料运送到对方的加工厂,提供一整套的优质的仓储物流服务,仅此一项每年可增加村级可支配收入2000多万元,同时还解决了村里富裕劳动力的就业问题,增加了村民的收入。而作为上海烟草(集团)一方,一方面很顺利地解决了仓储库房紧张的难题,另一方面一整套服务所有支出费用算下来,还大大地降低了投资成本。

从2009年投产、运营到现在,东仓村仓储物流业越做越大、越做越红火,一辆辆集装箱货车井然有序地进出库区。已是5月,梅雨季节即将来临,工人们正打开每间库房通风,抽湿,为下一步的灭虫做准备。管理人员告诉我,"优质的服务,质量是生命!我们必须保障每箱产品不霉变、不生虫。"想不到,这些"泥腿子"也懂得了经营之道,我在心里为他们竖起了大拇指！

大的项目要上，小的赚钱的机会也不放过，只要能壮大村集体经济，都得上。东仓村离浏河镇街道近，适合经商贸易，从 2008 年起，村里就着手开发建设沿郑和路两侧的商住楼和门面房建设工程，商住楼为村里增加了 1600 万元的收入，门面房的出租，每年有又可为村里集体经济注入 20 万元的资金。

一分耕耘，一分收获，2008 年，该村村级可支配收入突破 1000 万元，率先成为太仓市第一个千万元村，到目前为止，村级总资产已达 3.33 亿元，村级可支配收入突破 3500 万元，村民的人均收入提高到 21900 元。

向 城 市 看 齐

东仓村 2006 年就被列为第一批新农村建设示范村，经过 6 年的建设和完善配套设施，目前，一个崭新的东仓村呈现在人们的面前。

走进村里，一棵棵绿化树迎风摇曳，婆娑着优美的身姿；宽敞的水泥路两旁挺拔着高耸的路灯；到处是绿草茵茵、鲜花绽放；庭院内外干净整洁，一幢幢漂亮的楼房掩映在一片片苍翠和碧绿中；呢喃的燕子，像一个个迎宾佳丽，盘旋、低飞于村口，迎来送往进出村子的一辆辆高档轿车。如果不是远处一望无垠的即将成熟的麦浪提醒了你，眼前的一切你很难相信这是在农村。每当夜幕降临，华灯初放，广场上音乐响起，人们又跳起了欢快的舞蹈……

"仇主任，对于城乡一体化你怎么看？"我问陪我进村的仇刚主任。

"我是农村人，我以为这就好比排队，矮个子的农村总得要向高个子的城市看齐。"他回答。

看不出，村主任的这个比喻还很贴切。

村集体经济的发展、壮大，为村民过上高质量、高品位的生活创造了条件。从 2003 年至今，东仓村每年要拿出 150 万元，改善老百姓的生活环境。公路修到家门口，水管接到屋里头，有线电视户户通，智能防盗家家有，全村五六千米的河道全部清淤整治一遍，灌溉渠道由明渠改成了暗渠，机耕、排灌、运输、脱粒等农业服务费用统统减半。除此之外，村里还给年满 60 岁的老人开小灶，在享受市级养老补贴的基础上，再增加每人每月 40 元养老金；为村民购买大病风险医疗，个人只要每年出资 30 元，其余 40 元由村里贴补，报销药费上不封顶；村里人看小毛病每次交一元钱，医药费由村里支付；对村里的困难户，能争取低保的尽可能争取，暂时还不符合条件的，村里逢年过节都要派人去看望。村级作为一级基层组织，无论如何要把村民的冷暖时刻放在心上。

走过一户门口，听到里面有争吵声传出来，一个妇女嚷道："当时送上门来叫你买，你却一根筋，死活不愿意买，看看我们吃亏了吧！你个死脑筋！""我哪知道东仓村也会发展得这么好啊——"男人像有点理亏，声音低得多。我说："主任，不进去劝说劝说？"他却说："不用！他们在为当时没入股后悔呢。"原来，事情是这样的：还是2009年，村里动员有资格的村民入股的事，当时两个人的意见不统一，女的同意，男的坚决反对，最终失去了机会。2010年，经过一年的经营和管理，富民合作社盈利250万元，依法缴纳税金后，入股村民获得投资额的百分之十五的分红。后来，收益越来越好，合作社将所有股份退回，入股村民仍然继续可以得到分红。

是啊！谁个也不会想到今天的农民会过上这么好的日子，和城里人没两样。

我们穿过庭院，走进一户陈氏农家。刚好赶上星期天，一家三代都在家，他们住着200多个平方的楼房，高档家具、电器、摆设物件、字画一应俱全，卧室、客厅、厨卫都是上档次的装修，地面光洁可鉴，给人一种舒心、温馨的感觉，阿公、阿婆年岁大了住一楼，儿子、媳妇、孙子住二楼。阿公清瘦高挑，腰不弯，见到我们，就一个劲地说："想不到啊，想不到！""这皇粮、这国税，哪个朝代能免得了的啊！——也只有共产党做到了啊！""六七十年代，我那会儿是小队长，冬天带领劳力去干工程。那个时代，穷啊！一年里很少吃到荤腥儿，我告诉大家，你们给我加紧干，完成任务有肉吃。那次是萝卜烩肉，饭菜不限量。结果可想而知，饥肠辘辘的肚子，对着突如其来的好的饭菜不适应了，一个个连裤子也提不起来，那个腹泻啊！但是，这帮爷们没一个有怨言，说撑死总比饿死强。""再看看现在的生活，两重天呐！"陈阿公很激动，眼角流出幸福的泪花。他喋喋不休地讲着，我和仇主任静静地听着，无意去打断一个老者的讲述。

后来，陈阿公的儿子告诉我，他家每年都会收到土地流转费和国家种粮补贴，父母现在不用我们操心，国家、政府、村里都有补贴，他们自己都花不完，出门坐公交也免费。现在我们夫妇在一企业上班，每月会有个七、八千元的收入，又有社保和新农合，现在的日子红火着呢。过去老辈们常说的，能过上"楼上楼下、电灯电话"的日子就好喽！这不都过上了，还超过了他们的想象哩。

当我们走出陈家的时候，楼上传来优美的钢琴声，弹奏的曲目是《在希望的田野上》……

我把青春献东仓

2008年7月的一天早晨，"我们村里来了个大学生村官，还是个姑娘——"这一消息像长了翅膀,飞遍东仓村的角角落落。一时间,村委会的大门口人山人海,姑娘和村书记被前来看热闹的人围在中间,几乎喘不过气来。"老少爷们都往后退一退,这是省委组织部选派的大学生村官。春鹰,还是你做个自我介绍吧。"村书记说着,看了一眼姑娘,示意她讲话。这下场面极静,似乎能听到人们的呼吸声,姑娘个头不高,显得文静木讷,"我叫王春鹰,春天的春,雄鹰的鹰,毕业于扬州大学,目前是个预备党员。我是来向大家学习的,希望得到父老乡亲的支持! 我会把青春奉献给东仓的!"就这两句话,把王春鹰的白皙的脸儿憋红了,汗珠也拧成了股地往下流……

对于朴实、勤劳的东仓人来说,想不到父母辛辛苦苦培养出来的大学生,会愿意来农村工作和锻炼;对于王春鹰来说,到了东仓村她才知道,现在的农村生活跟城里是一个样,这是她万万想不到的。记得读大学期间,她就爱读王安忆的作品,1972 年王安忆在安徽省五河县插队落户时,一开始连住的地方也没有,就和一个读高中的女生挤在一张稻草绳攀织的凉床上,没地方洗澡,换洗衣服也不方便。一想到农村,说实在的她心里就纠结、打怵,可是,到了东仓村她的顾虑消除了,三层高的村委办公楼气派非凡,她有自己的办公室和单人宿舍,生活条件不比家里差。

生活条件好了,王春鹰的心里也亮堂了,接下来就是脚踏实地地工作,为村民服务。

现在的村干部大都从本村党员中选出,他们密切干群关系、工作时间长、经验丰富,但对计算机不熟悉。现代办公远程化、电脑化,做为大学生村官的王海鹰恰好弥补了东仓村干部的不足之处。做为村主任助理的她,在办好东仓村网站的同时,经过半年多走村串户、收集整理,把东仓村农民健康促进行动台帐、体育健康俱乐部台帐、老年活动室台帐、精神文明建设台帐等建立了起来,使村资料规范化、电脑化。2008 年沿郑和路两侧的商住楼建好后,为了加大宣传力度、扩大销售渠道,王春鹰向书记主动请缨,联系专业网络公司共同研究售楼宣传网页以及广告,通过努力商住楼的广告和网页顺利得以在太仓房产网上刊出,市场销售效应凸显。

这是一个大变革、大发展的时代,做为城乡一体化前期工作的征地拆迁,往往是令村干头痛的事。2002 年 2 月,村两委决定引进物流仓储项目,征地面积 71007.4 平方米,涉及农户 28 户。大多数村民能够着眼大局、考虑长远,也有极少数村民认识不够,迟迟不愿签订拆迁协议。经过 3 个月的努力,已拆迁 27 户,剩下一户村里多方做工作无果,老书记喊来王春鹰,"小王啊! 你是个大学生,又是个女同志,要发挥女子的柔情和心细这两个优势,去把这个难题解决掉!"村书记像是部队首长在下命令,又像是同事在征询她的意见,一向内敛的王春鹰没有当着书记的面做肯定的回答,她只是腼腆地冲书记笑笑,"我试试吧。"

于是，小王没日没夜的去那户人家做工作，开始几次都是遭遇闭门羹，人家视而不见愣是不开门。她想，拆迁户闹情绪，无外乎赔偿上没有达到自己的预期目标，切不可在心里就认为他是个"钉子户"，用另类眼光看人家。没有说不通的群众，只有当不好的干部。

人非草木，孰能无情。无数次的登门，一个大姑娘家的诚心终于感动了对方，起码他家把门打开了……"小王，我这房子只是离路远了点，早些年曾做过出租房的，那也是商业用途，不是吗？"户主同小王说着，王春鹰心里明白，还是利益问题，她说："是这样，这次的拆迁赔偿我们村两委是慎重的，所订的赔偿标准是统一的。你想，如果在你这里另立标准，那么，我们前期的工作不是白做了吗？大家的眼睛是雪亮的啊！"一句话，说得这位拆迁户一时无语了。接着，她又说："你所反映情况，我带回村里集体研究，看看能不能在其他方面给你们相应的照顾。""好吧，小王，这次就听你的，明天我去村里签拆迁协议。"

回村部的路上，小王并没有因为出色的完成任务而欣喜若狂，她正惦记着这个拆迁户的诉求呢，毕竟群众利益无小事。

有些大学生村官，把农村做为事业的跳板，两三年只是为了"镀金"就拍拍屁股走人。而王春鹰在东仓村摸爬滚打，一呆就是六个年头了，她已经深深地爱上了东仓村这方热土以及这方水土养育的人民。由于她工作积极努力、扎实肯干，目前，她已经顺利通过东仓村党委的考察，转为中国共产党正式党员。此时，她激动地哭了，任泪水在面颊上肆意地流淌……

她在心里默默地念叨，感谢党！感谢东仓村！

扬帆起航，东仓梦

美国生物学家迈克尔．波伦在《植物的欲望》一书中这样写："苹果的欲望是甘甜，郁金香的欲望是美丽，大麻的欲望是陶醉，马铃薯的欲望是控制。"连植物都有欲望，何况我们人类呢？其实，每个人都有欲望、梦想和追求，习近平总书记说："中国梦是民族梦，也是每个中国人的梦。"做为东仓人又有哪些梦想呢？

——"我们要有更满意的收入。"

——"我们的孩子要有和城里一样的教育。"

——"我们希望土地农场化。"

——"我们要有更稳定的工作。"

——"我们需要更可靠的社会保障。"

——"我们需要更高水平的医疗卫生服务。"

——"我们需要更优美的环境和更舒适的居住条件。"

五彩缤纷、绚丽多彩的东仓梦,已经整装待发、即将扬帆起航!

近期,村书记仇仕良在回答记者提问时说:"东仓梦,是中国梦的一部分,一句话,就是安居乐业、衣食无忧、学有所教、老有所养、病有所医。要实现这些梦想,靠的是脚踏实地,努力拼搏。我们东仓村已经对今后五年的规划画了张初步的蓝图,那就是耕地以入股的形式,逐步向种田能手集中,形成农田保护区。农民向城镇靠拢,逐步向托儿所、卫生室、老年俱乐部、活动场所都到位的生活小区集中。企业在原基础上做大做强,形成规模,提升档次,形成特色鲜明的工业区,农民既可以进园区办厂创业,也可以进厂做工。沿路沿河置换出来的土地主要建设三产服务区。立足点是让老百姓得到更多的实惠,为村民谋取更大的福利。"

二十年来,东仓已经发生了翻天覆地的变化,我们有理由相信:东仓的明天会更加的美好、人民的生活会更加的幸福!

圆梦七浦(节选)

朱凤鸣

引　言

　　苏州,河湖交错,河网密布,水源丰富,源源不断的长江水,通过众多河泾,灌溉着万亩良田,哺育着沿岸百姓。世世代代在这里繁衍生息的人们,用勤劳和智慧,创造了举世公认的"人间天堂"。

　　七浦塘,又名七浦、七鸦浦、七丫河、戚浦塘。位于苏州市东北部,自宋以来为常熟昆山太仓间五大浦之一,是太湖流域阳澄淀泖区的主要通江河道。西起阳澄湖,向东流经相城、常熟、昆山、太仓等市(区),在太仓七丫口汇入长江。七浦塘全长48公里(其中拓浚整治后的新七浦塘全长43.89公里),阳澄淀泖区众多河泾之水,流向七浦塘,汇入长江,归于大海。

　　纵观历代忧国忧民的官员和水利专家,都把治水当作造福百姓的大事和要事,乃至当作完成自己梦想,实现人生价值的毕生追求。

　　七浦塘从宋景祐元年(1034年)开挖至今,已有近千年历史。经过历代拓浚整治,特别是新中国成立后的整治,七浦塘在灌溉良田、排涝泄洪、航运交通方面发挥了积极的作用。但经过近60年的运行,随着经济社会的发展,阳澄淀泖区防洪减灾、供水安全及水环境治理的形势依然严峻。2011年中央一号文件聚焦水利改革发展,苏州市委、市政府高度重视,抓住契机推进区域骨干河道治理,经国家发改委批准,实施了新一轮七浦塘拓浚整治工程。在苏州市委、市政府的正确领导下,在沿线各市(区)委、政府的精心组织下,以及各乡镇、村的大力支持下,依靠各参建单位的共同努力,从2013年5月全面开始征地拆迁,2013年8月陆续开始招标,2013年10月正式破土动工,至2015年5月29日完成水下工程并放水,至2015年底沿线所有的水闸、涵洞、挡墙、桥梁、泵站和水系路网调整等按计划全部完成。该工程开创了苏州市水利工程建设的五项之最:单项投资最大、动迁任务最重、建筑物数量最多、引排能力最强、技术最为复杂。

如今,经过拓浚整治的七浦塘,水面开阔,水流清澈,两岸绿树成行,碧草茵茵,道路平展,风光旖旎,不仅在泄洪、灌溉、改善水质和航运交通方面产生了明显的效益,而且成为人们休闲观景的好去处。作为具体组织实施此项工程的苏州市水利局干部职工和沿线县市区水利人及各级领导、所有参建单位职工,为此默默奉献了他们智慧和汗水,在苏州治水史上留下了浓重的一笔,值得后人永世铭记。

千 年 梦 想

一、古人之梦

说起苏州治水,自然要提到写出"先天下之忧而忧,后天下之乐而乐"千古名句的北宋政治家、文学家、军事家范仲淹。范仲淹,字希文,祖籍吴县(现苏州吴中区)。宋真宗大中祥符八年(1015 年)中进士,授广德军司理参军。后又历任推官、仓监、知县、通判、殿中丞等职。明道二年(1033 年)仁宗亲政,他被召任右司谏、江淮体量安抚使。景祐元年(1034 年)正月任睦州知州,六月,又转任苏州知州。

苏州是范仲淹的家乡,景祐元年(1034)6 月他是以地方父母官的身份回到故里,当然更要为家乡的父老乡亲做点实事。在范仲淹到家乡上任的前一年,苏州遭受洪灾,因此有大量的善后问题要处理。范仲淹不愧为忧国忧民的官员,他上任后做的第一件大事就是坐船去视察各灾区,经过调查研究,他认为当前主要问题是积水不退,灾民无法重建家园,因此首先要导水。他说:"松江(即吴淞江)不能尽泄震泽众湖之水,虽北压扬子江(即长江下游),东抵巨海,河渠至多,堙塞已久,不能分其势。今当疏导诸邑之水,东南入松江,东北入扬子与海也。"(《吴郡图经续记》)于是立即募工疏河,并向朝廷打了报告,要求拨款。

宋景祐元年(1034 年),苏州知府范仲淹主办开挖七浦塘、杨林塘。范仲淹治水接受了前人的经验教训,不是单纯清淤,而是"修围、浚河、置闸"三者并举。这项大工程疏通了茜泾、下张、七丫、白茆、浒浦等主干水道,并在要害处修堰置闸,防止了江海倒灌,治理取得了明显成效。对于阳澄湖这样已经形成的大湖,围堤排水的工程量实在太大,追加经费已不可能,只能不动它了。不过五大浦的开通,使阳澄湖增加了七浦塘、西杨林塘等出水港,分了它的水势,起到了较好的泄洪效果。

朝廷和地方政府都注重对七浦塘的疏浚,自宋至清,七浦塘大小疏浚达 46 次。

疏浚七浦塘,是一项耗资耗力的巨大工程,所需银两,基本由朝廷拨付。据明《姑苏志》卷十二记载,弘治八年,徐贯等奉命,"以长洲、吴、昆山、常熟、嘉定等县十万五千余人挑浚白茆港并斜堰七浦塘,共长二万四千余丈。"文徵明在《太仓州重浚七浦塘碑记》一文中,记录了嘉靖年间欧阳必等人疏浚七浦塘的功绩,"是役也,凡用民夫万八千四百,糜银为两者七千八百二十有三,自经始迄告成,仅九十有七日。"由此可见,疏浚七浦塘这一浩大工程,须集朝廷与地方之力。隆庆元年,王世贞作《太仓州重浚七浦杨林盐铁三塘记》,颂扬朝廷官员疏浚七浦等塘,撰文道:"蕲我大吏,是浚是抚。爰在永宣,忠靖司平。"万历十七年,王世贞再作《太仓州浚七浦杨林二塘记》,记录许应逵疏浚七塘塘的功德。

二、当代之梦

尽管自宋初至清末近900年中,朝廷和地方政府对七浦塘大小疏浚了46次,具有不可磨灭的功德和效益,但没有从根本上解决七浦塘屡塞屡疏、屡疏屡塞及江边古闸屡建屡废的问题。

在新中国成立之前,七浦塘河道湾多、面窄、沙多、底浅,沿线太仓几个镇的地名就可作证。整个河道都是弯曲的,只有盐铁塘以西几百米范围内比较顺直,所以这个地方叫"直塘";当长江涨潮时,泥沙要淤积到离河口17公里处,所以这个地方叫"沙头",也就是现在的"沙溪";为了挡住潮水倒灌,控制内河水位,据《太仓县志》记载,在1567年,离现在河口约10公里处,曾用石头和木板建一座当时认为比较牢固的水闸,但只使用了不到一年,就被潮水冲垮了,所以这个地方叫"老闸";在离河口7公里,就已经有9个弯道,所以这个地方叫"九曲";在河口处,随着人口的增加,两岸交流日益频繁,需要建一座桥梁,但基于潮涨潮落,水流湍急,按当时的经济和技术力量,无法建固定的桥梁,只能用绳索捆住木板漂浮在水面上,供人行走,所以这个地方叫"浮桥"。

新中国成立后,在中国共产党领导下,各级政府非常重视对七浦塘的拓宽疏浚。

建于清康熙四十七年(1708年)的七丫口闸,因年久失修,到解放时仅存废闸残迹。1951年,太仓县人民政府计划兴建七浦塘新闸,在距太仓七丫口上游3.56公里的浮桥镇北建一座钢筋混凝土节制闸,3孔,总净宽15米。1952年3月开工,到12月竣工,1953年2月开闸放水。完成土方12万立方米,混凝土1375立方米,石方2222立方米,使用丈五筒排桩260根、钢材115吨,投资41.5万元。闸身为箱式结构,闸顶高6.6米,闸底高0.5米,净宽15米,分3孔,每孔5米。闸上设汽车10级单车道公路桥。

1956年11月,江苏省水利厅批准拓浚七浦塘工程,工段东起七丫口,西至直塘镇,全长21公里。苏州专员公署成立七浦塘拓浚工程指挥部,由副专员袁锡志任指挥,组织吴县、昆山、常熟、太仓4县2.95万名民工参加施工,于1956年11月22日开工,到1957年1月10日开坝放水,共挖土方222万立方米,其中太仓县完成58.72万立方米,国家投资160.87万元。全线共拆除瓦房361间,草房84.5间。拓浚后节制闸下游底宽 18 米,河底高程 -2.8 米;节制闸至沙溪东底宽 18 米,沙溪至盐铁塘底宽 10 米,底高 -0.5 米。两岸结合挖河筑堤,堤顶高程 4.5 ~ 4.8 米。裁弯取直新仓附近 7 处急湾。此次疏浚在沙溪镇南另开新河,同时疏老河,挖土 14.5 万立方米。施工期间,由江苏省交通厅机浚队疏浚七浦坝基及浅滩工程。

1971 年,在昆山境内拓浚七浦塘石牌镇束水段,拓宽标准按最大过水断面 120 平方米,泄水量 50 ~ 60 立方米/秒,设计河面宽 30 米,开挖长度 300 米,拆除旧石桥,建 31 米单跨双车道钢筋混凝土桁架公路桥,修建复式石驳岸 490 米。

1973 年,在常熟境内拓浚七浦塘任阳镇区段,河道底宽 19.2 米,河底高程 -0.7 米,河面宽 33.6 米,重建市河驳岸 655 米,改建束水桥 1 座。

1983 年春,太仓九曲乡在七浦塘上新建田家桥 1 座,净跨 45 米的斜拉杆三肋二波桁架拱桥,设计标准为汽—10,桥面净宽 4.8 米,通航净孔高按六级航道要求,总经费 7.0 万元。

1999 年,太仓市水利局于七浦塘原节制闸东侧 3 公里(距长江边 400 米)新建通航节制闸一座,为三孔节制闸,总净宽 18 米,按 II 等 2 级水工建筑物、六级航道进行设计,防洪标准为 100 年一遇。工程总投资 1147 万元,于当年 1 月 10 日正式开工,9 月底主体工程全面完工。从而,提高了防洪标准,改善了通航能力。

七浦塘自 1956 年以来的多次分段拓浚,经过半个多世纪的运行,两岸坍塌厉害,河底淤积严重,引排水能力下降,水质恶化,水资源供需矛盾突出。随着经济社会的发展,阳澄淀泖区防洪减灾、供水安全及水环境治理的形势依然严峻。

无疑,七浦塘新一轮的拓浚整治工程又严峻地摆在人们面前。

太仓荡茜口到璜泾镇的荡茜河,河窄,底浅,水质污染,严重影响着太仓北部地区的用水安全,1998 年璜泾镇提出太仓北部地区水系沟通。在 1999 年末至 2000 年初,太仓市水利局从改善北部地区水质和增加太仓港内河通航能力出发,决定拓宽荡茜口到璜泾的荡茜河道,前期已拆迁 100 多户,荡茜口南岸的船闸、节制闸已建成,拓宽工程准备就绪。当时,苏州市水利局领导到太仓调研后提出,拓宽荡茜河可纳入苏州市通江达河工程中。苏州市通江达河工程计划拓浚四条主要河道,即浏河塘、白茆塘、杨林塘、七浦塘。苏州市水利局领导认为,荡茜河拓浚工程可慢一点实施,可与苏州市七浦塘拓浚整治工程统一规划并列入"十二五"规划,作为苏州市水利工程项目再统一开工实施。

2006 年,江苏省发改委发文同意将拓浚整治七浦塘工程列入计划之内,为此,苏州市水利局主要领导多次向苏州市政府主要领导汇报,经市政府讨论认为,此工程好是好,但目前市财力有限,决定缓上。而太仓为拓宽荡茜河已做了大量工作,拆迁 100

多户,工程却一时不能开工,群众很难理解,意见很大,太仓水利人员当然压力也不小。

2007 年 11 月,戴锦明同志任苏州市水利局局长。

戴锦明是个对水利造福百姓怀有梦想的人,他下决心要在自己任上完成七浦塘拓浚整治工程。

戴锦明就任苏州市水利局长后,市水利局实施了两件大事。

一件是东太湖综合整治工程。因上世纪五六十年代围湖造田,八十年代退田养殖,造成湖床淤塞,生态破坏。从 2011 年到 2013 年,经国家发改委批文,用两年时间,将东太湖 180 平方公里改造成湿地,不但改善了太湖水质,还提高了防洪能力,成为全国湖泊整治的典范,获得了上下一致好评。2014 年 5 月,水利部部长陈雷前来视察后高兴地说:"东太湖整治达到了防洪与治水、生态与环境、保护与开发的共享。"

另一件是苏州城区水质改善。苏州城区开展了打造最佳城市水环境三年行动,全面完成了城区三大污水处理厂提标改造工程,打通断头浜 20 多条,清除城区 655 条杂船,市区 171 条河道全面干河清淤,保持活水畅流。还建娄门、阊门两活动坎,引成南北水位位差,自北向南川流不息,自流活水。河道保洁市场化运作实现全覆盖,黑臭河道得到全面整治,城区 27 个水功能区水质达标率已连续四年稳步提升。看着苏州城区河道清澈的河水,居民用水质量不断提高,苏州百姓一致称好。

现在市水利局要做第三件大事,就是要对七浦塘进行拓浚整治。作为市水利局主要领导的戴锦明对此自然决不含糊,而且早将此项目列入了"十二五"规划,现在当务之急是抓紧作好各种准备工作。

领 导 决 策

一个有十多亿人口的泱泱大国,吃饭问题是个头等问题。因此,党中央一直讲农业是基础,只有农业稳定,才能保障经济发展,人民生活安定。特别是党的十一届三中全会以来,每年年初,党中央发布的一号文件都是有关加强农业的文件。

一代伟人毛泽东主席说过:"水利是农业的命脉。"加强水利建设,对发展农业至关重要。

2011 年 1 月 30 日,中共中央发布 2011 年一号文件,就突出强调了水利建设的重要性。这个文件全称为《中共中央国务院关于加快水利改革发展的决定》,《决定》由一、新形势下水利的战略地位;二、水利改革发展的指导思想、目标任务和基本原则;三、突出加强农田水利等薄弱环节建设;四、全面加快水利基础设施建设;五、建立水利投入稳定增长机制;六、实行最严格的水资源管理制度;七、不断创新水利发展体制机制;八、切实加强对水利工作的领导。共八个部分三十条组成。《决定》强调,水是生命之源、生产之要、生态之基。兴水利、除水害,事关人类生存、经济发展、社会进步,历来是治国安邦的大事。促进经济长期平稳较快发展和社会和谐稳定,夺取全面建设小康社会新胜利,必须下决定加快水利发展,切实增强水利支撑保障能力,实现水资源可持续发展。近年来我国频繁发生的严重水旱灾害,造成重大生命财产损失,暴露出农田水利等基础设施十分薄弱,必须大力加强水利建设。

中央一号文件像一股强劲的东风,吹遍了祖国的大江南北,也吹响了苏州市水利改革发展的号角。

对于中央这个一号文件,全国各地党政领导根据本地实际,迅速抓紧贯彻落实。作为经济发达地区的苏州市委市政府领导,当然也及时地作出反应,决定将已列入省发改委"十二五"规划项目的七浦塘拓浚整治工程,借中央一号文件东风,全面实施。并由市水利局作好此项工程的前期准备工作并拿出具体方案。

于是,市水利局全面动员,紧急部署,组成精干班子,加班加点,局长戴锦明挂帅,副局长蒋小欣具体负责,利用原有的积累资料,结合现在的新情况,在最短的时间内,拿出一个全面精练的汇报材料。

2011年3月15日,汇报材料正式出台了。那天上午,苏州市委主要领导带领苏州市有关领导和相关部门领导及七浦塘沿线相城、常熟、昆山、太仓市(区)的主要领导到七浦塘沿线实地察看,下午来到太仓娄东宾馆,听取市水利局长戴锦明作苏州市水利工作情况汇报。他用PPT方式,通过电脑投影屏作讲解,除文字外,还配以水利图表,用半个小时时间,向苏州市领导和相关部门领导及各市(区)主要领导作了汇报和介绍。

应当说,这个汇报材料,言简意赅,图文并茂,重点突出,全面总结了"十一五"以来苏州市水利工作成就,具体规划了"十二五"苏州市水利工作实事,着重阐述了七浦塘拓浚整治工作的紧迫性、必要性、工程内容和实施计划。

听了汇报和介绍,与会人员发表了很好的意见,认为七浦塘拓浚整治工程非常必要,应加快实施。苏州市委主要领导在听取与会人员意见基础上,根据中央一号文件精神,代表苏州市委作出决定:"七浦塘拓浚整治工程可以抓紧实施。工程总投入需30亿元,你们水利局到中央、省里争取8亿元,我们苏州财政出6亿元,再缺16亿元,按谁受益谁出钱的原则,由各受益县市(区)分摊。从2013年开工,到2015年全面完工。"

于是,苏州市七浦塘拓浚整治工程开始启动,拉开序幕。

浩 大 工 程

七浦塘拓浚整治工程在总体布局上进行了反复论证。如果沿着原有的七浦塘进行拓浚整治,不仅拆迁工程量极大,而且会给沿岸一些老镇区带来无法弥补的损坏。尤其是太仓市沙溪古镇,是中国历史文化名镇,江苏省十二个古镇重点保护单位之一,肯定不能因七浦塘拓浚整治而造成损坏。所以,七浦塘拓浚整治工程线路部署是:西起阳澄湖,沿现有七浦塘拓浚至吴塘,再分成南北两支,其中北支平地开河接迷泾河,沿着迷泾河拓浚至石头塘,接荡茜河改道路线,即平地开河至长江。南支利用现有七浦塘入长江,维持现状。该工程全长43.89公里,其中平地开河12.13公里,老河拓浚31.76公里,拓浚后河面宽度59至60米,水深5.5至6.0米;开挖和外运土方1140万方;新建堤防87.78公里,护堤89.91公里,堤顶防汛道路60.31公里,上堤道路4.36公里,跨河桥梁38座,两岸口门控制工程62处。在长江边建一座现代化的江边枢纽,在与张家港航道交汇处,建一座阳澄湖枢纽。工程可谓浩大。

一、精心组织是关键

对这样一个苏州治水史上具有里程碑意义的重大工程,苏州市各级领导十分重视,精心组织实施。

2011年12月30日上午,在相城区农业产业园阳澄湖镇现场,举行了一个有效节俭的七浦塘拓浚整治工程启动仪式。苏州市四套班子主要领导,省水利厅、省发改委领导和水利部太湖流域局、江苏交通控股集团领导等出席启动仪式。相城区、常熟市、太仓市、昆山市政府主要领导和施工单位代表、监理单位代表作了表态性发言。沿线乡镇党委书记、乡镇长、村书记共200多人参加启动仪式。

苏州市委和省水利厅主要领导在七浦塘启动仪式上作重要讲话,苏州市水利局长戴锦明作了项目介绍。最后,由苏州市委主要领导宣布,七浦塘拓浚整治工程正式启动,这标志着在苏州水利史上必将产生重大影响的标志性工程——七浦塘拓浚整治工程正式开始运行。

在七浦塘拓浚整治工程实施过程中和竣工时,苏州市委、市政府领导共21次进行现场调研,指导工作。

各市(区)主要领导和乡镇、村领导也全力以赴,成立工程指挥部,落实资金,搞好动迁,保证施工进度。这是完成七浦塘拓浚整治工程的关键。

二、获批项目是前提

一个涉及民生的大型水利基本建设项目的实施,获批项目、落实资金是前提。落实资金之前,首先要办理严格的报批手续。先要由一家相当资质的勘测设计单位编制项目可行性研究报告,用文字、数据来表述该工程项目的重要性、必要性、可行性、合理性以及投入与回报的关系,经有关专家和领导论证同意后,才能列入年度计划,然后逐步实施。

苏州市作为经济发达地区,虽然每年财政收入不断增长,但需要投资建设的项目实在太多,如果能向上级部门多争取一点资金,就可减轻本地对七浦塘拓浚整治工程的投入,用于别的项目的建设,当然是好事。

为了尽快将七浦塘拓浚整治工程列入国家建设计划,并向上级部门争取资金,苏州市水利局作了很大的努力。

七浦塘是太湖流域重要支流,已列入国家"十二五"治太湖规划中。市水利局抓住这一重要契机,组织规划编制。

首先请江苏省太湖水利规划设计研究院有限公司编制《太湖流域主要支流——七浦塘拓浚整治工程可行性研究报告》。

苏州市水利局领导带着《可行性报告》,请江苏省发改委向国家发改委打报告。

《可行性报告》需要专业部门审批。国家水利部水规总院对苏州市水利局呈送的《可行性报告》非常重视和支持,他们收到文本后,迅速派专家前来苏州。2011 年 9 月 3 日,水规总院副总工程师侯传和受院长委派,带领专家组来苏州对七浦塘进行现场勘测,历时十来天,就七浦塘拓浚整治工程的《可行性报告》进行了会审并通过。2012 年 3 月,由国家环保部环评中心副总工程师陈凯期派员来苏进行环评审查,中间还有移民安置等各种环节都在 2012 年 5 月底前结束,然后汇总到北京。到了 6 月由国家中咨公司代表国家发改委对七浦塘项目进行终审,经过两年的前期工作,到 2012 年 11 月,七浦塘拓浚整治工程将所有的手续全部办好,汇总到国家发改委。

2012 年 11 月下旬,戴锦明等人再次去北京国家发改委向农经司石波副司长汇报七浦塘拓浚整治工程,石副司长听后当即表示此工程可行,同意审批。按规定,只要国家发改委发批文,七浦塘拓浚整治工程投资 20 多亿元,国家可补偿 20%。但国家发改委农水处原方案中只给 2.8 亿元,显然不足 20%。戴锦明希望石副司长能否按 20% 给予补偿。石副司长和关处长当即表示,我们研究后再说。戴锦明看到两人未反对,说明按 20% 补偿有希望,当即表示感谢。事实正是这样,当戴锦明等人离开石副司长办公室一个小时左右,就接到省水利厅规计处处长周萍的电话,电话传来好消息,她刚得到省发改委农水处通知,苏州七浦塘拓浚整治项目国家按照 4.06 亿元进行补偿。这说明,国家发改委已同意七浦塘拓浚整治工程列入国家项目,按规定实行 4.06 亿元补偿。戴锦明和蒋小欣听到这一消息后无比兴奋,一年的辛苦奔忙终于有了最好的结果,一颗悬着的心终于落了下来,同时意味着省里也可同样配套补偿 4.06 亿元,总计达 8.12 亿元,为苏州市解决了对上争取的资金,其他资金的落实就顺理成章了。

三、制度先行作保障

俗话说,兵马未动,粮草先行。要进行七浦塘拓浚整治工程,首先要制定一系列制度。

首先成立七浦塘拓浚整治工程领导小组。

领导小组成立后,制定下发了一系列行之有效的制度。

2011 年 11 月 23 日,苏州市七浦塘拓浚整治工程领导小组下发苏七浦字第[2011]1 号文件,即《关于苏州市七浦塘拓浚整治工程实施意见的通知》,发给常熟市、太仓市、昆山市、吴江市、吴中区、相城区人民政府,苏州工业园区、苏州高新区管委会,市领导小组各成员单位。《通知》强调,七浦塘是我市境内一条重要的骨干引排水河道,七浦塘拓浚整治工程对提高阳澄淀泖区的防洪标准和改善水环境具有十分重要的作用。为了做好开工前的各项准备工作,《通知》在组织领导、项目实施、征地拆迁、资金筹措等方面都作了具体部署。在组织领导方面,要求常熟市、太仓市、昆山市、相城区人民政府根据苏府[2011]88 号文件精神,成立相应的领导小组,组织协调工程实施过程中征地拆迁、资金筹集、工程建设等方面的工作。同时,根据市纪委、监察局的安排,成立纪检监察派驻组,全过程跟踪监督工程的实施。市审计局应派驻审计人员,进行跟踪审计。项目实施方面,明确苏州市以及常熟市、太仓市、昆山市、相城区等工程沿线的市、区应根据水利工程基本建设的程序和规定,组建相应的七浦塘拓浚整治工程建设处,作为项目实施的法人。具体分工为:苏州市七浦塘拓浚整治工程建设处负责项目的立项、可研报告、初步设计、施工设计、用地预审、环境影响评价、水土保持、征地移民安置规划等报告的编制和报批工作;协助市领导小组提出资金平衡测算意见;组织阳澄湖枢纽和江边枢纽的具体实施;参与整个项目全过程的招投标、工程质量、安全生产、精神文明、廉政建设等建设管理工作的组织协调和监督管理。常熟市、太仓市、昆山市、相城区七浦塘拓浚整治工程建设处,协助市七浦塘拓浚整治工程建设处做好项目的前期工作,负责各自行政辖区内除阳澄湖枢纽和江边枢纽以外的其他具体工程项目的组织实施。征地拆迁方面,明确了农村楼房的拆迁补偿标准,以常熟市、太仓市、昆山市、相城区工程所在地镇(街道)的平均区位价加重置价为基准(即 1737元/平方米,其中 1100 元/平方米为区位价,637 元/平方米为重置价)。同时还明确,基准价与上级批复价之间的差额纳入工程总投资进行分摊,超出基准价部分由工程所在地的市、区政府承担。在资金筹措方面,明确先以上级有关部门批准的初步概算为基础,在扣除上级补助和市财政补贴以外的部分资金,按照"谁受益,谁负担"、"多受益,多负担"的原则进行分摊,最后以工程审计结果为准。具体分摊比例如下:常熟20.6%,昆山30.6%,太仓25.9%,吴江1.7%,吴中1.9%,相城5.2%,工业园区13.3%,新区0.8%。

2011年12月5日,苏州市七浦塘拓浚整治工程领导小组下发苏七浦字第[2011]2号文件,即《关于印发〈苏州市七浦塘拓浚整治工程招标投标管理办法〉和〈苏州市七浦塘拓浚整治工程财务管理办法〉的通知》。

2012年1月12日,苏州市七浦塘拓浚整治工程领导小组下发苏七浦字第[2012]1号文件,即印发《苏州市七浦塘拓浚整治工程建设管理办法》、《苏州市七浦塘拓浚整治工程质量管理办法》、《苏州市七浦塘拓浚整治工程档案管理办法》、《苏州市七浦塘拓浚整治工程标后管理办法》、《苏州市七浦塘拓浚整治工程安全文明工地创建实施办法》等五个办法。

2012年1月5日,苏州市七浦塘拓浚整治工程纪检派驻组下发苏七浦纪检字第[2012]1号文件,即印发《苏州市七浦塘拓浚整治工程纪检监察派驻工作监督管理办法》、《苏州市七浦塘拓浚整治工程纪检监察派驻组工作职责》、《苏州市七浦塘拓浚整治工程建设处工作人员廉政守则》。

苏州七浦塘拓浚整治工程太仓建设处主任、太仓市水利局原副局长、太仓市委农工办副主任曹炳华说,这次在七浦塘拓浚整治工程实施中,纪检监察干部派驻各级建设处全程监察,审计人员全程跟踪审计,每笔汇出的资金都由审计人员签字后才能支付,所以从制度上杜绝了腐败现象。

正是由于各项制度的严格落实,特别是纪检监察部门的全过程参与监督,把各种权力关在制度的笼子里,有效地保证了七浦塘拓浚整治工程的顺利完成,并保证了此工程成为优质工程、廉洁工程。

四、征地动迁是重点

2012年12月21日,国家发改委正式发文,苏州七浦塘拓浚整治工程获批准,该项目国家、省补偿8.12亿元,苏州本级6亿元,其余按地方受益程度而分摊。同时4700多亩土地指标也同时下达,完成了前期各项工作。

2013年1月14日,江苏省发展改革委对苏州市发展改革委发文(苏发改农经发[2013]69号),根据国家发展改革委《关于江苏七浦塘拓浚整治工程可行性研究报告的批复》,作出《省发展改革委关于七浦塘拓浚整治工程初步设计的批复》。省发展改革委《批复》进一步强调了七浦塘拓浚整治工程对增加阳澄淀泖区的排水和引水能力,提高抗洪能力,满足区域水资源配置要求,提高水环境容量,保障苏州市重要水源地阳澄湖的供水安全的意义,对工程任务、标准、总体布局、规模及主要建设内容作了具体部署。

经过近两年的前期准备工作,七浦塘拓浚整治工程终于可以全面开始实施了。但施工前的移民动迁任务非常繁重。

七浦塘拓浚整治工程,如果对原来的七浦塘全部进行拓宽,从长江口七丫口往西到太仓沙溪镇,拆迁工作量非常大。后经过反复论证,从保护古镇的需要出发,决定绕过古镇,从七丫口往北的荡茜口往西到直塘在平地重新开河,虽然比原来的拆迁任务轻了些,但仍有较重的拆迁任务。其中工程征(占)地及移民安置,核定工程永久占地4589亩,临时占地7968亩;需搬迁居民669户,2890人,拆迁各类房屋35.27万平方米,其中居民房屋24.45万平方米,影响企业单位124家,搬迁高压线28公里、低压线53公里、通讯线138公里。

2016年7月23日,笔者采访了太仓市水利局沙溪水利站书记张炳华。他具体负责七浦塘拓浚整治工程太仓段的移民动迁工作,为七浦塘工程建设特别是居民动迁,做了大量的工作,付出了辛勤的汗水,有很多切身的感受。

拆迁工作不但要严格执行政策,更要为老百姓的利益着想,最主要的是要做到公开、公平、公正,这是拆迁干部应具备的素质。拆迁工作情况复杂,有的只碰住宅一只角,有的只碰小屋、场地、竹园。

沙溪镇凡山村副书记吴月兴,七浦塘工程只碰到他家宅后的小屋,如果他坚持按红线内政策全拆迁,与他家情况相似的东边10户人家肯定也要求按红线内政策全拆迁,就要给政府增加一笔新的负担。但他从大局出发,没提出按红线内政策全拆迁的要求,只享受红线外20米内拆迁政策,少赔偿7万元,也甘心情愿。他说,七浦塘整治工程是功在当代、利在千秋的大好事,我们党员干部不能只顾个人利益,忘了国家集体的利益,应当积极配合做好拆迁工作。正是由于不少像吴月兴一样的干部以身作则,从大局出发,配合做好拆迁工作,才保证了绝大多数居民顺利拆迁。

五、规范施工创精品

七浦塘工程从2013年8月开始公开招标,共有30多个单位中标参加建设,在43.89公里范围内,几十个施工队同时进行施工,仅荡茜口到直塘段平地开河,虽然已看不到五十年代数万民工开河的热闹场面,但上百台挖掘机同时作业,400多台卡车来回运土(每台挖掘机配4台卡车运土)的场面也蔚为壮观。开始一段时间,几乎每天都有工程开工的鞭炮声,一年后,又不断传来完工验收的喜讯。

江边枢纽和阳澄湖枢纽无疑是七浦塘拓浚整治工程中两个最大的工程。

江边枢纽,投资2.3亿元,由一座宽16米、长180米、水深3.5米的船闸和一座单孔16米、总宽32米的双孔节制闸以及一座共4台机组(每台装机2000千瓦、引排流量 30 立方米/秒)的双向抽水泵站组成。

阳澄湖枢纽,投资 1.35 亿元,设计流量 100 立方米/秒,由总长 300 米,共 3 孔,每孔为 6.5 米×5.6 米现浇钢筋砼箱涵和箱涵洞口,上部东西两侧各布置共 3 孔、总净宽 19.5 米的东、西节制闸以及张家港侧 1 座 12 米×120 米×2.05 米的船闸组成。

2016 年盛夏,笔者来到阳澄湖枢纽工地采访,只见离 50 万伏高压线铁塔不远的七浦塘与张家港航道交汇处,两座宏伟的 3 孔节制水闸和一座现代化的船闸出现在我的面前。阳澄湖枢纽最大的亮点,是实现了水下立交运行。以前我只见过路上立交桥,却从未听说过水下也可建立交。由于张家港航道水质相对较差,为了防止张家港河水流入七浦塘,就在阳澄湖枢纽工程中开启了水下立交项目。从节制水闸的表面虽然看不到水下立交,而在节制水闸下面,浇制埋设了长 300 米的 3 孔直径 6.5 米×5.6 米的方形涵洞,让清洁的长江水通过七浦塘从水下涵洞直通阳澄湖,张家港河水只在船闸开启的短暂时间内与七浦塘相通,这样避免了水质相对较差的张家港河水大量流入七浦塘,从而保证了七浦塘和阳澄湖水质不受污染。

阳澄湖枢纽还配套了 22.5 万平方米的水土保持项目,其中樱花林约占 20 万平方米。每当春天来临,粉墙黛瓦的园林景致配以如云似霞的漫天樱花,有如水墨渲染的山水画境。

苏州市七浦塘拓浚整治工程建设处副主任苗红波说,阳澄湖枢纽工程开工时,没有路,施工人员进不去,为了抢进度,施工单位千方百计想办法,是坐船进去的。施工开始非常困难,要筑坝围堰开挖 15 米的深基,一会儿水就进来了,要不停地抽水,否则无法施工。最大的难点是在 50 万伏高压线下作业,稍有不慎就会出大问题。施工时为保护铁塔,打钢板桩还不行,后重新委托专业设计单位,保证铁塔安全,在专家论证后,再完善施工方案,再进入施工单位,前后多用了几个月时间。

建设处委托上海勘测设计研究院(水利部检测甲级检测资质)作为第三方检测单位对工程原材料及工程实体质量进行质量检测,检测单位制定了检测计划。截至目前,检测单位严格按照计划至现场进行多次抽检,检测结果符合规范及有关技术条款要求。

本次水下工程验收涉及到 3 个单位工程中的 38 个分部工程共 612 个单元工程,验收全部合格,其中优良等级有 533 个,优良率为 87.1%。重要隐蔽和关键部位单位工程合计 233 个,其中优良等级 227 个,优良率 97.4%。

可见,阳澄湖枢纽工程的施工质量是过硬的。

2015 年 5 月 29 日,七浦塘拓浚整治工程迎来了主体工程顺利通水的日子。

2016 年 7 月 2 日,上午 8 点半,我乘坐戴锦明亲自开的小车,从太仓城区出发,前去实地察看七浦塘拓浚整治工程的江边枢纽,车刚出城区,下起了暴雨,小车前面挡风玻璃上的雨刮器快速摆动,还是看不大清前方的道路,快到长江边时,雨才小了些。我们首先看了七丫口从长江进老七浦塘的3孔水闸,灰褐的颜色说明了使用的长久,这座1953年建成的节制水闸,经过60多年风雨的洗礼,经加固后现在仍然在正常使用,像一位忠于职守的老人,默默守护着老七浦的安危。然后,我们往北察看新开通的从长江进荡茜口的新七浦,只见一座灰白色的现代化江边枢纽巍然屹立在眼前,北侧是一座高耸的泵站,中间是巨大的节制闸,南侧是一座长长的船闸,在微微烟雨中展示着雄伟又典雅的风姿。北侧高大的水泵房内,在光洁平整的米黄色瓷砖上,四台圆型的巨大水泵由北向南一字排列。有两名苏州市水利工程管理处的男青年在这里值班。他们说,刚才下暴雨,四台水泵全速运转了两小时,将暴雨上涨的七浦塘水抽入长江,使阳澄湖水位控制在正常的范围内。这四台水泵是双向引排泵,能在长江水位高于七浦塘水位时向长江排水,也能在长江水位低于七浦塘水位时往七浦塘引水。

水泵房北侧,有一幅七浦塘拓浚整治工程简介图,内附一幅七浦塘拓浚整治工程总体布局示意图,只见经过拓浚整治的七浦塘,像一条巨龙从长江蜿蜒飞翔到阳澄湖。

后来听苏州市水利局农水处处长、苏州市七浦塘拓浚整治工程建设处副主任钟爱成介绍,江边枢纽在施工技术上遇到三个难点:一是基坑挖深达9.6米,离三年前建成的节制闸只有10米左右,要采取措施对已建成的节制闸进行加固,在保证节制闸安全的前提下才能进行开挖。二是做好基坑排水,采用井点排水的方法,确保地基固结,防止流沙滑动。同时,还要处理好大体量混凝土浇灌内部发热问题。三是供电问题,先是办临时用电,再办正式用电。所幸供电部门很配合,缴了10万元预付押金后,特事特办,很快就解决了用电问题。对施工过程的管理,整个工程技术质量要求很高。幸好中标单位是省水利建设龙头企业——江苏省水利建设总公司安装公司,资质高,技术力量雄厚。在野外作业,非常注意安全施工,文明施工,从未出现过安全问题,被评为省文明工程。特别是江边枢纽的四只水泵,是苏州市目前最大的水泵,安装时是带水安装,都是一次性安装成功。

七浦塘拓浚整治工程江边枢纽第三方质量检测合格,同意通过完工验收。

太仓市水利局质监站站长周革新,毕业于河海大学水利工程建筑专业,长期在基层水利部门工作,具有高级工程师职称,是水利建设设计施工监理的专家。这次担任七浦塘拓浚整治工程太仓建设处技术负责人,由于工作认真负责,任劳任怨,深入一线,敢于担当,在2016年4月被太仓市政府授予太仓市劳动模范称号。

他向向我介绍了施工中一丝不苟、严控质量的情况。

开河建闸主要严格把握以下几个度:即河道的深度、河口的宽度、河边的坡度、桥梁的高度、挡墙的强度、闸门的刚度、回填土的密实度、堤顶道路的平整度、闸墩的垂直度、机械设备的精密度、自动化设备的灵敏度、堆土区的整齐度、砼浇筑前的塌落度、浇筑后的光洁度等等。七浦塘工程具有地质差的特点,沿线都是软土地基,再加上弯弯曲曲的老河道,地下情况千变万化,所以对工程质量的控制显得尤为重要。对每一段挡墙,每一座水闸,每一条桥梁在砼浇筑前都进行严格的检测,看检测的数据与设计指标是否相符。但由于战线长,地下情况复杂,难免有个别地方会出现异常情况。例如:在沙溪泰西有一段20多米的挡墙,在基础处理的时候,发现与勘测部门提供的数据有出入,地下是一条年代较久远的老河道,土质特别松软。经有关专家反复研究,决定采用压密注浆的方法加固地基,既保证了挡墙的安全,又节约了投资。

七浦塘工程在太仓段近70%是沿着50万伏高压线布置的,最近的河口线离高压线铁塔基础仅5米。在河口开挖的时候,如果稍有不慎,就有可能危及到高压线的安全,将会给整个华东地区的电网带来严重损坏。为了既保证塔基的安全又不影响河道的开挖,经有关专家反复讨论,决定采用钻孔灌注桩的方法代替挡土墙,后来,这种零坡度开挖的结构形式在工程中取得了成功,保证了高压线附近作业的安全。

2016年1月14日上午,位于太仓荡茜口的江边枢纽分外热闹,虽然时令已近大寒,江边寒风刺骨,但人们心中却都涌动着暖流。因为今天江边枢纽要正式开泵引水,这标志着七浦塘拓浚整治工程全部建成。

苏州市水利局主要领导在江边枢纽正式开泵引水仪式上介绍了七浦塘拓浚整治工程创下了我市水利工程建设五项之最。

首先,七浦塘工程是目前我市单项投资最大的水利工程,工程总长43.89公里,总投资34亿元。其中中央、省财政8亿元,市级财政6亿元,各县(市)区财政20亿元;

其次,动迁任务最重,整个工程共拆除民房668户,拆除房屋24.2万平方米,拆除及搬迁企事业单位121家,土地征用4719亩;

第三,建筑物数量最多,工程共涉及建筑物78座、桥梁58座,完成土方1080万方、石方5万方,混凝土68万方;

第四,引排水能力最强,七浦塘江边枢纽泵站设计流量达双向120立方米/秒,是目前我市最大的泵站;

第五,技术最为复杂,在七浦塘与张家港航道交汇处建有阳澄湖枢纽,通过建设立交地涵,实现清污分流,从而确保七浦塘清水通道功能,也为今后类似工程建设积累了经验。

七浦塘拓浚整治工程将增强阳澄淀泖地区的引排能力,提高区域水资源配置能力和水环境容量。从拓浚后的效果看,一方面区域北排长江日均最大流量由现状75立方米/秒增加到281立方米/秒,洪峰期间平均流量由现状30立方米/秒增加到122立方米/秒,防洪标准从20年一遇提升至50年一遇;另一方面,在现状条件下,老的七浦闸(没有泵站)一天引长江水二潮约280万至300万立方米,实际能进入阳澄湖的一般不超过10立方米/秒,约80万立方米。七浦塘拓浚整治后,在不开启江边枢纽泵站的情况下,日均入阳澄湖水量可增加到270万立方米,在应急情况下(开启泵站)如果关闭沿线口门,日均可达到800万立方米以上。七浦塘是一条清水通道,将引长江水入阳澄湖,对提高阳澄淀泖地区防洪除涝能力、保障供水安全等意义重大。七浦塘江边枢纽4台水泵总装机流量为120立方米/秒,按测算,如果将沿线60处口门全部关闭,13天可将阳澄湖水换一遍。

梦 想 成 真

一、成效显著

由于苏州水利人全力以赴顽强拼搏,各市(区)、乡镇村领导积极配合大力支持,广大拆迁户顾全大局按时拆迁,全体参建单位人员积极努力按时完工,七浦塘拓浚整治工程不但完全按苏州市委、市政府的要求保质保量地完成了,而且未出一起工程事故,未死亡一个人,更重要的是,未出现一起腐败事件。这是难能可贵的。这些年,不少地方,往往一件工程完成了,一批干部倒下了。由于制度在先,纪委监察部门实行全程监督,扎紧防腐的笼子,使干部既有政绩,又清清白白做人。

我听苏州水利人说起,七浦塘拓浚整治工程结束后,没开庆功表彰会,没喝庆功酒。但他们认为,开不开庆功会、喝不喝庆功酒都是次要的,关键是七浦塘拓浚整治工程,是个功在当代、利在千秋的工程,通过他们的辛勤努力,能造福百姓,使百姓受益,这是最重要的,也是最值得的。真是金杯银杯,不如老百姓的口碑。

事实上,七浦塘拓浚整治工程的顺利完成,已显现出良好的效益。

据苏州市水利工程管理处提供的资料显示:

由于七浦塘引排水功能的启动,安全度过了2015年、2016年、2017年汛期,七浦塘乃至阳澄湖水位比往年水位有了下降。据统计,2016年2月25日至2017年3月18日,江边枢纽共运行92天,四台机组累计运行5714小时,合计引水5.74亿立方米,排涝0.91亿立方米,引水量相当于3.19个阳澄湖蓄水量。

同时,七浦塘拓浚整治工程完工后,七浦塘、阳澄湖水质有了明显改善。

从七浦塘昆山石牌段和常熟任阳段监测资料分析:

溶解氧从施工前的Ⅲ类水提高到施工后的Ⅱ类水;

高锰酸盐指数从施工前的Ⅲ～Ⅳ类水提高到施工后的Ⅲ类水；

五日生化需氧量从施工前的Ⅲ～Ⅴ类水提高到施工后的Ⅲ类水；

氨氮从施工前的Ⅲ～劣Ⅴ类水提高到施工后的Ⅱ类水；

总磷从施工前的Ⅲ～Ⅳ类水提高到施工后的Ⅲ类水；

2016年综合水质评价为Ⅲ类水。

沙溪镇凡山村副书记吴月兴说，以前遇到暴雨、汛期，凡山村的小河浜的河水就会漫出淹没农田，自七浦塘拓浚整治工程完工后，再遇到暴雨、汛期，小河浜的水没过多长时间就会畅流到七浦塘排泄到长江了，再也没有出现过淹没农田的现象。

七浦塘拓浚整治工程因在两岸建了道路，建了绿化带，成为人们休闲旅游的好去处。

同时，随着七浦塘拓浚整治工程的竣工，七浦塘、阳澄湖水质有了改善提高。

据七浦塘东头的太仓市璜泾镇居民反映，七浦塘拓浚整治工程完工后，水质得到了改善，河里的鱼虾明显增多了，来七浦塘沿岸钓鱼的人越来越多。

据2016年11月11日《姑苏晚报》报道，苏州城区第二水源——阳澄湖引水工程项目建议书已获得批准。项目建成后，将大大提升苏州水务集团负责区域的供水安全保障能力，形成"双重水源、双重保障"的格局。

2017年2月6日下午，我和太仓市水利局周站长、沈科长来到沙溪镇凡山村拆迁新建小区荷花小区。在七浦塘拓浚整治工程中拆迁的凡山村大部分农户都搬迁进了这个现代化的新农村小区，一幢幢两户连体的三层别墅整齐地排列在初春的阳光下。

2017年11月28日，江苏媒体发布"江苏最美水地标"名单，苏州七浦塘水利工程名列其中，足以证明七浦塘拓浚整治工程产生的良好社会效益。

二、长效管理

近几年，在中华大地的众多河道旁，竖起了某某某担任河长的牌子。人们欣喜地发现，担任河长的都是当地党政主要领导，他们担任河长并不是挂个空名，而是严格执行水资源管理制度，切实采取了保护水资源的有效措施。

2008年，江苏省政府决定在太湖流域借鉴和推广无锡首创的"河长制"。之后，江苏全省15条主要入湖河流已全面实行"双河长制"。每条河由省、市两级领导共同担任"河长"，"双河长"分工合作，协调解决太湖和河道治理的重任。其中引江济太主要河道望虞河由时任江苏省委常委、常务副省长赵克志担任河长。一些地方还设立了市、县、镇、村的四级"河长"管理体系。这些自上而下、大大小小的"河长"实现了对区域内河流的"无缝覆盖"，强化了对入湖河道水质达标的责任。

2016年12月11日，中共中央办公厅、国务院办公厅印发的《关于全面推行河长制的意见》公布,意见指出,全面推行河长制是落实绿色发展理念、推进生态文明建设的内在要求,是解决中国复杂水问题、维护河湖健康生命的有效举措,是完善水治理体系、保障国家水安全的制度创新。意见要求,地方各级党委和政府要强化考核问责,根据不同河湖存在的主要问题,实行差异化绩效评价考核,将领导干部自然资源资产离任审计结果及整改情况作为考核的重要参考。

2017年3月5日,第十二届全国人民代表大会第五次会议在北京人民大会堂开幕,国务院总理李克强作政府工作报告,提出全面推行河长制,健全生态保护补偿机制。

随着七浦塘拓浚整治工程的竣工,根据七浦塘长效管理的需要,为贯彻执行中共中央办公厅、国务院办公厅《关于全面推行河长制的意见》,苏州市委、市政府主要领导和各市(区)主要领导分别担任了七浦塘的河长和七浦塘相应河段的河长,并切实履行河长制职责,定期对七浦塘进行巡查,发现问题,及时处理。

我们完全有理由相信,随着生态文明建设步伐的进一步加快,各级河长制管理机制的切实落实和苏州市水利工程管理处的有效工作,寄托着千年梦想的七浦塘将变得更加清澈美丽,被誉为"水天堂"的苏州将以更美的身姿展现在世人面前。

后　记

出生于太仓市沙溪镇岳王的我,从小就与七浦塘熟识。小时候,常听祖父说,在我一周岁时,坐在他的肩头,到沙溪七浦塘看划龙船。尽管这不会留下什么记忆,但稍大后常坐祖父的小船经过七浦塘到沙溪游玩,那船头叮叮咚咚的水声,和两岸如画的风景依然留着我美好的记忆。1987年我从部队转业回家乡从事文字工作后,曾对七浦塘的历史进行过研究,对究竟称"七浦塘"还是称"戚浦塘"进行了辨析,感到正确的称法应是"七浦塘","戚浦塘"的称法是人们对明代抗倭名将戚继光的崇敬和纪念。戚继光虽未亲自指挥过太仓抗倭斗争,但明代太仓留下过不少可歌可泣的抗倭故事。明代我国东南沿海屡遭日本倭寇侵扰,倭寇常从太仓刘家港、七丫口登岸侵扰,苏松兵备任环和与戚继光齐名的总兵官俞大猷率领当地军民与倭寇进行了多次英勇的斗争。

随着时代的变迁,环境的变化,让我也看到了七浦塘需要拓浚整治的紧迫性。六七岁就在家乡小河里学会游泳的我,常常想起小时候在清澈的河水中玩耍和捕鱼捉蟹。但后来河水受到了污染,水草杂物增多,再也看不到能在清澈的河水中游泳的环境了。

对太仓的水灾我也有几次很深的印象。1954年8月太仓暴雨成灾,8月17日最高潮位 5.52 米,太仓多地江水漫溢,全县 12 万亩农田受淹,其中重灾 8.37 万亩。那场水灾我还清楚地记得,家里都进了水,家门口院场上的水与宅后的小河连成一片,我和邻居几个小男孩在家里院场的水中玩耍,还抓到了几条鱼。2009 年 8 月 2 日,太仓连降暴雨 5 小时,日降雨量达 300.06 毫米,造成不少村民楼房底楼进水,当天晚上我将小车开到我家老宅西侧的大路上,却因水淹河堰进不了老宅。这让我更加体会到兴修水利的重要性。

虽然我未参加过河道拓浚整治工作,但 8 岁那年我父母参加疏浚杨林塘的艰辛情景还有记忆。那是 1958 年 12 月至 1959 年 4 月,我的父母参加了疏浚杨林塘工程建设。现已 87 岁高龄的母亲回忆,当年她和父亲都是 28 岁,都去岳王镇北平地开河挑杨林塘,整整四个月,每天一早开工,很晚收工,早晚都见星星,挑泥从河底到堤岸,像爬山一样。因父母上工地参加拓浚杨林塘,上小学三年级的我被安排到邻居家寄宿,还没上学的妹妹被安排到生产队开办的托儿所。我依稀记得去工地现场看过一次,我站在高高的堤岸上,看到河底挑泥的人密密麻麻的。

我常梦想小时候清澈的河水能再现。这个梦想终于随着七浦塘拓浚整治工程的竣工而实现。

2016 年 7 月 2 日那天,我乘坐刚退居二线的苏州市水利局原局长戴锦明的小车,从七浦塘最东头的江边枢纽一路向西,来到最西面的阳澄湖枢纽,让我一路看到了七浦塘拓浚整治工程的浩大和工程完工后河水的清澈及沿岸美丽的风光。当我站在江边枢纽向东望去,只见荡茜口连接着浩瀚的长江,船闸外有十来条运输船等待进七浦塘,长江边右侧是太仓港一个码头,五台巨大的红色桥吊巍然屹立。往西望去,宽阔的河面碧波荡漾,两岸笔直的沥青路,像两条巨臂护卫着七浦塘,路边新栽的水杉行道树,郁郁葱葱,生机勃勃地伸向远方,让人感到特别赏心悦目。不远处,一座彩虹大桥横跨河面,连接着现在和未来,将人们的希望带向远方。我站在七浦塘最西端的南消泾河大桥往西望去,只见清澈的七浦塘水静静地从这条桥下流入宽敞的阳澄湖水面。南岸有一块刻有"七浦塘"三字的巨石,在花园般的草坪上巍然屹立。

后来又一次次采访戴锦明,采访苏州市七浦塘拓浚整治工程建设处、苏州市水利工程管理处领导和工作人员,采访施工单位领导和职工,采访拆迁干部,走访拆迁居民新建的住宅区,听他们讲述七浦塘拓浚整治工程施工前后的故事和为老百姓造福的事例。为了探寻挖掘近千年的七浦塘历史,我又翻阅了不少史志,让我看到了历代忧国忧民的官员和水利专家,都把兴修水利当作造福百姓的大事和要事。而我们当代的各级领导和水利人,更将兴修水利作为完成自己梦想,实现人生价值的追求。在七浦塘拓浚整治浩大工程中,难能可贵的是,不但按时顺利完成了工程,而且由于制度在先,监管有力，派纪检监察干部和审计人员全程监察审计，使此工程不但成为优质工程，而且成为廉洁工程。

由于七浦塘拓浚整治工程浩大，采访时间仓促，加之笔力有限，所以文章还较粗糙。在此书出版之际，我要衷心感谢参与此工程的各级领导和职工，感谢苏州水利人的拼搏努力，以及热心为我提供各种资料的各位朋友，还要感谢在百忙中为此书作序的水利部原副部长翟浩辉先生和为本书题写书名的著名书法家郁宏达先生，感谢太仓市委宣传部领导的关心重视，没有你们的大力支持和帮助，就不会有此书的诞生。同时，希望专家和读者对此书多提宝贵意见。

2018.6

第五辑　评论

作为民族寓言的《黄雀记》：苏童成长小说的新超越

邓全明

关键词：当代小说　苏童　黄雀记　民族寓言　成长小说

摘　要：苏童长篇小说《黄雀记》通过宝润、仙女、柳生的情感故事和悲剧命运在社会层面揭示了那一代年轻人的成长问题的同时，也以寓言的形式，揭示了当代中国社会的一个重要问题：前社会主义时期传统文化被破坏的导致的价值混乱是当代价值的重建的重要症结

王宏图认为《黄雀记》是苏童小说经过艰难的探索之后的回归，"回归到他初登文坛时大展身手的'香椿树街'"、"20世纪六七十年代狂肆无忌顽童的世界"[1]。当然，这不是简单的回归，回到熟悉的"香椿树街"，回到"少年血"的成长小说，而是回归中的超越。昆德拉曾说，"所有的小说家也许都只是用各种变奏写一种主题"[2]，对于苏童来说，确实如此：苏童最具代表性、最成功的作品都离不开"香椿树街"，离不开那群懵懂而血气方刚的少年。但每一次重回，都是一次新的语言历险、一次对过去的新的理解。《黄雀记》作为最新的小说，也是苏童对香椿树街、对成长问题的书写的一次新的超越。

正如苏童自己所说，他的"成长小说系列的跨度很长"[3]苏童的成长小说，最早可以追溯到《桑园留念》《乘滑轮车远去》《海滩上的一群羊》《沿铁路行走一公里》《刺青时代》都属于早期的作品。苏童这一时期成长小说的一个最大特点是青春年少的叙述眼光，张新颖说："苏童好就好在，当写作和叙述的时候，他自己也是怀有这种不明白的认识。他没有后来长大成人所谓的中年人明白这个世界的优越感"[4]，指的正是他这一时期成长小说的特点。青春的伤感、迷茫，混乱的冲动，无名的血性，构成这一时期成长小说的基调。《城北地带》的理性色彩逐渐增强，它不仅描写了"文化的废墟和权力的真空"时期，造就的"一代人的欢乐童年"[5]，也揭示了其背后的原因：国家意识形态过分膨胀挤压了民间道德的空间及与民间道德的脱节导致的价值混乱造成了年轻人成长的艰难。作为成长小说，《河岸》的超越体现在将库东亮的成长问题嵌入文革大时代中，实现了成长小说与政治寓言的融合。《黄雀记》实现了苏童成长小说

的再次超越:将成长问题放到民族心灵史的高度进行审视。

　　作为成长小说,《黄雀记》中宝润、柳生、仙女遇到的成长问题以及产生这问题的根源于以前的成长小说有相似之处:由于时代的原因,他们父母自身的价值体系混乱,不能为他们提供精神资源,他们无法从父母那里得到精神必须的营养;学校教育价值观念与民间价值体系脱节,也不能提供切实的精神资源。《黄雀记》的故事从祖父丢魂开始:祖父在一次照相时受了惊吓,他的魂因此丢了。魂在中国文化有着多种寓意:迷信意义上的人死后的魂魄,活着的人的内在精神的魂。祖父丢魂事件可以从民间迷信的角度解释,也可视为一个民族寓言中的重要象征符号——民族之魂的丢失。此在的意义何在,祖父未必做过严肃的思考,以"我思故我在"的标准来衡量,祖父可能只是行尸走肉。70岁后的祖父对于丢魂的重视,与其说是他人生的反思,不如说是惊醒他的后人,惊醒读者,正视我们时代一个司空见惯、触目惊心的现实——我们有灵魂吗?祖父寻找灵魂的努力,其实并不另类、诡异,因为祖宗崇拜、家族延续向来都是中国人的重要的生命意义,只是这种意义体系在前社会主义时期一度被破坏、遗弃,以至其时的年轻人无法从其中获得意义。祖父从祖宗身上寻找意义不被年轻一代所接受,那么,年轻的一代,他们有自己对生命意义的建构吗?

　　进入香椿树街的日常生活,进入香椿树街众生的心灵世界,寻找他们生活的意义,恐怕我们要失望的。因为也许我们不能说他们没有灵魂,但如果将灵魂上升到价值原则、信仰追求、儒家的德行、道义,很难说他们有魂,他们的存在其实就是一种没有灵魂的存在、一种没有意义的存在。如果说绍兴奶奶对于灵魂还存在某种敬畏——虽然只是一种形式的,但他们心中还有灵魂的概念,宝润的父母、柳生的父母、仙女的父母则这种形式的敬畏都没有,他们的灵魂空空如也。仙女、宝润、柳生虽出生于不同的家庭,家庭贫富状况、家庭成员的关系不一样,但有一点是相同的:他们都缺乏良好的家教,他们的父辈给了他们肉体但没有给他们灵魂,没有给他们能够支撑起灵魂的类似于信仰之类的东西。宝润家人之间关系本来不是很好,祖父丢魂事件一下让这个家庭显露了真相——义理、价值原则在这个家庭中是脆弱的。宝润的母亲忍受不了祖父的怪异,也是为了物质利益,将祖父送进了精神医院,这显然不符合中国的义利原则——这一点就是还未成年的宝润都看得出来。宝润的父母不能说没有考虑到或者说不关心宝润,但他们对宝润心灵、精神领域的关心、建设实在太少了。他们不仅无法为他们建立一个价值世界,也很少了解他们的精神世界、价值世界,如他的爱情,他对异性的情感。价值混乱导致的成长问题一直影响宝润的一生,10年后,宝润终于从监狱中出来了。宝润并没有变得成熟,变成一个有自我的人——有灵魂的人,这突出体现他与仙女恩怨的了结上。是仙女的诬陷,才导致他被冤枉入狱,他对仙女怀有仇恨,我们可以理解,但宝润以和仙女在水塔上跳小拉作为两人恩怨了解的条件,确实让人有些费解。10年牢狱之灾,10年青春年华,就跳一曲小拉就完事了,宝润似乎也太傻了。作者以此告诉读者,宝润其实并没有真正的成长——建立理性世界、价值世界。宝润出狱后仍在懵懂地找回他的公平,但"公平是什么,怎样才公平,她猜他说不出来"[6]。他确实说不出来,他找回公平的方式恰好说明的他的无知——他对公平的理解只局限于一种肤浅的形式,他价值世界的一如以前一样空洞。

仙女的家庭更为糟糕,虽然她的养父母对她十分宠爱,但这种缺乏灵魂的爱无法为其建构一个意义世界,仙女无法在生活中找到自己的位置。她不屑一顾、自视甚高的所谓傲气,她玩命式的自我堕落、沉沦,她后来的一系列的悲剧都是因为她没有一个自己的价值世界,没有魂。在水塔强奸案中,仙女是受害者,柳生和宝润是加害者。不过,由于仙女的父母没有是非观念,因为一点小钱,就出卖了自己的灵魂——指认宝润为唯一侵害人,仙女也由受害者成为加害者。这一事件凸显了仙女成长中最大的问题——她的生活中没有价值原则,她的所有行为或随波逐流或随心所欲。从她成年后的系列事件中,我们可以看到仙女也并非厚颜无耻、十恶不赦之人,她心中仍仍残存一点孟子所说的基于仁性之仁德羞耻之心、是非之心,如在对待庞先生的事情上,她仍在维护那可怜的一点尊严。仙女心中那点残留的人性之仁,无法为她提供能让她安身立命的精神支柱,去面对人生的挑战。"如何对付这个世界,如何对付这个世界上的人,除了恨,她并不知道其他的方法"[7],她以恨对付世界,世界回报给她更多的恨,恨成了她生命的主色调,这就是她悲剧的根源。仙女为什么对世界充满仇恨,这正是她缺乏对生命的正确理解。

三人之中,柳生家境最好,他的父母对他的关爱也较多,但他同样无法逃脱缺少真正有意义的生活的困境。三个没有灵魂或者说揣着扭曲的灵魂的年轻人,因为一个偶然的错误——拿错照片——走到了一起,在他们的成长之路上演了一幕悲剧,而悲剧的根源是他们没有灵魂。他们为什么没有灵魂,他们的父母为什么只能给他们肉体而不能帮助他们铸造灵魂——建立起自己的价值世界,以应对外界的各种挑战? 这一问题,虽然在《黄雀记》中没有深入探讨,但在苏童的另一部成长小说《城北地带》中得到深刻的揭示:是前社会主义时期各种运动造成的价值混乱、道德失范导致家庭教育、学校教育的缺失,最终导致这个时代青年人的成长问题。

也许金兰在性生活上、性道德上有一些问题,但不管她在这方面有多大的问题,仍属于个人问题,是民间价值规范范畴的问题。不过,在那个特殊的时代,官方价值体系大大膨胀,将本属于民间价值体系的领域侵占了。"哪天再搞运动,我非要在那骚货脖子上挂一串破鞋,让她挨批斗,让她去游街,我就不相信,无产阶级专政治不了一个骚货?"[8]用无产阶级专政去治一个所谓的骚货,显然是政府权力的越界。这种越界不仅侵害了个人的权利,而且也损害了国家权力的威信、公信力,国家权力沦为可笑、嘲讽的对象。另一方面,那些被传统价值观念指责的东西,因为获得了官方价值体系的支撑,一下光芒四射。小拐本来是一个小混混,在学校不好好学习,不遵守学校制度,亵渎老师;在社会上寻衅滋事,打架斗殴、偷鸡摸狗,无所不为。后来,因他揭发老康为反革命受到市政府的表彰。他回来的那天,"香椿树街两侧时时有人朝王家父子点头致意,那些人的微笑友好而带有几分艳羡,王德基觉得几十年来他在街上第一次得到了应有的尊重和荣耀,这一切竟然归功于儿子小拐"[9]。这样一个无赖、混混,一下成为英雄,将传统价值体系的善恶、是非观全部颠覆了,而老百姓却接受了,这表明他们价值观念本身的混乱。这种官方价值体系过度膨胀造成的价值混乱、失范,也出现在学校。按照社会主义新人的价值标准培养年轻一代,当然没有问题,但如果将社会主义官方层面的价值标准作为社会主义新人的全部标准,就有问题了,香椿树街的东风中学的问题也在此。东风中学不是没有对学生进行价值观的教育,而是这种教育大而不当,对学生根本就没有作用。就拿小拐来说,他的价值观是严重扭曲的,他缺乏作为人基本的、也是人普适的是非、善恶观,也缺乏作为一个中学生必须的纪律观念,学校应该对他进行的是这样的基本的道德教育。不过,学校似乎对此视而不见。当小拐被开除又重新回到学校时,学校考虑的如何以小拐作为试点学生,将他培养成"社会主义新人"。按理说,社会主义新人的培养应该不能抛弃那些基本的价值原则,应该是建立在其之上的更高层次的要求。没有这些,社会主义新人也只能浮在空中。对此,作者深有认识,为此他设置了老康这样一个人物。当叙德的母亲丧失人性用梳子捅金兰的下体时,香椿树街没有人阻止,他们只热衷于看热闹,只有"老康声嘶力竭地对那里喊:沈家嫂子快住手,你会犯法的",这表明老康没有丧失一个普通人基本的道德感、责任感和良心。老康还作为一面镜子,照出那时教育的问题。"老康惊愕地望着那群老师,他说,孩子不教不成人,现在学校连《三字经》都不教,孩子们善恶不分,他们怎么会学好呢?"[10]老康对当时教育的批评,也代表了作者对教育的看法。学校连基本的道德教育、做一个合格的社会人的教育都没有,却大谈社会主义教育、"革命教育",这显然是本末倒置,最终使大谈成了空谈,学校最终丧失了对学生进行道德教育的功能。城北地带价值观教育的另一问题是教育者自身的合法性危机。思想、道德教育都属于价值理性教育,价值理性不存在工具理性那样的客观真理性,价值理性教育的效果与教育者本身的道德、人格魅力有关。作为一个教育者,他自己首先应该有他认可、信奉的道德规范、道德信条,然后去传播它,这样才有感染力、说服力,让受教育者接受。如果教育者本身没有自己认可的价值或者价值混乱,就很难说服受教育者,所谓"以之昏昏"、"使之昏昏"。"城北地带"的家长和老师都存在上述问题。对于家长而言,他们应该教会孩子如何去爱、诚实守信、友善等与社会和睦相处的道德素养,但我们知道,在前社会主义时期,这些中国传统的为人之道被当作封建意识受到批判,那时主流意识弘扬的是大公无私、爱国、为社会主义共产主义做贡献,这些东西并非不好,但它只是国家层面的道德要求,更高层次的道德要求,它不能取代老百姓教育孩子的价值体系。父辈从祖辈那里以耳濡目染承袭下来的道德失去了合法性,而国家层面的那一套东西他们又不胜明了,因此他们不知道应该拿什么教育自己的孩子。教师除了这一问题上,还有另外一个原因。尽管我们现在强调教育双方的平等地位,但我们也知道还有所谓向师性的问题。所谓向师性在某种程度上假定了教育者的道德优先地位,即他们是经过社会机构、权力机构认定、授权赋予其具有较高的道德觉悟、道德水平的公众形象。为什么要"尊师",那时我们认为他们不仅拥有更广博的知识,还有拥有令人信服的更高的道德境界。在"城北地带"的黄金时代,"师道尊严"是封建思想,受到批判的。小拐虽然从不好好上学,往往是三天晒网,二天打渔,学业成绩很差,但他学会了"文革"的那套逻辑,用"资产阶级法权"、"师道尊严是要批判的"半生不熟的政治口号,轻松地击败了他的老师。李老师、教导主任之所以都无法制服或者说教育好小拐,原因就在于教师已经被打成臭老九,他们作为教育者的资格首先就受到怀疑,他们能不能承担"革命教育"的任务同样受到质疑。处于如此尴尬境地的教师,当然不能教育好学生。

以此看来,仙女、柳生、宝润没有灵魂的成长的悲剧,是个人的悲剧,也是时代的悲剧,而其中揭示的成长的问题,不仅是针对个人的,也是针对于民族的,因此说《黄雀记》所蕴含的意义,远远超越了个人,超越那个具体的时代,具有民族寓言的性质。我们知道,儒家思想是古代中国的主流意识形态,仁义礼智信是儒学思想的重要支柱,忠、孝、悌是其重要的内容,如果说忠是国家层面的规范,孝、悌则是家庭生活的基础。孝不仅表现为对长辈的孝敬,更包含了家族延续、祖宗崇拜的观念。每一个家族成员都要承担家族繁衍、繁荣的重要使命,个人的意义、价值也在其中彰显。在中国社会组织和意义世界重要地位的家族思想在当代中国突然腰斩,用什么来支撑生命的意义,成为一个问题。尽管在国家层面,这个问题似乎得到解决,但在民间,在普通大众层面,这个问题并没有真正解决。前社会主义时期,物质匮乏,生活艰难,人困在物质里,生命价值的问题表面上看依附主流意识里,实际上是被悬置。后社会主义时期,思想解放,物质大为丰富,精神、灵魂的问题凸显。宝润的祖父在那个特殊的时代,迫于政治压力,把父辈的画像都烧了。其实红卫兵挖的不仅是祖坟,宝润的祖父烧的不仅是画像,而是延续几千年关于生命的意义的神龛,因为祖坟、灵位背后是中国人的灵魂,他们没了,中国人的魂归何处,这才是《黄雀记》最核心、最深层次的问题。我们完全可以说,宝润祖父的丢魂,其后人无魂的生活揭示的当代国人灵魂最为深处的问题——价值的缺失和价值重建紧迫,因此可以毫不夸张地说《黄雀记》是一部当代国人的心灵史。而且,由于祖宗崇拜是延续二千余年的思想,是中国古代社会价值领域重要的支柱,因此《黄雀记》反映祖宗崇拜在前社会主义时期的命运,也揭示了民族心灵的发展史,因而《黄雀记》是一部民族寓言——宝润三人的"独特命运的故事"揭示的是"第三世界公众文化与严峻形势"[11]。

《黄雀记》不仅以寓言的形式,反映了当代国人心灵史的重大问题,也用寓言的形式呼吁:重建民族的灵魂。

"她想,一定是两根死人的骨殖在向她呐喊:

捞起来
捞起来捞起来
捞起来捞起来捞起来"

"失散多年的鬼魂们从河上石埠上以及墙缝里迅速聚拢,团结在一起,他们从自己的家族利益出发,以遗传性的瓮声瓮气的声音,向她发出熟悉的呐喊,捞上来! 捞上来捞上来! 捞上来捞上来捞上来!"[12]小说末尾多次写到灵魂的打捞,其实要捞起来的不仅是宝润祖父的魂,而是所有国人的灵魂。另外"捞起来"的意思是把失去的东西重新捡起来,意味着中国人是有魂的,我们需要的是重新找回我们的灵魂,这也表明作者认为传统文化回归是重铸民族魂的重要途径。从中我们也不难发现,苏童重回香椿树街,确实不是简单的回归,而是对于民族文化过去及未来的再次沉思。

注释:

[1] 王宏图:转型后的回归——从《黄雀记》想起的,南方文坛[J],2013(6):80

[2] [捷克]米兰·昆德拉:《小说的艺术》,董强译,上海译文出版社,2011:172–173

[3] 苏童、王宏图:苏童、王宏图对话录,苏州大学出版社,2003(7):77

[4] 张新颖:重返 80 年代:先锋小说和文学的青春南方文坛[J],2004(2):11

[5] 张清华:天堂的哀歌——苏童论,钟山[J].2001(1)

[6]、[7]、[12] 苏童:黄雀记,作家出版社 2013(8):235、264、290

[8]、[9]、[10] 苏童:城北地带,http://bbs.jcwcn.com/thread–37634–1–1.html

[11] 弗雷德里克·杰姆逊:处于跨国资本主义时代中的第三世界文学,张京媛译,当代电影[J].1989(6):46–57

通俗化与文学的大众化

陆　泰

　　文艺的大众化实质是文艺为什么人的原则问题。而这个至关重要的问题很长时期内未能从根本上加以解决,通俗文学的崛起,是广大观众读者参与文艺的反映,也是新文化现象的显露,表明了当代中国文艺正朝着大众化、通俗化方向发展,这是无法遏制的文艺发展的规律和趋势。

　　从历史和现实的文艺发展状况来考察,以至对国外文艺发展趋势来研究,凡是大众化的文艺和通俗化的文学,必然有它的广阔天地和生命力,那是适应了广大人民群众对文化需要,适应了现代人的生活节律。但较长时间以来我们人为地将文学很不科学地分为通俗和严肃,或称之为俗和雅、俗和纯,等级森严,扬雅贬俗,不无武断地将通俗文学定论是低层次的庸俗的,将严肃文学定论是高品位的高雅的,造成文学评判重形式而不重实质,重表象而不重内容的倾向。科学地说,俗与雅、俗与纯并无明确的分界,只是一种叙述表现的手法和文风的不同,好的通俗文学名俗而不俗。作者采用深入浅出的艺术本领,写出似俗实"雅"的作品,正是高明处。莎士比亚的作品开始也被目为通俗文学,之后得到了群众和历史的承认,成为世界名著。我国的《三国演义》、《水浒》、《西游记》都是在民间流传基础上以通俗又有深意的笔墨写成了优秀文学巨著。《红楼梦》在当时通用文言文情况下也可说是通俗文学。且有广泛群众基础、内容丰富生动的通俗文学为什么不能成为社会主义文艺的"正统",获得应有的重视?而那些"贵族文学"以至形高雅而实庸俗的时髦文学,从西方贩卖来近乎说梦的文学却长居"王位"。需要深入一步去研究。我们一度提倡文艺大众化,但反反复复,阻力很大。那种以单一文学独占文坛格局很难触动。文学大众化,通俗化的要求,实乃文艺为广大群众服务所使然。文艺既然要为最广大人民群众服务,那么必须运用它的喜闻乐见老小皆宜的艺术形式深刻地反映人们的生活斗争和思想、感情、愿望、理想,使作品从内容到形式都具有浓厚的群众作风群众气派(也即中国的作风和气派),这样的文学才能为他们所理解、接受和喜爱、欢迎,真正做到为人民群众服务。显然这是社会主义文艺繁荣发展的必经之路。当前出现的文学大众化的要求和现象及健康向上的通俗文学迅猛发展的趋势,是适应了人民群众的审美需要和欣赏习惯的结果。这种盎然生机对一些死抱"贵族文学"者的傲慢与偏见是有力的"反抗"和批评,反映了深刻的主体原则,社会主义的文学必须走大众化的道路。

早在四十年代毛泽东《在延安文艺座谈会上的讲话》中明确提出了文艺的工农兵方向和文艺工作者与工农兵相结合的道路,科学地解决了文艺为什么人以及如何服务等重大原则问题,并深刻地总结和阐明了文艺大众化的基本理论。之后涌现了一大批优秀的大众化通俗化的作品,使文坛生机勃勃而耳目一新。也出现了许多为大众化而奋斗的作家。赵树理的作品具有浓厚的中国气派,为广大群众接受、欢迎,他的《小二黑结婚》、《李有才板话》、《李家庄的变迁》等全是大众文学的精品,孙犁、马烽、西戎……等老一辈作家作品都体现了大众化民族化通俗化的风格,受人称道。但由于客观环境的限制主观认识的偏颇,文学大众化的效果不大,文学通俗化更受到了排斥和否定。近几年来资产阶级自由化思潮泛滥,"为艺术而艺术"主张抬头,"贵族文学"的时兴,又出现更多的阻力。然要思想解放的人们,对当代文艺和文学的大量加入和参与,为通俗文学的发展创造了客观条件,使这种喜闻乐见的具有中国气派的文学形式很快得到了发展,通俗文学的作品如雨后春笋,通俗文学的报刊经久不衰,其形式越来越丰富,规模和影响越来越扩大,而某些所谓"纯""雅"的文学本身又"俗"得令人反胃。其"市场"越来越小,读者越来越少。有的还自我陶醉地苦撑着,闭着眼睛,不承认这种来自群众的挑战,继续利用掌握的阵地排斥压制通俗文学,有的发誓不刊登大众文学通俗文学作品,热衷唱着脱离时代、脱离生活、表现自我的老调。这是一种与为人民服务格格不入的极端个人主义人生观的"艺术表现"。在那些孤芳自赏的"贵族文学"的身上,绝不能发现反映我们当代社会本质的东西。从审美取向说只能是低下、庸俗的,从社会效果说也只能是消极、落后的。这种有害现象已是十分严重,"严肃文学"极不严肃,嘲弄社会、丑化生活、宣泄对现实的极端不满,鼓吹醉生梦死的人生态度。这种高贵的"纯"文学"雅"文学实是消极、庸俗的文学,这种"纯"和"雅"是以牺牲价值、理想为前提的少数人的"贵族文学"它的危害是造成社会主义文学观念迷失和主题的偏离。文学的俗与雅最根本是取决于创作主体的影响。任何作品都有特定的美学格调。一旦被广大群众读者所接受或喜闻乐见,就说明创作主体表现在文本中的美学格调符合了广大接受主体的审美要求。所有作品都极大地受制于与时代气息一脉相通的大众化的审美标准与欣赏要求。当前极为重要的是重新学习马列文论和《在延安文艺座谈会上的讲话》,以及邓小平在四次文代会上的讲话,认真地总结文学大众化道路实践的经验和教训,将它作为现代文艺文学观念的发展加以研究,克服对通俗文学的意见,实现文学的大众化和文学与群众的真正结合。诚然,通俗文学的发展也并不是令人满意的,存在着思想性和艺术性的不足,同样也出现了不少低下庸俗的作品,以及单纯娱乐性的追求等等。严格地说,有些乱七八糟胡编乱写的东西,本身就不是文学,也非我们所要提倡的通俗文学。我们所说的通俗文学是大众化和民族化的统一。这种文学之可贵充分体现了中国气派,在于和群众的结合,在于它要求作品在描写对象、思想内容、艺术形式、语言运用、艺术风格等方面适应人民群众的审美需要和欣赏习惯,为大众所接受和爱好,并在他们之中广泛流传。那是一种高尚健康的文学,那是思想性与艺术性完美结合的文学。无论是什么文学都有一个社会主义方向的问题。肯定通俗文学,正是肯定它能为广大群众读者服务,具有最广泛的群众基础。更加可以发挥文学的社会功能,也唯有通俗,才能为大众所理解、接受和喜爱。从一定意义上说,大众化民族化通俗化的文学应当是社会主义文学的主要内容之一,处于"正统"地位。所谓"正统",必须是为绝大多数群众公认、接受和欢迎的文学,而不是自封为什么雅、纯得没有读者的文学;所谓"正统",必须区别于资本主义国家那种通俗文艺,那是典型的商品化产物;所谓"正统"必须是反映社会主义的主旋律、紧贴当今时代和中国社会实践的文学,而不是自名高品位实呈低下庸俗的成品。寻找生理感官刺激、追求情感宣泄和人性扩张的文学。中国的通俗文学自有中国的特点。最大的特点是坚持"二为"方向前提下在风格上题材上多一点"奇、巧、新"的特色,而这又正是中国文学的优良传统,讲究情节的生动性、故事的曲折性、人物的传奇性,这比起那些无情节、无段落、无人物形象、语言晦涩、连具有较高文化的人也读不懂的所谓高雅的作品,要高明的多。无论什么作品,都是写给读者看的,最基本的前提是让读者能看懂,不然要这文学干什么?

通俗文学和文学民族化是密不可分的,凡是具有鲜明民族风格的作品就有生命力,富有中国固有的通俗易懂、清新明快,富有深意的格调,民族化是文学大众化和通俗化的必要条件,而大众化通俗化又是民族化的必然结果,我们要宏扬中华民族文化就是要吸取历史名著中的优良传统,融入现代观念、描绘新生活,反映新内容,使作品体现时代特色,创造出中国的新文学,中国四大古典名著老小皆懂,深入浅出,流传至今,应当从中得到启示。唐代传奇,宋元话本,明清小说都是属于群众喜爱的俗文学。俗文学中不少是高层次高水平的著作,有生命力的作品常常是雅俗共赏的,要求民族化、大众化、通俗化的相一致,这就要求作家们深深扎根于民族生活的土壤,熟谙本民族人民生活斗争,心理状态,风土人情;同时批判继承本民族的文艺传统,善于借鉴,融化其他民族文艺经验,达到民族化,从而使文学为广大人民群众所乐于接受。不然作品"雅"则雅矣,"纯"则纯矣,"严肃"则严肃矣,可是只有很少读者,或只能关在象牙之塔中自我欣赏,这样的文学有什么价值和作用? 更谈不上什么社会功能。

总之,通俗文学应有它一定地位,受到应有重视。它是社会主义文学中拥有最大读者群的文学。它又是动态中的文学,并不是固定不变的,也不是历史上的通俗文学,更不是当今某些以通俗为名败坏名声的非文学,而是要不断实践,不断提高,不断完善,创作出群众喜闻乐见的和社会新内容结合比较紧密贴切的艺术形式的作品,能够使大众化通俗化民族化和新内容结合的文学。这是我们社会主义文学所要求达到的目的,也是毛泽东当年设想的方向。而邓小平同志再次肯定的要求,也是社会主义文学艺术发展的必然规律。

1991.1.11

附：网络文学存目

《婚战,只结婚不说爱》周勇伶　网易云阅读

《门当户对》周勇伶　网易云阅读

《婚战,梦寐以囚》周勇伶　网易云阅读

《三月桃花开》周勇伶　网易云阅读

《婚战,复仇女神》周勇伶　网易云阅读

《双魂记》周勇伶　起点文学网女生网。

《医色生香》周勇伶　凤凰网

《这辈子还能在一起吗?》周勇伶　天涯读书

《将军美人劫:红玉在人间》周勇伶　网易云阅读

《解剖师的新娘》周勇伶　网易云阅读

本书作者简介

陈健,又名陈秉钧。男,2006 年起与人合著《一代舞魂吴晓邦》《沙溪民间传说故事》《沙溪镇》,参与修编《太仓市地名志》,主编《太仓市地名掌故传说》,出版《收藏一份心境》(散文随笔集),《沙溪古镇》《沙溪兄弟两知府》《沙溪之最》《吴文化地名保护名录(太仓卷)》等 10 部作品。2006 年被苏州市首届阅读节评为"优秀藏书家",同年被评为太仓市"十佳特色文化示范户",2016 年被苏州市教育局等四家单位授予"学习之星"称号。

陈校章,男,作品散见《扬子晚报》《集邮报》《苏州交通安全报》《现代快报—夜读》《太阳》《太仓日报》等。有散文入选《2016 现代散文网精选集——无声处》、《约·工行:短文征集大赛获奖作品集》、《2017 中国·太仓江海湖三鲜美食征文精选集》等。微型小说《重用》刊于 1994 年《新民晚报》,有作品入选第四、五、六届"光辉奖"世界华文法制微型小说大赛精品选,其中《我是谁》获第六届大赛二等奖。

邓全明,男,文学硕士,江苏省作家协会会员,在《复旦学报》《中国现当代文学研究》《作家》《芙蓉》《华文文学》《世界华文文学论坛》等刊物发表论文 30 余篇,出版专著《王元化学术、思想论稿》《莫言小说创作论》《从建构性价值看新时期苏州小说创作》,获长江杯江苏文学评论奖、苏州市哲学社会科学优秀成果奖、苏州金圣叹文艺评论奖。

端木向宇,女,江苏省作家协会第十批签约作家。已出版发行长篇小说《时光阡陌,你未曾走远》;散文集《永不放弃,做自己的英雄》《世界不曾亏欠每一个努力的人》《锦瑟无端五十弦:古琴琴曲解读》;人物传记《霍金传:用生命和时间赛跑》《半醉半醒半浮生:纳兰性德传》《娄东掇英》;文艺理论《张爱玲的 33 堂写作课》;创作《张爱玲传》《冰心传》《赵一荻传》《古琴散人》等 10 多部著作。

樊大为,男,江苏省作协会员。在全国各地报刊发表小说、散文、报告文学等文学作品 100 余篇,多次荣获省市、全国各类文学奖项。著有小说集《上帝面前》,散文集

《烟花三月梦依稀》。曾任太仓市作协副主席，散文学会会长。

范志芳，女，1975年出生。供职于太仓市史志办公室。以写诗是一种自言自语的心态，用平实晓畅的语言将身边的季节草木、喜怒哀乐述诸笔端。在《江苏地方志》《苏州日报》《太仓日报》等报刊杂志上发表诗歌散文60多篇。

龚金明，男，毕业于南京师范大学中文系。当过中学教师、报纸记者编辑、机关工作人员，现供职于太仓市委党校。学生时代开始在《湖南文学》《星星诗刊》等文学报刊发表作品，诗歌、小说、散文等散见报刊。写写停停，停停写写，随性而为。坚信写作应是一种最真实的流露和表达，坚持写作应敬畏自然、关爱万物、抚慰心灵。

龚志明，男，太仓市作家协会会员。先后毕业于中国人民解放军汽车管理学校、南京大学历史系干部专修科。从军16年，转业后供职于太仓市委办公室、市机关事务管理局，曾任娄东宾馆总经理、太仓市机关事务管理局副局长。1988年起，在《人民前线》《苏州日报》《太仓日报》等报刊发表散文、新闻报道等200余篇，10余万字。编著《太仓老味道》一书。

龚　璇，男，中国作协会员。在《诗刊》《中国作家》《十月》《上海文学》《扬子江诗刊》《诗歌月刊》等报刊发表诗歌500多篇。有作品入选各类年选。多次参加世界诗人大会。出版诗集《或远或近》《燃烧，爱》《江南》等6部。获2012年诗歌月刊年度诗人，第二届中国（佛山）长诗奖，第4届网民首选中国年度诗人榜，2019年郭小川诗歌奖，第39届印度世界诗人大会诗歌创作一等奖。

顾利琴，女，职业会计师。业余写诗30年，有诗歌发表于《诗刊》《扬子江诗刊》《诗歌报月刊》《端午》《苏州日报》《姑苏晚报》等报刊杂志，诗歌入选《江苏诗歌选》《苏州诗歌选》《江苏诗歌地理》等。

丫丫，原名顾月琴，女，教育学博士，副研究员。"中华炎黄文化研究会童蒙文化专业委员会"常务理事、太仓市作家协会评论协会副会长。先后发表学术论文40余篇，主持5项省市级以上课题，参与6项省级以上课题。出版学术专著2部，参与专著4部。研究成果获江苏省社科应用研究精品工程一等奖、江苏高校哲学社会科学研究优秀成果三等奖、苏州市第十一次哲学社会科学优秀成果三等奖等奖项。在各类报刊发表多篇文学作品。

何济麟，男，江苏省作协会员，苏州音乐文学学会会员。主要创作中短篇小说、小小说以及散文等。作品散见于《星火》《雨花》《芒种》等报刊。曾获《小说选刊》全国笔会获中篇小说二等奖、短篇小说三等奖，中国小说学会当代小说奖，小小说全国年度评选三等奖等；被《小说选刊》《微型小说选刊》《小小说选刊》《读者》《青年文摘》《儿童文学》等转载，并数度入选"年度最佳小小说"选本及中学语文教辅教材。出版有小小说专集《红豆》和中短篇小说集《彩蝶翩翩》。

何庆华，女，笔名冰云，中国作家协会会员。出版散文集《桃李劫》（入选江苏省作家协会壹丛书）。曾在《钟山》《花城》《芳草》《安徽文学》《山东文学》等发表小说、散文、诗歌80余万字，并获得省市奖项。2012年长篇散文《桃李劫》入选《花城·家族记忆丛书》。2015年获评太仓文艺创作重点人才，2020年长篇小说《缪泾人》入选苏州市文学艺术界联合会优秀文艺人才资助引导项目，即将出版。现供职于太仓市融媒体中心。

洪砾漠，原名余怡平，男，湖北省麻城人，祖籍江西瓦溪坝。1995年9月—1996年1月在北京师范大学作家班学习。2009年，出版散文集《回望大别山》。2011年，出版中短篇小说集《雪夜》。2012年，加入江苏省作家协会，同年，出版散文集《浙江旅行记》。2013年，出版散文集《江海梦忆》。2015年加入江苏省瞿秋白研究会，同年加入中国丁玲研究会和上海巴金研究会。

乐琦，女，江苏省作家协会会员，毕业于南京师范大学，任职于江苏省太仓市文联。长期从事文艺活动组织、策划工作，诗歌作品多发表于《诗刊》《作家》《扬子江诗刊》《诗歌月刊》《海燕》《上海诗人》《江海诗词》等。

李仙云，笔名金心，女，江苏省作家协会会员，期刊和副刊作者，一级残疾，在花季年龄命运遭受重创，一个用文字寄寓情怀，诉说心语，温暖人生的轮椅女子。在《人民日报》《文汇报》《解放日报》《大公报》《新民晚报》《意林》《现代妇女》《做人与处世》《博爱》《思维与智慧》《风流一代·青春》《连云港文学》等多家期刊和报纸发表作品千余篇，也多次在各类征文比赛中获奖。

梁延峰，男，江苏省作家协会会员。公务员，业余涂鸦，习诗歌、散文。中学时诗歌处女作发表于《语文报》并加入聊城市诗人协会，作品偶见于《诗刊》《绿风》《扬子江诗刊》《青海湖》《青春》《文学报》《散文诗》《散文选刊》《中国诗歌》《天津文学》《青春阅读》等文学期刊，入选多种年度选本，获各类奖项十余次。著有诗集《你要爱上这条河》，与著名作曲家张晓峰合作歌曲专辑《沸腾的浏河》（北京环球音像出版社）。

林火火，女，江苏省作家协会会员，中国诗歌学会会员，作品见《诗刊》《诗潮》《诗选刊》《诗歌月刊》《扬子江诗刊》《十月》《青春》等，2016年参加《诗刊》社第三十二届"青春诗会"，2017年参加《十月》第七届"十月诗会"。著有诗集《我热爱过的季节》。

凌鼎年，男，中国作协会员、世界华文微型小说研究会会长、作家网副总编、亚洲微电影学院客座教授。发表过一千万字作品，出版过英译本、日译本等53本，主编过230多本。译成英、法、日、德、韩、泰、荷兰、土耳其、西班牙、维吾尔文等10种文字，16篇收入日、韩、美、加拿大、土耳其、新加坡、香港的大学、中学教材，另有作品收入海内外530多种集子。获《小说选刊》"茅台杯"奖、世界华文微型小说大赛最高奖、冰心儿童图书奖、紫金山文学奖、叶圣陶文学奖等。

凌君洋，男，江苏省作协会员，江苏省微型小说研究会理事，太仓市作家协会副主席。2011年毕业于南京大学文学院汉语言文学专业，出版过长篇小说《天下》、中短篇小说集《蹄影翻飞》、长篇传记《傅焕光》、长篇纪实《娄风德韵——太仓：中德合作典范城市》，在国内外数十种报刊发表过小说、散文、随笔，曾获《人民文学》散文征文优秀奖，有多部作品被译成英文、日文。

刘桂红，女，江苏省作家协会会员，古筝教师。先后在《诗刊》《散文选刊》《散文诗》《散文诗世界》《诗歌月刊》《扬子江诗刊》《文学报》《扬子晚报》《苏州日报》《嘉兴日报》等报刊发表散文、诗歌200余篇（首），出版散文集《水湄云心》。《湖山钓旧》获江苏、上海作协联办散文大赛三等奖，《七夕，七首诗》获《诗歌月刊》全国爱情诗大赛三等奖。获其他诗歌、散文奖多次。部分作品入选年度作品选和相关优秀作品选本。

刘月朗，女，中国电力作协会员、江苏省作协会员。曾参加鲁迅文学院电力作家高研班、江苏省作协第二届雨花写作营。诗歌、散文发表于《青年文学》《扬子江诗刊》《诗歌月刊》《星星诗刊》《星火》《脊梁》《青春》《雨花》等报刊；作品入选《中国青年诗人作品选》《江苏新诗年选》《中国新诗日历》《天天诗历》等选本,曾获《诗歌月刊》第四届"太仓七夕杯"全国爱情诗大赛二等奖、《上海文学》"廉砖颂"首届全国廉政诗歌创作大赛二等奖等奖项。

陆健德,男,系苏州市民文协会会员、太仓市作家协会会员。高级政工师。担任过民办教师、文化站长、太仓县委办公室副主任、太仓县保密局长、太仓市政府办副主任兼市体改委主任等职。先后发表过《腊梅香》《风口劲松》《双凤展翅》《赤脚理论家》《鸽鸣声声》《鸡毛三部曲》《醒狮的步伐》等30多篇小说、故事、报告文学和数十篇理论文章。退职后致力于太仓民俗文化研究,先后编著出版了《太仓方言》《太仓民谣》《太仓风俗》等专著,分别荣获苏州市社科论文二等奖、苏州市非物质文化遗产整理研究类优秀成果二等奖、三等奖。

陆静波,男,江苏省作协会员,江苏省民协会员,中国郑和研究会会员。喜好文字,作品庞杂。在人民日报、人民政协报、光明日报、解放日报等近百家报刊有文字发表。出版《郑和七下西洋》(一卷)、《郑和》(一卷)、《太仓太仓》(三卷)、《娄东风情》(一卷)、《娄东文化通览》(十一卷),地方文史著作《郑和与太仓刘家港》(一卷)、《娄东文化概论》(二卷)、《娄东思辨录》(二卷)、《夜幕中的什刹海情调》(一卷)、《太仓樊村泾元代遗址考古发掘的历史和现实意义蓝皮书》(一卷)等共600多万字,其中《娄东文化通览》列入江苏省"十三五"重点出版图书。

茅震宇,男,江苏省作家协会会员。70年代末开始业余写作,小说、散文、杂文、时评和新闻理论等均有涉猎,已在省市级及以上报刊发表千余篇、约二百万字作品,并有获奖,出版过个人小说集。

宋祖荫,男,中国摄影家协会会员、江苏省作家协会会员、江苏省电视艺术家协会会员。原《太仓日报》副总编辑、高级编辑。长期从事新闻宣传报道和理论研究工作,以及广播电视节目的策划撰稿、节目创优和影视文化研究,发表各类新闻作品百万字,获得全国、省、苏州市以上广播电视优秀节目、新闻论文作品近百件。擅长纪实作品、报告文学和非虚构作品等。

汪维军,男,太仓市作协会员。高级经济师,高级职业经理人。1996年开始发表作品,迄今为止,先后在《解放军报》《前卫报》《昆山日报》《太仓日报》《文学报》《新苏商》《青藤架》等报刊杂志上发表新闻稿件、散文、随笔、诗歌、小小说约 300 篇(首),部分作品获奖及入选出版。

王卓亚,女,太仓市作家协会会员。常有作品发表于各类报刊杂志,曾有散文获得江西省报纸副刊二等奖,全球华语故事征文大赛二等奖。组诗《廉砖魂》获得首届全国廉政诗歌创作大赛优秀奖。

奚旭初,男,中国作家协会会员,1983 年开始发表文学作品。曾在《雨花》《青春》《小说月报》《北方文学》《通俗小说报》《啄木鸟》《鹿鸣》《中华传奇》《短小说》《人民警察》等杂志发表小说 40 余篇;先后出版小说集 2 部、长篇小说 5 部,共计 400 余万文字。小说《赎罪》获全国"新光杯"青年文学大奖赛都市组一等奖,《迷途桥》获首届吴承恩文学艺术奖,《一个弱智女的自白》收录于《布老虎》文学丛书。长篇小说《落叶无声》《第一道防线》《国门卫士之歌》先后获得江苏省和苏州市精神文明建设"五个一工程"奖。

薛诗虞,16 岁,作品见《2018 天天诗历》《2020 天天诗历》(中国作协创研部编选)《全国中学生优秀诗歌作品选》(《星星》诗刊选编)《新世纪诗典》韩国《艺术文化》美国《新世纪诗报》《齐鲁诗歌》《七彩语文》《语文周报》《新民文化》《太仓日报》《若水》《诗东北》《这不是童诗集?》《2016 江苏新诗年选》《中国微信诗歌选》(2016)《佛城诗歌》等。曾获"当代小诗人"奖,"童心里的诗篇"征文二等奖等。有作品被译成韩、英、德文、阿拉伯语等,著有诗集《姑苏城的小蚂蚁》。

姚国红,男。笔名:胡子狼。江苏省作家协会会员、太仓市作家协会副主席。先后在《萌芽》《天津文学》《青春》《长风》《春风》《短篇小说》《鹿鸣》《青岛文学》《翠苑》期刊,发表中短篇小说三十余篇。另有诗歌、散文、小小说发表。小小说《玫瑰之约》获 2009 年全国小小说年度一等奖。著有短篇小说集《奢望永恒》、中短篇小说集《本色》。

尹小雁,女,先后在电视台、文联工作,做过记者、编导、大型活动策划、媒体负责人,主创的电视新闻、纪录片多次获国家、省、市政府奖。

袁玉好,男,安徽省六安市人,太仓市作家协会会员。以报告文学/诗歌见长,在国内多家报纸/杂志发表 300 多首(篇)作品,处女作 1993 年于《中央人民广播电台》荣获三等奖。近期有诗歌作品收入《中国诗人档案》2018 年卷;《北国作家》文集等选本。

张年亮,男,笔名团溪小鱼。江苏省作协会员,全国校园文学研究会常务理事,全国校园文学社优秀指导教师。南师大中文系毕业,中学高级教师。著有《写在讲台边上》《银杏风韵》《孙方友微型小说点评》等诗文集多种,作品散见于《诗刊》《美文》《扬子江》《文学报》《天津文学》等。

张新文,笔名雪莲红红、园亭张,男,江苏省作家协会会员,太仓市作家协会理事。曾从事《太仓日报》校对工作。有作品在《奔流》《安徽文学》《内蒙古文学》《扬子江诗刊》《诗歌月刊》《雨花》《中学语文》《人民日报》《人民政协报》《文汇报》《工人日报》《文学报》等报刊发表。部分作品入选《2017 江苏新诗年选》《中国新诗年选(2014 年卷)》《七夕四十九行情诗》等 10 多个选本。

张蕴秋,笔名影人,女,苏州市作家协会会员,中、短篇小说、散文,散见于各报刊杂志。

周锦荣,笔名午马,男,江苏省作协会员。20 世纪 70 年代初步入绿色军营,始于士兵,官至副团。期间上过军校、从事过机关工作,参加过战备训练、战役演习,修过路、开过矿、种过田,还赴滇参加了老山地区对越防御作战。90 年代初解甲而归,做过乡镇党务工作,履职过纪检监察工作,主政过物资、物价工作,卸任于政协专委会主任之职。著有长篇纪实作品《远去的炮声》,散文集《追梦》。

周玲,女,江苏省作家协会会员。20 世纪 80 年代诗作相继在《未名诗人》《诗潮》《诗歌报》《百花园》《女子文学》《萌芽》及海外报刊杂志发表,有作品收录《中国诗人探索诗选》等。搁笔十年,2006 年回归诗歌。2010 年出版诗集《恋上阳光》,并在《诗刊》《上海文学》《上海诗人》《雨花》《扬子江》《鹿鸣》《文学报》及海内外报刊发表诗歌作品,多次获奖。

周勇伶,笔名萧茜宁,江苏省作家协会会员,江苏省网络作家协会会员,苏州市文联青年文艺人才库首批入库人才,太仓市作家协会理事。出版长篇小说《此岸流水 彼岸花》《只结婚不说爱:婚战》《只结婚不说爱:婚劫》《只结婚不说爱:婚誓》等。有散文及微小说发表。网易云阅读 vip 发表长篇小说《三月桃花开》《门当户对》《双魂记》《将军美人劫:红玉在人间》《婚战:梦寐以囚》《解剖师的新娘》等 600 多万字。

朱凤鸣,男,中国作家协会会员。从军 18 年,1987 年转业后回太仓工作。在《人民文学》《中国作家》《雨花》和《人民日报》《新华日报》《解放日报》等全国百余家报刊发表各类文学作品 500 多万字,出版诗集《旅途》、散文集《秋天的田野》、长篇小说《青春无名》、纪实文学集《顾阿桃轶事》、长篇报告文学《圆梦七浦》等 16 部,获文华杯全国短篇小说大赛一等奖、苏州市第十二届精神文明建设"五个一工程"入选奖等多种奖项。

朱文新,男,江苏省作家协会会员,太仓市作家协会副主席。在《诗刊》《扬子江诗刊》《诗歌月刊》《天津文学》《青春诗歌》《青春》《文学报》《姑苏晚报》等刊物发表过作品,2006 年 10 月出版诗集《对视》(大众文艺出版社)。

图书在版编目（CIP）数据

太仓 70 年文学作品精选／太仓市文学艺术界联合会编.
—上海：上海文艺出版社，2020
ISBN 978－7－5321－7754－7

Ⅰ.①太…　Ⅱ.①太…　Ⅲ.①中国文学－当代文学－
作品综合集－太仓　Ⅳ.①I218.534

中国版本图书馆 CIP 数据核字（2020）第 123160 号

责任编辑　徐如麒
封面设计　徐　徐

书	名	太仓 70 年文学作品精选
出	版	上海世纪出版集团　上海文艺出版社
地	址	上海绍兴路 74 号　200020
发	行	上海文艺出版社发行中心发行
		上海绍兴路 50 号　200020　www.ewen.co
印	刷	上海文艺大一印刷有限公司
开	本	720 毫米×1000 毫米　1/16
印	张	33
插	页	2
字	数	620,000
版	次	2020 年 8 月第 1 版　2020 年 8 月第 1 次印刷
书	号	ISBN 978－7－5321－7754－7/I·6161
定	价	98.00 元

（敬启读者,如发现本书有印装质量问题,请与印刷厂联系 021－57780459）